吳蔚作品集 / 03

孔雀膽

新銳歷史小說家、劇作家
吳蔚

好讀出版

目錄

引子 004
卷一 無為寺 011
卷二 刺客 055
卷三 脫脫之死 095
卷四 五華樓 147
卷五 金指環 191
卷六 征戰幾人回 221
卷七 鴻門宴 271
卷八 新人美如玉 309

卷九　鐵錘人——355
卷十　孔雀膽——401
尾聲——449
背景介紹　大理大事紀——455
人物詩作——461
導讀推薦　一部歷史感深厚、劍光凜凜的武俠故事　文／廖彥博——468
導讀推薦　擁有細膩筆法的時空怪客　文／閻驊——473
後記　山河在，草木深；花濺淚，鳥驚心　文／吳蔚——474

引子

中國唐代大詩人李白有〈蜀道難〉一詩，其中三歎「蜀道之難，難於上青天」，極言蜀道之難以穿越，比上青天還難。事實上，在四川南部還有一個古稱為「滇」的地方，地形比四川更加錯綜複雜，更加難以到達——崇山峻嶺綿亙不斷，深谷急流逶迤密佈，被人稱為「彩雲之南」，簡稱雲南。正因為滇道之險峻遠過蜀道，雲南長久以來與中原隔絕，被認為是瘟病盛行的蠻荒之地。實際上，那裡四季如春，風光毓秀，絕非外人想像的煙瘴之處。

而雲南風光之最奇異者，莫過於滇西——山高林密，嶺谷相間，雖九成以上土地為山地，然蔥蔥山脈之間散佈著許多俗稱「壩子」的盆地，壩子裡又分佈著茈碧湖、西湖、劍湖等高原湖泊，當真是山環水抱，天光雲影，好一幅韶麗圖卷。

滇西有座著名的蒼山山脈，又名點蒼山，意為「白頭之山」，為橫斷山的支脈，十九座山峰南北駢衍，綿延百里，莽莽蒼蒼，巍峨壯麗。蒼山東面有一處大湖稱作洱海，也是南北走向，形似耳狀，長不過百里，寬十里左右，碧波蕩漾，寧靜悠遠，水深可以行船，有「高原明珠」之稱。洱海之東又有一處山脈自水面升起，奇峰險壑，怪石嶙峋，形成一道屏障，因而有人在大鸛淜石壁上刻下「此水可當兵十萬」的題句。

恰在崢嶸肅穆的蒼山與靜謐柔美的洱海之間，有一處狹長的壩子——長約百餘里，寬不過十里，西倚蒼山，東臨洱海，洱海之東又是山屏峭立，因而壩子四面環山，只在北、南兩頭山谷間有兩個極窄的出口——分別稱為龍首關和龍尾關。這處天然絕險、易守難攻的壩子就是「大理」，這是一片生生不息的富饒土地，作為東亞、南亞與青藏高原的交會點，千百年來上演著激情豪邁的傳奇與故事，寫就了燦爛輝煌的文化與歷史。

漢代時，雄才大略的漢武帝劉徹派張騫出使西域。張騫在大夏國[1]看見當地竟也販售中國蜀地產的布匹和竹杖，這才知道原來從四川經大理可直達身毒[2]。劉徹得報後，多次派遣使者發掘探索這條傳說中隱蔽艱險的西南絲路，卻始終未能成功。西元前一二〇年，劉徹命人在京師長安開鑿一個南北長四十餘里的大湖，取名為「昆明湖」[3]，並建造樓船在裡頭練習水戰，征服雲南的勃勃野心昭然若現，這就是「漢習樓船」的典故。到了西元前一〇九年，劉徹派將軍郭昌以武力強行入滇，終於成功在洱海地區設置葉榆縣，就此將大理納進中國版圖。

三國時期，蜀國丞相諸葛亮七擒七縱，降服南中大姓孟獲，又派人教以田陌、河渠、水磨、耕種、農事等，諸葛亮夫人黃氏親授桑蠶、織絲之術，南地始開化。從此雲南廣立武侯祠，內塑諸葛亮、黃氏像，以表敬仰。西元三二〇年，爨氏入滇，爨琛在昆川[4]稱王，爨氏統治維持四百年。

到了唐代，洱海地區形成六詔[5]和西洱河蠻等多個部落，六詔均為烏蠻[6]，其中蒙舍詔居住在六詔之南，又稱「南詔」。當時吐蕃日益強大，自贊普[7]松贊干布統一西藏後，不但稱霸雪域高原，還大肆往東擴張，嚴重威脅唐朝廷西南、西北邊境的安危，而六詔之地恰好位於唐朝和吐蕃之間，自不可避免成為雙方焦點利益所在。西元七〇七年，唐中宗李顯派唐九征為討擊使，自西南攻打吐蕃，拆毀漾水、濞水[8]上的鐵索橋，切斷了吐蕃與六詔之間的交通。唐九征就地以鐵橋材料鑄鐵柱記功，即「唐標鐵柱」之典故由來。

為了進一步牽制吐蕃，唐玄宗李隆基暗中支持南詔兼併其他五詔，建立南詔國，統一了雲南。南詔強大後，與唐朝時戰時和，關係並不融洽。南詔內部也矛盾重重，到西元九〇二年，漢人權臣鄭買嗣[9]奪位自立，改國號大長和。二十七年後，另一權臣趙善政又滅大長和國，建立大天興國。次年，東川節度使楊干貞奪位，改國號大義寧。西元九三七年，白族貴族段思平滅大義寧，立大理國[10]，都陽苴咩城[11]。

與此同時，中原也正在改朝換代，趙匡胤發動陳橋兵變建立宋朝，立即開始了統一中國的一連串戰爭。西元九六五年，宋將王全斌攻入四川，滅掉後蜀國，有意繼續南進攻打大理。然趙匡胤鑒於北部邊患更為嚴重，用玉斧指著地圖上的大渡河說：「此外非吾所有也。」此即「宋揮玉斧」的出處。大理有多位皇帝仰慕中原文化，積極與宋朝通好，但宋朝鑒於昔日南詔反唐的教訓，始終心存戒備。幸得大理舉國信佛，歷任皇帝全無對外侵略擴張之心，因而雙方關係雖無任何實質進展，卻也沒有惡化到兵戎相見的一步。

南宋末年，蒙古為了滅南宋，又擔心中原勢大，決議先征服西南諸番，而後形成南北夾攻南宋的戰略。西元一二五三年，蒙古大汗蒙哥派弟弟忽必烈率十萬大軍攻取雲南。忽必烈率軍翻山越嶺，涉江渡河，到達金沙江西岸時，命將士殺死牛羊，塞其肛門，吹成革囊用以渡江，這就是著名的「元跨革囊」。蒙古軍渡江後迅疾南下，敗大理守軍，殺死相國高泰祥，俘獲大理皇帝段興智，建國三百餘年的大理至此滅亡。

蒙古大汗蒙哥感於段氏人望所在，便施以懷柔政策，賜段興智金符，讓他回去繼續統治雲南。忽必烈建立元朝後，為了撫慰民心，在大理設「大理路軍民總管府」，以段氏任總管；為了控馭邊徼襟喉，以宗王出鎮，封他的第五子忽哥赤為雲南王，前去陽苴咩鎮守。不久，忽哥赤被人毒殺，忽必烈有感雲南政事複雜，便派回回人[12]賽典赤前去雲南建立行省，並將省城移往鄯闡，改名中慶[13]，以此削弱段氏實力。因雲南地處邊境要衝，元朝廷又另派了宗王鎮守，稱「雲南王」或「梁王」——雲南王擁有監督、干預行省事務，以及統兵指揮作戰等權力；梁王級別更高，位在雲南王之上，為一等王，頒賜金印獸鈕[14]，握有重兵，有監督、干預行省事務和指揮用兵的權力，是蒙古皇族在雲南的最高代表。大理段氏的統轄範圍則由雲南全境被壓縮到大理一路，但實際上段氏對於以洱海區域為中心的廣大滇西段氏舊地，仍有相當的控制力。從此，梁王、行省、段氏三家共掌雲南大權，互相牽制，開始了長達百年的權力之爭。

正所謂「人事有代謝，往來成古今」，寒來暑往，春去秋來，時光也在不停地流逝。到了元朝末年，天下大亂，群雄蜂起，農民義軍紅巾軍接連打敗元軍主力，實力漸強。正當關鍵時刻，元惠宗妥懽帖睦爾聽信奸人讒言，將有「賢相」之稱的脫脫貶死雲南，導致上層統治集團矛盾急遽惡化——元朝各地統帥不但擁兵自重、拒絕與紅巾軍交戰，而且內訌不斷、互相攻伐，妥懽帖睦爾最終陷入孤立無援的境地，君令不出京師大都[15]五十里。

西元一三六三年（元朝至正二十三年），中原局勢漸趨明朗——鹽商出身的張士誠經過多年慘澹經營，與紅巾軍出身的朱元璋和陳友諒分霸東南一帶；四川富庶之地則由同為紅巾出身的明玉珍占據；另有陳友定等人割據閩廣地區，但勢力相對弱小；中原自河南、山東以北地區依舊被元朝廷牢牢控制，元朝大將王宣率重兵駐守在山東一帶，元軍最有實力的大將王保保則盤踞河南腹地，但此人剛愎自用，為了爭奪地盤，與占據陝西、甘肅一帶的元將李思齊、張良弼等人勢同水火，積怨很深。元朝關中諸將甚至推選李思齊為盟主，聯合起來共同對付王保保。雙方你來我往，真刀真槍地互相火拚，元朝皇帝多次下詔令也無以制止。

這一年，農曆為癸卯年，烽火燃遍了中原，無論對誰而言都是極不平靜的一年。就連地處邊陲的雲南行省也處於兵燹的威脅——占據西蜀肥沃之地的大夏皇帝明玉珍，趁元朝廷首尾不能相顧之機，親率大軍攻打雲南的中慶；坐鎮雲南的元梁王孛羅見明玉珍大軍來勢洶洶，慌忙調集大軍抵擋。神州大地瘡痍呻吟之際，西南卻獨有大理一方樂土，冬夏無寒暑，四季花木不絕。大理總管之位傳繼至此已是第九代，總管名為段功，三十餘歲。本書故事就從大理開始了……。

1 音譯為巴克特里亞（Bactria），於今阿富汗北部一帶。
2 此為西漢對古印度的稱呼，東漢以後稱天竺，後經唐代名僧玄奘考證，改以梵文音譯稱之為印度。
3 昆明，指漢武帝時於洱海地區生活的昆明族（白族祖先）。後來，清代乾隆皇帝在北京西郊修清漪園，因仰慕漢武帝武功，將園中西湖改名為昆明湖，即今日頤和園之昆明湖。
4 今雲南曲靖。
5 詔：夷語，意為部落，也有王、酋之意。
6 今彝族先民。
7 吐蕃王號。贊，雄強之意；普，男子。
8 分別為今日的漾濞江、順濞河。
9 即曾於唐朝任縣令、後被擄至南詔做官的鄭回七世孫。
10 當時大理的疆域包括今雲南、貴州、四川西南部、緬甸北部，以及寮國與越南的少數地區。

11 陽苴咩：又稱羊苴咩，南詔王「閣羅鳳」始建於西元七六四年，後成為南詔都城。南詔滅亡後，而成大理國都城。大理國滅亡後，又成為大理路軍民總管府所在地。今所存大理古城的築城時間遠遠晚於陽苴咩，為明代洪武十五年（西元一三八二年）所建，城址在陽苴咩城東。

12 在元代，回回人是指信奉伊斯蘭教的中亞突厥人、波斯人和阿拉伯人。

13 鄯闡、中慶：皆指今雲南昆明。

14 金印獸鈕：元代諸王的印章按封號高低分等級，印章材質由高至低依序為金印、金鍍銀印、銀印三種；印鈕形狀分獸、螭（古代傳說中一種沒有角的龍）、駝、龜四種，其中以金印獸鈕級別最高，為一等王。

15 大都：今北京。

卷一　無為寺

他是蒙古人，自小便以鐵蹄征服世界的成吉思汗為傲，萬里江山似錦，無數英雄折腰，可是眼前這段功竟對大好河山無動於衷，實在有些出乎他意外，忍不住問道：「信苴今日之實力遠在梁王之上，當真對雲南全境無半分覬覦之心？百年以前，這些地方可全是大理的地盤。」

大理陽苴咩城出北門十里，再往西十里，有座無為寺，坐西朝東，西倚蒼山蘭峰[1]，南臨雙鴛溪[2]，掩映於松柏之中，山明川麗，仿若畫境。這不是一座普通的寺廟，是昔日南詔國王閣羅鳳為了印度名僧贊陀而建，山寺門前的五株巨大香杉樹，便是建寺當時由閣羅鳳親手種植。樹下建有碧荷池，養有金魚數千，為贊陀自各大江大河得來。到了大理國時期，無為寺成為皇家寺院，第二代皇帝段思英、第八代皇帝段素隆、第十六代皇帝段和譽[3]等八位皇帝遜位後，均在這裡出家為僧。塵事如土，滄桑幾度，回首漢宮樓闕暮，數聲鐘鼓自微茫，森森柏影中隱藏著許多不為外人所知的皇室祕密。

無為寺內石泉之北建有翠華樓，專供身分特殊的段氏僧人居住。樓高六丈，為五重樓，梁柱均是須兩人才能合圍之巨柏。又取南中檀香為枋板，餘香繞梁百年不絕。頂層為觀經處，內藏天下佛經、天下兵書、天下文華各一庫，稱「南中第一藏經樓」。從圍欄式的樓頂還可遙望陽苴咩城內另一處雄偉壯麗的高樓——五華樓。四樓則是丹青室，內藏唐貞觀以來的名畫、書法千軸，絹卷百餘，多為南詔攻打中原蜀地時掠奪所得。

寺後有天然救疫泉一眼，泉水從石縫滲出，清涼甘甜，能治百病，是大理首屈一指的泉水。救疫泉北側建有一座藥師殿，格局建制遠遠高出一般寺廟的藥師殿。這裡除了供奉藥師佛外，還另負更重要的任務——作為大理的太醫院，這裡聚集了大理醫術最精湛的大夫，儲藏有天下最貴重的藥材，當然也包括許多奇藥。

除了藏書和醫術外，武術也是無為寺的一絕。大理尚武成風，皇帝也不例外。第八代皇帝段素隆在位時酷愛刀法，出家後習性依舊，選取八百名刀法精湛的精兵編為羅漢軍，並闢無為寺為大理傳武聖地，自此寺內僧人武藝高強者層出不窮，尤以無依功、羅漢刀、奇門拳[4]三樣功夫最獨到。

翠華樓前建有演武廳，專供皇室、貴族子弟學習武藝，遂成大理習武重地。即使在大理滅國後，此慣例照舊沿襲，段氏、高氏、楊氏、張氏、董氏等白族[5]大姓子弟均在此練武強身。大理總管身邊最精銳的羽儀[6]，也大多從這些人之中挑選。

時值陽春三月，翠華樓周遭的千餘株茶花、千餘盆蘭花一起盛開，五顏六色，斑斕似錦。花海如潮，香氣氤氳，人在其中如置身仙境。演武廳前有一株高達數十丈的白茶花，雖已五、六百年歷史，尚如新植，花朵如玉蘭般大小，花瓣瑩白比玉，花心殷紅勝血，豔而不妖。人站在茶樹下，華蓋若雲，千萬朵茶花繁密如星辰，幾可遮天。而演武廳中也是春意盎然，南北兩排刀劍、戈戟、棍棒等兵器架下，擺著一盆盆的蘭花，均是大雪蘭、紅梅素、鳳尾蘭、醉美人等各色罕見品種，花豔如彩霞，幽香似玉魂。

與室外室內明媚春光毫不相襯的是，堂中有兩名十八、九歲的白族少年正在比試武藝。二人個頭高矮差不多，一個身板瘦削，面容蒼白，頗見文弱之色，手執一柄鏵鞘[7]；一個魁梧壯實，額頭上有一塊傷疤，平添幾分彪悍之氣，持一根鐵鞭。兩人正緊緊纏鬥在一起。

旁側尚有二男二女在品度觀戰。一名藍衣少女格外引人矚目，她的服飾極為怪異——上衣又小又短，緊貼上身，還裸露出滾圓的右臂和腰部；黝黑深邃的臉龐上兩隻大眼睛晶晶發亮，忽閃忽閃的好像會說話；耳上戴著兩只金環，右臂上方纏著鑲金的象牙臂鐲；容貌既不似蒙古人，也不似當地人，更不似漢人。她名叫伽羅，是印度僧人之女[8]，自幼住在無為寺中，除了外貌外，其他均與大理人無異。

伽羅凝神看了一會兒場中情形，歎道：「十招之內，楊寶必定要輸。我早說過，無論他怎麼練，也打不過高浪。」又轉頭向身旁的少女道：「寶姬[9]，這次打賭你輸定了。」

那被稱作「寶姬」的少女一襲白色衣裙，上身套著一件緊身的絳紅色領褂，一頭烏黑亮髮編成髮辮，用紅巾纏繞著盤在額頂，左腰間掛著一柄短劍。整個人看上去幹練清爽，英姿勃勃，毫無女子的脂粉氣。她便是大理第九代總管段功的長女段僧奴，在這西南邊陲，她雖無公主之名，卻有公主之實。段僧奴自幼習武，武功不弱，早已看清場內交戰形勢，內心頗為焦急，口中卻故作不以為然地道：「才未必呢。」

伽羅笑道：「你徒弟楊寶雖說絕頂聰明，讀書遠比我們大夥強，可是武藝需要的是氣力，你瞧他，已經毫無還手之力。」段僧奴道：「你又不懂武功，怎會知道？」伽羅笑道：「我自然比不上寶姬你那般武功高強，十歲便能獨自射殺惡熊，可是我好歹在無為寺長大，見過的比武不計其數，見得多了，孰高孰下，一望便知。你瞧，楊寶的武功遠遠不及高浪是真，但最關鍵的是他並無爭強好勝之心，他就是這樣的平和性子，你非逼著他練武比試，他無論如何也贏不了。」

段僧奴知她說的是事實，不免對楊寶的不爭氣有些惱怒起來，便賭氣道：「他連高浪都打不過，看他怎麼能選得上羽儀？」伽羅笑道：「咦，楊寶為何非選上羽儀不可？他學問好，即使將來不世襲他阿爹鶴慶[10]知事的位子，也可以去做文官當清平官[11]呀。不過，那可就不是寶姬你的功勞了，你只教了楊寶武藝，讀書功課反倒是他教你呢。」

此時才三月中旬，在無為寺習教的世家子弟大多都因回鄉祀祖[12]過年猶逗留家中，須得三月底觀音市[13]結束後才會陸續返回，這幾名少男少女約好提早來到無為寺，原來是在為三月底的羽儀選拔做準備。

段僧奴無話可說，卻又不願服輸地道：「伽羅，這很不公平。」伽羅笑道：「這可是你自己非要賭的，高潛可以作證呢。」

高潛大約二十歲年紀，面色蒼白，看起來體弱多病。他正站在二女背後，看了段僧奴一眼，囁嚅著道：「嗯，這個……這個……」「這個」了半天，始終說不出話來。伽羅笑道：「瞧，高潛就是膽子小，不敢得罪寶姬。」高潛的父親高蓬與段僧奴之母高蘭是親兄妹，因而與段僧奴是表兄妹，而他也是幾人中年紀最長的；當眾受伽羅譏笑，明知她有口無心，面上還是有些掛不住，便羞愧地低下頭來。

伽羅又問一旁的段寶道：「坦綽[14]你說，你阿姊是不是有些太霸道了？」段寶眉梢一挑，若有所思了一會兒，才道：「阿姊很好。」他年紀最小，卻極沉穩，儼然一副大人模樣。

便在眾人議論走神之時，高浪鐵鞭一橫，身子一撇，大喝一聲，飛起一腳，踢在楊寶的右手腕上。楊寶手腕劇痛，兵器登時脫手，飛向大門處。高浪逼上一步，將鐵鞭抵在他胸前，大笑道：「哈哈，你小子輸了。」楊寶眼角餘光瞥見門處正有一人影，顧不得頸中白刃相加，急忙高聲喝道：「小心！」卻見那柄鐸鞘迅如閃電，瞬間即飛至門口。眾人驚呼聲中，來人讓過鋒刃，輕巧地將鐸鞘金柄抄在手中，朗聲笑道：「原來我這個羽儀長人緣這麼不好，還沒見著面就先著了暗器。」楊寶忙道：「高浪，我輸了。」撥開胸前鐵鞭，抹了一把額頭的汗珠，搶到門前，歉然道，「抱歉了，施秀羽儀長，是我不小心……」

那施秀大約三十餘歲年紀，一張圓臉黑裡透紅，還帶著孩子般的稚氣，身形卻高大威武，腰間別一把浪劍，這是羽儀長才有的殊榮。他為人風趣幽默，見楊寶一臉愧色，忙笑道：「是我不好，你們正在比武，我冒冒失失地就闖了進來。」倒轉鐸柄，將鐸鞘還給了楊寶。

高浪上前道：「施秀羽儀長，你來得正巧，聽說你當年是擂臺勝主[15]，武藝不凡，不如這就下場指點一二罷。」

施秀出身貧苦，與兄長施宗全靠當年打擂取勝才得以入仕段氏，如今兄弟二人雙雙為總管府羽儀長，對自身武藝向來自負，不過眼下有正事要辦，哪有心思陪這群孩子練武，忙笑道：「無為寺中有無依、達智禪師這等絕頂高手，哪裡輪得到我來指點？浪公子，你可是捨近求遠了。」

伽羅見那邊有驚無險，這才轉頭笑道：「哈，我贏了。」段僧奴撇了撇嘴角，悻悻道：「你這次想要什麼賭注？」伽羅將嘴唇湊近她耳邊，低聲道：「不要別的，只要你今晚陪我去回光院那怪和尚的房裡尋寶。」段僧奴訝然道：「尋寶？呀，伽羅，你竟然想去普照禪師房中偷東西。」伽羅道：「噓，小聲點。」又笑道，「不是偷，就是想看看怪和尚的那口箱子藏著什麼寶貝。」

段僧奴偏著腦袋，沉思不語。伽羅急道：「寶姬難道不好奇麼？我知道你自己其實早就想去看了。」段僧奴道：「嗯，好罷。」看了一旁段寶一眼，不欲弟弟捲入此事，又低聲叮囑道，「不過，這事不能再讓旁人知道。」伽羅道：「這是自然。」頓了頓又道，「還是叫上高浪他們幾個，萬一……」

二女正悄然議論，施秀已經走過來躬身行禮，道：「寶姬，信苴[16]有令，請你即刻回總管府。」

段僧奴心中正盤算著與伽羅密議之事，聽了不免大吃一驚，問道：「明日不就是十五[17]麼？阿爹阿姆[18]按照慣例要來無為寺聽經，為何今日還急著召我回府？羽儀長可知道是為了何事？」施秀微一遲疑，隨即道：「是什麼事，屬下也不知道。」又道，「屬下尚有事要留在無為寺。高潛、高浪，你二人立即護送寶姬回總管府。」頓了頓，又故作嚴厲道，「若有差池，唯你二人是問。」高潛忙應聲道：「是。」

高浪卻頗有不屑之色。他是騰衝[19]知府高惠之子，這一系的高氏曾把持大理國朝政百餘年，若非蒙古人滅了大理國、又還政於段氏，大理軍政大權至今該還在他父子手中。如今高氏雖失勢已久，騰衝卻依舊是世封領地，高浪是長子，按理日後該承襲騰衝知府職位，根本不稀罕加入羽儀衛隊，因而並不十分將施秀放在眼裡，也不願聽其號令。不過因段寶姊弟在場，他也沒有公然表示異議，只略微點了點頭。

段寶忽然問道：「阿爹只召阿姊一人麼？」施秀道：「回坦綽話，信苴只召了寶姬一人。」段寶點了點頭，不再言語，只重重看了姊姊一眼。段僧奴見父親只召自己一人，料來不是什麼大事，便道：「伽羅，我晚飯前自當回來。」伽羅會意一笑。

幾人步出演武廳，施秀自匆匆往前院趕去，似有什麼要緊事。伽羅奇道：「呀，羽儀長這般急，該不會是趕去南禪房看望那幾名漢人罷？」段僧奴笑道：「你就是好奇心重，想知道，剛才幹麼不直接問施秀羽儀長？」又道，「我得先回城去了。」伽羅道：「嗯，快去快回。」

楊寶忽道：「寶姬請等一下，你……果真猜不到是何事麼？」伽羅忙道：「原來你早猜到了，快說說看。」楊寶四下看了一眼，露出了古怪的神情，又猶豫起來。段僧奴疑心頓起，喝道：「楊寶，你這副樣子怎麼跟施秀羽儀長剛才的神情一樣？快說，到底是什麼事？」楊寶道：「嗯，寶姬只須去前院問問施秀羽儀長帶來的羽儀，是不是建昌[20]頭人阿榮派人來了大理，自可明白其中究竟。」

段僧奴臉色登時大變，問道：「你是怎麼知道的？」楊寶道：「如今紅巾明玉珍正率大軍進攻中慶，時值多事之秋，信苴之前曾特意交代寶姬、坦綽不可再像往日那般隨意出獵遊玩，須得好好留在寺中，原是出於保護的考慮。信苴明日要來寺中聽經，今日卻突然派人前來，且只召寶姬一人，瞧施秀羽儀長的神態分明知道緣由卻不肯相告，定然是怕寶姬知道真相後另生枝節。既是如此，事情必然跟建昌頭人阿榮有關。」

這建昌是西南三十七個部落中最強大的一支，素為大理倚重。須知大理軍事制度不同於中原——大理境內全民皆兵，閒時為民，戰時當兵，稱為「鄉兵」。鄉兵一百戶設總佐一人，一千人設理人官，一萬人設都督，平時參加軍事訓練，均以武藝高強為榮耀。其中又選出精兵約三萬，為常備軍，分駐各處重鎮及險要之地。駐守陽苴咩城的更是常備軍中的精銳，稱「羅苴子」。由於人口有限，一旦有大規模戰事，大理自身的軍隊不夠，便須調動三十七部落軍隊，稱「夷卒」，是極為重要的一支軍事力量。這三十七部多是烏蠻，也有幾部是瑤人，居地分散在滇池東、北、南三方，所派出的夷卒均是精銳中的精銳，驍勇善戰，用作前鋒可以一當百，甚至還有部落建了專門的象隊，所向披靡。昔日十世紀時，段思平創建大理國，便是靠三十七部的助力，得國後永久免除了三十七部的徭役，立盟誓互保和好。後來高氏擅權大理，卻不敢廢除段氏，就是因為有三十七部支持段氏。可以說，這三十七部頗有能力左右雲南局勢，令四百年後到來的梁王孛羅[21]與大理第八代總管段光（現任總管段功的兄長）互相攻伐、爭奪地盤時，也想招徠西南三十七部落，試圖利用他們牽制段氏的西南翼。但早在段思平創立大理國之後，便大力推行漢族文化，採取各種措施蓬勃發展生產和貿易，這西南部的經濟遠比南詔時期發達，百姓富庶，段氏當然也極得人心。而十三世紀元朝統治中原後，卻刻意將人分為三六九等，漢人被列為最低等，且輕視儒生，從朝廷到地方，各級官吏多屬無知粗暴貪殘之輩。即使是梁王孛羅這等鎮守雲南的宗王級人物，也不過是眼光短淺的赳赳武夫，文化程度甚至遠不及段氏，武功也有所不及，歷次與段光爭鋒，只能以下毒等卑劣手段才有勝績，一遇真刀實槍對壘無不大敗而歸。雲南當地素來最崇尚英雄人物，有了這樣的比較，孛羅在西南一帶的名望可想而知。

但即便如此，段氏對西南部落亦須時時籠絡。這建昌頭人阿榮比段僧奴要大上十歲，少年時隨父親阿黎到大理謁見大理總管段功，正遇段夫人高蘭產下長女僧奴，阿黎覺得是天降吉兆，便為獨子求娶僧奴。當時段功即大理總管位不久，威信不及父兄，東面又時時面臨梁王孛羅的武力威脅，須借助建昌部落之處甚多，便一口答應阿黎。段氏與部落聯姻稀鬆平常，這原是一樁美事，何況阿榮長成後高大威猛，英武過人，順利繼承了頭人之位，曾多次出兵相助；段氏段僧奴亦生得美豔如花，練了一身好武藝，偏偏她生就一副火爆脾氣和執拗性格，多次為這樁婚事與父母鬧彆扭。她年滿十歲時，阿榮便已迫不及待派人來迎娶，她卻寧可出家為尼也不去建昌。段功無奈，只好以寶姬年紀尚幼為由拖延婚事。今年段僧奴將滿十六歲，按楊寶的推測，當是阿榮又派人來提親了。

幾人瞬間均恍然大悟。段僧奴花容慘澹地道：「呀，果真是。我可不想回府了，阿爹準是又要逼我嫁到建昌。」

大理不似中原男女關防極嚴，女子未成親前可隨意與男子來往，即使雙方發生關係也很平常。她與這幾人一起長大，情同手足，也沒什麼可避諱的話。各人交換了一下眼色，段寶道：「可是阿姊，聯姻之事非同兒戲，你若是再違抗阿爹之命，他定然要大發脾氣。」

段僧奴自是深知這層關節，父親一直視她為掌上明珠，寵愛程度甚至遠過其弟，唯獨婚姻一事不肯讓步，總說什麼「人無信則不立」，非要她嫁去建昌不可，吵鬧過多次也無濟於事。她生性爽朗，率性敢為，自然不似尋常女子忸怩作態，但此刻面臨人生頭等大事，也未免惶然起來，無計可施之下，只好拿眼去望楊寶——他雖武功不濟，卻博學多才，見識也是他們這群人之中最出類拔萃的一個，甚至他的父親鶴慶知事楊昇有時還就國家大事問他意見呢。

楊寶卻沉默不語，他正想著阿榮挑選這個時機來提親似乎有些太過巧合——此時此刻，占據蜀中的紅巾首領明玉珍及其弟明勝正回兵金馬山[22]，預備攻打中慶。倘若孛羅兵敗，元軍勢力退出雲南，那麼毫無疑問，大理將是明玉珍的下個目標。另有一層，建昌部落位於四川境內，與明玉珍自立的大夏國接壤，一直是大理北邊的屏障，其中利害可想而知。

段僧奴見楊寶只顧埋頭沉思，以為他畏懼段功，不敢相幫自己，便賭氣道：「大不了我剃了頭髮做尼姑去。」伽羅忙道：「寶姬先別著急，楊寶只是推測，事實未必便如他所說。你先在這裡等，我替你到前院問一下究竟。」不待段僧奴回答，便自步下臺階。楊寶回過神來，叫道：「伽羅，等等我……我跟你一起去。」疾步追上伽羅，拉起她的手，一道往前院跑去。

段僧奴見二人手牽手湮沒在花海中，更加煩躁不安起來。她知道這裡有許多男子都喜歡伽羅，卻無人敢對伽羅表示好感。她並不是嫉妒伽羅（當然偶爾也會有小小的酸意），自己身為大理總管獨生女，這樣的身分生下來註定要作政治聯姻，儘管她很小就明白這一點，但她還是希望人生會有所改變，而不是像早就計畫好的那樣——嫁給一個頭人，做一個頭人的妻子。所以她努力讀書、學習作詩、苦練武藝，她甚至時常幻想能像自己的父母那樣，與喜歡的人從小一道在無為寺習文練武，青梅竹馬，情誼篤厚，成年後自然結成夫妻。然而，她在這裡，人人敬畏她是總管之女，包括這些一起長大的夥伴也是——楊寶敢牽伽羅的手，卻從來沒有牽過她的手。

忽聽得段寶問道：「阿姊，你真的很討厭阿榮麼？」段僧奴見他一臉嚴肅，有些驚訝，當即正色答道：「我都沒見過阿榮幾面，怎麼可能討厭他？」段寶道：「那阿姊為什麼不肯嫁他？」段僧奴道：「阿姊不討厭他，可是也不喜歡他，阿姊想嫁的是一個自己真心喜歡的人。阿寶，難道你將來會娶一個你不愛的女子做妻子麼？」段寶大模大樣點點頭道：「如果阿爹要我這麼做，我一定會的。」

段僧奴一時愣住，不知這個才小自己一歲的弟弟為何會有這種想法，正詫異間，忽見伽羅去而復返，快步奔過來叫道：「寺裡來了許多羽儀，還有許多羅苴子，怕是要發生大事了。」段僧奴正煩惱不堪，沒好氣地道：「還能有什麼大事？」伽羅同情地望了高潛一眼，才道：「大家都說，明日那梁王使者要與信苴一道來寺裡聽經，還說蒙古人預備做一場大法事祭奠前信苴。」

她所指的「前信苴」，是大理第八代總管段光，也就是段僧奴的伯父。他壯年時忽患奇病，來到無為寺養病，不日後病死，火化[23]後骨灰就近灑在蘭峰上。寺內一直有傳聞，段光和大理將軍高蓬（即高潛的親生父親，也是當今總管段功正妻高蘭的兄長）一樣，都是被梁王孛羅暗中派人以孔雀膽毒死，因當時有寺僧親眼見到段光入棺櫃時通體發綠，這正是中了孔雀膽劇毒才有的特徵。孔雀膽為大理特製祕藥，無色無味，中毒後兩個時辰毒性才發，死者無任何異狀，根本看不出是中毒而死，且屍體不朽壞，三天後會變綠。當然，高蓬被梁王買通廚子下孔雀膽毒殺是真有其事，段光中了孔雀膽而死卻只是捕風捉影，至少從未被公開承認過。

無論真實情況如何，自段光以來，梁王與大理段氏一直是死敵，段功即位後雖然關係有所緩和，不再大規模兵戎相見，但卻老死不相往來。如今忽聽到梁王孛羅派使者來為段光做法事，不免大吃一驚，幾人一起異口同聲地問道：「當真？」伽羅尚不及回答，便聽見有人朗聲接道：「千真萬確。」

只見花叢中轉出三名男子來，除了楊寶外，其他二人年長一些，均是一身韋衣勁裝，腰繫韋帶，中間懸掛朱色雙鞘大理刀[24]，正是羽儀的標準打扮。伽羅道：「瞧，連他們二人都來了，說是要來無為寺準備。」

那兩名羽儀打扮的男子分別叫楊安道、楊勝堅，均是白族世家子弟，也在無為寺長大，三年前被選作羽儀。二人上前朝段僧奴姊弟欠身行禮，段僧奴擺手道：「都是自己人，何苦還來這一套。果真有梁王使者來了大理麼？」楊勝堅道：「是的，不僅梁王派了使者到大理，就連行省也派了人來。」

伽羅奇道：「他們都是蒙古人，不是一夥的麼，幹麼還分兩家派人來？」楊勝堅笑道：「他們可不是一夥的，向來鬥得厲害呢。這次來的目的也各自不同，梁王使者是來向我大理求救，請求信苴發兵。開春以來，梁王軍連戰皆敗，中慶已經被明玉珍大軍團團圍住，梁王困守城中，已是窮途末路。」

高浪冷笑道：「他們蒙古人不是最瞧不起漢人、自稱天下無敵的麼？如今怎麼還被紅巾那群烏合之眾困住了。」楊勝堅往日最喜高談闊論，自當了羽儀後言行已收斂許多，不便接話，只笑道：「總之，梁王老頭這次可糗大了。」

段僧奴問道：「行省使者也是來求阿爹發兵救他們的麼？」楊勝堅道：「他們明明是這麼想，口中倒不這麼說，說是來送朝廷赦免脫脫的詔書。」高浪皺眉道：「脫脫不是八年前就死了麼，赦免還有何用？」楊寶道：「還是有用的，一是可以為脫脫恢復名譽，二來脫脫的家人也不必再受牽連，可以重回京師做官。」

楊寶心思機敏，口中這般說，心下卻感蹊蹺：脫脫當年被流放雲南中慶後，又受到元梁王孛羅的大力排擠，之後便被流放到大理騰衝，也就是高浪父親高惠的封地，但後來還是被朝廷賜藥毒死，骸骨也埋在那裡。段氏與梁王雖然交惡，但大理在名義上還是受行省羈縻，行省絕對可以找許多藉口派使者來大理，為何偏偏選了送赦免脫脫的詔書這個奇怪的理由？他想了一想甚覺不解，又問道：「信苴如何答覆使者？」楊勝堅笑道：「這兩批使者，信苴都沒召見。我猜，他們這次要吃閉門羹了。」頓了頓道，「你們不知道，這次領頭的行省使者竟然是個極為年輕的回回小子，怕是比楊寶你還要小呢。」楊寶問道：「是麼？那他當有過人之處了。」

段僧奴卻不耐理會這些，急著追問道：「建昌阿榮果真派了使者來麼？」楊勝堅與楊安道互相看了看，楊勝堅支吾道：「這個……施秀羽儀長特意交代，不准我們告訴寶姬。」他這麼說，其實已經回答了「是」。段僧奴氣沖沖地道：「哼，我就知道是這樣。」

楊安道忙道：「其實不是阿榮頭人派了使者……」段僧奴正失望之極，忽聽得有所轉機，登時轉怒為喜，嗔道：「早說明白……」卻聽見楊安道續道，「是阿榮頭人親自來迎親了。」段僧奴「啊」一聲，當場怔住。她萬料不到未婚夫會親自前來，這還真是棘手之極。

伽羅道：「呀，寶姬，你這次麻煩可大了。楊寶，你快幫忙出出主意，我們該怎麼幫寶姬？」楊寶躊躇道：「嗯，這個……」露出了為難的神色。高浪沉聲道：「今晚直接去五華樓殺了阿榮，不就得了。」眾人駭然失色，無不呆望著他。高浪冷冷道：「難道你們還有別的法子麼？殺了阿榮，這才是唯一能救寶姬的法子。」

諸人均知高浪所言不差，可是他公然提議暗殺建昌頭人，萬一傳到信苴耳中必然要受重罰，搞不好連性命都要丟掉，若是被西南諸部落知道更是要大起騷動。段僧奴既是總管之女，自識得輕重，畢竟阿榮絕非大理的仇人，而是段氏的臂膀，若他真在大理被人暗殺，整個西南部落就全成了大理勁敵。她忙道：「高浪不過是開句玩笑，大家千萬別當真。」可是眾人打量高浪，見他一臉正經嚴肅，哪有半句玩笑的樣子。

楊安道是個老實人，先期期艾艾地打破了難堪，道：「高浪，這話你可千萬不能再說了，想也別想。」高浪冷笑道：「我都說出來了，難道你打算去向信苴告密麼？」楊安道漲紅了臉，道：「我……我可是好意……」楊勝堅忙道：「我和安道還有事，得先走了。剛才的話，我們可是一句都沒聽見。」向楊安道使個眼色，正要離開，卻被楊寶一把扯住，悄聲問道：「住在南禪房的漢人，是不是四川明王明玉珍派來的使者？」

楊勝堅大吃一驚，本能地問道：「你怎麼知道？」旋即意識到自己這句話是白問，那使者悄悄住進無為寺已有數日，以楊寶的機警聰明，會看不出絲毫端倪麼？楊勝堅忙搖頭道：「我不知道，我可什麼也沒說。」慌忙拉著楊安道離開。

餘人心思卻依舊放在如何幫段僧奴擺脫困境上，伽羅忽叫道：「哎呀，施秀羽儀長又來了，還有張判官。寶姬，他們肯定是來逮你的，怎麼辦？」

抬眼望去，果見施秀正與同倫判官張繼白一道朝演武廳走來。見到父親的心腹傳令官張繼白也出現了，段僧奴知道避無可避，歎了口氣道：「讓他們在這裡等我，我回房換件衣服就來。」伽羅道：「寶姬真要就此跟他們回總管府麼？」段僧奴點點頭，黯然道：「只能如此。」伽羅完全沒了主意，扯住楊寶的手臂，催道：「你快想法子救救寶姬呀。」段僧奴卻似已下定決心，毅然轉身離去。楊寶詫然望著她的背影，幾乎不敢相信她會就此屈服。

段僧奴匆忙離開演武廳，逕直回到南側小樓住處，才剛進院落，便見一人仰天橫臥在甬道上，醉顏酡紅，酒氣熏天，右手還緊緊攥著一只皮酒袋。段僧奴皺緊眉頭，喝道：「段文，你怎麼大白日的又喝醉了？」

這段文是第八代總管段光的遺腹子，他尚在母親腹中時父親便病逝，出生時母親又因難產大出血而死。段功憐侄子孤苦，特意親自教養在總管府中，預備將來把總管的位子傳給他。不料這孩子自小酗酒成性，訓也訓過，罵也罵過，關也關過，無論怎麼教他讀書寫字，他就是不肯學，無奈之下，段功只好送他來無為寺，任他作為。他的住處紫竹院在演武廳北面，與段僧奴居住的蘭若樓正好南北相對，他醉酒後時常走錯方向；段僧奴倒見怪不怪，只是素來對這成天喝得醉醺醺的堂兄很反感，見他不應，便上前氣惱地踢了他一腳。段文只哼了一聲，連眼睛也未睜一下。段僧奴見他醉得著實不輕，不及睬他，任憑他躺在原地。匆匆上到二樓臥房，推開南窗，窗下便是潺潺的雙鴛溪。她取出一條長繩，一頭結在房中的木柱上，另一頭丟出窗外，隨即躍上窗臺，抓住繩索攀下樓去。無為寺地面高出雙鴛溪許多，石塊壘成的牆基約有十餘丈高，石縫間長滿了荊棘雜草，不過她終究是習武之人，且又不是第一次爬窗，下去自然不費吹灰之力。

寒溪湛湛，流水冷冷。此處是雙鴛溪下游，水勢湍急，噴雪漸玉，溪邊縱使有水，仍尚有一些嶙峋瘦石可以墊腳。段僧奴往西面山上爬了長長一段，溪面窄了許多，溪水漸小，水薄而清，透澈甘冽的水中能見到成群只有無名指般大小的透明小魚，正酣暢地游來游去。再往上行，有更多露出水線的斑斕石頭，成了通過溪流的捷徑。段僧奴踩著幾塊突出的大石，跳到雙鴛溪南面，進入蒼山蘭峰樹林。

雖是春風駘蕩，然則一進林中頓感森森涼意。雖然前有大樹遮擋，見不到連綿山巒，大山的氣息卻越來越濃，無可阻擋。林間不多遠處，一隻綠孔雀正在向一隻雌孔雀求偶交配，那雄孔雀的尾羽足有三尺來長，泛著幽幽的綠光；雌孔雀則無尾屏，背部羽毛綠中泛褐，遠遠不及求愛者美麗。卻見雄孔雀高高豎起尾屏，倏忽開屏伸展，恰如一面五彩繽紛的扇子，左右搖擺，顫動不已。

此時正是孔雀繁殖期，無為寺後院中也養有不少孔雀，段僧奴早見得多了，也不足為奇。當那雄孔雀正做出各種優美的舞蹈動作、拚命炫耀自己的美麗時，忽聽到人聲，立即收起雀屏，大步飛奔，竄進灌木叢中。雌孔雀倒是呆愣一下，回頭瞧了一眼，這才踱踱地去追雄孔雀。

雖然輕而易舉逃離了無為寺，可是要往何處去，段僧奴毫無頭緒。追兵轉瞬即到，她須得立即做出決定，她猜施秀一旦發現她逃走，必定搶先調派人手把守山口，既出不去，乾脆往峰頂攀去。蘭峰夠大，施秀即使派人搜山，數天之內未必找得到她。

蒼山積雪四季不消，越往山上走，樹木漸趨高大稠密，白雪亦越來越多，晶瑩嫻靜，仿若一冰清玉潔的水晶世界。幸運的是，她對這一帶地形極為熟悉，走了大半個時辰，終於來到雲霧纏繞的半山腰。這裡樹林邊的懸崖上有棵半傾的大杉樹，樹繁葉茂，筋骨盤曲，華蓋有五、六丈之巨，大樹下遮蓋著一處小小石臺，不但極為隱蔽、藏身容易，還可俯瞰無為寺全貌。

她來到石臺坐下，脫下靴襪晾在一旁，褲腳裙裾也被溪水打濕，不過並不礙事。往下眺望，只見無為寺籠罩在蘭峰山影下，內中人頭像小黑蟻般來回攢動，也不知是在緊張她的失蹤，還是在為明日段功、梁王使者的到來做準備。日頭不住地西墜，天風颯颯，雲動如流水，眼見陽光一絲一縷從面前溜走，一時之間頗感茫然，天下之大竟似沒有她的容身之處。身為王女，被身分左右著婚姻大事，到底是幸還是不幸？她本是個豪邁慷慨的女子，一念及此，亦不禁有些哽咽起來。

正怏怏傷懷時，忽聽到南側傳來極細微的腳步聲，一轉眼，湖光瀲影的瞬間，她看見一名年輕男子正取下頭上的次工[25]，露出一身漢人裝扮。大理雖以白族為主，漢人卻也不少，有數百年前南詔自四川擄掠的幾萬唐人後代，也有來往貿易的行商估客，更有歷代逃避中原戰亂舉家遷來此處的漢人。只是眼前這名漢人很不一樣，不過二十七、八歲年紀，既非書生亦非行商，面如冠玉風神俊朗，一雙眼睛如山鷹般銳利明亮。段僧奴從沒見過如此英俊好看的男子，只呆望著他，渾然忘了自己的身分和處境。

那男子卻絲毫未留意到有人在暗中窺探，他一手握一柄寶劍，一手拿著剛取下的次工，慢慢沿著杉樹虯根下來，似乎也想來平臺躲藏。忽聽得有人好奇問道：「喂，你是誰？你怎麼在這裡？」

那男子不防如此僻靜之地竟然有人，一驚之下本能地扔下次工，要去拔劍。忽見一白族少女顏若春花、目若點漆，正坐在樹下向他招手。他眼光閃動，先落在她腰間的佩劍上，又見她的神色並無絲毫惡意，還帶著幾分孩子氣的調皮及靈氣，這才放開劍柄，沉聲問道：「你又是誰？怎麼藏在這裡？」他的聲音低沉渾厚，顯得十分深邃。

段僧奴一時對這個漢人男子產生了濃厚興趣，當即自我介紹道：「我叫寶姊……」她頭一次對一個陌生人說出了自己的乳名，臉上微微泛起紅潮，頓了一頓，又續道，「我是逃婚到這裡避難的。你叫什麼名字？」

那男子道：「嗯。」探身往下瞭望，見再也無路可下，轉身便走。段僧奴忙叫道：「喂，等一下。」那男子彎腰撿起次工重新戴好，道：「還有什麼事？」段僧奴道：「你還沒告訴我，你叫什麼名字呢。」男子冷冷道：「就是告訴你，你也不認識我。」竟頭也不回地走了。

段僧奴自一出生便眾星捧月，受盡逢迎和奉承，還不曾這般受人冷遇。她性子好強，呆得一呆，忙穿好靴子，追將上去問道：「你是紅巾明玉珍派來的使者，住在蘭峰下面的無為寺，對不對？」男子道：「是又如何？不是又如何？」腳下卻絲毫不停。段僧奴道：「喂，你們漢人都這般沒禮貌麼？我問你名字，你為何不答？」那男子卻不再睬她，加快腳步。段僧奴氣惱不已，追了幾步，見他往山下而去，心下不免有所遲疑。忽聽到前面遠遠有人叫道：「喂，站住！」正是羽儀長施秀的聲音。段僧奴嚇了一跳，慌忙跳入山道旁的草叢中。

只聽見施秀走近那男子，警惕地問道：「你是誰？在這裡做什麼？」段僧奴心想：「施秀既然不認識他，想來他不是明玉珍派來的使者。」那男子答道：「在下頭一次來到大理，久聞蒼山風光秀麗，想來遊覽一番，不料不熟悉地形，胡亂走到此處。」施秀一時不語，顯然不相信那男子是遊客，但他急著尋找段僧奴，不及仔細盤問對方，便厲聲告道：「蘭峰是大理禁地，外人不得擅入，你快些下山去。」那男子道：「是，多有冒犯。」剛走出數步，忽聽得施秀又叫道：「等一下，你……在山上有沒有見到一名十五、六歲的絳衣少女？」

段僧奴心中登時狂跳不已，那男子只要說「剛剛才見過」，施秀定會派人仔細搜索這片樹林，那麼她插翅也難逃脫。卻聽見那男子道：「沒有。」言語中沒有絲毫猶豫。段僧奴一時愣住，心想：「他為什麼要這麼說？他是想幫我麼？他又為什麼要幫我？」發了好一陣子呆，回過神來才發現周圍人聲全無，恍然明白施秀信了那漢人男子的話，已經帶人下山。他果真救了她。

眼見日盡西山，林間陰翳，寒氣漸重。山腳的寺中又傳來一陣渾厚的鐘聲，段僧奴突然得到某種提示，決定重回無為寺——那裡是最危險的地方，卻也是最安全的地方。也許她還可以再見到那個漢人男子，無為寺前院有廂房專供雲遊僧人及香客居住，那男子若不及回城，說不定會在無為寺住下。

她是個敢想敢做的人，一念及此，當即毫不遲疑地往山下而去。她當然不能從東面正門進寺，只好沿原路返回。到得蘭若樓自己房間的南窗下，暮色朦朧中竟見到那根繩索還掛在原處。想來施秀等人也是依葫蘆畫瓢地縋窗而下，一路追上山，因而不及收回。大喜之下，忙重新攀回臥房，收了繩索，掩好窗戶，走過去敲了東面牆壁三下，輕輕叫道：「伽羅！伽羅！」又再敲三下，卻無人回應。見外面天色黑定，這才省悟伽羅等人必然是去食堂吃晚飯了。再從門縫中往外探看，那醉酒橫臥在甬道上的堂兄段文也不見了，大約是被施秀發現，命人抬回他北面的紫竹院住處。段僧奴向來好動，此刻卻只能獨自悶坐在房中，也不敢燃燈燭。無為寺不同於總管府，蘭若樓不設婢女，只在每日清晨、中午定時有僕婦前來清掃整理。夜幕拉下，萬物陷入沉睡，白日的喧囂完全褪去，少了伽羅的歡聲笑語，住處顯得異常靜謐。一陣難以名狀的寂寞悄然湧上她心間，但她也不敢輕易離開小樓，怕被巡防的武僧撞見。

無為寺為東西向，主體建築共分三處院落：一是「前院」，包括山門、過廳、三座大殿、練武場、藏經閣，以及北廂房、南禪房。北廂房供寺內僧人居住，南禪房則提供掛單的游僧及香客居住，能進得了無為寺，香客的身分自然非富即貴；南禪房西首還有一座獨立的回光院，小巧玲瓏，為普照禪師的住處。過了藏經閣西面的樹林，一道高牆由南至北高高聳立，高牆後方便是「中院」，這是大理王室及世家子弟讀書習武的地方，包括演武廳、念書堂、翠華樓，世家子弟的住處則分佈在演武廳南北。翠華樓之西還有一處獨立院落，西倚蒼山蘭峰，東臨花苑，南側有救疫泉，北側種滿奇花異草、養有數十隻孔雀，這裡是藥師殿；此地原本沒有圍牆，但自從二十年前有人從殿內偷走大理祕藥孔雀膽，並以孔雀膽毒死大理將軍高蓬後，這裡便成為寺中禁地，加修了高牆，成為院中之院，被稱「後院」。由於無為寺地位尊崇特殊，於是跟陽苴咩城中的總管府同樣實行夜禁制度，天黑山門即落鎖，各要害處均分派武僧把守。中院、後院平日就是禁地，外人不得擅入，到了晚上更是巡防森嚴。

雖然暫時可以在自己的房間安身，卻被逼得足不能出戶，宛若軟禁，段僧奴不免感到有些鬱鬱。並不全然是因為被迫逃婚的緣故，她本是個喜歡熱鬧的人，從小到大身邊無時無刻都有一群好夥伴，前呼後擁慣了，此刻孑然一身，渾身不自在。不禁又想起，適才在蘭峰半山腰遇到的那個新鮮又神祕的漢人男子，心想：「不知道他叫什麼名字？今晚有沒有在寺中留宿？嗯，他不過是個遊客，諒來寺僧不會讓他進到寺裡。他生得這般器宇軒昂，應該不是普通人呀。哎，不知道還能不能再見到他。」胡思亂想著，面上又泛起了一陣紅潮。

正當少女思春時，忽聽到南窗下有重物濺水之聲，嚇了一跳，忙悄悄走過去，推開窗縫往外看，只見夜色闃然，水霧繚繞，並無人影，這才放了心，料來不過是水貂之類的動物；施秀搜尋不到她，應不至於仍從原路返回。段僧奴順勢倚在窗口，悵然有所感思，不知明日欲往何方，又不知何處可往。春風寂寂，長夜寥寥，月下花飄，幽香陣陣。也不知道過了多少時候，忽聽見窸窸窣窣一陣腳步聲，幾人走進院中，有人喟然憂道：「也不知道寶姬逃去了哪裡？」正是伽羅的聲音。段僧奴大喜，走到門邊剛要出聲叫喊，又聽見楊寶道：「寶姬也沒有別的地方可去，多半還在蘭峰上。」段僧奴一聽他說自己沒別的地方可去，語氣中大有同情憐憫之意，彷彿是在談一個無家可歸的少女，不禁火冒三丈拉開門怒道：「誰說我沒別的地方可去？」

院中幾人一聽見她的聲音，又驚又喜，急忙奔上樓來。伽羅拉起她的手，道：「原來寶姬還在這裡，可把我們幾個擔心壞了。」欣喜之情溢於言表。高浪也笑道：「寶姬真是聰明，虧得施秀還派了許多人出寺搜尋，哪知道正主卻躲在這裡。」

段僧奴一見到夥伴，早將所有的不快拋到腦後，笑道：「我與伽羅今晚有約定，當然要回來這裡了。」伽羅喜道：「呀，真是我的好姊妹呢。」段僧奴四下不見段寶，問道：「我阿弟呢？」伽羅道：「坦綽以為你偷偷跑掉，猜到信苴要大發脾氣，先回城去請夫人出面說情了。」段僧奴癟了癟嘴唇，道：「阿姆才不會為我說情呢，她什麼事都聽阿爹的。不過……」頓了頓，又道，「阿寶對我倒真是好。」楊寶見二女在廊上說個不停，生怕被巡視的武僧發現，忙道：「先進伽羅房中再說。」

幾人進得房中，關好門窗後才點燃燈燭。段僧奴這才發現高潛也不在，忙問道：「高潛人呢？」高浪不屑地道：「他嬌貴得緊，不知怎生又肚子疼了。」言語中對這位族兄大有鄙夷之意。

伽羅也道：「今日高潛臉色一直不大好，我說要幫他看看是什麼毛病，他卻不肯，嘿嘿，我猜他是嫌我醫術差，就讓他自己去藥師殿找我師父看，也不知道後來去了沒有。他晚飯都沒出來吃呢。」伽羅是藥師殿白沙醫師的弟子，頗精醫道。

段僧奴道：「嗯，高潛表哥自小就毛病多，吃了多少藥也不見好，我阿姆說他天生羸弱。」她口中這般說，心中也著實有些瞧不起這個表兄，自小體弱多病，文才武功樣樣不行不說，性情又窩囊軟弱，毫無大志，她父親幾次叫他去朝中任職，學點本事，他卻始終不肯，雖說身世可憫，父母都被梁王買凶毒死，只留下襁褓中的他孤零零一個人，可是在大理這樣的地方，即使是總管之子也得憑真材實料才能贏得尊重。事實上，在無為寺中習教的世家子弟，就數高潛和段文最為人輕視。

此時，高浪提到要吃些什麼，段僧奴這才感覺肚子有點餓了，叫道：「哎呀，我也還沒吃飯呢。」伽羅道：「呀，晚飯有寶姬最愛的乳扇和弓魚[26]。」忙一推高浪，催道，「你快去食堂看看還有沒有。」高浪心想：「這跑腿的事本該輪到高潛去做。」雖有些不情願，還是應了一聲出去了。

伽羅問道：「寶姬你一直躲在自己房中麼？」段僧奴道：「你倒是猜猜看。」伽羅不願多想，只拿眼去看楊寶。楊寶道：「寶姬去而復返，確實是最聰明的法子。」段僧奴道：「你怎麼猜到我是去而復返？」楊寶道：「瞧寶姬的靴子和裙子，還是濕的呢。」段僧奴低頭一看，笑道：「真是呢。」忙摸索著回到自己臥室，找出乾淨衣服鞋子換上，又重新梳攏了頭髮，這才回到伽羅房中。三人說笑了一回，伽羅道：「但寶姬如此躲著也不是長久之計。楊寶，你平日主意最多，快想個好法子。」楊寶搖頭道：「沒有好法子。」伽羅道：「要不然……我們設法把寶姬送去印度？」楊寶道：「不必著急。目下局勢未明，寶姬躲過這一陣子，事情或許會有轉機。」段僧奴忙問道：「什麼轉機？」楊寶道：「這個……」他卻有所遲疑，不願明說。

原來照楊寶所想——如今西南三足鼎立：大理段家掌管雲南西部，梁王控制雲南東部，明玉珍則奪取了蜀中。三方勢力中，按理說本該梁王最強，然而歷任梁王與行省爭權，狠鬥了幾十年，甚至還各自調發軍隊，發生過幾次大規模戰爭，梁王最雖然占了上風，但自己的實力亦大為削弱，窮兵黷武，又妄想如同擊敗行省般剷除段氏，便陸續與幾任大理總管開戰，如今早已兵微將寡。明玉珍出身紅巾軍，人多勢眾，又以恢復漢人統治為號召，極得中原人心，但畢竟占據四川的時日不長，處境又四面受敵：北邊有陝西元軍精銳的威脅，東邊湖北、湖南是他死對頭陳友諒的地盤，南邊有梁王孛羅，西南邊面對的則是大理段氏勢力，尤其深受段氏羈縻的建昌部落更同在四川境內。明玉珍的防線如此漫長，兵力再多也必然要被分散。因而比較起來，大理反倒是最強的一支，雖百年前遭蒙古滅國之厄，地盤大大削減，然段家數百年來經營雲南，根深柢固，非同小可。

正因如此，眼下明玉珍與梁王交戰，雙方才會都派使者前來拉攏段功信苴，這便是大理地位舉足輕重的明證。而到目前為止，段功信苴的態度也相當微妙，他沒讓明玉珍的使者居住在專門招待貴賓的五華樓，而是悄悄安排在無為寺，顯然是不願外人知道，尤其不想讓梁王那一方知道。但是對於梁王、行省使者，他也只是接了書信，不肯親見使者，可見對於從他父兄開始與蒙古人結下的梁子無法輕易釋懷。但無論如何，大理雖是掌握主動的一方，卻必須作出選擇，因為坐山觀虎鬥即等於同時拒絕了明玉珍和梁王兩方，後患無窮。那麼，段功信苴會選擇與明玉珍結盟，還是與梁王和好呢？到目前為止，沒有人知道。

可是對段僧奴來說，這其中卻有個機會。無論從哪方面來說，她嫁給建昌頭人阿榮都是上上之選，對大理有利，只是以她的剛硬性格勢難促成。段功信苴寬厚仁愛，決計不會死逼愛女，然而一旦阿榮得知寶姬寧死不嫁，顏面掃地，必定懷恨在心，以建昌部落強悍凶狠的風氣，多半要興兵鬧事。若是大理與明玉珍結盟，雙方等於正好同時對建昌部落和梁王形成夾擊之勢；但若大理與梁王和好，局面便會不利得多，意即大理的北邊和東部便分別處在建昌和明玉珍的威脅之下。

適才楊寶所言有個轉機，便是指——一旦段功與明玉珍結盟，或許不必再顧慮建昌，也不會逼寶姬出嫁。只是這話他卻不便說出口。話說大理段氏歸順元朝已近百年，一旦傾向明玉珍就等於公然背叛朝廷，明玉珍若能奪得中原江山尚值得一試，可是他爭得到天下麼？

段僧奴卻著急得很，連連催道：「你快說啊，到底是什麼轉機？」楊寶道：「我只是隨口一說，這件事全在信苴。」段僧奴卻很瞭解他的性格，知道他絕非隨口一說，上前一步逼問道：「我既教過你武功，就是你師父，師父命令你快說，轉機到底是什麼？」楊寶卻不肯鬆口，道：「沒有。」

正僵持間，高浪匆匆進來，道：「乳扇和弓魚都沒有了。」伽羅見他空手而回，大為不滿。他背後突然冒出一人，訕訕道：「乳扇其實還剩幾塊，剛好被我吃掉了。我不知道寶姬還在……」

段僧奴不防高浪背後緊跟著一人，大吃一驚，以為是來逮她回城的羽儀，正本能地往窗口逃去。那人忙道：「是我。」她定睛一看原來是高潛，這才鬆了口氣，埋怨道：「高潛表哥，你怎麼不吭一聲就冒出來？嚇了我一跳。」

高潛將一盤生肉放到桌上，慌忙賠禮道：「抱歉，我該先招呼一聲的。」段僧奴道：「現在沒事了。高潛表哥，你怎麼突然來了？不是說肚子疼麼？去藥師殿看過了麼？」高潛道：「唔，我身子是有些不舒服……」高浪道：「我適才可是親眼瞧見高潛站在樹下抹眼淚呢。」

眾人大奇，伽羅道：「肚子疼得這般厲害麼？快過來讓我瞧瞧。」高潛忙道：「已經好了。再說哪有掉眼淚，不過是沙子迷了眼睛……」高浪道：「明明是……」楊寶及時拉了他一下，道：「寶姬餓了，趕緊先吃飯。」

伽羅望了一眼那盤生肉，驚道：「呀，高潛你怎麼將香料蒜汁直接澆到肉上？」高潛忙辯解道：「不是我……是高浪……」高浪瞪了他一眼，不以為然地道：「幹麼大驚小怪，反正寶姬切了肉也是蘸著香料吃，和在一起豈不方便？」段僧奴早餓得慌了，哪裡還顧得上講究，忙道：「這樣便很好。」自腰間抽出短劍，坐在桌邊，邊割邊吃，狼吞虎嚥之勢渾然不似名門之女。

段僧奴手中短劍是柄罕見的利器，頗有來歷。她父親段功初即大理總管之位時，有火球劃天，聲聞百里，自北往南而下，墜落在蒼山玉局峰。火球冰冷後裂開，露出中心一大塊玄鐵，可剁鐵而不傷刃，削髮可下。因天降神物，百姓獻給總管府，段功令十名匠人磨劍兩年有餘，取蒼山雪水淬火，始成一長一短兩柄劍。由於是玄鐵所鑄，長劍重達十二斤，長三尺，刃寬一寸六，中厚八分，色烏亮而冰寒，配雙龍奪珠金鞘，稱「烏鋼劍」，成為段功的隨身佩劍。短劍長一尺六，寬兩指，配象皮鞘，鑲五色寶石，稱「女兒劍」，理所當然給了段僧奴。此劍工藝精巧，削金斷玉，吹毛立斷，此刻卻被她隨意用來割肉，高浪看在眼中不免有些可惜。

卻聽見伽羅問道：「高浪，你才吃過晚飯不久，又去食堂拿肉，沒人懷疑你麼？」高浪道：「他們正忙著架三腳架燒三道茶[27]呢，哪裡顧得上理我。」這三道茶是大理招待貴客的習俗，通常要在屋裡現煮現喝，但達官貴人嫌煙氣熏眼，往往命人在廚下煮好茶才端上。伽羅又問：「是給南禪房那幾個漢人的麼？嗯，楊寶說他們是明玉珍的使者，也算得上是中原來的貴客。」高浪冷笑道：「果真是貴客，就該住進五華樓，怎麼會來這裡？」段僧奴道：「這你還不懂麼？我大理雖與梁王交惡多年，但名義上畢竟還是大元朝的子民，這明玉珍自稱皇帝，是大元的反賊，阿爹怎能讓人知道他正與反賊暗中來往？」高浪道：「知道了又怎樣，我大理兵精馬壯，還怕他們蒙古人麼？」段僧奴笑道：「這話還是等你當上將軍再說罷。」

伽羅道：「也不對呀，就算是明玉珍的使者，可是他們不是已經來了好幾天麼，怎麼突然要上三道茶？」高浪甚是得意，笑道：「你們還不知道罷，那個中原大財主沈富又來了！」段僧奴道：「沈富雖與首座無依禪師熟識，卻算不上是什麼貴客。」高浪道：「不過，這次沈富又帶了個書生同來……」高潛忽插口道：「你們別瞎猜了，我聽人說，茶是送去回光院的。」段僧奴奇道：「原來是有客人要來探訪普照禪師。」伽羅搖頭道：「我不信，怪和尚能有什麼客人。楊寶，你說呢？」楊寶一直默不作聲，聽伽羅問自己，才道：「這事倒很不尋常。」

他這麼說，並非因為普照禪師素來行蹤詭祕，從不出住處回光院半步，而是無為寺前院自有僧人專用的廚，與後院世家子弟的食堂分開，一是僧人只吃素食，二則是為了安全著想，防止有人對世家子弟投毒。然而此時卻聽說，正用後院的廚房為前院的普照禪師燒茶，不免有些令人詫異。

旁人卻沒有他這般細微心思。伽羅向段僧奴使了個眼色，二人早有默契，段僧奴當即咳嗽了一聲道：「我跟伽羅一會兒要去普照禪師房裡瞧瞧，你們幾個有沒有膽量跟我們去？」高浪道：「那怪和尚有什麼好瞧的？」伽羅道：「他有許多不為人知的祕密都藏在一口箱子裡。高浪，你不敢去就算了。」高浪冷笑道：「我有什麼不敢去的？倒是伽羅你不會武功，一會兒翻牆頭，還不是要我和楊寶拉你。」伽羅笑道：「嗯，那可要多謝你了。」

高浪又冷眼斜睨高潛，言下之意無非是說：你武功不濟，還是別去了。高潛扭轉了頭，不敢看他，囁嚅道：「寶姬，我也想去……」段僧奴爽快地道：「當然是一道去了！放心，高潛表哥，一會兒我拉你上去。」又切了一大片肉放入口中，拿短劍一拍桌子，站起身來道：「事不宜遲，咱們這就去罷。」楊寶驚道：「寶姬真要去冒險麼？」段僧奴道：「又不是上刀山下火海，就在寺裡面，有什麼可冒險的？」

伽羅原是首倡之人，見楊寶連使眼色，也頗為猶豫起來，道：「可是寶姬你別忘了，你自己正在逃亡中呢，施秀羽儀長在外面不知派了多少人搜尋你。」段僧奴笑道：「那是外面的事，施秀決計猜不到我人還在無為寺中。何況普照禪師的回光院也是寺中禁地，他決計不敢輕易闖入。楊寶，你到底去還是不去？」她是個說一不二的人，決定了的事情旁人無論如何都勸不回頭，楊寶無奈，只得點點頭。

當下吹滅燈燭，取了繩索，來到院落中。四人先不急著出門，在門口靜候了一盞茶功夫，果聽見一隊武僧輕輕巡過，繼續往西，往翠華樓去了。幾人忙悄悄溜出院子，也不敢走中院院門，那裡有武僧把守，若見眾人夜晚外出勢必要追問，何況段僧奴目前亦不可露臉。不過，從她居住的小樓逕直往東五百步，便是隔斷前院與中院的高牆，翻過這道牆剛好就是回光院的院落。

眾人雖是第一次摸去回光院，卻對翻牆駕輕就熟，立即先躲到牆根下。高浪取出飛鉤，那飛鉤又名「鐵鴟腳」，形狀如錨，帶有四個尖銳的爪鉤，用鐵鏈繫之，再續接繩索，原是軍中用在戰場上鉤取敵人的兵器，也是用來翻牆的絕好工具。他往西退開數步，在頭上揚了飛鉤幾下，瞄準位置後，手一用力，驀然甩出，那飛鉤帶著繩索飛上牆頭，「嗖」的一聲落在另一面，再緩緩拉緊繩索，直到鉤子鉤緊東牆面的石縫，這才叫道：「可以了。」隨即率先拉著繩索爬上牆頭。段僧奴第二個爬上。再次是高潛，他抓緊繩索，段僧奴與高浪在上面用力一扯，他便連拖帶爬地上去了。第四個是伽羅，她絲毫不懂武功，又是個弱女子，手臂無力，只能另用繩索綁住腰間，楊寶在下面托著，高浪、高潛在上面拉，饒是如此，仍舊頗為費力。回光院靠近石牆處正有一棵梨樹，段僧奴沿著牆頭走近，躍到樹身上，先溜了下來。

回光院坐南朝北，北面是一處三開的房屋，為普照禪師住處。東面則是兩間石屋，一間堆放雜物，另一間原是侍奉普照的小沙彌住處，但普照不喜旁人打擾，凡事寧可自己動手，便將小沙彌逐了出去，房間遂一直空著，日常飲食茶水自有僧人定時送來院中。

只見院中悄然無聲，唯獨正堂燈火通明，一高大身影映在窗上，赫然便是那神祕的怪和尚普照禪師，似正在秉燭讀書。正欲走過去瞧得清楚些，忽聽見伽羅在背後的牆頭驚叫一聲，回頭一看，原來是她到了牆頭，一時頭暈沒能立穩，差點摔下牆來，幸好高浪眼疾手快，一把扯住她腰間的繩索。段僧奴忙「噓」了一聲，回望室內燈光人影，依舊一頁頁地翻著書，極為仔細，並未察覺室外動靜。

好不容易將伽羅吊下來，高浪從牆頭一躍而下，低聲埋怨道：「伽羅，你可是比上次重了許多。」伽羅笑嘻嘻地道：「是麼？說明我長大了。」正說著，楊寶、高潛也順著梨樹滑了下來。幾人一起溜到廊下，高浪伸手戳破窗紙，果見普照禪師正席坐在蒲團上讀書，神情極為專注。段僧奴悄聲問道：「那口箱子在哪兒？」伽羅道：「在怪和尚的臥室裡。」

正犯愁如何在普照禪師的眼皮底下溜進他的臥室，忽聽到外面有陣急促的腳步聲，遠遠有人命道：「注意四下警戒。」赫然是羽儀長施宗的聲音。段僧奴驚得嘴巴張得老大，這施宗是施秀的兄長，也是她父親最親信的羽儀長，每每他一出現，意味著段功也要出現。又聽見數人低聲應道：「是。」便各自分散開去，似已將回光院圍住。

五人登時猜到今晚來見普照禪師的貴客不是旁人，正是段僧奴的父親——大理總管段功。大驚失色下，大夥慌忙躲到石屋前的茶樹叢中，偏偏這回光院栽種的品種是恨天高[28]，高度尚不及一人，又來不及回去翻牆，只好一起伏下身子鑽進樹叢中，盼望仗著夜色逃過那施宗精明的眼睛。不料，施宗卻始終未進院來，只守在門口，眾人料到他正在靜候段功到來，大氣也不敢出。

楊寶心想：「信苴摸黑來到無為寺，事先竟不令寶姬姊弟知道，可見不想洩露一丁點行蹤。既然如此神祕，當是為明玉珍的使者而來，只是為何眾多羽儀不去隔壁南禪房警衛，卻到回光院門口呢？」百思不得其解。

過了一盞茶功夫，又聽見外面一陣腳步聲驚驟而來，施宗搶上前道：「信苴！」段僧奴聽到父親到來，心中「砰砰」直跳。她已有半個月未見父親，多少有些思念，此刻卻矛盾不已，既想見他，又不願意他出現。

只聽見門外的段功淡淡「嗯」了一聲，問道：「禪師在裡面麼？」施宗道：「是。」又聽見員外郎楊智的聲音道：「張判官在飯前已將信苴要來的消息告知禪師了。」他是段氏家臣，足智多謀，素為段功倚重。段功便不再多問，見院門虛掩，輕輕推門而入，朗聲道：「有客夤夜拜訪，還望禪師賜見。」回光院東面即是南禪房，明玉珍的使者便住在一牆之隔，他不肯報「大理總管段功」的名號，自是不願張揚，也怕旁人聽見。茶樹叢中幾人聽得段功進來，埋低了頭，不敢多看，只有段僧奴忍不住從花間窺探——只見父親頭戴次工，一身白色便服平添幾分儒雅之氣，看上去不像個威震西南的大理總管，倒似學館中的教書先生。

忽聽見室內一個中氣十足的聲音答道：「請進。」藏在樹叢中的幾人還是第一次聽到普照禪師開口說話，大為稱奇，他明明看起來已年過五十，何以聲音如此充沛？莫非也是習武之人？只見段功自頭上取下次工，交給背後的楊智，大踏步走進室內。普照禪師放下手中書冊，指著對面的蒲團道：「請坐。」

外面茶樹下幾人望見窗上映影，均有一樣的想法：「這普照禪師好大的架子，信苴親到，他竟不起身迎接。」心下雖訝然，身子卻絲毫不敢動彈，因楊智正率三名羽儀捧茶進來，因未奉召喚，不敢擅自進屋，只在院中佇立等候。

只聽見普照禪師緩緩道：「八年前的活命之恩，沒齒難忘，我一直未有機會當面向信苴道謝。今日得以親見信苴，果是龍章鳳姿，我這個『謝』字，也終於可以說出口了。」段功道：「些須微勞，何勞禪師言謝。」又道，「禪師來大理八年，足不出戶，還沒喝過我大理招待貴客的三道茶罷？」普照道：「確實沒有嘗過。不過聽信苴言下之意，似有離別之意。」段功微笑不答，只朝外叫道：「上茶。」楊智一揮手，三名羽儀將茶送進室內，旋即又魚貫退出。

段功拎起第一只木盤中的小陶罐，往兩只茶杯中注入茶水。陶罐保溫極好，倒出來時竟還是騰騰熱氣。段功做了個「請」的手勢道：「禪師請用。」普照見那茶杯本小，還只注了小半杯，幾乎一口便可喝完，料此茶必有講究，便端起茶杯，卻不飲用，只慢慢品玩那茶的氣味。室外便是怒放的茶花，香氣馥郁，那茶卻獨有一股清氣，足可壓倒綿綿不絕的花香。

段功笑道：「第一道是清茶，用的是大理特產沱茶。我大理習俗，酒滿敬人，茶滿欺人，因而這道茶只有小半杯。請禪師品嘗。」當下端起茶杯，抿了一小口。普照也學著他的樣子輕飲一口，只覺茶水又濃又釅又苦，他本是蒙古人，自小到大一直喝白酥油、牛奶煎煮的磚茶，當然喝不慣這種講究清雅的清茶。

段功又端起第二只木盤中的陶罐，往杯中只注入六、七分滿，道：「這第二道是蜜茶，用茶葉混合蜂蜜、果仁、乳扇煎製而成。」普照嘗了一口，鮮甜中有股羊奶味，甚合自己口味，當即一口飲完。

段功道：「第三道是鹽茶，顧名思義，茶中放了鹽粒、花椒、桂皮等物。」普照端起一飲而盡，味道跟鹹湯差不多，更多了一股辛辣之氣，過了一小會兒，才感覺舌尖微有麻辣之感迴旋，當即道：「信苴這三道茶，先苦，再甜，後回味，想來必有深意。」段功道：「禪師苦盡甘來，如今朝廷赦免禪師的詔書已正式下達，禪師終於可以回到大都與家人團聚了。」

二人聲音甚低，然畢竟只有一窗之隔，廊下茶樹叢中的段僧奴幾人聽得一清二楚。楊寶心思機敏，最先會意過來，暗想：「原來普照禪師就是前丞相脫脫，這可真讓人意想不到。脫脫八年前在騰衝被朝廷賜飲毒酒而死，不知為何被信苴救了，藏在無為寺中。難怪……難怪雲南行省要在這個時候送朝廷赦免脫脫的詔書到大理，看來他們早已知道脫脫未死，此舉隱有威脅信苴之意，雖然朝廷現下赦免了脫脫，但信苴當年私救脫脫可是違抗聖旨的大罪。」轉念又想，「自與梁王孛羅交惡以來，我大理違抗朝命的事可多了，單說與梁王的幾場大戰也比救一個脫脫嚴重得多，哪須懼怕區區雲南行省的威脅。何況此時蒙古人正有求於信苴，想請他發兵抵抗明玉珍，豈敢輕易開罪？看來脫脫一事另有隱情。莫非……莫非是想乘機請脫脫回去輔佐梁王，甚至是輔佐蒙古皇帝，挽救危局？瞧他飲三道茶的樣子，毫無出家人淡泊之心，可見豪情壯志猶在。」

正沉思間，楊寶忽覺有人拉扯自己的衣袖，轉頭一看卻是段僧奴，她正焦急地指著室內，似也意識到普照的真實身分非同一般，有詢問證實之意。他微微抬頭，見楊智還帶著羽儀站在庭院中，離此僅十餘步遠，忙朝段僧奴搖了搖頭，示意她千萬不可妄動。段僧奴本是個急性子，此刻被情勢壓制不得開口說話，當真心急如焚。

室內靜默無言，那普照禪師果真是前中書省右丞相脫脫，此刻他本人亦心潮澎湃——他本姓蔑里乞氏，是權臣伯顏之侄，自小在險惡的政治鬥爭中長大。伯顏為中書右丞相時，權傾朝野，官銜長達二百四十六字，「時天下貢賦，多入伯顏家，省院臺官皆出其門下，每罷朝，皆擁之而去，朝廷為之空也」，如此聲勢，自然深為皇帝妥懽帖睦爾所忌。脫脫擔心將來伯父若倒臺會禍及自己，於是極力討好皇帝，並聯合擁皇勢力，趁伯顏外出打獵時罷黜了他的官職，皇帝得以親政，脫脫自己也一躍成為中樞重臣，改伯顏舊政，大行文治，恢復科舉取士[29]，由此得了「賢相」之名，被朝野視為重振大元國勢的希望。

然而，上天並不總是眷顧他，之後的幾年災荒頻繁，國庫吃緊。為了緩解危機，脫脫下令印製至正交鈔，新鈔一出便迅速貶值，淪為廢紙，民間物價暴漲，米價貴似珠。湊巧黃河連連決口，朝廷徵發大量民工治河，弊端和暴政最終觸發了紅巾軍大起義。但巨大的危機倒成了他脫脫展露軍事才華的契機，在精銳元軍先後慘敗的情況下，他親率大軍征討，一舉襲破紅巾軍將領芝麻李所占據的徐州，他殘酷屠城，雞犬不留，並因此軍功被封為太師，受命總制諸王諸省軍，繼續征討占據高郵的張士誠。那是脫脫人生中最輝煌的一刻，元軍主力傾巢而出，大軍號稱百萬，旌旗千里，金鼓震野，盛況前所未有。張士誠連吃敗仗，正要舉城投降之際，皇帝突然下詔指責脫脫「勞師費財，坐視寇盜」，削去他所有官爵。這無異晴天霹靂，後來才知有奸臣在背後中傷，而皇帝竟聽信了讒言。部下均勸他「將在軍，君命有所不受」，他卻不願公然抗詔，便順從地交出兵權，被流放到雲南。他被臨陣奪職後，百萬大軍一時潰散，元朝自此開始兵機不振。倘若當初皇帝信任他，放手任他作為，還會有今日之盜賊縱橫、生靈塗炭麼？想來皇帝午夜回憶也有諸多追悔之處，不然何來眼前赦免一說。只是，時至今日，任是管仲、樂毅再世，怕也無回天之力。一念及此，脫脫忍不住喟然長歎道：「唉，太遲了。」

段功道：「禪師在我大理蟄伏八年，雄心不減當年，何有『太遲』一說？」脫脫先是一愣，心想：「看來我暗中繪製萬里江山圖，還是沒能逃過這段功的耳目。」又見對方態度平靜，似並無敵意，當即搖了搖頭道：「我所言『太遲』，是說目下天下局勢已經一發不可收拾，非人力所能挽回。」

楊寶聽了更是暗暗心驚——這脫脫足不出戶，竟能知道天下局勢，當真不可小覷。此人聰明絕頂，為中書丞相時便有「精幹老練」之名，又在大理待了八年，盡知虛實，若他真去了梁王身邊，豈非對大理大大不利？

卻聽見段功道：「即便如此，禪師應該知道，你我皆是局中人，身不由己，須得作出選擇。」言語中饒有深意。脫脫低著頭，沉默片刻道：「信苴請稍候。」起身走向室內。

外面五人趴在茶樹下，也不知道室內二人還要談多久，偏偏楊智等人一直如木樁般站在院中不走，無法動彈一下，大有度時如年之感。伽羅心中早已後悔千遍萬遍，真不該如此辛苦爬牆來偷看這怪和尚的箱子，換作平日她早就主動站了出去，信苴為人寬厚，即使知道他們在外面偷聽，也不過輕言訓斥幾句，偏偏此時寶姬正在逃婚當中，絲毫露不得行蹤。正苦悶間，忽覺頭髮上有隻蟲子蠕動，大驚下急忙去拉身旁的高浪，示意要他幫忙弄掉頭上的蟲子。高浪不明所以，隨口問道：「做什麼？」

聲音雖輕，頓時有羽儀驚覺，也不作聲，只走到門口向羽儀長施宗指了指廊下。施宗微一點頭，做了個手勢，幾名羽儀各自手持兵刃，分成左右兩隊，悄悄朝茶樹叢中包抄過來。楊寶早已瞧得真切，反應極快，急忙起身走出道：「是我，楊寶。」又回身叫道：「你們三個還不快出來？」高浪、高潛、伽羅依言走出，只剩段僧奴依舊趴著，不敢動彈。

施宗乍然見到幾人從茶樹後走出，當即上前，沉聲問道：「你們幾個在這裡做什麼？」楊寶支吾道：「嗯，也沒什麼，就是想翻牆出去玩，結果剛巧被你們堵在院子裡。」

施宗知道這群孩子在寺中頑皮胡鬧，還時常翻牆出院做出各種驚人之舉，而要想不驚動武僧溜出中院，翻牆走回光院確實是最便捷的路線，因而絲毫不感驚訝，只低聲斥道：「還不快些回去睡覺。」楊寶忙應道：「是。」高浪則大方走到牆角，收了掛在牆頭的繩索，這才昂然離去。施宗見他一副無法無天的派頭，大有自己當年的影子，簡直哭笑不得。楊智一直默不作聲，等高浪出去，才招手叫過一名羽儀，低聲囑咐道：「你悄悄跟住他們，說不定他們幾個知道寶姬的去處，會暗中與她聯絡。」那羽儀道：「是。」應命而出。茶樹叢中的段僧奴隱約聽見這話，不禁大為氣惱，暗想：「楊智員外可真是狡猾，難怪大家都稱他是總管府的『智囊』。這下可好，我連無為寺也待不下去了，這該如何是好？」

院中一番動靜，雖然並不如何響亮，室內的段功卻聽得一清二楚，不過他生性沉穩，只佯作不知。等了片刻，卻見脫脫抱著一口箱子出來，打開來看，卻裝滿了卷軸。脫脫指著那箱子道：「這是我在這八年內所繪的中原州域形勢、山川險隘之圖，還真要多謝信苴允准我借閱翠華樓藏書。」段功道：「何足掛齒。」

脫脫見他不動聲色，訝然道：「很少有人能見到這一箱子圖卷後還無動於衷，信苴難道不是為它們而來麼？」段功笑道：「禪師誤會了。我今晚前來只為見禪師一面，順便告知赦免詔書一事。」脫脫一向桀驁驕傲，即使段功對他有救命之恩，言語也甚是冷淡，如今見對方一無所圖，這才真正折服於對方的胸襟氣度，嘴上雖然不說什麼，心中卻歎息不已。

段功見他不語，以為他仍不明白，又進一步解釋道：「之前我說作出選擇，是說禪師可以選擇留在這裡，也可以跟行省使者回中慶，只是北上大都要麻煩得多——中原烽火狼煙，南方盡不在朝廷掌握中，保險起見，禪師須得走海路。」脫脫毫不遲疑地道：「我要去梁王孛羅那裡。」段功大為驚訝道：「禪師適才不是說『太遲了』麼？」脫脫道：「我生是大元人，死是大元鬼，即使太遲，也須得盡力而為。」段功道：「那禪師何不立即北上大都？我自當派人護送。」脫脫搖了搖頭道：「日前漢人氣盛，我朝大將又各起內訌，自亂陣腳，中原腹地已是難保，西南卻可獨立於中原之外。只要助梁王孛羅守住雲南，進可攻，退可守，與北方成呼應之勢。將來我蒙古大軍反攻中原，雲南便是南方的重要基地。」段功心想：「此人眼光謀略果然不同一般。若他能助梁王孛羅一臂之力，或許可以反敗為勝，阻止紅巾明玉珍的勢力進入雲南。」他胸懷坦蕩，不似脫脫那般陰鷙深沉，當即道：「禪師遠見卓識，果非常人。湊巧梁王派了使者來大理，現正住在城中五華樓……」

脫脫道：「梁王是派人來向信苴求救罷？」言中頗有揶揄嘲諷之意，似對梁王很不以為然。段功答道：「正是。」脫脫道：「信苴如何答覆？」段功道：「嗯，我還沒有召見使者。」他不願意謊話欺人道，「不敢有瞞禪師，這件事我原也不打算管。」脫脫點頭道：「信苴是個坦率之人，襟懷夷曠。孛羅為人粗鄙狂妄，野心勃勃，自接管雲南以來數次派兵侵犯大理，又多有不義之舉，信苴記恨他，也是人之常情。」段功緩緩道：「我並非因為記恨梁王才不願發兵。」一指那口箱子，「禪師胸懷韜略，既有經世治國之才，又有八年心血凝結其中，想來這些圖卷非同小可。」脫脫傲然道：「有心奪取江山、稱霸天下者，得我圖卷，可謂如虎添翼、事半功倍。」段功道：「可是在我眼中，這些圖卷不過是普通的地圖罷了。自我先人四百年前創立大理以來，一直固守本土，從無向外擴張之心，更談不上逐鹿中原、雄霸天下。」

脫脫吃驚地望著段功，仿若在看一個陌生人。他是蒙古人，從小便以鐵蹄征服世界的成吉思汗為傲，萬里江山似錦，無數英雄折腰，但眼前這段功竟對大好河山無動於衷，實在有些出乎他意外，忍不住問道：「自古英雄披肝瀝膽，無非是向馬上求取功名，漢人也說『寧為百夫長，勝作一書生』。信苴今日之實力遠在梁王之上，當真對雲南全境無半分覬覦之心麼？百年之前，這些地方可全是大理的地盤。」段功歎道：「若真被大理得了雲南全境，如今被明玉珍三路大軍圍攻的就是我段氏了。」脫脫道：「這麼說，信苴決意坐山觀虎鬥？」段功道：「並非段某有意如此，而是大理自靠佛佑立足西南以來，僻地自守，只以清平為國策。」脫脫道：「然而覆巢之下焉有完卵？一旦明玉珍攻下中慶，下一個目標便是大理。」段功道：「果真如此，我段功自當親自率軍抵擋，力保境內百姓晏然安穩。」脫脫見他絕然果斷，頓時想起一事，驚道：「莫非……莫非明玉珍也派了使者與信苴通好？」段功既不承認，也不否認，只道：「而今局面複雜，保一方太平才是我段氏首要之責。」脫脫料他已然決意不肯出兵相助梁王，萬難勸動，只好使出最後一招厲聲道：「信苴切莫忘了，若非我大元世祖皇帝[30]的恩惠，段家哪有今日風光？」

外面的段僧奴一聽，忍不住勃然大怒，心想：「這普照好生無禮，哪壺不開提哪壺，蒙古人明明於我大理有滅國之恨，何來恩惠一說？」她卻不知這其中的是是非非。大理國自第十二代皇帝段廉義起，相國高智升便攫取了全部朝政，竭力鞏固高家勢力，後來更發展到高家世居相國，專擅政柄，段氏形同虛設，這種局面一直延續到大理國滅亡前；末代皇帝段興智毫無實權，事事受相國高泰祥的制約。大理精兵本戰鬥力極強，絲毫不弱於蒙古軍，卻被蒙古的忽必烈率大軍直奔陽苴咩城下，就是因為相國高泰祥將絕大部分軍隊調往自己封地善闡[31]四周，令王城防守極為虛弱。可以說，高氏對大理國的速亡實有不可推卸之責。後來，蒙古人殺相國高泰祥，扶持段興智統治雲南，大理雖就此滅國，段興智卻從此得擺脫高氏欺壓，對蒙古感恩戴德，主動獻大理國地圖〈大理圖志〉，並率大理軍隊充當蒙軍前鋒。高氏在大理國擅權的這段歷史，對段家來說不是什麼光彩事，後世的段氏總管除了對高氏嚴加防範外，很少對子孫提及，況且高氏子孫興旺，至今仍是白族大姓，段功之母高藥師便是高泰祥嫡系後人，就連段功自己也娶了高氏才女高蘭為妻，再重提這些往事只會激化高氏與段氏子弟的矛盾。但無論如何，確實如脫脫所言，段氏得重掌大理軍政實權，很大程度要歸功於蒙古人。段僧奴不瞭解這些恩怨，段功卻知道，一時難以回答，沉吟不語。

脫脫又道：「況且中原漢人蠻子陰險狡詐、詭計多端，若被張士誠、明玉珍、朱元璋之輩得了江山，西南還有信苴立足之地麼？」段功道：「禪師何出此言？我大理立國後，曾與中原的宋朝和平相處三百餘年，其間常常互通有無，友好往來。」脫脫曾任都總裁官，主修《宋史》《遼史》《金史》，對中原的這段歷史遠比段功熟識，當即冷笑道：「你道是宋人友愛仁慈麼？宋朝自宋太祖趙匡胤開國起，杯酒釋兵權，導致舉國武功極弱，北部燕雲十六州又陷在契丹人手中，中原無所屏障，邊患危機極為嚴重，先後面臨遼國、西夏、金國的鐵蹄威脅，三百年來，西北邊境幾乎沒停止過戰爭，若是再於西南向你大理開戰豈不腹背受敵[32]？況且中原之地不利養馬，宋人沒有馬源，還須借助你大理[33]。」

段功道：「話雖如此……」脫脫蠻橫地打斷了他，道：「唐朝時，漢人武功強盛，那時還沒有大理國，只有南詔。開元年間，唐玄宗李隆基為牽制吐蕃，有意支持南詔王皮羅閣吞併其他五詔部落，建立南詔國。十年後，皮羅閣之子閣羅鳳即位，與爨氏部落聯姻，勢力從此進入滇池地區。唐人感到壓力，大搞政治陰謀，派李宓以反間計挑起爨氏內訌，導致爨歸王被亂臣殺死，歸王的妻子阿姹向南詔求救，南詔出兵殺了亂臣，但從此與唐人關係破裂。唐人有意加倍征取南詔糧稅，又計畫扶持閣羅鳳之弟於誠節取代閣羅鳳。閣羅鳳想盡力挽回與唐朝的關係，便親自到姚州[34]拜會唐朝官員張虔陀，不料張虔陀見閣羅鳳的妃子慕容玉珠貌美[35]，竟用酒灌醉閣羅鳳，姦污了慕容玉珠。閣羅鳳酒醒後得知真相十分憤怒，派人到長安向唐朝皇帝控訴張虔陀，但唐玄宗只知沉迷於楊貴妃的溫柔鄉中，根本不予理會。張虔陀又上書誣告閣羅鳳謀反，唐人宰相楊國忠從中添油加醋。閣羅鳳忍無可忍，起兵殺了張虔陀，就此拉開天寶戰爭的序幕。宰相楊國忠派劍南節度使鮮于仲通率八萬兵馬，分三路進兵征伐南詔。閣羅鳳三次派使臣謝罪求和，說明起兵實為張虔陀所逼，然而唐軍置之不理。閣羅鳳遂奮力禦敵，並向吐蕃求援，一場惡戰下來，唐軍全軍覆沒，僅主帥鮮于仲通一人逃師夜遁。唐軍慘敗，這消息卻被利慾薰心的宰相楊國忠報成了大捷，隻身逃回的鮮于仲通竟也成了英雄人物，由唐玄宗親自設宴招待，並擢升為京兆尹，而那些戰死在洱海邊的唐人戰士卻成枉死冤魂。第二年，唐朝再派大將賈顴率軍三萬攻打南詔，再次全軍覆沒，主將賈顴也被生擒。第三年，宰相楊國忠再派兵七萬揮軍南詔，因兵員不足，下令在陝西、河南、河北等地強制徵兵，哭聲連道[36]，這樣的軍隊士氣可想而知。這一仗，唐軍仗著人多勢眾，先後突破了龍首關、龍尾關[37]天險，一度逼近南詔王城，關鍵時刻之下南詔得吐蕃軍馳援，抄斷了唐軍後路，唐軍大敗，流血成川，積屍壅水，主帥李宓也戰死。戰事結束後，南詔國王閣羅鳳認為『生雖禍之始，死乃怨之終，豈顧前非而忘大禮』，下令收拾唐軍將士死屍就地祭祀埋葬，這就是至今遺跡猶存大理的萬人塚。之後唐朝爆發安史之亂，國勢急遽衰微，自顧不暇，再無力大舉進攻南詔……」

脫脫頓了頓又道：「南詔雖然取得天寶戰爭的勝利，但從此又開始受吐蕃牽制。閣羅鳳死後，異牟尋繼任為南詔國王，面對吐蕃繁重的稅貢、軍役及遣送人質等要求開始感到不滿。清平官鄭回原是唐朝西瀘[38]縣令，被擄掠到南詔為官，他極力勸說異牟尋重新歸附唐朝。當時，唐朝的劍南西川節度使韋皋是個頗有遠見的官僚，也積極策畫重新招降南詔，以牽制吐蕃。在幾方努力下，南詔、唐人終於走向緩和，雙方派代表於蒼山會盟，唐朝封異牟尋為雲南王。點蒼會盟後，南詔發兵，大破吐蕃於神川[39]，奪其城邑十六座，將吐蕃勢力全部趕出了雲南。此後，吐蕃衰弱，無力進攻；唐朝國內藩鎮林立，也無力干涉南詔，由於沒有強鄰，南詔遂成西南強國。到了南詔國王世隆在位時，雙方關係再度惡化，不為別的，僅僅因為唐人認為世隆這名字犯了唐太宗李世民、唐玄宗李隆基的名諱，逼著他改名才予冊封。在漢人看來，兩個雖已死上百年的皇帝名字，比起與異邦的和平友好仍是重要得多。幸好世隆是個有骨氣的人，不但不肯改名，胸中高傲之氣反而就此激發，於是自封為皇帝。當時唐朝腐朽，迫近崩潰，唐人邊境官員貪暴昏懦，常為私利製造邊釁，比如逼迫南詔用好馬一匹換取鹽一斤，最終再次引發了大規模戰爭。唐人總結說道：『南詔兩陷安南、邕管，一入黔中，四犯西川，徵兵運糧，天下疲弊，逾十五年，租賦大半不入京師，三使、內庫由茲空竭，戰士死於瘴癘，百姓困為盜賊，致中原榛杞，皆南詔故也。』明明是唐人自己處理不當，卻將過錯完全推到南詔身上……」

脫脫端起自己的碩大茶杯飲了一口，續道：「世隆之子隆舜即位後，因漢人權臣鄭買嗣[40]弄權，有心重與唐修好。唐人西川節度使高駢突然提出願以公主和親，隆舜大喜，多次派人入唐誠心求娶，希望也能像昔日吐蕃的贊普松贊干布娶得文成公主那樣，成就一段千古佳話。唐僖宗考慮後同意以安化公主許婚。隆舜為此特意派出國中三位清平官趙隆眉、楊奇混、段義宗入唐，商議迎娶公主事宜，結果三人到達成都後被高駢一起毒死。所謂以公主和親正是唐人的詭計，試圖以此等卑劣伎倆削弱南詔實力……」

脫脫說到這裡，一直不動聲色的段功皺了皺眉頭。脫脫瞧在眼中，他本是敏慧之人，自小又在宮廷爭鬥的漩渦中長大，極擅長從顏色中察人心思，心想：「莫非明玉珍也派使者來與大理聯姻？可是只聽說明玉珍有一子，未聽說他有女兒，不過紅巾流行義子、義女那一套。」也不及多想，又繼續道，「即便如此，隆舜還不死心，以為唐朝是禮儀之邦，必定不會不講信義，更不會視兩國外交如同兒戲，便又再次派使臣前去迎娶公主，並獻上許多奇珍異寶。當時唐朝內亂，黃巢占領了京師長安，僖宗皇帝正避難四川，不敢直接得罪南詔，推說正為公主準備嫁妝。過了兩年，南詔再派使者迎娶公主，僖宗皇帝無可推託，只好約定禮使、副使及婚使，打算擇日送安化公主南下和親。剛好此時黃巢亂平，僖宗皇帝又推託回京師再說。所謂唐人以公主和親一事，直到隆舜死也未能促成。不久，那漢人權臣鄭買嗣忘恩負義，殺南詔王族八百餘人，毀南詔祖廟陵墓，自立大長和國，南詔覆滅。東川節度使楊干貞又滅大長和國，自立大義寧國。通海節度使段思平，也就是信苴之先祖又滅大義寧國，建立了大理國。信苴只要看一看南詔的歷史，便可知漢人朝廷時時刻刻充斥著陰謀與謊言。漢人總說以史為鏡，這些往事難道還不值得信苴對漢人警惕麼？」

這些故事，段功大略知道一些，卻不如脫脫瞭解得這般細緻入微，此番聽他朗朗道來，當真是一部驚心動魄的血淚史。就連窗外的段僧奴聽了也大為心驚，大理教習世家子弟素來以詩詞歌賦、釋儒經典為主，極少涉及歷史，這些故事她還是頭一次聽說，暗想：「原來漢人竟會以公主和親為由誘殺南詔的三名清平官，真可謂卑鄙。那清平官楊奇混……不正是楊寶的先祖麼？原來是死在漢人手中。」

又聽見室內的脫脫續道：「反觀我大元朝，武功威震天下，雖然殺戮不少，然從無失信一說。昔日高麗臣服於我大元，世祖皇帝猶將親生女兒下嫁高麗國王，以示天恩浩蕩。當初大理國滅，我世祖皇帝也未加害，反倒封令祖段興智為摩訶羅嵯[41]。換作漢人得勢，以他們歷朝歷代作為來看，信苴捫胸自問，高麗、大理還有立足之地麼？」

段功自然知曉脫脫這番長篇大論目的在說服自己不要相信明玉珍等漢人，然則對方學識淵博、引經據典，著實難以反駁，所言又確是事實。若大宋真有大唐那般強盛的武功，北部又無契丹、女真等邊患，大理國真能與它和平相處三百餘年麼？實際上，兩國之間還真有那麼一次一觸即發的大戰。宋仁宗在位時，廣源蠻的儂智高投宋不成，被逼反宋，為宋人名將狄青平定，儂智高率殘餘部眾逃入大理。狄青一路追擊他至大理邊境，先派人向大理皇帝段思廉索要，被拒後又招募大批死士到大理行刺，最終迫使大理皇帝段思廉殺死儂智高，獻出首級。由於大理收容了儂智高的部分隨從，如醫術高明的白和原、文采出眾的黃瑋等人並予重用，宋朝極為恐慌，疑忌段思廉並未真的殺死儂智高，便調派大軍前往四川和廣南，有東、北夾擊大理之勢。大理為之震動，段思廉派使臣向宋朝辯白無用，又不願犧牲無辜的白和原、黃瑋等人，因而不得不立即徵調重兵屯守邊境。如此劍拔弩張，相持一年有餘，最後因四川物價飛漲、將士多有譁變，宋朝被迫率先撤軍。此事最終雖避免兵戈相見，卻已然芥蒂深結。到宋徽宗時，有宋臣提出在黎州大渡河外置城，加強與大理的貿易，立即遭到彈劾；一直力促大理歸宋的廣州觀察使黃璘也獲罪而死。宋朝全然將大理當作大敵，從此大理與宋朝不相往來。若非北宋不久後為金人所滅、南宋建立後須向大理購買軍馬，恐怕未必真的相安無事。

脫脫見段功一直緘默不語，知他心中已有所觸動，續勸道：「即便放開陳年往事不談，信苴當知曉張士誠、朱元璋、陳友諒、明玉珍這些反賊淨是不講信義之徒。張士誠窮途末路時，本已投降歸順我大元，後來困境稍解，立又復叛，如此反覆幾次倒真應了他的名字——士，誠小人也。朱元璋本是紅巾將領，如今羽翼豐滿，以下犯上，挾持小明王韓林兒作威作福，哪有絲毫君臣之禮？他殺掉韓林兒自立為皇帝是早晚之事。陳友諒身為徐壽輝的部屬，貪圖權勢，弒主自立，更是為天下英雄不恥。明玉珍也是紅巾部將，奉徐壽輝之命進據四川，陳友諒殺了徐壽輝自立為主後，他本該繼續奉韓林兒為主，結果他也學陳友諒登基稱帝。這幾人對待他們自己人尚且如此，如今更是互相攻伐，毫無忠義友愛之心，結盟如同放屁，信苴謙謙君子，如何能與他們相處？」

段功道：「禪師坦誠相勸，段某深受啟發。今日我不妨告知禪師實話，我們白族人最講忠信二字，自先祖百年前歸順了大元世祖皇帝，段氏便永世為大元子民，絕不會再生二心。」脫脫喜出望外，讚道：「好個有信有義的民族！如此說來，信苴斷然不會與明玉珍結盟？」段功道：「正是。然則拒絕與明玉珍結盟是一回事，發兵相助梁王一臂之力則是另外一回事……」正說到關鍵之處，忽聽得一牆之隔的南禪房傳來「乒乒乓乓」的桌椅摔倒聲響，正當夜深人靜之際，甚是響亮。

1 蒼山十九峰當中，由北至南第八峰。
2 蒼山十八溪當中，由北至南第八溪。
3 又名段正嚴，即金庸先生名著《天龍八部》中大理世子「段譽」的原型，無為寺即為小說中「天龍寺」的原型。大理崇尚佛教，

「家無貧富，皆有佛堂，人不以老壯，手不釋念珠」，蒼山沿山遍佈佛寺，最盛時多達五百座。大理國段氏傳位二十二代，共有十位皇帝因各種原因先後退位為僧，其中八位在無為寺剃度。

4 見明人李以恆（又號「玉笛山人」）所著《淮城夜話・元末大理十大高僧》。本小說中多數細節如建築、武功、蘭花、茶花等，均引自與大理相關的古代典籍。

5 白族：又稱民家，即中原史書所稱「白蠻」，本小說一律採用「白族」稱呼，以示對這個與世無爭民族的敬意。

6 類似中原皇室的心腹侍從，羽儀長則類似侍衛長。

7 雲南境內金、銀、銅、鐵等礦產豐富，南詔、大理的冶煉之術也極為高明。「鐸鞘」為傳自南詔的兵器，又稱鐸槊，形狀像刀戟殘刃，有孔傍達，柄部飾金，名貴且十分鋒利，「所指無不洞也」，唐朝時已馳名天下。另有略次於鐸鞘的「鬱刀」，用毒藥毒蟲鍛造，淬以白馬血，經十餘年才可使用，刀身有劇毒，中人肌膚毋須見血立死。又有「浪劍」，為精利之劍。

8 印度密宗阿吒力僧人均有家有室，著名僧人贊陀崛多曾娶南詔王勸豐佑的妹妹越英。阿吒力是梵文Acarya的音譯；伽羅一詞則出自梵文tagara，意為香爐木。

9 大理國對皇帝之女的稱呼，類似中原的公主。大理雖滅國已久，但不少稱謂依舊沿襲舊稱。此外，古大理的習俗亦十分尊重女性：丈夫去世後妻子擁有繼承權；貴族女子與世家子弟一起接受官學教育；平民女子未婚前可任意與男子交往、發生性關係，無中原男女避嫌一說，婚姻大多是自由戀愛的結果，即《元史》中所言「雲南俗無禮儀，男女往往自相配偶」。但婚後偷情則違法，一旦事敗，通姦男女均要處死。

10 鶴慶：今雲南鶴慶。

11 清平官：大理官職名，類似中原的文官。

12 古代大理，每年臘月二十四日為祀祖日。

13 白族人以傳說中觀音與羅剎會盟之地（位於蒼山的中和峰底下）作為觀音市，每年三月十五日至二十五日聚集於此，朝拜觀音、踏歌、易物等，俗稱「三月街」，風俗至今尚存。

14 大理國對皇帝之子的稱呼，類似中原的太子。

15 大理尚武，官方每年都舉辦擂臺比武，擂主為上一任擂臺勝者。參賽者不論身分、民族，只論本事，最終取勝者六人授予官職，頗類似中原的武舉。

16 大理國對諸王的稱呼，類似中原的殿下，後成為大理總管段氏的名號。

17 大理崇佛，舉國上下每月初一、十五吃素聽經。而聽經寺廟也分等級，段氏到無為寺，大臣到崇聖寺，普通百姓則去一般的寺廟。

18 阿姆：母親。大理習俗，在人的稱謂前加上「阿」字，表示尊敬和親切。

19 騰衝：今雲南騰衝。

20 今四川西昌一帶。

21 當時孛羅只被封為雲南王，直到西元一三五五年才進封梁王，本小說為求方便一致，一律稱梁王。

22 今雲南昆明附近。據清人顧祖禹所著《讀史方輿紀要》：「金馬山，府東（指昆明）二十五里，西對碧雞山，相距五十餘里，其中即滇池也。」金馬、碧雞二山隔滇池相對，山上有神祠，相傳為漢時祭金馬、碧雞處。

23 古代大理風俗，人死後先浴屍，再將死者裝入棺材，棺材如方櫃，死者被束縛坐在裡面。親屬擊銅鼓送葬，子孫以剪髮為孝，哭聲如歌。到葬地後先焚櫃火化屍體，再盛骨而葬。然昔日鄭買嗣滅南詔後，於五華樓殺南詔的蒙氏皇族八百餘人，又挖掘歷代南詔王陵，取走地宮寶藏，焚燒遺體後，拋骨灰於滄瀾江。段氏鑒於前朝王陵劫難，自立國起便不再興建王陵地宮，皇帝死後三日內火化，骨灰直接掩土，或隨意撒於風景秀麗之處。唯獨割下雙耳裝於金瓶中，再灌滿水銀函封，稱「金瓶藏耳」。收藏金瓶的地點極為隱密，僅繼位君主一人知曉。負責放置金瓶的人完成使命後必須自殺，以永久保守祕密。

24 大理刀：刀刃長四尺，刀鞘兩層，放大小刀各一把。

25 大理極流行的一種帽子，男女均喜戴，竹子所編，類似中原漁夫所戴蒲笠，上覆黑氈。大理無跪拜之禮，見面取下次工已是極尊重對方的禮儀。

26 乳扇：始於大理的雲南名產，一般由羊乳製成；弓魚：產於大理洱海。

27 雲南產茶，以普洱茶最有名。宋朝向西北、西南買馬，常以茶葉為支付貨幣，唯獨與大理交易須支付金銀、布帛、食鹽，因大理本身即產好茶，據說《紅樓夢》中的「女兒茶」即為大理茶。

28 此品種茶花為桃紅色，重瓣，花瓣邊緣多為粉色，是茶花中極珍貴的品種，植株最為矮小，生長極緩慢，百年老樹高不過兩米，故得恨天高之名。

29 科舉制度始於隋唐，對中國影響深遠。元朝建立後直到元仁宗時才實行科舉制度，因漢人的文化水準普遍高出許多，中舉者多為漢人，但伯顏掌權後，為防止漢人做官，便下令廢止科舉。

30 指元世祖忽必烈。昔時，忽必烈率軍滅大理國後，俘虜了國王段興智，後段興智被赦免，並賜予金符，得以回到雲南繼續管理原屬各部落。

31 又記為鄯闡，今雲南昆明。

32 有一種廣為流傳的說法是，趙匡胤建立宋朝後，曾用玉斧指著地圖劃大渡河為界，約定大渡河以西歸大理管轄，即所謂「宋揮玉斧」。

33 大理馬因擅「馳驟」而名動天下，好馬能日行四百里。宋朝時，因北方邊患嚴重，大部分的軍馬都是從大理購入。

34 今雲南姚安，當時唐朝於此設姚州都督府。
35 南詔十分尊重女性，國王、酋長等外出公幹，往往同時攜帶家眷。
36 大詩人杜甫親眼目睹當時情形，寫下〈兵車行〉這首千古傳誦的詩作：「車轔轔，馬蕭蕭，行人弓箭各在腰，爺娘妻子走相送，塵埃不見咸陽橋。……信知生男惡，反是生女好。生女猶得嫁比鄰，生男埋沒隨百草。……」
37 蒼山與洱海之間有一道南北走向的沖積平原，大理腹心就位於這一狹長的平原上，東臨洱海，西倚蒼山。北、南蒼山與洱海的最狹窄處分別築城——龍首關／今上關，龍尾關／今下關，以扼守要衝。元人王明嗣作〈龍首關〉詩，道：「萬里雲南道，壯哉龍首關。氣吞西洱水，勢扼點蒼山。」
38 今四川西昌。
39 今雲南境內金沙江一帶。
40 即前面所提，唐朝縣令鄭回的七世孫。
41 蒙古語，意為大王。

卷二　刺客

段功走到那刺客面前問道：「你武功不錯，人也豪氣，叫什麼名字？是誰派你來行刺的？」那刺客剛剛經歷了一番劇鬥，胸前背後衣衫盡皆濕透，神色疲憊之極，只冷笑一聲道：「既被你們擒住，何須廢話，要打要殺，悉聽尊便。」此人傲骨英風，極有灑脫氣概，雖又挨一旁羽儀長踢了幾腳，卻極為硬氣，哼也不哼一聲。

院中的施宗反應極快，朝背後兩名羽儀努嘴道：「過去看看。」二人尚未及應聲，又聽到傳來一陣驚呼聲：「呀，呀，來人，快來人……殺人了……鄒先生被人殺了！有刺客！」大略自東面南禪房方向的西廂房傳來，聲音雖弱，卻一字一句清晰可聞。

施宗聽了大吃一驚，這鄒先生即明玉珍的使者鄒興。無為寺號稱皇家寺院，坦綽、寶姬等重要人物長年在此生活，守衛之嚴密不下城中的總管府，竟有人得潛入寺中刺殺紅巾使者，這是前所未有之事，想來刺客武功非同小可。施宗正欲親自趕去，又擔心中了敵人調虎離山之計，忙召入數名羽儀，命他們陪同楊智緊守在普照禪師的房門口，不得擅離信苴一步，安排妥當，這才率人趕去隔壁。

剛到達南禪房門口，便遇到一小隊亦聞聲趕來的巡邏武僧。領頭者是達智和尚，他四十歲出頭，自幼出家，是無為寺首座無依的大弟子，功夫極為了得，除了負責寺內的巡防警衛外，還教習世家子弟武藝。他一見施宗便問道：「施宗羽儀長，裡面出了什麼事？」施宗道：「我也才到。」達智問：「信苴人呢？」施宗低聲道：「還在隔壁回光院內。」方欲一同進門，忽又聽到西北邊樹林遠遠有人厲聲喝道：「是誰？站住！」分明是羽儀長施秀的聲音，隨即傳來呼喝打鬥之聲。達智道：「貧僧過去看看。」正要領人趕往林中，施宗忙叫道：「不必。請禪師速去調派武僧，嚴密警戒無為寺周遭，不許任何人出入。」

達智聽見林中打鬥聲越緊，瞬間便有人痛呼受傷，料來敵人武藝不凡，又有黑夜作為掩護，我方正需要增援，施宗卻讓他調集武僧至別處守衛，未免有些不合常理。他卻不知施宗是獵人出身，擅長狩獵，如此安排自有深意，無論施秀是否已遭遇刺客，只須緊守出口便可來個甕中捉鱉，刺客與同夥均可一網打盡，而若所有人一窩蜂趕往林中，四周警戒必定放鬆，混亂中反倒更容易為敵人所乘。

達智平素沉默寡言，雖愕然不解卻也不多問，立即應道：「是。」飛快交代巡視的僧人各自趕緊去調動人手。這寺內有數百武僧，淨是武藝高強之輩且訓練有素，一旦有敵來犯，可當一支精兵使用。施宗也顧不得林中施秀的情形，匆忙來到南禪房院中。

南禪房也是一處獨立院落，比回光院要大上一倍，北面有數間單獨的房間，東、西則各是一排廊房，院中大片空地種有不少果樹茶花，頗似一處小園林。奇怪的是，使者所住的西廂房一片漆黑，反倒是對面的東廂房燭火通明。兩名漢人站在東廂房廊簷下，一胖一瘦，均是三十餘歲，作行商打扮，正朝這邊好奇張望。施宗一眼認出這兩名漢人並非明玉珍的使者隨從，不知他們為何住進了南禪房中，一時不及上前喝問，只回頭交代羽儀道：「守住院門，不許任何人出入。」羽儀轟然應命。

忽見使者鄒興的隨身小廝鄒當慌裡慌張奔出西廂房，一見有人進來，又是害怕又是委屈，放聲大哭道：「可算來人了，我家主人被殺了！」施宗皺眉問道：「在哪兒？」鄒當一指一片漆黑的廂房道：「在那裡。」

進來堂內，有羽儀搶先打亮火石，燃起燈燭，只見占地不大的正屋甚為凌亂，桌椅均翻倒在地。那使者鄒興橫躺在近大門處，仰面朝天，胸口為利器所傷。施宗上前一搭，意外發現尚有微弱鼻息，忙叫過一名羽儀，吩咐道：「快去藥師殿叫白沙醫師來。」又見鄒興的傷口處依舊鮮血汩汩，染紅了大半邊身子，擔心他失血過多撐不到醫師來，微一沉思便自懷中取出金創藥，整瓶傾倒在鄒興的傷口上。大理白族祕藥妙絕天下，金創藥有奇效，登時便止了血。

鄒當瑟縮在門板處，忍不住哭道：「這可如何是好……」施宗道：「你家主人還沒死。」鄒當一愣道：「當真？」施宗道：「怎麼就你一人？鄒大人不是還帶了三名隨從麼？他們人呢？」鄒當道：

「這個……小的也不知道。他們三個晚上一直跟主人在房中說話，可是我剛才聽到聲音進來時，只見到主人一人躺在門口。興許……他們幾個是追刺客去了？」又追問道，「這位官人，我家主人真的還有救麼？」

施宗點了點頭，不再理會鄒當。他少年貧寒，敏銳多疑，微一沉吟，便覺使者遇刺一事疑點極多，當即吩咐羽儀先將鄒興抬回床上，又下令封閉南禪房，就地扣押所有人，包括適才見過的兩名漢人、在院中充作雜役的兩名小沙彌、使者的隨從等，分別將他們軟禁在各自房中。羽儀當即上前，不顧鄒當抗聲哭鬧，將他拖進房中關了起來。

大致處理完南禪房事宜，施宗這才匆忙趕往藏經閣西面的樹林。卻見林中人影飄忽，白光霍霍，如雲漏電光往來閃爍，金刃之聲大作。恰逢數名武僧趕到，燃起燈籠火炬，一時之間亮如白晝。凝神細看，原來五條人影正在惡鬥一名持劍的蒙面人。那蒙面人武功玄妙，身形飄忽，輕靈奇詭，運劍如風，招式精妙，料來就是刺殺鄒興的刺客。圍攻刺客的五人中，有兩名羽儀、兩名武僧，另有一手執浪劍之人，那是前任總管段光之子段文。施秀與另外兩名羽儀只守在一旁監視。

施宗一揮手，眾羽儀一擁上前，將交戰的數人一併圍住。施宗見段文腳下虛浮不穩，知他定然又飲了不少酒，不由得大驚失色，忙叫道：「文公子退下！」但場中翻翻滾滾，勁風鼓蕩，正鬥得驚險劇烈，根本無暇理會場外之事。施宗轉頭喝道：「施秀，你怎可讓文公子涉險？」施秀手捂胸口，卻答不上話來。一名羽儀道：「敵人武功厲害，施秀羽儀長受傷岔了氣。」頓了頓，又補充道，「我們兩個也受傷了。」

恰在此時，一名武僧手中的長棍被斬斷，人也悶哼一聲，捂住肩頭，踉蹌著倒退數步，將手中斷棍拄在地上方才頓住身子，不停地喘氣，顯然中了一劍。四名羽儀發聲一喊，拔出長刀，一東一西一南一北上前夾擊，不料西邊一人剛加入戰團便被段文的浪劍撩中手臂，北邊一人則被另一受傷的武僧撞倒，兩人滾在一處。施宗知道己方人數雖大占上風，黑夜中的混戰卻只是各自為戰，彼此擁擠，手腳難以施展開來，忙回頭命道：「調弓弩手來！」大理除了普通軍隊外，尚有一支精兵稱「羅苴子」，個個都是百裡挑一的勇士，精於騎射，專門負責陽苴咩城的警衛。今晚段功親至無為寺，施宗特意借調了一隊羅苴子扈從在側。一名羽儀從懷中掏出一只黑色哨子，放到唇邊一吹，頓時一陣「咿咿」聲劃破夜空的寧靜，刺耳而尖銳。

施宗又喝道：「住手！」，聲音雖然不大卻剛勁有力。場中幾名羽儀聞令，各自迅疾退開，只有段文不肯停手，他酒意上來，只憑一股蠻力鬥狠，意識不到凶險萬狀，羽儀躍開，反倒為他騰出了地方，當即猱身上前，與那刺客纏鬥。二人均是使劍，以快打快，劍光泠泠，劍風激蕩，轟轟有聲，獵獵作響，人影晃來竄去，倏忽貼在一起，倏忽又分開，眼睛稍慢便分不清敵我。施宗料到段文酒興發作，鬥得興起，只是他與那蒙面刺客近身纏在一起，身形極快，旁人難以插入戰團相幫，便上前幾步，厲聲喝道：「段文快些退下！信苴在此，你敢抗命麼？」

便在此時，段文手中的浪劍直磕上刺客的長劍。那浪劍是施秀的隨身兵刃，用冶爐爐底的青鐵鍛冶而成，鋒銳異常，在月色下寒光凜凜，且劍重二十餘斤，比尋常寶劍要重出許多。雙方金刃一交，火光迸射，宛如黑夜繁星，刺客手中長劍「咯」的一聲脆響，攔腰折斷。此人臨危不亂，大喝一聲，猶拿斷劍朝段文肩頭斬下。段文本以為已經取勝，何況四周大援已到，沒想到對方鬥志如此頑強，見那斷劍挾著風聲勁力十足，大有銳不可當之勢，不敢正面迎擊，向右一旋，繞過這一劍。刺客正等他如此，脫手甩掉斷劍，身子疾轉，已繞到他背後，反手抓住他的右腕，一把奪過浪劍，反擰段文的右臂到背後，將劍刃橫在他的後頸上。周圍眾人明明見到段文得勝在即，不料一個「好」字還沒叫出口，轉瞬又為敵人所制，不由得面面相覷。施秀的胸口中了蒙面刺客一腳，好不容易才調勻氣息，叫道：「快放開文公子，你已插翅難飛，還不趕快投降！」

只見藏經閣兩邊各有一隊羅苴子湧出，個個黑衣勁甲，腰間懸掛鐸鞘，斜背箭筒，手執弓弩。領隊的正是大將軍張希矯本人，他已年過五旬，金黃頭髮如獅毛一般，鬚蕭若戟，極具威儀，略微一掃林中情形，揮了揮手，羅苴子頓時層層疊疊圍上，蹲在羽儀之前，拉弩上箭，箭頭一起對準場中的蒙面刺客，控弦欲發。更有人分赴林中四角把守，防刺客乘亂逃逸。

那蒙面刺客身陷重圍毫不驚慌，沉聲道：「讓開，不然我就殺了他！」手上使勁推著段文往前走。段文早已酒醒，略一掙扎，只覺半身酸麻，無力掙脫，便氣喘吁吁地道：「你們不用管我，讓他殺了我。」羽儀、羅苴子未得號令，絲毫不退。蒙面刺客也不遲疑，往東走出數步。張希矯一張弓弩，發出一支短箭，「嗖」的一聲射到刺客的右腳旁，距他靴子僅半寸之遙。刺客見此神箭，當即頓住腳步，將浪劍一挺，冷笑道：「怎麼，你們當真想要他死麼？」

使者遇刺涉及兩國邦交，事關重大，當此情形決計不能放這刺客離開；可是段文卻是前任總管之子、當今總管之侄，也不能任他身陷險境，施宗一時不知該如何處置得當，忽聽得背後有人叫道：「千萬別傷了人。」

只見段功帶領楊智等人疾步趕了過來。施宗忙迎上前去，低聲道：「稟信苴，明王使者未死，只受了重傷。」段功點點頭，上前數步，朗聲道：「壯士身手不凡，敢夜闖無為寺，也是一號人物，何苦為難一名醉酒少年？」

那蒙面刺客見他不過三十七、八歲年紀，不攜兵刃，恂恂儒雅，渾身書卷之氣，問道：「你就是大理總管段功？」似不能相信他以大理總管之身分，竟深夜現身無為寺。段功道：「正是。壯士今夜要想離開此處，難如登天。想必你冒險到此刺殺明王使者，也不過是受人差遣，只要你放了這少年，一切都好商量。」

蒙面刺客微一沉吟，乾脆地道：「好罷。」便將段文推開，又拋下手中浪劍。段功料不到他如此輕易就放了手中人質，也不先提條件要求，竟意欲束手就擒，不禁大感意外。施宗搶上前將段文拉開，一揮手，四名羽儀上前，兩人用長刀前後逼住蒙面刺客，防他暴起傷人；另兩人取過繩索，將他雙手雙腳盡行縛住。這繩索是山中獵人打獵時專門用以捆綁野獸，長年浸泡在桐脂牛油中，又軟又韌，堪比鐵鏈。牢牢捆縛停當才細搜他的身，卻只發現打火石與幾枚貝幣[1]，別無他物，大概他也知道此行凶險，事先清理了不必要的物事。

段功見刺客已被擒住，揮手命羅苴子先行散去。羽儀將刺客如拖牲口般拖到段功面前跪下，施秀拾回自己的浪劍，上前一把撕下他的面巾，登時露出一張英俊不凡的臉，尚帶著一絲冷傲之氣，不禁詫異道：「原來是你。」扭頭道：「信苴，我白日尋找寶姬時，在蘭峰上見過這漢人小子，他自稱是遊客，迷失了道路，原來是要上蘭峰俯瞰無為寺的地形。」

段功點點頭，走到那刺客面前問道：「你武功不錯，人也豪氣，叫什麼名字？是誰派你來行刺的？」那刺客剛剛經歷了一番劇鬥，胸前背後衣衫盡皆濕透，神色疲憊之極，只冷笑一聲道：「既被你們擒住，何須廢話，要打要殺，悉聽尊便。」傲骨英風，極有灑脫氣概。施宗飛起一腳，狠狠踢在他腰間，喝道：「信苴問你話，還不快些回答！」
那刺客雙手反縛，手腳繩索相連，無法動彈，挨了一腳身子登時失去平衡，歪倒在地。施宗又上前用力踢了幾下，他卻極為硬氣，哼也不哼一聲。段功見刺客神態倔強驁悍，知道拷打苦刑無用，他心中記掛使者的傷勢，便止住施宗道：「先將他押下去關起來，好生看守，明日再細細審問。」當下羽儀應聲上前，將刺客拖走。
段功又道：「施秀，我今晚就在翠華樓住下，不回總管府了，你立即派人回總管府告知夫人免得她牽掛，請她不必等我，自己早些安歇。」說到最後一句時，聲音明顯溫潤柔情許多。施秀應道：「是。」信苴與夫人伉儷情深，是大理眾所周知的事，施秀正要去安排人手，又聽見段功道：「再多派些人手去五華樓保護梁王使者。」施秀道：「是。」上前低聲問道，「莫非信苴懷疑刺客是梁王那邊的人？」段功道：「沒有真憑實據，切不可胡亂猜測。」一揮手道，「去辦事罷。」

*　　*　　*

無為寺中有一處監牢，位在藥師殿北側，緊挨蘭峰石壁，其實那是個葫蘆狀的天然石坑，深約五、六丈，上面的葫蘆洞口處加建了一道鐵柵，柵欄粗如兒臂，大半天生，略加人力順勢而建，便是個構築牢固的地牢。
施宗惱恨這漢人刺客傷及數名手下、又曾踢掉弟弟施秀的兵刃，有心折辱、挫他傲氣，藉口怕他掙斷繩索逃走，便命人取過一條長鐵鏈，繞在他頸中幾圈，牢牢纏住，放他下地牢時，卻不完全放到地面，只讓他的腳尖勉強著地，再將鐵鏈緊掛在牢窗的鐵棱上。那刺客手腳被縛，毫無反抗之力，只能任憑擺佈。

離開之時，只聽見地牢中鐵鏈嘩嘩作響，那刺客不斷掙扎，試圖讓腳掌搆著地面。施宗知他呼吸不暢，痛苦難熬，只望著地牢冷笑道：「只要你說出是誰主使你來行刺，我就立即就放下你，讓你少受些罪。」等了半晌，卻不見牢中回應，知道那刺客無論如何都不肯屈服，當即怒道：「那你就活受罪罷，可惜你也只能多活這一夜了，明日就是你的死期。」他猜想以信苴之個性，多半會將刺客交給明玉珍的使者處理。那使者身受重傷，他的隨從定然勃然大怒，這漢人刺客不被倒點天燈，也要被鉤腸活鋸，抑或被縫在牛皮袋中活埋。施宗於是安排兩名精幹羽儀在牢口看守，交代道：「若刺客願意招供，便來稟報。」羽儀道：「遵令。」施宗這才往翠華樓回報。

及近翠華樓西側門時，忽見到前面茶樹叢中有黑影閃動，施宗忙手撫浪劍，厲聲喝道：「誰在那裡？」卻見花叢後轉出一人，舉手示意道：「是我，明王使者的隨從。」上前一看，果然是鄒興的隨從李芝麻。施宗問道：「你怎麼在這裡？」李芝麻道：「鄒大人被刺客刺殺，我和兩名同伴追了出來，因天黑不認識路，胡亂追著，不知怎麼就到了這裡，跟同伴也跑散了。」

施宗心想：「這不是胡說八道麼？你住在前院，刺客也是在前院被捕獲，再不熟悉地形，也不能闖到有高牆的中院來，何況把守的武僧也不能讓你進來。」他也不揭破對方的謊言，只厲聲叮囑道：「夜深了，請大人速回南禪房，寺內已經戒嚴，任何人不得擅自走動。」回頭向背後一名羽儀使了個眼色，吩咐道：「你趕緊護送李大人回房休息。」那羽儀名叫董桐，當即會意，上前道：「大人，請罷。」李芝麻道：「多有冒犯。」轉身而去。

施宗見他根本不問刺客是否被擒獲一事，不免疑忌更深，忙從側門來到翠華樓，見段功正在堂內與無為寺住持了塵、首座無依、禪師本慧三人低聲交談，施秀、楊智、張希矯等人站在堂下，不敢上前驚擾。等了約摸一盞茶功夫，才見了塵三人向段功合十行禮，悄然退出翠華樓。

段功招手叫過施秀，問道：「使者傷勢如何？」施秀道：「回稟信苴，才剛剛派人叫醒白沙醫師，已經趕去南禪房，實際情形尚未得知。」段功道：「被刺客所傷的武僧和羽儀呢？」施秀道：「都只受了輕傷，已經自行醫治妥當。」段功點了點頭，又問道：「適才無依禪師提到，今日南禪房的東廂房新住進了他的兩位中原舊友，一位叫沈富，一位叫羅貫中[2]，他們可曾受了驚嚇？」

無依禪師本是漢人，為少林南宗傳人，後來到大理見無為寺地靈鐘秀、臥虎藏龍，又仰慕住持了塵奇功，便留在寺中。他年輕時曾雲遊天下，交遊廣闊，偶爾亦會有舊友來訪。施宗聽了當即一驚，忙道：「屬下確實在南禪房見過兩名陌生漢人，倉促之間未及詢問姓名與來歷，見他們並非使者的隨從，卻無端出現在南禪房，為安全起見已將他們分開軟禁在各自房中。」段功大奇，問道：「你下令關住了他們？」施宗道：「是。屬下不知道他們是無依禪師的舊友，這就派人將他們放出來。」

段功皺眉道：「嗯，沈富雖只是個富商，在中原一帶卻頗為有名，有『沈萬三[3]』之稱，聽說張士誠也視他為座上賓。他的兄弟沈貴長年於陝西、四川、雲南三省經商，是無為寺的大香客，每年往這裡佈施布帛鹽糧無數，你不問青紅皂白就胡亂扣押，萬一沈貴向無依禪師抱怨，叫我如何交代？」語氣雖然平和，卻隱有斥責之意。施宗道：「當時情形緊急，院內使者躺在血泊之中，院外施秀正與刺客狠鬥，屬下沒有時間細問究竟，這二人身分不明，貿然出現在殺人現場，形跡可疑，所以不得不先行扣押，確切該如何發落，還待信苴示下。不只沈富二人，就連鄒興大人的小廝鄒當、在禪房打掃的小沙彌，屬下也下令也一併關押。」段功沉吟道：「你這樣做，莫非覺得使者遇刺事有蹊蹺？」

在大理，上下階級不似中原那般森嚴，總管也時常與親信的下屬稱兄道弟，公開場合裡各人均可暢所欲言。施宗點點頭道：「何只蹊蹺，實在大有文章。」段功道：「嗯，說說看，到底是怎麼回事？」施宗當即說了適才在翠華樓後方遇到使者的隨從李芝麻一事，又道：「日前屬下送使者一行五人來寺中居住，再三叮囑自中院以西是大理禁地，決計不可擅入，他們也滿口答應。從南禪房到演武廳隔有高牆，大門又有武僧把守，他如何能迷路迷到翠華樓這裡來？」

施秀也道：「阿兄說得極是。最先遇到刺客的人應該是我，我從中院出來，剛好在藏經閣後方的樹林撞到他，他當時正從南禪房方向奔過來，手裡提著劍，劍上還在滴血。那李芝麻說是和同伴姬安禮、許江武追蹤刺客而出，但為何我們在林中鏖戰半天，卻始終不見他三人蹤影？依屬下看，這三人表面出來追蹤刺客，其實別有用心。」

施宗續道：「還有一事，適才我在回光院中，先聽到南禪房傳來桌椅摔倒之聲，正命人過去查看時，又聽見有人叫喊『鄒先生被人殺了！有刺客』，等我趕到卻只見使者的隨身小廝鄒當，那求救聲就是他喊的。」施秀道：「回光院與南禪房就一牆之隔，阿兄趕過去只在須臾之間，理該迎頭遇見李芝麻和姬安禮等三人才對。」施宗道：「這倒未必。我在南禪房門口跟達智禪師說了幾句話，就聽到樹林中傳來你的喊聲，正是你遇到刺客之時。如此推斷，李芝麻、姬安禮應當已經追了出去。」施秀道：「可是我沒看見他們呀。」

施宗道：「這就證明他們說出門追蹤刺客是謊話。最可疑的是，我聽小廝鄒當說，李芝麻、姬安禮、許江武三人今晚一直跟鄒興在房中說話，他聽到桌椅倒地聲趕過來時，卻只看到鄒興一個人躺在門口。幾個大男人在正房中說話，若果真有刺客行刺，理當有呼喝打鬥聲，而我和楊員外等人當時就在回光院中，肯定能聽到聲音，但我們最先聽到的僅僅是桌椅倒地聲。」

施秀道：「這使者鄒興一看就是文官，不會武功，那鄒當也只是隨身使喚的小廝，唯有李、姬、許三人腳下沉穩，顯然懂得武藝。主人被刺，他三人不大呼求救，反而悄悄出門追蹤刺客，直到小廝聽到動靜進去，發現鄒興倒在血泊中才叫喊出聲，這情形難道不可疑麼？」他是個直性子，見段功眉頭緊蹙，顯然也起了疑心，當即又道，「信苴，不如屬下現在就把李芝麻等人帶過來，好好盤問。」段功搖了搖頭，沉吟道：「暫且不必。這些事聯繫起來看雖不合情理，不過使者遇刺是真，而刺殺事件發生在無為寺，我大理難辭其咎。」轉頭問楊智道：「淵海，你如何看待這件事？」

淵海是楊智的字，他是段功從小到大的夥伴，現任大理員外郎，是段氏的心腹家臣，深得信任。他一直站在旁邊默不作聲，見段功發問，才道：「紅巾使者住在無為寺是機密大事，就連寺中僧人也均不知鄒興等人的真實身分，以為不過是身分尊貴的香客而已，那刺客如何能知曉他就是明玉珍的使者？」施宗道：「楊員外的意思是說我們內部有奸細？」頗有不滿之意。楊智忙道：「絕非此意……」

張希矯自上一任總管段光起，便已是統領大理精銳軍隊的將軍，年紀既大，閱事也最多，忍不住插口道：「我看那漢人刺客一身中原功夫，說話也帶有川蜀一帶口音，也許根本就和使者是一夥，所謂使者遇刺，不過是漢人的苦肉計。這裡是無為寺，大理最好的醫師就在這裡，白氏醫術精絕天下，有起死回生之能，他們定然早就打探清楚，不過是想借皮肉之傷引起信苴同情，迫使信苴答應與明玉珍一方結盟。」

施氏兄弟聽了均覺有理。施秀問道：「楊員外是否也是此意？」楊智點了點頭道：「不僅如此，照我推斷，鄒興一行本有六人，五人在明，一人在暗，今晚他們一起商議，由在暗處的那人偽裝成刺客，假意刺傷鄒興。鄒興雖然受傷，但神智不失，一直等到刺客和李芝麻等三人出了南禪房，才有意翻倒桌椅，目的是為了引鄒當過去，等鄒當一叫喊，就能引起全寺注意，這樣才方便先出去的四人行事。」

施宗道：「楊員外是說，這些人別有所圖，所謂使者遇刺只是為了引開我們的視線？」楊智道：「正是。施秀羽儀長曾在蘭峰遇過刺客，他既已探明地形，為何在刺殺得手後反而奔去藏經閣，而不往前面大殿方向逃走？我猜他們四人出南禪房後即分頭行事，想趕去查探尋找什麼。不過人算不如天算，他們沒料到信苴今晚來了無為寺，而且人就在隔壁的回光院中，也湊巧被施宗羽儀長聽見南禪房的所有動靜，寺中戒備更加大勝往昔，那刺客剛到樹林便遇到施秀羽儀長，以致行蹤敗露……」

張希矯道：「不過，那刺客當時制住了文公子，本可以他為人質要脅信苴，卻輕而易舉就縛，倒也不失為一條光明磊落的漢子。」言語中大有佩服之意。施秀冷笑道：「那是因為他根本不知道文公子的真實身分。」上前稟道，「信苴，楊員外如此解釋，所有的疑惑便迎刃而解。這些漢人裝神弄鬼，賊喊捉賊，顯然居心叵測，不如現在就把他們全都抓起來嚴刑拷問。」

段功揮手道：「使者遇刺非同小可，除非握有實證，否則不要妄自推測。」施秀道：「這幾人明明居心不良，豈可再任由他們留在寺中？」段功道：「這件事暫且到此為止。那刺客是個關鍵，施宗，你多派些人手嚴加看管，可千萬別再出什麼岔子。」他雖然阻止手下臆斷鄒興幾人別有所圖，但會這麼交代顯然心中已經起疑。施宗道：「要不要屬下現在帶人將刺客押回城中的大獄監禁？」段功道：「暫且不必。明日，梁王使者要來無為寺聽經，等一切結束後再處理刺客一事。」施宗道：「遵令。」

正說著，那「護送」李芝麻回房的羽儀董桐疾步奔進來，向施秀回報道：「羽儀長，屬下已將李芝麻送回南禪房中，不過始終沒見到另外兩名隨從。」施秀冷笑道：「早說他們不安好心。信苴，屬下這就安排人手四下搜尋。」段功卻問道：「使者傷勢如何？」董桐道：「回信苴的話，使者傷勢……這個……」露出為難的神情來。張希矯問道：「莫非已傷重難救？」忽聽得廳外有人冷冷接道：「人自然還有救，可是絕不醫治漢人，卻是我白家祖訓。」眾人愕然中，卻見藥師殿的醫師白沙昂然走進，向段功施了一禮道：「信苴有命，白沙不敢不從，可是祖訓也不能違抗。」

無為寺首座無依禪師曾被怪蛇咬傷，卻因他是漢人，白沙堅決不肯出手醫治，連住持了塵的情面都駁了回去，後來還是藥師殿的藥童拿些解毒藥亂試，這才誤打誤撞解了蛇毒，但因醫治未及時，無依的左腿至今還有些瘸。段功知道白沙的性情孤僻古怪，他的先人白和原又與中原的宋朝有一段宿怨。段功生性寬厚不願強人所難，卻又著急使者的傷勢，一時沉吟不語。

但張希矯卻知道紅巾使者一旦死在大理，必然會與明玉珍結下死仇，兵戎相見不可避免，這樣一來，大理利益所在就必須考慮與梁王結盟，而他卻恨梁王孛羅入骨，最不願看到如此情況，忙道：「醫師，受傷的漢人並非普通人，事關兩國邦交，還請醫師破例援手醫治。」張希矯官任大將軍，身居大理武將中的最高官職，而白沙名望雖大，到底不過是一名醫師，張希矯這般客氣，已是自降身分。不料白沙卻毫不買帳，雙眼一翻，白他一眼，只向段功道：「請信苴另尋高明，遲了可就來不及了。」竟轉身離去。

張希矯勃然大怒道：「信苴，白沙如此無禮……」段功擺了擺手，道：「罷了。施秀，快去找伽羅救治使者。」施秀道：「遵令。」腳下卻是不動，遲疑片刻，才訕訕問道：「伽羅行麼？雖說她自小在藥師殿中學習醫術，可是聽說白沙醫師時常罵她愚鈍不堪呢。」卻見段功目光如電，嚴厲瞪了自己一眼，不敢再說，忙步出翠華樓，帶著羽儀往東北面伽羅的住處而去。

卻說那刺客被拿獲之後，遭懸吊在地牢之中，受盡苦楚，每一刻都分外難過，長夜漫漫，煎熬不知何時才是盡頭，當真比任何毒刑加身都要厲害。忽聽得頭頂上看守的羽儀喝道：「是誰？站住！」語氣極為緊張。又有一甜膩的女子聲音答道：「是我、是我，伽羅。」羽儀這才鬆了口氣，道：「原來是你，這麼晚了，你到這裡來做什麼？」伽羅道：「嗯，我聽說抓住了刺客，想過來看看他長什麼樣子。」聲音離地牢口越來越近。

刺客心中暗想：「莫非這伽羅就是我白日在蘭峰半腰見過的那名白族少女？她腰間的寶劍非比尋常，又有眾多羽儀在找她，我早猜到她不是普通人。」看守刺客的兩名羽儀正是與伽羅熟識的楊勝堅和楊安道，二人心知今晚信苴留宿寺中，半分馬虎不得，忙上前阻攔。楊勝堅勸道：「不過是個漢人而已，沒什麼好看的。何況這裡黑，他人在地牢，你也看不見。」伽羅道：「我偏要看。」一把推開楊勝堅，搶到牢口，探身一望，洞中果然黑魆魆一片，什麼也看不見，當即問道：「喂，你叫什麼名字？」

刺客無力仰望，只是默不作聲。伽羅又放低聲音道：「有人叫我來看你。」刺客聽了心中一動，問道：「是……是……誰？」他勉強抬高了頭，話音甚是低沉吃力。楊安道卻沒聽見刺客出聲應答，忙道：「他被鐵鏈鎖住了脖子，說不出話來，你問也是白問。」伽羅的目力逐漸適應了黑暗，隱約看到一個人影被吊在欄杆上，驚道：「呀，你們為什麼要這樣折磨他，綁住他的雙手還不夠麼？快解開鐵鏈，放他下來。」楊安道道：「這是施宗羽儀長的主意，我們可不敢放他。」楊勝堅也道：「我的好伽羅，你別在這裡添亂了，趕緊回房去睡覺罷。」伽羅怒道：「你們……你們……」話沒說完便突然離開牢口，飛一般地轉身跑了。

楊安道和楊勝堅與她一道長大，深知她性情奔放任性，絕不會如此輕易罷手，不免面面相覷。楊勝堅奇道：「呀，伽羅是不是真的生氣了，要不怎麼這麼容易就走了？」楊安道道：「我們這次算是得罪了伽羅，她會不會像以前那樣又往我們的飯菜下瀉藥？」一想到以前總被伽羅欺負的往事，不免心有餘悸。楊勝堅道：「不用擔心，她也只能在無為寺逞能，我們現在是羽儀了，她哪裡能欺負我們……」

二人暗自嘀咕一陣，忽聽見不遠處有巡邏的武僧喝問道：「是誰？」又聽見伽羅嬌聲應道：「是我。」一名武僧笑道：「這麼晚了，伽羅還來藥師殿。」聲音逐漸遠去。

正愕然間，卻見伽羅去而復返，二話不說拿出一把短劍，黯黯光華，上前一劍斬在纏繞著欄杆的鐵鏈上。那短劍雖然異常鋒銳，但她手上無力，斬了好幾劍，鐵鏈才「嘩啦」一聲斷為兩截。刺客悶哼一聲，連同鐵鏈整個人直通通掉到洞底。楊勝堅、楊安道二人目瞪口呆傻在一旁，眼睜睜看著伽羅為所欲為。半晌，楊安道才回過神來搶上前扯開伽羅，吹亮火摺伸進牢口探看，只見那刺客雖去了頸中束縛，鐵鏈依舊纏繞在頸中，他的手腳被綁難以伸展，只掙扎坐起蜷縮在一角。

楊安道跺腳道：「伽羅，你私放刺客，可惹下大禍了。」伽羅道：「是又怎樣？你去信苴那裡告我呀！」楊勝堅上前瞟了一眼，忙道：「不至於，刺客只是掉進地牢，伽羅並沒放走他。」楊安道滅掉手中的火摺道：「可是施宗羽儀長明日問起……」楊勝堅暗中扯了一下他的衣角，直盯著伽羅手中的短劍，問道：「呀，這不是寶姬的女兒劍麼？她人在哪裡？」他心思頗快，伽羅如此鬧一場，他二人免不了受一頓責罵，但若找到逃婚出走的寶姬，那便是大功一件。伽羅尚未完全會意過來，道：「我怎麼會知道寶姬在哪裡？」楊勝堅道：「可是這劍……」伽羅也不睬他，走到牢口往下探望，卻什麼也看不見，揚聲叫道：「喂，你還活著麼？」

刺客雖陷落地牢，上面情形卻聽得一清二楚。月色如霜，伽羅剛在牢口一露臉，他便認出她並非白日遇見的白族少女，她與他素不相識，卻如此大費周章地斬斷鐵鏈助他，其中必有緣由。對方身分來歷動機如此可疑，他疑心本重，又當此困境，因而仍舊悶不作聲。伽羅又再問了一句，依舊不見回應，不禁憂道：「會不會適才摔下去摔得暈了？」楊安道忙上前將伽羅拉開，道：「刺客你也看了，人你也放了，再不走，我可真要去告訴羽儀長了。」伽羅道：「嗯，你最好現在就去向羽儀長告狀。」

楊安道見威脅無用，一時煩惱不已，忽見楊勝堅四下窺望，似在黑暗中搜尋什麼，忙上前問道：「你在做什麼？」楊勝堅道：「噓……」附耳過去，放低聲音道，「我猜寶姬肯定就在這附近。」楊安道一愣：「什麼？不是說寶姬已經逃去龍首關了麼？」楊勝堅道：「你沒見到伽羅手中拿著寶姬的女兒劍麼？那可是寶姬從不離身之物。」微一沉吟，便朝適才伽羅與武僧對話的藥師殿外牆走去。

楊安道急忙拉住他：「等等……」楊勝堅道：「什麼事？」楊安道遲疑道，「寶姬跟我們一道長大，你真要去捉她麼？」楊勝堅道：「信苴下了死命，凡是見到寶姬者務須捉拿她回府，若有人膽敢包庇，絕不輕饒。」欲往前走，楊安道卻扯住他不放，訥訥道：「這……這……這樣……不好……」他本就口舌笨拙，此刻一著急更是結巴起來。楊勝堅回頭凝視他片刻，掙脫他便往前走。楊安道見到一大隊羽儀提燈往這邊過來，知道刻不容緩，口齒突然伶俐了起來，道：「難道你忘了，我們十二歲那年玩火把誤點藏經閣，闖下大禍，還是寶姬主動出頭，為我們定罪……」楊勝堅聽了，果然頓住腳步，一時也遲疑起來。

伽羅見楊安道、楊勝堅二人突然走開，頓感機不可失，忙搶到牢口，叫道：「喂，我想法子救你出去好不好？」那刺客見她一個小女孩一味胡鬧，看守的羽儀卻不加阻止，疑慮更深，當即冷冷道：「我不用你救。」

伽羅不免大為意外。她回想起發生的一切：她與楊寶、高浪、高潛四人被施宗發現後，不得已離開了回光院，但猶自惦記留在院中的段僧奴，因而便在附近徘徊，如此一來，楊智派來跟蹤的羽儀很快就暴露了行蹤。幾人會意過來，低聲商議幾句，楊寶有意提高聲音道：「路上小心些。」高潛應了一聲，便朝寺外走去。那羽儀果然上當，稍一猶豫，便跟上了高潛。擺脫了監視的人，幾人在藏經閣南面暗處藏妥，正可從花叢中遠遠監視回光院的大門，卻依舊想不出法子救出段僧奴。乾等了許久，忽見一條人影自南禪房閃出，往藏經閣後方奔去。雖未看清面目，高浪卻一眼看到那人手中提著把劍，大感好奇，正要追上前去問個究竟，又被楊寶扯住道：「一會兒寶姬還得翻牆回去。」高浪道：「不是還有你和伽羅麼？」正欲趕去，南禪房忽又傳來一陣動靜，片刻後有人喊叫道：「呀，呀，來人，快來人……鄒先生……鄒先生被人殺了！有刺客！」伽羅便問道：「鄒先生是誰？」楊寶道：「應該是明玉珍的使者。」正愕然間，卻見施宗率羽儀離開回光院，迅疾趕去南禪房。片刻後，藏經閣後方的樹林傳來打鬥聲。高浪道：「呀，剛才過去的那人肯定就是刺客。」忍不住要衝過去，楊寶忙拉住他道：「這是個絕佳機會，信苴肯定馬上就要出來了。」但段功卻未立即出回光院，倒是不久後施宗又從南禪房出來，匆匆趕往林中，從三人藏身的茶樹前經過。只聽見林中呼喝不止，高浪愛武成癖，聽得心癢不已，熬了好大一會兒，正蠢蠢欲動時，又見大將軍張希矯率大批羅苴子風一般地飆過。伽羅驚道：「呀，寺中真出大事了呢！」高浪道：「我去看看。」楊寶道：「等一下，信苴出來了。」扭頭望去，果見段功步出回光院，率大批羽儀趕往藏經閣後方。楊寶道：「趕快。」領先來到回光院門口，正見一名羽儀來掩大門，猝不及防，慌忙拉著伽羅閃過一旁。高浪卻不耐煩等待，大模大樣地走過去。那羽儀趙平先前見過伽羅幾人毫無徵兆地從院中出來，現又見高浪出現在這裡，不免莫名其妙地問道：「你是來找信苴麼？

他已經走了。」高浪道：「信苴都走了，你怎麼還在這裡？」趙平道：「寺中出了大事，信苴命我與楊丹留守回光院，以防萬一。」高浪跺腳道：「你都知道出了大事，竟還在這裡磨蹭！」趙平一呆，問道：「什麼？」高浪道：「刺客武功厲害，信苴叫你們速去林中幫手。」趙平與同伴楊丹交換了一下眼色，毫不起疑，拔腿往林中奔去，也未留意到躲在院外的楊寶、伽羅二人。

誆走兩名羽儀，三人急忙進到院中，只見脫脫猶自在窗下認真翻書，似毫不在意外面的動靜，這份定力和氣度非常人所有，確實令人欽佩。段僧奴早已聽得清楚，忙從花叢中站起，這才發現手腳早已經麻木，稍微活動了一下，這才朝伽羅等人奔過去，低聲笑道：「好險。」幾人忙回到西牆根，高浪甩出繩索，段僧奴先爬了上去，剛上牆頭，瞧見北面藏經閣後方火炬熏天，亮如白晝，那刺客放開了擋在胸前的段文，拋下兵器，束手就擒，臉上的蒙面巾隨即被扯下。她只覺心口一熱，不由得一呆，心想：「怎麼會是他？」那蒙面刺客不是旁人，正是在蘭峰上有過一面之緣、令她心儀不已的漢人男子。幾人剛翻回中院，便見那刺客也被拖進院子，往西而去，又見羽儀簇擁著段功前往翠華樓。好不容易等大隊人馬離開，總算順利溜回伽羅的住處。楊寶叮囑了幾句，約好明天再見面想法子安排寶姬之後，自與高浪離去。段僧奴卻放不下那漢人刺客，她是個直性子，胸無城府，當即把心事告訴伽羅。伽羅更是天真熱情，立時要去看看這漢人刺客何等樣貌，竟能令寶姬一見傾心。段僧奴也欲弄明白那漢人究竟是怎麼回事，堅持要與伽羅一道去。此刻寺中戒備森嚴，伽羅冒險去地牢探望刺客，當真凶險萬分；仗著熟識地形，避開了巡視的武僧，卻又見地牢口有羽儀看守。她便讓段僧奴躲在一旁，自己先去探風，看到刺客被懸吊在地牢，一想到這是寶姬愛慕的男子忍不住大生同情之心，不假思索奔回段僧奴藏身之處取了女兒劍，因不及解釋，到她奔回牢口斬斷鐵鏈，段僧奴都未明白是怎麼回事。但伽羅卻尚未會意此舉等於暴露了段僧奴的行蹤，若非楊安道、楊勝堅有所猶豫，旁人只怕早已召喚羽儀、武僧到此搜索。

想到此處，伽羅聽見那刺客果斷拒絕自己的好意，大為驚訝道：「可是如果我不救你，你明日說不定會被信苴處死。」刺客道：「我寧可死，也不要你救。」伽羅奇道：「為什麼？」刺客冷冷道：「你還是快些走罷，又有人來了。」伽羅見他面臨生死關頭，卻依舊倔強驕傲，大有視死如歸的氣概，與自己往日見過的男子很不相同，心中很是歡喜，暗想：「果然有大丈夫風度，難怪寶姬會為他心動。」她心思單純，全然不關心世間恩怨林林總總，甚至不關注刺客是敵是友，所在意的唯一個「情」字，既對那刺客有好感，更堅定了要救他的念頭，最好是他出去後可帶著寶姬遠走高飛，如此豈不兩全其美？

她越想越得意，正思忖該如何救他出去時，忽聽得背後有人問道：「伽羅，你在這裡做什麼？」驚然回頭，這才發現施宗不知道何時站在背後，她以為自己的心思被人知曉，又無應變之能，不由得吃了一驚，忙站起來。施宗兩次看到伽羅在不該出現的地方出現，滿腹疑慮，又問道：「你拿著寶姬的女兒劍在這裡做什麼？」他尚不知道伽羅來回取女兒劍一事，以為是寶姬逃走時未帶上佩劍。一旁楊勝堅內心交錯徬徨，最終仍未揭露段僧奴很可能藏在附近一事。

伽羅見施宗背後尚跟著不少羽儀，想他親至地牢必定是要加強看守，防那刺客逃走，心中登時沮喪透頂，知道今夜再無可能將刺客營救出去。施宗不知伽羅心中盤算，見她不答話，疑心更重，只是此刻盤問多有不便之處，忙道：「信苴命你速去南禪房救治傷者。」伽羅驚道：「怎麼要我去？白沙醫師不在寺中麼？」施宗不及多解釋，道：「這是信苴的命令。傷者是外傷，你快去藥師殿取了藥箱趕去南禪房。」又招手叫過楊安道、楊勝堅道，「你們二人送她去，若出了岔子，唯你們是問。」說到最後，語氣格外嚴厲，顯然對二人放任伽羅留在地牢附近大為不滿。楊安道、楊勝堅忙道：「遵命。」雖然畏懼施宗的嚴厲，心中卻多少有些慶幸羽儀長意外到來，制止了伽羅的胡鬧。

伽羅猶自遲疑道：「可是我……」她聽說要去南禪房，猜到傷者定是明玉珍的使者，她的醫術平常糊弄自己人還能應付湊合，可是真要作為大理醫師去幫使者治傷，她可沒這個膽量，正要向施宗解釋自己的醫術實在不怎麼高明，卻被楊勝堅不由分說拉離了地牢。伽羅道：「可是我的醫術真的不怎麼好呢，哪夠資格幫使者治病？」楊勝堅笑道：「你是白沙醫師的弟子，誰敢說你不夠資格？」一邊說，一邊扯著她前往藥師殿拿藥。經過藥師殿外院牆根時，伽羅忍不住轉頭望了一眼，那正是段僧奴藏身之處，不禁憂心起來，不知自己該如何從施宗眼皮下脫身，便嘆道：「哎……」楊勝堅忙道：「伽羅，你別拿著女兒劍到處跑，一會兒先留在藥師殿。」暗處的段僧奴聽得一清二楚，心想：「還是楊勝堅精明，不但猜到我藏在這裡，還叮囑伽羅將女兒劍收起來，免得別人看見了起疑，他到底還是顧念一同長大的情分。」

到得藥師殿院門，因此處是禁中之禁，楊安道、楊勝堅不敢進去，只說在門口等她。伽羅無奈，獨自進到院中。卻見殿內燈火通明，師父白沙正盤坐在藥師佛神像下閉目念經，忙搶進去道：「師父，原來你人在這裡！信苴要我去南禪房幫那漢人使者治傷，還是你替我去罷！」白沙緩緩睜開眼睛，不悅地道：「大呼小叫做什麼？你不知道我從不治漢人麼？」伽羅恍然大悟道：「是喲，難怪信苴要叫我去。」頓了頓又道，「可是我……」白沙道：「信苴叫你去你就去。」伽羅是個天不怕地不怕的人，世間唯一可懼者只師父一人，她深知師父脾性執拗，不敢再多說，只道：「是，徒弟這就去了。」白沙道：「嗯。我回房睡了，千萬別再來吵我。」伽羅道：「是。」逕直到側殿藥房，放了女兒劍，拿過藥箱，取了些止血生肌的藥丸，匆匆朝外走去。

到得院中，她心中掛念牆外的段僧奴，不由自主地往北邊圍牆望去，只見那片種滿奇花異草的園苑隱約有東西來回擺動，她以為只是跳舞草[4]聽見人聲而有所感應，絲毫未放在心上。不料正走到門口時，忽聽得園苑方向傳來呻吟之聲，她嚇了一跳，回頭凝神細看，真有一團黑影在北面牆根下蠕動，似是一個蹲著的人影。她心想：「莫非是寶姬怕被施宗等人發現，冒險翻牆進到藥師殿？」想到此節，也不敢驚動旁人，忙悄悄走進園苑，輕聲問道：「寶姬，是你麼？」

那人影縮了縮身子，含含糊糊應了一聲，卻始終站不起來。伽羅又問道：「你是不是跳牆受傷了？」加緊走了幾步，忽聞見一股清淡幽雅的花香，聞之神醉，當即會意過來——寶姬當是正好跳進了曼陀羅花叢中。那曼陀羅又稱醉心花，有麻醉和迷幻效果，是製作蒙汗藥的主要成分，人若長時間接近花叢，會產生暈眩和幻覺。

恰在此時，那人掙扎著抬起頭，月光下露出半邊臉來——這哪裡是段僧奴，分明是個方頭大耳的精壯漢子。伽羅不防如此意外，尖叫一聲轉身就跑，剛出園苑正遇楊安道、楊勝堅二人。楊安道急問道：「出了什麼事？」伽羅指著園苑道：「那邊……那邊有人……」楊勝堅反應極快，壓低聲音道：「難道不是寶姬麼？」伽羅連連搖頭道：「不是……是個男人……」

楊安道聞言，立即拔出兵刃往園苑而去。走得稍近，果見一黑衣男子倒在曼陀羅花下，忙上前用長刀指住他，喝問道：「你是誰？」那男子也不抵抗，只是他哼哼唧唧答不出話。楊勝堅搶過來一看，訝然道：「你……你不是明王使者的隨從麼？」楊安道定睛一看，那男子果然是明玉珍使者鄒興的隨從姬安禮，面如土色，神態甚為沮喪，楊安道不禁詫道：「怎麼是你？」忙收刀如鞘，上前拉他起來。那姬安禮仿若醉酒般渾身軟綿，得攙扶才能立穩。楊勝堅叫道：「伽羅，你快來看看他是不是受傷了？」伽羅正煩惱不堪，哪有心思理會旁人的傷勢，只漫應道：「他是被曼陀羅花葉熏的，過幾個時辰自己就好了。」

忽見施宗疾步過來，厲聲斥道：「伽羅，你怎麼還在這裡？耽誤了使者傷勢，信苴怪罪下來，你擔當得起麼？」伽羅的生父是印度名僧，大理以佛教為國之根本，名僧地位極其尊崇，她在無為寺任性嬌縱慣了，哪裡聽過這般重話，換作平時早已就地撂挑子不幹，只是她眼下隱憂重重，既掛念牆外的段僧奴，又擔心地牢中的刺客，少不得要忍氣吞聲，便低聲道：「是，我這就去。」

施宗一扭頭，又見到楊安道、楊勝堅一左一右攙著姬安禮走出園苑，心下登時明白了究竟。這後院藥師殿雖無人把守，但由於位在禁地中院後方，外人無法接近，又不斷有武僧來回巡邏，這姬安禮必定是趁眾人忙著圍捕刺客時溜了進來，但不久後刺客被捕，四周戒備更嚴，他一時無法脫身便藏身園苑，湊巧在曼陀羅花下中了花毒，失去行動能力。他無端出現在這裡，他的同夥李芝麻則被施秀撞見出現在翠華樓附近，藥師殿和翠華樓正是無為寺最要緊的兩處，這使者一夥的不良居心昭然若現。施宗想透此節，也不說破，即命道：「姬大人既受了傷，便請先留在藥師殿養傷罷。」一邊說著，一邊向背後的羽儀使了個眼色。

藥師殿是一處兩進的大宅，後面有兩排廊房，可供人居住。此刻真相未明，當然要盡可能將明玉珍使者的這些隨從分開關押，以免他們串通口實。兩名羽儀會意，上前接過姬安禮，便要往殿後走去。伽羅忙搶過來道：「萬萬不可！他是漢人，決計不能進藥師殿，萬一被師父知道，絕不甘休。」施宗一時忽略此節，微一沉吟道：「那先送他去演武廳。」

一行人步出藥師殿，正遇到達智領著一隊武僧巡防過來。施宗立即上前，低聲告知尚有一名叫許江武的使者隨從未能找到，估摸人應該在禁地中，請務必細細留意。達智自幼出家，四十年來見過不少意圖闖入無為寺的飛盜，有欲偷竊兵書祕笈的，有想盜竊靈丹妙藥的，也有對無為寺鎮寺之寶黃龍劍打主意的，更多則是來尋找南詔藏寶圖的。他一聽施宗交代，立即明白了弦外之音，點頭應道：「請羽儀長放心。」自去安排人手遍搜禁地。

剛到翠華樓北側，又遇到羽儀長施秀，一見伽羅便道：「伽羅，我正到處找你！你快趕去南禪房，信苴都問了兩遍了！」伽羅賭氣道：「這不是正要去麼？」施秀道：「剛有羽儀來報，說使者已經醒了，只是傷口太深，稍加動彈即牽動創口，現又開始流血不止。」伽羅「哎喲」一聲，腦海登時出現一幅鮮血淋漓、殘肢斷腿的畫面，她本就對自己的醫術底氣不足，越想越心驚膽寒，忽道：「不行！」抬腳便往翠華樓跑去。施秀叫道：「哎，伽羅，南禪房該往這邊走。」伽羅卻不理會，一鼓作氣朝大廳跑去。在翠華樓周圍警衛的羽儀眾多，但個個認識她，又見施宗、施秀率人跟在她後面，便不加阻攔。

段功猶在廳中議事，譯史李賢宗正在稟告城中的五華樓剛剛出了大亂子，梁王使者大都的手下和建昌部落頭人阿榮為了一名女子大打出手，都動了真傢伙，不僅雙方各有損傷，還禍及不少無辜。段功皺緊眉頭道：「阿榮脾氣有點急，人也有些莽撞，可是大都是梁王王傅，是梁王府的第三號人物，怎麼會為了一名女子跟阿榮貿然動手？」一時感到大惑不解。楊智知道信苴已經很為今晚刺客之事煩心，現在居然又出了更頭疼的事，當即埋怨道：「譯史，你既負責陪伴梁王使者一行，何不加以勸阻？」李賢宗道：「是，屬下失職，願領責罰。」神態甚是恭謹惶恐。

李賢宗自稱「屬下」，其實他並非總管段功的下屬，更不受楊智統屬。按照元朝官制，這大理路軍民總管府設總管、達魯花赤、同知各一人，總管由段氏世襲，達魯花赤由蒙古人擔任，同知則由回回人擔任。譯史的直屬上司應是達魯花赤而非總管。達魯花赤為蒙古語，意為長官，是元朝廷派駐大理、主管地區行政事務的官員，在地方官中地位最高，官秩與大理路總管一樣，均是正三品。官秩雖一樣，其中卻大有分別；達魯花赤雖由蒙古貴族擔任，吃朝廷俸祿，其實卻是雲南行省派到大理的耳目，不僅要看朝廷的臉色，更得看地頭蛇段氏的臉色。自幾十年前梁王與段氏交惡以來，達魯花赤便成了夾縫中的兩難角色，處於段氏的嚴密監視之下，前任達魯花赤才上任三個月便不堪忍受重壓，棄官逃走。

繼任的沙笛是回回人，本來擔任大理同知一職，但從來無心政事，成天只以誦古蘭經為要，反倒能與段氏和睦相處，所以達魯花赤一職空缺後，他又被命兼任此職。不過，數個月前，沙笛與雲南行省平章政事馬哈只連袂到天方[5]朝聖，至今未歸，官衙中瑣碎事務全仗譯史李賢宗和通事楊慶二人處理。楊慶是大理本地人，李賢宗則既非蒙古人，也非蒙古貴族親信的回回人，更非白族人，而是漢人，他的先祖本是中原極有名望的士人，南宋滅亡後不願出仕元朝，舉家逃亡至大理，因文章才華而被段氏聘用，後人均為歷任總管信用；這李賢宗因精通漢文、蒙古、吐蕃、回回等多種語言，官任譯史多年，專事通譯接待。

段功一向信任李氏，揮手道：「譯史處事老練，多年來不曾出一點紕漏，想必事出有因。你先說說到底怎麼回事？大都、阿榮兩方都是我大理貴賓，怎麼突然就打了起來？」李賢宗道：「回稟信苴，詳細經過情形是：夜更時分，屬下陪同梁王使者大都一行往五華樓飯廳用餐，阿榮頭人剛巧就在東首隔壁的飯廳。兩方雖說認識，可是也沒互相招呼，只是各自安安靜靜地喝酒。酒過三巡時，樓丁突然領進一名年輕女子，說她自稱有急事要找梁王使者。大都問她是誰，那女子便取下頭上的次工來……」話到這裡，李賢宗驀然頓了一下。他在譯史的位置上十餘年，迎來送往的人多了，早練就一身波瀾不驚的本事，但他腦海再次浮現那女子的倩影時，呼吸竟不由自主急促了起來——她實在太美了，美得不著邊際，尤其是取下次工、露出面容的一剎那，當真彷若仙女下凡。

李賢宗定了定神，續道：「那漢人女子……容貌十分美麗，大都一行所有人一見她，全都呆住。只是還來不及說話，阿榮頭人不知怎地就闖了進來，一把扯住那女子，非要她去隔壁陪他喝酒。大都一名手下隔得近，上前拉開阿榮頭人，不料一把被摔了個大跟頭。阿榮頭人又大聲呼哨，叫進他的隨從，預備強行將那女子搶走。屬下正要上前勸解，大都一夥人已經拔刀在手，不由分說衝上前去，似要將那女子搶回來。事情發生得極快，雙方就這麼動上了手，從廳裡打到廳外，從樓內打到樓外。混亂中那女子的手臂也受了傷，屬下趕上前將她扯在一旁後，立即去叫五華樓的守衛。只是雙方隨從眾多，又均是凶悍勇猛之輩，守衛不但阻止不成，還有數人被砍傷。屬下萬般無奈，只好派人去請羅苴子，幸得段真大將軍及時趕到，強用武力將兩方分開，這場打鬥才算勉強終止。」

段功道：「如此說來，阿榮挑釁在先，大都動手在先，雙方各有不是。」李賢宗道：「是，信苴說得極是。」段功道：「後來情形如何？」李賢宗道：「雙方各自回去住處，段真大將軍暫且派人看管他們。蒙古使者一方有幾人受傷，他們說自己帶有金創藥，也不讓樓長請醫師。屬下特趕來請示信苴要如何處理這件事？」段功沉吟道：「嗯，癥結在那女子，她……」

一語未畢，忽見伽羅闖了進來，嚷道：「信苴，我不行，真的不行！」她如此冒失，滿堂無不愕然。段功一愣，問道：「什麼不行？」施宗、施秀等人已經追了進來，見信苴已經發問，也只好肅立一旁。伽羅道：「我是說我的醫術不行。信苴，你還是趕緊派人從城中另請醫師罷，別誤了大事。」段功這才會意過來，笑道：「沒試怎麼知道不行？上次夫人生病，不就是你治好的麼？」伽羅道：「那可不一樣……」段功道：「莫非你也跟白沙醫師一樣，絕不肯醫治漢人？」伽羅急道：「當然不是……」段功溫言道：「不是就好。伽羅，你也別緊張，我陪你一道去，如何？」伽羅見他已從座位上站起，知道再也無法拒絕，只得點了點頭。

段功又向李賢宗道：「五華樓打鬥一事，阿榮挑釁在先，你回城去告訴他，他既是我的女婿，也算是大理的半個主人，可別酒後失了禮數，讓外人笑話。」李賢宗道：「遵令。那麼梁王使者那邊……」段功道：「你將我適才原話同樣告知梁王使者便是。」李賢宗應道：「遵令。」

楊智卻驀然想起一事，問道：「梁王使者和阿榮頭人在五華樓大打出手，行省使者沒有捲入其中麼？」李賢宗道：「沒有。」頓了頓又道，「現在想起來，這一點甚是奇怪，當時通事楊慶也陪著行省使者在隔壁西首飯廳用餐，這邊打得驚天動地，他們應該聽得一清二楚，竟始終沒有一人出來。」段功回頭問道：「淵海，你不是說行省使者只是個少年麼？」楊智道：「是，行省使者名叫馬文銘，是行省平章政事馬哈只的長子，才十餘歲，在行省理問所[6]任知事。」段功嘿了一聲道：「這少年可不簡單。」揮了揮手道，「譯史，你先回城去辦事，明日一早再與張判官一道陪梁王使者到無為寺來。」

剛走出幾步，施宗又搶上前來，低聲稟告在藥師殿園苑中發現姬安禮一事。段功道：「既如此，就帶他跟我們一道去南禪房。」施宗一時不明信苴為何處置得如此寬宏大量，卻不敢違命，只得應道：「遵令。」

一干人前呼後擁步出翠華樓。段功叫過施秀，低聲問道：「寶姬可有下落？」施秀道：「沒有。有人說親眼見到寶姬往龍首關去了，屬下已經派人知會龍首、龍尾二關守將，命他們嚴查出關之人。」段功「嗯」了一聲，擰緊眉頭，一向堅毅的臉上露出憂心忡忡的樣子，似很為此事煩惱。一旁的伽羅心早已砰砰亂跳，生怕信苴向自己追問寶姬的下落，自己偏偏又是個藏不住事的人，萬一露了口風可就糟了。幸好段功不再發話，此後一路無言。

來到南禪房門口，守在院中的幾名羽儀聞聲迎將出來，見信苴親至，無不驚詫。段功問道：「使者傷勢如何？」一名羽儀道：「正要去稟告信苴知曉，有一位羅先生已經用藥為使者止住了血。」段功大奇，問道：「這位羅先生莫非就是無依禪師住在東廂房的舊友，名叫羅貫中的？」那羽儀道：「正是。羅先生說創口太深，還須得用針線縫上，屬下正要去藥師殿。」伽羅忙道：「我藥箱中有桑皮針線。」

段功命人先扶姬安禮回房休息，又命眾人留在院中，僅帶伽羅、楊智、施宗、施秀幾人來到鄒興房間。一名羽儀守在堂內，見信苴到來，忙搶上來參拜，卻被段功揮手止住，示意他不得聲張。

進得房來，正見一名瘦削文士坐在床側，左手端著一只瓷碗，右手正抓著一把糊狀的藥，往床上使者鄒興的傷口處抹去。鄒興本已甦醒，藥膏抹在傷口雖有止血效果，但一觸動傷口即感到撕心裂肺的劇痛，當即又昏死過去。另有一身材臃腫的行商站在床側關切地注視，正是那有「聚寶盆」之稱的江南巨富沈富。

沈富聽見腳步聲，回過頭來，他不知道大理總管今晚來了無為寺，也不認識段功，先一眼留意到樣貌異常的伽羅，不免一愣，又見她手中提著藥箱，只以為是送藥的來了，忙道：「羅先生，針線取來了。」言語之間極為客氣。羅貫中頗為沉穩，也不回頭，只道：「拿過來給我罷。」

段功向伽羅點了點頭，伽羅便自藥箱取了桑皮針線，穿好，走近床邊遞過去。忽見羅貫中左手碗中的灰黑藥膏黏黏糊糊，有一股怪異味道，像是廚房燒糊了的菜，十分難聞，忍不住問道：「這是什麼藥？」羅貫中也不答話，只用沾滿藥膏的手接過針線。一旁沈富忙道：「這是用菜油調製的還魂草灰。」伽羅自是知道還魂草[7]是外傷良藥，但將植株燒成灰，再用菜油調製入藥，她還是頭一次聽說，又見羅貫中拿針線縫合傷口姿勢甚是笨拙，渾然不似有經驗的醫師，忙問道：「羅先生，你真的懂醫術麼？」大有不相信的語氣。

她快人快語，渾然不知忌諱，楊智忙斥道：「伽羅，不可無禮。」伽羅道：「我哪有無禮？你看他縫針的樣子，根本就不懂醫術。」楊智叫道：「伽羅……」羅貫中忽道：「這位小娘子說得不錯，我確實不懂醫術。」口中說著，手上卻依舊有條不紊地縫著創口。眾人聽他坦承其事，一時呆住。沈富忙道：「羅先生雖不懂醫術，可是他博學多才，讀過許多書。」伽羅道：「可是……」段功道：「伽羅，你先出去看看姬大人的傷勢如何了。」伽羅奇道：「姬大人？是躲在藥師殿外的那個漢人麼？他哪有受傷，不過是被曼陀羅花熏醉而已。」楊智向施秀使了個眼色，施秀忙上前道：「伽羅，我有一件奇事要告訴你……」不由分說便將伽羅扯了出去。

段功道：「小女孩子不懂事，口無遮攔，二位切莫見怪。」沈富連連道：「哪裡！哪裡！」態度甚是謙卑，渾然不似名動中原的大富商。羅貫中則始終不發一言，慢條斯理地縫好創口，又將藥膏盡數塗抹到鄒興胸口，這才起身往桌上的銅盆中洗手。段功見他文質彬彬，書味十足，心中很是喜歡，問道：「羅先生還有什麼其他需要麼？」羅貫中道：「嗯，如果不麻煩的話，請再準備一鍋人參湯，等傷者醒過來時服用，以助恢復神智。」沈富忙道：「今日剛巧買了一些人參，放在我房中，我這就去拿。」雲南草藥譽滿天下，他既是商人，到此採購大批還魂草、人參等罕見藥材，亦不足為奇。

段功如何能要他的人參，便道：「不敢有勞先生費心。」回頭道，「速派人去藥師殿，命藥童煎一鍋人參湯端來。」施宗道：「遵令。」段功又問道：「敢問羅先生，傷者傷勢如何？」羅貫中道：「當無大礙。」段功道：「有勞先生，多謝了。」羅貫中道：「在下絲毫不懂醫術，信苴卻如此信任，我才應該多謝。」他的注意力一直在傷者身上，甚至都未正眼瞧過旁人一眼，不知竟如何猜到段功身分。段功微微一笑道：「先生請到外面說話。」一旁沈富聽說眼前這個謙和溫儒的男子，便是控馭西南的風雲人物段功，早不由得一驚。

幾人來到堂屋，忽聞得外面傳來拍門喊叫聲。楊智走到門口，喝問道：「出了什麼事？」施秀奔將過來，低聲道：「是李芝麻吵著要來看使者傷勢。」他在翠華樓後方遇到李芝麻之後，深知他形跡可疑，派人送回南禪房，便將他鎖在房中。楊智不敢擅決，上前稟報。段功道：「放他出來，將南禪房所有扣著的人都放了。」楊智遲疑了一下才道：「是。」命施秀去放人。

段功又道：「今夜無為寺中出了刺客，驚擾了二位不說，我屬下又不明情況，一度軟禁二位，實在抱歉。」沈富見他以大理總管之尊，親自向自己賠禮道歉，早已受寵若驚，忙道：「豈敢、豈敢。在下沈富，久仰信苴大名，今日得見，實乃三生有幸。」羅貫中也道：「信苴太客氣了。」段功道：「無依禪師跟我提過，說羅先生這次不遠千里來到大理，意在借閱翠華樓藏書。」羅貫中道：「正是。聽說翠華樓藏書之多為南中之最，存有大量唐宋書籍，而中原歷遭兵禍，毀跡無算，只怕翠華樓中許多藏書早已成海內孤本。」一邊說著，一邊露出悠然神往之色，顯是對那些束之高閣的書籍嚮往不已。段功笑道：「借書原也不是什麼難事，只是有個條件……」

正說著，李芝麻一頭闖了進來，見堂內尚有好幾個外人，不免一愣。沈富卻一眼認出了他，驚道：「呀，這不是……不是李將軍麼？」李芝麻卻不認識他，不便招呼，見他一身漢人打扮，只朝他一點頭。沈富道：「將軍不認識我了麼？我是沈富呀！將軍駐守徐州時，我曾將十萬石糧食運往城裡……」

李芝麻道：「呀，想起來了，你是張士誠的結拜兄弟沈萬三！」沈富喜孜孜地道：「正是我！原來將軍還活著！當年脫脫攻破徐州後大肆屠城，聽說血流成河，雞犬不留，我們都以為……」見李芝麻皺了皺眉，忙改口道，「真想不到能在這裡遇見將軍，太好了！」

段功不便在此耽擱，當即道：「二位原來是舊識，他鄉遇故知，當真可喜可賀。」李芝麻問道：「這位是……」沈富忙道：「這位便是大理總管。」李芝麻大吃一驚，他早已留意到院中多了許多羽儀，以為不過是奉命來「保護」使者，完全沒料到會在這種情況下遇到段功，一時間不免有些窘迫，慌忙上前見禮道：「在下是個粗人，有眼不識泰山，多有冒犯，還請信苴見諒。」段功道：「李大人何須多禮。鄒大人傷勢既無大礙，我等先行告辭。」

李芝麻自知，今晚自己和同伴闖入禁區先後被人發現，無論如何都難以脫身，卻見段功絲毫不提，不免又驚又疑，不知對方心裡打什麼算盤。

段功又道：「羅先生，你適才言及的借書一事，我們明日再談。」羅貫中道：「是。」段功一揮手，當先而去，楊智忙跟了出去。片刻間，院中羽儀走掉大半。一行人走出南禪房，伽羅尚追著段功問道：「使者的傷真的讓羅先生治好了麼？」段功道：「嗯。」伽羅道：「可是那羅先生……」

忽見一名羽儀自前方黑暗中飛奔而來，報道：「稟信苴，剛剛在翠華樓抓到了一名竊賊。」施宗問道：「也是漢人麼？」楊智道：「不用問了，肯定是那一直沒露面的使者隨從許江武。」那羽儀道：「正是。」伽羅猶自惦記藏身在地牢附近的段僧奴，見寺中是非源源不斷，頓覺機不可失，忙道：「信苴既還有正事，我先回去睡覺了。」也不待段功答應，一溜煙地跑了。那羽儀續道：「說來湊巧，屬下和張契在翠華樓前當值，聽到樓上有些動靜，因不得信苴之命，不敢擅自上去。忽然達智禪師領人趕來，說是在外面巡視時，看到有人正從翠華樓頂攀援而下。我們便一道上樓，果然在三樓窗口堵住了那人，現正捆拿在翠華樓前，等信苴發落。」段功擰緊了眉頭道：「先回去再說。」

施宗冷笑道：「這明玉珍使者一行虛張聲勢，與我大理聯姻結盟是假，盜取藏寶圖才是真。」施秀道：「阿兄何以知道他們意在藏寶圖？」施宗道：「偷入翠華樓的人，要麼是為了武功祕笈，要麼是為了藏寶圖。我可想不出堂堂明王使者費盡心機，會只為了幾本武功祕笈。倒是如今中原群雄互相征伐，個個忙著招兵買馬，真金白銀才是他們最需要的。」楊智道：「嗯，我贊同施宗羽儀長的說法。前幾年不斷有漢人假稱要開採大理石，在蒼山上四處探訪，無非也是要找尋傳說中的金庫和玉庫。」

他們所談及的寶藏，正是廣泛流傳於西南民間的南詔四庫。原來，唐朝時期，南詔王多次發兵攻打四川，中原最富庶之地無非蜀中與江淮兩地，南詔由此掠奪金銀財帛無數，富足甲天下。由於都城中的府庫裝盛不下，便逼迫唐朝軍民三千俘虜在蒼山上建造西、中、南、北四座寶庫，歷時五年始成——西庫位於佛頂峰[8]後山，儲滿金珠金砂，又稱「金庫」；中庫位於岑峨峰[9]山腰，置歷代珍寶玉石，又稱「玉庫」；南庫位於斜陽峰[10]，藏有兵戈甲胄五萬，又稱「兵庫」；北庫位於獵豹峰[11]，裝滿白銀，又稱「銀庫」。寶庫修好後，所有參與修洞者均被毒殺，寶庫祕密遂不為外人所知。而漢人權臣鄭買嗣滅南詔後，於王宮密室得到四庫藏寶圖，按圖遍尋，卻始終不得其門而入。他一怒之下派人挖掘五印山中的南詔王陵，焚燒屍體殘骸後揚灰於滄瀾江中，取走地宮中豐厚的陪葬物品。

不久後鄭氏滅亡，段思平建立大理國，再次按圖索驥，終於發現了銀庫入口，尋到白銀兩百餘萬兩，只是首批進入庫中的二十二名兵士全死於伏機之下。後又破開了兵庫，得到軍器數萬、兵書兩部。然財寶最豐富貴重的金庫和玉庫入口始終沒有找到，段氏認為天意如此，亦不再費心找尋。不過寶庫的流言並未就此消失，幾百年來想方設法潛入王宮盜取藏寶圖的人不計其數。由於有多位大理皇帝在無為寺出家，民間又傳說藏寶圖收藏在翠華樓中，導致不少「梁上君子」盯上了無為寺，施宗所指，即懷疑明玉珍的使者一行也是其一。

段功歎了一聲道：「當初只在獵豹峰挖開前半座銀庫，便有二十二名兵士死於伏機之下，我段氏先祖認為人命關天，就此放棄尋寶，想不到四百年過去，依舊有人對這批寶藏念念不忘。就算真被他們尋得了藏寶圖，也未必能應付那庫中機關。」施秀笑道：「信苴寬厚仁愛，卻不知漢人總說『人為財死，鳥為食亡』，想來即使機關算盡、賠上性命，在他們看來也是值得的。」楊智道：「金庫、玉庫的財富數目巨大，無論誰得到，稱霸中原指日可待，自古一將功成萬骨枯，雄圖霸業更是成就在累累白骨上。明玉珍、朱元璋、張士誠這些人為了功業不擇手段，才不在意有多少人死在機關之下。」

當下回到翠華樓，果見使者鄒興的隨從許江武被捆縛在樓前階下。他年紀甚輕，才二十歲出頭，身材短小精悍，眉宇間卻有一股凶神惡煞之氣。看守的羽儀看見段功回來，忙搶過來參拜。那許江武聽說大理總管親至，眼睛瞪得老大，目光霍霍閃動，上下不停打量著段功，既驚訝好奇又敵意極盛。段功只略略一掃，也不睬他，逕自進了樓，只命施宗去審訊。只是無論施宗如何喝問，許江武始終一言不發。夜深人靜之際，又身處佛寺之中，施宗不便動粗拷打，回來請段功示下。

恰逢楊智上樓查驗回來，上前稟道：「四樓丹青室、五樓觀經處均有明顯人為翻動的痕跡。看來他們確實在找藏寶圖。」施宗道：「不如逮捕這使者隨從，連夜押回城中大獄嚴刑拷問。」段功道：「不妥。」又沉吟片刻才道：「先放許江武回南禪房。不過，要派人守住南禪房，不得我號令，任何人不可進出。」施秀大為不解，問道：「只是軟禁起來，豈不太便宜了他們？」段功道：「我本無意與明玉珍結盟，現下出了這樣的事情，料來使者面上無光，傷好以後也不好意思再提結盟一事，這件事就這麼算了。施宗，你去將那刺客帶來，我有幾句話要問他。」施宗道：「遵令。」自領人趕去地牢提審刺客。

段功又招手叫過施秀道：「你將派去搜尋寶姬的人手都召回來。僧奴好講義氣，不會輕易離開伽羅、楊寶這些夥伴，所以她絕不會去龍首關，應該就藏身在無為寺附近。你分別去問問高浪、高潛，他們一個毛躁自負，一個膽小怕事，或許能探出寶姬的下落。」施秀道：「遵令。」又遲疑問道，「要現在去麼？夜色已深，他們說不定早已睡下。」段功道：「這些孩子平時就愛看熱鬧，沒熱鬧看時也要自己搞點亂子出來，現今寺中出了這麼大的事，你說他們睡得著麼？」施秀道：「是，信苴高見，屬下這就去辦。」

段功這才坐回椅中，楊智見他頗露倦色，當即勸道：「夜深了，還請信苴先去歇息。刺客與使者勾結已是事實，改日再審不遲。」段功道：「嗯，刺客一事恐怕不是這般簡單。」楊智道：「信苴明日還要召見梁王使者，實在不宜勞累過度。既然信苴認為刺客另有隱情，不如交給我來審問。」段功微一思忖道：「也好，那就有勞淵海你了。」楊智低聲道：「願為敏齋分憂解勞。」

「敏齋」是段功的字，楊智已許久不這麼叫他，他先是一愣，隨即微笑頷首，拍了拍老友的肩頭。楊智忙招手叫羽儀，道：「送信苴上樓歇息。」段功既預備就寢，楊智當然不便在翠華樓中審訊刺客，正要命人知會施宗將刺客押去演武廳，忽有羽儀飛奔來報道：「那刺客在地牢中昏死過去，施宗羽儀長說今晚怕是審不成了。」楊智吃了一驚，問道：「何以會如此？有人拷打他了麼？」羽儀道：「沒有人打他，是之前圍捕時他身上中了一刀，我們都沒發現。」

原來先前在樹林動手時，刺客腰間已然受了嚴重刀傷，就擒後雙手被反縛在背後，無法為自己止血，血流了一路，但他自己不說，又一副若無其事的樣子，黑夜中旁人也留意不到。後來他被懸吊在地牢中，傷口血液總算自行凝結。但不久伽羅跑來用劍斬斷鐵鏈，他摔下地牢，創口再次迸裂，終因失血過多暈了過去。

楊智自不知這其中究竟，趕到地牢處，羽儀已用繩索將刺客吊了上來，讓他平躺在地。施宗上前用火把一照，見他面若金紙，氣息奄奄，知他失血太多，又未及時發現醫治，怕有生命危險，回頭問道：「這可怎麼辦？他是漢人，白沙醫師決計不肯出手醫治。遲了怕是來不及了。」楊智道：「先送他去伽羅那裡，讓伽羅設法延治，我再派人回城去請醫師。」施宗實在不怎麼信任伽羅的醫術，不過當此情形也別無他法，當即命人抬了刺客往伽羅的住處蘭若樓而去。

到得院外，楊智見小樓上尚有燈光，揚聲叫道：「伽羅！伽羅！」那燈光卻倏忽滅了，施宗大奇，搶進院中，喝道：「是誰在那裡？」只聽得伽羅應道：「是我……是我……」卻見燈光又亮了起來，伽羅舉著燈燭走下樓來，道：「你們可嚇著我了。」施宗問道：「樓上就你一人麼？」伽羅道：「寶姬又不在，當然只有我一人。大半夜的，你們又來做什麼？」楊智道：「給你送了個病人來。」伽羅驚道：「哎喲，那可不行。你們幹麼不去找那羅先生？」

忽轉眼看到楊智背後那個被羽儀攙住的刺客，她雖與刺客交談過，卻未見到他的面容，因而並不認識他，但見此人被五花大綁，周圍羽儀虎視眈眈，多少猜到幾分，好奇地問道：「他……就是那個刺客麼？」楊智道：「正是，他受了刀傷，失血過多，你得……」伽羅道：「快，快把他抬進書房讓我看看。」小樓一層是個頗為精緻的書房，羽儀先進去遍燃燈燭，這才將刺客抬進去，讓他躺在窗邊的一張竹床上。伽羅道：「呀，你們怎麼還綁著他？他都傷成這樣子了，還跑得了麼？」施宗有所遲疑，終於還是點點頭，一名羽儀抽出雙鞘中的短刀，割斷刺客手腳間的繩索。

伽羅見刺客一身黑衣，左腰間的顏色格外深，猜已被血漬浸透，忙上前坐到竹床邊，解開他的上衣，只是他衣服腰間一大塊早已結成了血痂，緊緊黏在傷口上，微一用力拉扯，那刺客便痛得驚醒過來。他雙手得脫束縛，本能抓住了伽羅的手臂。伽羅未及料到，嚇得尖叫一聲。刺客欲坐起身，稍一用力，腰間仿若火炙，劇痛無比，立時又跌落到竹床上。施宗忙上前扯脫刺客的雙手，拉開伽羅，回頭命道：「去找兩副鐐銬來。」無為寺中有悔過園，犯有大過的僧人都會被發到園中勞作思過，因多是武僧，所以也備有手銬、腳鐐等物。

伽羅花容失色，定了定神，再見那刺客時，只見他仰面朝天，大口喘氣，胸口劇烈起伏，已然瀕臨死境，忙叫過一名羽儀道：「你快去藥師殿找藥童，取一瓶凝珍粉、一瓶養榮丸過來。」那羽儀尚等施宗示下，伽羅怒道：「人就要死了，還不快去！」她一向嬌憨可親，突然發怒，嚇了那羽儀一跳，飛一般地奔了出去。

伽羅又連連吩咐道：「快去打桶水來，桶和水井都在院中老槐樹下。施宗羽儀長，你過來抓住他的手臂，別讓他亂動。」施宗狐疑問道：「伽羅，你果真能治好他麼？」伽羅道：「咦，不是你送他到我這裡來的麼？」楊智忙叫道：「羽儀長！」施宗無奈，只好命人上前按住刺客的手腳。伽羅重新坐到床邊，對那刺客道：「我現在要撕開你傷口處的衣服，會有一點痛，你能忍一忍麼？」

那刺客雖雙目圓睜，卻已失去所有神采，也無絲毫反應。伽羅一狠心，伸手去撕衣服，那刺客立時痛哼一聲，大力掙扎了一下。她平時調皮搗蛋無法無天，其實心腸極軟，登時嚇得又將手縮回。施宗一個箭步上前，抓起刺客的衣襟猛力一帶，迅疾將那塊血衣從創口上扯了一下。刺客大叫一聲，又再次昏死過去。

施宗見伽羅尚在目瞪口呆，催道：「他的傷口又流血了，還不快些醫治！」伽羅道：「噢。」她手忙腳亂地取出繡帕，浸入清水，打濕後替刺客洗淨傷口。她院中的這口水井與藥師殿的救疫泉相通，治病療傷有奇效，又叫道：「哎呀，我忘了讓羽儀取金創藥！」羽儀大多各自帶有金創藥，施宗自己的已經讓使者鄒興用了，便向身旁的羽儀要了一瓶遞過去。伽羅道：「太好了。」將那瓶藥盡數倒在刺客的創口上，大理祕藥當真名不虛傳，泉湧般的血立時止住。

伽羅也不忙著包紮傷口，逕自取過案桌上的大口茶杯，向羽儀借了短刀，一咬牙，割開自己的左腕，頓時鮮血直流，滴入茶杯中。她扭轉了頭，不敢多看自己手腕鮮血淋漓的樣子。楊智驚道：「伽羅，你這是要做什麼？」伽羅道：「他失血太多，須得補血才能活命。」楊智和施宗一時面面相覷，不知該如何是好。而那去藥師殿取藥的羽儀剛好飛奔趕回，伽羅要他打開凝珍粉藥瓶，彈了一些藥粉在自己左腕的傷口，血液便不再凝結，反而流得更快，瞬間已注滿大半茶杯。她往茶杯中倒入一些凝珍粉，又取過一只空茶杯繼續接血，叫道：「施宗羽儀長，你快將這杯血餵他喝下。」她一個年輕少女斷然捨血救人，即使對象是刺客，也令施宗頗為動容，忙上前端了茶杯，命人扶起刺客灌下。

楊智道：「兩杯還不夠麼？要不用我的罷。」也不待伽羅答應，如法炮製地取了茶杯割血。伽羅忙道：「三杯應當夠了，再拿金創藥來。」待血液注滿茶杯，便將金創藥倒在手腕的傷口止血。三杯血灌將下去，那刺客慘澹的臉上竟有了幾分血色，氣息亦平和許多。伽羅喜道：「師父想出的這法子原來還真管用！」又取了兩丸養榮丸，用井水餵他服下。

施宗問道：「他這樣算救活了麼？」伽羅道：「應該是罷。不過他暫時不能移動，須得留在我這裡靜養幾天。」施宗道：「這可不行。他是個刺客，武藝高強，萬一有所閃失……」伽羅道：「那麼下次他再要死的時候，你可千萬別送到我這裡來。」施宗道：「我可以命人用擔架抬他走，不會觸動他傷口。」伽羅道：「抬他回地牢關起來，是也不是？」

施宗一愣，伽羅說的確實是個問題，刺客眼下這副光景，怎能再將他丟入地牢？可是這無為寺還真難找到合適的地方囚禁他。楊智大約也意識到這是個問題，勸道：「羽儀長，不如就依伽羅所言，多派些人手守在這裡便是。」施宗尚在躊躇，之前他曾見到伽羅在地牢口出現，似在跟刺客交談，如今她大有袒護之意，難免讓人起疑。不過，他也不相信以伽羅的天真個性會跟刺客有什麼牽連，多半是小女孩不知輕重總想滋事胡鬧。恰見羽儀找到兩副粗笨沉重的精鋼鐐銬拿了進來，這才下定決心道：「好，就這麼辦。」命人拿鐐銬鎖了刺客的手腳，又安排羽儀輪班看守，這才與楊智一道離去。

楊智臨走前特意交代伽羅道：「刺客若醒了，記得先問問他叫什麼名字，是打哪裡來的。」他見那刺客剛硬傲氣，料到強行拷打審問定然徒勞無功，來點軟的也許反倒有奇效，所以極力贊成將刺客暫留於此。伽羅哪裡知道楊智此番心思，當即應道：「這是當然，你不說我也要問的。」送走楊智、施宗一行，伽羅回來先吃了一丸養榮丸以助滋血，這才到竹床邊坐下，緩緩替那依然昏迷的刺客縫合傷口，又擦淨他嘴角的血跡。

她原以為他不過是個傲骨錚錚的男子，沒想到他長得這般好看，只覺滿心歡喜。她在藥師殿學習醫術，不過是用來打發時間的百無聊賴之舉，比起舞刀弄槍的武功，拈花惹草的醫術似乎還更可愛些，只是她從未上過心，醫術當然也不怎麼高明，至少師父總是這麼說她。而她自己也從沒想過有朝一日可以救死扶傷，可是如今她真的救了人，將他從鬼門關拉了回來，這才真正慶幸自己懂得醫術，寶姬若知道是她救了自己心儀的男子，應該再不會笑她了罷？

伽羅一想到寶姬，這才意識到段僧奴人還藏在樓上，而院中卻多了這麼多羽儀，算得上是她自己引狼入室了，當即不自覺驚叫道：「這下可糟了！」一旁監守的羽儀奉命不得離開刺客一步，見狀忙問道：「什麼事糟了？」

1 雲南礦產豐富，多產金銀，但並不靠海的大理自古卻以貝幣（稱「貝子」，海裡的貝殼）為流通貨幣，且通行雲南全境，實為非常奇特的現象。貝幣作為貨幣一直沿用至明清時期，元代統治雲南後，依舊沿用貝幣以順人情。

2 羅貫中時年卅三歲，為張士誠的幕僚，落魄不得志，彼時還未開始動筆寫《三國演義》。

3 萬三：萬戶之中三秀，意為俊傑。萬戶，極言其多。三秀，靈芝草的別名，因靈芝一年開花三次故稱，後成了巨富的別號。沈萬三時年三十三歲，已成中原巨富，他支持張士誠的大周政權，張士誠也曾為沈萬三樹碑立傳。

4 生長於雲南的一種奇草，聞歌則動，遇舞則舞，被視為靈異之草。據作者推測，此草應長有類似今日聲音探測器及震動感應器的細胞組織。

5 馬哈只：回回人，原名米里金，為元初名臣賽典赤・贍思丁的後人，襲封雲南滇陽侯；他的幼子即馬三寶，也就是後來以「七下西洋」聞名於世的鄭和。「馬」姓意為漢化的阿拉伯語「穆罕默德」。天方：即伊斯蘭教第一聖地麥加，位於今沙烏地阿拉伯西部的賽拉特山區。

6 行省下屬機構，掌刑獄，類似審判機構。

7 生長於懸崖峭壁石縫中的一種植物，生命力極強，缺少水分時會自動讓枝葉乾枯，進入假死狀態，然而一旦雨水、溫度合宜，它又會甦醒過來繼續生長，由此得名；能治跌打損傷，因採擷困難，故十分貴重。

8 佛頂峰：蒼山十九峰當中，由北至南第十七座峰。

9 岑峨峰：又名小岑峰、觀音峰；蒼山十九峰當中，由北至南第十一座峰。

10 斜陽峰：蒼山十九峰當中，由北至南第十九座峰。

11 獵豹峰：又名豹玀峰、滄浪峰；蒼山十九峰當中，由北至南第二座峰，峰南為萬花溪，又名銀礦溪。

卷三　脫脫之死

那女子十八、九歲年紀，一身荷衣，正側身而立，凝眸注視著那株「高夫人」巨蘭。那一瞬間，段功幾乎疑心她便是年輕時候的高蘭——同樣娉婷玉立，同樣纖細柔美，如同這谷中蘭花一樣，岳岳犖犖，韶秀芳華，自有一種天然的風姿。她看上去嬌弱且憂鬱，這種愁思滿懷令她看起來神祕莫測，遙不可及。

漫長的一夜終於過去。段功很早就醒了，其實他知道自己根本就沒有真正入睡。下樓來到大廳，施宗、施秀尚靠在角落柱子上打盹。當值的羽儀正欲上前叫醒二人，卻被段功制止。步出翠華樓一看，天色朦朧，一切尚籠罩在白茫晨霧當中。段功有清晨練劍、舒活筋骨的習慣，不過昨晚出城他未攜帶兵刃，又早已習慣自己那柄玄鐵烏鋼劍，用普通長劍總覺太輕太軟不趁手，索性想四處走走。

寺中安詳靜謐，悄悄沉沉，僧人的早課尚未開始，只有幾名小沙彌忙著清掃甬道，偶然遇到巡視的小隊武僧，竟也未能認出戴著次工的段功。逕自來到山門，領頭的羅苴子見段功只帶兩名羽儀出行，不免有所擔憂，問道：「信苴要去哪裡？要不要再派些人手跟著？」段功道：「不必。我就在附近走走。」當先而去。

羅苴子還待再問，一名羽儀忙上前低聲道：「信苴要去五老樟看蘭花，他不喜歡人多，你們還是別跟著了。有事我再叫你們。」因五老樟就在附近，羅苴子這才作罷，道：「可要多加小心，一清早就有陌生人在這附近晃悠呢。」羽儀笑道：「知道了。」

出了山門，往西北方向半里地有一處山谷，五座石峰如玉筍般聳出，環繞三面，情狀頗似五棵連著的大樹，因而被人戲稱為「五老樟」。第三峰上有一道小小瀑布，宛如白練垂掛而下，極富詩情畫意。因石峰如屏，山谷中長年不見陽光，雲霧繚繞，背陰潮濕，正是適合蘭花生長的絕好之地。谷中長有不少天然蘭花，尤以一株巨蘭最為突出——葉寬一指，每束七葉，高三尺餘；花由根出，色白如乳，纖芥不容，素淨無瑕；花心濃綠，豔若鸚鵡，清華朗潤；花香如麝，沁心潤腑；當真是芷蘭生幽谷，不以無人而不芳。段功的夫人高蘭初見此花，忍不住驚歎道：「一代君王若見此花，必當下馬拜之。」因而替花取名為「擋駕」。段功當即笑道：「何不替此花取名『高夫人』，人見人愛。」由此傳為大理佳話。此後夫妻二人每每到無為寺聽經時，必要來五老樟賞這株「高夫人」。

林木如翳，一條小徑穿行其中，清雅幽靜。蒼蘚綠苔上履痕猶新，似才剛有人走過。微風颼然穿過林中，帶起晨霧團團流轉，恍若輕煙般迷離。若非鳥鳴啾啾清晰入耳，幾乎要疑心漂浮在幻境。大理風光冠絕天下，峰壑林泉無一不可入畫，後人所總結「風、花、雪、月」——即下關風、上關花、蒼山雪、洱海月，但這不過籠統概括這萬般絕美景致中之四景，實不能道盡細微之旖旎。段功雖習見蒼山風光，但大清晨出來賞野蘭花卻還是第一次。鳥語花香，山林幽趣，輕風徐來，舒爽愜意，心頭頓覺明朗，腳下也慢了起來，有心慢慢品味如斯美景。

走近五老樟，汩汩瀑布水聲漸響，到得谷口卻見四下雲霓霧靄，影影綽綽中似有一人在蘭花叢中穿梭，衣帶隨風飄舞，翩如飛鳥。一名羽儀忙道：「信苴請稍候。」正待上前喝問，卻被段功止住，他已看清那人身形苗條婀娜，當是一名女子。

天光一下子亮了許多，霧氣逐漸變薄變淡，緩緩往空中升去，山谷褪下面紗露出了清晰的輪廓，韶華如巨幅畫卷舒然抖落。那女子十八、九歲年紀，一身荷衣，正側身而立，凝眸注視著那株「高夫人」巨蘭。那一瞬間，段功幾乎疑心她便是年輕時候的高蘭——同樣娉婷玉立，同樣纖細柔美，如同這谷中蘭花一樣，岳岳犖犖，韶秀芳華，自有一種天然的風姿。但她又跟高蘭有所不同，她看上去更嬌弱、更憂鬱，這種愁思滿懷令她看起來神祕莫測，遙不可及。可是、可是，她怎麼突然哭了？滿目的姹紫嫣紅、國色天香，她卻是一腔癡怨凝結成滄海的淚滴。這淚下潸然的淒美一幕太令人心碎，段功一時頓住腳步不敢再往前走，生怕驚擾了她寂寞的容顏、幽閉的神思、浩瀚的心事。

那女子便在這時候轉過頭來，如初日芙蓉、春月楊柳，只是清豔絕倫的臉龐上寫滿了濃濃淡淡的憂傷，令人不由自主心生憐惜。段功尚在猶豫要如何開口問她，她卻恍若受了驚嚇，慌忙低下頭，疾步往谷外走去。

羽儀有心攔住她盤問，但為她絕世容光所逼，不敢正視，有所遲疑時，那女子已然擦身而過，倏忽消失在谷口，只留下淡雅馨香，也不知道是花香還是人香。忽聽見谷外有人喝道：「站住，你是什麼人？」正是施宗的聲音。一個女子聲音道：「我……嗯……我……」

段功忙走出五老樟，見施宗攔住了那女子，聲色俱厲地盤問著。她的神色雖略帶慌亂，卻並不害怕，彷彿只是鄰家小妹遇到了問路的陌生人，這種氣度很令段功激賞，他猜她這樣的女子當不會是普通人，因而不願為難她，當即叫道：「施宗，讓她去罷。」施宗道：「是。」揮手命人放行。

那女子見施宗隨從眾多，似是大有來頭的人物，卻要聽命於段功，不由得回過頭去仔細打量他，遲疑問道：「你……你是不是……」段功料她已猜到自己的身分，正要應答，施宗搶將過來低聲稟道：「信苴，夫人到了。」段功大感意外，再也顧不得那女子，匆忙往無為寺趕去。

路上施宗稟告了昨夜刺客傷重垂死一事，段功奇道：「是伽羅割血救了他？」施宗道：「是。城中請來的孟醫師半夜趕到寺中，說從沒聽過餵人血這種法子，不過看過刺客的傷勢後，說他確實已經活了過來。說實話，我一直不大相信伽羅，那孟醫師竟還連誇她醫術高明。」這孟醫師是西南藥神孟優[1]的後人，也是大理有名的醫師，他竟會沒口子地誇讚伽羅，也難怪施宗感到驚訝。

段功道：「殊不知強將手下無弱兵，白沙醫師的弟子當不會浪得虛名。」又問道，「刺客醒了麼？」施宗道：「猶在昏迷中，他傷勢不輕，怕要好幾天才能恢復神智。」段功「嘿嘿」了兩聲，也不知是稱讚伽羅醫術高明，還是暗歎刺客忍耐力過人。

施宗道：「另有一事尚須回稟信苴，屬下原本今日想將刺客押回城中大獄監禁，可是楊員外想將刺客留在伽羅那裡。」段功沉吟道：「嗯，先留他在伽羅那裡養傷。」施宗道：「信苴也贊成楊員外用軟法子套取刺客口供？」段功愣了一下，這才會意過來，笑道：「原來淵海是想用美人計。不，我從未指望能讓刺客招出幕後主使，我留他在寺中另有用處。」又問道，「施秀有沒有從高浪、高潛那裡問到寶姬的下落？」施宗道：「沒有。不過施秀說，看他們的神態明明知道寶姬的下落，但就是不肯說出來，他已經交代武僧暗中監視他們。」

段功「嗯」了一聲，不再開言。儘管有許多頭疼的事要處理，但女兒反抗婚姻這件事卻頗令他憂心，尤其得知阿榮昨晚為了一名女子跟梁王使者打架一事後，他更覺煩惱，他當然要儘快將僧奴找回來，可是他真能放心把她嫁給阿榮麼？

剛出樹林，便見到夫人高蘭正帶人站在寺門口等待，段功的胸口頓時一陣發潮，一股奇異情思湧上心頭，不由自主頓住了腳步。高蘭卻已經留意到丈夫，遠遠招了招手，露出恬淡的微笑來，仿若大姊姊在召喚外出玩耍的弟弟回家吃晚飯一樣，畢竟她比他要大上兩歲，自小便如姊姊般無微不至照顧他、呵護他。

那一瞬間不知為什麼，段功突又想起適才在五老樟遇到的那名女子，恍然憶起一些重要的事，忙叫過施宗問道：「你有沒有留意到適才那漢人女子有什麼不妥之處？」施宗道：「屬下正是見到她捂住左臂不放，似受了傷，又滿身露水，當是在蒼山下晃了大半夜，又恰好在無為寺附近，所以才覺得她形跡可疑，攔下盤問。信苴不是已經同意放她走了麼？」他到底是獵人出身，有一雙獵豹般敏銳的眼睛，觀察入微。

段功道：「嗯，我現在想起昨日譯史提過，阿榮和大都為了一漢人女子打架，混亂中那名女子還弄傷了手臂……」施宗也恍然大悟，忙道：「屬下明白了，那女子應該還沒走遠，我這就派人抓她來審問。」段功道：「不急。你先派人跟著她，弄清她到底是什麼來路。」施宗道：「遵令。」自去安排人手追蹤那女子。

段功腦海中又浮現女子那張掛滿淚珠的絕美臉龐，她到底是什麼人？為什麼哭泣？她昨夜去五華樓找梁王使者大都，今日清晨又在無為寺周圍徘徊，到底有什麼目的？

高蘭已經迎了上來，叫道：「郎君，你昨夜未歸，我特意起早替你送官服來。」他們二人青梅竹馬，感情甚篤，成親前她總是直呼段功的字「敏齋」，成親後則改口郎君。段功這才想起今日要正式召見梁王使者一行，該穿正式官服，笑道：「還是夫人心細，我竟忘了這事。」上前攜了高蘭的手，一道進寺。

到了翠華樓二樓寢房，高蘭也不要侍女動手，親自服侍丈夫仔細梳洗，換好官服，又奉上從府中帶來的點心。一旁侍女笑道：「這可是夫人天還沒亮，就起床親自做的。」段功見妻子臉有倦色，知道自己昨夜不歸，她也未能安然睡好，不覺滿心歉意，拉起妻子的手，低聲道：「真是對不住，有勞夫人了。」高蘭笑道：「我可談不上有勞，郎君是大理之主，整日為國事操勞，我是怕你吃不慣寺中齋飯，便做些你愛吃的點心端來，原也不費什麼力氣。」又道，「也不知道僧奴起床沒有。要不要叫她來一起吃？」段功道：「嗯，這個……」心中頗為犯難，不知此刻該不該將女兒逃婚一事告知夫人。

原來昨日段僧奴為避未婚夫阿榮而逃離無為寺後，段寶匆忙回城想找母親為姊姊說情，不想進總管府時先遇到父親段功，段功得知女兒出逃的消息，雖然惱怒卻也不希望夫人為此事憂心，便告誡兒子不得再節外生枝，命他留在府中，暫時不必返回無為寺。段寶不敢違抗只好照辦，即便後來晚飯時見到母親，也未敢提姊姊半句，因而高蘭尚不知情。

段功尚在躊躇間，高蘭留意到楊智一直在房門口徘徊，似有要事稟告，她從來不問政事，也不喜在公開場合拋頭露面，便笑道：「郎君還有許多正事要辦，我去看看僧奴，然後便帶她一道回城。」段功聞言不再猶豫，簡短地道：「夫人，我正要對你說僧奴的事，她不願意見阿榮，昨日從羽儀眼皮底下逃走了。」

高蘭微感愕然，卻也不十分吃驚，畢竟還是瞭解自己的女兒，只道：「難怪昨日只見到阿寶，還推說他姊姊今日才能回城，原來……」段功道：「是我讓阿寶那樣說，夫人不必煩心，我已經派人去尋僧奴了。如今天下大亂，關口防範極嚴，她出不了大理。」高蘭點了點頭道：「郎君說得極是，請先去忙正事，我在這裡略歇一歇，一會兒便自己回城。」段功道：「這樣也好，夫人辛苦。」

步出寢房，楊智上前稟道：「羽儀來報，明王使者隨從李芝麻想求見信苴。」段功道：「他多半是想說明昨晚諸多尷尬之事，讓他先等一等，這會兒可顧不上聽他的解釋。」楊智道：「是。屬下也認為不必再理會明王使者一行。」

段功到得樓下，正見一名武僧在向施秀稟報什麼，猜到多半與段僧奴有關，便過去問道：「可是有寶姬的下落？」那武僧道：「回信苴話，施秀羽儀長命小僧監視高浪、高潛，他二人自昨晚施秀羽儀長走後，便去了楊寶房中密謀，直到剛剛三人才一起出房，往蘭若樓去找伽羅了。」段功道：「嗯，你去將他們三個叫來，我有話說。」武僧道：「遵令。」

施秀問道：「信苴可是要向他們三個追問寶姬的下落？依屬下看來，他們明明知道寶姬藏在哪裡，不過為了講義氣，決計不會說。」段功道：「嗯，我知道，所以才要著落在『義氣』二字上。施秀，你不必再派人手去尋寶姬，她無處可逃，到了一定時候自己就會冒出來的。」施秀雖不完全明白，也不敢再問，只應道：「遵令。」

過了一盞茶功夫，楊寶、高浪、高潛被帶來翠華樓，見四周羽儀環伺，大有公堂審訊架勢，不禁各自露出不安神色。他三人昨夜回到住處後均難以入睡，後來施秀前來，分別向高浪、高潛追問寶姬下落，他二人自是推說不知，然而畢竟少不經事，又都不擅長說謊，被審視懷疑之下難免慌亂，施秀以此看出端倪便交代武僧暗中監視二人。施秀前腳一走，二人後腳不約而同去到楊寶房中求計。楊寶問明究竟，只道：「既然施秀羽儀長來問，便肯定還沒發現寶姬的下落，你我一口咬緊不知道便是。」熬到清晨，終於還是忍不住出門，打算以尋伽羅的名義去看望段僧奴。不料剛到院門就被羽儀攔住，說伽羅忙了一夜，尚且昏睡未醒，而一樓書房關押了刺客，無羽儀長許可不得入內。正大奇刺客為何會關在此處之時，武僧趕來通知，道：「信苴召你們三個，快去。」三人心知不妙，卻不敢違令，只好磨磨蹭蹭來到翠華樓。因一路有武僧監視，楊寶甚至找不到機會跟高浪、高潛對好一套說辭。

正惴惴時，只聽得段功笑道：「你們三個都長大了，我身邊還少幾個貼身羽儀，一時等不及施宗去挑選人手，你們三個願意來補缺麼？」羽儀通常要通過極為嚴格的選拔，武功、身世均有專人考核，別說是普通的大理人，即使是貴族世家子弟也莫不以到總管府擔任羽儀為畢生榮幸。尤其楊寶等三人均以為信苴召見必定要追問寶姬下落，忽聽得段功破天荒要親自招徠自己當羽儀，不由得面面相覷，既受寵若驚，又大惑不解。不僅他們三人，就連一旁的施秀也呆住，只有楊智微笑頷首。

高浪性子最急，先問道：「信苴見召，就是為這事麼？」段功道：「你以為是為了何事？」高浪道：「我們都以為……」忽聽得楊寶咳嗽一聲，忙改口道：「我自是願意加入羽儀，只是……」高浪一向自負武功，有意借羽儀選拔之機大顯身手，本想說未經武藝選拔怕其他羽儀不服氣，高潛突然插口道：「我願意加入羽儀，多謝姑父。」高浪有些不滿地瞧著他，憑武藝一項，他可入選不了羽儀，驀地心念一動：「信苴此舉，莫非正是為了包庇這位內侄？」

楊寶卻恍然明白過來，這是信苴懷疑他們幾個暗中藏了寶姬而採取的釜底抽薪之計，若當了貼身羽儀，等於時刻被拘在信苴身邊，再要與寶姬聯絡可就難了，伽羅毫無心機，單憑她一人絕無可能遮住寶姬行蹤，很快就會露出馬腳。正暗暗思忖，忽聽得段功問道：「楊寶，高潛、高浪都同意了，你意下如何？」楊寶知道無力拒絕，只得道：「信苴垂愛，敢不為信苴效命。」段功道：「嗯，好。施秀，他們三個撥給你管，先安排在五華樓四周警戒，一會兒再隨我去大殿聽經。」施秀道：「遵令。」楊智見施秀尚不明白段功的用意，忙上前附耳低語幾句。施秀聽了不覺暗笑，招手叫過一名羽儀，命他帶高浪三人去輪班當值。

恰在此時，施宗奔進廳來，上前低聲稟道：「信苴，抓到那女子了。」段功道：「是清晨在五老樟遇到的那漢人女子麼？我不是只讓你派人跟著她麼？」施宗道：「屬下確實只派人跟著她，可是她一直在無為寺周圍遊蕩。適才羽儀孟昌俊認出了她，他昨夜回城去請醫師到寺裡時，那女子也正在醫鋪治手臂上的刀傷，聽到孟昌俊提到需要醫治的傷者，是個闖入無為寺的刺客……」

段功不禁皺了皺眉頭，大概有些暗怪孟昌俊多舌。施宗忙道：「醫師是孟昌俊的伯父，不過他隨口洩露機密，屬下已經處罰他了。」又續道，「那女子聽到後，立即神色慌張地走了……」段功已然明白過來，道：「她很可能是為了那刺客才在無為寺附近徘徊。」施宗道：「屬下也是這麼想，那女子與刺客應該是一夥子，至少也有些牽連，不過她看起來似乎並不會武功。」

楊智尚不知漢人女子一事，問明情由後，道：「這可說不通，我們已經知道昨夜行刺之事只是幌子，明王使者一行另有目的，因而刺客必定與明王使者有所牽連。那女子如果是與刺客一夥，又怎麼會去五華樓找梁王使者大都呢？」

眾人深以為然。施秀忽突發奇想，道：「她會不會就是明王許嫁給信苴的漢人公主？」楊智道：「你是說，她就是明玉珍的義女明玥？這更不可能了。」施宗道：「我倒覺得施秀推測得有道理。楊員外，你可是沒看到那女子，她美貌異常，羽儀捉拿她時，她也毫不驚慌，這樣的女子怎可能是普通漢人家的女兒？」楊智笑道：「羽儀長，中原不比我大理，我大理女子可與男兒一樣外出交往，漢人女子卻深受禮法桎梏，大戶人家的小姊出嫁前往往無法出繡房一步，她若真是明玉珍的義女，也就是大夏國的公主，怎可能輕易遠行來到大理？」施宗道：「原來如此。」段功問道：「那女子現今人在哪裡？」施宗道：「未得信苴號令，不敢擅自帶她進來禁地，現監禁在前院一處空房中，由武僧看守。」段功沉吟道：「嗯……」似有心去看望。

忽見藥師殿的醫師白沙不等羽儀通報便闖了進來，也不施禮，逕直走到段功面前，低聲道：「信苴，藥師殿不見了兩副孔雀膽。」段功大吃一驚問道：「這是什麼時候的事？」白沙道：「應該是昨日。」當下說明經過，原來白沙每日早上都會親自打掃藥師殿白草閣，這閣樓裡存放了各種奇珍祕藥，當然也包括孔雀膽這樣的毒藥。打掃之舉就是一種點驗，昨日一早，白沙清楚記得藥櫃中還有十副孔雀膽，分成兩排放在最頂層的櫃格中，但適才發現少了兩副，四下都沒找到。因這種毒藥毒性劇烈猶在鶴頂紅之上，他不敢怠慢，立即趕來稟報。

施宗驚訝道：「早不丟晚不丟，偏偏這個時候失了兩副孔雀膽，會不會有人起意害人，然後再嫁禍我大理？」眾人均知他言中之意，這又牽涉到一樁痛心往事——二十年前，梁王孛羅與上一任總管段光構隙，遂至兵戎相見。當時，段光派大將高蓬統重兵駐紮羅那關[2]，阻擋梁王兵馬。梁王派人送信給高蓬，許以高官厚祿，誘使他背叛段氏。高蓬答之以詩：「寄語下番梁王翁，檄書何苦招高蓬。身為五嶽嵩山主，智過六丁縮地公。鐵甲鐵盔持鐵槊，花鞍花索馭花驄。但揮眼前黃石陣，孤雲擊破幾千重。」他不但不肯接受梁王的招攬，還對梁王大力誇耀自己的武功，以顯梁王的無能，孛羅由此銜恨。不久，高蓬即為孔雀膽毒殺，因孔雀膽原是王宮祕藥，只有段氏才能得到，因此有流言說是段光所為，大理軍心深為動搖。段光震怒之下派人嚴查，才發現無為寺藥師殿的白草閣丟失了三副孔雀膽，再深入查究，原來是梁王出重金買通藥師殿的藥童，以及高蓬的廚師王九。孛羅如此費盡心機原是想一箭雙鵰，既拔出眼中釘高蓬，又能用孔雀膽嫁禍段光，令大理統兵將領人人自危。幸得藥童自亂陣腳暴露形跡，而王九懼禍之下搶先逃去梁王那邊，謠言才不攻自破。

若果真如施宗所慮，那麼當是明玉珍的使者一行偷了孔雀膽，預備毒殺梁王使者，然後嫁禍段氏，畢竟這對死敵今日都在無為寺中。當然也可能是梁王故技重施，派人盜取了藥，再下毒害死明玉珍的使者，最後順理成章推到大理身上。可是昨夜一場不合情理的大鬧，明王使者的隨從姬安禮又在藥師殿被發現，顯然明玉珍使者盜藥的可能性更大。此刻人人心中均想著同一件事，施宗不免有些後悔不及，便道：「昨晚在藥師殿發現姬安禮、帶他回南禪房之前，真該好好搜一下他的身。」施秀道：「即使姬安禮從藥師殿盜取了孔雀膽，南禪房也已被看守，他們形如軟禁，出不了院子，如何能對梁王使者下手？」楊智道：「這叫人算不如天算，他們大概沒料到信苴昨晚會來無為寺，以為不會被發現。」施宗道：「信苴，屬下這就親自去南禪房搜尋。」

段功雖不願對使者失禮，但事關重大，一旦真有孔雀膽毒殺使者事件發生，無論死的是梁王使者，還是明玉珍的使者，大理均百口莫辯，當即點了點頭。又想到施宗的脾氣剛硬嚴酷，處事往往不留情面，施秀為人則和善圓婉得多，便道：「施宗你留下，讓施秀去。」施秀道：「遵令。」

忽聽得白沙道：「等一等！」眾人見他黑紅的臉上淨是肅色，不知他還有什麼要緊話說，便一起豎耳聆聽。只聽他道：「自二十年前失竊三副孔雀膽後，白草閣便加裝了機關，雖不是什麼複雜難解的裝置，但不知道的人貿然去開藥櫃，必然要觸發報警的鈴鐺。」眾人當即會意過來，明玉珍的使者住進無為寺不過數天，又無法公然進入禁區，理應不知道這機關。施秀問道：「醫師是說寺中當有內應？」白沙白了他一眼道：「我可沒說，是你施秀羽儀長說的。我的話說完了，告退。」便朝段功欠了欠身，揚長而去。

眾人一起望向段功，等他示下。段功也感覺事情陡然變得複雜起來，正躊躇間，忽有武僧來報道：「住持請信苴立即去前面大殿，梁王使者和行省使者剛剛都到了。」段功道：「知道了，馬上就去。」等那武僧退下，叫過施秀道：「你去查孔雀膽失竊事件，特別要盯好南禪房，再將昨日到過藥師殿的人先暫時拘起來，以免節外生枝。」施秀道：「遵令。南禪房還要不要仔細搜過？」段功道：「當然要搜，不過你須得找個說得過去的理由，以便日後好向明王使者解釋，決計不能說是找孔雀膽。」施秀一愣，見段功已步向廳門，忙上前拉住楊智，壓低聲音道：「楊員外，你幫忙拿個主意，信苴說不能提要找孔雀膽，那我得說要找什麼？」楊智笑道：「眼下不是有個現成的藉口麼？」施秀急道：「到底是什麼？」楊智道：「寶姬不是丟了麼？這件事昨日已傳遍全寺，想必使者一行也有所耳聞了。」施秀恍然大悟道：「哈，這還真是個好藉口，多謝楊員外，改天我們兄弟請你喝酒。」楊智一笑，疾步去追段功。

楊安道、楊勝堅兩名羽儀從小在無為寺長大，熟悉寺中情況，施秀特意留下二人，命他們叫上幾名武僧弄清昨日有誰去過藥師殿，連同藥童一併關起來。楊安道遲疑道：「伽羅進去過，也要抓起來麼？」楊勝堅忙道：「這麼說來，白沙醫師也該抓起來了，他人可是就住在藥師殿裡。」施秀道：「你們兩個成心跟我抬槓是也不是？伽羅當然不用懷疑。你們敢抓白沙醫師？我都不敢惹他，我看就算借你們兩個膽子你們也不敢。」楊勝堅笑道：「羽儀長說得極是，那我們去了。」

施秀自帶了人手趕到南禪房，未及院門，便見東首念經院門口有兩名武僧在竊竊私語，一見到施秀，便有一武僧奔過來道：「施秀羽儀長，你來得正好，剛才施宗羽儀長監禁了一名小娘子在裡面，她說我們沒理由關押她，要我們馬上放了她。」施秀這才知道那被他疑為明玉珍義女明玥的女子，恰巧關在念經院的空房中，不禁皺了皺眉問道：「她哭鬧了麼？」頗擔心那女子大吵大鬧，即使不驚擾信苴在前面大殿聽經，亦會被來往僧人及南禪房的住客聽見，引來諸多不必要的猜測。正想著要不要下令將她綁起來堵上嘴，忽聽得那武僧答道：「絲毫不曾哭鬧，小娘子人很文靜，說話也很和氣。」施秀啞然失笑道：「那就先不要理她。」正欲進院，那武僧又道：「不行啊……」露出了為難的神色。施秀道：「到底怎麼了？」武僧道：「那小娘子一直說我們沒理由關她，又說這裡明明是佛寺，卻私自扣押良家女子，實在是褻瀆神明。總之她有許多道理，還有許多話小僧都聽不懂呢。」施秀道：「嗯，這樣，你帶她來南禪房，交給羽儀看守。」武僧一聽大喜，忙應道：「是。」

進到南禪房，施秀問了負責監視的羽儀，得知昨夜段功走後，除了中了曼陀羅花毒而醉倒的姬安禮待在自己房內休養外，包括無依禪師的朋友沈富和羅貫中在內，李芝麻等人則盡數守在使者鄒興的房內。在翠華樓被捕獲的許江武一回到南禪房，也立即進了鄒興的房中，片刻後，沈富和羅貫中告辭出來，餘人則直到清晨才離開。之後李芝麻請羽儀帶話，求見段功，被拒後便回房歇息，當下各人仍在房內睡覺，尚未起身。施秀便命羽儀先去搜索其餘房間，包括雜物房、空房、庭院等，每一寸地都要仔細翻過。他自己先進到使者房間，見鄒興猶自昏迷不醒，那家僕鄒當伏靠在床沿，竟也睡著了。

剛想上前叫醒鄒當讓他回房去睡，忽聽得外面有女子抗聲辯道：「你們帶我來這裡做什麼？」出來一看，見武僧正將一女子交給羽儀。那女子不但容顏美麗，言談舉止中自有一股高貴氣度，凜然不可侵犯，他不覺一愣。武僧忙叫道：「施秀羽儀長，就是這位小娘子。」施秀回過神來，上前問道：「請問娘子叫什麼名字？」他見這女子絕非普通人，特意加了個「請」字。那女子上下打量著施秀，問道：「你便是這裡管事的人麼？請問閣下，為什麼莫名其妙抓我來這裡？」

施秀見她迴避說出自己的名字，自然是因為一旦說出名字便會洩露真實身分，當即笑道：「娘子是不是姓明？單名一個玥字？」雖然楊智說中原漢人大家的女子從不出閨房一步，施秀可不大相信那一套，既然這女子與明玉珍的使者有所牽連，又如此容貌，除了明玥，還能是誰？不料那女子只淡淡道：「你認錯人了。」施秀道：「正要請教高姓大名。」那女子道：「我叫阿蓋。你還沒回答我，我到底犯了哪條王法，要將我關在這裡？」施秀道：「嗯，寺中出了一些事，昨夜闖進一名刺客，傷了貴客……」施秀一邊說，一邊留意觀察，果見那自稱「阿蓋」的女子一聽見「刺客」二字，神色立即緊張起來，與她嫻雅的氣度極不相符，猶豫了半晌，她終於還是忍不住問道：「是什麼樣的刺客？」話一出口頓覺失言，忙解釋道，「嗯，我只是好奇……」

忽聽得「吱呀」一聲，李芝麻開門走了出來，見施秀站在院中，微微一愣，隨即頷首，算作招呼，逕直朝鄒興的房中走去。施秀見他神色從容，目光絲毫未掃到阿蓋；再觀阿蓋，也只是聞聲望了李芝麻一眼，一副渾然不相識的樣子。施秀心頭疑惑甚多，只是他還得去尋那兩副丟失的孔雀膽，不及花精力在這阿蓋身上，只道：「娘子少安毋躁，請去房中稍事休息，過後自會有人放娘子出去。」示意羽儀帶她去南首的空房。

阿蓋卻遲疑不肯走，道：「他……嗯，他……」似有什麼話難以問出口。施秀見她大有焦躁之色，心念一動，試探問道：「娘子是想問那刺客還活著麼？」阿蓋見心思被猜中，頗為吃驚，但還是點了點頭。施秀道：「他受了重傷，不過人應該還活著。」阿蓋關切之下，再也顧不得矜持，問道：「什麼叫應該還活著？到底是不是還活著？」施秀道：「昨夜他傷重垂死，經人救治，目下仍在昏迷。」阿蓋咬了咬牙道：「我想去看看他，你們把他關在哪裡？」施秀道：「這我可做不了主，娘子既肯承認與刺客相識，斷不能再留在這裡。」命羽儀將她帶回念經院監禁。阿蓋急道：「我要見你們段功總管。」施秀聽她口氣大模大樣，竟直呼信苴名字，心想：「即使你是明玉珍的義女，大夏國的公主，也不能對信苴無禮。」當即不悅地道：「總管忙得很，可不是你想見就能見到的。」揮手命人將她帶走。阿蓋道：「可是我有急事……」羽儀不由分說將她拉了出去。

施秀再次進到鄒興的房間，卻見李芝麻正俯在床沿，低聲與鄒興交談，不覺愕然，這才知道鄒興早已甦醒。鄒當見有人進來，急忙咳嗽了一聲。李芝麻回過身來，見到施秀，忙招呼道：「羽儀長有事麼？」施秀道：「鄒興大人醒了麼？」鄒興虛弱地哼了一聲，欲坐起身來。施秀知道儘管李芝麻等人形跡詭祕可疑，但鄒興傷重卻是不假，忙上前道：「大人不必起身，請安心靜養。」鄒興道：「多謝信苴派人多方照料。」施秀點了點頭道：「只是眼下有件為難之事，總管的愛女昨日在無為寺裡失蹤，想必二位已經聽說。適才武僧來報看見有陌生人帶著寶姬的女兒劍進了這處院子，我職責所在須得仔細搜一下，驚擾之處還請見諒。」

鄒興、李芝麻本以為他是來興師問罪昨夜擅闖禁區之罪，不料一開口卻是另一樁事，不免大為意外。李芝麻迅疾看了鄒興一眼，他當然知道施秀不過是要找個藉口搜查房間，南禪房從昨夜行刺事件後便被羽儀嚴密把守，如臨大敵，如何能有陌生人攜劍避過眾多耳目進來這裡？也不說破，只道：「寶姬失蹤，非同小可。羽儀長請便。」施秀道：「如此便得罪了。」當下命羽儀搜查鄒興及從人的房間。這場大搜查如同篩子般，細密得連隻蝨子都可以找出來，甚至連被褥、床墊、衣服也全都仔細抖過，卻沒有任何發現。那隨從許江武被羽儀從床上吵起來，當面搜查他的行李，不禁怒容滿面，拳頭握得緊緊的，恨不得立時打將過來。施秀見搜查毫無結果，忙派人前去大殿告知兄長施宗，好讓他提高警惕。

欲往藥師殿去時，施秀見到兩名男子正要步入回光院。他一眼認出其中一人是通事楊慶，另一人卻是生面孔，從未見過。楊慶與譯史李賢宗一樣，均是負責招待兼通譯的官員，位於朝廷正式編制之列，不過李賢宗這次負責的是梁王使者，楊慶負責的則是行省使者。施秀見這另一名中年男子一身蒙古裝束，猜他多半是行省官員，也未追上前查問。

剛走幾步，施秀便遇到楊安道、楊勝堅二人，稟報說是除了白沙、伽羅、藥童這些平日就在藥師殿的人外，昨日另計有六人進過大殿——有兩名是每日送飯菜茶水的僧人；有兩名是去找白沙醫師求診的僧人，但其中一人不是為了自己，而是為了他寺外病重的母親；另有無依禪師和高潛去找藥童要過藥，無依禪師要的是金創藥，高潛要的則是治肚子疼的藥。

施秀道：「怎麼才六人？姬安禮不算麼？」楊勝堅道：「姬安禮是在園苑中被發現的，沒人看見他進過大殿，因而未算在內。另外還有一名羽儀為救刺客，半夜去藥師殿取藥，人也同樣在殿外站著，沒有進去。」施秀問道：「都搜過了麼？」楊安道道：「藥師殿藥童處已由白沙醫師親自搜過，四名僧人也由武僧監禁起來，身上、住處均仔細搜過，並未發現孔雀膽，無依禪師和高潛未得指示，不便……」一語未畢，忽見通事楊慶和那名蒙古男子從回光院疾奔出來，神色極度慌張。施秀一眼見到那蒙古男子右手有血，忙上前喝道：「你們在做什麼？」蒙古男子一時呆住，看看施秀，又望望楊慶。楊慶面色蒼白，結結巴巴地道：「我們……我們……」渾身抖簌個不停，始終說不出一句完整的話來。那蒙古男子用血手指了指回光院，操著生硬的漢話道：「裡面！裡面！」

施秀暗知不妙，急忙搶進院裡，一進房中立時呆住——普照禪師，也就是前任丞相脫脫斜倒在案桌旁，喉嚨被利刃一刀割開，血塗滿地。他愣了好一會兒才回過神來，疾步出院，命羽儀將楊慶和那蒙古男子帶進回光院，反捆在牆角的梨樹上。

楊慶一向伶牙俐齒，此刻卻垂頭喪氣，一言不發，似已被嚇傻，那蒙古男子則操蒙古話大呼小叫，估計是在喊冤枉。施秀是獵人出身，一看便知道脫脫死去已有幾個時辰，楊慶和蒙古人均剛到無為寺不久，二人絕不會是兇手，可是他們無端出現在回光院，說不定有什麼關聯，當此敵我難辨的情形之下，當然是寧可誤抓誤綁，也絕不可輕易放過。他見蒙古人連聲喊叫，生怕驚擾了隔壁的南禪房，便命人將他的嘴堵上，這才親自趕去大雄寶殿。

無為寺正殿為南詔時所建，視野開闊，殿內沒有一根柱子，梁架製作也極其簡練，這正是唐朝大型木構建築的典型特色，自有一股滄桑厚重的古樸味道。殿首佛像亦是原作，以釋迦牟尼佛為中心，共計十七尊塑像。佛壇四周共有十六方版畫，所畫均為山水，設色塗金。一進殿中，佛法莊嚴，淨土百年祖庭之下，清幽之地更見莊嚴冷峭。

卻見殿內羽儀、武僧環伺，佛學修為深厚的本慧禪師盤坐在金像下講經，段功與梁王使者大都、行省使者馬文銘三人並排席坐在本慧面前。那馬文銘不過一名十餘歲少年，卻生得眉目分明，耳白過面，又一臉老成模樣，大有世家公子的派頭。大將軍段真，將軍張連、鐵萬戶，文官楊智、張繼白，以及使者隨從等餘人則依官職高低次序排坐在三人後面，僧人們則坐在兩側。

施宗正站在殿門口，警惕地掃視大殿中的每一處。施秀附耳對兄長說了剛剛發現脫脫被殺一事。施宗聽了驚愕異常，只覺得自昨晚起寺中怪事連連，怕是敵人有備而來，當即道：「先不要張揚，我留在這裡尋機稟告信苴，你去寺門口通知張希矯，請他命羅苴子戒備無為寺四周，任何人不得出入。」施秀道：「是，阿兄多加小心。」

正要出殿，忽掃見首座無依禪師自北側起身，往後殿走去。此刻，本慧禪師講經正講到絕妙之處，殿中幾乎無人留意到他。施秀登時想起無依正是盜竊孔雀膽的其中一名嫌疑人，而他又恰是漢人，正要派羽儀跟蹤，轉念又想：「無依武藝精湛，又是無為寺首座，尋常的羽儀恐怕應付不了他。」施宗見施秀不去辦事、愣在門口，不覺大奇，走過來問道：「你還在這裡做什麼？」施秀便說了共六人有盜竊孔雀膽嫌疑一事。施宗道：「嗯，無依禪師交給我處理。」又望了一眼侍衛在角落中的高潛道：「高潛雖說是信苴內侄，既有嫌疑也得按規矩辦，這樣才不致讓旁人說閒話，你派人細搜一下他的住處，包括與他交好的高浪、楊寶住處也一併搜了。」施秀道：「是。」出來大殿，趕去山門，找到正在巡查的大將軍張希矯，說了寺中發生的諸多事情。

張希矯聽說脫脫被人殺死，當即喜道：「好！殺得好！這下他再也不能回去幫蒙古人了！」施秀知道他年輕時與梁王大打過幾仗，有一次梁王暗施詭計，導致他全軍覆沒，一位兄長、兩個弟弟、眾多親若手足的部下均慘死元軍的埋伏圈，只有他一人仗著坐騎神力僥倖身免，因而極為仇視蒙古人。多年來，張希矯這態度從不曾掩飾過，他也極力贊成段功與紅巾軍結盟，因而施秀也不覺奇怪，只請他守好門戶，以防人有機可乘。張希矯爽快地道：「羽儀長放心，你我各司其職，有我張某在，一隻鳥也飛不出這無為寺。」

施秀道：「好。」因惦記孔雀膽一事，忙辭別張希矯，重往寺內而去。張希矯猶自在後面叫道：「羽儀長，若找到了凶手，一定代我謝他一聲，好漢子，嘿嘿。」施秀聽在耳中，只能苦笑。他隨即帶人來到高潛住處，命羽儀仔細翻查，但儘量不弄亂東西，最好避免讓高潛發現有人來過這裡。不但是高潛的住處，就連高浪、楊寶等人的房間也篩過一遍，卻毫無孔雀膽的蹤影。這倒是意料中的結果，施秀本來就沒懷疑到高潛身上，正暗想如今只剩無依禪師的住處，也不知道阿兄如何安排，要不要逕直去搜一番。忽有一名羽儀奔來報道：「施秀羽儀長，信苴召你即刻趕去回光院。」施秀知道兄長已尋機將脫脫被人割喉一事告知段功，忙往回光院趕去。

再到回光院時，已是羽儀密佈，森嚴肅穆。施宗在院中審問楊慶和那蒙古人，段功和楊智剛步入房內，望著地上脫脫的屍體，各自緘默不語。施秀叫道：「信苴……」段功回過頭來問道：「施秀，這到底是怎麼回事？」

施秀道：「禪師如何被殺，確切情形屬下也不清楚。」當即詳細講述了發現屍體的經過，從到南禪房搜索孔雀膽講起，包括那漢人女子阿蓋自承與刺客相識之事都原原本本說了。段功眉頭擰得老緊，問道：「那兩副孔雀膽還是沒有找到麼？」施秀道：「沒有。」施秀進來時不見高潛、高浪、楊寶三人在外面，正要詢問高潛人在何處，忽聽得段功叫道：「施秀，我昨晚離開回光院時，派了兩名羽儀守在院中，原是怕刺客驚擾了禪師。那兩名羽儀人呢？你去將他們叫來。」施秀此時方知尚有這事，忙道：「遵令。」

段功又凝視了一眼那滿地黑血，感慨一代名相就此不明不白死去，且死狀如此淒慘，忍不住太息一聲；離開房間到堂屋坐下，又見到案桌邊上尚存著那一箱脫脫自傲的圖卷，搖了搖頭，問道：「脫脫正欲離開大理，便離奇被殺。淵海，你如何看待這件事？」

楊智自知他是想問誰可能是兇手，便道：「無為寺向來風平浪靜，除了偶有個別不知天高地厚的飛賊闖進寺中，但無不功敗垂成，被捉拿治罪。唯獨明王使者一行住進寺中後，便是非不斷……」段功道：「你是說隔壁大有嫌疑？」楊智點了點頭道：「信苴可否還記得昨夜那富商沈富認出了李芝麻，稱他是『李將軍』？我後來才想到，他就是當年雄踞徐州的紅巾芝麻李。」段功道：「沈富確實提過李芝麻曾駐守徐州。」

楊智歎道：「這芝麻李當年也是個了不起的英雄人物，僅以八人便奪下徐州城，隨即募兵十餘萬與元軍相抗，聲勢極大。徐州扼黃河與運河交會要衝，威脅極大，脫脫親領重兵圍攻徐州，以巨石為炮，日夜轟擊，最終破城。元軍入城後為了洩憤，大肆行兇報復，全城毀損殆盡，殺光了城中所有活物，包括芝麻李全族。」段功道：「雖說芝麻李與脫脫有不共戴天之仇，然而我方只有極少數人知道普照禪師就是脫脫，李芝麻一行來到大理不過數天，如何能知道這等機密。」楊智道：「如果他們不知道，就不會放著舒適的五華樓不住，主動要求住到無為寺來。」段功輕歎了一聲，不無遺憾地道：「我本以為他們是紅巾，信奉白蓮教，以彌勒佛為主，所以才望風欽敬，期往淨土。」段功正說著，施宗進來稟道：「楊慶已經招認是他私下受了賄賂，才帶著梁王使者的隨從進到回光院，原是想請脫脫勸信苴發兵相助。」又道，「外面這蒙古人是梁王手下的人，名叫合仲，他的兄長合伯是梁王府司馬。」楊智道：「這麼說，梁王早知道普照禪師就是脫脫。」施宗道：「這我還沒來得及問，合仲的漢話說得不好，得有人從旁通譯，若要審訊須叫李賢宗過來。不過，他們二人肯定不是殺人凶手，他們二人進寺還不到一個時辰，而脫脫的屍首已開始僵硬，死了至少有兩、三個時辰。」

段功道：「嗯，將楊慶祕密押回城中監牢細細審問，問他到底向蒙古人洩漏了多少祕密。」楊智道：「可是楊慶名義上不歸總管府統轄。」楊慶能說會道，極討夫人高蘭歡心，段功對他的為人頗感厭惡，道：「他雖然名義上是行省的官員，可是我大理素來將他當作心腹，他負責照顧脫脫多年，脫脫在無為寺的風聲走漏，他難辭其咎。」施宗道：「遵令。」又問道，「合仲要如何處置？」段功道：「合仲先放了，看他如何作為。」施宗道：「放了他，萬一他四處胡說八道，豈不麻煩？」楊智從旁道：「不必擔心，合仲偷入禁區，又撞上死人，自己也有苦難言，難以脫身，哪敢四下亂說？」施宗道：「是。」又道，「屬下已經問過寺中僧人，脫脫平時習慣讀書到深夜，作息時間也大異常人，睡得晚起得晚，只准僧人在中午、日暮、晚上三次定時進院送來日常用的茶水飲食。現下未到正午，因而今日還沒有僧人進來過，昨晚則因為知道信苴要來，晚上那次也提早送了。」

楊智道：「脫脫被害，當發生在昨晚信苴離開後。」施宗道：「自刺客被捕獲後，寺裡不斷有武僧往來巡視，隔壁南禪房也駐守有羽儀，並未聽到任何異常。」楊智道：「嗯，看起來還是李芝麻嫌疑最大。」

段功點了點頭，正要命人去帶李芝麻，卻見施秀帶著趙平、楊丹兩名羽儀進來，稟道：「信苴昨夜留在回光院中的羽儀是他二人。」二人搶上來參拜段功，問道：「不知信苴召見，有何要事？」段功厲聲道：「我昨夜命你二人留守回光院，你二人為何擅自離開？」

趙平、楊丹不明究竟，見段功聲色俱厲，又不敢明問，不由得面面相覷。施秀道：「昨夜普照禪師被人殺死，你們怕是難辭其咎。」趙平、楊丹這才知道普照禪師在二人離開後被殺，大驚失色。楊丹忙道：「信苴確實命我與趙平留守回光院，以防萬一，然而信苴剛走不久，高浪就來了，說是刺客武功厲害，信苴命我們去林中幫手……」施秀驚道：「什麼？你是說高浪誆走了你們？」趙平驚道：「難道高浪是假傳信苴之命？」楊丹道：「我二人聽見樹林中金刃交加，信以為真，便立即趕去。後來刺客被擒，施宗羽儀長又調我二人去翠華樓換班，我二人以為隱患已除，就再也沒想到回光院。」段功沉下臉，喝道：「去前面大殿叫高浪來。」

楊智想起昨晚高浪幾人潛伏在回光院中的事，不管他們是什麼目的，但高浪很可能偷聽到信苴與普照的對話，由此猜到普照就是脫脫，而他本人也與脫脫有一段難解冤仇。八年前，脫脫被發配雲南騰衝，高浪的父親高惠正任騰衝知府。騰衝這種地方很難見到脫脫這樣的大人物，高惠久仰脫脫大名，得見真人，不免喜出望外，絲毫不將他當作罪犯對待，多方照顧不說，還預備將長女嫁給脫脫。只不過當時中原正統人士普遍看不起大理，認為他們不過是蠻夷之人，尤其脫脫這樣的蒙古貴族，即使落難之時也不願放低身段，便當場拒絕。高惠一廂情願，本來也覺得沒什麼，偏偏高女不知怎地一時想不開，上吊自殺了。高妻楊氏心痛愛女，也一病而亡。高惠起初憤怒，有殺脫脫之意，派鐵甲軍監察其行蹤，但很快又再娶新婦，便漸漸忘了失妻喪女之痛。一年後，新婦生下一子，取名高福，高惠寵愛有加，對前妻之子高浪也漸漸疏忽，後來乾脆將他送到無為寺，不再理會。據說他這騰衝知府的世襲位子，也預備傳給幼子高福，而非長子高浪。若真追究起來，這一切的罪魁禍首自非脫脫莫屬。

楊智甚至心下已認定是高浪殺了脫脫，不禁心想：「竟然是他殺了脫脫，不過他若堅稱為他阿姆、阿姊報仇，倒也情有可原。」見段功沉臉不語，猜他也是同樣的想法。高浪很快被召至，進來時尚是一臉莫名其妙，以為又是為寶姬下落的事，只是不明白為何獨召他一人，又特別來這處回光院，當下便打定主意，無論信苴如何逼問，只推說不知，因而也不問段功見召何事，只默不作聲地站在一旁。旁人見他這等諱莫如深的模樣，不免疑忌更深。

段功也不願繞圈子，指著趙平、楊丹，直接問道：「高浪，你昨晚為何假傳我命，騙他二人離開回光院？」高浪心想：「原來是為了這事。」他當然不能說是為了接應尚被堵在回光院中的段僧奴，只是一時也想不出合適藉口，只得隨口道：「就是為了好玩。」段功冷笑道：「好玩？施秀，帶他進房去看看屍首。」施秀道：「遵令。」便領著高浪進到臥室。高浪一眼見到普照禪師躺在血泊中，微微一愣，不過他跟這人絲毫沒關係，自然也沒有任何感情，只是見他伏屍當場，不免奇怪，問道：「他死了麼？」施秀道：「你殺了他，怎麼反倒問起我來？」高浪吃了一驚道：「什麼？」施秀道：「不是你殺了他麼？」

高浪呆了一呆，逐漸會意過來，驚道：「什麼？你……你們懷疑我殺了普照禪師？不，我不明白，為什麼懷疑是我殺了他？」施秀道：「那你倒是說說看，你昨晚為什麼要假傳信苴的命令，將本來守在這裡的趙平、楊丹騙走？」高浪道：「我……我……」卻始終說不出下面的話來。他這才知道自己陷入了極大的麻煩——昨夜騙走趙平、楊丹，是為了接應段僧奴出來，且有楊寶、伽羅作證，可是偏偏不能和盤托出，不然段僧奴藏在無為寺中一事便立時暴露，哪知道之後有人暗中潛進回光院殺死普照禪師，目今這樁罪名竟然要算在他頭上。他雖驕傲好強，也知道殺死禪師罪名非同小可，忙奔出來辯道：「信苴明察，我真的沒有殺人。」

段功問道：「那麼你誆走兩名守衛的羽儀，到底是為什麼？」高浪道：「這個……」一時也編不出什麼假話來，便乾脆地道：「我不能說。」楊智大奇，問道：「為什麼不能說？」高浪甚是硬氣道：「不能說，自然有不能說的理由。我騙走羽儀後，確實進來過回光院，卻沒有進過房間，也沒有殺人。」頓了頓又道，「你們想想，我跟這老和尚無冤無仇，頂多也就是好幾次翻牆從他的院子溜出禁區，我為什麼要殺他？」

楊智聽他稱呼脫脫為「老和尚」頗為驚訝，只是高浪曾預先埋伏在回光院中，很可能已從信苴與普照的對話知道了脫脫的真實身分，再與他後來騙走羽儀一事加以聯繫，嫌疑太重，當即又問道：「你之前為何與楊寶、伽羅二人躲在回光院中？難道只是為了好玩麼？」高浪道：「嗯，就是為了好玩。哪知道剛翻進院子，施宗羽儀長就來了，要是我們早知道信苴當晚會來，我們怎麼也不會到回光院搗亂。」楊智道：「你是不是偷聽信苴與禪師的談話後，才知道普照就是脫脫？」高浪一呆，愕然半晌，才問道：「你說普照禪師就是脫脫？」施秀道：「你不會說自己現在才知道罷？」高浪道：「我確實現在才知道。」他性子粗疏，昨夜雖躲在窗外花叢下，心思並不在偷聽室內的對話上，何況段功與普照那種談古論今的長篇大論，他根本就聽不進去。可是眼下這局面，他要說自己根本就沒怎麼聽，無論如何都難以取信。

果見滿堂之人懷疑地望著他，高浪卻走到臥室門口，瞭望著那具屍體，這才昂然道：「不過，我若早知道普照就是脫脫，一定會親手殺了他。」段功聽了這話，皺了皺眉頭道：「來人，先將高浪押起來。」兩名羽儀應了一聲，來拿高浪雙臂。高浪急忙轉身，拔出鐵鞭逼開羽儀。羽儀見他敢在信苴面前拒捕，便一起拔出兵刃圍了上來。高浪喝道：「我沒有殺人！讓開！快些讓開！」施秀忙叫道：「高浪，快些放下兵刃！信苴又沒說人是你殺的，現在正在調查，一旦查清楚，自然會放了你。」高浪將鞭一挺，冷笑道：「我才不信。你們自己無能，找不到凶手，就想找我當替罪羊。」

段功重重一拍桌子，喝道：「你胡鬧些什麼？難道還想反叛不成？」他在小輩面前一向和藹可親，高浪從沒見過信苴發這麼大的火，不禁一呆。施秀乘機上前奪下他手中兵刃，兩名羽儀搶過來執住他的手臂，反剪到背後。高浪一想到為了掩飾段僧奴的行蹤要遭此冤枉，心中更是不平，掙扎道：「我不服！我不服！」忽見楊寶不顧羽儀阻攔，飛奔進來，急道：「信苴，我可以作證，高浪絕對沒有殺死脫脫。」

原來高浪從大殿被叫走後，楊寶心知不妙，知道如此反覆盤問下去，段僧奴的行蹤早晚要暴露，忙叮囑高潛去翠華樓找夫人求助，自己則來到回光院，怕萬一高浪的言語露出馬腳，還可以在段僧奴逃離無為寺前勉力掩飾一番。他本以為信苴召見高浪無非是為了追查段僧奴的下落，哪知道聽回光院外的羽儀議論，才知道昨夜脫脫被殺，而高浪因種種行跡已被懷疑是殺人凶手。又等了一會兒，只聽見裡面一陣聒噪，有拔出兵刃之聲，他深知高浪的性情，若被誣為殺人犯絕不會輕易就擒，又擔心他拒捕會闖下更大的禍，忙闖了進去。

楊智是楊寶的堂叔，深知他敏慧，忙問道：「莫非高浪昨夜第二次入回光院時，你也在場？」楊寶道：「正是。」他知道須得立即解釋清楚高浪何以騙走守在回光院中的兩名羽儀，便道，「昨晚我們幾個聽伽羅說普照禪師有一口神祕的箱子，一時好奇想來看看裡面到底是什麼，結果剛翻牆進來就有大批羽儀來到，不得已只好躲在茶樹叢下，後來被施宗羽儀長發現，將我們趕了出去。我們幾個還不死心，就一直等在院子外面，結果發現有羽儀暗中跟蹤我們……」

施秀尚不知道此事，奇道：「怎麼會有羽儀跟著你們？」楊智忙道：「是我派的人。」他所派的羽儀被高潛引著繞大殿轉了一圈後才會意過來，行藏既已敗露，只好就此回報楊智，當時眾人的吸引力全在那刺客身上，楊智也就算了。

楊寶續道：「於是我們就讓高潛假裝出寺，將羽儀引開。後來過了一會兒，突然有個黑衣人提著劍從南禪房跑出來……」楊智道：「你們幾個親眼見到刺客從南禪房出來？」楊寶點了點頭：「不過我們當時還不知道黑衣人就是刺客，不久就看見施宗羽儀長去了南禪房，樹林中則傳來打鬥之聲。又等了一會兒，就見到信苴出來，我們幾個忙再次回去，沒想到還有羽儀守在那裡，於是高浪就假傳信苴之命騙走羽儀，我和他，再加上伽羅三人進來院子看了一下，普照禪師正在窗下讀書，我們見無機可乘，只好走了。之後我和高浪直接回了住處，不久後高潛也回來了，我們幾個再未離開半步。」施秀記得深夜曾奉段功之命去向高浪、高潛追問寶姬的下落，後來又交代武僧暗中監視幾人，如此看來高浪確實沒有機會下手殺脫脫，何況他自稱不知道普照禪師就是脫脫，並不似作偽。

楊寶見段功沉吟不語，似並不十分相信，他自知適才所言雖然大都是實話，但卻隱瞞了最重要的動機，也就是趁著刺客闖寺之機，接應困在院子中的段僧奴出去。他說他們幾個要去看什麼箱子的祕密，自知確實難以取信。便道：「信苴，能否讓我看一看禪師的遺體？」

段功素聽聞他敏悟聰慧，當即點了點頭。楊寶走進臥室，蹲在屍體邊上細細觀察，片刻即起身出房，肅色道：「信苴懷疑高浪，無非是因為他與脫脫有宿怨……」高浪驚道：「原來你早知道老和尚就是脫脫？」楊寶道：「我也是昨晚聽到信苴與禪師談話才猜到的。」高浪道：「你怎麼不早告訴我？」楊寶道：「還是先洗脫你的殺人嫌疑再說罷。」又道，「我剛才看了脫脫頸間的傷口，刀口從右至左，割得並不深，卻剛好致命，下手之人是個高手，分寸拿捏得剛剛好，非冷靜縝密之人不能做到。信苴當知道高浪的個性，他若當真要殺脫脫，定是狠狠一刀，以他的手勁非得割斷脖子不可。」

段功、楊智、施秀等人均檢視過脫脫的傷口，知道楊寶所言刀口深淺不虛，卻沒想到這一點，立時全都愣住。卻見高浪掙脫了羽儀掌握，大聲道：「我才不會割他脖子，我會一刀刺穿他的心尖。」段功忖道：「如此說來……」忽有一名羽儀奔進來稟道：「信苴，夫人急召楊寶、高浪二人去翠華樓，說是事關寶姬下落。」段功點了點頭道：「去罷。你們兩個和高潛都別留在這裡了，一會兒先隨夫人回城。」楊寶道：「遵令。」拉著高浪退了出去。段功凝視楊寶的背影，若有所思，又叫過一名羽儀道：「你去告訴夫人，可要看緊楊寶他們三個。」那羽儀不明所以，一時愣住。段功道：「你傳我原話，夫人自會明白。」羽儀應聲而去。

施宗問道：「信苴莫非不相信楊寶的話？」段功道：「楊寶的話自是有始有終，並無破綻，然而你細想，他們幾個與僧奴情若手足，僧奴出走，他們竟然還有心思來看什麼箱子裡的祕密？」楊智也道：「信苴說得極是。他們幾個在回光院被發現後，猶自徘徊附近不去，更顯得可疑。刺客在樹林與施秀羽儀長遭遇後交手，這些孩子素愛熱鬧，不去樹林，反而回來回光院騙走羽儀，不是很奇怪麼？」

施宗道：「那信苴為何還放他們走？」段功道：「他們可疑歸可疑，但楊寶說得對，若真是高浪下的手，脫脫頸間的刀口絕不會這麼淺。」他隨手翻了翻桌旁那箱被脫脫視為至寶的圖卷，長歎一聲，命道，「先將這箱子抬去翠華樓收起來，再帶李芝麻到這裡來。」

因南禪房就在隔壁，李芝麻很快便被羽儀帶來，一進來便跪下請罪道：「在下昨夜諸多冒犯之舉，多謝信苴手下留情，尚未繩索加身。」段功見他是個明白人，尚知好歹，便道：「大人請起來說話。」李芝麻道：「多謝信苴。」站起身道，「不過昨晚一切只是我個人所為，姬安禮和許江武也只是聽命於我，鄒大人並不知情。」

段功猜他有心將過錯全攬在自己身上，以免影響明玉珍的聯姻結盟計畫，不過這只是他個人一面之詞，真實情況不得而知。盜取藏寶圖到底是明玉珍的主意，還是李芝麻本人的打算，他暫時無心去弄清楚。忽見李芝麻驀然露出警惕之色，敏捷地朝臥室望去，然站在李芝麻所處的位置，根本無法看見脫脫的屍首，他如此反應，更令人不禁將他與脫脫被殺一事一起聯想。段功站起身，乾脆地道：「李大人，我帶你去看一個人。」當即領著李芝麻進到房間。李芝麻乍然見到血泊中躺著一人，卻並不吃驚，他猜段功帶自己來這裡必有緣由，上前兩步好看得仔細些，突然反應過來，仰天大笑道：「哈、哈、哈……」

施宗雖不知道李芝麻的武藝究竟如何，但見他眉目之間豪俠之氣凜凜，昨夜又能闖入禁區，想來武功不弱，生怕他暴起傷了信苴，搶到段功面前，喝道：「你笑什麼？」李芝麻頓住笑聲，指著地上的屍體，森然道：「此乃與我不共戴天的大仇人。在下平生有兩大志願，一是將韃子[3]趕出中原，二是將此人碎屍萬段，生飲其血。」

楊智問道：「李大人可知道死者是誰？」李芝麻道：「難道不是脫脫麼？」上前幾步，俯身看清面目，大笑道：「果然是他！」施秀道：「李大人剛才還沒看到他的臉，怎麼就能認出他是脫脫？」言下之意是，李芝麻當早知道死者的身分。李芝麻卻未會意道：「此人與我有血海深仇，別說只看背影，就算化成灰我也認得！不過，恕在下冒昧，敢問信苴，脫脫不是八年前已經被韃子皇帝賜死了麼？」又問道，「是誰殺了他？我雖不能手刃仇人，也該好好謝謝他！」

段功見他言語慷慨，不似作偽，便道：「李大人請到外面說話。」出來堂內，李芝麻卻不肯坐，段功也不勉強道：「我想聽聽李大人對昨夜之事的解釋。」李芝麻道：「是。本來這次出使大理，我主只派了鄒興大人一人，但我早就聽說大理有四幅藏寶圖，其中金庫和玉庫藏盡天下財富，尚未挖掘，因而起了貪念，便主動要求護送鄒大人前來大理……」

楊智問道：「李大人如何得知藏寶圖一事？」李芝麻道：「在下是個粗人，雖然家境尚屬富足，可是只略讀過幾年書，早年在東南販賣芝麻為生，與販賣私鹽的張士誠兄弟投契，時常在路上遇到後便一起喝酒罵娘。有一天醉酒後，張士誠的二弟張士德向我提起大理藏寶圖一事，說誰要是得到寶藏，足以富甲天下。他說得神往，我也聽得眼饞，不過我們那時都還是刀口謀生的窮小子，哪裡有能力萬里迢迢來大理尋寶？這件事過去多年，本來我已經忘了，直到得知我主欲和信苴聯姻結盟，我才想起這樁舊事。」

段功道：「李大人粗獷豪邁，可不像是貪戀財寶的人。」李芝麻道：「得蒙信苴稱讚，當真是榮於華衮。不瞞信苴，在下孤身一人，金銀珠寶對我也沒什麼用處。但目下中原諸侯勢均力敵，若是能幫我主得到一筆財富，當如虎添翼，統一天下指日可待。」

楊智道：「這麼說，貴主明王事先知道此事。」李芝麻忙道：「不、不，我可以項上人頭做保，我主事先絕不知道此事。我主仁厚，一心要與大理聯姻，他若是知道此事，肯定不會同意我來大理。但若找到寶藏，就是另外一回事了，只要能將寶藏用在正途，就可以將蒙古韃子趕出中原，恢復我漢人江山。」楊智道：「李大人應該知道我大理尚受元朝轄治，這些可是大大的反話。」李芝麻重重看了他一眼道：「中原本是我漢人之地，百年前才為韃子強力占領。大理隔絕於中原，歷代總管愛惜百姓，富庶有餘，當然不知我中原百姓在韃子鐵蹄下水深火熱的慘狀——望神州，百姓苦，千里沃土皆荒蕪。看天下，盡胡虜，天道殘缺匹夫補。我紅巾就是要盡匹夫之責，替天行道，讓韃子永遠退出我們漢人的地方。」類似的話段功原也聽過不少，但此刻從李芝麻這樣一度叱吒風雲的人物口中說出，卻另有一番滋味，一時沉吟不語。

又聽見李芝麻續道：「這些話在下確實不該在這裡說，抱歉了。我跟隨鄒大人來到大理，目的確實是想找到傳說中的藏寶圖。男子漢大丈夫，原本不屑做這等偷雞摸狗之事，然既能助我主一臂之力，幫助中原百姓脫離苦海，又何須在意這些小節？何況……說句不怕信苴怪罪的話，這藏寶圖中的寶藏，本來就是我們漢人的東西，即使尋到，也不過是物歸原主罷了。」

他這話道理不差，藏寶圖中的寶藏確實是南詔當年自蜀中掠奪所積，可是當著段功的面說出來，可謂無禮之極。施宗大怒，當即喝道：「李芝麻，你好大的膽子，千方百計來到大理偷藏寶圖，還敢說什麼物歸原主。」李芝麻昂然道：「這是我心中的實話，即使羽儀長要舉刀殺我，我也還是這句話。」施宗冷笑道：「舉刀殺你還是便宜你！我大理法令，凡進入總管府、無為寺、五華樓三處要地行竊者，無論是否得手均判處死刑，罪人要被縫入牛皮袋中，放在太陽底下，當眾活活曬死。」後又躬身道，「信苴，李芝麻即使有使者身分，也該知道入鄉隨俗的道理，他自己不自重，還妄想旁人敬他麼？請信苴立即下令，將昨夜擅入禁地的李芝麻、姬安禮、許江武綁了，押回城門，一個個曬死。」

這次來大理之前，李芝麻早做足準備，他已向行商打聽過大理的諸多情形，雖說大多是道聽塗說、捕風捉影，然總比一無所知要好——據說西南蠻夷多酷刑重罰，昔日南詔王曾將五百名不聽號令的奴隸裝入牛皮袋縫住，曬在五華樓的校場上，時值夏日，烈日炎炎，五百人在牛皮袋中淒厲呼號，掙扎了四、五天，才先後脫水死去。那種滿地蠕動、求生不得、求死不能的慘狀，想想都覺脊梁直冒冷氣，據說五華樓至今還時不時半夜鬧吸血精，就是因為怨氣太重、陰魂太多。他本是個天不怕地不怕的人，當年率七名心腹偽裝成挑河夫到徐州，自己親率三人入城，四人留城外；半夜四更時，城內四人四處點火，齊聲吶喊，城外四人也點火響應，內外喧呼，城中竟然大亂。再趁勢奪守門軍的武器，打開城門，接應城外四人入城，同聲叫殺。等天明時，豎起大旗募人從軍，應募者至十餘萬，以此占據徐州及附近州縣，成為亂世中的傳奇佳話……。他這等在戰場上衝鋒陷陣、殺人如麻的桀驁人物，一想到要在大理死得如此窩囊，睜眼都見不到天日，還要牽連自己的兩名心腹，也不禁心寒膽怯，忙躬身賠罪道：「信苴請息怒，在下粗人確實多有冒犯之處，不過我還有話說，等我說完，信苴要殺要剮，悉聽尊便。」頓了頓又道，「不過，還請給我個一刀痛快。」

一旁楊智見李芝麻這等好漢也就此服軟，不覺暗笑；施宗所言不虛，不過卻是南詔時代的法令，後來大理立國覺得此刑過重過酷，早已廢除，沒想到這膽大妄為的李芝麻竟被唬住。段功倒頗讚賞李芝麻的誠實，便道：「施宗羽儀長只是跟李大人開玩笑，還請大人說說昨晚的詳細情形。」李芝麻望了施宗一眼道：「原來只是玩笑麼？」施宗喝道：「信苴問你話，還不快些回答。」

李芝麻已經氣餒，當即老老實實地道：「是。嗯，昨晚天黑後我帶了姬安禮、許江武來到鄒大人房間，謊稱有要事須得商議一夜，便將鄒當支走。我告訴鄒大人也許會有事發生，請他無論如何都不要離開自己的房間，隨後我們三人即離開了南禪房，趁夜色潛入禁區……」施秀奇道：「禁區有高牆隔斷，又有武僧把守，你們如何能輕易混進去？」李芝麻道：「我們沒有直接走寺內，而是從寺外進去的。」眾人聽得稀裡糊塗，施秀問道：「如何從寺外進去？」

李芝麻當即解釋，原來他們來到無為寺後，就特別留意觀察地形及寺內防守情形，發現無為寺的戒備相當森嚴，要想悄無聲息溜進中院幾乎不可能。但他們卻意外發現南禪房南首角落的雜物房，開有南面的窗戶，拴條繩索自窗戶縋下，便可到達雙鴛溪邊，再沿溪流往上走一段，便可借助鉤繩工具從一座小樓的邊角翻入禁區，而那座小樓湊巧就是段僧奴和伽羅的住處。進入中院後，李芝麻和許江武去了翠華樓，這是事先商議好的路線，許江武負責找尋翠華樓五樓，李芝麻負責找尋翠華樓其他地方，姬安禮則去了藥師殿。

施秀想到孔雀膽失竊一事，忙問道：「為什麼要派姬安禮去藥師殿？」李芝麻道：「嗯，我們事先打聽過，禁地中以翠華樓最為重要，但多年來潛入翠華樓取藏寶圖的人不計其數，卻無一人得手，除了戒備森嚴外，也許藏寶圖真的並非收藏在那兒。我又聽說還有一處藥師殿，也是要害機密之地，雖說聽起來只是放藥材的地方，但或者收有什麼寶物也說不準，不然何以能成為禁中之禁？所以我特意安排一人去藥師殿，也是以防萬一。」

施秀道：「這麼說，你派姬安禮去藥師殿，目的只是找藏寶圖，並沒有盜竊其他東西？」李芝麻道：「當然！我想不出無為寺還有比藏寶圖更貴重的東西。」施宗道：「可是翠華樓、藥師殿防守非疏，周遭不斷有武僧往來巡視，你們如何進得去？」隱隱套問是否有內應之意。李芝麻道：「我們之前未進過中院，不知道內中情形，進入禁區才發現這裡的守衛相當嚴密，一時進退不得，只好躲在花叢下等待時機。等了許久許久，我覺得已經沒有多大機會，正打算從原路退回時，前院突然傳來打鬥之聲，巡視的武僧立即全飛奔趕去，我們才得以乘虛而入。」

眾人交換了一下眼色，段功朝楊智點點頭，楊智便問道：「這刺客應該也是你們的計畫之一罷？不然為何如此湊巧？」李芝麻愕然道：「楊大人是說，刺客是我們事先安排好的？不、不，刺客一事我絕不知情。再說，就算我真要安排刺客引開武僧，也不會以鄒大人的性命為賭注。」施宗冷冷道：「可是鄒大人不是還活著麼？」他這一詰問甚是有力，李芝麻一時呆住，難以反駁。

段功道：「嗯，多謝李大人坦誠相告昨夜詳細情形。不過無為寺中出了一些事情……」指了指脫脫房內，續道，「貴使者一行不宜再留居寺中，況且鄒大人受了傷，還是搬回城中醫治方便些。」李芝麻已經聽說藥師殿的醫師絕不肯醫治漢人，尤其昨夜鬧了一場，他們也確實不好意思再留在這裡，當即便點了點頭。

段功道：「施秀，你安排使者一行今日搬回城中五華樓。至於聯姻結盟一事，請李大人替我轉告貴主明王及鄒興大人，恕我大理……」李芝麻猜他將拒絕結盟一事，知道話一出口萬難挽回，大叫道：「過錯全在我一人，我願以死謝罪。」他入寺前已將兵刃交出，身上並無兵器，當即抓住旁側施秀腰間的浪劍拔出，手腕彎轉，橫過劍刃，迅速往自己喉嚨間抹去。事出倉促，施秀武功不弱，卻無論如何想不到李芝麻會突然動手，竟被一招搶去隨身兵刃，又見他堂堂漢子橫劍自殺，不由愣在當場。

李芝麻鐵心要死在段功面前，手上毫不遲疑。那浪劍白光凜凜，劍刃未及頸間，已覺森森寒意。死亡的氣息近在咫尺，他腦海中瞬間閃過老母、妻兒的音容笑貌，自親人們十年前慘死在脫脫刀下，夢中從無相見，想不到臨死之前還能清晰憶起他們的臉。唉，出師未捷身先死，長使英雄淚滿襟，他心頭微歎，閉上了眼睛。忽感面前微風颯然，有人躥上前來，抓住他右手大力一扯，那剛貼及他項間肌膚的劍身被生生拉開，他又從鬼門關轉了回來。定睛一看，救他的人竟是總管段功。

段功手上使力奪過浪劍，還給施秀，這才道：「李大人何必如此。」又見李芝麻的頸中已劃出一道血痕，血珠正慢慢滲出滾大，忙叫道：「來人，快送李大人回房治傷。」李芝麻知道再說無益，只好行了一禮，跟羽儀走出去。段功望著他的背影，歎道：「也是一條好漢子。」施宗不解地道：「信苴為何不問李芝麻，脫脫被殺一事？」段功道：「脫脫被殺與他無關，他若能手刃仇人，定會痛快地承認。」楊智也道：「何況昨夜他們暴露形跡後，一直被軟禁在南禪房，庭院中有羽儀把守，他不可能溜到回光院殺人。」施宗大驚道：「這麼說，是……是我們自己人殺了脫脫？」

段功面色陰沉下來，施宗不敢再說，屋中陷入難堪的沉默。過了許久，段功才道：「淵海，你看這件事要如何處理？」楊智早有主意，忙道：「依屬下看來，這件事若真追查起來，無為寺中定會人人自危。不如先不要聲張，旁人問起，我們也不表態，只說已將明王使者一行送去五華樓軟禁，讓人誤以為我們依舊懷疑是他們，這樣真凶定會放鬆警惕，才好乘機追查。」段功道：「嗯，淵海，這件案子就交給你去辦。你再將李芝麻一行進入中院的方法告知達智，請他想法子彌補這防守上的漏洞。」楊智道：「遵令。不過，屬下想讓楊寶來幫忙。」段功道：「也好，你需要一個熟知無為寺的人從旁協助，楊寶聰慧過人，當然是最好的人選。」

送明玉珍使者一行回城的人手安排妥當後，施秀回來上前請示道：「信苴，刺客和那漢人女子阿蓋要如何處置？」施宗道：「不如將他們與使者一道送回城中，一路也可看看他們的反應。」段功道：「你認為刺客確實跟使者有所勾結？」施秀習慣性癟了癟嘴道：「沒有勾結才怪！李芝麻他們幾個進不去翠華樓之際，忽然就有刺客冒出來引開武僧的視線，天底下怎麼會有那麼巧的事？」

段功卻道：「我相信李芝麻並不認識刺客。」段功見李芝麻之前坦承闖入禁區之種種細節，真追究起來已是重罪，即使多一條安排刺客假意行刺的罪名，也不過尺上多一寸，實無再刻意隱瞞的必要，何況此人輕財重義，斷無拋棄部下求生之理，指認刺客反倒可以替此人求情。再加上施秀提過那漢人女子阿蓋自承與刺客相識，然她在南禪房見到李芝麻時，情狀卻是毫不相識，她能在五老樟對著蘭花浩歎落淚，顯然是個感性之極的女子，怎可能見到故人毫不動容？抑或她一開始就是惺惺作態，偽裝得太好？可是她獨自在山谷中，事先並不知道自己會去五老樟，又怎能未雨綢繆？

然而幾人之中，仍只有段功一人認為刺客與明玉珍的使者無關，就連楊智也覺得行刺事件是事先安排好的計畫，便道：「或許李芝麻真的不知道此事，不過還有一個鄒興。李芝麻的話確實清楚解釋了大致經過，但還有一些疑點，比如李芝麻說他們三個天黑後來到鄒興的房間，將鄒當支走，又告訴鄒興不要離開房間，然後便離開了南禪房。可是根據鄒當的說法，他聽到李芝麻三人一直跟鄒興在房中說話，李芝麻三人已經不在，說話的肯定另有其人，這人會是誰呢？我覺得他就是刺客。我猜鄒興老早就知道李芝麻的計畫，不過沒有說破，任其作為，但暗中又安排刺客這著棋子。」施宗道：「楊員外說得極是，難怪鄒興能悄無聲息地遇刺，這就解釋了為什麼我們先聽到的是桌椅倒地聲，而不是呼叫打鬥聲。」段功聽了也覺有理。楊智又道：「不過鄒興既如此老謀深算，肯定早安排了退路，就算我們質問他，他也決計不會承認。」段功沉吟片刻道：「走，去看看那刺客。」楊智則待安排妥當兩名武僧守衛回光院，這才去追段功。

一行人剛出回光院，便遇到羽儀楊安道、楊勝堅二人，稟告說在高潛住處並未搜到孔雀膽，甚至連那一院住的高浪、楊寶、段文等所有世家子弟的房間都已仔細搜過，均無任何發現。段功道：「既如此，就先放了那四名被關起來的僧人。理由麼，就說是誤會一場。再去藥師殿告訴白沙醫師，兩副孔雀膽失竊一事切記不可外洩。」楊勝堅道：「遵令。」慌忙拉著楊安道去了。

施秀想到六名嫌疑人之中，只有無依禪師一人還未搜查，便悄悄問施宗道：「無依禪師那邊你派人盯了麼？」施宗道：「當然。一會兒就會有消息。」又問道，「高潛的身上搜過麼？」施秀道：「沒有。他不是一直在大殿麼？」段功已然聽見，道：「既然僧人搜過身，高潛也該如此。施秀，你派人去辦，雖然我不信高潛會去偷孔雀膽，可是他既有嫌疑就該與僧人一視同仁，免得旁人說我護短。」施秀道：「遵令。」

施宗心想：「高潛是夫人親侄，這事還是儘量辦得不動聲色方為妥當，以免開罪了夫人。」忙低聲吩咐道：「施秀，你親自去辦。」施秀會意，當即帶了幾名羽儀往前面大殿而去，卻不見高潛蹤影，問起來才知高浪被段功召走後，他和楊寶前後腳都跟了出去。施秀正揣度高潛去了何處時，忽遠遠見到總管夫人高蘭攜了隨從正往山門而去，似欲出寺，楊寶、高浪、高潛三人正混在她背後的羽儀、侍女之中，忙匆匆追上叫道：「夫人請留步！」

高蘭頓住腳步，回過頭來問道：「出了什麼事？」施秀見她面帶驚容，忙道：「回夫人話，沒什麼大不了的事，寺裡目下人手短缺，屬下想讓高潛留下來幫忙。」高潛大吃一驚道：「我麼？」連連搖頭道，「我不留下！我能幫上什麼忙？」他這樣的反應，自然令人更加懷疑他就是盜竊孔雀膽的內賊。施秀笑道：「有件事，只有你才能幫上忙。」高潛道：「不，我絕不留下，我要跟姑姑回城去。」態度極為堅決。

施秀道：「你現在做了羽儀，是我的下屬，可不能再像以前那樣頑皮胡鬧。我命令你留下。」見高潛欲躲往高蘭的背後，忙搶上前去，不由分說將他扯到一邊，命羽儀捉住他的雙手。不過他畢竟是高蘭的親侄，羽儀也不敢過分無禮。高潛掙扎叫道：「我不想留下！姑姑！姑姑！」高蘭溫言道：「羽儀長，高潛雖是你的下屬，不過信苴命他跟高浪、楊寶兩人隨我回城，想來你也明白信苴的用意，是也不是？」施秀道：「是，不過有件事尚須稟報夫人……」將高蘭請到一旁，低聲說了孔雀膽失竊一事。

高蘭先是滿臉愕然，半晌才道：「高潛從小在無為寺中長大，這裡便是他的家，他膽子又極小，怎麼會去偷孔雀膽？再說，他偷那個東西能有什麼用？」施秀本來也認為高潛是六名嫌疑人之中最無可能的一個，不過他適才的反應實在不能讓人放心，見夫人極力為高潛說好話不免十分為難。他自知高蘭是總管府中頭號不能得罪的人，真要較量，信苴還是得聽夫人的。施秀細想了一想，便道：「既是如此，屬下有個主意，不如先不說破，搜一下他身上，若什麼都沒有，就讓他隨夫人回城，屬下也好交差。夫人以為如何？」高蘭點頭道：「很好，我來辦這事。」

高蘭回過身來，叫過高潛、高浪、楊寶三人，笑道：「我回過神來了，你們既然當了羽儀，就該換上羽儀的衣服。」高浪不明所以，問道：「夫人是讓我們現在換麼?這一時去哪裡找羽儀的衣服？」高蘭道：「施秀，讓你的手下脫下衣服，跟他們三個換。」她如此計謀，施秀很是佩服，忙道：「遵令。」招手叫過三名羽儀，命他們脫下衣服與高潛三人對換。羽儀不明究竟，面面相覷，施秀喝道：「還不快脫！」羽儀道：「是。」雖然無奈，也只好開始脫下外衣。

高浪出身富貴，不情願穿別人穿過的衣服，猜到是施秀在搗鬼，瞪了他一眼，又問道：「夫人，一定要這樣麼？」高蘭道：「今日是你們第一天當羽儀，理當如此。」高浪道：「可是……等到回城再換不行麼？」高蘭淡淡道：「嗯，你回城再換也行。高潛，你快換上，讓姑姑看看你穿羽儀衣服的樣子。」高潛道：「是，姑姑。」高浪聽高蘭隱有不快之意，又見一旁見楊寶一言不發已經脫下衣服，忙道：「不敢有違夫人之命。」雖不願意，也只好換上羽儀的衣服。高蘭笑道：「嗯，這才是好孩子。」一旁的施秀瞪大眼睛，瞅見三人均脫得只剩下貼身衣服，這才換上羽儀衣服，雖然身上也各有一些零碎物品，不過卻沒有孔雀膽。那孔雀膽非尋常粉末，而是類似麝香的膠塊狀物體，須得整塊使用，所以才以副來論。

高蘭等他們三人穿好衣服後，上前笑道：「雖然衣服不怎麼合身，不過人確實精神了不少。施秀羽儀長，我們可以走了嗎？」施秀忙道：「恭送夫人。」送走高蘭一行，施秀匆忙趕回中院，卻見段功尚滯留翠華樓，同倫判官張繼白正在稟事，等他退出，這才告知孔雀膽仍無下落一事。段功剛好與高蘭錯過，這才知道夫人已經離寺。

施秀又道：「現在只剩下無依禪師的身上及住處還未搜過。」施宗道：「無依禪師之事，羽儀不便出面，我已請達智暗中監視，伺機搜索他的住處，只是搜身一事，怕得請了塵住持出面。」段功點頭道：「你做得很對，此事尚須知會住持，等大殿法事了結後再說。那兩副孔雀膽肯定還在寺內，速派人傳令張希矯，凡出寺者均仔細搜索。」交代完孔雀膽一事，這才起身步出樓，欲去審問那刺客。

段功走進伽羅居住的蘭若樓院子，見一派清幽景致，只有院中老井泉水湧出，汩汩有聲。書房中羽儀聽見人聲搶出來查看，見到段功，忙上前參見。段功問道：「伽羅呢？」羽儀道：「伽羅昨日隔血救人，鬧了大半夜才睡。一早白沙醫師來看過，說她失血不少，虛弱得緊，需要靜養休息，給她吃了藥，她現今還在樓上昏睡。」頓了頓又道，「夫人剛才也來過，到樓上坐了好一會兒才走。」段功道：

「嗯，知道了。」他猜到夫人心疼愛女失蹤，不過是想來僧奴的住處看看，此刻也無暇顧及，又問道：「刺客醒了麼？」羽儀道：「醒了，剛給他吃了餅，喝了水。」

段功大步踏入書房，只見那刺客另換了一套乾淨的灰色僧服，仰面躺在竹床上，一動不動。段功走近他的身側，他也只是轉眼看了看，蒼白的臉上露出無動於衷的冷漠，顯然神志十分清醒。段功回頭命道：「去帶阿蓋來。」刺客突然起了反應，掙扎著側起身來，手腳間的鐐銬嘩嘩作響。段功見他如此失態，猜他必然認識那女子阿蓋，且二人關係非同一般。施秀原以為那「阿蓋」不過是個假名，如今看來，那女子還真的叫阿蓋。

卻聽見段功問道：「你叫什麼名字？到現在還是不肯說麼？」刺客料他預備以阿蓋要脅自己，忙道：「行刺一事是我一人所為，與旁人無干，還請信苴不要牽連無辜。」施宗喝道：「信苴問你話，還不快答，你到底叫什麼名字？」刺客無力坐起，用單臂支撐了一會兒便又跌回竹床中，喘了幾口氣胸口猶起伏不定，過了好大一會兒才頹然道：「我叫凌雲。」他自就擒以來，一直緘口不言，倔強頑強，此刻終於屈服，可見阿蓋對他何等重要。

施宗道：「是誰主使你到無為寺行刺的？」凌雲道：「沒有人主使我，我與明玉珍、鄒興結有世仇。」楊智問道：「那你是怎麼知道明玉珍使者住在無為寺中？」明玉珍的使者住在無為寺一事極為機密，他猜應該是內部有人洩露了出去。凌雲道：「我本來並不知道，只是聽說……」喘了口氣，才續道，「……聽說明玉珍派使者來與大理結盟。剛巧我昨日在蒼山遊覽迷路，遇到一位白族小娘子……」

施秀聽了心念一動，心想：「莫非他說的就是寶姬？」只聽見凌雲道：「那小娘子看我是漢人，就問我是不是紅巾明玉珍派來的使者，住在蘭峰下面的無為寺，我這才知道那些人原來藏在寺廟中。」施秀忙問道：「你是說你昨日遇到我之前，見過寶姬？」凌雲道：「原來她就是總管之女。她只對我說她叫寶姊，是逃婚到山上避難的。」眾人本對他的話尚半信半疑，但聽到這裡便全信了；「寶姊」是段僧奴的乳名，只有極少數人知道，她逃婚一事昨日才發生，知道的人更寥寥無幾，若非她自己親口說出，這凌雲如何能知道？

楊智問道：「那你又如何潛入無為寺？」凌雲道：「我下山時遇到他……」指了指施秀，「他向我追問一位小娘子的下落，我這才猜到寶姊可能大有來歷。於是我又往回走，悄悄跟蹤她。她一路沿溪流下山，來到寺外一處小樓外，那裡二樓的窗口處掛著條繩子，她沿繩子爬進了二樓窗口，我由此得到提示……」他卻不知他所說的小樓，正是他目下所在之地。

眾人這才知道段僧奴逃走後又再度回到無為寺，難怪四處關卡都回報說沒見過她。楊智驚道：「難怪……難怪楊寶他們幾個如此言行怪異……」段功也瞬間明白過來，高浪所稱不能說的理由，其實就是因為僧奴當時也藏在回光院中，他們幾個孩子講義氣，一定守口如瓶，所以才總解釋不清楚。這也確實讓人想不到，誰知他派人四處尋找的女兒，當時就在自己的眼皮底下。一念及此，轉頭狠狠瞪了施秀一眼。施秀忙道：「屬下失職，我這就領人到樓上去搜。」段功道：「不必了，僧奴人已經不在這裡了。」施秀道：「可是寺外有羅苴子守著，寶姬如何能出得去？除非她再上蘭峰。」楊智連忙拉了拉他，低聲提醒道：「夫人……」施秀這才恍然大悟，道：「我知道了！」

施秀這才明白為何剛才攔住高蘭一行時，夫人露出了緊張的神情，因為段僧奴當時正混在侍女當中。夫人一力維護高潛，不是要包庇侄子，而是擔心高潛若一個人留下會露出馬腳，暴露了段僧奴的行蹤。也難怪夫人主動讓高潛、高浪、楊寶脫衣表示清白，這不過是為了趕緊了結後，好將段僧奴帶出無為寺。

段功哼了一聲，又問道：「你是如何知道使者的確切住處？又是如何行刺的？」凌雲道：「我守在溪邊時，見到有三人從一處窗口縋吊下來，其中一人說話是蜀中口音，我猜他就是使者的隨從，於是等他們從另一處翻牆進院後，便從他們爬下的那根繩索爬了上去。我聽見西廂房有人在讀書，闖進去一看，果是明玉珍的使者鄒興，便上前刺了他一劍，轉身逃出……」

忽聽得門外羽儀稟道：「信苴，人帶來了。」便將那漢人女子阿蓋帶了進來。凌雲一見到她，「啊」了一聲，便欲起身，只是他腰間的傷勢太重，無力可使，剛抬起頭胸又倒了下去，但卻依舊強撐著頭，目不轉睛地凝視著她。

那阿蓋一進門，目光彷彿被線牽引一樣，不由自主先落在凌雲身上。她的反應卻甚是奇怪，只緊蹙了一下眉頭，迅疾扭轉過頭，不再看他，只向段功道：「我之前在山谷中見過你，你便是大理總管段功麼？」段功道：「正是段某。小娘子有何見教？」阿蓋道：「我有很要緊的事要對信苴說，請跟我到外面來。」一意殊落落，語氣中自有一股不容拒絕的口吻。說完轉身便走。

施宗見她語氣甚是不敬，明明是階下囚身分，卻渾然不將眾人放在眼裡，當即搶在她面前，一把抓住她的手腕，喝道：「信苴沒有發話，你不能離開。」他是習武之人，這一抓自然用力，阿蓋吃痛，驚叫一聲。卻聽見凌雲叫道：「快放開她！你們不可對她無禮！」情急之下，一骨碌從竹床上滾下，觸動了傷口，痛得大叫一聲。阿蓋「啊」了一聲，甩脫施宗的手，回過身來，腳下一動，似欲上前攙扶凌雲，卻又勉力止住。眾人見她雙手顫動不止，極為激動，卻始終不敢看那刺客一眼，顯是怕一見之下，便再也無法控制自己的情緒。

段功知她內心正遭受巨大的情感折磨，她不過是個花樣少女，年紀只比自己的女兒僧奴大不了兩、三歲，心下頗感不忍，命人扶起凌雲抬回床上，又對阿蓋道：「小娘子請隨我來。」到得庭院中，段功回身問道：「小娘子說有要緊事對我說，到底是什麼？」阿蓋道：「嗯，是……」轉頭望了一眼書房，又頓住話頭，遲疑起來。楊智問道：「阿蓋娘子可認識鄒興鄒大人？」阿蓋道：「鄒興是誰？」段功道：「那麼屋裡這位叫凌雲的刺客呢？」阿蓋一呆，隨即搖了搖頭，意甚堅決地道：「不認識。」施秀道：「小娘子，你不久前不是還親口承認認識刺客，說想來瞧瞧他的傷勢麼？」阿蓋道：「那麼一定是你聽錯了。」

段功聽她提到鄒興時毫無感情，但話一落到刺客身上便大起波瀾，猜她與凌雲必有重大干係，要逼她說出鄒興與刺客勾結的實話，只能從凌雲下手，當即道：「很好，小娘子既然不認識刺客，我也不必有所顧慮了。」朝背後使了個眼色。施宗會意，大聲叫道：「來人，將刺客拖出來亂刀斬死。」阿蓋果然大驚失色，幾次欲言又止。

羽儀進房將凌雲拖出來，讓他跪在院角的大槐樹下，拔出長刀架在他頸間，只待段功一聲令下，便要斬下他的頭。凌雲重傷未癒，神色極為委頓，身子搖搖欲墜，既不出聲求饒，也不再看阿蓋一眼，大約是受了她不肯與他相認的提示，只默默低著頭，面容平靜，絲毫不像在赴死，而在沉思某件事情。

阿蓋此刻心如刀絞，進退兩難。她知道段功言下之意是，只要她說出自己認識刺客便有迴旋之地，可是她心中尚有一個更大的顧慮，逼使她不能與凌雲相認，否則萬事皆休。但如果她不認他，他就會人頭落地，她真要眼睜睜看著他死在自己面前麼？

眼見段功儒雅的外表下眉目森然，緩緩舉起了手，她知道那隻手一旦落下，凌雲便要身首異處，再也無法忍耐，叫道：「停手！」正欲承認凌雲是自己的同伴，忽聽得有人問道：「你們這是要做什麼？」

眾人聞聲望去，卻見伽羅站在二樓廊下，披頭散髮，一臉病容，驚愕地望著院中。段功見她只穿貼身衣褲，知她剛從床上驚醒，頗覺歉意，只是不便說什麼，輕輕咳嗽了一聲。楊智忙道：「我們在辦正事！伽羅，你快回房睡覺去。」伽羅道：「你們的正事，就是要趁我睡覺的時候，拿刀在我院子裡殺死我的病人嗎？」言語雖無禮，卻質問得義正詞嚴。眾人心想這裡確實是她的地盤，又好氣又好笑，不知該如何應對，便一起等段功示下。

段功的本意只是要逼阿蓋說出實話，並無心殺凌雲，只是一時未顧及場所，被伽羅誤會。他雖是總管，權高威重，伽羅於他卻情若兒女，當此情形很是尷尬，將來若被夫人知道他意欲在僧奴的住處殺人，更不知要如何怪他。施宗見段功為難，忙上前道：「城中來了急報，請信苴速回翠華樓。」段功道：「好。」抬腳便往外走。施宗素知弟弟與這幫孩子廝混得不錯，向施秀使了個眼色。施秀忙道：「伽羅，抱歉驚擾了你好夢，我們這就走了。改天我再向你賠罪。」揮手命人將阿蓋和凌雲都帶出去。

伽羅卻不肯甘休，叫道：「信苴，你不能就這麼將刺客帶走，我還沒完全醫好他。你再派人拷打他，他會死掉的。」段功頓住腳步道：「嗯，這個……」伽羅賭氣道：「早知道這樣，我就不用割自己的血救他了。」大有埋怨的口吻。段功微一沉吟道：「那好，還是先留他在這裡養傷。有勞伽羅你了。」低聲囑咐了施秀幾句。施秀躬身道：「遵令。」便命羽儀將凌雲重新扶回書房躺下。

伽羅頗不放心，下樓要跟進書房看看究竟，施秀忙將她扯到一邊道：「伽羅，還有件事，昨日藥師殿丟了兩副孔雀膽，你看會不會是有人隨手拿走？」伽羅不以為然地道：「誰沒事拿毒藥做什麼？再說，孔雀膽雖是天下劇毒之藥，偏偏藥師殿有現成的解藥，拿走又有什麼用？」施秀絕無懷疑她的意思，不過隨口一問，希冀僥倖能得到些提示，聽她這麼說也就算了。

阿蓋被帶走之時頗有戀戀不捨之意，幾次回首凝望書房。段功等人瞧在眼中，均知道她明明認識刺客，卻要拚命矢口否認，當是怕受到牽連，可是又偏偏不擅長撒謊，裝也裝得稚嫩，眉目神色之間真情實感一覽無遺，無不暗笑。

回到翠華樓，段功命人帶阿蓋進來，問道：「小娘子現下還打算告訴我要緊事是什麼麼？」阿蓋道：「當然。我是梁王的使者，如今中慶被紅巾圍困，危在旦夕，請信苴立即發兵援救。」眾人這才真正大吃一驚，原以為她跟刺客凌雲相識，而刺客跟鄒興有勾所結，那麼她應該也是明玉珍的人，施秀更一度以為她是明玉珍的義女明玥，孰料她一張口竟自稱是梁王一方的使者。

段功愕然半晌，才問道：「小娘子自稱是梁王使者，可有何憑證？」阿蓋自懷中掏出一枚一寸見方的印章道：「我有梁王的金印獸鈕為信物。」楊智接過來，只見那印章金光閃閃，乃純金打造，印鈕是一長尾異獸，正回首張口。再看印文，果然是梁王之印，持此印者可以任意調動軍馬、統兵作戰、干涉地方一切事務。當即朝段功點了點頭，示意阿蓋所言不虛。

雖然知道了阿蓋的真實身分，可是眾人的心頭疑惑更重——她既是梁王使者，為什麼要裝扮成漢人現身？為什麼到大理後，不直接到五華樓向接待官員表明她的使者身分？她是不是早有預謀，派凌雲去刺殺鄒興，以徹底斷絕大理與明玉珍結盟的可能？

段功正欲詢問究竟，忽有羽儀進來稟告道：「梁王使者大都求見信苴，說有要事，現正候在禁區門外。」段功猜大都多半是因為合仲告知他脫脫被殺一事，不過他來得正巧，剛好可驗證眼前這個阿蓋的身分，便命道：「請他進來。」又向阿蓋問道：「小娘子是與王傅大都一道來大理的麼？」

他這話問得饒有深意，若阿蓋是與大都同時來到大理，她躲在暗處不肯露面，自是有所圖謀，毫無疑問，凌雲也是受她指使。然則以梁王之老謀深算，怎麼會派一個如此稚弱的少女主持此等大事？她不僅太過年輕，且少不更事，稍一逼問，便要露出馬腳。卻聽見阿蓋答道：「不是。大都是第一批使者，他十日前離開中慶[4]，當時明玉珍的兵馬前鋒才剛到金馬山。我比大都晚三日離開，而中慶已經被紅巾大軍圍困，我是乘船自滇池逃出。」段功吃了一驚，暗想：「紅巾進兵竟如此神速，短短三天就突破了中慶周邊防線。看來明玉珍率兵親征，聲勢不可小覷。」又忖道，「大都來到大理不過才三日，她晚三日出發，昨日便到，看來她日夜兼程，風餐露宿，吃了不少苦頭。」

卻聽見阿蓋的語氣明顯急促了起來，連連催道：「還望信苴念在同為大元子民，唇亡齒寒，儘早發兵相救，梁王府上下必感大理大恩大德。」段功聽到她提到「唇亡齒寒」，不禁想到昨夜脫脫那「覆巢無完卵」的長篇大論，斯人已逝言猶在耳，頗為感念，當即道：「此事事關重大，段某尚須多斟酌，還須與大將軍們商議。」

阿蓋聽他話中明顯有推託之意，不過是不願當眾明說，令自己難堪，然而中慶危急，她日夜憂心如焚，再也顧不得矜持，追問道：「大都比我早到幾日，信苴一直不肯召見，推說須商議斟酌，是不是無意發兵相助？」段功不願再以謊言欺騙這樣一個明媚少女，點了點頭道：「是的，段某確實不願大理捲入這場兵禍。」阿蓋不覺露出失望之極的表情，垂下頭去，淚光漣漣。段功心腸本不剛硬，見此情狀更是大起憐惜之心，然而調兵遣將非同兒戲，若當真向梁王施以援手，如何對得起往年那些與梁王交戰時死去的將士？

大廳中一時陷入沉默。恰好譯史李賢宗陪著大都進來，大都前腳剛踏進門檻，一眼見到阿蓋，登時驚喜交加，忙搶上前拜見道：「大都參見公主殿下[5]。」又奇道：「公主怎生到了這裡？」阿蓋正強忍淚水，只點了點頭道：「嗯，好。」

眾人這才知道，這個一直被當作是明玉珍部下的阿蓋，就是當朝的公主押不蘆花，也就是梁王孛羅的愛女，也才明白過來為何昨晚阿蓋去五華樓找梁王使者大都一行時，蒙古人一見到她盡數呆住。原來並不是因為她的美貌，而是認出她的身分，所以當阿榮不知好歹地糾纏輕薄她時，大都等人按捺不住憤懣，一起動上了手。段功也驚愕異常，他早料到她這樣容貌氣質的女子定身分不凡，卻萬萬沒想到她會是大理死敵梁王孛羅的女兒。

卻聽見大都又關切地問道：「公主到底是何時來了大理？昨晚來不及……」阿蓋一路奔波，連日辛勞，身邊唯一的侍衛凌雲又身陷囹圄、生死難卜，正滿腹委屈，忽聽得有人關切發問，再也忍不住地啜泣道：「王傅，信苴不願發兵相助。」她的語氣充滿濃重的無奈和哀傷，彷彿是發自心底的虛弱。話音未落，淚水已豆滾而下。她堂堂大元公主身分，淚灑當場，可見中慶情形之危急，她父王命懸一線，她千里趕來求助，卻無所作為，父女連心，難怪會如此難過哀傷。然而她梨花帶雨中，自有一份楚楚可憐，看起來倒似段功欺負了她。段功心中隱有不忍，想要撫慰幾句，卻不知該如何開口。

大都雖早知段功有拒絕之意，這話卻從公主口中轉述出來，難免措手不及。他望望阿蓋，再看著段功，訥訥道：「信苴，這……」段功道：「公主遠道而來，尚未好好休息。施秀，你派人護送公主先回五華樓休憩。王傅，請你暫且留下。」施秀道：「遵令。」走到阿蓋面前，笑道：「之前不知公主身分，多有冒犯，還請恕罪則個。公主，這就請罷。」阿蓋當眾灑淚，雖情之所至，但回過味來，也頗覺尷尬，二話不說，轉身便往外走去。

段功凝視她的背影，頗多感慨，雖然她確有幾分形似年輕時的高蘭，卻又是那麼不同——高蘭確是賢妻良母，自幼如姊姊般照顧他，包攬一切，半點不要他操勞，然纖細中自有一股霸道，段功敬重她，可是多少也有些怕她；而阿蓋卻如此嬌貴，如此弱不禁風，一看到她淚眼婆娑的樣子，就忍不住動了惻隱之心，總讓人有股要呵護她的衝動。

卻聽見大都道：「信苴，適才合仲說……」段功料他要替合仲辯解與脫脫被殺一事無干，當即道：「此事真相未明之前，請王傅暫且不必再提，以免禍及自身。」大都悚然而驚，當即躬身道：「是，下官謹遵信苴訓示。」

段功道：「我倒有幾句話想問清楚王傅。」大都道：「是。」段功道：「嗯，不知道王傅可否講講梁王派你出使大理的前因後果。」大都道：「是。十幾日前，明玉珍大軍進入雲南境內，勢如破竹。十日前，紅巾前鋒已經到達中慶城東的金馬山，雖尚隔著盤龍江[6]天險，可是大王[7]見紅巾來勢洶洶，擔心中慶難保，與驢兒丞相商議後，決定派下官向信苴求救。」

楊智問道：「你們是不是早已知道明玉珍也派了使者來大理？」大都是個率直的蒙古漢子，不擅撒謊，略加猶豫，便老老實實地道：「是。下官出發前就已經知道了。士兵外出巡城時抓到一個紅巾探子，得知明玉珍派了司寇鄒興前往大理結盟。大王聽了更加緊張，連連催下官和行省使者趕快上路。」

楊智道：「行省使者不是另有使命麼？為什麼還要梁王催促？」大都道：「確切情形下官也不是十分清楚，只知道是驢兒丞相去找行省，但因為平章政事馬哈只不在，又找了他的兒子馬文銘。」

段功道：「那麼昨晚翠華樓的打鬥，到底是怎麼回事？」大都道：「說起這事，下官實在慚愧之極。昨晚我們在飯廳吃飯，忽然有人來找，那人取下次工時，下官才發現竟是阿蓋公主，一時呆住，不知道公主何時來了這裡。誰知道還沒來得及說話，阿榮頭人就闖了進來。不過當時，下官並不知道他是建昌頭人，而公主是大王的掌上明珠，他膽敢對公主輕薄無禮，下官一時忍不住，便上前動了手。」

段功道：「你既已認出阿蓋公主，為何不表明她的身分？」大都道：「當時一片混亂，阿榮和他的手下凶悍無比，哪裡來得及解釋？後來公主又悄悄拉住我，叮囑我不可洩露她的身分。」

段功與楊智交換了一下眼色，兩人均有一樣的想法，看來阿蓋確有圖謀，也許她來大理的使命就是刺殺明玉珍的使者，想不到凌雲被擒，她也被捲入其中，無可奈何之下只能表明真實身分以求脫身，她不肯與凌雲相認，自然是不願刺殺一事牽扯上梁王。但還是那句話，她明明是個毫無心計的女子，如何能主持行刺這等大事？既然她是梁王愛女，梁王又怎能讓她跋涉千里到大理涉險？

忽見施秀匆匆進來，到段功身側低聲稟道：「信苴，公主不肯走，她想去伽羅那裡看看刺客。」段功心想：「她不是不肯與凌雲相認麼？嗯，她之前之所以不認凌雲，是因為凌雲刺殺明玉珍使者一事敗露，她擔心這種用卑劣手段剷除對手的行為會引起我的反感，不同意與梁王重修舊好。然而適才我已明言不會發兵，她大事難成，認不認凌雲亦不那麼重要了。」當即道，「讓她去罷。」又低聲交代，「施秀，你陪著她去，弄清楚刺客到底是不是受她指使。」施秀道：「遵令。」

大都見施秀行色匆匆，忙問道：「是不是公主出了什麼事？」段功道：「沒有，公主想在寺內逛逛。請問王傅，你是否認識一個叫凌雲的人？」大都道：「凌雲？當然認識，他是我們梁王府第一勇士，是大王身邊最得力的侍衛。」又追問道，「是凌雲護送公主前來大理的麼？」段功點了點頭。大都道：「他人在哪裡？」楊智道：「他刺殺明玉珍的使者被擒，現已被關押起來。」大都大驚道：「什麼？」

忽見一名武僧與一名羽儀一同進來，武僧將一團物事交給施宗，三人附耳低語了一陣。施宗錯愕萬分，半晌才揮手命武僧、羽儀退下，走到段功身邊低聲道：「脫脫被殺有重大發現。」段功便道：「王傅先回大殿，我們稍後再談。」大都有許多話想問，卻不敢違命，只好道：「是。」

等李賢宗、大都退下，施宗才道：「適才達智暗中潛入無依禪師的房中搜索，並未找到孔雀膽，不過卻找到一件帶血的僧衣。」段功道：「一件帶血的僧衣也不能說明什麼，興許是無依禪師練武不小心受了刀傷，他不是還去藥師殿要過金創藥麼？」施宗道：「可是這件僧衣的血跡大不相同。」便將手中僧衣抖開，命一名羽儀舉給眾人看——只見數點血跡大約成一排直線，散在右肩膀處。施宗站到血衣旁，抬起左手，虛握成拳，從右至左往自己的脖子上比劃了一下。

段功登時面色嚴肅了起來。楊智驚道：「羽儀長是說，僧衣上的血是某人喉嚨被割開時噴濺出的血？」他本想直接說「脫脫」，可是一想到僧衣的主人是無依禪師，不免有些驚懼，便模糊說成了「某人」。施宗道：「正是。當時某人應該是站在案桌前，凶手潛入房中，預備從後面襲擊，某人有所察覺，轉過身來，凶手立即上前一刀，割在某人喉間，鮮血噴出。凶手的身材應當比某人略高，如此才造成這般形狀的血跡。」廳中一時沉寂，脫脫身材高大，無為寺中比他高的人極少，無依禪師恰恰就是這極少人中的一個。

段功問道：「無依禪師目下人在何處？」施宗道：「去了南禪房。信苴放心，屬下已經派了武僧監視。」楊智道：「寺中的重要人物都在大殿聽經，他此刻去南禪房做什麼？」施宗道：「奇怪之處就在這裡，無依禪師表面是去找沈富、羅貫中，不過他進去時正遇到李芝麻收拾東西準備離開，暗中監視的羽儀說，看這二人的眼神分明是認得的。」楊智驚道：「可是無依禪師從未提過。」施宗道：「他可能不願旁人知道他認識明玉珍的使者。」

楊智忖道：「李芝麻當然想殺脫脫，可是他既沒有兵刃，又被軟禁在南禪房中，但無依禪師卻多的是機會。」施宗道：「正是。脫脫出身蒙古世家，自小勤練騎射摔跤之術，卻被一刀割開喉嚨，刀口如縫，利索乾淨，可見下手之人功夫非凡。」楊智道：「而且房中除了屍首倒地外，並無其他凌亂痕跡，脫脫沒有絲毫反抗便被殺死，料他應與凶手認識。脫脫八年來足不出戶，所認識者無非寺中之人，這……」一時遲疑，不敢再說下去。

段功道：「這件事非同小可。施宗，你去吩咐監視的武僧，決計不可外洩一字，也千萬別驚動無依禪師。等大殿做完法事後，請了塵住持、段真大將軍即刻來翠華樓議事。」他心中仍特別牽掛被盜走的孔雀膽下落，只因這毒藥為大理獨有，昔日曾引發巨大危機，猶喃喃道，「相關的人、相關的地方都搜過了，那兩副孔雀膽到底去了哪裡？」

前院忽然傳來一陣聲響，沉沉鐘聲與誦經聲諧成一片，大殿群僧已開始做法事，這是集體超度亡魂之抑揚頓挫佛音，似輕煙之嫋嫋，如清水之柔柔。施宗忽然得到某種提示，問道：「孔雀膽會不會就藏在無依禪師身上？」

1 孟優：三國時，西南少數民族之人。孟獲為二弟，精通醫術，長期治病救人，被當地人奉為本主藥神立廟祭祀；這孟獲即諸葛亮七擒七縱的部落酋長。

2 段氏與梁王的界關，位於今雲南牟定境內，而牟定正好在大理和昆明中間。

3 古時對蒙古族人的稱呼。

4 古代的交通不比今日，當時從中慶到大理約一千里路程，騎馬約須十天，但沿途若不斷換乘驛馬，兼程趕路，便可縮短所須日程。元朝創造了有史以來最龐大的帝國，疆域極為遼闊，為便於控制，建立發展出相當完善的驛傳系統，「以通達邊情，宣布號令」，驛站遍佈境內，總計達一千五百餘處。雲南自古與中原隔絕，至元朝建立後才大規模修建驛道。

5 元朝制度下，凡出身成吉思汗黃金家族的男子均封王，女子均為公主。阿蓋是忽必烈的六世孫，作為拖雷（成吉思汗的幼子、忽必烈的父親）的直系後人，當名列黃金家族中。

6 發源於嵩明（昆明北郊）境內的梁王山北麓，出崇山峻嶺後逕直由北往南匯入滇池，恰好成為中慶的天然護城河，被稱為昆明的母親河，今位於城區內，是昆明四城區的分界線，河面上的德勝橋是四個城區的邊界交點，故稱「一橋跨四區」。

7 指梁王孛羅。

卷四　五華樓

阿蓋萬料不到他會在此刻說出這番話，呼吸不覺驟然急促起來。他一貫冷漠的眼神中，正閃動著罕見的焦灼熱情，又聽見他柔聲道：「你不是說過，只有在草原上才會有真正快樂的人——男子像大地一樣寬廣厚實，女子像野花一樣清香美麗；那裡沒有權勢，沒有爭鬥，沒有戰火，難道不好麼？」

卻說施秀陪著阿蓋再度來到蘭若樓，一進院中便見幾名羽儀守在那裡，伽羅在書房中咯咯發笑，似正與那刺客凌雲交談。阿蓋臉色微變，忙搶入房中，果見伽羅正坐在竹床邊，笑顏如花，那凌雲雖依舊落落穆穆、不苟言笑，卻不再似以往那般冰冷。

凌雲見到阿蓋進來，急欲坐起，剛抬身便又倒了下去。伽羅道：「哎呀，你這人真是的，都叫你不要亂動啦。」回過頭來，問道：「你是誰？幹麼隨便闖進別人的屋子？」施秀道：「伽羅，不可無禮，她是梁王的女兒，本朝公主。」

伽羅才懶得理她公主不公主，咯咯笑了兩聲，問道：「你們又來打什麼壞主意？施秀羽儀長，咱們可說好了，我的病人傷好之前，你們誰也不許動他。」阿蓋走近竹床，指著凌雲道：「他是我父王的部屬，是我的侍衛。」施秀聽她終於指認刺客，不免一驚，伽羅更是一愣，全然不明所以。

只聽見凌雲道：「屬下擅自行刺，連累公主受驚，請公主恕罪。」伽羅驚道：「什麼？你是梁王的手下？你們兩個……原來是一夥的？」正驚疑間，忽聽見外面的羽儀道：「文公子，你不能進去。」又聽見段文道：「別攔著我，我要去找那刺客比武。」羽儀叫道：「文公子！文公子！」

卻見段文滿身酒氣，提著劍一頭闖進來，指著竹床上的凌雲道：「你起來，我們再來比過一回。」施秀上前勸道：「文公子，刺客受了傷，不能跟你比武。何況昨晚你也沒輸啊，他腰間那一劍，不就是你刺的麼？」段文半信半疑道：「當真？」施秀笑道：「千真萬確。」

段文道：「那好，我要親眼看看他的傷口。」便跌跌撞撞往前走了幾步。伽羅疾步走到他面前，揚手給了他一巴掌。她出手甚重，段文是前任總管之子，從小到大無人敢打他，一時給扇懵了，捂著臉道：「你……伽羅……你敢打我？」伽羅怒道：「有什麼不敢的？就算你當了總管，我一樣照打不誤。」又喝道，「快給我滾出去！還想再挨一下麼？」施秀忙解圍道：「文公子，你醉了，走，我叫人帶你去藥師殿醒酒。」上前扶住段文，奪過他手中的長劍，將他半拉半拽出去。

趁段文搗亂的功夫，凌雲自懷中掏出一個布包，飛快地塞到阿蓋手中，低聲道：「公主快些收好。」阿蓋問道：「這是什麼？」凌雲道：「極要緊的東西，千萬別讓旁人知道。」阿蓋一向很信任他，當即順從地收入懷中。

施秀命人帶走段文，這才進房問道：「公主既然承認認識刺客，那麼凌雲行刺明玉珍使者一事，也當是受公主指使。」阿蓋道：「凌雲確實是我梁王府的人，是我父王的心腹侍衛，可是我並未派他殺明玉珍的使者。」施秀笑道：「公主這話怕是無人相信。使者一死，明玉珍遷怒大理，兩家結盟不成，反成死敵，受惠最大的難道不是梁王麼？」阿蓋道：「無論你信不信，我沒有派凌雲殺人。」

施秀道：「那凌雲為什麼要冒險行刺？」阿蓋道：「嗯，這話我正要問他。」轉過身去，凝視著凌雲問道，「你為什麼要這麼做？」凌雲道：「鄒興是我凌家死敵，紅巾入四川時，他投靠明玉珍，殺死我全家。身為人子，此仇不報，何以存世？這些事公主早就知道的。」阿蓋點了點頭道：「的確，我早知道這些事，這次本不該帶你來大理。」

施秀這才知道凌雲刺殺使者不過是一己之私，行刺一事阿蓋並不知情。可是他這些話尚須向鄒興證實，當即道：「公主既與刺殺無關，就請不要再理會此事。」阿蓋不免又氣又傷，氣的是凌雲為報私仇阻礙了結盟大計，傷的是他如此傷重還不知未來等待他的將是什麼刑罰，當即問道：「你們……你們打算如何處置他？」施秀道：「信苴自有安排。公主，這就請回五華樓罷。」

阿蓋知道自己無力救凌雲，也不能救他，只好向伽羅道：「有勞小娘子好好照顧他。」伽羅笑道：

「這是當然。」又問道，「你當真是梁王的女兒麼？」阿蓋點了點頭。伽羅道：「可惜僧奴不在這裡，要不然你們一個是蒙古公主，一個是大理寶姬，肯定很合得來。」

阿蓋自知父王在大理聲名極差，人人提到無不咬牙切齒，那些人得知她公主身分後，表面尊重，實際上卻暗中提防，她雖然心思單純，卻還是有所感覺。唯獨伽羅不同，既不以她的公主身分為貴，也不以她是梁王之女為忤，只視她為一個年紀相仿的有趣玩伴。只不過她有自己的立場和處境，終究無法像伽羅那般灑脫，只勉強笑道：「有機會一定要結識這位寶姬。」再也不看凌雲一眼，昂然走了出去。

凌雲尚不知他行刺鄒興之後，無為寺中又發生許多變故，但也自知生機渺茫，此次一別恐怕再無相見之日，當即叫道：「公主！」阿蓋略微頓頓腳步，又繼續朝前走去，始終沒再回過頭來。

走出庭院，施秀叫過一名羽儀，吩咐幾句，命他送阿蓋去五華樓，又笑道：「公主正好能趕上午飯。」阿蓋知道這些人不欲自己再留在這裡，可是人在屋簷下，不得不低頭，只好從命。當下出寺上馬，往城中而去。大理女子常如男子一般騎馬外出，只是那羽儀見她公主之尊，又一副嬌弱模樣，騎術卻嫻熟精湛，不由得暗想：「到底還是蒙古人，天性如此。」

大理都城陽苴咩是一座歷史悠久的古城，延袤十五里，城防充分利用了地形優勢——西依蒼山的中和峰[1]為屏障，東據洱海為天塹，南北則分別以桃溪和龍溪[2]作為天然護城河，兩溪內側以磚土夯壘起兩道高大的城牆。城牆正中開有巨大的虎形[3]城門，城門上築有兩重牌樓，不斷有全副武裝的羅苴子往來巡視，煞是威武。

陽苴咩是雲南重鎮，商旅雲集貿易發達，一進城來，熙熙攘攘繁華熱鬧，與無為寺的寧靜清逸判若兩重天。大街上有各色服飾的人來來往往，大理約七成為土生土長的白族人，其餘則為漢人、蒙古人、回回人、吐蕃人、南洋人等，甚至能見到碧眼虬髯的西洋人。

阿蓋一路悶悶不樂，絲毫未留意到這些絕異於中原的風土人情，甚至連經過總管府時都未曾留意。陽苴咩的主道是一條南北筆直的通衢大道，通連北城門和南城門。羽儀領著她從北城門進來，逕直往南行了兩、三里路，路過總管府，再往前兩里便來到大理最高、最大的建築——五華樓。

到得五華樓前的門樓下馬，自有守衛上來牽馬。奉命護送阿蓋的羽儀還有要事要趕回總管府，便道：「公主，那站在臺階上的小鬍子鄭經就是五華樓的樓長，也是負責接待的官員，請公主自己過去，只須表明身分，他自會待以上禮。」阿蓋點頭道：「好。」那羽儀見她慢慢走上臺階朝鄭經而去，便不再理會，往北圈轉馬頭，往總管府而去。

阿蓋走到臺座，那鄭經早望見了她，忙走過來問道：「請問小娘子……」一語未畢，背後便搶出一虎背熊腰的高大男子，上前抓住阿蓋的手臂，大叫道：「原來你在這裡！」那人力氣奇大，一把將她攬入懷中。阿蓋定睛一看，抓住她不放的正是昨晚那個對她肆意非禮的男子，據說叫什麼阿榮頭人的。阿榮笑道：「你還在這裡，太好了，這就陪我喝酒去罷。」阿蓋道：「快放手，你好大膽！」阿榮笑道：「我別的沒有，膽子最大了。」阿蓋拚命掙扎，卻始終掙脫不出他的掌握。

一旁的鄭經大為著急，昨晚阿榮與梁王使者為爭奪一女子大打出手，五華樓家什損失無算，還傷了好些人，甚至驚動了大將軍段真和羅苴子，今日一早梁王使者一行去了無為寺聽經，羅苴子才撤走。誰知這阿榮一見到美貌娘子，又犯了老毛病。他昨晚未當值，並不知道阿蓋就是昨晚引發糾紛的女子，雖說阿榮是建昌頭人，又是總管未來的女婿，但總管並非護短不公之人，日後追究起來，自己人在當場，難免落個勸阻不力的罪名。鄭經忙上前勸道：「阿榮頭人，請你……」一語未畢，「嘩啦」一聲，阿榮的隨從拔出了半截腰刀，衝他怒目而視，他素知建昌族人凶狠強悍、嗜血成性，登時嚇得不敢再說。

阿榮自往阿蓋的秀髮嗅了嗅，道：「好香！我昨晚可是為你大鬧一場，今日你得好好補償我。」一面吩咐隨從道：「快去牽我的馬來。」挾持著阿蓋便拾級而下。他昨晚在五華樓打架遭段功警告，多少也學了點乖，打算就此帶著阿蓋到外面風流快活去。阿蓋驚叫道：「救命……救命……」數名守衛聞聲趕來，卻畏懼阿榮彪悍凶猛，不敢上前。

忽聽到有人叫道：「喂，還不快住手！光天化日下，你想強搶良家女子麼？」阿榮扭頭一看，見一名白族少女滿面怒容，正瞪視自己。當真是女大十八變，他竟不知這女子就是自己的未婚妻段僧奴，見她雖不及懷中的女子貌美，可是也長得相當不錯，當即笑道：「你也一起來罷。」

鄭經驚叫道：「阿榮頭人，萬萬使不得！她是……」阿榮道：「有何使不得？」正欲上前抓住白族少女一起帶走，她背後驀然搶出一名少年，拔出兵刃卻是一根鐵鞭，二話不說便凶神惡煞地朝他攻去，竟是拚命的架勢。阿榮本是衝動蠻橫之人，好逞凶鬥狠，忙推開阿蓋，自腰間拔出雙刀應戰。又有另一名少年自段僧奴的背後閃出，拔出刀來加入戰團。

阿蓋得脫大難，驚魂未定，她雖是公主，卻長年養尊處優，毫無應變之能，眼見一旁三人白光霍霍，竟嚇得呆住，渾然不知閃避。忽有人搶將過來將她拖開，正是適才救她的白族少女。那少女笑道：「還不快走！」拉起她的手便朝外跑去。到得樓外，正遇到一隊巡城的羅苴子。段僧奴忙叫道：「有人在五華樓鬧事打架，快，快去幫忙！」那領頭的羅苴子認得她是寶姬，聞聲不及細問，忙帶人衝進門樓去。

二女相攜逃出五華樓，段僧奴越想越覺有趣，忍不住哈哈大笑起來。原來她一直躲在無為寺小樓的住處中，安全歸安全，可是既不能見人，也不能出門，實在比殺了她還難受。後來刺客被帶到樓下書房療傷，院中遍佈羽儀，她更是連話都不能大聲跟伽羅說，生怕被人聽見。幸好今日一大早高蘭來無為寺送官服給段功，段功不知女兒躲在寺中，故意將高潛、高浪、楊寶三人留下來當羽儀。楊寶見高浪被段功召走，知道事情不妙，不能再將寶姬留在無為寺中，只好鋌而走險讓高潛去翠華樓找夫人，說了實話。高蘭終究愛惜女兒，同意將段僧奴帶出寺去。幾人來到段僧奴住處，楊寶三人故意跟看守刺客的羽儀東扯西拉，引開注意力，高蘭則帶著侍女上樓接應，命段僧奴換上侍女的衣服，神不知鬼不覺，竟瞞過眾多羽儀、武僧、羅苴子的目光，成功混了出去。只在山門處，施秀突然趕來的那一幕頗為離奇，而且奇奇怪怪地非要留下高潛，幸好只是有驚無險。然而離開無為寺後，高蘭語重心長地告訴女兒，她生下來就是寶姬的身分，這是無法改變的事實，逃避不是辦法，要徹底解決這件事須得與阿榮好好談上一談。段僧奴當然不願意，不想楊寶由此得到提示，認為這是個相當值得一試的法子，段僧奴聽完究竟，終於勉強同意來五華樓見阿榮，事先當然已與夥伴們籌謀了許多惡整未婚夫的法子，要讓他知道娶寶姬就是一場大災難。唯一遺憾的是，楊寶突然被人叫走，不能親自參加這場談判。事情再湊巧不過，三人來到五華樓時，正遇到阿榮要強搶阿蓋，段僧奴一眼就認出了未婚夫阿榮，但他不但沒認出未婚妻，還想輕薄她。高浪早有意殺他，立即向高潛使個眼色，兩人便一道攻了上去。原來他二人嫌臨時的羽儀衣裳不合身，早又換回了便裝，阿榮自無法識別對方來歷，當即便打了起來。以段僧奴的身分，當然不便站在一旁看著同伴和未婚夫打架，而這也是楊寶之前反覆叮囑過的，萬一動起手來請寶姬迅即離開。於是她便乾脆拉著阿蓋逃了出來，又指引羅苴子進樓，料來阿榮武功再強也決計討不了好，所以放心牽著阿蓋的手在街上閒逛。

阿蓋見她發笑，似乎異常開心，好奇地問道：「小娘子笑什麼？」段僧奴正當暢快得意之時，需要一個聽眾，當即說明阿榮便是自己那令人生厭的未婚夫，又說了事情大致經過，只是未表明阿榮的頭人身分及自己便是大理的寶姬。阿蓋初時驚訝不已，後來聽段僧奴提到要如何用惡毒的法子對付未婚夫、好叫他知難而退時，覺得十分有趣，不過也只是掩口莞然，顏色甚是矜持。等段僧奴滔滔講完，這才道：「小娘子真是大膽，不過還要多謝小娘子相救。」

段僧奴笑道：「我雖救了你，你也救了我，咱們互相扯平了，別再提什麼謝不謝的。」阿蓋奇道：「我怎會救了你？」段僧奴道：「回頭我向阿爹、阿姆告阿榮的狀時，阿姊你為我作證，不就是救了我麼？」阿蓋莞爾道：「好，我一定將那阿榮說得十惡不赦，這樣你父母決計不會再逼你嫁他。」段僧奴笑道：「正是要這樣。」

阿蓋於鬱鬱中突然遇到這等奇事，心情不免明快了許多，這才留意到陽苴咩滿城鮮豔，沿街紅花綠草，絡繹不絕，簡直就是一條花街。

段僧奴道：「我叫段僧奴，阿姊叫什麼名字？」阿蓋道：「我叫阿蓋。你既姓段，該是大理王族了。」段僧奴最不願別人因她寶姬的身分而對自己刮目相看，忙道：「這城中倒有一小半姓段呢，豈能人人都是王族？」阿蓋笑道：「也是呢。」段僧奴又問道：「阿蓋，你的名字有點怪，難道你沒有姓麼？」阿蓋道：「當然有，我的全名叫押不蘆花帖木兒。」段僧奴驚訝道：「原來你是蒙古人！我看你穿漢人的衣服，還以為……」笑道，「不過現在大家都是亂穿了，城東下雞坊住著的蒙古人就常常穿我們白族的衣服。」又重新上下打量著她道，「你真的不像蒙古人，聽說蒙古女子粗獷豪爽，大碗喝酒，大口吃肉，跟男兒一般。你看看你，粉妝玉琢，嫋嫋娜娜，說話也是細聲細氣，活脫脫的一個漢家美女。」阿蓋微笑道：「漢家女子中也有豪爽的，蒙古女子當然也有溫柔的。」段僧奴大笑道：「是呢。」重新念了一遍她的蒙古名字，覺得拗口極了，忙笑道，「我還是叫你阿姊好了。」阿蓋道：「好，那我就叫你僧奴妹妹。」

段僧奴忽見到路邊有商販賣雪，忙要了兩碗，端起一碗遞給阿蓋。阿蓋聽見那商販高叫「賣血」，又見那碗水一片暗紅，不知道裡面是什麼東西，也不敢喝，卻見段僧奴一飲而盡，又叫道：「再來一碗。」忙問道，「僧奴妹妹，這是什麼？」段僧奴道：「阿姊沒有喝過麼？嗯，你肯定是第一次來大理，這是雪，是用蒼山雪調的烏梅蜜汁。」

阿蓋這才知道是「賣雪」，輕輕抿了一口，酸酸甜甜，味道很好，一口下去，雪水寒氣沁入肺腑，頓感清涼。阿蓋驚道：「很好喝呢。」段僧奴笑道：「從蒼山頂峰背下來的雪，當然好喝了。」阿蓋幾口喝完，又喝了一碗。

二女正要離開，商販叫道：「喂，你們還沒給錢呢。」大理以海貝為貨幣交易，她二人都是金枝玉葉，從來衣來伸手、飯來張口，身上哪來的貝幣，亦無銀兩。段僧奴尷尬萬分，低聲道：「我身上沒有帶錢，阿姊有麼？」阿蓋道：「我也沒有。」商販登時冷眼相看，道：「嘿，沒錢你們買什麼雪。走，跟我去見禾爽[4]！」段僧奴詫道：「你不會因為四碗雪就要拉我們見官罷？」商販大為氣惱，提高聲音道：「四碗雪對小娘子來說很少麼？那你怎麼給不起錢？你白吃白喝還有理。」

阿蓋見四周已有許多人圍過來看熱鬧，忙拔下頭上的珠釵遞給那商販道：「這個當作雪錢給你。」商販見那珠釵頂端一顆大珍珠圓潤光滑，知是上等貨色，這才轉怒為笑；心下卻覺得奇怪，他見到那美貌漢人女子左手拇指上戴有一枚金指環，雖遠遠不及珠釵名貴，卻也值錢，不知她為何捨貴留賤，也不多想，只笑道：「好咧！二位要不要再來兩碗雪？」

二女哪裡還顧得上，急忙排開眾人離開，走出老遠，回首適才難堪的一幕，不禁相視而笑。段僧奴歉然道：「真是不好意思，本來我是主人，該我盡東主之誼。這樣罷，回頭我再送支好釵給阿姊。」阿蓋心不在焉地道：「不過一支珠釵，不算什麼的，妹妹不必放在心上。」段僧奴見她目光始終不離路旁的茶花，道：「走，我帶阿姊去個地方。」

當下領著阿蓋來到城內東北的一片大園苑，園門處有人把守，不過那人湊巧認識段僧奴，只躬身行禮，便放二人進去。阿蓋早見段僧奴帶有隨從，知她必出身官宦，也不以為奇。進來一看，露紅煙綠，萬紫千紅，殊香異色，一望無際。各種顏色的茶花繁多交錯，紛紛拂拂，如一塊繽紛的大織錦。微風輕過，給紅駭綠，香氣蓊鬱。

阿蓋忍不住驚歎道：「真美！這是什麼地方？」段僧奴道：「這裡是百花廳，是第一代大理總管段實所建，這裡的茶花可比你適才在大街上見到的那些名貴多了。」隨手一指道，「門口這棵大樹般的茶花名叫大富貴，花有八寸大，每朵花都是三十六瓣、十八蕊。」阿蓋見那花雖然嬌豔，也不過是大而已，且有個俗氣的名字，心中不喜，便指著一株小巧玲瓏的淺色茶花問道：「這叫什麼名字？」段僧奴道：「粉面佳人。」阿蓋道：「這名字好聽。」段僧奴笑道：「當可配得上阿姊你了。」

又見到一株金紅色茶花，中間一朵大花，四周四朵小花。阿蓋道：「哎喲，這株花可不一般大小。」段僧奴笑道：「別看不怎麼起眼，它可是山茶中的奇品，每株只開五朵花，一大四小，所以叫子孫茶。」又指著子孫茶旁的茶樹道：「這株也是不靠量多取勝的品種，每枝只開花二朵，一紅一白，所以稱鴛鴦條。」阿蓋凝視著那高眺纖瘦的鴛鴦條，歎道：「得成比目何辭死，願作鴛鴦不羨仙。」段僧奴道：「阿姊說什麼？」阿蓋一時忘情，忙道：「沒什麼。」忽看到一株大茶花，花莖六寸，一朵花兩種顏色，內花心花瓣紅似胭脂，外花心花瓣白如玉脂，映日灼灼有光，似金星隱耀，不禁大為稱讚，問道，「這叫什麼名字？」段僧奴道：「胭脂白面郎君。好看罷？」阿蓋點點頭，歎道：「想來塵世花間絕色，亦不過如此了。」

忽見到兩名花匠有說有笑地走過來，其中一人慢吞吞道：「你知道麼？蜀中明玉珍要跟咱們大理聯姻，準備將他們大夏國的公主明玥嫁到大理來。」另一人嗓音沙啞道：「坦綽年紀還小，怕是十五歲還不到罷，不過能娶個公主也不錯。」原先那人道：「你想什麼呢！明玥公主要嫁的不是坦綽，而是咱們信苴！」另一人奇道：「明玥公主當真要嫁信苴麼？嘿嘿，怕是總管有心迎娶、夫人不讓進門罷？」段功是大理建國四百餘年來唯一沒有蓄養姬妾的段氏王族，雖則外人盡知段功與夫人高蘭青梅竹馬、夫妻情深，然王族歷來均是後妃成群，段功如此清簡未免太過異類，旁人議論起難免要說高蘭雖不問政事，卻在房事上馭夫甚嚴，不准丈夫娶妾。那嗓音沙啞之花匠所指便是此事，隱有嘲諷段功懼內之意，同伴當即會意，二人一起大笑起來。

段僧奴再也忍不住，揚聲喝道：「你們兩個好大膽。」這百花廳是專門培養珍稀名貴茶花品種以供總管府的林苑，尋常百姓不得入內，那兩名花匠不防花叢中還站著人，嚇了一跳，心想：「既能入來園中，定是總管府的人。」二人背後談論總管頗有不敬之語，心下發虛，也不及看發話人到底是誰，忙轉過身，奔出幾步，蹲入花叢，假意幹活去了。

段僧奴叫道：「喂，你們……」卻再也不見那兩名花匠人影，這裡花樹密密匝匝，滿目花海，園無隙地，他們躲到茶樹下，一時間又上哪裡去找？她心下氣惱，狠狠跺了跺腳，回頭卻見阿蓋正歪著頭發呆，似在凝思，忙叫道，「阿姊！」連叫兩聲，阿蓋才回過神來。段僧奴再無心陪她賞花，道：「阿姊，我有事要回家一趟，你先自己慢慢逛。你住在哪裡？回頭我再去找你。」阿蓋道：「嗯，我住在中坊客棧。不過……」正要說明那是自己先前臨時落腳的地方，現在正要搬去五華樓，卻見段僧奴已道：「好，中坊客棧，我記下了。」匆匆即轉身離去。

阿蓋見狀不禁有些驚訝，這段僧奴英姿颯爽，極有男子氣概，適才還興致勃勃誇口要帶她賞遍大理名花，如何突然間便滿臉烏雲？莫非是想起了什麼急事？會不會是擔心她那兩名與阿榮交手的隨從？當即想道：「不管僧奴妹妹預備如何對付那惡人阿榮，她總算是救了我。那阿榮屢次在五華樓胡作非為，卻無人敢管他，想來他勢力不同一般，我可不能讓僧奴妹妹因我而受累。」一念及此，忙離開百花廳，再次往五華樓而去。

一路聽見不少人在議論明玉珍要以公主與總管聯姻一事，又大談蜀中多美女，那明玥公主更有閉月羞花、沉魚落雁之容，不覺又惶惶不安、愁上眉頭，心想：「看來段功拒絕發兵相助父王，不全因為他的父兄與父王結怨，明玉珍的美人計也是原因之一。哎，若是凌雲當真刺死了紅巾使者，說不定倒真可以破壞這樁聯姻。嗯，他肯定是早就知道此事，不得不鋌而走險，希圖能一箭雙鵰，國仇家恨一併解決。可是他不與我商議便擅自做主……唉，我也知道，他是怕萬一事敗連累了我。」

她本來惱怒凌雲壞了父王大事，這時念起他的好處不免又悵悵滿懷。可是照目前的情勢，她非但救不了他，還須得竭力向大理澄清梁王並未參與刺殺明玉珍使者一事，這不過是凌雲擅自妄為、以報私仇，可是這樣一來他殺死紅巾反賊使者的義舉便陷梁王、大理於不義……，鞫訊起來，無論如何都難逃一死。雖說大元入主中原後統一了雲南刑法，凡罪至當死者應申報朝廷斷決，本意是想制止大理總管等土官擅自處決死囚，然土官勢大，這條律令從未能善加執行。

阿蓋是身分高貴的公主，又生得嬌柔貌美，自小萬事無憂，金貴無比，如今人生中第一次體會愁悶無助的滋味，苦雨淒風，酸辛萬狀。她到底要怎麼做才能說服段功發兵相助？她還有機會救出凌雲麼？一時間，種種思緒縈繞於懷，萬般情愫難以割捨。

自百花廳到五華樓有三里之遙，路途不短，她滿腹心事，竟不知不覺中便走到了。剛到門樓，見到幾名五華樓守衛正七手八腳地將一人從篷車轉抬到擔架上，旁側還擁有數人，有漢人，也有羽儀，但並不見那惡人阿榮。心想：「那擔架上的人會不會是那與阿榮爭鬥受了傷、僧奴妹妹的隨從？」忙上前問道，「請問……」忽見一名漢人轉過臉來，警覺地瞟了她一眼，她登時記起早上在無為寺中見過這中年漢子。這漢子正是在南禪房與阿蓋照過面的李芝麻，不過他當時未留意到阿蓋，此刻一見自不相識，只是見她異常美麗，又是漢人裝束，不由得多看了一眼。

卻見那小鬍子樓長鄭經率了一名樓丁飛快奔下臺階，滿臉堆笑地迎上前來，招呼道：「各位遠道而來，辛苦了。羽儀大哥，這幾位是……」為首的羽儀答道：「這是明王使者。」

一旁阿蓋登時愣住。她雖離開中慶時已經知道明玉珍派使者來結盟，但到大理後並未聽聞此事，想來段功尚顧及身屬大元子民，不願意聲張，將這些人藏了起來，以免授人話柄；但如今紅巾使者堂而皇之地住進五華樓，可見段功的態度起了巨大轉變，且對梁王極為不利。

又聽見那羽儀向李芝麻等人介紹道：「這位是五華樓樓長鄭經。樓長，信苴命你替貴客們安排一處清靜隱蔽的院子。」鄭經尚未答話，便被羽儀扯過一旁，低聲告訴他那擔架上躺著明玉珍的使者鄒興，遭刺客行刺受了重傷，囑咐他多派兵士守住院子，入院侍奉的樓丁也須得是心腹可靠之人。鄭經雖立即會意，卻連聲叫苦道：「我哪有那麼多人手可調？昨晚阿榮頭人跟梁王使者打架，傷了我九名手下，包括一名廚子！剛才阿榮又鬧事打架，幸好羅苴子及時趕來把他帶走，要不然還不知道會搞成什麼樣。」

那羽儀沉吟道：「這樣，我留下兩名羽儀，專門負責明王使者一行。」鄭經忙道：「兩人不夠！俗話說一山不容二虎，你看看我這裡，梁王使者，明王使者，還有阿榮頭人，何只二虎！」那羽儀聽他說得有趣，笑道：「也是。這樣，我先回去稟告羽儀長，請他再調派些人手來你這裡。」鄭經點頭道：「好。」一轉身，已然滿臉堆笑，恭謹道：「已經為各位準備了最好最清靜的院子。請！」便命樓丁在前面帶路。

那為首的羽儀之前一直守在南禪房，曾見過羽儀長施秀在院子向阿蓋問話，又下令監禁她，不知道她何時被放出了無為寺，此時見到她出現在五華樓，以為她與李芝麻等人相識，忙上前問道：「小娘子是跟明王使者一道的麼？」又徵詢地望著李芝麻，卻見他搖頭道：「不，我們不認識這位小娘子。」阿蓋本來一直默不作聲，驀然被李芝麻這句話激起了胸中傲氣，她的敵人如此大張聲勢，她是成吉思汗的子孫，豈能輸給這些反賊，當即傲然道：「我是梁王之女，堂堂大元公主，豈會認識這群紅巾反賊？」

眾人瞠目結舌，全都震驚得呆住。就連躺在擔架上的鄒興也聞聲勉力抬頭，想看看這位大元公主到底何等模樣。還是鄭經迎來送往的經驗多，反應也格外敏捷一些，心想：「這下阿榮頭人可闖下大禍了，搞不好連累我也要跟著倒楣。」五華樓還從未接待過一位真正的朝廷公主；按照等級而言，公主甚至遠在總管段功之上，他一心想討好阿蓋，好將功補過，慌忙上前一邊行禮，一邊賠罪道：「原來是公主殿下，下官有眼不識泰山，適才多有怠慢之處。這就請公主隨下官進樓歇息。」當即忙不迭引領阿蓋進去，李芝麻等人反而落在其後。

五華樓後方有一個人工開鑿的大湖，引龍溪之水，周迴七里，水深數丈，內中養著各種魚鱉。沿湖栽有各種花木，湖光水色，垂柳相依，綠樹掩映，花木飄香，景色旖旎而優美。濃密樹蔭中又建有二十餘座各自獨立的庭院樓臺，恬靜幽雅，專供貴賓居住。阿蓋的住處被安排在南苑四號院，緊挨著行省使者馬文銘居住的庭院，鄒興一行則刻意被安排至北苑，與阿蓋隔湖相望。

阿蓋既亮明身分，便有意拿出公主的架子，命鄭經派人去中坊客棧取自己與凌雲的行囊，鄭經自是有求必應。又見阿蓋孤身一人，雖不明究竟，卻也擔心她的安危，尤其適才她表明自己是公主時，那明王使者的一名隨從隨即露出仇恨的神色，由此他忙調派得力的守衛、樓丁往四號院來。東首二號院即梁王使者大都的住處，大都至無為寺未歸；幾名蒙古侍從因昨晚與阿榮打架受傷，正留在院中休養，聽見門口人來人往，出來問明是阿蓋公主住進了五華樓，驚喜交加，趕忙過來拜見。鄭經見狀更是不敢怠慢，親自守在四號院打點一切。

李芝麻一行自然受了冷遇，只被樓丁領進了北苑三號院，再也無人理睬。此時晌午已過，幾人還未吃午飯，腹中饑餓。許江武怒道：「不如一刀去殺了那韃子公主。」李芝麻搖了搖頭道：「殺了她也無濟於事。」頓了頓又道，「想不到梁王會派自己的女兒來大理做說客。」忽見小廝鄒當奔出來叫道：「鄒先生請幾位進房說話。」

幾人進得房內，鄒興的神智早已清醒，精神也好了許多，正半倚在床榻上，先命鄒當出去為眾人要些食物，打發他出去，這才問道：「李將軍如何看待目下的局勢？」李芝麻道：「只怕那大理總管段功已經下定決心，無意與我主結盟。唉，都怪我辦事不力，若不是在無為寺盜取藏寶圖露了行蹤，或許不致如此。」鄒興道：「李將軍何須自責？此次結盟不成，原也在意料之中。大理段氏與梁王積怨極深，也未必能就此化解。我猜大理必取中立姿態，兩不相幫，此種局面已經是最好的結果了。」

鄒興在大夏國官任司寇[6]，職高位顯，此次主動請纓，又說服明玉珍以公主明玥許嫁段功，李芝麻本以為他對聯姻結盟一事勢在必得，卻不料他早有結盟不成的準備。既然如此，又何必親自出馬來到大理，也不致平白挨了刺客一劍，若非那書生羅貫中通曉醫術，而沈富又湊巧購買了許多珍貴藥材，只怕他鄒興早已命喪無為寺。正欲直問鄒興的真實意圖到底如何，又聽許江武恨恨道：「只是藏寶圖一事，尚未有任何下落。」

鄒興道：「說起藏寶圖，與我們在無為寺中同住南禪房的沈富，與李將軍不是舊識麼？」李芝麻道：「正是。」鄒興道：「這沈富富甲中原，又是張士誠的結拜兄弟，卻放著舒適的富翁生活不過，千里迢迢來到大理，想來必有所圖。他身旁那位書生羅貫中，看來也非尋常人……」李芝麻忙道：「我已經問過沈富，這羅貫中原是太原府祁縣人，自幼隨父親在姑蘇做絲綢生意，由此結識沈富，不過他對經商並無興趣，後投靠張士誠做了幕僚，但並不得賞識。前些日子他預備回老家太原祁縣，半途遇到同鄉，得知父親病逝、繼母改嫁，心灰意冷，決意隱居起來寫書勸世，恰好遇到沈富要來大理，仰慕此處藏書豐富，所以特意跟隨前來。這次住進無為寺，據說也是想一睹翠華樓藏書風采。」許江武冷笑道：「這就是了，他無非是想借讀書為名，進翠華樓找藏寶圖而已。」李芝麻道：「即便如此，段功如何能輕易讓羅貫中進翠華樓讀書？」鄒興道：「李將軍有所不知，歷代大理總管雖通漢文，卻並不知文學，所以他們對中原飽學之士一向很敬重。那羅貫中文質彬彬，若當真鄭重其事提出要借閱翠華樓圖書，段功定會應允。」姬安禮也道：「張士誠倒是高明，找個書生假稱讀書，便可以堂而皇之進翠華樓找藏寶圖，不似我們幾個冒性命危險，最終還是一無所獲。」

鄒興忖道：「如今中原的朱元璋、陳友諒、張士誠與我主各據一方，勢均力敵，誰若能得到藏寶圖的財富，定可脫穎而出，稱霸天下。」李芝麻道：「我也知道事關重大，必定要竭盡全力找到藏寶圖。不過，藏寶圖未必就在翠華樓中，我仔細找過丹青室，圖卷雖多，都是字畫罷了。」許江武也道：「五樓也全都只是圖書。」鄒興道：「嗯，藏寶圖極可能藏在別處。幾百年來，多少人想得到這藏寶圖，闖入總管府、無為寺的梁上君子不計其數，段氏肯定會有所防備。」李芝麻道：「我聽那羽儀長施宗提起，大理以總管府、無為寺、五華樓三處最為要緊，想找藏寶圖的人目光素來都集中在戒備森嚴的總管府、無為寺，反倒是作為迎賓館的五華樓從來無人注意……」許江武眼睛一亮，問道：「將軍是說藏寶圖有可能在五華樓中？」李芝麻點了點頭。許江武道：「既然如此，我們還等什麼，我這就出去打探地形，入夜才好動手。」鄒興笑道：「何必等到入夜，現在就可以去找尋，他張士誠可以派商人和書生以讀書為名混進翠華樓，我們何不以使者身分正大光明要求參觀五華樓？」

三人恍然大悟，連歎鄒興主意高明，低聲商議了一回。雖則幾人之前在無為寺行竊事敗，然也算與大理正式打過一回交道，知道段功為人寬厚平和，料來即使這次事跡再敗露也不致有性命之虞，李芝麻更是懷抱看輕生死、捨身取藏寶圖之志。等鄒當取食物回來，三人匆匆吃過幾口，便慌忙辭別鄒興出門，找到一名樓丁，遞上一塊銀子，說如何仰慕五華樓之雄奇，想入樓遊覽云云。五華樓本非禁地，也時常有貴客要求登樓眺望，樓長無不允准；那樓丁白得了好處，格外熱情起來，當即領著三人進樓。

五華樓方圍四里餘，壘土五重為基，每重丈二，層收並立五重華表，所以取名為「五華」。這座樓始建於南詔，由巨匠楊連科主建，歷時三年始成，屹立數百年不倒，堅固如初，每塊石頭都鏤刻著時光的痕跡，每根柱子都記載著歷史的風雲。欄杆圍屏均取自蒼山的白玉石，華麗精美；柱梁則取蒼山裡每棵十丈以上、粗二至三圍之巨樹，橫空架成斗拱形狀而成，古色古香。樓有五層，高達百尺，一層臺座已然高出地面十餘丈。樓前校場空曠無邊，可容納十萬精兵。整座建築氣勢恢宏，既古樸莊嚴又雄峻瑰奇，難怪能成為陽苴咩的標誌建築。

正樓門面朝東方，門匾上寫有三個鎏金大字——「五華樓」，字大八尺，蒼勁有力。姬安禮頗好書法，見那三個字氣象縱橫，酣暢淋漓，揣度大理當無人有此筆力，有意問道：「這字是哪位總管所題？」那樓丁笑道：「這字可有幾百年了，當時連大理國都還沒有呢，哪來的總管題字？不過，我們大理也沒人寫得出這樣的字，這字是你們漢人寫的，他名叫趙林，他的曾祖趙旭被南詔國王世隆俘虜來大理，當了奴隸。」姬安禮點頭道：「原來如此。」

進樓一看，底樓是個巨大的宴會廳，雕梁畫棟，彩繪裝飾，極其華麗精美，寬闊得能同時容納千人入座，據稱南詔、大理常常在此處盛宴百官。只是所有物事一目了然，並無什麼隱密之處可遮掩。再上二樓、三樓、四樓淨是如此，不過是樓層越高，廳堂面積越小罷了。走廊均為琉璃紫瓦，出閣架斗，工技極為精巧。上至五樓，視野頓時開闊，四周並無牆壁，而以三十六根朱色圓柱支撐重簷樓，只見斗拱飛簷，碧瓦琉璃。蓮蓬狀的金蓋寶頂下，並列懸掛著一口巨鐘和一面大鼓。李芝麻等三人一上樓，目光皆不約而同落在鐘鼓上。

那樓丁介紹道：「這口巨鐘名為『五鳳鐘』，重達萬斤；這鼓名叫『紅龍鼓』。昔日大理國時，拿它們作為早朝的鐘鼓，鐘聲尤其悠遠，可直傳到洱海東面。」李芝麻問道：「這麼說，這鐘鼓是大理建國後新造？」他言下之意，無非是想到五庫藏寶圖雖是南詔所繪，但後來大理立國，挖掘了其中兩庫後，才收藏起餘下的三庫藏寶圖，若這鐘鼓是大理所建，很可能便是藏寶圖所在之處。樓丁笑道：「是的。南詔建了五華樓，我大理則造了鐘鼓與之相配。」李芝麻心中有數，暗中向許江武使了個眼色。

樓丁哪知這些人心懷不軌，又一指四周道：「此處為城中最高處，可以俯眺整個陽苴咩城。」李芝麻道：「果然是處寶地。這位小哥，不知可否方便讓我們多留一會兒，此等風光平生難得一見。」樓丁笑道：「大人請隨意。」與樓口處的兩名守衛招呼了一聲，先自下樓去了。這五華樓每層樓梯口均有兩名兵士把守，不過比起無為寺的嚴密防守，已可謂十分鬆懈。李芝麻走向兵士，假意好奇地詢問道：「西面的群山可就是蒼山？」一名兵士道：「正是。」又伸手一指東面，熱情地介紹道，「那邊就是洱海。」

此時陽光正濃，只見藍天白雲下一派天高地闊——東面碧水無垠，與天相接，波光灩灩，映襯著明麗的光輝，又有點點漁船揚帆水面，盡展清新。西面群山蒼翠，如玉筍般綿亙排列，山頂積雪皚皚，山腰白雲纏繞，溪流宛如白練曲曲折折垂掛而下。峰巒岩岫，縈雲載雪，夾在中間的城郭在玉洱銀蒼的輝映下，顯得分外生動，當真是風光綺麗，充滿詩情畫意。

只是李芝麻對眼前美景似全無心思，又指著南面腳下一片灰色的石頭建築，問道：「那是什麼？」兵士道：「是本城大獄。」李芝麻頗為驚奇，不知為何要將監牢修建在如此宏偉的五華樓旁，問起緣由，兵士笑道：「事起於一些風流韻事，南詔時，這一帶是南詔宮後院，住的均是美貌受寵的女人，五華樓建在後門出口，專供皇帝和妃子們登高觀景。後宮妃子眾多，一些人難耐寂寞便和羽儀有染。皇帝聽到風聲後定是勃然大怒，立即命人在五華樓東南處修了一座石牢，置備各種刑具，日夜拷問幾對通姦男女，讓他們的受刑慘叫聲傳遍後院，以此警示那些頗不安分的妃子。我大理立國後，將五華樓一帶改作迎賓館，不過並未拆毀石牢，略加擴建後，成了城中大獄所在。」李芝麻點了點頭，道：「原來如此。」又隨意指著城中建築，東扯西拉地發問，以引開兵士的注意力，好讓姬安禮和許江武仔細查看鐘鼓。

許江武見那鼓面凹凸不平，質厚粗糙，也不知道是什麼動物的皮製成。朱紅色是後刷上的紅漆，經歷百年風雨，已然開始褪色剝落，多少露出一些流年的滄桑與無可奈何。他將耳朵貼近鼓面，輕輕彈了彈，鼓面彈性極好，鼓中卻似有異聲。他扭頭見那兩名兵士正與李芝麻交談甚歡，當即蹲低身子，從靴筒中拔出匕首。他猜測若果真有藏寶圖當藏在大鼓底部，於是握住匕首扎往底部的鼓面。那鼓面皮厚堅硬，他這一刀竟未能刺穿，這才猜到鼓面當是象皮，大理人時常用來作鎧甲，強度猶勝中原鐵甲。腕上使勁，終於穿透，只聽見異聲更響。他忙用匕首將那口子左右拉開，勉強擠進右手，不料指尖剛進鼓面，便有什麼東西釘在他的中指指尖上，劇痛之下幾乎要驚叫出聲，本能地將手抽出，卻見指尖有幾個圓點，仿若針孔，已見血痕。一時不知鼓中有什麼厲害的機關，再也不敢輕易試探。

正躊躇間，忽聞見木梯「咚咚」作響，有人疾步奔上樓來，卻是適才那樓丁，叫道：「三位快請下去，許多羽儀已經到了門樓，說是信苴馬上要來五華樓。」李芝麻吃了一驚，心想：「段功到五華樓來做什麼？莫非是為了那韃子公主？」忙向姬安禮、許江武使了個眼色，隨樓丁一道下樓。剛到底樓，便見施宗先率數名羽儀湧進樓來，正遇到李芝麻三人。施宗臉色一沉，上前問道：「三位在五華樓做什麼？」那樓丁忙道：「三位大人想登高眺望城中風光。」施宗厲聲道：「我問你了麼？」那樓丁嚇了一跳，忙退到一旁，惴惴不敢再說。

李芝麻道：「我們確實只是仰慕五華樓風采，想來遊覽一番，還請羽儀長不要見怪。」施宗道：「果真是這樣麼？」語氣全然不信，又拿刀鋒般的目光來回審視三人。李芝麻倒是泰然自若，姬安禮頗不自在，先垂下了頭，許江武脾氣暴躁，再也按捺不住，怒道：「羽儀長不如乾脆將我們幾個關起來好了。」施宗冷冷道：「我倒是很想這樣呢。你自己當過一回賊，還想別人尊敬你麼？」側頭叫那樓丁道：「你還不快送李大人回住處？」李芝麻知道成見已深多說無益，何況己方確意有所圖，當即領了姬安禮、許江武二人，跟隨樓丁從側門出去。

悻悻然回到北苑住處，卻見院中已然站有兩名羽儀，李芝麻頗為吃驚，問起才知施秀剛進了鄒興的房中，預備詢問刺客身分。幾人急忙進來，正見施秀站在床榻前問道：「鄒大人可否看清刺客的面孔？」鄒興道：「當然，就算只看他的身形我也認得出來，他是我世仇凌墨之子凌雲。」

施秀雖早知凌雲的供詞足以取信，卻還是頗為吃驚，忙問道：「大人與凌家到底有何過節？」鄒興道：「說來話長，我鄒家和凌家均為蜀中世家大族，百年來多有爭鬥，積怨甚深。不過我們兩家一文一武，各有所長，誰也無法占到上風。凌家到了凌墨這一代，出仕為官，情況大為轉變，凌墨利用手中職權，多方羅織罪名對鄒家殘酷迫害，害得我家破人亡——長子和次子被誣與紅巾勾結，被活活拷掠致死，我和幼子也被下獄，判了死刑，家產被抄沒，妻子、女兒流落街頭，受盡欺凌侮辱，終被逼上吊自縊。幸好老天有眼，就在我們父子即將成為刀下亡魂之際，明王率紅巾入川，殺敗元兵，砸開死牢，我父子重見天日，就此投奔明主，幸得明王不棄，加以重用，我才得以手刃凌墨，殺他滿門。只有凌墨之子凌雲武藝高強，被其逃脫。」施秀道：「原來如此，難怪凌雲要找鄒大人報仇。」

鄒興道：「羽儀長，聽說你們已經捉到凌雲，不知道你們預備如何處置他？」施秀道：「這個我尚不清楚。不過鄒大人請放心，信苴一定會從重處罰，給大人一個交代。」鄒興歎了口氣道：「我們鄒凌兩家如今各自人丁凋零，也算是兩敗俱傷。不知道羽儀長可否代我向信苴求個情，饒過凌雲？」施秀大為驚訝，問道：「大人是想為凌雲求情麼？」鄒興道：「凌雲刺殺我不過是為報家仇，情有可原。其實百年前鄒凌兩家多有聯姻，說起來，我鄒家有凌家的血脈，他凌家也有我鄒家的血脈。若是凌雲死了，凌家最後一點血骨便就此歿亡於世，實在對不住我們兩家的先人。」

一旁的李芝麻聞言大感意外，鄒興極具韜略，他在明玉珍入蜀時投效，才六年光景如今已在大夏國官任司寇，地位僅次於皇帝明玉珍及其弟明勝，才幹智謀可見一斑。他絕對可拿刺客行刺一事大做文章，怪罪大理疏於防範，令段功生出歉疚之心，於談判中取得少許人情優勢，沒想到他卻放棄了這個大好機會，還開口為刺客求情。轉念又想：「鄒大人深謀遠慮，絕不致白白放棄此良機，或許是因為我等三人潛入禁區一事敗露，他自感臉上無光，不得已如此。說起來，倒也虧得那刺客引開了眾人目光，不然我無論如何都難以進到翠華樓。」

施秀倒是頗為佩服鄒興的氣度，道：「大人可知道凌雲已經投靠梁王，成為他的心腹侍衛？」鄒興愣了一下，隨即點頭道：「他一心要殺死我、殺死明王為全家報仇，投靠梁王確實是最好的法子。」施秀見他絲毫不認為凌雲刺殺事件涉及梁王，也不再多提。李芝麻卻道：「會不會是梁王有意派凌雲來大理刺殺鄒大人，想就此擾亂明王與大理的結盟？」施秀道：「凌雲此次是護送阿蓋公主前來大理，至少公主並不知道刺殺一事。」許江武冷笑道：「果真是這樣麼？適才我們遇到那韃子公主，她還神氣得很呢。」

阿蓋溫柔美麗，一派天真，而李芝麻等人偷入無為寺禁地，大顯心機，施秀心中自有一桿秤，也不接話，只道：「如此，便請鄒大人好好歇息。我已經派人去請醫師，稍後便到，為大人複診。」鄒興道：「羽儀長，請務必不要為難凌雲，他只為報殺父大仇，何況我也只是受了點傷，並無性命之憂。」

施秀道：「如何處置凌雲，自有信苴決斷。不過，我一定會將鄒大人的意思轉稟信苴。」鄒興道：「有勞。」施秀點了點頭，自領羽儀出了院子，往五華樓趕去。

剛到樓前，正遇見段功領著大都、馬文銘等人上來臺座，一行人逕自進入底樓大廳南部的議事廳，施宗早已帶人佈置妥當。段功也不拐彎抹角，請大都、馬文銘坐下，肅色道：「普照禪師在無為寺離奇被殺，二位均已知曉，有些話不方便在無為寺說，我特意請二位來這裡是想儘快將這件事做個交代。」他所稱的「不方便」，一是無為寺畢竟是佛門清淨之地，實在不適於鞫問案情，二來也不願大都這些人反覆進出寺中禁區。只是以他的身分地位，又何須親自向梁王使者、行省使者交代，他如此鄭重其事反倒令人不安。

站在大都背後的合仲，慌忙辯解道：「下官真的與此事無關，我進去時脫脫大人……不，普照禪師已經死了。」他漢話說得不好，一著急就成了蒙古話，大都便又替他翻譯了一遍。段功道：「我知道。」合仲奇道：「信苴真的相信下官與此事無關？」他原以為自己捲入此事，無論如何都難逃干係，大理很可能就此將殺人罪名加到他頭上，讓梁王的立場更加難堪，此刻見段功點頭直認他無辜，不免驚訝萬分。

段功道：「真正的凶手另有其人。淵海，你向兩位使者說明一下詳細情形。」楊智道：「遵令。昨夜，信苴親至無為寺中的回光院面見普照禪師，本意是想在禪師離開大理前見上一面……」馬文銘問道：「敢問信苴一句，普照禪師來到無為寺時日不短，信苴難道從未見過麼？」他年紀雖輕，問得卻頭頭是道。段功道：「正因素未謀面，所以才特意見上一面。」馬文銘點了點頭道：「恕我冒昧。」楊智續道：「禪師向信苴表示不願再回大都，而要去中慶輔佐梁王。」大都驚訝道：「普照禪師真這麼說？」他知道脫脫昔日落難雲南，梁王待他甚是刻薄，蒙古人素來恩怨分明，脫脫亦非大度之人，竟能不計前嫌。楊智道：「絕無虛言。」大都不由得歎息了一聲，脫脫才幹名聞天下，若他不死，梁王可算是獲益最大之人。

楊智又道：「就在信苴與普照禪師交談之時，突然有刺客闖入隔壁的南禪房，刺殺紅巾明玉珍的使者鄒興，這名刺客便是梁王的心腹侍衛凌雲……」馬文銘此刻方得知此事，錯愕萬分，望向大都，隱有問詢之意，大都無奈地點點頭。楊智道：「凌雲行刺鄒興一事尚有許多不明之處，待徹底查清真相後，再向二位大人通報。」頓了頓，又刻意道，「二位大人若有什麼線索，也請及時告知我方。」大都聽出弦外之音，不知所答，不敢輕易接話，只有馬文銘道：「這是當然。」

楊智續道：「凌雲行凶後很快被人發現，經過一場血戰，最終被擒住。信苴趕出去善後處理，離開南禪房時，特意留下兩名羽儀保護普照禪師。湊巧信苴之女寶姬當時想借道溜出寺去，後又自禁區翻牆進入回光院，她的小夥伴為了接應她於是騙走守在院中的羽儀。不過刺殺事件之後，全寺戒嚴，各處均有羽儀、武僧來回巡視，也無人想到回光院會出什麼事。然則到了夜半時分，還是有人趁隙溜進院子，潛入房中，用匕首割開了普照禪師的喉嚨……」馬文銘道：「無為寺的防衛如此森嚴，何以能被人如此輕易溜進？況且普照禪師絕非手無縛雞之力之人，如何不加反抗便被人輕易殺死？他只要呼叫一聲，當能驚動外面巡邏的守衛。」楊智道：「只因為凶手並非寺外之人，普照禪師原也認識此人，所以未有任何防備，猝不及防才被對方一刀殺死。來人，帶凶手進來。」

一干蒙古人和回回人紛紛瞪大了眼睛，想看看這名殘忍割開脫脫喉嚨的凶手到底是何方神聖。卻見兩名羽儀一前一後押著無依禪師走了進來，他手腳之間未加任何束縛，神態也甚為安詳。大都、馬文銘等人早上進無為寺時一一拜見過寺中諸位高僧，知道無依是無為寺首座，武藝號稱無為寺第一，卻不知道他如何成了殺死脫脫的兇手，不由得訝然呆住。

原來施宗之前為尋找藥師殿白草閣丟失的兩副孔雀膽，派武僧暗中搜查了無依禪師的住處，結果沒找到孔雀膽，卻找到團作一團塞在床角下的帶血僧衣，由此引發諸人的懷疑。段功與了塵住持商議後，將當時正在南禪房中與沈富、羅貫中交談的無依禪師請到翠華樓，詢問脫脫被殺一事。無依一派平靜，既不承認也不否認，但施宗卻從他身上搜出了一把鋒利的匕首，刃口血跡猶在，遂成他殺死脫脫的鐵證。無依一開始尚且辯稱血跡是他把玩匕首時弄傷了手指所留，也證實他的確去藥師殿要過金創藥，而他手指上也確實有傷。然他武藝精湛，說自己不小心弄傷了手指實在難以令人取信。到後來取出帶血的僧衣，無依才無話可說，乾脆承認殺人事實。佛教在大理地位尊崇，享有特權，甚至可獨立於法外，僧人犯罪，審訊處罰均不同於普通平民百姓，往往由佛寺住持自行料理。但由於脫脫身分特殊，無為寺從來待之以貴客，不敢視其為僧人，了塵不便插手，遂將無依交給段功處置。無依只是緘默不語，並不仗恃武功反抗，段功不看僧面看佛面，令不加以鐐銬桎梏。

眾人正張目結舌之際，又聽楊智道：「禪師，事關重大，這就請你向兩位使者說明為什麼要殺人。」言語甚是客氣，絲毫沒有強迫之意。無依道：「無他，不過是為報家仇而已。」馬文銘道：「禪師如何與普照有仇？」無依道：「貧僧本姓徐，是徐州人氏，因自幼好武，被父母送到泉州少林寺出家為僧。後紅巾造反，占據了徐州，脫脫率大軍攻打，攻下城後殺死全城所有活物，我徐家上下兩百餘口盡數死在這場屠殺中，其中八人是十歲不到的孩子。」他的語氣甚是和緩，說到家人死於非命的慘烈之處也不動聲色，沉靜得令人吃驚。小廳中鴉雀無聲，人人心中均想著同一件事：「若換作是我，此等血海大仇如何能不報？」

又聽見無依道：「當時貧僧早已在無為寺安頓下來，由於天高路遠，兩年後才得知全家死絕的消息，於是趕回中原奔喪報仇。當時正逢脫脫聲勢如日中天，率大軍攻打張士誠，貧僧在元軍大營外反覆徘徊，只遠遠見到脫脫，卻始終沒找到下手機會。又見到戰火紛飛，萬姓死傷，屍骨露野，白地千里……」他的語氣陡轉低沉，大概回想起那哀鴻遍地的慘狀至今猶自心驚。頓了頓，又續道，「一時感到心冷，就此返回大理。不想過了幾個月，傳來脫脫被彈劾奪職、發配雲南的消息。貧僧還在猶豫要不要趁此良機手刃仇人，又傳來脫脫被朝廷以毒藥賜死在騰衝。不久後，無為寺特意將南禪房隔出一塊地，造了一座回光院，說要供新來的掛單僧人普照居住。普照來的第一天，貧僧一眼就認出他，他就是改作僧人打扮的脫脫。」

馬文銘道：「既然禪師早已認出仇人，為何一直等到現在才動手？」無依道：「貧僧不知道脫脫是如何來到無為寺，亦從未向旁人提起、問起，不過心想既然他已放下屠刀出家為僧，當是有所悔悟，該給他一個改過的機會。雖然夜半夢醒之際，貧僧也有要去殺他的衝動，但終究還是忍耐下來。他足不出戶，八年來不過機緣巧合見過幾面，貧僧以為他潛心改過，報仇的心思也慢慢淡了。但直到昨日，貧僧得知朝廷下了赦免脫脫的詔書，行省也派了使者來，大約是要迎他回朝，這才知道他躲在無為寺不過是為了避禍，偽裝成僧人也是為了掩人耳目。那一刻，在我胸中壓抑八年的仇恨突然迸發，這樣的人再回去朝廷做官，還是一樣會屠殺無辜，殘害百姓……」

楊智自是知道，昨日下午羽儀長施秀先行率羽儀趕往無為寺，為段功與普照禪師的會面預作警戒，若有人無意中漏了這些口風也不足為奇，況且無依也不算外人，只不過他心中仍有些疑問，便問道：

「禪師如何能肯定普照定會就此離開無為寺？」無依道：「貧僧一直刻意留意脫脫的行蹤，八年來，信苴每月初一、十五來無為寺聽經，風雨無阻，卻從未與脫脫謀面，昨夜突然造訪回光院自有緣由。所以我猜脫脫馬上就要離開這裡，便決意殺了他。」眾人這才明白事情的來龍去脈，以無依的身分自可在無為寺中來去自如，他武藝了得，脫脫又知他是首座，毫不防範，一刀便能輕易得手，割喉案遂告水落石出。

楊智問道：「兩位使者可聽清楚了麼？」馬文銘、大都齊聲道：「清楚了。」馬文銘問道：「信苴要如何處置無依禪師？」段功道：「自有司獄司依律斷處。」揮手命人帶下無依，道，「我知道行省使者此行來意，既然普照禪師不幸去世，也是天意如此。禪師在大理八年，畫有十餘卷圖軸，全是中原山川地形之圖，我已命人將圖軸送至使者住處，此為普照禪師嘔心瀝血之作，想必能對朝廷或梁王有所用處。」馬文銘當即站起向段功深深一揖，恭恭敬敬地道：「多謝信苴。」他久聞脫脫大名，深知他這八年的心血必定非同小可，常人即使不將這些圖軸留為己用，也不見得會在並無他人知曉的情況下拱手送給對手，因而十分佩服段功的胸襟氣度。大都也慌忙站起道：「多謝信苴。」段功點點頭道：「使者勞累了大半天，請先去用餐歇息。」大都問道：「敢問信苴，不知阿蓋公主現今人在何處？」段功問道：「公主早已到了五華樓。樓長人呢？」

鄭經聽到信苴到來，早已趕至門外等候，聞聲忙進來告道：「回稟信苴，公主殿下已安頓在南苑四號院。」段功道：「妥善照顧，切不可怠慢。」鄭經道：「遵令。」又道，「信苴，下官尚有要事稟報。」等大都、馬文銘等人離去，才說阿榮頭人在不知對方身分的情況下，先後輕侮了阿蓋公主和寶姬。

施秀奇道：「寶姬來過五華樓？」鄭經道：「是，據說是特意來看望阿榮頭人。」段功面色如鐵，流露出令人敬畏的罕見氣派。鄭經心中惴惴，仍壯著膽子說了高潛、高浪為保護寶姬，與阿榮打架，並被羅苴子帶走一事。段功道：「他們幾個現下人在何處？」鄭經道：「寶姬人不知去了哪裡；高潛在爭鬥中被斬了一刀，血流不止，已經送去醫鋪救治；高浪和阿榮二人無論如何都不肯停手，還誤傷了一名羅苴子，被領隊護軍下令扣押，帶去監牢監禁。」段功哼了一聲道：「護軍做得對，先關著他們。」抬腳便往外走去。鄭經忙道：「信苴，五華樓突然來了這麼多貴客，下官擔心沒有足夠人手……」施宗道：「樓長不必擔心，信苴已有安排，張希矯大將軍會親率羅苴子駐在這裡。」

鄭經聽了心中不喜反憂，張希矯是出名的仇視梁王一派，仇恨之情絲毫不加掩飾，這裡的三個院子住著梁王的人，其中尚包括梁王之女，會不生事端麼？雖則犯疑，卻不敢表示異議，只好道：「是。」施宗刻意壓低聲音道：「另有一件重要的事，無為寺藥師殿昨日丟失了兩副孔雀膽，至今尚未尋到，你可要特別當心這幾方使者的飲食，千萬別出岔子。」鄭經一時呆住，驚道：「什麼？」

段功離開五華樓後，逕自回了總管府，在大門處正遇見伽羅。伽羅匆忙下馬，走上來埋怨道：「信苴，你明明答應過我，要讓刺客養好傷再帶他走，為何又派人將他帶走？」原來今日段功一行離開無為寺後，羽儀與羅苴子也隨同撤離，雖然寺內仍有大批武僧，但仍不便將凌雲留在伽羅住處，遂將他抬回城中大獄監禁。段功無心睬她，只道：「刺客武藝高強，雖然戴了枷鎖，你卻絲毫不會武功，留他在你樓下養傷，如何能讓人放心？我答應你，不命人拷打他便是。你若想繼續為他治傷，盡可直接去南城大獄。」

伽羅一心袒護凌雲，還要再鬧，施秀忙扯她到一旁，低聲道：「信苴正為了寶姬的事心煩，你就別再添亂了。」伽羅只知道高蘭帶段僧奴離開了無為寺，尚不知道後來的事，奇道：「寶姬又怎麼了？」施秀遂說了五華樓一事，伽羅聽了大喜，連連問道：「高浪有沒有就此殺死阿榮？」施秀白了她一眼道：「你怎麼一副恨不得天下大亂的樣子？高浪和阿榮都被羅苴子關進了大獄。」伽羅頗為失望道：「高浪平日總是自詡功夫了得，關鍵時刻卻不頂事。」又聽說高潛受了傷，忙道，「那我得趕緊去看看。」便忙不迭地走了。段功則正向守門的羅苴子詢問女兒去向，羅苴子回稟寶姬已經回府，段功厲聲道：「沒有我號令，不得再放寶姬離開總管府一步，知道麼？」守門羅苴子尚不知道究竟，愣得一愣，才道：「遵令。」

總管府是一處數進的大建築，氣勢宏渾。正東門處建有三重樓，駐有羅苴子重兵。穿過重樓即是一大片開闊地帶，類似廣場，可以宴會結兵。廣場之西便是大衙門，重屋制如蛛網，大將軍、清平官、達魯花赤、同知、教授、司獄司、錄事司、庫倉、稅務、藥局等重要官員、機構，均在此處辦公。再往西則建有一堵南北向的屏牆，隔斷了東西視線。

這屏牆乃取蒼山的五十四塊大理石壘成，每塊大理石均為三尺見方，橫成三排，上下兩排為漢白玉石，冰澈如雪，滴塵不染，意趣淡遠，清妙委婉。中間一排均為彩花石，玲瓏剔透，五色粲然，紋理天籟生成，千姿百態——有似江河奔瀉者，有似飛瀑流雲者，有似奔騰駿馬者，亦有似崖上洋松者；儼如水墨山卷，珍禽異獸，花鳥蟲魚，時下風物應有盡有，氣象萬千，活靈活現。傳說這大理石乃蒼山精魂所蘊蓄，種種紋理神祕莫測，深藏石中，層疊遠近，筆筆靈動，雲皆能活，水若有聲，因而有人寫詩讚道「天孫昔謫下天綠，霧鬟風鬟依草木。一朝騎鳳上丹霄，翠翹花鈿留空谷」，又被後人比為「恍如黃鶴樓前晴川芳草景，歷歷又若滕王閣上長天秋水煙濛濛」。鬼斧神工之妙，即便拿最傑出的丹青聖手畫作比擬，也要相形見絀。

屏牆的南北則建有兩重門樓，由大批羽儀把守。繞過屏牆，才正式算是總管府所在，也是昔日的大理王宮，由東往西分有議事廳、大廳、小廳、寢宮等處。進來府中，段功不似往日先去大衙門，而命楊智等人候在議事廳，自己只帶了兩名羽儀直奔寢宮，他如此反常，旁人也不敢多問。此刻，段功心中相當糾結，不為是否與梁王或明玉珍結盟，也不為無為寺中的接連怪案，而是因為夫人——他猜以女兒的性情，去五華樓探望阿榮這目的本身就是心懷惡意，而這主意僧奴本人和同伴斷然想不出，這一定是夫人的主意。本來高蘭暗中從無為寺帶走僧奴已經令他不快，如今又鬧出這樣一檔事，她還當他是總管麼？早有侍女迎上前來，段功問明高蘭正在後苑育蘭，當即穿過曲水長廊，往品蘭亭而去。

這品蘭亭是段功即總管後新建，亭子落成之日，他親書「幽芳仙苑」之匾額懸掛於亭上。又從蒼山移植了兩百餘品珍品蘭花到亭子周圍，四季菲芳——清蓮沁心潤腑，玉腕國色天嬌，碧玉株挺拔獨立，彩雲婀娜多姿，雪素纖塵不染，紫霞奇香如麝，擋駕花大如碗而香飄數里。高蘭特意作詩賀道：「蘭生山野地，馨香無人知。移栽玉池側，王孫莫攀摘。花雖無言語，玉蕊吐芬芳。但願育花人，月下共品習。」時人均以為段功與夫人恩愛，特意為高蘭修建此亭，以為他喜愛蘭花不過是愛屋及烏。其實段功愛蘭乃出於天性，他的母親高藥師曾夢見天神賜蘭花一株，自懷孕至生下段功更一直有蘭花馨香四溢，因而母子均喜愛蘭花。

及近後苑，果遠遠見到高蘭正在擺弄蘭花。段功一見到夫人的身影，心下頓時有所遲疑，不由自主放慢腳步。侍女望見段功，慌忙告知高蘭。高蘭捨了手中的蘭花迎上前來，笑道：「郎君今日回來得可早。」段功「嗯」了一聲，心中有話卻不知該如何說起。躊躇間，高蘭已然攙住他的手臂，拉他到亭中石凳坐下道：「郎君先坐下稍事歇息，我進去換件衣裳再來陪郎君賞蘭。」又吩咐侍女道，「綠珠，快去取些茶水果子來。」

段功一坐下心情便好了許多，每每他有煩心之事，來這花團錦簇、桂馥蘭香的品蘭亭轉上一圈總會有所緩解。蘭花的幽芳總令他沉醉，令他憶起無數美好的往事。過了一會兒，侍女綠珠端了茶點奉上，神色卻甚為慌張，匆忙將玉盤放在石桌上，轉身便走。段功叫道：「等一等，我有話問你。」綠珠道：「是。」卻不肯回過頭來。段功微覺奇怪，問道：「你怎麼了？」綠珠道：「回信苴話，奴婢沒怎麼……信苴有話請問。」

段功大多把時間花在政事上，回到寢宮，萬事早有夫人料理妥當，極少留意府中的侍女，見綠珠不敢回頭面對自己，大為驚訝，起身走到她面前，問道：「你是害怕我麼？」

綠珠進總管府已有數年，深知夫人表面溫柔賢淑，實則心機綿密深沉，凡有侍女接近信苴者，總會莫名其妙受到嚴厲懲罰。她見段功走近自己，慌忙退開幾步，不料已經到得階邊，一腳踩空，尖叫一聲，仰身跌倒。段功搶將上來，一把拉住她，關切地問道：「你到底怎麼了？臉色蒼白得如此厲害，是生病了麼？」綠珠飛快掙脫他的手，跑到品蘭亭外的臺階下站定，頭垂得老低，這才道：「奴婢沒病。信苴有話要問奴婢麼？」

段功自信待人寬厚，對府中下人更從無半句重話，他本想問女兒人在何處，此刻卻不由得十分好奇侍女為何這等反應，當即道：「我果真有那麼可怕麼？」綠珠囁嚅了半晌，終於低聲道：「回信苴話，奴婢不是怕信苴，是怕夫人……」說到最末「夫人」二字已是聲如蚊嚶。段功呆了一呆，問道：「什麼？」卻見綠珠有如生怕染上瘟疫般，頭也不回地跑開了。

段功不明所以，隨口問亭外的羽儀道：「她這話是什麼意思，為什麼不是怕我，是怕夫人？」羽儀遲疑道：「這個……」段功喝道：「還不快說。」羽儀道：「是。屬下猜綠珠的意思，是怕夫人……吃醋。」段功「啊」了一聲，這才會意過來，一股混雜著氣憤、傷痛、難過、失望的複雜情感頓時湧上心頭，手腳冰涼得難以名狀。

此時此刻，高蘭正坐在內室的梳妝臺前精心打扮，表面鎮定自若，心中卻大起波瀾。她已從女兒段僧奴口中得知，明玉珍要以愛女明玥公主與大理總管聯姻結盟的消息，雖是街頭巷尾的傳聞，但絕非杯弓蛇影、恍惚無憑。令她感到危機深重的並非消息本身，而是丈夫竟然一直沒有告訴她。這隱瞞的背後，到底是一種什麼樣的暗示呢？

銅鏡中的女人，老態紋上了眼角，無論如何撲粉修飾，還是難掩歲月的痕跡。她年近四十，女人最美好的年華已逝，而段功正當盛年，儀表風度翩翩，每每騎行穿在大街，有多少妙齡少女凝神嚮往。正因為如此，長久以來她都不敢與丈夫同時在公開場合露面，她本來就比段功大上兩歲，女人的衰老又來得太快，每每兩人站在一起，她看起來更像是他的長姊，而不是一位妻子，她自不願留給旁人這樣的印象。

細心描完眉，抹完粉，又用胭脂潤滿兩腮，再往唇上塗上丹砂製成的唇膏。她年輕時也是個美人，有朝霞映雪之姿，從來不施粉黛，近年深感年老色衰，才向侍女學習妝扮之術，但又自恃總管夫人身分，不敢在旁人面前顯露，只是悄悄畫過幾次給自己看。由於練手得少，難免有些手拙，一不小心便將唇膏抹出了嘴唇，又忙用絲帕擦去。勉強弄得妥當，有心問侍女妝容看起來如何，扭過頭去，卻見侍女們都垂首站得老遠，一副低聲下氣的模樣。她再度打量銅鏡中的自己，面腮因胭脂添了不少紅潤之色，確實令她看起來年輕不少，她滿意地笑了一下，起身道：「去品蘭亭。」

然而當高蘭再度回到品蘭亭時，卻已不見段功。那一刻，她雖力圖安慰自己，丈夫是因為有事而被人臨時叫走，但她心中還是湧起一絲不祥之感，恍若湛藍的湖水掠過落花的陰影，驚疑瞬間替代了歡愉的情緒。然則更令她沮喪的事還在後頭，她聽見背後一陣急促的腳步聲，一轉頭，看見女兒段僧奴正疾奔過來，愣得一愣，勉強擠出笑容，露出慈母的樣子來。

段僧奴卻被母親的樣子嚇得呆住，生生頓住腳步，驚叫道：「阿姆，你的臉怎麼了？你怎麼弄成這副樣子？」高蘭摸摸自己的臉，緊張地問道：「怎麼？很難看麼？」段僧奴點了點頭，但她另有急事不及評點母親的妝容，又道：「阿姆，我剛剛才知道，高潛被阿榮砍了一刀，高浪也被關進大獄，阿爹派人守在寢宮外不讓我出去。阿姆，他們兩個是為了保護我才弄成這樣，你快去救救他們。」

高蘭尚未從自己的心事中回神，只是一呆，問道：「什麼？」段僧奴又說了一遍，高蘭聽說侄子受了傷，這才驚醒道：「他人在哪裡？」段僧奴道：「聽說送去孟氏醫鋪救治。」高蘭抬腳便走，段僧奴急忙拉住母親，指了指自己的臉龐道：「阿姆，你不能這樣子出去。」女兒的直言不諱令高蘭徹底失去信心，匆忙回到內室，取清水洗淨臉，又取出一頂次工戴上，這才出來挽了段僧奴的手往外走去。

剛到寢宮大門，便有羽儀上前問道：「夫人是要出門麼？」高蘭道：「嗯，我要去醫鋪看看高潛。」那羽儀道：「是，屬下自當領人護送夫人前往，不過寶姬不能出去。」段僧奴道：「我只是跟阿姆一道去看看表哥，又不是要逃跑。」那羽儀道：「屬下奉有嚴令，不得放寶姬離開，請寶姬恕罪。」高蘭道：「寶姬跟我在一起，我可以擔保她不會再惹事。」羽儀道：「信苴發過話，若有敢放寶姬離開者，定要處以嚴刑。」高蘭怫然不悅道：「怎麼，連我的擔保也不作數麼？」羽儀道：「屬下職責所在，還請夫人恕罪。」又道，「信苴還說，如果寶姬再一味胡鬧，定要嚴懲高浪、高潛幾人。」

段僧奴無奈，只好賭氣道：「那我不出門總行了罷。阿姆，你一定要從大獄救出將高浪，那裡陰氣太重，時常鬧吸血精。他那個脾氣，關著他比殺了他還難受。」高蘭早已知道阿榮戲侮女兒之事，又經段僧奴一番添油加醋地描述，心想此事確實是阿榮不對，高浪不過是挺身護主而已，當即道：「好罷。」

大理女子不比中原女子嬌弱，即使高蘭貴為總管夫人，也習慣騎馬。她聽說丈夫正在議事廳與大將軍們議事，猜想是為了結盟一事，也不驚擾，便繞道出了總管府，領人往醫鋪趕去。孟氏醫鋪恰在五華樓與總管府之間，騎馬轉眼即到。高蘭剛一下馬，便見伽羅正陪著高潛從醫鋪出來，高潛的左臂捆紮著夾板，用紗布纏繞掛在頸脖間，一見高蘭便叫道：「姑姑，你怎麼來了？」

高蘭忙上前拉住他問道：「傷得重不重？痛不痛？」伽羅道：「夫人放心，只傷了小臂皮肉，未傷到筋骨。」高潛道：「不過，確實是有點痛。」高蘭心疼地道：「可憐的孩子。」又問道，「你們這是要去哪兒？」伽羅道：「我們正打算去大獄探望高浪，順便再打罵阿榮一頓，好好替寶姬出口氣。」高蘭聽了又好氣又好笑，忙道：「你們兩個先回總管府陪著寶姬，她現在不能出門，急得跟什麼似的。我去看望高浪。」伽羅道：「可是……」高潛卻不願再惹事，忙應道：「是。」伽羅孤掌難鳴，也只好同意。伽羅自有馬匹，但高蘭擔心高潛傷重無法騎馬，命人扶他上馬，再由一名羽儀牽馬，慢慢踱回總管府。眼見三人兩騎走遠，高蘭這才再次上馬，往大獄而去。

大獄是處獨立的院落，遠看像個封閉的城堡，四周築有十丈高的城牆，只在東面開有一扇大門，石牆寬約三尺，上可站人，守衛在牆上圈轉巡視，足可俯瞰獄中的一切。及近獄門，便見數名帶刀武士正圍著一名獄卒爭吵。高蘭見那些武士打扮怪異，猜到是建昌部落的人。隨侍羽儀上前喝道：「夫人在此，還不快些讓開！」那些武士果是阿榮的隨從，一聽說總管夫人到來，忙搶上來參見。又有武士道：「還請夫人做主，放我們阿榮頭人出來。」高蘭道：「阿榮屢次胡鬧，關著他，也是給他一點教訓。你們先回五華樓去，別再惹事。」語氣雖然平和，卻自有一股威嚴。

那些武士還賴著不肯走，羽儀喝道：「你們是不是也想被關起來？」建昌族人好鬥成性，絕不輕易受人威脅，然領頭武士已經知曉阿榮頭人先後輕薄了蒙古公主及大理寶姬，惹下的禍事不小，被羽儀一喝心下多少有些氣沮，只好領人走開。

獄吏聽聞高蘭親來大獄，這還是破天荒頭一遭，忙搶出來迎接，問道：「夫人是來看望阿榮頭人麼？」高蘭也不否認，只淡淡「嗯」了一聲。一進來院子，先聞到一股惡臭，隨即聽見獄廳傳出一陣陣淒厲的慘叫聲，以及皮鞭抽人時發出的劈劈啪啪聲，不禁皺了皺眉，問道：「裡面拷打的是什麼人？是在無為寺捕到的刺客麼？」獄吏忙道：「回夫人話，不是刺客，是通事楊慶。」

楊慶的妻子曾為高蘭的侍女，高蘭還是撮合他夫婦的中間人，聞言不禁大奇，忙問道：「楊慶犯了什麼罪？」獄吏道：「他接受蒙古人賄賂，洩露了許多大理機密。施宗羽儀長交代，務必要一宗一宗審清楚，現下正在刑訊拷問。」高蘭聽了半信半疑，只是她從來不予政事，不便過問，只好道：「高浪人呢？」獄吏愣道：「高浪？關在南邊監牢裡。」頓了頓又道，「阿榮頭人關在北邊，適才還叫嚷了半天要出去，這會兒喊累了才沒了動靜。夫人是要見高浪麼？」高蘭點點頭，獄吏便領著高蘭往南獄而去。

那大獄近城牆的南、北、西三面均為露天地牢，是南詔遺物，犯人一旦被關入其中，日曬雨淋，極盡荼毒，囚死過無數人，就連唐朝代國公郭元振的侄子郭仲翔也曾被囚禁在這裡面的一間地牢——唐朝天寶年間，二十萬唐軍攻打南詔，兵敗如山倒，主帥李宓沉水淹死，行軍判官郭仲翔也被俘虜，被迫當了奴隸，專為南詔王飼養戰象，時常受到鞭撻。郭仲翔打熬不過，三次逃跑，三次均被抓回，雙腳各被用鐵釘釘上了五、六尺長的木板，白天罰做苦工也是帶板而行，晚上則關進地牢，直到十一年後才被友人以一千匹絹的高昂代價贖回。但因鐵釘入肉年久，取下木板時，郭仲翔痛得當場昏倒，數日後才得清醒，返回中原後，雙腳的瘡口數年後才勉強癒合[7]。大理立國後，深感地牢太過陰毒，便改為重監，專門關押重罪、死刑犯人，另在緊挨獄廳處修建了兩排背靠的監房，各朝南北城牆敞開，外有鐵柵欄擋住，名為輕監，用來關押罪行相對較輕的犯人。大理舉境尚佛，民風淳樸，百姓向善，罪案較少，加上輕罪犯人允准以錢贖罪，重罪犯人一旦定罪，則要押去礦山服苦役，因而監房大多空置。

高浪被關在南邊輕監第一間，正自煩躁不安，聽到人聲搶將過來，見到高蘭，不由得訴苦道：「夫人，你可要為我做主！」高蘭點了點頭，走近鐵欄低聲道：「裝病。」她雖答應女兒要救出高浪，但仍不能背著丈夫就此命獄吏放人，所以路上早就想好讓高浪裝病的主意，先把人弄出去再說。高浪聽了只是一愣，高蘭見他不解己意，又低聲道：「一會兒你先裝病，我好帶你出去。」隨即退開幾步，提高聲音道：「到底是怎麼回事？」高浪道：「阿榮太過分了，竟然調戲寶姬。」他雖然會意了高蘭的暗示，卻要擺男子漢氣概，不願裝病。高蘭向他連使眼色，他只是搖頭，抗聲道：「我又沒有做錯事，憑什麼要關著我？快放我出去！」

高蘭無奈，只好問獄吏道：「他們幾個孩子不過鬧著玩，現下高潛受了傷，很牽掛高浪，可否通融一下，先讓他出去？我可以做保，他決計不會再惹事。」獄吏一時不明白夫人為何偏袒高浪而不是幫自己的女婿阿榮，沉吟道：「這個……」忽聽見背後有人叫道：「夫人！」只見施秀率幾名羽儀奔過來參見，又問道：「夫人是來看望高浪的麼？」高蘭點點頭，問道：「你來做什麼？」施秀道：「屬下奉信苴之命，來提押刺客。」高蘭試探問道：「信苴有沒有提過要如何處置高浪和阿榮？」施秀道：「回夫人話，信苴只說先關著他們。」

高蘭弄巧成拙，知道無法再巧言令獄吏釋放高浪，只好道：「你們做正事罷，我先走了。」高浪忙叫道：「夫人、夫人，你可要救我。」見高蘭頭也不回，又向施秀道，「羽儀長，你評評理，明明是那阿榮欺侮寶姬在先，我救助寶姬有功，怎麼反倒把我關起來了？」施秀笑道：「若果真是阿榮欺侮了寶姬，她有手有腳，功夫又不差，不會自己動手教訓阿榮麼？還有，她為什麼不主動表明寶姬的身分？為什麼你們跟阿榮一打起來，寶姬自己反而先逃走？我可記得你們幾個素來是極講義氣的，總說要有福同享，有難同當。」高浪一時愣住，再也答不上話來。

施秀歎了口氣，道：「所以說你們幾個計畫不夠周密，露了破綻，還當旁人是傻子看不出來麼？」見高浪神色甚是沮喪，又安慰道：「你乖乖待在這裡，別再鬧事，過幾天等信苴氣消了，自然放你出來。何況受罰的不獨你一個，阿榮頭人也被關在這裡呢。」不再睬他，回頭問獄吏道，「凌雲關在何處？」獄吏忙道：「就在前面，我領羽儀長去。」

凌雲是闖入無為寺行刺的重犯，本該上三木刑具，關入地牢，因怕他傷重，臨時押在輕監中，距離高浪的囚室僅一間之隔。獄吏取鑰匙開了牢門，只見凌雲穿著單薄的囚衣，蜷縮在牆角中，頸項、雙腳已經換上大獄專用的鎖鐐[8]，不過在赭色囚衣的映襯下，氣色似乎好轉許多，雖依舊怏怏意衰，卻再無病夫之容，也不知道伽羅給了他什麼靈丹妙藥，恢復竟如此神速。羽儀進去拉起他，押將出來。凌雲問道：「你們要帶我去哪裡？」施秀道：「殺頭的刑場。」凌雲點了點頭，不再多問。施秀見他氣定神閒，渾然不將生死放在心上，倒也頗為佩服。

凌雲先被帶進獄廳，只見古舊的廳中擺滿各種血跡斑斑的刑具，甚是陰森恐怖。一名犯人被高吊在屋角屋梁下，血肉模糊，一名獄卒正手執皮鞭，狠狠往他身上抽去，他卻哼也不哼一聲，顯然已昏死過去。獄卒見有人進來，便停了手，等在一邊。

凌雲滿以為死前要遭刑訊拷打，多受些皮肉之苦，不料施秀卻在書吏的案桌旁站定，自懷中掏出幾張紙，道：「這是你之前供述的供詞，一共兩份，尚須你的畫押。」凌雲看也不看，嘲諷道：「原來大理還知道講王法。只是不知道我刺殺紅巾反賊，犯的是大元律令中的哪一條？」

施秀懶得多費唇舌，將紙狀放在桌上，使了個眼色，兩名羽儀左右去執凌雲的手臂。凌雲不願就此服軟，正好雙手未戴任何刑具，立時便要抵擋，卻被施秀一把抓住他頸間鐵鉗，往後一扯登時勒得他呼吸不暢，劇烈咳嗽起來。一名羽儀乘機反擰住他的左臂，將他上身按在桌上，另一羽儀捉住他右手手腕，將他右手大拇指硬按入印泥盒中沾滿紅泥。

施秀見凌雲猶自大力掙扎，又令一名羽儀上前，這才抓牢他的手腕強行往紙狀按去，不禁皺眉道：「為何不給他戴上手銬？」獄吏道：「這個……這個……」他知道施秀為人要比他兄長施宗好上許多，便老實說了實話，「實在是近來獄中犯人太少，粗笨活好久沒人做，原打算讓這犯人勞作幾日，做些苦役，不曾想他上了鎖鐐還如此凶悍。」役使獄中犯人終究不是什麼光彩之事，頓了頓又道，「羽儀長可不要告訴信苴。」施秀點了點頭。獄吏便慌忙奔去取刑具。凌雲反抗不成，最終被羽儀強迫在兩份供詞上一一按上手印，不住冷笑。獄吏取來一副綠鏽斑斑的銅鐵拲[9]，要親自替凌雲戴上，笑道：「給他套了這個，他就再也動不了啦。」施秀擺手道：「不必了，反正他也逃不掉。」收好供詞，又向獄吏要了鎖鐐鑰匙，這才出來。

此刻已是日盡西山，淡紫色的薄暮籠罩了整座陽苴咩城，喧鬧了一天的街巷市陌也漸趨沉靜。施秀默默領人攜著凌雲走出大獄，因他腰間傷口初癒，身上鎖鐐又頗為沉重，只能一步一挪，行甚遲緩。一路蹒跚行去，卻並非去施秀聲稱的殺頭刑場，而是逕直來到五華樓南苑阿蓋的住處。大都、馬文銘盡集此院中，正為如何說服段功出兵一事與阿蓋公主商議，忽見施秀押凌雲進來，不由得全都愣住。阿蓋更是大起異色，死死瞪住凌雲，手腕輕顫，杯中茶水濺上了胸前衣衫，她卻渾然不覺。

眾人自然以阿蓋為首，但她殊無應變之能，一見到凌雲出現眼前便自亂了方寸。還是馬文銘先道：「羽儀長突然駕臨，有何貴幹？」施秀道：「奉信苴之命，將刺客凌雲交由阿蓋公主自行處置。」命人開了禁錮凌雲的鎖鐐，隨即率人離去，只留下一干驚得目瞪口呆的蒙古人和回回人。大都是個豪爽漢子，上前一步怒道：「凌雲，虧你號稱梁王府第一勇士，大王對你信任有加，派你護送公主前來大理，你卻為報一己私仇，壞了大王大事不說，還險些連累公主。」揚手向他打去。凌雲絲毫不避，只聽得一聲脆響，左臉頰著了一記耳光，登時露出五個清晰的手指印。他腰間尚有傷未癒，腳下一個趔趄，險些跌倒。

大都喝道：「來人，將凌雲拿下。」兩名蒙古武士應聲上前，一左一右去捉凌雲的手臂，因忌憚他梁王府第一勇士的威名，又素來心狠手辣、冷酷無情，是個不好惹的人物，懼他暴起搏擊，這一抓各自用上摔跤中的擰裹手法，手一沾上衣襟旋即如鐵箍般收緊，另有人疾奔出去尋找繩索。不料凌雲一言不發，也不抵擋掙扎，任憑武士將自己的雙臂反擰到背後，只是臉色極為陰冷難看。

阿蓋見狀，將手中的茶杯頓在案桌上，霍然站起來道：「住手！你們這是要做什麼？」大都忙道：

「公主，段功不但不殺凌雲，還將他送還，分明認為是大王指使他夜闖無為寺行刺，送他回來等於是向我們下逐客令。不如殺了他，用他的人頭向大理表明我們與刺殺絕無干係。」阿蓋堅決地道：「不行！」大都勸道：「公主，殺了凌雲，或許說服段功發兵相助大王還有一線生機。」

阿蓋本無主見，聞言可以用凌雲的腦袋營救父王，立時又遲疑起來。大都命道：「來人，將凌雲拉到院中砍了。」阿蓋忙道：「住手！」大都道：「公主……」馬文銘忙勸道：「王傅，凌雲是大王的心腹，不可輕易處死。況且大理送回凌雲，未必便認為大王是行刺主謀，這或許反而是一種示好的姿態。」合仲更是道：「凌雲刺殺的是紅巾反賊頭領，何罪之有？」

馬文銘雖然年輕卻見識非凡，大都對他甚感佩服，一時躊躇，問道：「小侯爺果真認為送回凌雲，是大理示好的姿態麼？」馬文銘的先祖賽典赤原是中亞色目貴族，在蒙古軍西征時被俘投降，因才幹出眾而得忽必烈信用，派往雲南創建行省制度，擔任第一任雲南平章政事，死後追封為咸陽王。他的兒子馬哈只襲封滇陽侯，馬文銘是其長子，將來也要世襲父親的爵位，所以大都稱之為「小侯爺」。

馬文銘道：「只是有這個可能。再說這裡是大理五華樓，我們在人屋簷下，不可隨意喊打喊殺。」大都想了想，扭頭吩咐道：「先將這小子綁了關起來，帶回中慶再請大王處置。」蒙古武士取來繩索，反剪了凌雲的雙臂，正要押他出去，阿蓋忽道：「等一等……你們……你們先出去，將凌雲留下，我有話要跟他說。」大都極為詫異，卻也無可奈何，只好道：「是。」便與馬文銘各領下屬，退了出去。

堂中一下安靜了下來。沉默許久，阿蓋才幽幽問道：「你的傷好些了麼？」凌雲道：「多謝公主關心，已經好多了。」阿蓋道：「他們……他們為何放了你？」凌雲道：「屬下不知。」阿蓋柔聲道：「你別怪大都，他要殺你綁你，只因我們目下有求於大理。」凌雲道：「那麼公主怎麼想？」阿蓋道：

「你明明知道我們這趟來大理身負重任，你偏偏要在這節骨眼上惹事。為什麼你心中總放不下父母大仇？」凌雲面罩寒霜，冷冷道：「公主何不如大都所願就此殺了我，用我的人頭向段功表明心跡？」阿蓋漲紅了臉，道：「你怎會這般想？」凌雲見她露出失望之極的表情，心有不忍，歎了口氣，不再言語。阿蓋道：「我確實該殺了你，不過你是父王的人，理當由父王處置。」自靴筒中取出一把小巧精緻的彎刀，走過去割開綁索，道，「你現在就走罷。父王多半也不想再見到你，你回你的中原老家，去找明玉珍報仇罷。」

凌雲自是知道自己命運灰暗難卜，留在大理極不安全，隨時會有性命之憂，想殺他的人實在太多；而一旦被大都押解回中慶，以梁王狷狹之性格，也絕不會放過他，說不定會被凌遲處死；此刻阿蓋趕他走，實是要放他一條生路。只是，他真該就此離開麼？

阿蓋道：「你怎麼還不走？」凌雲道：「遵命。」走近門口，突然又頓住，回轉身來道，「押不蘆花，我們一道走罷，離開這裡，離開雲南，離開中原，去你常常念起的雁門關外的蒙古老家。」

阿蓋萬料不到凌雲會在此刻說出這番話來，只覺天崩地裂，腦袋「嗡」的一響，天地便一片寂靜。過得片刻，她才反應過來，「啊」了一聲，呼吸驟然急促起來。「押不蘆花」是她的蒙古名，押不蘆花是傳說中能夠起死回生的仙草，只有她母親嘉僖王妃才會這麼叫她。自從她認識凌雲以來，她還從沒聽他這麼叫過自己。她出生在塞外草原，五歲才與母親一道來雲南與父王團聚，雖待在中慶的歲月更久，然而那蒼茫遼闊的蒙古草原，那條潺潺的河流，卻永遠是她記憶中最美的風景。她時常追憶童年無憂無慮的生活，追憶故鄉的一草一木，也曾暗暗憧憬將來有一天能與心愛的男人一道返回那裡生活。

她仔細凝視著他，見他一貫冷漠的眼神中閃動著罕見的焦灼熱情。又聽見他柔聲道：「你不是說過，只有在草原上才會有真正快樂的人——男子像大地一樣寬廣厚實，女子像野花一樣清香美麗，沒有權勢，沒有爭鬥，沒有戰火，難道不好麼？」他靦腆而局促地望著她，期待她的回答。二人的目光彼此膠著，剎那間心神蕩漾，百脈沸湧，不知是夢是幻，是假是真。那一刻，周遭所有的雜音都止歇了，沉寂中，能聽見二人心跳的聲音。一個「好」字幾乎就要從阿蓋的唇中脫口而出，可是她轉念想到父親、兄長正被紅巾困在中慶城裡，生死難卜，心中奔走激昂的熱情又立時黯淡下去。她不敢答話，扭轉了頭，眼睛望著案桌上的茶杯，以免他看到自己眼中的盈盈淚意。

凌雲等了半晌，始終不見她回頭，終於失望，蹣跚著往外走去。阿蓋見他依舊一身赭色囚衣，驀然省悟過來，叫道：「等一等……」他回過身來，眼中洶湧著驚喜的火焰，道：「公主，你……」卻見阿蓋飛快地步入內房，取出他的衣物行囊，又自懷中掏出一件物事，那正是他被關在伽羅住處時，趁人不備交給她的布包，阿蓋走上前來將這些物事一併交到他手中，道：「這些都是你的東西。」灼灼火焰頓時熄滅，凌雲無可奈何太息了一聲，那一歎深沉得彷彿自大地最深處發出，隨即點了點頭道：「請公主多多保重。」不再遲疑，慢吞吞茹痛步出門去。

阿蓋很清楚這次訣別或許便是永別，眼睜睜望著他沒入濃郁的夜色中，不由得柔腸寸斷，心如刀割，有心追出門去，腳下卻如同灌了鉛般沉重，始終邁不出那一步。她頹然跌坐椅中，淚珠滑過臉頰，甚至連外面傳來大都的呼喝聲也沒聽見。一時間心潮澎湃，悲從中來，不可斷絕。

外面月上柳梢，清輝萬里。這一晚對阿蓋來說，必將是個難眠之夜。一墀月色，清清冷冷，她久久凝視窗下，眼見茶花在風中搖曳，間有花瓣凋落，目光漸有淒涼哀怨之意。花開花謝，輪迴著生命的歡樂和悲苦；韶華紅顏，又能經歷幾番命運的捉弄？人總有無法抗拒的宿命，她的宿命又將是什麼？

與阿蓋一般輾轉反側的還有總管夫人高蘭。這一夜，段功竟沒回到寢宮，她幾次派人去問，均說信苴還在議事廳中處理政事。以往丈夫有要務羈絆，必會事先派人告知以免她久候，然而這一晚，始終沒有隻言片語傳來。她在堂前徘徊躑躅，金戺[11]玉階，彤庭輝輝，眼見月華清涼柔美，如水流瀉山河大地，她的思緒像微風般拂過面龐，心頭也似這溶溶月色惘然惝怳。

凡世間種種離人，舉頭望見同一輪明月，卻望不見彼此的容顏。人自心感，月則更明，想從愁緒中掙脫，又不由自主陷入了更深的憂鬱中。長長短短的相思，深深淺淺的懷戀，彌久不散。這恬靜寧馨的月夜，充盈了諸多縹緲的情愫和念想，之後便有了幽深漆黑的意象。月空下的仰望，是懷念，還是迷離；是寂寥，還是慰藉；是惆悵，還是徬徨；是溫情，還是感傷？

古往今來，素光中寄託了多少相思與離情，滄海桑田中還記得是誰初次凝月興歎，明月又是何時照見最初的離人——為何俯視了古今離合悲歡、世間萬般情態後，亦如往昔一抹淡然，一抹純粹，訴說著千年不老的夢幻？

1 中和峰：蒼山十九峰當中，由北至南第十二峰。

2 桃溪，蒼山十八溪當中，由北至南第十一溪，龍溪則是由北至南第十四溪。

3 南詔、大理王族均以「虎」為圖騰。

4 大理城中專門管理貿易的官員。

5 指段僧奴的弟弟段寶。

6 官職名，西周始置，位次三公，與六卿相當，與司馬、司空、司士、司徒並稱五官，掌管刑獄、糾察大臣等事。後世也用作刑部尚書的別稱。

7 郭仲翔的此段經歷，後來被明人馮夢龍寫進名著《喻世明言》中。

8 元律專稱拘禁囚犯雙腳的鐵鏈為「鐐」，規定鐐鏈連鐶共重三斤；繫犯人頸項的刑具則為「鎖」，鐵鏈長八尺以上，一丈二尺以下，重五斤，一端為鐵環或頸鉗，套在犯人脖子上，另一端與腳鐐的中部相連。

9 桊：古代一種銬手的戒具，將囚犯雙手一上一下束縛住，與「桎」（禁錮犯人雙腳的戒具）和「梏」（鎖住犯人脖子的戒具）合稱三木。

10 宋人周密在《癸辛雜識續集》記載：「回回國之西數千里地，產一物極毒，全類人形，若人參之狀，其酋名之曰『押不蘆』。生土中深樹丈，人或誤觸之，著其毒氣必死……埋土坎中，經歲然後取出曝乾，別用他藥製之，每以少許磨酒飲人，則通身麻痺而死，雖加以刀斧亦不知也。至三日後，別以少藥投之即活。蓋古華陀能刳腸滌胃以治疾者，必用此藥也。」可見，押不蘆是一種有麻醉效果的有毒藥草。

11 戺：堂前臺階兩旁的斜石。

卷五　金指環

段功緊鎖眉頭，回過頭去——日正當頭，強烈的陽光中，陽苴咩偉岸高大的城牆也模糊了起來，只有城頭星星點點閃耀著金光，那是守城羅苴子身上佩帶鞸鞘的反光。害死脫脫的另有凶手，真相未明，他離開後，大理又會發生什麼事？再看前方，前途漫漫，等待他的又將是什麼樣的際遇？

這一夜，五華樓中有許多人都未能睡得踏實，留宿在樓中的樓長鄭經也是其中一個。天色未明他便已驚醒，匆匆抹了把臉，出得樓來，正遇見昨晚才住進南苑一號院的羅貫中在茶花叢間漫步，本該儀態悠閒，卻眉頭緊鎖。他對這個模樣斯文、談吐文雅的書生很有好感，又得了他同伴沈富的好處，特意上前問道：「羅先生可是有什麼煩心之事？莫非嫌這裡有怠慢之處？」羅貫中忙道：「哪裡，樓長熱忱招待，足見盛情。只是思及無依禪師殺人一事，頗多感歎，所以出來走走。」

他和沈富本因無依的緣故，才得以住進無為寺，不料寺中連生變故，南禪房羽儀進駐，嚴密監視諸位住客，他二人已感不自在。後來無依殺人被帶走，他二人也不便再留在寺中，主動辭別住持搬了出來。沈家在陽苴咩、龍首關、龍尾關均有店鋪，此次隨沈富南下的僕從便住在陽苴咩城中的綢緞鋪中。兩人本欲就此搬回鋪中，不料段功得知後，特意交代羽儀送他們到五華樓，這五華樓聲名遠播西南，以二人身分本沒有資格住進五華樓，得此良機，自是喜出望外。

鄭經不知羅貫中與無依是舊識，也不知種種情由，見他感慨無依竟不顧首座身分殺死一名掛單僧人，道：「這才是知人知面不知心呢。」又寒暄了兩句，鄭經便匆匆趕往廚房。自從施宗昨日提及有兩副孔雀膽不知去向後，他便格外留心飲食茶水，生怕有所閃失。詳查過廚房，天光已然大亮，又沿湖邊巡視了一圈，不斷遇到手執鐸鞘往來巡邏的羅苴子，令他忐忑的心情稍感安慰。一路走過來，南、北院落甚是安靜，大約各人還未起床。他便又到五華樓裡，不辭勞苦地自底樓往五樓一一查看，見無異樣又往門樓而去。

正欲下臺座時，忽有一名樓丁疾奔而來，叫道：「樓長！樓長！」鄭經一聽這氣急敗壞的聲調，心中登時一緊。果見那樓丁奔至眼前，氣喘吁吁地道：「樓長，不好了，南苑二號院有兩個蒙古武士半夜被人殺了，蒙古人說是紅巾使者幹的，要去北苑問個究竟，被羅苴子擋住，正鬧得不可開交呢。」鄭經恨恨地跺了跺腳，道：「我就知道，這些人一起住進了這裡，非要鬧出點大事不可。」他前後忙了一早上，早已虛汗淋漓，抹了把額頭，定了定神，交代道：「你趕緊去總管府報信。」眼見樓丁飛一般地奔下臺階，這才往南苑趕去。

及近一號院，便聽到洶洶喧譁聲，有痛罵者，有勸諭者。走得近些，只見一大群人擁在一號院門口——蒙古人個個群情激奮，手按刀柄，正與全副武裝的羅苴子對峙，馬文銘則從旁拉住大都相勸。大約因為吵鬧得太過厲害，羅貫中和沈富也擁出門口觀望。

鄭經忙擠了過去，連聲道：「有話好說、有話好說，到底出了什麼事？」大將軍張希矯昨夜臨時被召至總管府議事，羅苴子群龍無首，見鄭經到來，有人上前道：「樓長，你來得正好，這些蒙古人說北苑紅巾使者半夜溜過來殺了他們兩個人，正要去找他們拚命。」合仲道：「殺人償命，天經地義。」鄭經忙道：「大人如何肯定凶手就是住在北苑的紅巾使者？」合仲道：「我想不出來還有其他人，這五華樓裡，只有他們這些反賊跟我們是死對頭。定然是他們惱怒凌雲刺殺了他們的首領，想要以牙還牙報復。」鄭經道：「嗯，大人所言有理。」

蒙古人見鄭經明顯偏袒自己一方，不由得一陣附和，紛紛道：「既然樓長也這樣認為，就請下令這些衛士讓開，讓我們去找紅巾反賊一決生死。」鄭經道：「不忙。下官已經派人守住紅巾使者院門，他們跑不了。請各位先帶我去看看死者，以示哀悼之意。」

他任樓長近二十年，迎來送往多不勝數，圓滑老練的本事無人能比。蒙古人聽了果然很是感激，當下不再吵鬧，領他來到二號院東廂一間房中。卻見房裡兩張南北對置的床榻上，各有一名蒙古人和衣仰天而臥，裸露在外的臉部、手、腳均呈一片黑青乾澀之色。

鄭經見這二人的死狀似曾相識，心中已有數，忙道：「這兩位官人並非外人所殺，而是被吸血精吸血而死。想來各位都已聽說昔日五華樓建成之日、南詔王在樓前廣場曬死五百名奴隸的故事，之後這裡便偶爾會有吸血精作祟，半夜出來吸血。」口中這麼說，心下也頗為困惑，暗想：「往常都是到夏季天熱之時，南苑才偶有吸血精出現。目下才是春季，如何就鬧起了吸血精？」

鄭經搬出了吸血精，等於證明紅巾使者無辜，一干蒙古人哪裡肯相信如此離奇詭異的說法？大都冷笑道：「吸血精？這我倒第一次聽說。樓長，人命關天，請你不要再瞎扯。若是你不肯讓我們去找紅巾反賊報仇，那我們就去總管府向信苴討個說法。」鄭經道：「等一等。」奔過去將一名死者上衣往上掀道，「請大人來看，看得仔細些。」大都上前一步，嘲諷地道：「樓長莫非又想編些……」突然愣在當場——那武士屍身乾癟，身上佈滿密密麻麻的小紅點，看上去像是極細微的針眼。

鄭經道：「他是被吸血精吸乾全身血而死，身上這些小孔便是吸血的明證。」又掀開另一具屍首，情形也是如此。眾人仔細查看，發現二人身上除了之前與阿榮一行爭鬥所受的刀傷，確實再無其他傷口。半信半疑中，大都問道：「就算真有吸血精，為何只吸了我方二人的血？」

這個問題也同樣困惑著鄭經，他當然不能說往年夏季吸血事件確實都發生在南苑，不然蒙古人會更加不依不饒，認為他刻意如此安排，只道：「大約只是巧合罷。」轉頭掃了一眼在場眾人，一號院的羅貫中、沈富適才見過，二號院的蒙古人，三號院的回回人都聚在這裡，唯獨不見四號院的阿蓋公主。心中登時一驚，暗想：「哎喲，該不會公主也遭了吸血精毒手？若公主死在五華樓，我這顆腦袋定然再也保不住。」慌忙問道，「為何不見公主殿下？」

大都猜到鄭經的心意，冷冷道：「樓長放心，公主安然無恙，還在歇息。」阿蓋已經連續兩夜未眠，到凌晨時終於支撐不住，倒頭沉沉睡去。大都發現兩名武士死後，曾趕去告知阿蓋，阿蓋大約睡意正濃，也未聽進去，只隔窗漫應了兩聲。

鄭經聽說後這才放下心來。合仲道：「樓長，這就請帶我們去總管府。我倒想問問你們信苴，為何五華樓的吸血精只吸了我們兩名蒙古勇士的血，是不是有人故意扮成吸血精作怪？」鄭經忙道：「大人請慎言。我已經派人去總管府送信，稍後便有人來料理，各位請少安毋躁，先回大堂等候。」

眾人走出廂房，到正堂坐下，鄭經又命樓丁送來點心水果，當作早點。合仲道：「樓長不必勞煩，我們可不敢再吃五華樓的食物，保不齊又有什麼精在裡面作怪，毒死了我們大夥可是連一個申冤的人都沒有了。」鄭經忙道：「大人言重了。」

鄭經知道事已至此難以隱瞞，只好說明吸血精吸血事件已經鬧了六十餘年，最早是發生在大獄，後來五華樓也偶有出現，不過都在南苑，尤其以現下羅貫中、沈富居住的一號院最為頻繁，據推測應該是最鄰近大獄的緣故，所以一入夏時，南苑便會禁人居住，大獄犯人也會盡數轉移至別處。又道，「下官絕無虛言，大人若是不信，可親自去大衙門查閱卷宗，吸血精事件是我大理的大疑案，積年卷宗堆起來有兩大櫃子。」

大都道：「果真如樓長所言，那麼春季便不該有吸血精出現。即使出現，為何一號院的那兩名漢人平安無事，被吸血的只有我們二號院的兩人？」鄭經抹了一把額頭的汗，訕訕道：「這個……下官也不知道。」合仲冷笑道：「這吸血精吸血的說法，樓長恐怕難以自圓其說。走，大夥一起去北邊，看看紅巾使者是不是也被吸血精吸了血。」蒙古人轟然答應，摩拳擦掌，朝外湧去。鄭經有心阻攔，卻被推到一旁。馬文銘忙叫道：「等一等……」他仔細看過兩名蒙古武士的屍體，確實是血盡而亡，尤其蹊蹺的是，廂房裡面不見一點血跡，若果真是被人殺死，如何能做到不留絲毫痕跡？他說了自己觀察到的情況，大都道：「這麼說，小侯爺也認為是吸血精吸血殺人？」馬文銘道：「這吸血精吸血的故事，我還是第一次聽說。不過看兩位武士的死狀，確實不像人力所為。」

正說著，只聽見外面一陣嘈雜腳步聲，施宗率數名羽儀直闖進來，森然問道：「到底出了什麼事？」鄭經忙道：「是吸血精昨夜吸了兩位蒙古官人的血。」施宗只聽樓丁報說有人半夜殺了兩名蒙古武士，生怕蒙古人與紅巾使者械鬥，急忙趕來，忽聽得鄭經說是吸血精吸血殺人，不由得滿腹愕然，心想：「現今正是春寒料峭，哪裡來的吸血精？」他生性精明，以為是鄭經信口胡說，也不揭破，只問道：「人在哪兒？」

鄭經忙領了施宗來到東廂房中，施宗一見不由得愣住，死者情狀確實是被吸血而死，可是春季便鬧吸血精，又只發生在五華樓，這還是頭一次發生。回頭問道：「大獄那邊昨晚可有異常？」鄭經道：「下官不知。」施宗出來院中，叫過一名羽儀，低聲命他速去大獄看看昨夜有無犯人被吸血精吸血而死。合仲卻根本不信吸血精之說，見施宗處事神神祕祕，跟出來冷笑道：「世間哪有什麼吸血精，分明是那幾名紅巾反賊所為，羽儀長有意庇護凶手，莫非內中有什麼隱情不成？」施宗道：「真相未明，大人何必急著指認凶手？大人說是紅巾使者所為，若紅巾使者反口說是你們蒙古人有意殺害自己同伴，以挑起爭端，又該怎麼辦？」蒙古人頓時大噪，紛紛嚷道：「這是什麼話？我們怎麼會殺死自己人？你們大理分明是有意袒護反賊。」施宗不動聲色，等眾人一一吵完，這才冷冷道：「各位先各自回房歇息，等水落石出之時，我自會給大家一個交代。若是再不聽勸，一定要去找紅巾使者報仇，休怪我翻臉無情。」又命道，「去叫負責各院的樓丁及昨夜巡查的羅苴子來。」

當下詳細查問，得知昨晚蒙古人本欲處置凌雲，後來阿蓋公主放了他，出來時又為大都所阻，爭執一番，才勉強放凌雲離去，大都與馬文銘隨即各帶部屬回院歇息，晚飯也由樓丁送至院中，負責四周警戒的羅苴子再未聽到任何異常。北苑那邊則除了阿榮頭人的隨從所居二號院偶有喧譁外，鄒興等人居住的三號院一直極為靜謐。施宗心想：「原來蒙古人昨夜已將凌雲趕走，想來是急於與他劃清界限。他雖然身上有傷，終究還是個勁敵，信苴明明可將他處死，何必為了鄒興幾句求情的話就放過他？」當即問道，「可知道凌雲離開五華樓後去了哪裡？」鄭經道：「是施秀羽儀長押送來的那名年輕官人麼？下官見他身上有傷，派人送他去了中坊客棧。」施宗點了點頭，命道：「派人去客棧帶他來這裡。」鄭經不明所以，只應道：「是。」

卻見施宗派去大獄查探的羽儀飛奔進門，滿頭是汗，嚷道：「羽儀長料事如神，昨夜大獄果真有一名犯人被吸血精吸血而死，死狀跟這兩名蒙古武士一樣。」喘了口氣，又補充道，「死的是一名重犯，獄吏正不知道要怎麼辦才好。」施宗問道：「死者是誰？」羽儀道：「是楊慶。」施宗聽了，不禁皺了皺眉。

此刻蒙古人、回回人猶聚集堂中，留意觀察院中施宗的舉動，忽聽得另也有人被吸血而死，不由得驚奇萬分，一起擁將出來，也不吵鬧，只靜待聽取事情經過。施宗環視眾人一眼道：「各位既然不信吸血精確有其事，便請跟我一起到大獄看看罷。」馬文銘道：「願觀其詳。」一大群人匆忙趕來大獄。那楊慶本被關在北首地牢中，此刻已被抬了上來，橫屍在牢口。他身上雖然鞭傷累累，一望便知受過嚴刑拷打，可是卻與兩名蒙古武士一樣遍佈小紅點，全身肌膚黑青乾癟。大都等人見狀，這才開始慢慢相信世上真有吸血精一說。

獄吏卻始終哭喪著臉，信苴特別交代要仔細拷問的要犯，竟在他的治下暴死，追究起來難免落個看守不力的罪名，搞不好還要流放他鄉。施宗見狀，窺測他的心意道：「獄吏不必如此，楊慶被吸血精所殺也不是你的過錯。」獄吏尚不知五華樓也有蒙古武士被吸血而死，只道：「羽儀長不覺得奇怪麼？」施宗問道：「有何奇怪之處？」獄吏道：「以往大獄鬧吸血精，凡在場者，犯人、守衛、獄卒無一能逃脫，為何這次遭殃的只有楊慶一人？」一指對面的監牢，「無依禪師就關在這裡，這間監牢正對著楊慶被關押的地牢。為何楊慶被害，無依禪師卻毫髮無損？」頓了頓又道，「若說禪師有天上佛祖庇護，可是阿榮頭人就關在隔壁兩間，為什麼他也沒有被吸血精吸血？」合仲一拍大腿道：「這就對了！我早說這世上沒有什麼吸血精，現在你們自己也難以自圓其說了罷？」斜睨著施宗，表情甚是得意。

施宗也覺得這次吸血精事件極為怪異，時間、地點、對象均與以往有諸多不同，沉吟片刻，走到關押無依的監牢前，見他正盤膝坐在牆角，雙目微閉。施宗叫道：「禪師！」無依緩緩睜開了眼睛。施宗問道：「禪師昨夜可曾聽到什麼異樣動靜？」無依道：「有窸窸窣窣之聲。」施宗道：「窸窸窣窣之聲？那是什麼聲音？」無依道：「彷若是大群老鼠爬過屋梁。」合仲搶上來問道：「難道禪師沒有聽見人的慘叫聲麼？」無依道：「確有慘叫聲，不過卻是白日有人被刑求的慘叫聲。」

眾人正感失望，忽聽見有女子清脆的聲音道：「讓一下，讓我看看。」施宗認得是伽羅的聲音，一轉頭，正見她排開眾人走向屍體。另有樓丁上前低聲稟告道：「小人奉命去找凌雲，先遇到了伽羅，說凌雲一大早便已經離開客棧，出城去了。」

原來段僧奴被父親軟禁在總管府中，不得出去，尚惦記有一面之緣的阿蓋，正好伽羅、高潛二人進府陪她，她便託伽羅連夜送些財物到中坊客棧給阿蓋。伽羅雖見過阿蓋本人，卻不知道她的名字，當即來到客棧，不料阿蓋早已搬去五華樓，這才從客棧老闆那裡得知阿蓋就是梁王公主。正欲轉往五華樓時，又遇見凌雲帶傷回到客棧，一時驚喜交加，早將阿蓋拋在一邊，不顧凌雲冷口冷面，仍留在客棧東扯西拉許久，直到半夜才離去。回總管府後，伽羅立即告知段僧奴信苴已經放了刺客，段僧奴也很高興，只恨自己不能出去見凌雲一面。二女各懷心事熬了一夜，一大早伽羅帶了藥趕去中坊客棧，卻意外得知凌雲已經離去。她失落了老半天，才想到興許他是到五華樓找阿蓋公主，便往五華樓而來，正遇到樓丁來找凌雲，方得知五華樓出了大事。大理吸血精的故事傳得沸沸揚揚，但究竟是怎麼回事，人被吸血精吸乾血後到底是什麼樣子，極少有人見過。伽羅一時好奇心大起，忙跟隨樓丁前來看熱鬧。

施宗早知伽羅一直有心袒護凌雲，她的話也不十分可信，正欲叫她過來問個清楚，忽聽得伽羅問道：「這人是誰？」獄吏道：「是楊慶。」伽羅道：「楊慶？完全認不出了呢。」獄吏道：「他被吸血精吸乾了血。」伽羅哈哈大笑道：「原來這就是你們說的吸血精故事？哈哈，他可不是被什麼吸血精吸血而死。」

蒙古人、回回人不知她身分來歷，見她一個年紀輕輕的小姑娘，行事肆無忌憚，相貌又大異於中原人，不免好奇地打量她。合仲更是大喜過望，連聲讚道：「小娘子極有見識，當真是一針見血。」伽羅笑道：「我能有什麼見識，是你們這些人太笨而已。」合仲碰了個大釘子，難堪不已。施宗趕過來斥道：「伽羅，別信口胡說。」伽羅道：「我哪有胡說？施宗羽儀長，你看屍體身上這些小孔，是壁虱留下的咬痕，他是被壁虱吸乾全身精血而死，你們竟然還說是什麼吸血精，真真好笑。」

眾人面面相覷了好一陣子，馬文銘才問道：「請教小娘子，你怎麼會知道這些小孔是壁虱留下的咬痕？還有，壁虱是什麼物事？」伽羅不知道他是堂堂行省使者，見他年紀與自己相仿，提問得又很誠懇，頗為歡喜，笑道：「壁虱是一種褐色的小蜘蛛，靠吸血為生。我是藥師殿的醫師，當然知道這個了。有一次有病人中了奇毒，師父便是用壁虱吸出他全身的毒血，再灌入乾淨的血給他，由此才解了毒。」

藥師殿聲震天下，她一亮出名頭，眾人便皆信服，不再有任何懷疑，只唏噓不已。

獄吏忙問道：「可是為何大獄只有楊慶一人被壁虱吸了血？」伽羅道：「這個我就不知道了。不過現下才值春季，壁虱正處在繁衍生長期，都還是一些幼蟲，照理不該有那麼大的危害。」獄吏道：「這麼說來，以往夏季發生的吸血精吸血案都是壁虱作怪？」伽羅道：「我不能肯定，我又沒見過以前的吸血案，不過眼前這人肯定是被壁虱害死的。」

馬文銘道：「我還有個問題，想向小娘子請教。」伽羅笑道：「公子別客氣，有話請說。」馬文銘道：「我在想……這個人之前被鞭打過，身上有傷口。二號院中被吸血的二名武士，前晚在與阿榮爭鬥時也受了刀傷……」施宗立即會意，問道：「伽羅，會不會是這幾人身上的血腥氣吸引了壁虱？」伽羅懶洋洋地道：「嗯，有可能罷。」又問道，「還有其他人也被壁虱吸血而死麼？」施宗道：「『有可能』到底是可能還是不可能？」伽羅道：「我就是信口胡說而已，施宗羽儀長可別當真。」施宗這才知道她還記仇適才斥責她的話，一時被當眾噎得哭笑不得，餘人也無不暗笑。

伽羅走過去，大大咧咧地拍了拍馬文銘肩頭，笑道：「你極有見識，壁虱幼蟲的鼻子不怎麼靈光，聞不到人氣，確實是血腥氣吸引了它們。」施宗向獄吏使了個眼色，施宗忙問道：「那麼要如何找到這些壁虱？」伽羅道：「壁虱懼光，晚上才會出來。既然吸血事件只發生在大獄和五華樓，我猜母壁虱應當就在這附近。你不如放些畜血在外面，引幼蟲出來，然後順藤摸瓜找到母壁虱，用滾水燙死，才算永絕後患。」獄吏大喜道：「多謝小娘子指點。」

吸血精大奇案無意中為伽羅點破，當真是出人意料。蒙古人勉強接受了同伴是被壁虱吸血而死的事實，雖然表面不再多說什麼，內心卻依舊意氣難平，為何獨獨今年春季發生了壁虱吸血事件？難道往年大獄在春季從未拷打過犯人？為何死的只是蒙古武士及與蒙古人有干係的楊慶？這些問題也恰恰同樣困惑著施宗、獄吏等人。

眾人回到五華樓，施宗心思縝密，生怕再出意外，命樓長鄭經將南苑所有住客暫時先移往北苑，等今晚找到壁虱的源頭後再作計較。鄭經一聽說六十年來詭祕無比的吸血精原來是壁虱，驚訝得張大了嘴，半天合不攏。

伽羅笑道：「樓長，你少不得又要辛苦了，得用滾水清洗南苑，燙遍梁柱。」鄭經愕然不能回答，伽羅不再理會，自去四號院看望阿蓋。馬文銘忙追上前去道：「我陪娘子前去。」伽羅道：「好。不過你最好別再叫我娘子、小娘子什麼的，聽起來怪生疏的。我叫伽羅，你叫什麼名字？」馬文銘道：「我叫馬文銘。」伽羅道：「嗯，你姓馬，那一定是回回人了，難怪跟那些蒙古人看起來不大一樣。」馬文銘笑道：「回回人是什麼樣？蒙古人又是什麼樣？」

二人一邊說笑，一邊進到院中，正遇到阿蓋出來。馬文銘躬身道：「參見公主殿下。公主，這位是……」阿蓋道：「我在無為寺見過你，你叫伽羅，救過凌雲一命。」伽羅道：「是啊，公主還記得我。」伸頭四下張望，問道，「凌雲人不在這裡麼？」阿蓋道：「他已經走了。」伽羅道：「走了？去了哪裡？」阿蓋道：「我也不知道，許是回了中原老家。」伽羅聽說，不由露出失望的神色。阿蓋一怔，心想：「她為何這般難過？是為見不到凌雲麼？」

卻見大都領人擁了進來，道：「公主，這裡有壁虱吸血，請公主速速移駕。」阿蓋不知道壁虱是什麼，也不多問，只道：「王傅、小侯爺，我想去總管府求見段功總管，你們也跟我一道去罷。」伽羅聞言，訝然道：「你是小侯爺？莫非你就是行省派來的使者？」馬文銘道：「正是。」

大都見阿蓋一身盛裝，顏色從容，不知道她有什麼主意，問道：「公主去見段功，可是要勸他發兵援救大王？」阿蓋點點頭。大都道：「公主，這事怕是不妥。如今滿城風雨，說段功要娶明玉珍的義女明玥，以白頭之盟訂雙方之好，大理讓紅巾反賊公然在五華樓吃便飯就是明證。」馬文銘也道：「公主，你是本朝公主，不可如此……」他本想說「低聲下氣」，又覺不妥，一時想不出合適的詞語，便改口道：「不如讓我和大都王傅先去總管府。」

阿蓋尚未回答，卻聽得伽羅驚叫道：「你們說信苴要娶明玉珍的義女？呀，這怎麼可能？」馬文銘問道：「怎麼不可能？」伽羅道：「不可能就是不可能。」忽然又想起了什麼，道，「呀，我得趕緊回去問問寶姬。」擰身奔出院子。

阿蓋卻已打定主意，堅決地道：「我有重要的事要見段功總管，我意已決，二位不必再勸。」當先而出。大都和馬文銘面面相覷，不知道一向柔弱的公主何以變得如此果斷堅決，眾人當然不能讓她一人獨自前去總管府，慌忙跟了上去。

冤家路窄的是，走出五華樓時，一行人正遇到建昌頭人阿榮。因發生壁虱吸血事件，獄吏正按伽羅囑咐，燒滾水清洗大獄，犯人均被臨時轉移，至於阿榮、高浪這兩位特殊犯人，則在請示過施宗後予以釋放。

阿榮已知阿蓋是本朝公主身分，此刻一見，前呼後擁，果有公主氣派。任他勇悍異常，也知同時得罪了梁王之女和段功之女將後患無窮，有心上前賠罪，卻見一干蒙古人個個怒目相視，阿蓋竟連正眼都沒看他一眼便擦身而過。

剛到門樓，便見一騎疾奔而至，馬上騎士正是凌雲。眾人大感驚愕，阿蓋想不到還能再見到他，一時呆住。大都上前一步，喝道：「公主饒你不死，你為何還不離開？」凌雲也不下馬，只望著阿蓋道：「公主，我剛得到消息，中慶已在三日前失陷於紅巾之手。」眾人大吃一驚，齊聲問道：「什麼？」合仲更道：「中慶三面環水，百年經營，既險且堅，又屯有重兵，怎可能如此輕易失陷？」大都道：「你從哪裡得到的消息？」凌雲道：「這王傅就不必多問了，消息絕對是真。公主，大王、王妃、世子已經退往楚雄[1]，你切記不可再返回中慶。」隨即一圈轉馬頭，風馳電掣，絕塵而去，始終沒再回過頭來。

在場諸人的家眷均在中慶城內，忽聽得中慶失陷，以紅巾之痛恨蒙古人，鐵定是要大揮屠刀，一想到家人安危不免惶惶不安起來。合仲道：「王傅，你看……」大都冷笑道：「大家別慌，凌雲居心叵測，消息未必是真。」馬文銘歎道：「恐怕是真的。」合仲道：「小侯爺如何知道？」馬文銘道：「昨日紅巾使者住進五華樓後，段功特意安排大將軍張希矯坐鎮，以防異變。然而到晚上時，突然有人叫走張希矯，至今未歸；就連出了所謂吸血精事件，來的也只是羽儀長而不是大將軍，怕是段功昨夜便已知道中慶失守的消息，所以連夜召集將軍們議事。」眾人面面相覷，心下各自七上八下，忐忑難安。阿蓋忽道：「我們直接去問段功。」面上滿是從容淡定之色，再無半分黯然，她思索了一夜，心中已有對策，現下只須實行而已。

阿蓋一行匆匆來到總管府，大都稟明來意，說公主有要事想求見信苴，羅苴子慌忙進去稟報。等了好一會兒，才見施秀率羽儀出來，歉然道：「信苴還在議事廳與將軍們議事，只怕要勞公主久候。」阿蓋甚是沉著，道：「不忙。」施秀便讓眾隨從留在府外，只領著阿蓋、大都、馬文銘幾人進去。大都按捺不住心中焦急，問道：「請問羽儀長，中慶果真失守了麼？」施秀道：「在下只是羽儀，負責保護信苴和總管府，軍國大事一概不知，還請大人自己去問信苴。」

穿過重樓、大衙門，又繞過一處屏牆，曲曲折折過了一處曲廊，到得一間雅致的廳堂，施秀請諸人坐下，又命人奉上茶，自己則站在一旁相陪。如此靜等了大半個時辰，終於有羽儀來報道：「信苴請公主移駕。」施秀聞言，便領著阿蓋等人往議事廳而去。

卻見那廳中羽儀密佈，段功坐在西首堂上，面帶倦色，大約議事一整宿多少有些疲累。見到阿蓋等人進來，便逕直問道：「公主有何要事？」阿蓋道：「信苴，若是蒙你不棄，我願嫁你為妻。」她傲然抬起了頭，「我是成吉思汗的子孫，我的先祖是忽必烈、拖雷，堂堂大元公主難道還比不上區區反賊明玉珍的義女麼？」

議事廳中的一切停頓了下來，安靜得連一根針掉在地上都能聽見。包括段功本人在內，所有人均張口結舌駭異地望著阿蓋。段功露出訝然之情並非因為她當眾許嫁自己——畢竟大理時興自由戀愛、私訂終身，男女婚姻大多是自己選擇；只是正如阿蓋所言，她堂堂大元公主，將自己當作結盟籌碼公然拋了出來，從古至今大概也只有她一個。殊不知阿蓋卻是一派天真，渾然不解人情世故，她聽到人們議論段功有意娶明玉珍的義女明玥，以為他不過是貪圖女色之徒，因而有了一個最簡單的想法——既然明玉珍一心籠絡段功，不惜用愛女終身幸福作為籌碼，那麼她為了救中慶、救父兄，也一樣可以犧牲自己。

過了好半晌，大都才問道：「公主你……你說什麼？」阿蓋道：「我決意要嫁給信苴為妻。」大都結結巴巴地道：「公主你……你……」他本想說「你是不是瘋了」，卻始終說不出口。阿蓋公主的身分何其尊貴，段功勢力再大，在朝廷眼中也不過是一雄霸地方的土酋罷了，她怎能紆尊降貴，主動委身下嫁？何況段功早有正妻，她堂堂公主終究要落個堂下妾的名分。若是被梁王知道，定然暴跳如雷，寧可血戰沙場而死，也絕不同意將愛女許配大理總管。

在大理一方看來，則完全是另外一種意味——阿蓋的言行自然天真幼稚，然則看她的神色卻鎮定異常，定然早已深思熟慮。公主許嫁非同小可，自古以來，爭相向中原朝廷請求通婚的邊疆部落酋長、首領不計其數，無不視中原公主下嫁為非凡榮耀。吐蕃強盛時，贊普松贊干布求娶中原公主不成，屢興兵事，打了許多年的仗，唐太宗李世民才許以宗室女文成公主下嫁，松贊干布欣喜異常，換上唐朝衣冠，以女婿之禮相見，又仿照唐朝樣式特意為文成公主修建城郭和宮室，這就是著名的布達拉宮。千百年來，雲南還沒有哪位部落首領能娶到中原公主。昔日南詔王隆舜卑躬屈膝，勞心竭力，也只勉強得到唐朝許嫁公主的詔書，卻始終未能見到公主下嫁，直得在讒言中鬱鬱而終。阿蓋確實有驕傲的資本，她是元朝開國皇帝忽必烈的六世孫，是真正的金枝玉葉，若她當真下嫁段功確實是難得的殊榮，對維繫大理段氏在西南、乃至天下的名望地位大有裨益。

大將軍段真似不能相信，問道：「公主當真想嫁給我們信苴麼？」口氣已完全不是段功想不想娶的問題，而是阿蓋願不願嫁的問題。阿蓋除下左手拇指上的金指環，道：「我願與大理飲金為盟[2]……」大都知道那枚金指環是出身黃金家族的標誌，在蒙古人眼中尊貴無比，忙叫道：「公主，你不能……」

卻聽見阿蓋高高舉起金指環，朗聲道：「我押不蘆花帖木兒誠心誠意願嫁大理總管段功為妻，永不反悔；梁王與大理誓結同盟，永不兵戈相見；若違此誓，定教我……我……嗯……」她想發個比刀劍穿心更厲害的重誓，一時想不起來什麼合適，突然記起早上梳洗時聽樓丁提過什麼吸血精吸血，當即道，「定教我阿蓋被吸血精吸血而死。」眾人聽她眾目睽睽下義正詞嚴發誓，卻說出了吸血精吸血的話來，不禁有些莞爾。話說段功等人一直在議事，尚不知發生吸血精疑案，且案子已破。只聽大都道：「公主，沒有什麼吸血精，吸乾人血的是壁虱。」阿蓋不及問壁虱是什麼東西，便道：「嗯，那就讓我被壁虱吸血而死。」

飲金為盟是國之重盟，阿蓋誓言一出，眾人便一起朝段功望去。段功猶自呆在當場，他掌管大理已經十九年，軍國大事均是一語立決，眼前卻是平生前所未遇最棘手之事。昨夜之前他已經決定保持中立，不與梁王或者明玉珍任何一方結盟。他也聽到一些傳聞，說是街頭巷尾都在議論他將娶明玉珍的義女明玥公主，明玉珍派使者來大理本是機密大事，尤其明玉珍親筆書信許嫁明玥公主一事，只有極少數心腹之人知道，現今卻傳得滿城風雨，自是有人刻意興風作浪。他本無意親近紅巾，也不願去理會。但過了昨夜情勢已大起變化——明玉珍率紅巾軍三日前已攻下了中慶，梁王率殘部退往楚雄，已極度接近大理與梁王的界關羅那關，倘若明玉珍乘勝追擊梁王，大理的東部邊境將直接面臨紅巾的壓力。為以防萬一，段功已派大將軍張希矯及將軍鐵萬戶連夜率兵趕去羅那關增援。不僅如此，他還知道明玉珍除了親率軍隊攻打中慶外，另有兩路軍隊一路指向建昌，一路直指北勝州[3]。建昌是阿榮領地，北勝州則是大理北部咽喉之地，可見明玉珍早有打算，派鄒興與大理結盟不過是拖延時間之舉，他們也早料到大理依舊心向元朝，一旦宣稱結盟失敗，便師出有名，兩路偏鋒將逕直進攻大理。梁王已敗，大理失去了東部屏障，明玉珍一旦再自東向西，便會形成夾擊之勢，大理境內將烽煙四起。而更為不妙的是，占據湖南、湖北、江西、福建等地的陳友諒也正調兵遣將，召集以能征善戰著稱的「黑旋風」旗軍，有意南下與明玉珍聯兵一起攻打雲南。當此情形，大理即使想保持中立，只怕也是一廂情願的想法。他與將軍們商議一夜，決意先調集精兵趕往東部邊境，再伺機而動。不料當此緊要關頭，阿蓋突然求見，飲金為盟，聲稱要嫁他為妻。他當然知道她並非真心愛慕他，不過是想以聯姻為手段，讓他出兵營救梁王。不過，這卻是個極好的契機——目下大理文武官員沒有一人贊成發兵相助梁王，這自然是因歷年積怨極深，儘管梁王派了使者前來求救，大理眾人仍舊憤憤難平。但實際情況是，與梁王聯兵恰恰是大理擺脫即將來臨危機的最好出路，不然戰火定將燃進大理，只有聯軍梁王，主動出擊，擊敗明玉珍主力，收復中慶，才能保一方晏然無事。只不過大理眾將放不下仇恨，又擔心梁王一旦獲救，將來喘過氣，過河拆橋，再對大理開仗，豈不成千古笑話？但若有阿蓋居中盟誓，她是梁王之女，身上又攜有梁王金印，當可說服軍中將士，豈不聞適才大將軍段真話中的語氣，已有將信將疑的驚喜。只是，自己真該就此接受阿蓋的下嫁麼？這確實是個他想都沒想過的意外問題。

畢竟眾所注目，段功無法一直保持沉默，只好開口道：「公主，飲金為盟非同小可……」阿蓋道：「我知道。」飛快地掏出那把小小彎刀，在眾人驚呼聲中，她已一刀割破左手手指，將血一滴滴注在金指環上道：「信苴，請你命人取酒來與我盟誓。」她也不問段功是否願意娶她，只將彎刀倒轉，斜搭在腹部，竟似一旦遭到拒絕，便要自刺當場。

段功嚇了一跳，忙道：「公主，快些放下刀子。」阿蓋搖了搖頭，往廳中走了兩步，以離大都遠些，免他阻攔，又重複道：「請信苴命人取酒來與我盟誓。」神色凜然，態度極是堅決。段功心頭一震，暗想：「原以為她是個不識人間煙火的嬌弱女子，沒成想她為了救父親，竟會有如此大的勇氣。」段真上前一步，低聲道：「信苴，這是個大好機會。」段功便道：「好，我答應了。來人，去取酒來。」頓了頓又道，「公主，請你放下刀子，別割傷了自己。」阿蓋見有羽儀飛奔出去，便依言將彎刀垂下。大都明知已不可勸轉，還是上前道：「公主，請三思。」阿蓋卻是不聽。

廳中這場變故發生得極快，大多數人依舊尚未會過意來。羽儀拿進來兩只玉杯，斟滿酒。段功走下堂來，站到阿蓋身旁。阿蓋將手指的血依次滴入兩只玉杯中，又用彎刀割下金指環上的金屑入杯。段功一揮手，施秀取過烏鋼劍，從旁拔出奉上。段功執劍在手，低聲道：「公主，其實你不必嫁我，我也不想強人所難，你只須代表梁王與我大理誓言結盟即可。」阿蓋緩緩轉起頭，慘笑道：「誓言既出，覆水難收。這就請信苴滴血罷。」

段功自忖若不應承，她難以挽回顏面，必然要血濺當場，如此一來大理與梁王勢成死敵不說，梁王還會上奏朝廷，誣告大理暗結紅巾謀反，從此大理兵結禍連永無寧日，當下不再猶豫，用劍割破手指，滴血入杯中。二人隨即端起玉杯，一飲而盡。

阿蓋將金指環交到段功手中，道：「這是我的信物，也請信苴送一件隨身物事給我。」段功一時想不出身上有什麼可送之物，便道：「這烏鋼劍是我隨身佩劍，就此送給公主，作為信物。」阿蓋道：「好。」取了佩劍，昂然道：「阿蓋這就告辭了。」段功問道：「公主要去哪裡？」阿蓋道：「我要即刻趕去楚雄與我父兄會合。信苴，請你記得方才的誓言，你的未婚妻子在楚雄日夜盼你發兵前來相救。」竟不再流連，轉身決然而去。只在臨出廳門的一剎那，她突然停下腳步回過頭來，蒼白憔悴的面容恰似早春二月的溪流，冰清玉潔而又湧動著脈脈憂傷。尤其那清如泉水的眼睛飽含悲苦的期待目光，彷彿烙印般烙在段功心裡，這被灼傷瞬間所留下的痛令他永難忘懷。

這戲劇性的一幕隨阿蓋戲劇性的離去，又戲劇性地結束了。良久，段功才轉頭問道：「淵海，我這麼做對嗎？」楊智道：「信苴為了大理百姓，用心良苦。」到底還是一起長大的夥伴瞭解他的心思，段功歎了口氣，命道：「去帶明玉珍的使者來這裡。」又道，「將阿榮也一併帶過來。」

段真問道：「信苴打算派哪位將軍領兵去救梁王？」段功道：「我想親自去。」段真吃了一驚道：「信苴身繫大理百姓安危，不可輕易涉險，不如由我去。」段功道：「我意已決，大將軍你留守陽苴咩。」段真還待再勸，段功揮手止住他，疲倦地道：「我先回寢宮一趟。大將軍，請你去安排調軍一事，此時正是春耕農忙時節，不宜勞民徵集鄉兵，我帶五千羅苴子出發即可。」

昔日南詔與唐朝開戰均為全境徵兵，出動軍隊人數在十萬以上，最多一次達二十萬人。大理受總管直接統轄的常備軍大約只有三萬人，全分佈在龍首關、龍尾關、陽苴咩等雄關要城，若發生戰事這些軍隊須得就地駐守，不可輕易出動，而兩支素來用作機動軍隊的張希矯部及鐵萬戶部，則已在昨夜趕去增援羅那關，再要出征必得臨時徵召民間精壯男子，即所謂「鄉兵」，稱為「寸白軍」。段功卻只調集駐守陽苴咩的羅苴子，實大大有違用兵之道，要知道陽苴咩可是大理的心臟。段真道：「信苴親自出征，五千羅苴子是否太少？」

楊智卻是知道段功愛惜百姓，不願損耗民力，當即道：「信苴大概是認為兵貴精不在多，何況我大理自立國起，四百餘年從未與中原漢人交鋒，外人不知我方虛實，有大大優勢。」段功點點頭：「淵海說的正是我心中所想，去辦罷。」段真只得應道：「遵令。」段功又道：「淵海，我先回寢宮一趟。等明玉珍的使者與阿榮到了總管府，立即派人來叫我。」楊智道：「遵令。」

段功回寢宮不是要趁隙休息，而是要向高蘭解釋與阿蓋飲金盟誓一事。他若不及早告知夫人來龍去脈及自己的真實心意，等傳聞沸反盈天時，怕到她耳中又是另一種全然不同的說法了。

＊　　＊　　＊

高蘭正在書房中觀賞一幅畫，段功見她神色專注，一時頓住腳步。自昨日從品蘭亭拂袖而去，他心中總有些疙瘩難解，乍然再見到夫人感覺很是異樣，她在他眼中全然陌生了起來。高蘭見到段功進來亦極感意外，忙招手道：「郎君，快些來看。」

段功依言走過去，卻見案桌上擺著一幅水墨蘭花圖，數片簡約清淡的蘭葉中，一朵剛勁挺拔的蘭花寫意舒展，神意淡泊，墨妙無前，逸氣儒雅，極有韻神。右上角題著「純是君子，絕無小人。空山之中，以天為春」的字樣，段功一見便愛其品格不凡，問道：「這畫，夫人是哪裡得來的？」

高蘭不便明說是楊慶的妻子剛剛送來為她丈夫請託求情的禮物，只笑道：「郎君先別問我從哪裡得來，只說這幅畫如何。」段功道：「好畫，好畫。」高蘭道：「自然是好畫，這是南宋人鄭所南所畫〈墨蘭圖〉，其人工於畫蘭，卻從不畫土，寓意其故土中原大地為蒙古人所奪。」段功讚道：「好一個有氣節的君子。」凝思那〈墨蘭圖〉片刻，段功忽作肅色，轉頭道：「我有話要對夫人說。」高蘭笑道：「我也正有話要對郎君說。」段功道：「好，夫人請先說。」

高蘭道：「昨日我到大獄看了高浪，僧奴也已知錯，你就饒了高浪罷，他也是為了保護僧奴才會與阿榮大打出手。」段功尚不知因大獄鬧吸血精、阿榮和高浪均已被施宗下令釋放的事，心想既然要放阿榮儘快回建昌抵擋紅巾，高浪也不宜再予關押，當即點頭道：「好。」

高蘭卻並不高興，歎了口氣，露出心事重重的樣子。段功道：「夫人不必再為僧奴與阿榮的婚事煩心，如今風雲突變，紅巾正派兵向建昌進發，阿榮須得儘快趕回去，兒女之事怕要暫且放在一邊了。」

高蘭大出意外，問道：「昨晚郎君一夜未回寢宮，為的就是這事麼？」段功點了點頭道：「且紅巾又另派了一支人馬進軍北勝州，因軍情緊急，連夜召集將軍議事，直到剛剛才結束。抱歉讓夫人牽掛。」高蘭聞言心花怒放，紅巾攻打大理，表明他們根本沒有誠意與大理結盟，所謂明玥公主許嫁大理總管的謠言也不攻自破，忙喜孜孜地道：「郎君可別這麼說，都老夫老妻了。況且郎君是在為軍國大事日夜操勞，我這做妻子的本來就該多體諒些。」段功聽她這般說，到嘴邊的話又溜了回去。

高蘭又假裝不經意地道：「昨日我去大獄，看到獄卒在拷打楊慶，很有些意外，他可是犯了什麼過錯？郎君也知道，他的妻子原是府中侍女，論起來也是故人。」段功猜她意為楊慶求情，不覺有些奇怪，他雖從不違背她的意思，但她也從不干預政事，不知這次何以要為楊慶出頭，當即咳嗽了一聲，道：「楊慶……」

忽聽得有人疾步朝書房奔來，高蘭笑道：「是僧奴來了。」段功皺眉道：「都這麼大了，怎麼還是這麼毛躁？」高蘭道：「再毛躁也是自己身上掉下的肉。」又叮囑道，「這回你們父女可要好好說說話。」不料段僧奴人未到，聲音便已傳了進來：「阿姆，你聽說了麼？阿爹要娶梁王的女兒，蒙古公主，適才已經盟過誓了。」風風火火地闖進書房來，一見到父親正在房內，當場呆住。

高蘭更是雙目圓睜，失態地瞪視著段功。她的驚奇、憤怒令她瞬間老了十歲，露出老嫗的困窘。段功忙道：「我正要跟夫人說這事，我絕無意娶阿蓋公主，與她盟誓只是為了說服將士與梁王聯兵抵擋紅巾，將戰火阻攔在大理境外。」高蘭雙耳嗡嗡作響，完全聽不進一個字，她不懂戰爭，也絲毫不關心梁王、紅巾，只知道自己傾心相愛的丈夫要娶另外一個女人。

又聽見段僧奴訕訕問道：「阿爹是說那蒙古公主叫阿蓋麼？」她一直被軟禁府中，這才知道她在五華樓前從阿榮手中救下的阿蓋，就是梁王之女。難不成這個曾與她姊妹相稱、一起飲雪的溫柔女子，將要成為她的庶母？見父親不答，又一眼瞧見他左手小指上戴著一枚金指環，正是阿蓋之物，不由得又氣又惱，抗聲問道，「阿爹，你應該知道阿蓋的年紀比女兒大不了兩歲罷？」

段功一時急怒交加，喝道：「我與你母親正在商議事情，你跑進來插什麼嘴？」他從來沒有發過這麼大火，段僧奴嚇了一跳，愣得一愣，賭氣轉身跑出書房。段功道：「夫人……」卻聽見門外有羽儀稟道：「信苴，段真大將軍請你速去議事廳，有急事。」段功不及再向高蘭解釋，歎了口氣，離開書房。

重回議事廳，卻只見到阿榮一人等在堂前，不見明玉珍的使者鄒興等人。施秀上前稟道：「屬下派人去五華樓找明玉珍使者，發現鄒興幾人已經不在。據樓丁說，他們在大夥趕去大獄查看吸血精時離開，說是要四處逛逛，但再也沒有回來。屬下派人問過巡城的羅苴子，得知他們離開五華樓後便迅速出了北城門，騎馬往龍首關去了。若派人快馬趕去龍首關通知守衛阻攔，怕是已經來不及。」

段真道：「鄒興等人的作為實在令人失望。」楊智道：「怕是他們已經知道明玉珍占據中慶，而紅巾也即將在北邊開始分兩路進攻北勝州、建昌，所以才不告而別。」段功點頭道：「我猜鄒興幾個要趕去北勝州方向，與那一路的紅巾會合。」段真冷笑道：「北勝州是我大理邊防重鎮，知府高斌祥向來注重練兵，建有小吉都兵寨，部屬均訓練有素、驍勇善戰，又有象隊，可不是紅巾那群散兵游勇能夠輕易對付。」段功道：「儘管如此，還是要多加提防。來人，立即傳書北勝知府高斌祥，命他迅疾發兵趕往金沙江北防禦紅巾，儘量不要讓刀兵在我大理境內對壘。」當即有羽儀轟然答應。

段功又叫過阿榮，告知紅巾正分三路進攻雲南，其中一路正是建昌。阿榮本以為段功要為日昨五華樓之事狠狠訓斥自己，正有訕訕之意，忽聽得紅巾膽敢趁他不在時偷襲部落，登時大怒，拍胸道：「岳丈，你不必為此煩心，我這就趕回建昌，不將紅巾殺得一個不剩，絕不再來大理見你。」段功倒不十分為建昌擔心，雖說頭人來了大理，群龍無首，但部落男女均彪悍雄健，紅巾人數雖多，卻大多是未經任何軍事訓練、挾裹參軍的貧民，自難匹敵建昌驍勇善戰之輩；豈不見前晚阿榮與大都打架，受傷的都是蒙古人。段功見阿榮信誓旦旦，便道：「也好，你儘快趕回去。切記紅巾詭計多端，只有當他們來犯時你才可出擊，一旦對方敗逃絕不要冒險追擊。」阿榮哪裡聽得進去，隨意應道：「知道了，小婿這就告辭。」

等阿榮出去，段真又上來稟告行軍調度一事，預計最快也要三日後才能出發。但段功已經得知，明玉珍占領中慶後，便自己率步兵留守，另派其弟明勝率軍向楚雄進發，預備乘勝追擊一舉殲滅梁王。且紅巾日下氣勢極盛，怕沿途梁王軍隊難以抵擋。明勝輕騎前鋒最快四日便可抵達楚雄，段功因而嫌準備三日已然太遲，便交代將先帶三千羅苴子，但明日午時之前大軍一定要出發。

自大理立國以來，從未有段氏親自率軍出征，此刻大理國雖不復存在，然大理總管轄區廣達大半個雲南，段功親自出征自然非同尋常，尚有無數事情要忙著交代。這一夜，大理雖然平靜依舊卻盪起了小小漣漪——南北城門燈火通明，一隊隊騎兵魚貫進出，多少帶來了戰爭的氣息。大理總管要娶梁王公主的事也已傳遍全城，雖然有識者嘆服段功的遠見與氣度，但大多數平庸之人不明真相，難免議論段功是中了梁王的美人計。

一直忙到深夜，段真、楊智等人辭去，段功才略感疲倦，卻不願就此回寢宮休息。明日就要出征，要考慮的事實在太多，他不想再為娶阿蓋一事受妻子、女兒的冷言冷語。等到擊敗紅巾後，他自向梁王說明婚姻之約是阿蓋救父心切、情急之下信口而出，不必當真，梁王也不會願意將愛女許嫁給一個已有妻室的中年男人，當然樂得取消婚約；到時既已與梁王修好，又不必耽誤阿蓋的青春，他獨自率軍回大理後，所有人自會明瞭他的心意。

正思忖間，忽見兒子段寶端著一只玉碗走了進來，不由得精神一振，笑道：「阿寶，你來得正好，阿爹有事要囑咐你。」段寶奉上手中的玉碗，道：「阿爹先喝了湯。」段功接過來，湯還是熱的，一口喝下，身心頓感一陣暖意。段功問道：「是阿姆讓你送來的麼？」段寶道：「是。」

段功將碗放下，正色道：「阿寶，阿爹明日便要領軍出征，你是我獨生愛子，早有坦綽名號，若阿爹這次無法回來，便由你繼承大理總管之位。」段寶道：「阿爹何出此言？阿爹保家衛國，自有佛祖庇護。孩兒日夜盼阿爹得勝歸來，不作他想。」段功歎道：「戰場上的生死可是誰也說不清。」他知道兒子年紀雖幼，卻沉穩多思，對他遠比對女兒放心，便道，「阿爹不在時，你要多照顧阿姆、阿姊，軍政大事自有段真大將軍幫你，無須擔憂。」段寶道：「是。」段功道：「你下去罷，阿爹還有事。明日你再到議事廳來，正式開始處理政事。」段寶道：「是。」

段功又叫過施宗、施秀，交代總管府中事宜。施秀忙道：「我們兄弟商量過了，信苴這次出征路途遙遠，遠離家鄉，不知道何時才能返回大理，我們想帶些羽儀跟在信苴身邊。雖說信苴有羅苴子保護，然而畢竟我們這些人跟隨信苴日久，更得力些。」施宗道：「這，也是夫人的意思。」大理總管在內部極少使用印信，傳令多靠心腹羽儀直接宣達，段功早養成習慣，確實對羽儀有所依賴，沉吟片刻道：「也好，就按你們說的辦。」施宗、施秀大喜，連聲應了，自出去選拔精幹人手。

議事廳中沉寂下來，越發顯得空曠。段功凝視著案頭那只玉碗，歎了口氣，起身往寢宮而去。來到臥房外卻見侍女迎上前來，告道：「夫人去了寶姬住處，不在這裡。」段功正欲去女兒住處，侍女又道：「夫人有話，若是信苴回來，不必等她，她今晚歇在寶姬那裡。」段功知道夫人心中氣惱，不欲與自己相見，然而他明日就要出征，總得有道別之語。當下又往段僧奴住處而去，卻見小樓上一片漆黑，無絲毫光亮。問起侍女，說夫人與寶姬早已安歇。段功這才知道並非高蘭命段寶送湯，是兒子自己的心意，一時無語，站了片刻，終於轉身離去。

他也不回房間，只往議事廳而來，坐下來想了一會兒事情，便順勢靠上椅背，就此歪頭沉沉睡去。也不知道過了多久，忽聽得有人竊竊私語，似在議論吸血精，驀然驚醒。果見廳門處兩名羽儀正在交談，楊勝堅正對楊安道道：「這下吸血精可成大笑話了。」段功走過去問道：「你們在說什麼？」二人見吵醒了段功，慌忙噤聲請罪。

段功走出議事廳，天竟已亮，忽見東南方向有火光映天，不免大奇，往院中緊走幾步，退到開闊處，望見火光正來自五華樓樓頂，這一驚非同小可，忙叫道：「來人，快派人去五華樓救火。」楊勝堅笑道：「回信苴話，那不是著火，是獄吏跟樓長在樓頂燒滾水燙死吸血精呢。」段功昨日一直專注政事，尚未得知又鬧吸血精一事，問道：「什麼吸血精？」楊勝堅忙從頭到尾說了事情經過，又說伽羅偶然發現吸血精其實就是壁虱。段功聽了大奇道：「原來是壁虱。」楊勝堅道：「是的。不過，更奇的還在後頭呢。」

原來當晚獄吏命人在北獄地牢口放了兩大盆畜血，自己則領人藏在城牆上屏息凝神，暗中監視動靜。這一夜月圓如盤，月色皎然，用不著點燭火即可清晰洞察一切。到了一更時分，果聽見悉悉之聲，正如無依所言仿若大群老鼠爬過屋梁。眾人壯膽走近聲響之處，卻見無數小蟲正密密麻麻順獄牆而下，往畜血湧去，片刻間便吸盡兩盆畜血。獄吏慌忙下城牆來，奔出大獄，自牆外遠遠望去，正有蟲子大軍成曲線從五華樓樓頂的紅龍鼓而下，心中恍然有所悟，忙趕去五華樓告知鄭經大鼓有蹊蹺，一起上到頂樓，卻見那堅韌無比的大鼓下首不知怎地開了一道口子，無數小蟲正從那裡湧出，稍一近些，便聞到嗆人的壁虱味。再輕輕敲鼓，鼓中悉索之聲大作，獄吏道：「母壁虱當在這裡面了。」鄭經忙命樓丁抬來大鍋和柴禾，就此要樓丁燒取熱水，往壁虱蟲線燙去。又打開鼓皮，裡面有母壁虱石餘，大者如指甲如巴豆，從未見過，忙一一燙死。現正接連燒水燙樓頂梁柱，徹底清洗。

段功百忙中突然聽到如此奇聞怪談，想不到籠罩陽苴咩六十年的陰森吸血精竟是壁虱，忍不住露出微笑來。又問道：「不過以往都是發生在夏季，為何這次在春季便有了吸血事件？」楊勝堅道：「這都是明玉珍的使者暗中使壞。」段功大為不解，問道：「你適才不是說被吸血死的只有兩名蒙古武士和楊慶，如何又扯上了明玉珍使者？」楊勝堅道：「獄吏發現那鼓皮上的口子是利刃所劃，鼓皮刀口尚新，問過守衛兵士才知道，近來只有昨日李芝麻帶著兩名隨從上了五華樓樓頂，停留老大半天。後來那隨從許江武還說手指麻木沒有知覺，找樓丁要過藥。據樓丁回憶，許江武指頭的傷口，跟後來蒙古武士身上的壁虱咬痕一模一樣，可見是他用刀劃破鼓皮，將手伸進鼓中想找什麼，結果東西沒找到，反而放了壁虱幼蟲出來害人。話說回來，倒也虧得他們使壞，不然這吸血精大疑案到現在也破不了。」

段功道：「許江武想在紅龍鼓裡找東西是誰的推測，是獄吏還是樓長？」楊勝堅笑道：「都不是，是住在五華樓的羅貫中羅先生。」段功道：「難怪。」想了想道，「你去五華樓告訴羅先生，說我答應他之前的要求，允准他借閱翠華樓藏書，但有一個條件，他閱書的同時須得住在無為寺中，教習世家子弟讀書。」楊勝堅道：「遵令。」飛奔跑去五華樓傳話。

忽見高潛走過來，訕訕道：「信苴。」段功道：「有事麼？」高潛遲疑了半晌，終於鼓足勇氣道：

「我……我……也想跟隨信苴一起出征。」段功大為意外道：「沙場征戰非同兒戲，你還是留下來多陪陪你姑姑。」高潛道：「不，我想去。姑姑也贊成我去，說這是個歷練的好機會。」段功笑道：「不是我不想帶你去，而是此行凶險，你父親只留下你一根獨苗，萬一有個差池，我如何向夫人、向你們高家交代？」高潛道：「我一定要去。」段功見他臉漲得通紅，雙手緊握，從未見過他這等意志堅決之姿，不由得一愣，沉吟片刻道：「那好罷，你去跟施秀羽儀長說，說這是我的話，要帶上你、高浪、楊寶三個。」高潛也不露欣喜之色，只淡淡道：「多謝信苴。」轉身離去。段功從未見過內侄如此從容之風，一時間大感意外。

天大亮後，官員、將軍們都趕來議事廳稟事，段功便將總管大印交給段寶，畢竟愛子年幼，無理政經驗，又命眾人先說明詳細情形，再提出建議，段寶定奪後，再請段真大將軍最後審核一遍，他自己只專注在調兵遣將上。

高潛、高浪也奉召到議事廳當值，高浪聽說可以隨同信苴出征極為驚喜，又問道：「不是說信苴還指名召了楊寶，怎麼一直不見他？」施秀道：「他還在無為寺料理普照禪師後事。不過，我已經派人去叫他。」高浪大惑不解道：「無為寺裡那麼多人，為何還要讓楊寶留下來善後？」他自不知那兩副丟失的孔雀膽一直沒找到，段功有所擔心，他猜，出入寺之人受到控制、盤查如此之嚴，那兩副孔雀膽應該還留在寺中，不過一時找不到罷了；而楊寶心思縝密，觀察力遠過常人，因此留他在寺中名為操辦脫脫後事，實則暗訪孔雀膽下落。這其中情由複雜，施秀不便明說，只笑道：「這是信苴的安排。」

到了正午，段功換上鎧甲。他隨身之物烏鋼劍已給了阿蓋作信物，又派人從內庫取來一柄松鶴古劍，正是大理建國時所鑄四把雨鐵[4]寶劍之一。當年，東川節度使楊干貞發動兵變自立大義寧國後，天降流星雨，落地有聲，砸死了兩名行人。人們發現流星雨都是些碎鐵，比常鐵更重，於是紛紛撿回家以標炭扯煉搓熟、鑄成刀劍，淬火後精磨數十日乃至百日始成，果然鋒利遠過尋常兵器，可剁常鐵。大理開國皇帝段思平滅楊氏後，往民間搜尋，得到雨鐵八十斤，請名鑄劍匠鑄劍四柄分別為黃龍、金雀、松鶴、鴛鴦，均為稀世之珍；其中尤以黃龍劍最為貴重，曾斬奸除惡一百二十七人，大理國第二代皇帝段思英愛其鋒銳，到無為寺出家時一併帶走，黃龍劍遂成無為寺鎮寺之寶，而金雀、松鶴、鴛鴦三劍則一直藏於內府中。此刻拔出松鶴劍一看，寒光射影，猶如四百餘年前初鑄之時，當真是一把好劍。

當下眾人簇擁段功來到大衙門東首的開闊地帶。卻見旌旗如翼，甲胄似鱗。一匹六尺神駿昂立軍前，雙眼瑩澈，器宇昂揚。這是段功所乘愛馬，名為烏雲托月，通體全黑，唯獨腹毛白勝霜雪。段功得到該馬已有十餘載，至今骨幹如初，飛奔如電，按轡徐行則不覺其駛，瞬間已是百里，可謂百年難遇之良駒。段功跨上愛馬，一揮手道：「出發。」羅苴子、羽儀一起上馬簇擁著段功出城。

自百年前忽必烈攻下大理後，陽苴咩城已百年不見兵仗，是以段功出兵的這一天，成了一個無比隆重的大日子；全城轟動，男女老少奔相走告，無數人擁上大街看熱鬧。段功眼見大道兩邊百姓指指點點，知道許多人對自己相助梁王頗有微詞，暗想：「一旦兵連禍結，民生必然憔悴，我出兵正是為了保護你們免受戰禍之苦，希望你們有朝一日明白我的良苦用心。」再不環顧，驅馬往南城門趕去。路過五華樓時，見到羅貫中和沈富也擠在道旁，羅貫中見段功投來目光，忙叉手示意，表示恭謹之意。段功微微一笑，策馬出了陽苴咩，往龍尾關而去。

忽聞見背後馬蹄得得，有騎士急馳追趕上來。高浪認出來人正是楊寶，驚叫道：「楊寶，你怎麼現在才來？」楊寶不及與他寒暄，上前道：「信苴……」段功見他臉有焦色，放緩馬速，問道：「那兩副孔雀膽找到了麼？」楊寶道：「沒有，屬下有負信苴重託。不過，卻有一件怪事……」段功道：「什麼事？」楊寶道：「今日將普照禪師裝進棺櫃預備火化時，他的屍體忽然變成了綠色。」段功失聲道：「他中了孔雀膽劇毒？」楊寶點頭道：「正是。據白沙醫師所言，中了孔雀膽劇毒後會全身麻木而死，但卻不會立即死亡。屬下猜，普照禪師在被無依禪師割喉前，才剛剛中了孔雀膽劇毒不久，他覺得不對勁，又聽見動靜，回過身，正遇到無依禪師進來；無依禪師武功高強，普照禪師在中毒情況下也無法反抗，所以才會無聲無息地被一刀殺死。」段功道：「這麼說，無依禪師倒不是凶手了。」楊寶不敢接聲，又道：「白沙醫師已然驗過，是茶水中有毒。這算是找到了一副孔雀膽的下落，只是不知道另外一副在哪裡？」

段功緊鎖眉頭，回過頭去——日正當頭，強烈的陽光中，陽苴咩偉岸高大的城牆也模糊了起來，只有城頭星星點點閃耀著金光，那是守城羅苴子身上佩帶鐸鞘的反光。害死脫脫的另有凶手，真相未明，他離開後，大理又會發生什麼事？再看前方，前途漫漫，等待他的又將是什麼樣的際遇？

1 今雲南楚雄。
2 指刺臂血和割金屑，與酒一起飲下，這是蒙古極為隆重的儀式，被稱為「國之重盟」。
3 今雲南永勝，為茶馬古道南線必經之地。
4 雨鐵即隕石。

卷六　征戰幾人回

直到今日血戰沙場，段功才真切感受到殺戮的無情。他心神激蕩，一股氣流在身體中來回遊動仿若生命流逝，他並非感慨年華易老，而是感到自己生命的一部分已永遠留在白日血戰過的戰場。一想到許多將士到現在還孤零零地躺在那裡，骨暴沙礫不得安息，心中便無限淒涼……

大理到楚雄有四百二十里，僅一條驛路。段功等一行兼程趕路，一路無事，只在次日晚上到達雲南驛[1]時，驛吏稟告昨夜有一名羽儀被人殺了。羽儀向來只負責總管府的宿衛，從不外派公幹，眾人不免大感非比尋常。施宗忙趕去查看究竟，那羽儀名叫徐川，是個漢人，一直在高蘭身邊當差，不知怎生來了雲南驛，被人刺死在驛站大門外。驛吏道：「徐羽儀只說奉命有要事要趕往羅那關，小吏也不敢多問。」施宗問明，徐川是昨夜才進驛站歇腳，恰在阿蓋公主、蒙古使者一行之後，心中有數。

驛吏甚為精明，擅於察言觀色，猜到施宗懷疑是蒙古人下的毒手，忙道：「凶手不是蒙古人，當時公主與蒙古人、回回人正分成兩桌在大廳吃飯喝酒，一個不少，小吏親自陪在一旁，忽聽得外面有人慘叫一聲，奔出去查看，才發現徐羽儀被刺死在大門外。他本來換了驛馬，正要摸黑上路。」楊寶仔細查看了屍首，也道：「他是被一劍穿心刺死，蒙古人用的都是彎刀[2]，刺不出這樣的創口。」

施宗當下回來稟報。徐川出城，段功、施宗、施秀等人毫不知情，他奉命自然是奉高蘭的命令。段功隱約猜到是怎麼回事，緊蹙額頭，明顯露出不快，記憶中高蘭的微笑也變得高深莫測，只是時間太緊，不及查明是誰殺了徐川，只命驛吏料理後事，略略歇腳後又繼續率大軍趕路。

離開大理後的第四日凌晨，段功終於率前鋒到達羅那關。羅那關在雲南驛道之北，是大理東部最重要的界關，駐守這裡的大將是大理名將楊生。大將軍張希矯及鐵萬戶因早兩日出發，已在之前抵達，忽聽得信苴親率大軍來到，無不驚愕有加。尤其張希矯正沿邊境佈置兵力，嚴守要害，以防梁王軍馬為紅巾追擊竄入大理境內，並下令見到蒙古人一概格殺勿論，他滿以為死敵梁王這次不死在自己銀槍下，也要死在紅巾手中，忽然得知段功已與梁王結盟，且親自趕來援救，既意外又氣憤。

此刻，前方偵騎來報，明玉珍之弟明勝率輕騎西擊梁王，一路勢如破竹，已經攻下回蹬關[3]。回蹬關距楚雄不到百里，是楚雄東面天然屏障，既然失守，楚雄已岌岌可危。段功知道兵貴神速，遂命楊生繼續留守羅那關，張希矯雖最熟悉這一帶地形，卻與梁王勢不兩立，只率部作為後備，暫駐關內，隨時準備馳援，段功自己則率原軍及鐵萬戶部繼續趕往楚雄。

楚雄當四達之衝，東衛滇郡，西連大理，南控交趾，北接姚安，自古便是雲南重鎮。又山川清秀，土壤肥饒，有鹽井之利，商民走集，稱為大郡。楚雄城跟陽苴咩城同樣都位處壩子上，城內一馬平川，城外卻地勢險峻，四面環山，山外又有河流深澗環繞，只在東、西有兩處通道——東面山谷壁高千仞，中間有一條狹窄的隘路，山谷外則是湍急的龍川江；西面有一道南北流向的平山河，有平山橋跨河。河西也是一道山谷，壁立險峻，谷寬兩、三里，傳說八仙之一呂洞賓曾經來此修煉，由此得名呂閣。後來元軍在此處緣山為險，築有石城，稱為呂閣關，遂成楚雄西面最重要的屏障。

段功到達羅那關時，便已派人先行趕往楚雄知會梁王孛羅。孛羅聽說段功親自帶兵前來，當此山窮水盡、困守孤城之際，雖有感激涕零之意卻也耿耿於懷，只命世子阿密、王相驢兒率一道逃難至楚雄的王府官員、行省官員、楚雄知府[4]、楚雄縣縣令等人趕去呂閣關迎接，他自己則守在知府衙門內閉門不出。

孛羅具有蒙古人的典型特徵，五短身材，紫膛面皮，連鬢鬍鬚，望上去精力充沛。他站在日暮中的庭院，心底盤算段功伸出援手一事，不免感慨萬分——自明玉珍進攻雲南以來，他先後幾次派人向駐守河南的王保保、駐守陝西的參政察罕帖木兒，以及大將李思齊求助，請他們發兵從北邊牽制明玉珍，緩解雲南攻勢，卻無一人理會。這些人做大元的高官，食大元的俸祿，個個手握重兵，當此危急關頭不思團結對敵，反而為了爭權奪勢大起內訌。王保保甚至被當今皇帝封作河南王，總領天下兵馬，沒想卻支持太子愛猷識理達臘登基，與擁君派對仗，引發了激烈的宮廷鬥爭，導致朝中局勢極度動盪。自己人完全指望不上，紅巾又迅速突破前方防線，逼近中慶，無可奈何下，他梁王才不得已派王傅大都去大理求救，又因大理總管的頂頭上司是雲南行省，便又聽從王相驢兒的建議，請出行省平章政事馬哈只之子馬文銘。他也知道自己與大理宿怨極深，本沒有什麼期待，紅巾圍城後心知城破是早晚之事，又派心腹侍衛凌雲護送阿蓋公主持梁王金印再次前往大理求救。他此舉並非指望能打動段功，而是他早有舉家殉城而死的意念，只想讓最心愛的女兒逃過這一劫。不料，要投滇池赴死的最後一刻，他卻被小妾泉銀淑的淚水哭軟了心腸，終於在部下的勸說下率家屬、官署逃出中慶。一路西竄，倉皇失措，狼狽不堪，後面還有追兵窮追不捨，當真是傷感無限，他還特意作了一首詩：「野無青草有黃塵，道側仍多戰死人。觸目傷心無限事，雞山[5]還似舊時春？」因接近大理邊境，元軍在楚雄駐有重兵，孛羅逃到這裡，境況才稍有好轉。然則他也不報什麼希望，楚雄雖有地形優勢，但紅巾聲勢占了上風，定要對自己窮追猛打，不下楚雄誓不甘休。這裡已是他梁王轄下最西邊的城池，也將是他最後死戰之地，因為他再無別處可去。殊不料在最絕望的時刻，阿蓋帶著大都等人趕至楚雄，稱已與大理飲金為盟，段功很快就要發兵。本感意外驚喜，忽又聽說原來是愛女以許嫁為籌碼才換來一句盟約，不由得勃然大怒，認定段功落井下石，竟然以發兵要脅娶本朝公主為妾。阿蓋卻意甚坦然，竭力為段功辯解，說是她自己想嫁段功。他做父親的當然知道這並非女兒真心話，雖說飲金重盟決不可違背，但恨意的種子卻已在心中種下。

驢兒、大都等人在呂閣關翹盼張望良久，終於在日暮時分等到了段功一行。驢兒見為首的鎧甲將軍胯下騎了一匹罕見的黑色神駿，猜他便是段功，慌忙迎上前去道：「下官是梁王王相驢兒，信苴遠道而來，著實辛苦。」心中卻想，「段功擔任大理總管十九年，不是半老，也早該過了不惑之年，原來比我想的要年輕得多。」段功躍下馬來，道：「王相客氣了。」驢兒又道：「這位是世子。」又一一為段功介紹在場重要官員，眾人說了不少客氣話。驢兒道：「信苴鞍馬勞頓，這就請去楚雄城裡歇息，大王正在知府衙門中靜候大駕，預備設宴為信苴接風洗塵。」頓了頓又道，「信苴所帶大軍，請就此駐守在呂閣關。」

呂閣關距離楚雄城尚有四十里，段功不見梁王到場，早料到他心中多少有些芥蒂，現下聽驢兒這麼說，更是知曉梁王猜忌自己，不願大理軍入城，便道：「不忙，楚雄防衛現下由誰指揮？」梁王府尉阿吉站出來道：「是我。信苴有何吩咐？」

按照元朝制度，行省為地方最高行政機構，總領錢糧、兵甲、屯種、漕運、軍國重事，雲南平章馬哈只既不在，軍政當以都鎮撫司為首，抑或是鎮守楚雄的萬戶長，不料站出來的卻是梁王府尉。阿吉自己也頗感歉意地望了一眼都鎮撫司鎮撫劉奇。劉奇是漢人，自孛羅入主梁王以來，早就習慣了靠邊站的處境，只默默低著頭。

段功又問道：「還有誰對楚雄一帶地形特別熟悉？」一邊問著，一邊向楚雄縣縣令楊嘯望去。楊嘯是白族人，又是世襲縣令，理該最瞭解本地山川地形，不料一遇段功的目光便迅即低下頭去。卻見一名小吏自人群後方站了出來，向段功施了一禮道：「小吏是本地人，對這一帶再熟悉不過。」驢兒正欲介紹，扭頭一看，竟不認識。那小吏道：「小吏畢辰，是呂閣驛的驛吏。」段功點頭道：「好，這就請二位隨我去軍中商議佈防一事。」驢兒詫道：「信苴不進城麼？」段功道：「紅巾已到回蹬關，我猜其前鋒明日一早必近楚雄周邊，等破了敵再進城不遲。」驢兒呆得一呆，隨即訕笑道：「也好。」自率了官員回到楚雄城。那世子阿密倒有意留下與段功共同對敵，驢兒卻硬是將他勸了回去。

當下，大理軍馬進了呂閣關，就地安營紮寨。段功也不去呂閣驛，只領著阿吉、畢辰到大帳中詳細詢問，得知進至楚雄只有東西兩條道路，東面山外龍川江水流湍急，河上無橋，平常過河全靠小船，如今紅巾西進，船夫都聞聲躲了起來，船隻也被元軍盡數集在西岸，紅巾急切之間絕難找到足夠數量的小船渡河。河西通向楚雄城的山谷極為狹窄，有「一夫當關，萬夫莫開」之勢，兩面山腰修有兵寨，駐有弓弩手。既有兩道天險難以突破，紅巾當不會選擇東道，那麼就只剩呂閣關一個選擇。

阿吉道：「我等也料到紅巾必走呂閣關，所以已經派了精兵在此佈防。信苴大軍遠道而來，不如先稍事休息，第一仗讓我們蒙古人來打。」段功來時已與楊智等人商議了一個計畫，聞言忙道：「與其被動等待紅巾攻城，不如先派一支兵馬埋伏在山谷外。」

原來呂閣關西面的山谷極為開闊，又橫有一條關灘江，江上有座小木橋，名為沙橋，且橋南橋北江水不深，只及成人男子胸前，人馬均可以趟過，正是過江的最佳之處。照段功的想法，由阿吉率元軍精銳在呂閣關守衛，大理軍則伏兵在西岸樹林中，紅巾過關灘江時，大理軍先不發動，等他們過江到了呂閣關下時，阿吉一軍居高臨下出擊，大理軍再抄斷紅巾後路，兩下合圍，當無一人漏網。阿吉極為讚賞，擊掌道：「信苴高見！好，就依信苴之計行事。」段功又道：「紅巾一直所向披靡，兵鋒正健，因而打贏第一仗對我方士氣極為重要，須得出盡全力，我想親自帶兵去山谷外埋伏。」阿吉極感意外，半晌才道：「如此，便有勞信苴。」又命道，「驛吏，你負責為信苴帶路。」畢辰道：「遵令。」

果如段功所料，次日清晨，一支四千餘人的紅巾前鋒，在白茫茫的霧霾中悄悄過了關灘江，往呂閣關摸去。段功駐紮在關灘江西南的繁密樹林中，距離沙橋數里之遙，聽偵騎報後，命鐵萬戶按兵不動，等到呂閣關殺聲起後一盞茶功夫再出擊。等了一刻，果聽見呂閣關方向喊殺聲起，鐵萬戶是員驍將，早就按捺不住，也不及等待段功交代的一盞茶功夫，亮出大刀，喝道：「殺啊！」率先奔出林中。他為人苛刻嚴峻，馭軍極嚴，所部羅苴子立即爭先恐後策馬朝東面呂閣關衝去。

紅巾前鋒將領名叫謝得，正驅軍突破呂閣關。他一路追擊梁王東來，均任前鋒一職，眼見各處元軍望風逃竄，抵抗微弱，就連回蹬關這樣的用兵絕險之地亦指日即下，由此對元軍起了極度輕視之心。雲南地形複雜，絕大多數為山路，輜重、物資等難以運輸，每到一座城池關隘須得就地製作攻城器械，他志驕意滿，急於爭得擒獲梁王頭功，也不待備妥器具便逕直前來偷襲呂閣關。不料剛一近關，關上箭如雨下。紅巾雖然人多勢眾，但武器裝備極差，沒有足夠的供給，兵器只能勉強充夠數，鎧甲只有將官才有，普通士兵身上絲毫無防禦裝束，因而奔在前面的紅巾迅即被羽箭、弩箭射倒。謝得不恤士卒，驅軍再上，又有幾排紅巾被射倒。謝得勃然大怒，正命弓弩手朝關上仰射攻城，忽聽得背後殺聲如雷，似有一支人馬衝殺過來，不禁大奇，暗想：「這又是什麼人？」他因後面中路大軍即到，也不驚慌，分派部分人馬回頭迎敵，只須拖得一時，主力大軍圍上來，便如甕中捉鱉。

孰料大理馬名震天下，極擅騾馳，紅巾不及佈陣，羅苴子已速奔至跟前。他們身上個個穿有甲胄[6]，又輕又韌，尋常弓箭無法射穿，一下子便衝進紅巾軍中，乘勢掩殺。紅巾軍猝不及防，陣腳大亂。守衛呂閣關的梁王府尉阿吉見狀，忙令部下停止射箭，開關出擊。三方在呂閣關外混戰一場，鐵蹄如雨，血流如注，金戈交接撞擊聲震天動地，不斷有人倒下，傷者發出野獸般的嚎叫。大理羅苴子這是第一次上陣殺敵，興奮異常，縱橫馳騁，往來衝突，殺得興起之時，竟有元軍軍士也被誤殺。謝得見敵人凶猛無比，裝束、馬匹也大不同於元軍，不禁大驚失色，暗想：「莫非這就是大理騎兵？然則不是說大理段氏與梁王是死敵麼？」忙命傳令兵吹響號角，召喚援軍前來。

紅巾號角「嗚嗚」吹響之時，段功已經得知明勝正親率中路大軍向關灘江進發。他聽說西進紅巾總共來了三萬人馬，大為心驚，命將軍張連迅疾率部出擊，衝亂紅巾陣腳，以免鐵萬戶有後顧之憂。張連率部到關灘江邊時，紅巾大隊人馬正在渡江，已有數百人到得南岸，正預備趕去增援接應謝得軍。忽見一隊彪悍騎兵自林中呼嘯殺出，如虎入羊群，任意砍殺。登岸的紅巾猝不及防，不及抵擋，如刀切菜般紛紛倒下。沙橋上、關灘江中的紅巾見此情狀，一時駭異得呆住，不知是該進還是該退，忽聽見背後鼓聲大起，那是主帥敦促前進的聲音，只好又繼續往前走。然則此時張連占盡地利，率領騎兵橫衝直撞，只要有人上岸便揮刀屠戮。羅苴子個個身懷百步穿楊的絕技，又張弓弩，射死不少江中的紅巾。北岸的紅巾不顧鼓聲猛響，均站在岸邊，遲疑不敢下水。

正僵持間，忽見呂閣關方向一隊紅巾潰兵與一隊大理騎兵交叉奔出，潰兵驚慌地大叫，追兵則大聲呼嘯。戰馬無情踐踏著人體，刀槍飽飲著鮮血，頭顱、肢體四散飛拋，清晨的陽光剛剛升起，映照著這一場流血漂櫓的廝殺。正欲渡河接應的紅巾眼見敵人如此聲勢和武功，出手之快，殺人之狠，下手之重，當真見所未見聞所未聞。河邊的屠戮更是觸目驚心，被敵人追上的同伴非死即傷，各人腳下不由自主地往後退了幾步，心中懼意越來越濃，戰戰兢兢，幾乎就要拔腳逃走，卻又聽見背後鼓聲驟密，畏懼軍法嚴厲，不得不頓住腳步，不敢明目張膽臨陣脫逃。

忽見鐵萬戶策馬追上一名紅巾，大刀揮出，那紅巾頭顱滾出老遠，人猶自奔跑數步，一直衝到河邊，這才直愣愣仆倒；頸部斷口鮮血噴濺而出，猶如小小溪流，汩汩鮮血就此流入縹碧的關灘江中。情形之陰森恐怖，令人過目難忘。一名站在河中的年輕紅巾嚇得呆住，「呀」了一聲轉身便逃。局面遂一發不可收拾，眾人棄甲曳兵，爭先逃命，甚至連相對安全的北岸紅巾也爭相往林中逃去，互相擁擠踐踏，多有踩死人者。北岸紅巾軍中鼓聲這才停歇，改為鳴金收兵聲。

鐵萬戶還欲過河追擊，恰好段功率軍趕來接應，忙叫道：「鐵將軍，窮寇莫追。」鐵萬戶性情嚴厲峻急，大聲道：「信苴，何不讓我乘勝追擊，定可生擒明勝來見。」段功道：「我軍連日趕路，未得好好修養，冒昧追擊，怕是後力不繼。往後還有許多硬仗要打，鐵將軍不必急在今日。」鐵萬戶這才勉強作罷。

這一仗段功大獲全勝，紅巾前鋒一軍幾乎全軍覆沒，只有謝得等少數紅巾仗著馬匹腳力逃入江中，奔回北岸。不及逃走的一千餘名紅巾被鐵萬戶及張連合力圍住，只好拋下兵器投降。而段功一方清點人數，只有數人陣亡，幾十人受傷。

阿吉率元軍趕將出來，見死者蔽野塞川，西岸林中塵頭大起，滾滾往北而去，知道紅巾大軍已退，喜道：「這可是紅巾進入雲南以來吃的第一場敗仗，多虧信苴神機妙算。」段功道：「紅巾從未與我大理交鋒，不瞭解我軍虛實，只怕後面的仗就沒那麼好打了。」阿吉對段功的才幹很是心服，又見他為人謙和，不居功自傲，忙躬身道：「阿吉願隨時聽信苴調遣。」段功點頭道：「你我齊心合力，共抗強敵。」

阿吉轉頭見被俘虜的紅巾圍坐在河邊空地上，走過去掃視一眼，見許多人眼中怒火不息，即回頭命道：「將所有反賊的首級砍下來，棄在河邊。」元軍轟然答應，衝上前去，或用刀砍，或用箭射，將俘虜一一殺死，慘叫聲此起彼伏，一時不得止歇。大理將士退在一旁，見元軍殘酷屠殺俘虜，大感不忍。楊寶臉有惻然，忍不住越眾上前，走過去對阿吉道：「他們已經投降，府尉大人何必再趕盡殺絕？」阿吉見他不過一名少年羽儀，也不計較道：「這些都是反賊，尊羽儀何須同情他們？況且戰場上不是你死就是我死，對敵人仁慈便是對自己殘忍，尊羽儀年紀還小，再多經歷幾次戰事就知道了。」

楊寶還待再說，一旁屍體中突然躍出一名紅巾，揮刀向他砍來。楊寶明明身有武功，見那紅巾滿臉血污，面目猙獰，竟嚇得呆住，完全忘記閃避，還是阿吉上前一把將他拉開，但楊寶腿上已經被劃了一個大口子。那紅巾早已身負重傷，一擊之後，蠻力即盡，就此仆倒。阿吉問道：「羽儀有沒有受傷？」楊寶渾然不覺腿上正在流血，只茫然搖了搖頭。阿吉見那突施暗算的紅巾還有氣，喝道：「拉他起來。」一旁的元軍搶上前去，將那紅巾拉起來跪在地上。那是個十七、八歲的少年，雖然被元軍士兵緊緊執住，猶自不屈地掙扎，怒罵道：「你們這些蒙古韃子，總有一天……」阿吉上前幾步，拔出彎刀，一刀割在他的喉嚨上，罵聲戛然而止，鮮血噴瀉而出，像是一把打開的猩紅色扇子，濺了阿吉滿身。那紅巾激烈扭動著身子，一雙眼睛怒目而視彷彿要冒出火來，卻再說不出一個字，漸漸無力垂下了頭。元軍就此放手，少年歪倒在一旁，身子抽搐了兩下，不再動彈。楊寶望著那少年紅巾斷氣，心中百般滋味。自有羽儀望見他受了傷，取了金創藥為他敷治。

阿吉一直等到俘虜盡被殺死，這才鬆了口氣回身道：「這就請信苴進城，各位千里奔波，又連夜投入戰鬥，請一起進城休息，打掃戰場的事就讓我的部下來做。」

眾人回關之時，卻見呂閣關下一邊無頭屍首堆積如一座小山，另一邊首級則集聚成塔，一些首級猶自雙目圓睜，凜然如有生氣。高潛扶著受傷的楊寶跟在段功背後，不敢多看一眼。楊寶心想：「難怪古人說『白刃血紛紛，沙場征戰苦』，今日親眼得見，果是慘烈至斯。戰爭如此可怕，為什麼世間總不斷有戰爭發生呢？大家和平相處不好麼？為什麼要為了一點利益，白白犧牲這麼多條生命？」越想越是困惑。只有高浪眼見鐵萬戶身上血跡斑斑，戰場上屍橫遍野，極為興奮，恨不得立即加入羅苴子上陣殺敵。

段功等人來到楚雄城下，卻見一名五十餘歲的蒙古人率群官候在城門處。那人短小精悍，頭戴後簷帽，身上外著半臂長袍，內著藍色長袍。段功猜到他便是梁王，果見他呵呵乾笑兩聲，上前握了段功之手，道：「本王仰慕信苴大名已久，今日得以一見，真是生平幸事。」段功忙道：「大王抬愛了。」孛羅心中倒有幾分歡喜，他原以為段功是個粗鄙無知的赳赳武夫，一想到女兒要嫁此人就感憤憤不平，此刻一見段功一身鎧甲，儀容緯畏，英武中不失儒雅，大有人中龍鳳之姿，這才略感寬慰。

攜手進入城中，來到知府衙門，卻見堂內早已擺好宴席，雖然不是什麼山珍海味，卻也十分豐盛，在這種時候也算十分難得了。梁王自坐了首席，請段功坐在右首，世子阿密坐左首，驢兒等人依官秩高低就座。段功一直不見阿蓋公主，也不及問她是否安好，不免有些掛念，只是梁王不提，他也不便主動問出口。

好不容易應付完眾人的輪番敬酒及各種阿諛奉承，等宴席散時，段功已是疲累不堪。梁王使了個眼色，楚雄縣縣令楊嘯忙上前道：「鄙縣雖有驛站，不過頗為粗陋，下官已經騰出縣衙最好的房間，這就請信苴移駕休息。」

段功實在太累，也不多推辭，當下來到楊嘯的知縣衙門住處，倒頭便睡。也不知道過了多少時候，朦朦朧朧中似有人坐在床邊，撫摸他的額頭，又為他牽好被子。他順勢捉住那人的手，柔若無骨，原來是女子的手。只聽得那女子輕聲歎息，反覆摩挲著他指上的金指環。他幾次想張開眼睛，眼皮卻太過沉重，終於又沉沉昏睡過去。

段功再醒來時已是晚上，見楊智正在門口徘徊，連忙叫他進來。楊智告知偵騎探得明勝三萬大軍已盡數趕到楚雄境內，目下大軍主力囤駐在楚雄東北六十里的古田寺，另有五千人進駐關灘江西岸，正大肆砍伐樹木，營造器械，預備攻打呂閣關。又道：「信苴只帶來三千兵馬，加上鐵萬戶的兩千軍，也只有五千人馬。元軍雖有一萬軍，卻有一半是跟隨梁王逃難到楚雄的潰兵，士氣不振，又有一半是漢人，梁王自己對他們都頗為提防，怕是難以派上用場。現今我方明顯處於劣勢，不如速派人去通知大將軍張希矯趕來增援。」

段功盤桓良久道：「不如直接派張希矯去攻打回蹬關，截斷明勝與中慶明玉珍的聯繫。明勝後路被抄自然恐慌，軍心潰散，我軍便可乘機出擊。」與楊智商議了幾句，見一旁當值的羽儀正是楊勝堅，便吩咐道：「楊勝堅，你連夜出城趕去羅那關傳我口信，命張希矯火速攻占回蹬關。」楊勝堅道：「遵令。」楊智道：「紅巾既占據了關灘江西岸，驛道已被阻斷，怕是你得抄小道出呂閣關。」楊勝堅笑道：「這我知道，我會先去找楊縣令問明道路。」他與楚雄縣縣令楊嘯同族，論起輩分他還是楊嘯的族叔。

楊勝堅臨出去時，又回頭嘻嘻一笑道：「適才梁王王妃與阿蓋公主來過，她們不讓叫醒信苴，屬下也沒敢驚擾。」段功這才知道原來不是做夢，只是不知道他握住的是王妃的手，還是阿蓋的手，一時無語感懷，半晌才道：「知道了。」

楊勝堅走出後衙，找到一名羽儀說明去向，請他代向羽儀長稟明，這才去找楊嘯。不料楊嘯不在縣衙內，據說正在知府衙門侍奉梁王。楊勝堅不過隨口一說，心中其實想去找呂閣驛驛吏畢辰，當下取馬離開縣衙。楚雄城比陽苴咩城小一些，縣衙又位於城中西南角，很快便來到西門。當此非常時期，城門早已關閉。楊勝堅下馬說明奉段功之命要連夜出城，領頭的元軍百夫長卻甚傲慢，道：「深夜出城，須得有府尉權杖，或是大王手諭。」楊勝堅笑道：「我可不是出城去玩，而是去羅那關搬救兵，大哥行個方便，早日打敗這些天殺的紅巾，咱大夥就都可以回家抱女人了。」

元軍軍士聽他說得有趣，一起哄笑了起來。領頭百夫長正要命人開門，卻見鐵萬戶領一隊羅苴子趕過來，大聲叫道：「出了什麼事？」他咄咄逼人、反客為主的態度，令元軍軍士大為反感。楊勝堅忙道：「鐵將軍，這裡沒什麼事，我奉信苴之命回羅那關，正要出城。」鐵萬戶厲聲喝道：「還不快些打開城門。」領頭百夫長見他如此頤指氣使，當即冷笑道：「這裡可是楚雄，不是大理，輪不到你來發號施令。」鐵萬戶嘲諷地道：「噢，既然你們蒙古人這麼有本事，怎麼還要犧牲你們自己公主的美色，才換得我們信苴領兵來救你們？」領頭百夫長勃然大怒，伸手去拔兵刃，鐵萬戶卻早已搶先一步，將大刀一揚，架在他頸中道：「我倒真想試試看，你們蒙古人的脖子是不是比紅巾反賊更硬。」一旁元軍軍士早就虎視眈眈，見狀紛紛亮出兵器，圍了上來。羅苴子雖然人少，卻也不甘示弱，一哄而上，一場械鬥一觸即發。

楊勝堅料不到一件小事會釀成如此結果，忙道：「大家有話好說，快些放下兵器。鐵將軍，這位大哥本來已經打算打開城門……」鐵萬戶厲聲道：「楊勝堅，你是我大理世家子弟，又是信苴身邊的心腹羽儀，怎麼可以跟這些蒙古韃子稱兄道弟？」蒙古人最重名譽，元軍軍士聽他出言不遜，登時一陣鼓噪。鐵萬戶手上使力，刀刃陷入百夫長頸間數分，喝道：「還不快些打開城門？耽誤了信苴大事，你擔當得起麼？」他今日在戰場上一人殺死數十名敵人，氣勢令敵人膽寒。此刻一喝，猶自威風凜凜。那百夫長被他制住，滿心憤懣，雖不敢再頂撞，卻也不願就此屈服。

正僵持間，忽見阿吉率人趕來高聲叫道：「鐵將軍，手下留情。」大理將士之前早得段功告誡不可輕易與梁王一方生隙，鐵萬戶知道事情鬧大了對自己不利，當即收了刀。阿吉上來便罵那百夫長道：

「鐵將軍他們千里迢迢趕來相助，大王禮如貴賓，你怎敢對貴客無禮？」百夫長極是委屈，辯道：「明明是他們先……」阿吉喝道：「還敢強辯？來人，拉他下去打五十軍棍。」一旁元軍軍士淨是不服。

「阿吉道：「如今大敵當前，有本事便學鐵將軍一樣上陣殺敵，自己內鬥算什麼本事？再有敢對貴客無禮者，軍法從事！」又笑道，「鐵將軍不必氣惱，我這就親送尊羽儀出城。」鐵萬戶這才哼了一聲，領人揚長而去。楊勝堅忙道：「府尉，鐵將軍為人就是這樣，其實我們也都怕他呢。那位百夫長大哥也不過是忠於職守，這就請你饒了他罷。」阿吉道：「軍令如山，豈可輕饒？羽儀請上馬，我親自送尊羽儀出關。」

當下來到呂閣關，驛吏畢辰說關南的薇溪山中有一條樵夫專走的小道，可通向會基關，只是無法騎馬。楊勝堅便將愛馬留在呂閣驛，道：「請替我好好照顧它。」畢辰道：「這個自然。」楊勝堅上前拍了拍愛馬，道：「好馬兒，主人不在，你可要乖一點。」那馬似知道將與主人分別，不斷用前蹄刨地，悲鳴不已。楊勝堅笑道：「主人最遲明晚就回來了，不過暫時分別罷了。」那馬這才呼哧兩聲，安靜下來。眾人見它如此靈性，竟能聽懂人話，均詫異不已。

畢辰找來一身便服請楊勝堅換了，說是方便些。楊勝堅依言換了，活脫脫成了一個山中獵人模樣，畢辰這才帶了一名驛丁一同領他進山。畢辰不苟言笑，總是苦著一張臉，那驛丁又不敢多言，三人一言不發地摸黑在山中盤旋，對性格開朗的楊勝堅而言甚是無趣。天亮時，終於出了薇溪山。

晨霧淡淡，像一條薄薄的紗巾輕柔而不經意地披向大地，又像一隻無形的手溫柔撫摸著山巒林木。一座座山頭漸次甦醒，在霧靄中露出模糊的輪廓。畢辰道：「過了前面山澗，再過一片樹林，便是驛道。再往西三里，就是會基關，駐兵將領是個回回人，羽儀可向他們表明身分，要匹驛馬再往羅那關去。」楊勝堅笑道：「知道了，多謝指引，二位這就請回罷，驛吏可別忘了照顧我的馬。」畢辰點點頭道：「羽儀盡可放心。」

楊勝堅獨自往前，來到山澗邊，見澗水晶瑩剔透，幾若空明，蹲下來用手掬了一捧喝了，清洌甘甜，真是好水。他不敢多耽誤，趟過澗水，來到林中，一股涼氣撲面襲來，令人精神一爽。一路都是幾抱圍粗的大樹，老幹參天，黛痕匝地。忽見前面人影綽綽，林中陰暗看不大分明，以為只是清晨進山的樵夫，也不以為意。往前走了數步，果見一名壯實的樵夫迎面走來，問道：「這位小哥，我們迷了路……」楊勝堅笑道：「你們可問錯人了，我也不是本地人……」一語未畢，那樵夫驀然撲上來，將楊勝堅壓到在地。楊勝堅急用膝蓋猛頂那樵夫腹部，趁他劇痛難忍之機，終將他掀到一旁，坐起來正要去拔兵刃，忽又有幾名樵夫打扮的人從旁撲了上來，再度將他死死壓在地上。楊勝堅又急又怒，喝道：「你們是什麼……」一語未畢，口中已然被塞入一團物事，再也說不出話。又有人取來繩索，將他雙手拉到背後牢牢縛住，又綁了雙腳，用一根木槓穿過手腳，如獵獲野獸般抬著往東而去。

走了大約兩、三里地，來到一處破敗荒涼、不知何時所建又何時而廢的武侯廟。頭門大殿都已傾塌，蓬蒿荒草一路齊腰，新生的青草卻才剛沒過腳背。進來則是個三開小殿，殿外樹上拴有數匹馬。樵夫將楊勝堅放在地上，高喊了一聲。小殿中搶出數人，一人問道：「抓到了麼？」最先撲倒楊勝堅的樵夫答道：「抓到一個。」那人便道：「做得好，速速送他到司馬大將軍那裡去。」便有人牽過馬來，將楊勝堅橫放到馬鞍上。他拚命掙扎，剛被放上去便又掉下馬來。有人道：「這小子不老實，得讓他吃點苦頭才行。」解下佩刀，倒轉兵刃，砸了楊勝堅的頭，他便昏暈過去。

楊勝堅再醒來時，只覺全身晃晃悠悠如騰雲駕霧，一切景致更是倒著往後飛去。過了好半天，才會意過來自己是面朝下被綁在馬鞍上。正掙扎想仰起頭來時，馬突然停了下來，有人上前將他拖到地上，割斷他腳上的繩索道：「到了。」楊勝堅定神一看眼前竟是座古廟，上面寫著「古田寺」三個大字，心想：「呀，古田寺，這不是明勝駐軍的地方麼？原來我是被紅巾捉了。」回頭望去，峰巒四合，一邊林木蔥鬱，另一邊的開闊地帶立有無數營帳。

原來明勝自入雲南以來，凱歌長奏，眼見追得梁王山窮水盡之時，忽在呂閣關為一支奇兵所敗。據逃回來的謝得說，這支軍隊來時如幽靈般毫無徵兆。明勝聽得驚奇不已，雖猜到是大理援兵卻不知對方虛實，急欲瞭解狀況。他派人找來一名當地獵人，許以重利，詳細瞭解楚雄四周地形後，終於想到一個誘捕大理信使的主意——他有意不派兵前去攻占會基關要津，而改派許多精幹的游哨偽裝成樵夫、獵人守在薇溪山出口林中。關灘江西岸已在紅巾之手，驛道被截斷，大理要派人回羅那關求援必然會走這條路，果然由此捕到楊勝堅。

楊勝堅被押進寺內。只見林木蔥鬱，幾株馬尾古松尤其生得挺拔參天，鱗皮虯枝，亭亭如蓋，可見這寺廟至少已有數百年，外人絕難想到這樣一個幽雅響絕的地方會成紅巾駐兵之處。間或遇到幾名僧人，卻對楊勝堅一行看也不看一眼，似早已真正超脫塵世生死，對眼前兵戈刀戟毫不介懷。

曲曲折折走了一段，終於進到一間殿堂，堂下佈滿紅巾士兵，堂首案前正有一名三十餘歲的將軍與一名文官在研習地圖。樵夫將楊勝堅推到堂中，猛踢他膝蓋一腳，按他到地上跪下，這才上前稟道：「大將軍神機妙算，我們當真捕到了一名大理信使。」又將楊勝堅的雙刀奉上，「這是他的兵刃。」那將軍正是明玉珍之弟明勝，聽了很是欣喜，忙問道：「他身上可有書信？」樵夫道：「沒有。」那文官名叫楊源，官任侍中，負責起草軍中文書。他也是白族人，雖然不在大理長大，多少瞭解一些狀況，道：「這兵刃是大理雙刀，他應當是名羽儀。聽說大理總管靠心腹羽儀傳令時不用印信，莫非是段功親自領軍到了？」

樵夫掏出楊勝堅口中的麻布團，喝道：「侍中問你話，昨日領軍在關灘江伏擊我們的人，是不是你們大理總管段功？」楊勝堅道：「什麼侍中、總管的，我根本聽不懂。」楊源問道：「你叫什麼名字？」楊勝堅心想：「看來我是無法活著離開這裡了，將名字告訴他們也無妨。」當即道：「楊勝堅。」楊源笑道：「你既姓楊，那麼一定是世家子弟，難怪能成為總管的心腹羽儀。」楊勝堅道：「姓楊的就是世家子弟麼？天底下姓楊的可多了，難不成楊國忠和他妹妹楊貴妃也是世家子弟？」楊源道：「瞧不出你嘴巴倒是挺會說的。只是巧得很，我也姓楊，也是白族人，所以你騙不了我。你明明是名羽儀，有刀為證，還想抵賴麼？」楊勝堅道：「什麼羽儀的，我一點也不知道。我是一名獵人，那刀是我從山上撿來的。」楊源道：「我勸你還是老老實實快說實話，趕快將大理軍情告訴大將軍，免得皮肉受苦。」楊勝堅道：「我沒有騙你，你們問的那些，我真的一點也不知道。」明勝拔出楊勝堅雙刀中的長刀，用指彈了彈刀身，那刀嗡嗡長鳴，良久不絕於耳。明勝忍不住讚道：「好刀！好刀！這樣的刀，可不是一名普通獵人所能佩帶。」楊勝堅道：「我都說了，刀是我撿的。」明勝道：「你是奉段功之命去羅那關搬救兵，是也不是？你最好快些說實話，不然可有苦頭吃了。」楊勝堅笑道：「我說的就是實話，你卻不信，我有什麼法子？」明勝叫過親兵隊長明潼，道：「你押他到營寨，好好審問。」明潼應了一聲，正欲帶人押楊勝堅出去。明勝又想到捕獲一名段功身邊的心腹羽儀著實不易，叮囑道：「可別把他弄死了。」明潼道：「是。」

楊勝堅被押出廟堂時，正看到三人從旁側甬道經過，為首之人背影很是眼熟，不禁大奇：「這既是紅巾大營，怎會有我相識之人？」仔細一想，心想：「原來是他！他怎麼也在這裡？」正待回頭看得仔細些，卻被背後紅巾大力一推，又聽見明潼喝道：「快走。」

楊勝堅被押到營寨門口，五花大綁在旗杆上。明潼知道主帥對大理軍隊一無所知，急須得到一些對手的消息，撬開此人嘴巴至關重要，因而親自取來馬鞭行刑，每抽打一下，便喝問一句：「你投不投降？」楊勝堅一開始尚嘻皮笑臉說些不著邊際的話，堅決不承認自己是大理羽儀，後來實在吃不住反覆鞭打，忍不住破口大罵道：「你們這些紅巾小人，就知道躲在林中偷襲。有本事解開繩索，咱們光明正大打一架。」明潼也不理會，照舊打一鞭問一句。

楊勝堅被帶到古田寺時正是正午，拷打一直持續到日暮時分，馬鞭打壞了好幾根，人也皮開肉爛。明潼打累了，又命手下親兵繼續訊問，楊勝堅一旦昏死過去，便用冷水潑醒。掌燈時，營寨中炬火遍地煞是壯觀。明勝親自趕來，問道：「他說了什麼沒有？」明潼搖了搖頭道：「說了許多話，不過沒一句有用。」明勝道：「繼續打，打到他說實話為止。」明潼道：「是。」等到明勝離去，明潼卻對主帥交代的任務甚感頭疼，如此鞭打下去，俘虜不斷暈厥，傷勢越來越重，最終只會活活打死，實不是套取口供的好法子。他手下一名親兵六子以前在富豪家中當羊倌，見過富豪用古怪法子整治不聽話的佃戶，當即道：「小的倒有個主意，保管讓這小子開口說實話。」明潼聽了六子的法子，半信半疑道：「當真管用麼？」六子道：「小的曾親眼見過一名極厲害的江洋大盜被治得屎尿齊流，哭著求饒。」明潼也別無他法，便道：「那好，就照你說的辦罷。一旦計成，重重有賞。」

楊勝堅早已渾身麻木，感覺不到疼痛，神志卻還算清明，見明勝來過後拷打便停了下來，明潼也帶人暫時走開，不知道對方又有什麼陰謀詭計。他知道自己是將死之人，再活不了多久，他還有那麼多願望，卻再也沒有機會實現，再也見不到那嬌憨任性的伽羅不免有所遺憾。尤其口信尚未送到羅那關，楚雄城中的信苴會不會有危險？一想到此節，不由得急怒攻心，略一掙扎，立時又暈了過去。再醒來時，他已被人從旗杆上解下。有紅巾士兵取來一碗粥，餵他喝了下去。熱粥下肚，楊勝堅精神一振，當即又笑道：「你們怎麼突然對我好起來了？這還真讓人不習慣。」那紅巾知他愛貧嘴取樂，也不答話。忽見明潼又走了過來，冷冷道：「一會兒可有你受的。」命人取來兩條長凳，並排放下，讓楊勝堅仰面躺上去，用繩索連人帶凳牢牢捆住。楊勝堅身長，肩頭以上部位全在長凳之外，無所依託，不免十分難受，勉強抬起頭問道：「你們想要做什麼？」忽聽見有羊兒「咩咩」叫聲，只見兩名親兵各牽了兩隻羊過來更是大奇，不知對方要用什麼古怪惡毒的法子折磨自己，心中竟升起一股冰冷寒意。

卻見兩名親兵一起上前扯脫楊勝堅的鞋襪，拔出佩刀，各在他的腳底割了一道口子。人號稱頂天立地，頂天的是腦袋，立地的則是雙腳，因而腳是人體中僅次於人腦最複雜的器官，各種經脈都從腳上經過，楊勝堅雙腳各著一刀，頓時痛得大叫。那兩名親兵卻並不就此停手，又拿刀反覆割來割去。六子一直從旁監視，見雙腳鮮血淋漓時，才笑吟吟地叫道：「好了。」當下趕過四隻羊來，將羊頭按到楊勝堅的雙腳上。羊兒最愛飲鹹水、吃鹹草，一聞見人血中的鹹氣立即上前舔吸，傷口舊血一去，新血更是源源不斷隨著羊兒的舌頭湧出。楊勝堅雙腳又痛又麻，忍不住大笑起來，只笑得兩聲，又難耐那種酥癢的苦楚，不禁哀求道：「殺了我！求求你，快些一刀殺了我！」明潼依舊是那副冷冰冰的口氣道：「想死可沒那麼容易。你投不投降？」楊勝堅心想：「只有戰死的將軍，沒有投降的臣子，這投降兩個字可不能輕易說出口。」當即道：「我已經告訴你們，我是個獵人，你們再如何拷打也是沒有用的。」明潼見他不肯鬆口，便命道：「再割幾刀。」

楊勝堅的腳板又挨了幾刀，只覺血脈賁張，全身血液似乎都往腳底湧去。羊的舌頭雖然遠比鞭子柔軟，可是每往腳上舔一下，他都會不由自主地戰慄發抖，當真比萬蟻齧心還要厲害。他努力掙扎扭動想擺脫繩索束縛，不但徒勞無功反而使腳上的血流得更快，當真是求死不得求生不能，眼淚都流了出來。扛了一會兒，再也無法忍受，大聲求饒道：「停手，快些停手！我投降，我投降了！」明潼見這刑罰看似輕鬆卻十分厲害，不但帶給俘虜難以忍受的痛楚，且不會就此暈死，可持續刑求，眼見楊勝堅支持不了一會兒便已服軟，不免十分得意，命人將羊牽開，上前問道：「你們大理來了多少人馬？領頭的是不是總管段功？」楊勝堅道：「大理來了十萬兵馬。總管政事繁忙，哪裡耐煩理睬你們漢人之事，當然不會親自帶兵前來。」

明潼聽他信口開河也不動怒，只命道：「在他腳上再割幾刀，將羊牽過來。」楊勝堅慌忙道：「不，不要，我說實話……」明潼道：「到底來了多少人？」楊勝堅道：「確實是十萬兵馬。」明潼冷笑一聲，命親兵繼續行刑。楊勝堅不斷卑屈乞憐，哀告求饒，編些謊話，明潼卻再也不上當。紅巾士兵聽說營中正在拷問大理俘虜，均圍過來看熱鬧，興起時，連連噓聲。有人道：「這小子是個懦夫，你看他眼淚都流出來了。」楊勝堅能說會道，最愛逞嘴皮子功夫，立即回叫道：「你們不是懦夫，你們來試試受刑的滋味，保管你不但流眼淚，還要尿褲子。」有人笑道：「瞧，這小子還有力氣回嘴呢，不知道他有沒有尿褲子。」有人道：「把他褲子扒下來不就知道了。」

紅巾又是一陣哄笑，開始用各種惡毒言語辱罵俘虜。楊勝堅大怒，立即大聲回罵。只是他被綁在長凳上，處於火光中心，那些人則站在燈火暗處，他看不到對手，又一口對眾嘴，聲勢上已處在下風。另外一則他雖伶牙俐齒，終究是大理世家子弟，所懂的罵人之詞有限，遇上這些販夫走卒出身的紅巾，確實不是對手。只是他不甘示弱，便臨時現學現賣，將紅巾罵他的話又重新罵回去。明潼見楊勝堅一邊受刑，一邊還叫罵得起勁，又命人捲起他的褲腳，在他小腿上割出十幾道口子，羊兒由此舔食得更歡。在紅巾的嘲笑聲中，楊勝堅汗水濡濡，氣力逐漸耗盡，叫罵聲也漸漸微弱下去，只在羊兒舔舐他傷口血液的時候，才微有動彈。如此折磨了大半個時辰，就連羊兒也對楊勝堅的血失去興趣，不願再舔。又有紅巾出主意說拿豬鬃刷來刷俘虜的腳心，準保讓他痛不欲生，明潼卻已對拷打失去耐性。明勝再次趕來，見楊勝堅虛弱地躺在長凳上，頭無力仰垂著，口中喃喃發出微弱的呻吟，表情十分痛苦，忙問道：「他說了麼？」明潼無奈地搖搖頭道：「小的瞧這人表面上花言巧語，是個沒用的膏粱子弟，骨子裡卻是條硬漢，多半打死他也不會吐露口實。」

明潼雖官職卑微，明勝卻極重視他的意見，這誘捕大理信使的主意就是他想出來的，便問道：「那你說要怎麼辦？一刀殺了他？」明潼道：「殺他不必急在一時，這小子還有點用處，大將軍明日攻打呂閣關時也許可以派上用場。」便上前附耳低語幾句。明勝問道：「你確信這麼做有用？」明潼點了點頭。明勝道：「那好，就依你的計議行事。」明潼道：「是。」命人將羊牽走，將俘虜解下來。楊勝堅被折磨得苦不堪言，卻是神智不失，一被解下長凳，痛苦稍解，立即又恢復巧舌如簧的稟性，與看守的紅巾士兵巧言逗樂，只是無人出聲回應。過了一會兒，又見明潼帶了他的兵器匆忙返回，當即笑問道：「你是準備用我的刀殺死我麼？」明潼點頭道：「正是如此，你還真是個聰明小子。」楊勝堅笑道：「那是，哈哈……」「哈哈」了兩聲，全身痛如火炙，再也笑不出來。明潼也不睬他，命人將他綁在馬鞍上，自己帶了一大隊人馬，押著俘虜朝呂閣關方向而去。

次日凌晨，明潼大軍抵達關灘江西岸，此刻天色未明，此地卻燈火通明，且已大不同於昨日——河西岸挖掘了一道深深的溝塹，又豎起許多粗木柵欄作為防禦工事。明潼先趕去見主將謝得，將楊勝堅的兵器交給他，傳達明勝之命。謝得接過雙刀，點頭道：「請大將軍放心，我一定會親手殺了他。」命人按明勝之命去安排。

楊勝堅被押到關灘江後，先是被綁在營前馬樁上，等到天亮時才被解下。他赤著雙腳，腳上腿上又處處是刀傷，無力行走，紅巾便照舊綁了他的手腳，用木槓穿過，謝得親自帶人抬他從沙橋上過河，來到呂閣關外。卻見紅巾已在東岸集結停當，刀劍耀目，旌旗滿野。謝得抬頭看了看天，道：「時辰剛剛好。來人，先給大理人來點見面禮，開炮！」

當即有紅巾上前，推出六架石炮到關下，正停在元軍箭弩射程之外，各有兵士裝好矢石一起發射。巨石打破了清晨的寂靜，在空中發出一種奇特的破空呼嘯聲，劃出長長的弧線後最終落下，巨響聲震耳欲聾——射到關上的，伴隨著一片慘叫驚呼聲；打著城牆的，彈出了一不小的窟窿，站得近的人全被震得迷迷糊糊。

阿吉早料到紅巾即將攻城，只是沒想到他們會這麼快，眼見石炮威力不小，當即命將士躲在城牆後。鐵萬戶也在關口，當即道：「不如由我帶著騎兵衝殺出去，搗毀石炮。」阿吉忙道：「萬萬不可，敵人人多，萬一他們趁將軍出關時湧將進來，可就懊悔無窮了。」鐵萬戶自昨晚鬧了一場後，又被段功狠狠訓斥一頓，他雖然心中鄙夷蒙古人膽小怕事，卻也不敢再擅自行事。不料紅巾只發射了三輪矢石便不再攻擊，且將石炮推走。

正詫異時，忽見一人雙手反綁，被拖到原先石炮所在之處跪下。那人渾身是血，身子搖搖晃晃，半垂著頭，瞧不清面孔。紅巾主將謝得站在此人背後，揮舞著一把長刀，朝關上大聲叫喊。阿吉聽不清謝得所言，莫名其妙地道：「他們在搞什麼鬼？」鐵萬戶卻依稀認出那跪下之人身形甚為熟悉，忙叫過一名羅苴子，問道：「你看那人像不像楊勝堅？」

羅苴子尚不及開言，便見兩名紅巾士兵左右執住楊勝堅肩頭，謝得拔出長刀，自楊勝堅後頸插入，一刀刺透了頸項，又大力往前一遞，直至刀身穿透過半。楊勝堅一時不得速死，口中呵呵有聲，無力地擰動著身子。他只覺火辣辣一陣劇痛，也分不清是哪個地方的傷口，殷紅血色猶如海潮奔湧，漸漸淹沒了眼前的世界，一股寒氣正在擴散，全身漸漸發冷。模糊神志中，有一朵白淨透明的木蓮花在輕輕飄蕩，那是他第一次見到伽羅時從路邊摘來送給她的，她是多麼喜歡那朵蒼山龍女花呀，順手便戴在秀髮上……紅巾士兵鬆開手，楊勝堅就此往前仆下，長刀刀尖先點著沙地，又撐住了他的身子，他便半前傾著跪在地上，抽搐了幾下，這才慢慢死去，猶保持著姿勢不變。

鐵萬戶遠遠望見，暴喝一聲道：「呀！」隨即飛快奔下城牆，召集羅苴子上馬。阿吉大驚，忙追下來拉住馬頭道：「將軍請千萬冷靜些，紅巾正是要以此激怒將軍，引將軍出去。」鐵萬戶怒道：「本來他們不來引我，我也要殺將出去。」不再理會阿吉，連聲下命道，「來人，拉開府尉。快些打開關門，敢阻攔者，通通殺無赦。」他紅了眼，誰敢不聽號令。羅苴子排開守門元軍，打開了關門，鐵萬戶揮舞著大刀，一馬當先衝出了呂閣關。阿吉知道事情危急，忙命道：「快，快些派人到城中叫信苴。」

此刻段功正飛馳趕往呂閣關的路上。一大清早天還未亮，他便被梁王王傅大都請去知府衙門與梁王孛羅議事。進府時正遇到一名二十來歲的年輕女子出來。那女子渾身濃香，甚是妖嬈，也不避讓，反倒是大都急忙讓在一旁。段功不知對方身分，也跟著讓到一旁。那女子有意在段功面前停下，似笑非笑地看了他一眼，這才揚頭而去。施宗猜這女子必是梁王家眷，見段功以總管之尊居然要為一女子讓道，不免有些氣憤，有意問道：「這女人是誰？」大都忙道：「她是大王愛姬泉銀淑。」又道，「各位可千萬莫得罪她，她是當今皇后奇皇后的心腹，就連我們大王也要讓她三分。」段功聽了大奇，不解梁王身邊一名小妾如何能成為當朝皇后的心腹。還是楊智博學多識，問道：「莫非她是高麗女子？」大都點點頭。楊智這才恍然大悟。

原來當今皇帝妥懽帖睦爾，在位前期一直受權臣控制，後來依靠脫脫奪回大權，又逐漸被皇后奇氏控制。奇氏本是高麗人，因美麗非凡，被高麗王獻入皇宮，專門負責為皇帝煮茶。奇氏不斷利用自己的美貌接近妥懽帖睦爾，終於討得皇帝歡心，專寵後宮，生下兒子愛猷識理達臘之後，先是被立為第二皇后，妥懽帖睦爾的第二任皇后伯顏忽都死後，奇氏便被扶為正宮皇后。她心機很深，特意在自己的母國高麗選取大量美女送給王公大臣，以此結納人心，培植了一大批自己的勢力。泉銀淑便是奇皇后送給梁王孛羅的禮物，梁王遠在雲南，奇皇后猶不忘刻意籠絡，可見其人謀畫何等深遠。妥懽帖睦爾晚年怠於政事，荒於遊宴，又聽信讒言放逐了脫脫，失盡人心。奇皇后不滿意丈夫所作所為，希望丈夫退位，由自己的兒子愛猷識理達臘繼位，妥懽帖睦爾當然不願就此放棄手中大權，矛盾遂急遽尖銳。朝臣也分化兩派，一派擁護皇帝，一派支持皇太子，兩派幾乎勢均力敵。明爭暗鬥的內訌造成朝綱混亂，元朝朝廷的號令已經失去作用，各地元軍將領則擁兵自重，獨霸一方，這才造成各地農民起義此伏彼起的局面。

楊智心想：「這奇皇后當真了得，手竟然伸到了雲南，用美人來控制梁王。自古以來美人計從來百試不爽，只盼我們信苴可千萬別為阿蓋公主美色所迷。」一進到知府大廳，孛羅早已率眾官員等候多時，一見段功進來便道：「信苴，雲南危矣，大理危矣。」原來他得到消息，陳友諒正派驍將康泰率勁旅旗軍南下，前來增援明玉珍。段功之前早已得到陳友諒有意南下的消息，只是沒料到他們會這麼快發兵，如今明玉珍已占有中慶及東面半個雲南，再得陳友諒相助，西面大理確實岌岌可危。一時頗感棘手。

馬文銘卻道：「昔日明玉珍和陳友諒同在紅軍主帥徐壽輝帳下，陳友諒為人陰險，殺死徐壽輝後才由此奪得紅巾大權。而徐壽輝對明玉珍有知遇之恩，明玉珍一直念念不忘，立徐壽輝廟於重慶城南，四時致祭，自行稱帝後又追尊徐壽輝為應天啟運獻武皇帝，他可未必會真心與陳友諒結盟。」驢兒道：「小侯爺言之有理，怕是陳友諒想來個螳螂捕蟬，黃雀在後。」孛羅惱怒道：「無論如何，這兩方終是我們的大敵，他們聯合也好，分裂也好，首先要對付還是我們。」眾人見他發怒，便不敢再多言。

孛羅目下只剩楚雄這一塊小小地盤，又被紅巾大軍圍困在城中，窮途末路，心中了如明鏡，若不得段功出全力援助，就只有死路一條。便好言問道：「信苴，你以為如何？」段功道：「既然明玉珍預備聯合陳友諒，不如我們在他們合勢之前先各個擊破。眼下明勝新到楚雄還未安定，昨日前鋒又敗了一仗，如果我們乘勝全力出擊，大有勝算。」孛羅連連搖頭道：「不可、不可，紅巾人多，我方處於劣勢，主動出兵一旦吃了敗仗，連守城的兵力都沒有了，還是穩妥些好。」段功見他一心坐守孤城，不免有些失望。

楊智忽道：「既然小侯爺提到陳友諒、明玉珍這些紅巾主帥本身並不和睦，信苴又說該各個擊破，我倒有個主意。」他是段功的心腹智囊，眾人不敢小覷，便一起望著他。楊智便道：「如今中原以陳友諒、明玉珍、朱元璋、張士誠四支最強，其中陳友諒、明玉珍、朱元璋三方都是紅巾軍將領出身，朱元璋與陳友諒、張士誠都是死對頭，又正好夾在這兩方地盤中間，而假如陳友諒、張士誠二人聯合起來，朱元璋一定抵擋不住……」

梁王世子阿密道：「可是張士誠與陳友諒之間也不和睦，二人如何願意聯合攻打朱元璋。」楊智道：「我們派人假裝成陳友諒的信使，送信給張士誠，說要連袂攻打朱元璋的老巢應天[8]，再有意讓信使將信遺失在朱元璋的地盤。朱元璋為人陰鷙，看到信後，寧可信其有不會信其無，為避免兩面受敵，他必會先發制人，而張士誠為鹽商出身，只重錢財，沒什麼野心，朱元璋最先要對付的必然是陳友諒。而只要朱元璋一有所行動，陳友諒擔心後方有難，派康泰帶兵南下雲南之舉必然告吹。」

段功道：「計是好計，只是若要讓朱元璋相信，那封偽造的書信須得以假亂真，還須仿造陳友諒的印信，這要如何辦到？」馬文銘道：「這我倒有個主意。我們理問所負責審閱全省罪案卷宗，我記得看過一起偽造文書的罪案，說是安寧有個叫陳惠的犯人為了救父出獄，偽造行省公文，騙得安寧[9]知府放了陳父。後來陳父出獄後喝醉酒漏了口風，為人檢舉告發，陳惠父子這才被捕下獄。最奇的是這陳惠並不是什麼讀書人，不過是個打金箔[10]的，僅些微認識一些字，偽造的公文竟然騙得過安寧知府，可見其人本事不小。只要我們派人尋到他，帶他一同前往中原，陳友諒地盤上當貼有許多公文告示，上面蓋有大印，讓陳惠看過後模仿，不難偽造一封書信。」

孛羅道：「然而安寧已經落入紅巾反賊之手，紅巾往往開獄釋囚，陳惠多半已不在獄中，說不定加入了紅巾，如何能找到他？」楊智道：「想那陳惠為了營救父親甘冒奇險、不惜以身試法，定然是個孝子，如何會捨棄慈父加入紅巾？他定然還留在安寧家中。」孛羅道：「好。王傅，你馬上派人去辦。」大都道：「遵大王令。」

都鎮撫司鎮撫劉奇忽道：「這件事請大王交給下官去辦。」劉奇是漢人，孛羅對他並不完全信任，問道：「你要如何去辦？」劉奇道：「下官帶幾名漢人手下偽裝成普通百姓，潛入安寧城中。」段功道：「甚好，鎮撫是漢人，去中原辦事自然方便些。」段功既開了口，孛羅也不便多說，當即厲聲道：「那好，你去罷。此事事關重大，若有差池，不但你劉奇人頭不保，你一家妻兒老小也要一併斬首。」劉奇道：「下官不敢有負重託。」劉奇主動請命，此行又凶險異常，梁王不但不以言辭激勵，還以身家性命威脅，不覺令人寒心。段功微微皺起眉頭，心想：「疑人不用，用人不疑，梁王連這個道理也不懂，難怪會一敗塗地。」回頭向施秀使了個眼色，施秀心領神會，緊隨劉奇走了出去。

孛羅又道：「信苴，你此行如何只帶了五千人馬？」段功道：「主要是考慮此時正是春耕季節，百姓忙於農事，因而沒有徵召鄉兵。不過，我已派人前去羅那關……」話音未落，忽然聽到遠遠幾聲巨響，聲音正是來自呂閣關方向，不由得一愣。孛羅最先省悟，忙道：「不好，這是紅巾石炮，威力巨大，他們已經開始攻打呂閣關。當初他們攻破中慶，靠的就是這些石炮。」

呂閣關距離楚雄四十里，竟能聽到動靜，可見石炮如何聲勢懾人。段功知道今日輪到鐵萬戶守關，知其驍勇好戰，生怕他擅自開關出擊，忙辭別孛羅等人，帶了人馬朝呂閣關趕去，然而他還是遲了一步。

到達呂閣關時，阿吉氣急敗壞地迎上來道：「鐵將軍被紅巾激怒，帶領部下衝出關去，中了紅巾埋伏，現被圍困在關灘江。」楊智道：「信苴昨日才訓過他，命他聽你號令，他如何敢私自違抗？」阿吉道：「紅巾不知怎地抓到尊羽儀楊勝堅，在關前當眾處死他。鐵將軍一見怒不可遏，二話不說就率眾衝了出去，我怎麼都攔不住。」

楊安道一聽，不顧段功在場，擠過眾人上前問道：「你說勝堅被紅巾殺了？」阿吉見他也是羽儀，料來與楊勝堅交好，點了點頭道：「他被紅巾以隨身長刀刺穿喉嚨而死，現在屍首還在關下。」楊安道呆得一呆，轉身便去牽了一匹馬往關門走去。段功喝道：「站住，你去做什麼？」楊安道神色甚是平靜道：「回信苴話，我要去給勝堅報仇。」楊智道：「攔住他。」

一名元軍軍士上前阻攔，卻被楊安道一把推開。段功大怒，命道：「來人，將楊安道綁了押起來，回頭再作處置。臨陣對敵，凡不聽號令者，一律軍法從事。」施宗忙領人攔在關門前，楊安道還欲拔兵刃反抗。施宗厲聲道：「楊安道，你可要想清楚了，違抗信苴命令不但不能為楊勝堅報仇，還要連累你自己。你想想這值得麼？」楊安道微一遲疑，羽儀乘機上前奪下兵刃，將他上了綁索。施宗道：「楊勝堅是你的兄弟，也是我們大夥的兄弟，你放心，信苴一定會為他報仇。」楊安道這才癱倒在地嚎啕大哭起來，甚是令人心酸。施宗遂命人暫時將他帶去呂閣驛監押。

段功上到城牆，只見關下箭弩不及之處跪著一個人，身子前傾，頸間插著一把大理長刀，正是早已死去多時的楊勝堅，鐵萬戶領兵出關，竟不命人搬取屍首，可見如何報仇心切。屍首的背後，則是大隊紅巾盾牌兵及弓弩手，大約預備阻截己方前去援救鐵萬戶之軍力。西面更遠處則塵頭陣陣，殺聲震天。

段功道：「鐵萬戶出關多久了？」阿吉道：「已近一個時辰。」段功回頭命道：「張將軍，你速率部出關去援救鐵將軍。記住千萬不可戀戰，與鐵將軍會合後即刻退回關內。」張連道：「遵令。」阿吉忙道：「萬萬不可！這是一個連環陷阱，敵人人多，有兵力上的絕對優勢，紅巾正盼著我們派援兵出去，然後加以圍殲。」段功微一沉吟道：「府尉說得對，張將軍，你率部留在這裡協助府尉守關，多備弓弩手守在城牆上，不得我號令絕不可輕出。」張連道：「遵令。」

阿吉這才鬆了口氣，卻又聽到段功道：「我親自領軍出關。府尉，呂閣關就倚靠你了。」阿吉大吃一驚道：「信苴要親自去救鐵將軍？」段功道：「正是。」猜到阿吉定要勸阻道：「我意已決，府尉不必相勸。」決然走下關來，命道：「施宗，你領羽儀留下，我帶羅苴子出擊。我不在時，聽楊智號令。」楊智道：「信苴……」段功喝道：「這是我的命令，違令者立斬無赦。」楊智從未見過他如此疾言厲色，無奈之下只得道：「遵令。」施宗道：「屬下不敢違令，不過敵人早有防備，於谷口前設下盾牌兵及弓弩手，請讓屬下帶羽儀們略盡薄力，順便也可搶回楊勝堅的屍體。」段功沉吟片刻，點頭道：「好。」

呂閣關內有一座兵器庫，內中裝滿各種武器裝備，原是梁王與大理交戰時修建，此刻卻盡為大理所用。阿吉見段功不聽勸阻，只得命人開關。

卻見兩隊重裝羅苴子先出，連胯下戰馬也披上了厚厚象甲，第一隊每人手執一根六、七尺長的長槍，第二隊則各抱一根粗圓木，均是臨時從呂閣關兵器庫中取出。施宗領著數十名羽儀緊隨其後，各執強弩。羅苴子出關後即排成兩排，一起衝向紅巾。紅巾早等此刻，弓箭手引弓齊發，紅巾弓弱，射不穿象甲，絲毫無法阻擊羅苴子飛速前進。紅巾見弓箭無效，忙調了幾排長槍手到盾牌陣後。羅苴子衝到距離紅巾長槍陣數十步時，忽然投出手中長槍，隨即拉轉馬頭，讓到一旁。長槍槍頭極長極銳，霎那間便穿透陣前盾牌，執盾牌的紅巾慌忙想拔下長槍，這才發現長槍前端橫穿著釘子，釘子上則有倒鉤，不易取下。欲用刀斬斷長槍，卻因槍桿極長，立時攪動了左右，長槍手和弓弩手也跟著亂了陣法。這是昔日梁王特意命人設計用來對付大理邊關的藤牌軍，想不到用在今日竟奏奇效。

恰在此時，第二隊羅苴子已然趕到，用力投出圓木，數十根圓木投入紅巾陣中，驚呼慘叫聲頓起。施宗已率羽儀緊隨第二隊羅苴子到得陣前，眼見紅巾盾牌、長槍陣已被攻破，也不繼續前進，只駐馬原地，弓弩齊發。羽儀為千中之選，個個有百步穿楊的絕技，卻有意不射斃敵人，而是刻意瞄準並不致命的四肢要害，這不僅能讓被射中的紅巾無力繼續戰鬥，還可使其發出淒厲的痛苦尖叫，這種哭喊哀嚎聲極能影響全軍士氣。到得羽儀箭矢射盡，守衛谷口的大部紅巾終被遍地哭爹喊娘的嘶叫聲叫得心驚膽寒，開始朝西潰退。施宗這才讓到一旁，段功即率千餘名羅苴子衝出山谷，一路砍殺紅巾潰部，往關灘江趕去。

施宗命眾羽儀下馬，將滿地滾爬的受傷紅巾一一殺死，自己親自走過去，拔出楊勝堅的頸間長刀，割斷繩索，抱起屍體——卻見他雙目圓睜，似是心願未了，死不瞑目。又見他遍體鱗傷，手腕、腳踝留有一圈圈被繩索緊緊捆綁過的青紫瘀痕，裸露著的雙腳、小腿滿是刀口，雖然不深卻足以讓人流血而死，由此知他死前受過極為殘酷的刑罰。施宗一直不大喜歡楊勝堅，嫌他有些輕佻油滑，然施秀卻與他很投契，總說他將來能當羽儀長。如今斯人慘死，話猶在耳，一時無語，心中憤懣卻一點一點聚集。正將屍首橫放馬前時，高浪走過來道：「羽儀長，不如我們也一起跟隨信苴上陣殺敵。」眾羽儀便一起望著施宗，等他示下，個個眼中有渴求之意。施宗厲聲道：「信苴的命令，你們可是聽得一清二楚，違令者立斬無赦。上馬！回城！」

當下馱了楊勝堅進關，卻見梁王世子阿密親自領人等在關前，道：「尊羽儀壯烈身死，請讓我等親手抬他進城，以示敬意。」一揮手，有人抬過一副擔架，將楊勝堅小心搬放了上去，阿密與馬文銘在前，梁王司馬合伯和梁王王傅大都在後，四人一同抬進呂閣關關內。施宗雖然跟隨段功前來相助梁王，但心中著實對梁王一方沒有任何好感，見此一幕頗為感動，這才開始有了同仇敵愾之氣。

施宗也不回楚雄城，只繼續領羽儀留在呂閣關。阿吉不斷派出偵騎出關，卻始終沒有一人回報。又等了一個多時辰，忽聽見前有鼓噪之聲，過得片刻，只見一隊騎兵進入山谷，馳向呂閣關，阿吉叫道：

「弓弩手準備！」施宗忙道：「是鐵將軍！」眾人一看，領先的果然鐵萬戶，只是滿臉灰塵血污，已辨不清本來面目。阿吉慌忙命人打開關門，接應鐵萬戶進來，施宗搶上前問道：「信苴人呢？怎麼不見信苴？」鐵萬戶愕然問道：「什麼？」施宗道：「信苴親自領兵出關救你，你不知道麼？」鐵萬戶道：「呀。」隨即翻身上馬，叫道：「信苴人還在關外，快些隨我殺將出去接應。」眾人尚在驚愕中，他竟又率領殘部風馳電掣般衝了出去。

阿吉連連跌足道：「這可要怎麼辦？」他很清楚段功一旦戰死在楚雄，結局將不堪設想，大理人自然要殺紅巾報仇，但也會由此遷怒到梁王身上，殊不見段功所帶將士大多深懷敵意，不過為段功嚴令強行壓制而已。他越想越心驚，又忙問楊智道：「楊大人，你看要不要我帶一隊精銳騎兵前去接應信苴？」楊智自己也心急如焚，但仔細想想仍道：「眼下情況不明，還是先等一等再說。」阿吉便道：「來人，快些關上城門。」卻見背後忽然奔出兩匹快馬，恰在城門軋軋關閉前衝了出去。楊智道：「那不是楊安道麼？是誰放他出來？」施宗道：「是高浪。」

原來楊安道被帶進呂閣驛後，因大敵當前，無人看守，只將他綁在驛站馬廄邊。楊安道心傷楊勝堅慘死，一直昏昏沉沉，神不守舍，外面馬蹄雜遝，號角之聲不絕，他也渾然不覺。忽然覺得臉上冰涼，有物事在舔自己的臉龐，定睛一看，竟是楊勝堅的愛馬在舐他的臉，一時睹馬思人，更覺傷懷。不久又見高浪闖了進來，一言不發，拔刀割斷他身上的綁索。楊安道大惑不解道：「你為何要放我？」高浪道：「難道你不想為楊勝堅報仇麼？」楊安道答道：「當然想。」高浪道：「那好，你我一起殺出關去，即使戰死疆場，也是頂天立地的英雄好漢，不辱沒我大理好男兒的威名。」楊安道回道：「好。」便牽了楊勝堅的馬，與高浪直出呂閣驛。正逢鐵萬戶進關又殺了出去，二人便在閉關門前策馬衝出。

卻見一路死屍，兵甲匝地。二人出來谷中，見鐵萬戶一軍正匆忙趕往關灘江北面，正欲追上前去，忽見南面一大隊紅巾步兵湧出樹林，人頭如螻蟻般直奔二人而來。高浪道：「等一等，他們不是去攻打呂閣關，就是要抄鐵將軍後路。你我不能走。」楊安道問道：「你我只有二人，如何能抵擋這麼多敵人？」高浪卻不理睬，高舉鐵鞭，躍馬大呼，朝紅巾衝去。他雖然當了羽儀，卻不使用羽儀兵刃，照舊使用家傳的鐵鞭。那鐵鞭為雨鐵所鑄，重達五十斤，須得臂力過人才能使用。只見他單槍匹馬闖入紅巾中，鐵鞭過處，血飛如雨。紅巾有數千人之多，竟被高浪一下子衝亂。楊安道這才會意過來，拔出長刀，奮武揚威，專往紅巾人群最多處衝殺過去。他二人武藝過人，雖只有兩騎，全力出擊之下卻是衝鋒陷陣，所向披靡。紅巾見二人勇猛強健，瞬間便殺死殺傷百餘人，驚懼異常，竟由得二人砍殺一遍後，又從容突出重圍而去。

高浪、楊安道連人帶馬濺滿鮮血，並不就此逃回呂閣關，依舊守在關外谷口。那隊紅巾奉命截斷呂閣關與外面的聯繫，緩得片刻後，又揮軍朝呂閣關圍來。二人便再次上前，縱横馳奔，來回衝殺，大顯神威，如此反覆六、七次後，紅巾再也不敢迫近。

早有偵騎將谷外情形報知呂閣關，阿吉等人聽了驚奇不已。施秀之前領會段功之意前去送劉奇一行，直送到東面龍川江邊，此刻方趕到呂閣關，聽說信苴出關未歸，焦急之下便想出去接應。楊智道：「羽儀長，信苴留有嚴令，不奉他號令絕不可輕易出關。」施秀道：「那是信苴對你們說的，我又不在場，沒有聽見，自然算不上違令。」一旁羽儀紛紛請戰道：「我們願一起隨羽儀長出關，接應信苴回來。」

楊智擔心段功安危，亦有所心動，便望向施宗。施宗道：「等到日落之時，若信苴再不回來，我當親自領人出去接應。」楊智道：「我已再派人前去羅那關，命大將軍張希矯前來增援呂閣關，若是順利，援兵明日便可抵達。」

阿吉見大理將士擔憂在外拚殺的段功，他們都為幫助梁王而來，而自己一方卻無任何作為，內心大感羞愧，再也按捺不住，當即道：「各位不必擔心違抗信苴之命，便由我領一隊騎兵出去。」當下調集五百名騎兵，上馬出了呂閣關。

卻見高浪、楊安道二人橫刀立馬，威風八面，守在谷口，紅巾遠遠觀望，不敢靠近。阿吉見二人年紀輕輕，以單薄之力震懾住如此多紅巾，一時驚歎，也不多言，揮軍向紅巾衝去。紅巾本已畏懼高浪、楊安道二人，見對方突然來了援軍，當即鬆動，開始後退。阿吉所帶淨為元軍精銳，早就窩了一口惡氣，趁勢奔襲掩殺。紅巾潰敗如山倒，逃跑者自相踐踏，死者不可勝計。

徹底擊潰呂閣關外的數千紅巾後，阿吉等人這才往北面趕去。行得兩、三里，便隱約聽見前面傳來拚殺聲、吶喊聲、馬匹嘶鳴聲及金屬撞擊聲。又行了數里，果見前面熱血橫流，一片沸騰，一場大鏖戰正在平坦的壩子上展開。紅巾漫山遍野，密密麻麻，已在四方結陣，圍成一個極大的圈子，將段功及羅苴子困在中間地帶。羅苴子們正奮力突圍，紅巾雖然馬匹不夠，但人數實在太多，前方陣中一旦有人倒下，後面立即有人填上。原來之前明潼向明勝獻誘敵之計，在呂閣關下處死羽儀楊勝堅後，果然引得大理軍出來，當即引入事先設好的埋伏圈，預備包圍起來加以圍殲。明勝聽說大理人輕生重義，也料到呂閣關必然再出援兵，又派了一隊人馬往相反方向埋伏，有意敲打兵器、製造塵頭，造成交戰假象，果然又引來段功所領之軍。湊巧有人認出了段功，飛報明勝，明勝大喜過望，當即親自趕來坐鎮，不但將所有可用之兵都帶出，更許以高官厚祿，若有誰能生擒大理總管，不但賞金萬兩還可封侯拜相，是以紅巾為名利所誘，人不畏死，爭相上前。若非明勝決意生擒段功以要脅大理投降，不下令放箭，不然紅巾之人眾、合圍之勢已成，早就將段功等人萬箭穿心射死。

高浪見狀便要逕直衝殺過去，阿吉忙道：「等一等！」他早瞧見東北林邊旌旗飄揚，其中有面旗幟繡著個大大的「夏」字，猜到那是紅巾大旗，旗下當是紅巾主帥，當即道：「擒賊擒王，大夥一起衝過去，擒了紅巾頭領。」高浪也見到那旗幟下站著眾多身穿鎧甲之人，服飾大不同於普通紅巾，想來均是將官之流，當即喜形於色，也不多說，領頭向那面旗幟衝去。

此刻紅巾正佈下陣勢全力圍攻段功，酣戰之時，忽見一隊人馬直奔主帥大旗而去，攻勢頓時大為減弱。段功乘機揮軍衝殺，紅巾為防他逃回呂閣關，在南面嚴加佈兵，段功便指揮羅苴子朝東北方向殺去，意欲與新趕來的援兵合勢。東北方正是紅巾主帥明勝所在，因背後即為山谷，沒有出路，佈兵最弱，又措手不及，羅苴子所過之處如洪水決堤。段功與阿吉兩下衝擊，紅巾陣勢有所鬆動，但畢竟人多，大理軍與元軍依舊距離甚遠，想要會合困難之極。段功眼見紅巾層層疊疊圍了上來，再度面臨被分割包圍的境地。正緊要關頭，那面「夏」字大旗突然折斷倒下。原來阿吉見一時難以衝近，便下了死令須得將紅巾大旗射倒，誰射倒大旗，便是首功，命部下不斷發箭射擊。他所帶領的騎兵，與那些在中原安樂享受窩中長大的元軍大不相同，這五百騎兵正是當年護送阿蓋公主母子到雲南與梁王團聚的怯薛[11]，淨是生於草原、長於馬背的彪悍勇士，箭無虛發，那「夏」字旗面、旗杆上中了無數箭矢，如刺蝟般密集卻始終屹立不倒。高浪嫌疑箭矢的力道太小不足以射斷旗杆，但他亦捨不得自己的鐵鞭，當下奪過楊安道手中長刀，策馬狂衝出十餘步，順勢甩出長刀，那長刀在陽光下劃出一道光亮的弧線，斜斜砍中了旗杆中部，當即「哧啦」一聲折斷。大旗一倒，紅巾頓時混亂。段功遂麾師奮擊，阿吉也下令不再進攻，改去接應段功，兩下人馬終於會合，再一同往南殺去，終於殺開一條血路突出紅巾重圍。

一直奔到呂閣關谷口，阿吉這才發現段功馬前尚橫著一人，背上插著數支羽箭，雖望不見面目，看象甲裝束正是鐵萬戶，這才知道他在趕去營救段功時遭紅巾騎兵狙擊，雖殺退了騎兵，然已精疲力竭，終在衝進包圍圈時身中數箭，倒在段功腳下。

楊智、張連、施宗等人得報，慌忙率軍出關接應。段功將鐵萬戶的屍首交給羽儀抱著，回頭望去，夕陽灑在春天的山野，大地暮靄沉沉，除了風聲再無別的聲音，四周浮動著淡淡的血腥味，鮮血與屍首到處都是，景象一派淒涼。這場激戰雙方各出增援可說出盡全力，羅苴子雖仗著勇猛、馬力與兵器之利，殺死紅巾數倍於己，關灘江西的紅巾營寨也被鐵萬戶一舉搗毀，然鐵萬戶與段功先後所帶出去的四千羅苴子總共剩下千餘人，一想到這麼多大理好男兒血灑他鄉，再也不得返回故鄉，各人心頭越見沉重。

梁王孛羅親自迎段功進城，見他腿上受了刀傷，即親手為他治傷。大理本有良藥，孛羅卻堅持要親力親為。蒙古人有一套土方妙術，專治血創外傷。他讓段功平躺在竹床上，竹床下生了兩個火盆，再用力擠按段功受傷之腿，使其出血，等到惡血出盡，再上金創藥敷治。段功見孛羅如此盡心盡力，心中大為感激，低聲道：「多謝大王。」孛羅道：「大理將士為本王而戰，本王些須微勞，又何足掛齒。信苴，你我以後就是一家人，不必客氣。」又領著段功出來，卻見知府衙門前搭了一座小小高臺，楊勝堅躺在上面，四周堆有柴薪。孛羅揚聲道：「尊羽儀為本王而死，本王心懷感激，特作了一篇祭文。」走到楊勝堅屍首前，念道：「生於江心[12]，為我拔扈，我舊不識，用備其數，死於臥龍，王侯重之，用顯其意。噫！義重於生，生必有死，此盡大丈夫之事者能有幾人！願魂歸蒼洱，英傑復生，以保我之昆裔。」他念到「願魂歸蒼洱，英傑復生」一句時，在場大多數人心有感懷，忍不住流下眼淚。孛羅用衣袖擦了擦眼角，這才叫道「火來」，有人遞上火把，孛羅舉火點燃柴薪，熊熊火焰吞噬了楊勝堅的身體，也點燃了眾人心頭復仇的火焰。

回到知縣衙門，段功脫下盔甲，換下裡面早已乾濕多次的白色長袍，摒退諸人，獨自站在庭院中，默默站在大樹前。這是一棵老樹，繁茂得有如一抹淡然的雲，卻仍然露出濃重的滄桑——粗澀糙礪的樹皮一塊塊鼓起，青黑色的樹身長出幾個黑色的隆起，凝重而深邃，像是歲月的眼睛。

夜色深沉，今晚似乎格外寒冷，到底是春寒？還是心冷？他出軍之時，早知戰場上死傷難免，然而直到今日血戰沙場，親眼見到枕骸遍野，才真切感受到殺戮的無情。他心神激蕩，一股氣流在身體中來回遊動彷若生命流逝，然而他並非感慨年華易老、流年似水，也非惋惜韶華已逝、青春不再，而是感到自己生命的一部分已永遠留在白日血戰過的戰場。一想到許多拚死保護他突圍的將士，到現在還孤零零地躺在那裡，骨暴沙礫不得安息，心中無限淒涼，忍不住太息道：「鳥無聲兮山寂寂，夜正長兮風淅淅。魂魄結兮天沉沉，鬼神聚兮雲冪冪。日光寒兮草短，月色苦兮霜白。傷心慘目，有如是耶？」

阿蓋公主就在段功最失落的時候走了進來。她望見他一身絳紅長袍，沉聲靜氣地站在樹下凝思。最奇妙的是，水氣在他衣服上凝結出一種白色花紋，美如刺繡，在月色下就像層層龍鱗。她一時呆住，不知道為何會有這樣的奇跡。

也不知過了多久，段功突然有所感應，回過頭來，詫然望著阿蓋。她依然是一身漢家女子打扮，濃淡相宜，看來她對漢人服飾情有獨鍾。阿蓋也看見段功面色蒼白，神情憔悴，臉上猶隱隱留著淚痕。他最初出現在她面前時，是個高高在上的總管，掌握著許多人的生死，包括凌雲、包括她、也包括她父王，而此時此刻她才看到他真實的一面，她才知道他也是個有悲有苦有哀有怨有情感的男子，而令他如此難過哀傷的人正是她自己。她慢慢走上前去，舉起自己的衣袖為他拂拭臉上的淚水，那情狀仿若溫柔的妻子照顧著遠征歸來的丈夫。段功尷尬而拘束地站著，動也不敢動，不知該找怎樣的話頭開口。

忽聽得阿蓋柔聲道：「信苴，是我害了你，可苦了你了。」這樣一句普普通通的話卻為段功的心靈帶來極大安慰，他握住她的手，想說點什麼，嘴唇嚅動了幾下，卻說不出一個字。阿蓋柔情凝視他良久，嘴唇有點顫抖，不知為什麼突然投入他懷中，嚶嚶哭了起來。段功感覺到她在簌簌發抖，似被陰氣深入了骨髓，微一躊躇，即緊緊抱住她道：「不要怕，我會保護你。」她抬起頭來，一雙眼睛噙滿淚水，如星星般閃耀，清澈透明，又深不見底，熱情天真，卻略帶羞澀道：「我知道……我知道……」

這一刻，兩人終於真心摟靠在一起，不是因為飲金之盟，而是想相互同情，相互依賴，相互安慰，相互沉溺。當心與心不再有距離的時候，感動成了唯一的溫暖。段功胸中本來充塞著壓抑的氣息，但阿蓋帶來的真情關懷卻如每日清晨照射在書房窗前的那縷陽光，點燃了他血性的火焰。為了回報，他便不再讓她看到自己悶悶不樂的樣子，於是之前的焦慮苦思、萬般淒楚片刻間一掃而空，他的心境豁然開朗許多，依舊覺得萬物有情，生意盎然。眼前這棵老樹不就是如此麼？飽經歲月年輪的沖刷，樹杈交錯，猶指蒼穹，粗根盤虬，深入大地。

溫柔的月光輕輕灑在他倆身上，一切是那麼寧靜安詳。

這一夜，悲涼淒婉的氣氛隨著月色層層浸染，逐漸籠罩楚雄城，唯獨高浪極為亢奮，一夜未睡，不停地向楊寶、高潛講述戰場見聞。楊寶之前受了刀傷，留在城中養傷，高潛一直陪伴其右。楊寶道：「你挨了打還這麼興奮？」高浪和楊安道雖然立下大功，卻因違抗命令，各自被打二十軍棍。高浪道：

「若能上陣殺敵，再挨軍棍我也願意。」高潛本一直沉默不語，忽恨恨道：「你可是在為梁王作戰，有什麼值得驕傲的？」高浪道：「我可不是為了什麼狗屁梁王，他跟你有殺父深仇，難道我不恨他麼？我只是聽信苴號令。信苴說要救梁王必然是有道理的。楊寶，你說對也不對？」楊寶不答，心中忍不住想道：「自古以來，窮兵極武，未有不亡者。可是這亡字背後要陪葬多少人的性命，眼前便有這麼多人死去，還有更多的人要死，為何悲劇要周而復始地重演？世上何時才能永無戰爭？」

呂閣關上的將士卻是衣不解甲、手不離弓，絲毫不敢懈怠，睏了也只能就地坐下打個盹。白日大理軍連番激戰，死傷慘重，元氣大傷，是以阿吉懷疑紅巾會趁勢攻打關口，一夜在城牆上巡弋，不料竟然無事。等到天大亮，有偵騎回報，說紅巾死傷不少，關灘江西的營寨及攻城器械又被鐵萬戶放火燒毀，因而大隊人馬已退回古田寺。他卻不知紅巾死傷逾萬，也傷了元氣，又因楚雄距離大理邊關極近，明勝擔心大理援兵隨時趕到，他親眼見識羅苴子以一當十的厲害，又有駿馬、兵器之利，多少有些畏懼，因而先退回古田寺休整，一邊派人回中慶搬救兵，一邊敦促另兩路大軍速速進發，牽制大理。阿吉聽說紅巾大軍暫退，這才鬆了口氣，回城向梁王稟報，將防務交給大理將軍張連暫代。

到得正午，忽有一人孤身朝關口走來。羅苴子等他走進射程，放出一箭，射到那人腳下。那人即頓住腳步，解下腰間長劍，雙手高舉過頭，示意並無威脅。走近城牆，仰頭高聲道：「我不是紅巾，我是梁王侍衛凌雲。」此刻正是非常時期，關上又無人認識他，張連擔心有詐，便從城牆上扔了條繩索將他吊上去，還收了長劍，派人送他到楚雄城中。一進城中，正遇到梁王王傅大都。大都一見到凌雲，眼睛瞪得老大，上前喝道：「你怎麼來了這裡？」凌雲冷冷道：「我是大王心腹侍衛，大王人在楚雄，我當然要趕來護衛。」大都道：「好，是你自己送上門來。大王這次若要砍你的頭，公主也救不了你。」命人綁了凌雲，押到知府衙門面見梁王。

不料，孛羅一見凌雲即命鬆綁，將他單獨叫入內室悄悄問了許多話。這倒令大都詫異，他想不明白，便悄悄趕去廂房問馬文銘。馬文銘心想：「梁王為人睚眥必報，凌雲擅報私仇，幾乎壞他大事，他卻毫不追究。就算是愛惜人才，可是段功人就在城中，他卻連個表面處罰姿態都不肯做，豈不奇怪？莫非……莫非當真是梁王指使凌雲去刺殺明玉珍使者？原來他有意派凌雲護送公主到大理，就是想利用凌雲與紅巾使者鄒興有血海深仇作為行刺的幌子。」這種話他當然不能說出口，便道：「凌雲武藝高強，是個難得的人才，如今大敵當前正是用人之際，大王當然要既往不咎，著意籠絡。」

大都這才釋然，步出廂房時又遇到凌雲，不由得一愣，問道：「你來這裡做什麼？」凌雲道：「我奉大王之命行事，所作所為無須向你交代。」即逕直步往後院，在月門處正遇到阿蓋帶著兩名侍女，陪母親嘉僖往花園而去，忙上前參見道：「凌雲奉大王之命前來保護王妃、公主。」嘉僖道：「你回來了？」凌雲道：「是。」嘉僖道：「現今大敵當前，紅巾在城外虎視眈眈，你還是去大王身邊保護他的安全為好。」凌雲道：「大王說如今兵荒馬亂，城中人馬又多，怕萬一有個閃失，特命凌雲前來護衛。」嘉僖道：「這樣也好。」重重看了女兒一眼，自往花園而去。阿蓋一直默不作聲，咬著嘴唇站在一旁，也不看凌雲一眼。凌雲見她對自己的到來絲毫不感意外，不免驚訝。忽聽得嘉僖遠遠叫道：「瓔珞！冰遺！」跟在阿蓋背後的侍女應道：「來了！」慌忙去追王妃。

阿蓋道：「父王真的沒有處罰你？」凌雲道：「回公主話，大王確實已既往不咎，饒恕了我之前的魯莽行為。」阿蓋也不欣喜，只淡淡道：「嗯。」又問道，「你腰上的傷好些了麼？」凌雲道：「只是皮肉之傷，已經不礙事。」阿蓋垂下頭去，過了一會兒終於抬頭道：「我已經與信苴飲金為盟，求得他來相助。」凌雲道：「我早就知道了。」阿蓋大為驚訝，問道：「你早知道了？」凌雲道：「公主離開大理後，我便已在路上聽說。」阿蓋道：「那麼，你也該知道，我……我要嫁給信苴。」凌雲道：「我知道。不過，公主是大王唯一愛女，段功早有妻子兒女，大王定會斟酌此事。況且我瞧段功為人不像是落井下石之人。」他言下之意，似不相信阿蓋真的會嫁段功。

阿蓋卻堅決搖了搖頭。凌雲心中一涼，有些戰戰兢兢起來，他已經猜到她將要說的話，不會是他想聽到的。阿蓋終於鼓起勇氣，揚起頭來道：「我是真心實意要嫁給信苴。」他聽出她話中意思並非是想嫁人，而是想就此與他劃清界限，在二人之間豎起一道高牆。她不敢再看他，只用微弱的聲音道：「我喜歡大理，我會嫁去那裡住下來。」那一瞬間，所有哀傷的感覺都湧上心頭，他沉默了很久。她也沉默了。院外不斷傳來軍馬急速奔走的聲音，卻遙遠得像在夢中聽到似的。

下午申時，楊智派往羅那關的信使終於回來了，但他並未帶回援兵，而告知大將軍張希矯已逕直帶兵趕去古田寺，欲找明勝決一死戰。段功聽了大怒道：「張希矯怎敢不聽我號令？」立即派人前去阻止，以免張希矯再次如鐵萬戶般墜入陷阱。施宗道：「張將軍為人執拗，不如我親自前去。」段功道：「好，速去速回。」施宗道：「遵令。」不過信使也帶來一個好消息，那就是進攻北勝州的一路紅巾被知府高斌祥擊潰，紅巾先是在金沙江北陷入象陣，又被高斌祥重兵包圍，幾乎全軍覆沒。高斌祥得勝後聽聞段功親自領軍營救楚雄，已率小吉都兵寨之精銳騎兵星夜趕來相助。段功這才顏色稍解，派人告知梁王消息，又令人嚴守呂閣關，靜待援兵到來。

施宗只帶了高浪一人，換上百姓衣服便出關朝古田寺方向趕去，竟真的在天黑時遇到張希矯大軍，施宗忙上前傳達段功之命。此處離古田寺僅三十里地，張希矯聽說鐵萬戶已經戰死，更是怒火中燒道：

「將在外，君令有所不受。」無論如何都不肯退兵，被施宗喝得急了，便乾脆下令羅苴子將施宗、高浪二人綁起來。施宗見再也無力阻止，只好道：「大將軍請息怒，信苴請大將軍回師，無非是怕紅巾設下埋伏。」張希矯道：「有埋伏又如何，難道我還怕了他們不成？」施宗道：「大將軍此行無非是要打敗紅巾，這樣大張旗鼓地揮師前進，敵人早有防備，取勝可就難得多。若大將軍堅持要去古田寺，我倒有個主意。」當下上前附耳幾句。

張希矯沉吟片刻，道：「也好，就按你說的辦。你二人就此回去稟告信苴，不將紅巾殺得片甲不留，絕不回去見他。」高浪眼見大戰在即，哪裡願意回去，忙道：「我願留下與大將軍共進退。」施宗也擔心張希矯再冒險輕進，便道：「既然如此，我也先留下來，等大將軍取勝再回去稟報信苴不遲。」

張希矯便令副將尹崗率大軍藏入林中，約定以火為號，待得看到火頭大起，便一起朝古田寺衝殺，他則親自挑選兩百精銳，多帶火矢、火鏃，連同施宗、高浪二人一道摸黑朝古田寺趕去；到達十數里之遙時，遠遠見到紅巾營寨光亮映天，便下了馬徒步朝映照處趕去。走了近一個時辰，終於摸近營寨，只聽見營寨中有鼓聲、鈴鐺聲傳來，似是紅巾正在歡宴。張希矯暗罵了一聲，命人蹲下來匍匐前進，看到寨門時卻不由得一呆，轅門兩旁的柵欄掛了數十具赤身裸體的屍首，均是戰場上重傷未死的羅苴子，被紅巾剝下鎧甲，綁回古田寺拷打，後又一一吊死。張希矯大怒，唇下黃色鬚髯根根發直，立即便要去拔兵刃。施宗道：「等一等，提防有詐！」他們一路過來沒遇到一個游哨，他早起疑心，此刻見到紅巾大營門口竟無守衛，不免疑慮更深，生怕又有陷阱。

張希矯人已經到了紅巾營寨跟前，哪裡還顧得上有詐不有詐，命人點起一支火矢，親手射到轅門上。那二百羅苴子眼見眾同伴橫屍眼前，早按捺不住，遂火矢齊發。高浪則不待張希矯下令竟一揮鐵鞭，叫道：「衝啊！」一人當先往營寨衝去。他得入紅巾大營，早就預備大殺一場，不料一衝進來便呆住，原來營寨中空無一人，只有四隻羊的前腿懸吊欄上，後腿踏在鼓面上，這正是曾被用來拷訊楊勝堅的那幾隻羊，欄旁則拴有四隻大鵝，項掛鈴鐺，鼓聲、鈴鐺聲正是這八隻動物弄出。

張希矯只見到羅苴子的屍首，不見一名敵人，早已氣極，連聲道：「燒！點頭燒！將紅巾都給我燒出來！」羅苴子遂四處舉火，將營帳全部點燃仍不見一人，便一起殺到古田寺。卻見古田寺門前兩旁大樹上各五花大綁著兩名羅苴子，胸前肺腑碎裂，血肉狼籍，均已遭開膛破肚而死，情狀慘不忍睹。張希矯暴跳如雷，微一舉手，羅苴子火矢齊發，盡數射到寺匾上。那匾是塊老匾，古木黝然，頓時起火。兩名僧人聞聲趕出，見狀忙叫道：「住手！將軍快些住手！本寺裡面尚住有十餘名僧人。」張希矯怒道：「紅巾在寺前殘殺我大理將士時，你們為何不叫住手？」回頭命道：「給我燒了這紅巾老巢！」羅苴子大聲應命，趁勢衝進寺中放火。

施宗忙拉過一名僧人問道：「紅巾都去了哪裡？」僧人道：「天一黑，他們便從後山撤走了，說是大理援軍已到，他們也須得回到回蹬關等待中慶來的援兵。」原來明勝亦得知進攻北勝州的一路紅巾被盡數殲滅，從北部牽制大理的計畫失敗。而昨日圍攻段功不成，讓他逃回呂閣關，大理損失的兵馬雖多，再無力大舉出擊，然他自己部下損失更重，況且此處離大理重兵之地羅那關不到百里，不遲一日，大理必然傾兵前來援助段功。他越想越心驚，決意先退至回蹬關，至少可仗著天險據守，等待中慶援兵到來再說。

施宗聽說紅巾已經撤軍，便命羅苴子放出孔明燈，告知楚雄城內。那孔明燈為諸葛亮所創，原是用竹皮紮起燈籠，燈籠中有松脂做成的燈膏，再於外面裱糊一層皮紙，密不漏氣，只留一細微小孔點燈。

點燃燈膏後，松煙性輕，可攜燈騰空，高高升起。這是諸葛亮南征行軍紮營時為示意軍情所想出的法子，極利兩軍在夜裡遙相呼應，便如春秋之烽火，燈最高時可升達數百丈，即使崇山峻嶺也不能阻隔。果見三盞孔明燈往夜幕中飛去，越飛越高，到最後只剩下三個小小的亮點。卻見眼前古田寺亦大火騰起，僧人們哭喊著奔出寺來，羅苴子也不阻撓，任憑他們四下逃散。鮮紅的火舌翻捲蔓延，飛快吞沒了古剎。

過了小半個時辰，張希矯副將尹崗率大隊人馬趕到，張希矯隨即上馬，要連夜率軍追擊明勝一軍。施宗忙道：「大將軍，山高道險，天黑路滑，敵人又動向不明，不可輕出，不如先派人打探清楚再追擊不遲。」張希矯道：「也好。」當即派出一小隊騎兵，抓了一名僧人帶路，從後山去探紅巾去向。張希矯卻不願就此領兵前去楚雄與段功會合，那梁王與他仇深似海，他真擔心一見到那張紫臉就會忍不住上前動手，便乾脆下令大軍就此紮營。

紅巾營寨與古田寺大火熊熊，直燒到次日清晨才逐漸熄滅，寺廟全成了一堆殘垣斷壁。周圍一些樹木也遭殃，被火燒焦得只剩光禿禿的烏黑樹幹。一股股黑煙在餘燼中升起，直入空中。和煦輕柔的晨風中，夾雜著濃烈嗆鼻的煙味。

天色大明之時，段功率人趕到，施宗忙上前稟告紅巾昨夜已搶先退至回蹬關。段功臉色鐵青，一言不發，撫劍走進寺中。他曾聽過這座千年古剎的名字，而眼前不但建築蕩然無存，殘垣斷壁中還留有幾具焦黑的骸骨，大約是寺中未及逃出的僧人，心頭怒火頓起，大踏步出寺，厲聲命道：「來人，將張希矯綁了。」兩名羽儀上前，一人解下張希矯的佩劍，一人拿繩索綁了他雙手。

張希矯自知抗命在先，段功不會輕饒，忙道：「我願戴罪立功。請信苴下令解了綁索，我這就率部去攻打回蹬關，不斬下明勝人頭，我願自刎謝罪。」段功冷冷道：「不勞你動手，我自會親自去打回蹬關。張希矯，你違抗軍令，本該就地斬首，念你是員老將多有戰功，赦免死罪，流配鶴慶。張希矯部暫由副將尹崗率領。」鶴慶正是楊寶父親楊昇的封地，高潛在旁一聽見，不由得驚奇看了楊寶一眼。

又聽見段功厲聲道：「速速將張希矯押走。施宗、高浪，你二人傳令不力，張希矯擅來古田寺，你們不但不予勸阻，還任憑他燒毀了古田寺。來人，將他二人拖到一邊，各打五十軍棍。」眾人這才知道段功為何如此怒氣衝天，原來是因為張希矯放火燒毀這千年古剎古田寺的緣故，見他正在氣頭上，也不敢開口求情，只得將施宗、高浪拉到一旁裝模作樣地打了起來。段功怒火稍解，這才道：「召集人馬，去回蹬關。」

回蹬關仍位在楚雄境內，距離古田寺僅三十餘里，瞬息即到。段功有了之前遭伏擊的前車之鑒，將人馬分為前、中、後三隊，各隊中間隔了數里，遙相呼應。他自己親率前隊，竟在進入廣通縣境時追上了紅巾將領謝得率領的後路軍。謝得自遭遇大理軍以來，屢戰屢敗，被明勝罰在後路押送輜重。段功聽探馬報後，親自督軍，迅速包圍謝得人馬，命人大呼道：「解甲投降者不殺！」紅巾稍有妄動者即遭箭矢射殺，謝得見無路可逃只得拋下兵刃投降。

此處距離回蹬關僅兩、三里之遙，段功命人燒了輜重。又聽說謝得便是動手殺死楊勝堅之人，他身上還穿著死去羅苴子身上剝下的象甲，便拔出松鶴劍來，預備親手斬下他的首級。謝得忙道：「你剛才明明說解甲投降者不殺，可不能言而無信。」段功聽說，便收了長劍道：「不錯，你雖是個小人，可是我也不能失信於你。」便命將這五、六百紅巾俘虜淨反剪雙手，以野山藤團串成數排，押到回蹬關前跪下，剛好在關上羽箭射程之內。

明勝在關上瞧見，推測大理軍要學蒙古人攻城時常用的法子——預備等攻城時，將紅巾俘虜推在前面用作人肉盾牌。他便決意搶先下手，命弓箭手將這數排俘虜全部射死。段功本無意殺死這些俘虜，見狀歎息道：「紅巾對待自己人尚且如此狠毒，即使得到天下又如何能得盡人心。」謝得的臉頰、胸前各中一箭，血流滿面，卻一時不得死去，大聲咒罵，不但大罵段功，也怒罵明勝。段功也不派人去殺他，任憑他在關前掙扎叫喊，最終血流盡而死。

大理軍輕騎追擊，未帶糧食補給，無法進行圍困，段功頗為憂心，召來眾人計議。楊智早向樵夫打聽過地形，道：「回蹬關倚回蹬山而建，易守難攻，況且攻城本不是我大理軍所長。關中水源出自回蹬山東面一條名叫『觀山河』的泉水，我們只須派身手矯捷之人翻山越嶺往水中投毒，關內紅巾要麼被毒死，要麼渴死，如此一來回蹬關不攻自破。」

段功雖覺投毒太過陰險，然能以最小的代價取得最大的勝利便也不再顧忌，點頭道：「甚好。」施宗道：「屬下獵人出身，擅長攀爬，願請命前去。」施秀忙道：「阿兄新挨了軍棍，如何去得？還是我去的好。」段功道：「就由施秀去，你自可挑幾名精幹人手帶上。毒藥去向軍醫領取。」施秀道：「遵令。」段功又道，「立即寫一封信射入回蹬關，告訴明勝我們已在泉水中下毒。」張連道：「何不等施秀完成任務回來再知會紅巾？」楊智道：「這是一種策略，可預先造成敵人內心的壓力和恐慌。」眾將這才恍然大悟。

信射入關中後，自有人取去送給明勝，普通紅巾不知信中內容倒也沒有異常。然而到了下午，關上開始有騷動之象，大約人人已知道大理往水源投毒，想喝水卻心有恐懼。日暮時分，施秀滿頭大汗地回來，告知已完成任務。段功便召來眾將道：「紅巾今夜必棄關而走。」眾將聽令，各自去安排人手。

天黑後一切都寂靜了下來，大理營地一片漆黑，沒有絲毫燈火。回蹬關中忽有大笑聲傳來，剛開始才一人，後來人數逐漸增加狂笑不止，在夜深人靜之際聽起來煞是古怪。原來施秀往泉水中所投毒藥名叫「猴笑天」，主要成分是蒼山上的一種毒菌，中毒輕者會一直狂笑到虛脫暈厥，重者則會死亡。施秀等人聽到笑聲，知道關中終究仍有紅巾耐不住飢渴，飲了有毒的泉水。

到得半夜果聽得一聲梆響，關門打開一道小縫，一小隊紅巾悄無聲息地溜了出來；見關外沒有任何動靜，又是一聲梆響，關門軋軋打開，一大隊紅巾騎兵衝了出去，往東而去。騎兵過後是步兵，剛出來數百人，在謝得等人屍體後方埋伏了大半天的羅苴子一哄而上，將數百紅巾盡數砍死，順勢衝進回蹬關，由此阻斷關內關外的紅巾。屍體之多甚至堵住了關門，後趕到的羅苴子騎兵不得不策馬躍過屍堆。先逃出的紅巾騎兵，出關數里即遭大理將軍張連阻截，紅巾無心戀戰，只拚命逃竄，奔走之聲如雷響。戰鬥全然沒料想中的激烈，甚至不到天明便已結束，雖仍有不少紅巾漏網，但羅苴子以少勝多，也算取得輝煌的勝利。

紅巾俘虜被押至回蹬關前，謝得等人的屍體還躺在原地，羅苴子策馬圍成一個大圈，將俘虜們困在中間。段功聽說俘虜竟有三千之多，不免有所猶豫，然上前看到有些俘虜身上穿著死去羅苴子的象甲時，怒火頓起，舉起了手。羅苴子張開弓弩，箭頭一起對準圈內的紅巾俘虜。那些紅巾知道大限已到，一起站起身，互相挽起了手。一人帶頭唱道：「風從龍，雲從虎，功名利祿塵與土……」餘人盡隨他唱了起來：「望神州，百姓苦，千里沃土皆荒蕪。看天下，盡胡虜，天道殘缺匹夫補。好男兒，別父母，只為蒼生不為主……」

楊智道：「這是紅巾軍軍歌。」段功記得當日在無為寺曾聽李芝麻提過其中兩句，忍不住歎道：

「好個『好男兒，別父母，只為蒼生不為主。』」大手揮下，上千支箭一起發出，歌聲頓時歇止，轉為一片慘叫聲。只有那首歌者身中兩箭猶屹立不倒，憋足一口氣，吼了句「手持鋼刀九十九，殺盡胡兒才罷手」，這才慢慢倒下，情形煞是悲壯慘烈。羅苴子又手執鐸鞘上前，一具具翻看屍體，遇到尚未斷氣者便用鐸鞘捅死。

回蹬關一戰後，明勝率殘部逃向中慶。段功等人回楚雄休整幾日，與北勝州趕來的高斌祥部會合後，這才護送梁王緩緩東行。因中慶仍在明玉珍之手，家眷們依舊先留在楚雄。大軍離開呂閣關時，阿蓋的侍女瓔珞忽然騎馬追了上來，將一件物事遞給段功道：「這是王妃送給信苴的禮物。」段功接過來一看，原來是一串彩色的佛珠。瓔珞道：「這佛珠雖不是什麼貴重之物，不過這上面的每一顆珠子都是用斡難河[13]中的石頭磨成。」段功知道斡難河是蒙古的根本發祥之地，又見佛珠顏色老舊，想來是嘉僖自幼佩戴之物，忙戴到項中道：「多謝王妃厚賜。」瓔珞一笑，又變戲法般取出一件白色長袍，道：「這是公主親手縫製，望信苴珍愛。」段功接了過來，一時心有所感，他愛穿白色長袍，原先那件為夫人高蘭手縫，因在激戰中染了大片血跡難以洗淨，無法再穿，想不到阿蓋如此心細。

孛羅瞧在眼中，笑道：「阿蓋自小嬌貴，不識得女紅，還望信苴不要嫌其粗陋。」段功低頭一看，果見那長袍針線長短不一，極為粗糙。又聽見梁王大笑道：「不過這長袍可是珍貴得緊，我這寶貝女兒可從沒給我這做父親的縫製過衣裳，當真是女大不中留。」段功當眾甚是尷尬，只得道：「王妃、公主美意，段某受之有愧。」瓔珞笑道：「這是信苴該得的。」自退了下去。

段功心中惴惴，感覺正日益陷入兩難境地：起初他答應與阿蓋飲金盟誓，不過是要救她性命，救她父王性命，更重要的是救大理百姓，他從沒真的想過要娶她。儘管她也許不知道這些，但他知道她其實並不是喜歡他，當然也不會真心要嫁他。然而，事情卻不知道何時慢慢起了微妙的變化，現在她似乎變得一心一意想要嫁他，梁王夫婦似也完全首肯，那麼他自己呢？他當然自知該婉言謝絕這樁婚事，為了阿蓋的幸福，為了高蘭的幸福，但這只是道義上的——那麼他內心深處呢，到底真實的想法是怎樣呢？阿蓋對他的態度起了變化，他心中難道便沒對阿蓋起一點變化麼？

浮生若夢，為歡幾何，那一晚月色如詩如畫，是多麼令人難忘啊！他漸有一種激情澎湃的感覺，又迷亂，又朦朧。

1 位於今大理祥雲縣雲南驛鎮。

2 彎刀的形狀利於切割，快速移動時發力不易折斷。蒙古均是騎兵，策馬飛馳時，彎刀可輕易滑過盾牌鎧甲，直取敵人首級。

3 位於今雲南祿豐縣廣通鎮回蹬山，在楚雄東部。相傳南詔王閣羅鳳曾親率大軍東征滇池，大軍浩浩蕩蕩到達廣通時，正好遇上傾盆大雨，山險路滑，難以前進，只好就此回兵，由此得名「回蹬」。

4 知府：元代地方官制極為複雜，行省下設路、府，路下又有府。因而有的府屬於路，有的屬於行省，有的管轄州縣，有的不統州縣，官職、名稱各不相同，只有不屬於路的府才設知府。楚雄本是路，設有萬戶一職，路下有府，本小說為避免混亂一律簡化處理。

5 指中慶西面的碧雞山。

6 大理的甲胄、毛氈、織造品聞名天下。甲胄為象皮製成，厚約半寸，堅比鐵甲；犀皮甲則更為名貴。

7 蒙古以右為貴。

8 今江蘇南京。

9 今雲南安寧。

10 打金箔，是指將黃金以鐵錘錘煉成薄片；打金箔人跟鐵匠一樣，是當時的一種職業，而金箔主要用作寺廟、雕塑、牌匾、楹聯、畫框、屏風及各種工藝品的貼飾。

11 蒙古語，意為護衛軍。

12 楊勝堅的出生地名為江心莊。

13 今蒙古鄂嫩河。

卷七　鴻門宴

阿蓋見段功決然離去，始終沒有再看自己一眼，頹然跌坐到地上。梁王孛羅俯下身子，低聲問道：「女兒，你不是很喜歡段功麼？怎麼突然又要下毒害他？」阿蓋一呆，再也忍不住，放聲大哭起來。

段功、孛羅率大軍一路從容東進。原先明勝西追梁王時，沿途占領的不少州縣本留有紅巾駐守，但明勝敗走後這些紅巾也盡數退走，曾風光顯赫一時的紅巾最終只剩明玉珍盤踞的中慶一城。只是這些州縣大多受到大肆劫掠，處處顯殘破之相，人煙荒蕪。百姓們見到梁王領軍回來也不見得如何高興，更不要說是歡迎，看他們的表情似乎倒更願意紅巾在此。不過這些人從未見過大理軍，十分好奇，不少人還特意趕來看熱鬧。

此刻又傳來建昌部落擊敗進犯紅巾的消息，段功料得明玉珍孤軍深入，必然萌生退志，因而並不十分急於收復中慶。這是他的一種策略，中慶城高池深，若紅巾執意死守，經月難下，他並不願拿手下將士的生命冒險。他想到之前明勝捕獲楊勝堅之計堪用，也派出許多游哨偽裝成百姓，飛馬趕去埋伏在中慶通往四川的必經之路，預備捕到紅巾信使利用書信大做文章。

不日到達安寧州，已進入中慶路轄區，距離中慶城不到百里。占據安寧的紅巾早幾日已望風而逃，安寧為中慶西部門戶，紅巾亦棄城而走，可見明玉珍只打算集中兵力困守中慶一隅。安寧境內著名的朱砂溫泉，遠勝唐玄宗的玉蓮池，因而有「甲天下」的美名，一向是來往商旅最喜聚集之地。然大軍進城時，全城蕭然，如被寇盜。城中所有青壯年男子都不見了，或是自願或被挾持，均加入了紅巾。好好一座城池，只剩下一些孤苦無依的老人、女人和漢子，再無半分昔日中慶門戶的繁華景象。

安寧知府衙門倒是完好無損，段功、孛羅便直接進駐。安寧知府姓董，出身滇中大族，是世襲的知府，他本來已在紅巾進城前逃脫，卻想起一處別宅還藏有許多金銀珠寶捨不得丟下，又偷偷返回安寧，結果被紅巾擒住殺死，屍體一直懸吊在知府衙門前牌樓下，風吹日曬，血肉早已腐爛，露出骷髏的淒涼模樣。孛羅命人將董知府放下來安葬，眼前情景固然令人痛惜，可是只要想到返回中慶尚不知是何等慘狀，心中更感惶惶。

段功尚惦記那行省都鎮撫司鎮撫劉奇到了安寧是否尋得陳惠一事，正要派人打探，忽見劉奇趕來拜見不免驚奇萬分。原來劉奇到達安寧日久，卻打聽不到陳惠的下落，紅巾進城時確實開獄釋囚，陳父因年老體弱當堂釋放，陳惠則被挾裹加入了紅巾，派去跟隨明勝西追梁王。不過，後來又有人在安寧城中見到陳惠，他設法從紅巾軍中逃跑，回來安寧尋到父母後，擔心又被紅巾抓去當兵，所以帶父母躲進了安寧東面的太華山。大山茫茫，劉奇帶人找了數日毫無頭緒，後來聽說明勝被段功擊敗，守衛安寧的紅巾也退回中慶；且料山中清苦，陳惠必帶父母回家，因而回城守株待兔，果然在昨日等到了陳惠。陳惠卻死活不願離開年邁病重的父母，劉奇無奈，只得命人綁起陳惠強行帶走，陳父受到驚嚇從床上滾下，就此跌死。劉奇見鬧出這等慘劇，心中頗感愧疚，便命人解開陳惠，讓他先葬父再說。

孛羅聽得劉奇離開楚雄多日卻沒把事情辦好，大怒道：「來人，將劉奇拉出去砍了。」劉奇昂然道：「我是朝廷命官，堂堂行省都鎮撫司鎮撫，不受梁王府轄屬，大王無權殺我。」孛羅怒火更盛，紫色面皮上籠罩了一層黑氣，看上去十分嚇人。他自懷中取出金印獸鈕，高高舉起道：「本王受朝廷重託，監督行省一切事務，我以梁王金印殺你，何人敢不服氣！來人，速速將劉奇拉出去斬了。」劉奇也不求饒，不待侍衛來拿，自己便朝外走去。段功道：「且慢。大王請息怒，如今中慶未克，正是用人之際，不如讓劉鎮撫戴罪立功。」孛羅道：「劉奇已耽誤大事，如何個戴罪立功法？」段功道：「大王發怒，無非是因劉鎮撫耽誤了我方意欲離間朱元璋和陳友諒一事，其實這件事目下已大起轉機。我派出的游哨傳來消息，說是朱元璋已開始對陳友諒採取行動，兩方各自調遣兵馬，預備在鄱陽湖決戰。」

原來朱元璋野心勃勃，志在天下，他夾在張士誠和陳友諒之間，早就擔心張、陳合力夾攻他，決意搶先各個擊破。正如楊智所料，他首先要對付的正是陳友諒。朱元璋有個部下康茂才，他原是陳友諒的舊部，與陳友諒的驍將康泰更是堂兄弟，朱元璋便指使康茂才寫信給陳友諒，假稱願為內應，獻出應天府。陳友諒果然中計，認為機不可失，忙調回正南下雲南的康泰部，轉而進攻朱元璋，結果康泰徹底進入朱元璋事先佈好的圈套，在龍灣大敗。陳友諒知道事情究竟後勃然大怒，集結重兵，發誓要攻下應天，將朱元璋和康茂才碎屍萬段。他全力對付朱元璋，自然再也顧不上援助明玉珍，明玉珍的另兩路大軍亦均被大理擊潰，於是退回四川，他可說已是孤掌難鳴。

孛羅這才轉怒為喜，命人將劉奇帶回來，道：「念在信苴為你求情，今日暫且饒你一命，准你戴罪立功。」劉奇道：「多謝信苴，多謝大王不殺之恩。」段功問道：「劉鎮撫，陳惠可還在家中？」劉奇道：「是。我派了人守在他家裡，寸步不離，他父親新亡，母親病重在床，諒他無力逃走。」段功道：「那好。你再去陳惠家，想方設法將他請來軍中，只是有一點，須得讓他自己心甘情願跟隨你來，不可使用武力。你若能辦到，便可功過相抵。」劉奇為難地道：「這如何能辦得到？他如今視為我殺父仇人，一見我就要上來拚命。那小子渾身蠻力，好幾個人才能拉住。」段功道：「若是不難辦到，也不敢勞劉鎮撫出馬。」劉奇只覺此事實在太難，正遲疑間，忽聽得孛羅厲聲喝道：「還不快去！不將陳惠帶回來，提頭來見。」劉奇只得應道：「遵令。」自帶了人手，重新趕去陳惠家。

當下大軍便在安寧駐下。孛羅著意討好段功，特意帶他登上城牆高處，指著東面的太華山，道：「太華山東南有一座羅漢山，本王在半山建有避暑行宮[2]，背倚翠屏，上載危岩，下面即是浩渺滇池，堪與恆山懸空寺[3]比肩。等到克復中慶之日，本王要在行宮大開盛宴，一來為信苴慶功，二來將小女阿蓋當眾許配給你，讓天下人知道梁王、段氏本是一家。」段功道：「大王盛情，段某銘感於心。只是，大王許配阿蓋公主一事還望大王斟酌。」孛羅先是愕然，隨即不快道：「莫非信苴嫌小女醜陋，配不上你大理總管？」段功忙道：「阿蓋公主身分高貴，貌若天仙，我怎敢嫌棄公主？只是我年紀比她大許多，怕是耽誤了她。」孛羅這才釋然道：「信苴正當壯年，正是大有可為之機。小女嫁得如意郎君，本王也得一佳婿，豈不兩全其美？」

孛羅此番落難紅巾之手，手下兵力消耗大半，就算奪回中慶，也只是空有梁王的架子。如今中原腹地淨為反賊占領，互相混戰，大元朝風雨飄搖。他雖愛惜女兒，卻也知道要在亂世中生存，非得重建一支軍事力量不可，如果能將段功籠絡在中慶，借助大理精兵威勢，雲南自可暫保一方平安，他再乘機招兵買馬，東山再起指日可待。但眼下一切關鍵仍在段功，必須將他留在中慶倚為後援，如此便非得犧牲女兒不可，況且女兒似也對段功有情，更是天賜良機。

段功自猜不到梁王如此深謀遠慮，還要推辭，孛羅不由分說道：「信苴不必再推謝。你與小女郎才女貌，當是一段千古風流佳話。本王會立即上書朝廷，請求封你為駙馬都尉，兼任雲南行省平章政事。以後你我翁婿二人合心，其力當可斷金。」段功一呆，孛羅卻已經哈哈大笑，自下城牆去了。

過了幾日，段功派去中慶北面埋伏的游哨，捆回一名自重慶趕往中慶的紅巾信使。羽儀上前取下那信使頭上的黑布，挖出堵住他嘴巴的破布，段功一見，頗為詫異道：「原來是你。」原來游哨捕到的不是別人，正是曾跟隨鄒興出使大理的姬安禮。姬安禮頗感難堪，便低下頭去。段功幾次問話，他只以沉默回應。段功看了看從他身上搜出的書信，便將他交給施宗審問。

因此地正是安寧知府衙門，施宗便命人押著姬安禮來到大獄，先讓他看獄廳裡的各種枷杻刑具，道：「你之前到我們大理是使者身分，即使你心懷不軌偷入禁地，信苴念你們是貴客亦寬容優厚，不加追究。如今情勢大不相同，你我雙方已是死敵，我大理許多將士慘死在紅巾之手。你在無為寺中見過的羽儀楊勝堅，出城送信時被你們抓到，折磨得體無完膚後，又被押到我們自己人眼前殘酷殺死。你回頭看看我手下羽儀看你的表情，就該想到他們想對你做的事。」姬安禮回頭望去，果見羽儀都有仇恨之色。一名羽儀道：「羽儀長何必跟他客氣，這裡刑具都是現成的，通通在他身上試一遍，不信他不招。」向同伴使個眼色，一起上前執了姬安禮的手臂，便往一條血跡斑斑的長凳拖去。

施宗道：「先等等。」走到姬安禮面前，正色道，「我不能承諾會放你一條生路，但你若肯說實話，我保證親手給你一個痛快，然後將你好生安葬。若你不肯吐實，雖然最後也是一死，卻要在死前遭受許多痛苦折磨。你願意選哪一種？」姬安禮低下頭去，半晌不語。施宗等了片刻，見他還是不答，便道：「來人……」姬安禮忙道：「我願意……我願意招供。」當即詳細說了他離開大理後的情形。原來鄒興早知道段氏不會與紅巾結盟，他前往大理的目的，本意只在拖住大理，當他得知明玉珍占據中慶後，便迅速帶李芝麻等人逃出陽苴咩，趕往北勝州方向，與攻打北勝州的一路紅巾會合。只是料不到北勝知府高斌祥的象陣厲害無比，一仗便徹底摧毀紅巾進攻，只剩鄒興、李芝麻等不到一百人逃回四川。不久又傳來明勝大敗的消息，大夏國聽說大理總管親自出馬，紅巾一敗塗地，上下人心開始浮動。明玉珍聽說另外兩路大軍已經敗退後，也有意退兵回四川，只是明勝等重要將領均不同意，明玉珍本人亦有些不甘心，特寫了一封家書回重慶，徵詢母親趙氏的意見。姬安禮要送去中慶的，便是明母趙氏的親筆回信。

施宗道：「為何要派你送信？你不是李芝麻的人麼？該留在軍中打仗，為何幹起信使的差事？」姬安禮道：「趙太后……就是我主明王的母親……希望我主能與你們大理決一死戰，因為我去過大理，多少知道一些情況，所以特意選派我前來。」施宗道：「只派你一人麼？」姬安禮道：「我是信使，一個人自然更容易掩人耳目。」施宗道：「沒有援兵麼？」姬安禮不答。一名羽儀喝道：「還不快說！」姬安禮知道自己遲早是死，與其被折磨而死，不如求個痛快，當即老老實實地道：「援兵自然是有的，司寇鄒大人正率三萬兵馬星夜趕來支援。」又道，「我知道的都已經說了，求羽儀長實踐諾言，這就殺了我罷。」他是讀書人出身，被迫吐露軍情，心中大感羞愧，也料到既然開了口，逼供將會無窮無盡，等到他實在說不出什麼時還是會有酷刑加身，與其到時生不如死，不如現在先求速死。

施宗果然不肯放過他，又追問中慶城內紅巾軍情。姬安禮道：「我人一直不在中慶，如何能知道內中情況？」一旁羽儀見他不說，立即要給他上大刑。姬安禮忙道：「羽儀長答應要給我個痛快，可不能言而無信。」施宗心想確實答應過他，料他再無用處，便拔出浪劍來，問道：「你們在大理時曾上過一次五華樓，劃開了紅龍鼓鼓皮，是為了找藏寶圖麼？」姬安禮道：「是，我們在無為寺找不到藏寶圖，所以懷疑它藏在五華樓中。」施宗再無疑慮，道：「好，念在你尚且老實，就如你所願，給你一個痛快。」

姬安禮本來一心求死，眼見劍尖一寸一寸刺向自己胸膛，心下又生怯意，本能地強烈渴望求生。當即雙腿跪下，哀告道：「我什麼都說了，羽儀長，求你高抬貴手，饒我一命。我……我願意投效信苴。」施宗冷笑道：「我們信苴可不會要你這種貪生怕死的膽小鬼。」長劍遞出，刺入他胸口。

施宗一劍刺死姬安禮，又安排了他的後事，以踐之前諾言，這才回到大廳詳細稟告段功。段功沉吟道：「我本不欲攻打中慶，想逼迫明玉珍不戰自退，如今他若得知強援即將到來，肯定要據城堅守。」正感頭疼之際，卻見鎮撫劉奇帶了一精瘦矮小的漢子進來，喜孜孜地道：「幸不辱命。信苴，我將人帶回來了，這人就是陳惠。」段功大喜過望，道：「真是天助我也。劉鎮撫，這回你可是立下了大功。」

劉奇不知段功何以欣喜若狂，只好道：「願為信苴效犬馬之勞。」

段功道：「來人，快去書房備好筆墨。」當即領陳惠來到書房，將姬安禮身上搜到的那封書信取出來，授意楊智模仿語氣另擬一封書信。明母原信為：「自爾去後，平安無虞。征取雲南，務要得之。兵糧不足，隨後發來，不可輕回。」最妙的是，原信結尾處只有「大夏天統二年，明太后平安書」的字樣，並無璽印蓋在上面。那信通篇筆力纖弱，字體歪歪扭扭，不成章法，想來是明玉珍母親趙氏親手所書，讓明玉珍一見筆跡便能認出。

楊智便將內容改為：「自爾去後，老身不安，臣下亂法。又聞得中國兵馬[4]入界，非止一處。爾須急回，遲則難保。」再詳細向陳惠解釋，須得讓後一封信字體風格與前一封信一致。陳惠道：「這個人寫的字不好看，很容易仿造。」將兩封書信一起攤上案頭，自己到案前坐下，鋪好信紙，拿起毛筆便寫了起來。楊智見他捉筆姿勢甚是笨拙，不免有些憂心。過了一盞茶功夫，陳惠將筆一擱，道：「好了！」眾人上前一看，新寫書信當真與明母原信筆跡一模一樣，仿若出自一人之手，根本看不出有任何差異。

段功沉吟道：「信是沒有絲毫破綻，只是還缺個送信的人。」楊智道：「若是姬安禮不死，倒可以派他進城送信。」施宗心下不快，道：「姬安禮是個貪生怕死之徒，所以才說願意投降，若真派他進城送信，難保他不將原信內容告訴明玉珍。」楊智道：「話雖如此，究竟很難找到一個能瞞過明玉珍本人的送信者。」劉奇道：「從我手下挑一名漢人如何？」楊智道：「鎮撫的手下都是出自中慶，萬一城中有人認了出來，可就前功盡棄了，我們不能冒險。」

那陳惠寫完書信後退在牆角，一直沉默不語，忽然插口道：「我願意去送信。」見眾人一起投來驚異的目光，又道，「我祖籍在湖廣漢陽[5]，距離明玉珍家鄉隨州[6]不遠，年幼時父母才帶我逃難到安寧，但說話仍帶有鄂音，容易取信明玉珍。」段功道：「你可知道送信一事極為凶險，萬一敗露，明玉珍會殺了你？」陳惠道：「我知道，我不怕死。」

施宗道：「萬一事敗，可不僅僅是死那麼簡單，紅巾定會對你酷刑逼供，逼你說出原信內容。你到時吃不住拷打，吐露原信內容，我們豈不是要前功盡棄？」陳惠白了他一眼，冷冷道：「你不說，我不說，紅巾怎會知道我看過原信？我頂多不過是個送假信的小卒子而已。」眾人一聽，均覺得有理。

段功見陳惠雖只是個打金箔人，卻氣度鎮定頗有見識，難得的是他有過人的膽量。昔日荊軻謀刺秦王以秦舞陽為副手，秦舞陽號稱燕國第一勇士，十二歲就開始殺人，劍下亡魂無數，旁人都不敢正眼看他，然而真到了秦國大殿，卻被秦王威儀嚇得臉色陡變，渾身發抖，可見號稱勇士的人並不一定真勇氣。而這陳惠為了救父出獄，偽造官府公文，這等膽氣足以讓人另目相看。段功一念及此，問道：「明知送假信凶險難卜，你還是願意冒生命危險？」陳惠已經知道他就是大理總管，點了點頭道：「但是我有三個條件。」

段功道：「你說。」陳惠道：「第一，我阿爹無意中得罪了董知府，遭他陷害入獄，現下阿爹雖然死了，你還是得給他翻案，證明他無罪。」段功道：「好，我答應了。」陳惠又道：「第二，我是家中獨子，現在只剩下年高的寡母，又患了重病，你們須得請最好的大夫替我母親治病。萬一我回不來，還請為我老母養老送終。」段功道：「好，我即刻派人將你母親送去大理，那裡有天下最好的名醫、最珍的藥材，以後你母親吃住都在總管府，與我段某絕無二樣。若你能活著回來，盡可以一同住在總管府，我當你親兄弟般對待。」陳惠料不到段功會許下這麼大的好處，不禁一呆，問道：「此話當真？」段功叫過施宗、施秀，指著二人道：「這兩兄弟是我身邊最得力的羽儀，我派他二人立即去辦，護送你母親去我大理頤養天年。」施宗、施秀一起躬身道：「遵令。」陳惠終於露出一絲欣喜之色，道：「如此，我便再無顧慮。」

段功道：「第三個條件呢？」陳惠道：「這可就難多了。」指著劉奇道，「他害死了我阿爹，我要你殺了他。」眾人大為愕然。段功更是心頭疑惑，暗想：「既然陳惠仍懷恨劉奇，不知道劉奇又是用了什麼法子將他請來知府衙門？是了，應該是以赦免陳惠所犯偽造公文之罪為條件。」陳惠冷笑道：「我早說這個條件要難得多。」段功道：「你本已觸犯國法押在獄中服刑，紅巾進城才得僥倖逃脫，先前劉鎮撫綁你並沒有不對的地方，反而是給了你一個將功贖罪的機會。你父親去世，固是不幸之事，可是也不能怪到劉鎮撫頭上。何況劉鎮撫非我屬下，你這個條件我確實辦不到。」

劉奇忽道：「原來你想要我死，這也容易辦到。」拔出佩刀，倒轉刀柄，遞到陳惠手中道，「我甘願受死。」陳惠道：「甚好。」抓起佩刀，便朝劉奇當頭斬下。

段功當然不能容陳惠在眼前殺人，搶上前來，反手拿住他的手腕，右手去奪佩刀。不料，陳惠氣力極大，段功武藝不低，這一奪竟未能奏效，那佩刀幸被拉偏了幾寸，力道也消減了幾分，但還是斬中劉奇，「哢嚓」一聲，深入肩頭一寸有餘。施宗急忙搶上來，橫臂勒住陳惠的頸項，抬腿狠狠頂在他後腰上。陳惠不懂武功全憑蠻力，迅疾被制伏拖到一邊。那口刀猶留在劉奇肩上，段功一手抓住刀柄，一手扶住刀尖，用力將刀拔出，鮮血噴瀉，劉奇一直巋然不動，這才晃了兩晃。施秀早取出金創藥，上前為他敷治。

段功命施宗放開陳惠道：「你這第三個條件，我不能辦到。你若就此拒絕送信，我也會照舊履行前面兩個條件……」陳惠大出意外，驚異地望著他，見他雖然英氣卻不失儒雅，神色也和藹可親，完全沒有統兵大帥的威嚴。段功續道：「不過既然你已洞悉機密軍情，保險起見，須得暫時留在這裡，等紅巾退兵後再做處理。你家人我自會派人照顧，你不必擔心。」命人將陳惠先帶去大獄關起來。陳惠道：「等一等……」段功目光炯炯，凝視著他，問道：「你還願意去送信麼？」

陳惠知道自己若不肯送信，立時又將身陷牢獄，他原也料到第三個條件無法實現，就此斬傷劉奇已然大出一口惡氣，況且段功承諾為他母親所做的事，遠過他的期望，他難以拒絕，當即便點頭道：「我願意。只盼總管大人還要認真履行前面兩個條件，如此，我陳惠死而無憾。」當即取了假書信，昂首出去。

段功命捕獲姬安禮的游哨護送陳惠到中慶東路，方便他自東門入城。又請劉奇選幾名可靠的漢人手下，想法先混入中慶城，萬一陳惠被紅巾所殺，便即刻回報。再命施宗、施秀去將陳母先接來知府衙門。陳惠所要求翻案一事，段功想到馬文銘年紀雖小卻極有見識，辦事得力，又在行省理問所當職，正管刑獄，便請他去處理。然馬文銘也無能為力，因安寧府中所有卷宗已被紅巾一把火燒毀，片紙不存，只能盼著中慶行省卷宗還在，等克復中慶再說。

安寧距離中慶城僅七十里，陳惠走時恰是正午，段功預料若一切順利，他半夜便可進城見到明玉珍，接下來的一切就要看天意和造化，最快明早、最遲明晚，劉奇派出的探子便會傳回消息。惴惴等了一天，次日下午，段功正與孛羅及重要將領、官員議事，忽見探子擁著陳惠回來，連聲道：「成了！成了！」原來陳惠此去相當順利，向城門守軍表明自己是太后信使，立即被送往明玉珍居住的梁王宮，明玉珍本已睡下，一聽母親有信，立刻夤夜召見信使，拆信一看，半晌無言，竟沒多問陳惠一句話，只賞了一兩銀子，令他速回四川重慶。陳惠遂連夜出了中慶城，趕回安寧。

段功一時沉吟不語。孛羅聽說明玉珍住在自己的宮殿，氣得大罵道：「這明瞎子膽敢睡在本王床上，回頭本王抓住他，定要將他碎屍萬段。」一見眾人並不出聲附和，只望著正在默思的段功，這才省悟別提什麼將明玉珍抓住碎屍萬段，沒有段功，他怕是現在還在楚雄喝西北風。雖說他知道眼前事實，然則見在場官員如此勢利，大有惟段功馬首是瞻之勢，心下極是不快，卻也不再多說什麼。

劉奇道：「依信苴看，明玉珍相信了麼？」段功見陳惠尚在當場，忙道：「壯士立下大功，段某十分感激。只有一事，你母親病重，城中良醫又均為紅巾擄去，我已命人送她前往大理救治。你若……」陳惠不等他說完，轉身便往外衝去。梁王府尉阿吉皺眉道：「這人好生無禮。」段功道：「他也是愛母心切。」不再理會陳惠一事，轉向眾人道：「我猜紅巾今夜必回。我們現下發兵，恰好能趕在紅巾出城時出擊。」一軍情緊急，也不再與孛羅商議，命將軍張連和尹崗各率本部羅苴子分別繞到中慶城外，自東門和北門襲殺正出城的紅巾；命梁王府尉阿吉和鎮撫劉奇各率三千元軍自南門入中慶，攻打尚滯留城內的紅巾，再分別夾攻東門和北門；他自己則率一隊人馬，與北勝知府高斌祥一起率輕騎追擊已經出城的紅巾。當下按照段功部署，各人自帶人馬出了安寧，往東朝中慶趕去。

中慶古名拓東城，意為「開拓東境」，為唐朝廣德年間南詔大肆擴張領土時所築，後來大理立國改名善闡府城，元代才改名中慶城。這座城池年代不如陽苴咩城久遠，然自成為雲南行省治所以來，蒙古人百年經營，繁華熱鬧不下於大理。城牆高大堅固，周圍九里共設六道城門，南名崇政，北名保順，東名咸和、永清，西名廣遠、洪潤。每道門上各有城樓，城牆四隅亦修有高樓。東、西、北三面有河水環城，可通舟楫，南面倚山，佈有重關，形勝頗壯。

段功大軍東進二十里時，暮色降臨，前方探馬來報，中慶城一早便開始有一隊隊騎兵陸續出城，大隊紅巾步兵目下正蠢蠢往北面保順門及東面咸和、永清三門集結，似是要等天黑時連夜出城。眾人聽了無不驚歎段功料事如神。段功便命大軍悄然前進，亥時抵達苴蘭城，此為中慶北面門戶，距離中慶僅十餘里。果見城門大開，駐城紅巾已然撤走。段功便命阿吉和劉奇迅即挺進中慶北門，等見到孔明燈舉時再攻殺入城，自己則率餘部繼續朝東趕去。半夜時分到達金棱河邊，躍馬通濟橋上，朝北望去，遙見前面咸和門方向燈火通明，大批紅巾正湧出城，當即命張連和尹崗出擊，等到殺聲起時才點孔明燈升入空中。

紅巾正出城一半時突遭大理軍阻擊，倉促應戰之際又遭背後自北門入城的元軍夾擊，當即潰敗。已經出城的紅巾不顧後隊人馬生死，一路逃竄有如驚弓之鳥。段功領軍一路追擊，陸續救了不少為紅巾擄走的儒生、匠人、醫師、技工、樂人等，雖耽誤了一些時日卻始終窮追不捨，終於惹怒明玉珍下令在七星關[8]停下，收拾殘部，擺下陣勢，要與追兵決一死戰，卻被段功搶先派高斌祥率輕騎擊潰左右翼。高斌祥的部下有巧匠名為焦玉，設計發明了一種火銃，以火藥擊石，每矢可斃敵二人，威力極大，眾銃齊發聲震數十里。紅巾無不驚恐萬分，急忙逃跑。高斌祥順勢抄斷紅巾後路，徹底將明玉珍逼進七星關中，包圍起來。七星關當川、滇、黔交通要衝，極為險要，河谷兩岸峭壁如削，巍巍七峰綿延挺拔，宛如北斗七星。當年諸葛亮南征經過這裡時，曾點七星燈拜祭。段功見此關易守難攻，也不攻城，只命羅苴子守在出關要道上。明玉珍歸家心切，果然無心堅守，一天後便按捺不住想棄關而走，先派一隊前鋒兵馬出關，被段功斥軍盡數圍殲。

又過了一日，關門突然打開一道縫放出一人，又迅即關上。羅苴子見那人雙手高舉，身上並無兵刃，便等他走近，捆了他去見段功。段功問明他即是侍中楊源，便道：「據說紅巾公文告示均出自你手，我在安寧見過一篇，文采不錯。」命人解了綁縛。楊源道：「多謝信苴。」段功道：「你來見我，有何要事？」楊源道：「我主聽說信苴寬厚仁愛，想與信苴就此講和，請信苴高抬貴手讓出一條回四川的道路。我主願意親自與信苴盟誓，不但永世不犯大理，而且願結為兄弟。」段功沉吟片刻道：「結為兄弟之事就罷了，但明王得允准行商自由來往於四川、大理。」楊源料不到段功如此乾脆，喜出望外，忙道：「那是自然。」段功道：「好。」命人放楊源回去。

眾將均感大惑不解，此時中慶已克，後隊援兵即將趕到，明玉珍已是囊中之物，不知為何突然要與他盟誓，放他離開。段功道：「我若拒絕，明玉珍遂會破釜沉舟，死守七星關。此刻鄒興正帶三萬紅巾援兵趕來，距離此地已然不遠，我軍若就此攻城容易腹背受敵。不如放明玉珍離開，他銳氣已失，無心再戰，即使遇到援兵後知道那封家書是假，也已與我盟誓，不得不退回四川。」遂與明玉珍在關前折箭為盟。

明玉珍為人平實，受身邊將領挑撥發起了這場戰事，頗多後悔，自接到母親手書後憂心如焚，恨不得立即插翅飛回重慶，卻因一時激憤，被大理勁旅圍困在七星關，本來派楊源前去與大理軍媾和也是心存僥倖，不料段功竟然答應，心中很是感激，舉手道：「日後凡是信苴所至之處，我大夏軍當後退六十里，聊表敬意。」段功點點頭，揮一下手，一聲梆響，羅苴子迅疾提馬兩旁，如劈浪般讓出一條道路。明玉珍見他號令森嚴倒也不足為奇，但令行禁止只在一瞬間，段氏雄霸西南數百年果然有過人之能，不禁好生佩服。

全場剎那間安靜許多，關下馬蹄如雨，竟始終不聞人聲，紅巾將士默默從大理軍陣前走過，他們不必再血灑他鄉，終於可以平安回到故土，心中均有欣喜之意。等到阿吉、劉奇等人率元軍趕到時，明玉珍早已離開雲南境內，段功將七星關防務交給元軍，自率軍返回中慶。他與明玉珍盟誓一事後來被梁王得知，梁王表面不說什麼，心中卻大為惱怒，這是後話。

段功進中慶城時，心中頗多複雜滋味——這還是他第一次來到中慶，這座名城山川明秀，民物阜昌，冬不祁寒，夏不劇暑，奇花異卉，四序不歇，但在大理立國後不久即被弄權的高氏據為己有，大肆營建，駐有重兵，成為高氏的根據地。蒙古人占據雲南後，又成為雲南行省的治所，可以說段氏在這裡沒留下過一點痕跡。而今他最終卻以勝利者的姿態，成為極少數幾位走進中慶的段氏皇族之一。令人驚訝的是，中慶並未遭紅巾大肆破壞，並不像一路東來所見大理軍進據過的城池那般殘破，看來明玉珍尚有一些愛民之心。

中慶城的中心有一座五華山，是城中最高處，此城便大致以五華山為界，分為南北兩片：城北以軍政區為主，軍營、中慶路府、貢院、昆明縣衙等均在這一帶；城南則是居民集中區，然而雲南最重要的兩個樞紐建築也在城南，梁王宮在南門崇政門東，雲南行省署在梁王宮東面。

段功進城後並未住進驛館，而是被梁王王傅大都直接領到城中心的五華寺住下。五華寺位於五華山上，風景熙熙，不僅可俯瞰中慶全城，山腳即是菜海子[9]，碧波粼粼，蒲藻常青，為城中遊賞之勝地。梁王安排他住在全城最好的位置，可謂十分盡心。段功既來之則安之，他接到回報，明玉珍與鄒興援兵在四川邊境會合後果然即刻返回重慶，並未再度進攻。他見中慶大局略定，便命北勝知府高斌祥先率部返回，以免大理北部邊境有失。

紅巾盡退，東部驛道重通，大理源源不斷有信使前來，無非是稟告政事、請求決斷等等。如此過了數日，有一日信使送來一封家書，是總管夫人高蘭的親筆信。段功拆開一看並無他文，只有一句詩——「草草鶯花春似夢，沉沉風雨夜如年。」一時陷入沉思。他初與高蘭成親時，還未當上總管，曾與夫人連袂遍遊大理名勝，在雞足山[10]遇到一個自稱張三丰的邋遢道人，稱會看面相，索要了五兩銀子，送了高蘭這兩句詩。高蘭起初不解其意，只愛句子纏綿綺麗，後教授中的一名博士看到，說此句不祥，暗示夫人將孀閨獨宿。當時段功夫婦新婚燕爾，感情甜蜜，二人聽了都是大笑，直說被那張三丰騙去了五兩銀子。高蘭事後回想心中耿耿，欲派人往雞足山追捕張三丰，還是段功笑道：「夫人若真派人捕了他來，反倒將這謊話當真了。」高蘭這才作罷。如今二十年過去，段功再回首此事竟恍若隔世。

當夜段功夢見高蘭發怒，殺死了總管府的所有侍女，驚醒過來，額頭冷汗涔涔，心中大生愧意，決心早日返回大理。次日一早再見到大都，便問道：「大王是忙於政事麼？為何始終不見大王前來相見？」大都道：「大王正在操忙一件大事。」段功道：「煩勞王傅轉告大王，可否拔冗一見，我有一事相商，然後便要辭別返回大理。」大都笑道：「不敢有瞞信苴，大王目下並不在中慶城內。請信苴再多留兩日，大王自有請信苴前去相見。」

段功見他笑得頗為神祕，頗感詫異，正要仔細詢問，卻見施宗、施秀趕來相見，忙問道：「你二人這麼快便將陳惠母子送到大理了麼？」施宗道：「回信苴話，沒有，陳老夫人已經不幸去世。」段功驚道：「什麼？」施宗道：「陳老夫人病重，車馬一路不敢走快，到達楚雄境內時，我們遇到一股紅巾潰兵正在搶劫行商財物，紅巾人數不多，當即上前援手，交戰時馬兒受驚，拉著老夫人的車子跌下了懸崖。」楊智問道：「那麼陳惠人呢？你們沒有見到他麼？」施秀道：「陳惠後來追上了我們，與我們一道西行，後來他母親跌下懸崖，他非要下去尋找，我們便與他一道下去，到人力實在不及之處時才停下。他始終停在那裡不肯走，我們勸說不動，只好留了一些財物給他。」

段功想不到會出這種意外，歎惋不已。施宗道：「這全怪我兄弟二人辦事不力，請信苴降罪處罰。」段功道：「這也怪不得你們。」派人召來將軍尹崗，命他率所部羅苴子先回羅那關，一路肅清紅巾殘部。尹崗應命而去。

施秀道：「那被打劫的行商，信苴原也認識，便是那有沈萬三之稱的沈富。」段功道：「原來是他。他是要回中原去麼？」施秀道：「是，他所運貨物著實不少，大約還得過十天才能到達中慶。不過，與他一道的羅貫中現在仍然留在無為寺中。」段功有所感懷，又想起一事，便帶著施宗、施秀來到城南行省署，找到馬文銘，問道：「前些日子拜託小侯爺的那樁案子可有了眉目？」馬文銘道：「是陳惠之父陳亮的案子麼？所幸理問所卷宗完好無損。我回中慶後這幾日，一直在翻閱鑽研陳亮的案子，他也是打金箔人，平生好飲酒，有一次在知府衙門貼金箔時，因喝多了酒摔下梯子，打壞進獻皇帝的貢品，被安寧知府判了死罪，上報後朝廷覺得有些重，他又略有些手藝，遂改判終生服苦役。這案子案情簡單，並無任何疑點。尤其現今董知府被殺，陳亮已死，既成定讞，絕無翻案可能。」段功聽說，便道：「有勞小侯爺。」一步出行省署，頗為悵然，吩咐道：「陳惠立下大功，我答應他的事卻一件也沒能做到。你們日後再遇到他，可要好生看待。」施宗道：「是。」

大都一直陪在左右，便道：「中慶尚有許多名勝古蹟，信苴這幾日一直忙於軍務政事，不得絲毫空閒，好不容易今日下了五華山，不如趁勢遊覽一番。下官也聊作嚮導，稍盡地主之誼。」段功不便推辭，當即道：「也好。」

中慶名山勝跡數不勝數，又如大理般佛寺眾多。段功記得當晚初到中慶城外時，曾在夜色中遙見一座白塔，特意問起。大都笑道：「共有東、西兩座白塔，都在城外，城南常樂寺有一座，俗稱西塔，高八十尺；城東覺照寺中有一座，俗稱東塔，高一百五十尺；都是唐朝貞觀遺物。不知信苴所見是哪一座？」段功記得當初是在城東外的通濟橋上望見，便笑道：「當是東塔。」大都道：「這就是了，我們大王也常去那裡燒香佈施。」遂引段功往覺照寺而去。

如此遊覽了兩日，第三日上午大都又趕來五華山，說是梁王欲宴請段功，請前去羅漢山避暑行宮相會。段功這才記起當日孛羅所說要大開盛宴慶功那番話。他正有意回大理，預備面辭梁王，便帶了楊智及眾羽儀趕去羅漢山。

那羅漢山位於中慶城西南，與城隔滇池相望，山形遠看活像是一座大肚彌勒，由此而得名羅漢山。眾人出了南門到滇池邊渡口上，早有一艘大船在那裡等候，上船後便逕直往西。但見前方峰巒秀拔，危岩千仞，如屏山嶺上一群建築突出半壁，那便是梁王避暑行宮——依山建造，絕壁而生，飛簷凌空，遙望如空中樓閣，有高不可攀之威，凌空欲飛之勢。

到了山腳渡口，梁王司馬合伯正率大批侍衛在那裡迎候。奇峰匯聚，山崖險峭，蒼松翠柏之間有條人工開鑿的窄小石道蜿蜒而上，奇峭萬狀，至不可名。一路寒溪湛湛，流水冷冷，走在參天古樹中更是涼意森森。路上的險要之處均搭有望棚或涼亭，有元兵把守戒備。行了大半個時辰，終於來到一處巨大的涼棚。但見四周山川明媚，危峰秀拔，峻嶺崔嵬，雲霧繚繞。那涼棚依著一棵千年古樹而建，心思巧妙，一眼望去竟分不出哪裡是樹，哪裡是棚。

卻見梁王世子阿密正領了一大群人守在那裡，寒暄幾句後，又領著段功往山南曲曲折折走了一段。眼前豁然開朗，一大片建築兀然出現，一半嵌入岩腹，一半凌駕懸空，地勢造型匪夷所思；並依山勢逐步升高，層樓疊宇，疊連嵌綴，共有九層十一閣，上出重霄，下臨無地，極為險峻壯觀。

段功心想：「這樓閣修在半空中，全憑人力在懸崖峭壁上開鑿，何等凶險，昔日隋文帝修建仁壽宮已是頗傷綺麗，大損人丁，丁夫死者數以萬計，這避暑行宮可要比仁壽宮難多了。」心中對梁王不恤民力很不以為然。梁王孛羅正領著一大群官員等在門樓下，一見段功便迎上來，笑道：「信苴一路辛苦。」親自牽了段功的手，送入閣榭中。

那水閣雕梁畫棟，鉤心鬥角，又朝東敞開，左右花鳥林壑，下面即是浩渺滇池，海如鏡，舟如葉，風景如畫。踞山臨海，危樓聖境，高遠而居，妙境豁然。閣中早已酒如池、肉如山，擺滿珍饈美味。孛羅請段功與自己並排坐在上首，說了好些讚揚的話，才笑呵呵地道：「今日要為信苴大飲一場，不醉不歸。」一眾人紛紛笑道：「正是要如此。」性子急的已伸手去拿酒。孛羅卻道：「且慢！開宴之前，還是要先來一曲歌舞助興才好。」眾人料想梁王愛附庸風雅，特意安排了如此節目，立即紛紛大聲叫好。

卻聽見屏風後馬頭琴響了幾下，一名麗人隨樂而出，輕快地轉到堂中央，扭動手、足、肩，翩然起舞。眾人盡皆呆住，目光落在那舞姬身上，閣樓中除了樂聲再無半點聲音，她不是旁人，正是阿蓋公主。段功也一時愣住，素聞蒙古人奔放豪邁，愛好歌舞，然阿蓋畢竟是公主之尊，如何能當眾以歌舞助興？這還是他第一次見她一身蒙古女子裝束，完全是另外一副模樣，他還是覺得她穿漢女的衣裳更好看些。

只見阿蓋的目光在段功臉上停留了片刻，臉色一片暈紅，這才開口嚶嚶唱道：「將星挺生扶寶闕，寶闕金枝接玉葉。靈輝徹南北東西，皓皓中天光映月。玉文金印大如斗，猶唐貴主結配偶。父王永壽偕碧雞，豪傑長作擎天手。」高浪站在段功身側，聽不大懂阿蓋所唱之意，拿肘彎撞了撞楊寶，問道：

「她唱的是什麼意思？」楊寶道：「都是些稱讚咱們信苴的話。」高浪很不以為然地撇了一下嘴角，他倒不是反感阿蓋，他只是不滿段功明明已有夫人，卻還為阿蓋美色所迷，要娶她為妻；只見新人笑哪聞舊人哭，有了新歡當然就忘了原來的舊愛，他自己的父親不就是如此麼？

等阿蓋一曲唱完，段功才知道原來今日是梁王壽辰，忙道：「原來是大王壽誕，何不早說，我也好備下禮物。」孛羅笑道：「還有比信苴領軍驅走紅巾更好的禮物麼？」阿蓋娉婷上前，端起酒壺，親自取了兩只纏絲瑪瑙杯[11]，斟了兩杯酒，先奉一杯給段功，然後才端給父親一杯。

孛羅舉起酒杯道：「來，本王敬信苴一杯，先乾為敬。」段功道：「好。」正要舉杯，一旁高潛突然湊上前來，俯身到段功耳邊低聲道：「信苴，當心酒裡有毒。」段功一愣，隨即斥道：「小孩子胡說些什麼！」見孛羅已經一飲而盡，便將酒杯遞到唇邊。高潛驀地一把奪過酒杯，搶先飲下。眾人見狀不明所以，一起放下酒，怔怔望過來。段功忙道：「這是我內侄，就愛胡鬧。」轉身命道，「來人，帶高潛出去。」

孛羅雖未聽到高潛耳語，卻已猜到段功身邊之人懷疑酒中有毒，正大起不快之心，忽聽得高潛是段功夫人高蘭的親侄，當即釋然，暗想：「段功要另娶新歡，小孩子為姑姑抱不平，出頭搗亂，做不得數。」尤其見高潛不聽號令，猶賴在當地，死活不肯走，心下更是肯定，忙圓場笑道：「由得他留下。今日本就是大喜歡慶的日子，還怕酒水少了。來人，快給高羽儀上酒。」梁王侍衛轟然答應，搬取了數大罈酒，放到段功身側羽儀腳下。

忽有一人不知從哪裡冒了出來，坦然排開眾羽儀、侍衛，自懷中取出一柄尖刀朝段功扎來。段功正側頭與孛羅說話，絲毫未留意到背後之事。阿蓋站在段功和孛羅背後，最先看到刺客與尖刀，想也不想便朝段功身上撲去。那刺客驀然見一女子擋在段功身前，他這一刀下去定會扎死她，略有遲疑，施宗、施秀已自後搶上，掰住他肩頭。刺客力氣極大，猛力甩脫掌握，大吼一聲又朝前撲去，雙腳旋即被施宗兄弟抓住，他已距離段功極近，順勢往前仆倒，手上刀勢卻是不停。段功已然省悟，抱住阿蓋一滾，那一刀終未刺到要害，只割到了阿蓋左臂。

一旁凌雲搶上前來，飛起一腳，踢掉刺客手中的刀子，隨即扶起阿蓋，問道：「公主受傷了麼？」阿蓋早已嚇呆，只迷濛看了他一眼，又去望著段功。她原本清亮的眼睛像著染了一片霧靄。凌雲的心「咯噔」一下，像是平靜已久的池水掉下一顆石子，激起了層層漣漪。恍然間他有些明白了，心中不知道是什麼滋味，見她手臂流血，於是取了金創藥為她裹傷。

段功已為施秀扶起，見那刺客已被眾人一哄而上壓在地。孛羅也受驚不小，連聲道：「是誰負責守衛行宮的？是誰？」施宗聽了不住冷笑，暗想：「行宮處於半山，又戒備森嚴，刺客何以能混進來？說不定這刺客正是你梁王所派，不然為何那刺客適才見阿蓋擋在前面便有所遲疑。」孛羅不見人答，心中更怒，連聲道：「快將刺客押上來。」

有人取來繩索，將那刺客手腳死死纏住，這才拉他起來跪到堂前。段功立即一眼認出刺客，奇道：「怎麼是你？」那刺客不是旁人，正是曾為他送信給明玉珍的打金箔人陳惠。陳惠恨恨道：「很好，原來你還認得我。」段功道：「你本於我方有功，為何又突然來行刺於我？」陳惠道：「你答應贍養我老母，卻累她慘死，屍骨無存，我要殺你報仇。」段功道：「你母親病入膏肓，我命人送去大理醫治，半途遇到紅巾潰兵，非我所能預料。」

孛羅回頭驚見愛女受傷，驚怒不已，喝道：「來人，將刺客拉出去凌遲處死，割下他的肉，一條條拋入滇池餵魚。」梁王侍衛應聲上前，便要將陳惠拖出去。段功正待阻止，卻聽見阿蓋柔聲道：「今日是父王大喜的日子，父王何苦動怒？信苴既說此人曾經立下大功，不如就此放他去罷。」段功心念一動，暗想：「她倒是與我有幾分默契。」便道：「公主言之有理，陳惠曾冒險送信給明玉珍，紅巾退兵也有他一份功勞，現在殺他容易惹來閒話。況且今日是大王壽辰，殺人不吉，不如免他死罪，放他下山。」孛羅勉強道：「好罷，就交由信苴處置。」

段功走近陳惠，正色道：「我段功頂天立地，從不失信於人。你母親一事，我已盡心竭力，自認並無失信於你。今日我放你走，下次若再見到你，絕不會再手下容情。」見他肩頭刀傷血流不止，命人取一瓶金創藥給他。陳惠綁索一解，一把打掉藥瓶，往地上「呸」了一聲，轉身昂然出去，竟似絲毫不將段功、梁王及滿堂官員放在眼裡。

孛羅勃然大怒，心想：「此人如此不識好歹，又傷我愛女，絕不能容他再活在世上。」回頭向凌雲使個眼色，暗示他悄悄料理陳惠，凌雲會意正欲跟上去，忽聽得一聲悶響，回頭一望，羽儀高潛已摔倒在地。眾人忙圍過去，見他緊捂腹部，臉色煞白，嘴唇發青，似是中了劇毒，一時驚疑不定。還是高浪忍不住先問了出來：「他是中了毒麼？」楊寶點了點頭道：「是。」

孛羅搶上前來，驚問道：「中毒？怎麼中的毒？」明知道已經來不及，還是回頭命道：「快回城去請大夫來。」高潛叫道：「信苴……信苴……姑父……」額頭漸有豆大的汗珠冒出。段功俯身抱起他，問道：「好孩子，你是不是有什麼話要對我說？」高潛勉強點點頭，聲音哽咽，斷斷續續地道：「孔雀膽……孔雀膽……」段功問道：「孔雀膽怎麼了？」

孛羅這才想到，高潛可能就是被他用孔雀膽毒死的大理名將高蓬之子，恍然而驚，不禁回頭望了凌雲一眼。卻見高潛抖縮著舉起手，遙遙指著梁王一方道：「他……他就是從藥師殿盜走孔雀膽的人。」段功一呆，問道：「什麼？」高潛道：「他……凌雲……是他下的毒……想害死姑父……」段功驚訝回頭，看見凌雲正站在梁王身側，依舊是一副冷傲的神氣。楊智追問道：「你是說凌雲盜走了孔雀膽？」高潛嘴角滲出一絲血跡，再也說不出話，只眨了兩下眼皮，頭一歪，就此死去。楊寶與他一道長大，情若兄弟，大為悲慟，叫道：「高潛！高潛！」見他動也不動，忍不住哭出聲來。

楊智等人心如肚明，高潛一路跟隨段功上山，未進半分飲食，唯一的破綻就是適才搶在段功面前喝了那杯阿蓋親斟的酒。施宗也不多說，取過段功面前的那只瑪瑙杯，見杯底尚留有一圈殘酒，便取出一塊銀子，將那酒倒了幾滴在上面，銀子瞬間變成了青黑色。馬文銘也在當場，上前看了一眼，道：「尊羽儀似是中了砒毒。」

高浪恨恨道：「果然是酒中有毒。信苴，高潛是代你而死，他們想毒死的人其實是你。」扭頭瞪視著阿蓋，怒道，「你與信苴飲金盟誓，親口許諾要嫁他為妻，如今強敵既退，你想悔婚直接開口便是，也不用下此等毒手。」阿蓋莫名其妙道：「我……我怎會想悔婚？」高浪道：「哼，你還要狡辯……」忽聽得段功喝道：「高浪住口！」高浪見段功發怒，這才閉了嘴。

出了如此意外，比適才刺客行刺更為驚心動魄，眾人盡皆呆住，不知道是怎麼回事。孛羅駭然自驚，不由自主望向自己方才飲過的酒杯。馬文銘忙向人要了兩塊銀子，一一試過孛羅的酒杯及酒壺的酒水，卻均沒有毒藥落入。既是如此，酒壺、酒杯只經過阿蓋之手，她理所當然就是下毒之人。就連孛羅也懷疑是她落毒，雖不解其意，卻還是將目光投向愛女。阿蓋見眾人目光灼灼不離己身，這才省悟過來，連連道：「不，不是我，我已與信苴訂有婚約，他是我未婚夫君，我怎會下毒害他？」

然則鐵證如山，眾人表面不再多說什麼，心下卻如明鏡般光亮皎然。更有人心想：「公主性情柔弱，怎敢當眾落毒？說不定正是梁王指使她如此。眼下仍須借助段功之處極多，梁王這過河拆橋的一招，未免來得太快了。」阿蓋見眾人並不相信自己，大理諸人望向自己的目光中淨是仇恨鄙夷之色，不由得更加慌亂，淚眼漣漣地道：「不是我……真的不是我……」凌雲忽道：「是我下的毒。」走到孛羅面前跪下請罪道，「是我不願公主嫁給段功，暗中在他的酒杯抹了毒藥，現既然敗露，凌雲也不願牽累他人，任憑大王處置。」孛羅這才長舒一口氣，叫道：「來人，快些將凌雲綁了。」當即有侍衛上前，摘下凌雲腰間兵刃，將他五花大綁。

孛羅道：「本王馭下不嚴，出了這等事，萬分抱歉。我這就將凌雲交給信苴處置，要殺要剮，悉聽尊便。」段功早知道凌雲一直站在一側，根本沒碰過酒壺酒杯，他挺身認罪，不過是為了不讓梁王和公主面上難堪，當即道：「國有國法，家有家規，凌雲是大王心腹侍衛，段某不敢擅處。」孛羅道：「那好，小侯爺人也在這裡，就將凌雲交給你審問，你盡可以嚴刑拷訊。」馬文銘心想：「你這不是將天大的難題推給行省麼？凌雲是為公主頂罪，誰敢拷打他？」不敢當眾推謝，只得道：「遵大王命。」命人先將凌雲帶下。

段功肅色道：「還有一事，段某本是山野匹夫，配不上公主金枝玉葉，原也沒想高攀大王千金。金盟一事，婚約可以不算數，只願大王不要忘了曾答應永不再與我大理開戰。」孛羅道：「這是自然。信苴請息怒，其實……」段功道：「大王還有許多事務要忙，段某這就告辭回大理了。」孛羅知道嫌隙已生，萬難挽留，只好道：「我送一送信苴。」段功道：「不敢有勞大王。」便命人抬了高潛的屍首，率眾自出閣下山。

阿蓋見段功決然離去，始終沒有再看自己一眼，頹然跌坐到地上。孛羅俯下身子，低聲問道：「女兒，你不是很喜歡段功麼？怎麼突然又要下毒害他？」阿蓋一呆，再也忍不住，放聲大哭起來。

一場壽宴不歡而散，大理諸人隨即離開中慶城，西回大理。之前與紅巾惡戰，大理軍死傷不少，更有羽儀楊勝堅的慘死激憤人心，卻均不像今日高潛中毒而死這般令人鬱悶憋氣。楊智等人見段功鬱鬱寡歡，知道他既為高潛代死傷心，又為阿蓋親手下毒謀害難過，也不敢相勸，只是暗中議論。尤其高潛臨死前指認凌雲便是盜竊孔雀膽之人，更留下一個巨大的謎團。

施宗道：「高潛臨死前特意說這句話，必有深意。」施秀困惑道：「可是這說不通，凌雲當晚潛入無為寺後刺殺了鄒興，一出南禪房就被我發現，隨即遭擒，全身上下都被仔細搜過，哪裡有孔雀膽？後來他一直被監禁，看守十分嚴密，更沒有機會帶孔雀膽出寺。」又問楊智，楊智也始終想不明白，只能作罷。大軍一路緩行，安然無事，只在楚雄境內遇到返回中慶的梁王王妃嘉僖、姬妾泉銀淑等一行，這才知道阿蓋是獨自提前趕回中慶，不免更加深了眾人對她的猜忌。

* * *

回到大理已是六月，離開僅僅三個月，卻有恍若隔世之感。段功大軍雖然得勝歸來，也有足夠的資格驕傲，卻並無多少喜悅。當日三千羅苴子一道出征，回來卻還不到一半。段功已命人先行將陣亡將士骨灰送去無為寺，等高僧們念經超度後，再分別撒入蒼山洱海，好讓他們魂歸故里。

進陽苴咩城的那一天，正巧是星回節[12]。這一年一度的盛大節日背後有個極為淒美的故事——昔日雲南六詔並存，以南詔最強。南詔王皮羅閣野心勃勃，預備吞併其他五詔，事先用松明建了一座豪華無比的閣樓，邀請五詔首領聚會。鄧賧詔首領王妃白潔知道皮羅閣心懷不軌，極力勸阻丈夫不成，便親手將一只鐵釧戴在丈夫左臂上。六月二十三日，皮羅閣請五詔首領到松明樓飲酒，半途離開，命人封樓放火。六月二十五日，白潔趕到，在灰燼中扒出了鐵釧，由此認出丈夫屍體，悲痛欲絕。各詔首領妻妾均為皮羅閣占有，唯獨白潔不從。當年八月初八，她在禮葬其夫後，抱著丈夫的靈位跳入洱海。人們感念白潔忠貞，以每年六月二十五日為星回節，以八月初八為撈屍會，紀念這位傳奇女子。

雖則時光早已洗淡白潔夫人的哀愁，白族人也將星回節演變成歡樂喜慶的節日，然則今年的星回節卻隱有格外不同的感受。這一天，小雨綿綿不絕，先是絲絲縷縷，隨後便淅淅瀝瀝。水霧淡淡，像一層薄紗籠罩了整片大理壩子。段功心中感慨萬分，肅穆莊重的臉上多少露出了幾絲悲情，亦為周圍許多人的心頭蒙上一層灰暗色彩。

坦綽段寶、大將軍段真等早已冒雨趕到南門外迎接，回到總管府又見高蘭、段僧奴、伽羅等人在府門外迎候，段功心底漾起一股暖意，慌忙下馬，見高蘭原先明朗紅潤的臉龐深陷下去，顯得蒼白憔悴，一下子老了許多，上前握住她的手，歎道：「夫人，你可清減了不少。」高蘭一怔，當即落下淚來。

出征將士能回家團聚的，家人歡喜異常；戰死沙場的，親人悲痛欲絕。這一夜，天幕無光，火把長燃，照亮了幾家歡喜，又照亮了幾家哀愁。

伽羅得知楊勝堅的死訊時，突有一種悚然的感覺。所有的羽儀之中，她最喜歡他，她實在想不到像他這樣倜儻的人會死在千里之外，也想不到與他在無為寺中的吵鬧竟是最後一面。還有高潛，與她青梅竹馬一起長大的夥伴，怎麼會在歡慶勝利的宴席上中毒死了呢？要是她在他身邊就好了，至少她可以用學到的醫術嘗試解毒，努力挽救他的性命。原以為分別不過就是遲些日子再見面，這才知道人生中有一些分別就是永別，她將再也見不到他們的人，他們的音容笑貌也將被光陰漸漸融解。於是，她平生第一次嘗到傷心的滋味。一陣風吹過，伽羅回過神來，突然覺得陰森森的，彷彿有鬼魂在身邊俯視，忍不住全身感到顫慄。

對於高蘭而言，欣喜卻遠大於哀傷，雖然唯一的親侄客死他鄉，然則殺他的人卻是本來要奪走她丈夫的女人，最終致使她的夫君重回她身邊。從這點來說，高潛是有功的。從此以後她要緊緊抓住丈夫，再不讓他的心從她身上溜走，是以她變得格外善解人意。就連段功也驚詫妻子溫柔了許多，凡事都要小心翼翼先問他的意見再處理。

轉眼到了七月，正是大理一年中最熱的時候。今年的夏天似乎格外的熱，一個多月都不見雨水，每日都是豔陽高照，著實讓人心煩，甚至心悸。七月十五日這一天是中元節，段功親自主持，為陣亡將士舉行了一場盛大的盂蘭盆會，放水燈到洱海中以祭奠亡靈。

中元節後，高蘭忽然命人將楊智請去書房，特意問起羽儀徐川在雲南驛被殺一事。楊智早猜到高蘭派徐川前往羅那關，多半是要學隋朝獨孤皇后殺宮女尉遲貞一般，命張希矯暗中殺死阿蓋公主，來個釜底抽薪。昔日隋文帝楊堅極敬愛皇后獨孤氏，獨孤氏獨寵專房，她性情好嫉，不准丈夫接近別的女子。後來獨孤皇后年老色衰，楊堅偶然臨幸了美麗的宮女尉遲貞。獨孤皇后知道後，趁楊堅上朝，派人殺死了尉遲貞。楊堅氣憤不已又無可奈何，憤而出走，單騎離開皇宮到深山，還是宰相高熲及時追趕，勸楊堅回去。楊堅由此歎息：「我貴為天子，竟然不得自由！」情形頗似今日之段功與高蘭。

楊智見高蘭不動聲色，也不戳破，只道：「徐川被殺也是一樁疑案，不過有驛吏作證凶手並非阿蓋公主那一幫人。」他與段功、高蘭一起長大，對這二人性情、心思均非常瞭解，揣度高蘭其實擔心是段功暗中派人殺了徐川，又道，「不過，屬下一直覺得有一人十分可疑，那就是梁王侍衛凌雲。」高蘭果然很感意外，問道：「是無為寺抓到的那名刺客麼？」楊智道：「正是他。」

楊智懷疑凌雲，雖無實證，卻也有一定道理。他早想到羽儀除了高潛這樣極個別的例子外，均武功不弱；而徐川是漢人，並非白族世家子弟，卻得以入侍總管府，武藝更是有過人之處。這樣的人物，被人無聲無息一劍刺死在驛站大門外，凶手即使是偷襲，也當武藝了得。楊智當日在無為寺見過凌雲與羽儀交手，身手不凡，他又正好用劍，且在阿蓋之前先一步離開了陽苴咩，不久後才跟隨段功大軍到達楚雄，可見他一直徘徊在驛道左右，有所圖謀。

高蘭聽了楊智的推測，亦覺合情合理，恨恨道：「當日就該殺了那凌雲。」楊智道：「信苴下令放走凌雲，不過是不想為他與梁王結怨，何況明玉珍使者也為他求情，等於沒了原告無從量刑。不過凌雲倒真是條漢子，有情有義，為救阿蓋公主不惜犧牲自己，甘認下毒罪名。可惜梁王根本就沒將他當回事，立即命人像狗一樣捆了他，還讓人對他嚴刑拷打。」高蘭道：「照你說來，凌雲如此矯矯不群的出眾人物，又怎會錯投梁王麾下？」

楊智聽了心頭一凜，暗想：「夫人極有見識。確實，梁王為人器量狹小，不恤下屬，凌雲這樣的人物怎會甘願受他驅使？凌雲既與鄒興有累世深仇，所想者無非是報仇而已，鄒興在明玉珍手下擔任要職，權高位重，他個人難以與其相抗，須得借助外力，而天下有實力與明玉珍匹敵者，無非陳友諒、朱元璋、張士誠幾人，以及南面大理、北面元軍，只是這梁王自顧不暇，勢力最弱，凌雲當懂得避險就吉，為何反而要投在梁王麾下？」忽聽得高蘭歎道：「女人，當是為了女人。」楊智愕然問道：「女人？」高蘭道：「他肯定是為了阿蓋公主，不然以他的本事何必留在梁王身邊甘做牛馬。」

楊智這才知道高蘭是說凌雲為阿蓋美色所迷，一時不知該如何回答，卻聽見高蘭道：「你去罷。」楊智應了一聲，站起身。高蘭低聲嘀咕道：「我有主意了。」楊智一愣，只覺她最後一句話饒有深意，但他自小就有些畏懼高蘭，不單他如此，段功也是如此，不敢多問，慌忙告辭。高蘭道：「淵海，我問你徐川的事，可不能對信苴說。」楊智道：「夫人放心，屬下知道輕重。」高蘭這才嫣然一笑，道：「你去罷。」

這一晚段功回到寢宮，房內卻不見高蘭只剩兩名侍女，問道：「夫人呢？」一名圓臉的侍女道：「夫人去了寶姬那裡，說是今晚就不過來了。」段功道：「嗯，好。」洗漱完畢，正要解衣就寢，侍女上前來，為他寬衣解帶。以前這些親昵的事都是高蘭親自動手，段功一時不能適應，道：「你們去睡罷，我自己來。」圓臉侍女輕聲道：「夫人命奴婢二人盡心服侍信苴，奴婢不敢違命。」便伺候段功上了床，又脫下自己的衣服，當真是肌膚映雪，柳腰婀娜。段功道：「你們這是做什麼？」小個子的侍女道：「夫人有命，命奴婢……奴婢……」一時紅了臉，再也說不下去。

段功恍然明白過來，心中一時不知做何滋味。那兩名侍女已自行脫光衣服，爬到床上，一左一右躺在他身邊。等了一會兒，見段功動也不動，圓臉侍女便將手搭上段功的胸膛，輕輕撫摸了起來。那輕盈嬌小的侍女卻不敢動彈，段功感覺到她柔若無骨，全身發抖，登時心煩起來，道：「你們兩個都下去！」圓臉侍女道：「夫人有命……」段功怒氣頓生，一骨碌坐了起來，喝道：「你們不敢違抗夫人的命令，我的命令你們就可以不聽麼？」侍女見他發火，慌忙滾下床去，跪在地上，不敢起來。段功歎了口氣，揮揮手道：「你們去罷，我自會跟夫人說明。」

次日一早段功起床，早不見了那兩名侍女，只有高蘭笑容滿面，捧衣站在床前。他心中頗覺怪異，也不提昨晚之事，高蘭竟也不問。到得晚上，高蘭仍然不在房內，不過又換了兩名更年輕更美貌的侍女來伺候段功。段功已然猜到高蘭這麼做是因為自己差點娶了阿蓋公主，但她如此刻意以侍女籠絡，實認為他是惑於阿蓋美色才發兵擊退紅巾，著實令他不快，哪還有心情花在侍女身上，當即命侍女退下。

高蘭見夫君不肯接受送到嘴邊的肥肉，一時也不明白他的心思，又命人請來楊智想討個主意，只是不知該如何開口，半晌才問道：「你看信苴還會娶阿蓋公主麼？」楊智道：「夫人有所不知，信苴一開始就沒打算娶阿蓋公主。他發兵並不是為了公主，也不是為了梁王，而是為了咱們大理呀。」高蘭也是個冰雪聰明的女人，不過因為長久居於深宮，已習慣用閨怨女人的視角看待一切，但畢竟仍有些見識，聽了楊智這話也逐漸明白過來，暗想：「我可真是蠢笨到家了，難怪夫君不肯接受侍女，我如此做豈不跟當面指責他荒淫好色一般？」一時追悔莫及。

楊智明白她一心想將丈夫留在身邊，心想：「別說我與夫人一道長大，就是為了大理，我也該幫她。」正欲開言，忽有羽儀奔來道：「信苴請楊員外速去議事廳議事。」只得匆忙辭別高蘭，趕來議事廳。卻見段功、段寶及段真等文武官員均在，問起來才知道探馬傳來消息，陳友諒已在與朱元璋交戰時中箭身死，而今朱元璋接管了陳友諒的絕大部分軍隊和地盤，已成中原群雄中勢力最大的一支。傳說朱元璋也有意南下攻打雲南，又傳說他要乘勝揮師西進，併吞四川明玉珍。段功召集眾人，就是要計議此事。楊智道：「四川和雲南因為地形複雜，交通難以抵達，又各自物產豐富，有一定的封閉性。朱元璋志向遠大，我猜他必定先取張士誠，再北上取大都。」

段真道：「楊員外是說朱元璋必得天下？」楊智道：「看情形確實如此。陳友諒、張士誠、朱元璋三方中，陳友諒最強，朱元璋最弱，他卻能以巧計首先戰勝最強的對手，此人著實不簡單。聽說陳友諒每每俘虜朱元璋的部下，一律殺死，朱元璋則反其道而行，下令釋放所有俘虜，傷患發藥療傷，還要公祭敵死難者，他如此籠絡人心，必成大器。」他本想說，為圖後計，不如先派人與朱元璋修好，但話到嘴邊又溜了回去。他知道段氏素來忠義，既已在百年前投降元朝，必定會奉元年號為正朔到底。

果聽見段功道：「如此，倒是要提醒朝廷嚴加提防朱元璋此人。」命楊智去擬一封信，派人送去雲南行省。忽有羽儀奔進來稟道：「朝中來了使者，請信苴立即出去迎接。」段功聽他說的是「朝中」，忙問道：「什麼使者？」羽儀道：「是大都來的中使[13]。」大理從未見過宮中的使者，段功忙迎出來，卻見一名中年宦官站在門樓下，肥肥胖胖，面白無鬚，雙手捧著一個小小的青絲卷軸[14]，昂首向天，神態極為倨傲。他背後跟著一大群人，馬文銘、大都等人也在其中。

大都見段功出來，忙上前介紹道：「大官，這位就是段功總管。信苴，這位是宮中來的欽使。」那宦官便舉起皇卷，叫道：「聖旨下，大理總管段功跪下聽旨。」段功這一生還從未向誰跪拜，心想：「我既是大元子民，見聖旨如見皇帝，理當下跪。」上前跪下。只見那宦官展開卷軸，有氣無力地念道：「長生天氣力裡，大福蔭護助裡[15]……」眾人聽得莫名其妙，問楊智道：「他在說些什麼？」楊智也不懂蒙古文，搖了搖頭。又聽見那宦官道：「皇帝聖旨，段氏自歸附以來，忠勤昭著，累世秉忠，征討克捷。段功，簪纓世家，天生不凡，力抗紅巾，有功社稷，宜示至優之數，以彰匡濟之勳，茲特著段功尚梁王孛羅帖木兒女阿蓋公主為夫，繼續任大理總管，加封駙馬都尉……」

段功吃了一驚，抬起頭來，問道：「這……這是……」那宦官卻不理他，繼續道，「爾其不負初心，永保世爵。特賜黃龍傘一具，金刀一把，玉腰帶兩條……」念完一長串共四十餘件賞賜之物，最後道，「段功兼任雲南行省平章政事一職，即刻到中慶上任，不得有誤。欽此。」念完闔上卷軸，交到段功手中，道：「信苴，你如今是當朝一品丞相了，快快請起。」

段功站起身來，為難地道：「我已經向梁王當面說明，與阿蓋公主婚約一事做不得數……」那宦官臉色一沉，冷冷道：「這可是皇上親下的聖旨，料來信苴是想抗旨麼？信苴雄霸西南多年，原也有抗旨的本錢。」段功聽他如此說，只得道：「段某不敢。」宦官道：「那就好。」抹了一把額頭的汗，道：「這南方可真是又濕又熱。信苴，這裡可有歇腳的地方？」段功忙道：「來人，快送中使去五華樓歇息。」

送走中使，馬文銘、大都才過來參見。大都笑道：「恭喜信苴。」段功苦笑道：「何喜之有？」又問道，「二位何以隨同中使一道前來？」大都道：「上次行宮宴會不歡而散，大王深感不安，特命下官前來謝罪。」段功道：「事情既已過去，不必再提。」馬文銘道：「尊羽儀高潛中毒一事，行省已經查明真凶，特意委派我來向信苴稟明真相。」段功頗感意外，道：「噢？外面天熱，二位請到裡面說話。」

請二人到一間雅廳坐下，段功這才問道：「真凶是誰？」馬文銘道：「並不是阿蓋公主。」段功道：「這我知道。」馬文銘大為意外，道：「原來信苴早已知曉？」段功點了點頭，他當日也曾懷疑是阿蓋往酒中下毒，然轉瞬一想便知道不會是她。當時陳惠舉刀撲向他時，距離只有數步之遙，情形極為凶險，若不是她擋了一擋，說不定他早被陳惠一刀刺死。那時的情形之下她根本無暇思索，只是本能地撲到他身上，她既能捨身救他，又何須再下毒害他？

大都問道：「信苴如何知曉不是公主下毒？」段功不願細說，只道：「我知道公主不會下毒。難道真是凌雲麼？」馬文銘笑道：「凌雲也以為是公主下毒，為了替公主脫罪，才主動承擔罪名，真凶其實是王九。」段功一聽到這個名字，全身一震，半晌才道：「原來是他。」王九便是高潛父親高蓬的廚子，當時被梁王收買，往飯菜中投孔雀膽劇毒害死了高蓬，又逃到梁王一方。馬文銘道：「王九自來到中慶，一直在大王行宮裡當差，主管廚下大小事務。他得知大王與信苴結盟，十分恐慌，生怕大王會將他交給信苴處置，決意挑撥二位相鬥，是他事先往信苴的杯子內壁塗抹毒藥，計畫害死信苴後再嫁禍大王。這是他的供詞，請信苴過目。」

楊寶今日當值，忽然插口道：「我有一事頗感困惑，想請教小侯爺。」馬文銘知道段功身邊的羽儀均是世家子弟，並非普通侍衛，忙道：「尊羽儀不必客氣，有話請問。」楊寶道：「當日閣中西首案頭除了食物外，已擺上一只酒壺、兩只瑪瑙酒杯，想來已預備好給梁王和信苴使用。阿蓋公主歌舞之後上前奉酒，先取酒壺，再往兩只酒杯中斟酒，先奉酒給信苴，但送上的酒杯卻是梁王面前那一只。」

眾人當即明白他話中之意，有毒的實際上是梁王的酒杯，並非段功面前那一只。馬文銘微感愕然道：「當日閣中之人不下百人，局面混亂，尊羽儀卻能明察秋毫，好生厲害，敢問尊姓大名？」楊寶道：「在下楊寶。」馬文銘道：「楊羽儀問的極是要害，嗯，確實是這樣，王九事先預備了兩只瑪瑙酒杯，只往其中一只抹了藥，擺放時卻是隨意的；若害死信苴，大家自然會懷疑是梁王下毒，若梁王死則罪名會落在大理頭上。無論結果如何，都是令雙方相鬥，保他自己安穩。」楊寶這才釋然道：「原來如此，當真是一條毒計。」想到高潛之死，又是悲從心來。

段功略略翻看一遍供狀，問道：「王九現今人在何處？」馬文銘道：「他和家人均押在行省大獄中，大王說要等信苴親自審問過後再處死。」段功心想：「梁王必是刻意如此，要表明內中絕無隱密，好與我盡釋前嫌。」梁王如此刻意修好，他當然也不能讓對方下不來臺，當即將王九供狀交還馬文銘，道：「此案既已真相大白，徹底澄清，還請轉告大王，寬恕當日段某拂袖而去、擾了大王壽誕之罪。」

馬文銘道：「朝廷既已下旨，信苴也該到中慶走馬上任，自可親見梁王，何須我再轉告？」

段功只覺為難之極，歷任段氏總管也有受封平章之職的，然不過是虛銜，到中慶上任者還從未有過，更不要說被宗王招為駙馬。他上次發兵已引來治下諸多不滿，說他貪戀阿蓋公主美色，才會相助大理死敵梁王，他自認為了保衛家園而戰，問心無愧，也懶得理會。如今他若受旨去中慶當駙馬、做平章，又為的是什麼？至少再沒有之前必須出兵的錚錚理由了。而他若抗旨，以現今大元朝江河日下的局面，朝廷當然也不能拿他怎樣，只不過落下一個不忠不義的罪名。若是朝廷就此大做文章命梁王征討大理，又該如何？雖則梁王不足為懼，然邊境難免又起烽火，他之前與阿蓋飲金為盟的一番苦心可就完全白費了。

馬文銘似是猜到段功心意，道：「長期以來，雲南一分為二，東屬梁王，西歸大理，多有內鬥，才給了外敵可乘之機。若是兩家合二為一，何懼強敵環伺？眼下就是個極好的機會，信苴是梁王愛婿，已是一家人，又出任平章政事掌管行省，全省錢糧、兵甲、軍國重事盡在信苴手中，你翁婿齊心合力，勵精圖治，別說一個明玉珍，就是天下紅巾齊來雲南也無所畏懼，將來更能北上收取中原失地，助皇上恢復天下一統。」段真、楊智等人見馬文銘年紀輕輕還不到二十歲，卻侃侃而談，見識過人，不容人小覷，各自心想：「果真是有志不在年高。」卻聽見馬文銘頓了頓又道，「這也是家父的意思。」他父親便是滇陽侯馬哈只，亦任雲南行省平章政事一職。

段功問道：「令尊已經回中慶了麼？為何不見沙笛回來大理？」沙笛在大理任達魯花赤，數月前與馬哈只一起去了天方朝聖。馬文銘道：「家父新回中慶不久。沙笛大人已決意留在聖地不再回來，等家父上奏後，朝廷自會任命新的達魯花赤到大理。」段功點了點頭道：「原來如此。」命人先送馬文銘、大都去五華樓休息，又與屬官商議朝廷聖旨一事。出乎意外的是，絕大多數人竟極力贊成段功到中慶上任平章一職，段真更道：「信苴去了中慶，娶阿蓋為妻，日後雲南全省盡在信苴掌握，這可是重振我段氏雄風的絕好機會。」

大理立國時雖握有雲南全境，然不久後即為權臣高氏把持朝政，雲南東部成了高氏的私人領地，後又被蒙古人接管。段真一想到可以恢復大理開國皇帝段思平的榮光，十分興奮，又道：「信苴，娶阿蓋事小，當平章事大，弟願意領軍隨同兄長一起上任。」

段功見眾人群情慷慨，只得道：「此事重大，我尚須多斟酌幾日。」遣散眾人，只留下楊智，問道：「淵海以為如何？」楊智道：「眼下中原局勢一片混亂，大元又內訌不已，怕是局面難以收拾。信苴還是會一心一意奉大元為主，對麼？」段功正色道：「這個當然。既然百年前已是大元子民，就當與大元同生共死。這也是祖宗遺訓，凡我段氏子孫絕不敢違背。」頓了頓又道，「不過梁王可不能代表朝廷，之前我出兵助他，並不是想與他共同進退。」楊智道：「屬下知道，信苴是為了大理百姓免受戰禍侵擾。既然如此，屬下也建議信苴接受朝廷冊封，到中慶上任，只要梁王不存歹意，肯定利大於弊。」段功聽智囊也這麼說，一時無語，半晌才道：「你先去罷，我再好好想想。」楊智道：「遵令。」先行退下。

段功在廳中踱來踱去，施秀等人從未見過他如此鬱悶煩躁，也不敢相勸。過了好大一會兒，施秀才小心翼翼地道：「屋裡太悶太熱，信苴不如出去走走。」段功幡然省悟，道：「說得極是。」換上便裝，帶了施秀、楊寶等幾名羽儀，策馬出城，一路往北來到無為寺。

卻見伽羅正上山採草藥歸來，楊安道背著一個極大的背簍，默默跟在她背後。自楊勝堅死後，他一直精神恍惚，施宗見他無心當差，便將他調來無為寺。施秀先叫道：「伽羅！」伽羅回頭看了一眼，淡淡「嗯」了一聲，再無昔日洋溢的熱情，對段功也熟視無睹。眾人知道楊勝堅和高潛之死對她打擊甚大，並不計較。

段功又想起脫脫被殺前已中孔雀膽一事，回頭問道：「那孔雀膽一事查得如何了？」楊寶道：「時至今日，無為寺進出依舊盤查得極嚴，可是還是沒找到丟失的孔雀膽。想來當日藥師殿所失兩副，已被凶手盡數用在脫脫身上。」段功道：「既是如此，為何高潛臨死前又特意指認凌雲便是盜竊孔雀膽之人？」楊寶道：「屬下也不清楚高潛為何要這麼說。不過，凌雲進無為寺後不久就被擒羈押，手腳鎖住，又受了重傷，絕無可能偷孔雀膽。」

高浪道：「會不會是無依禪師偷了孔雀膽，又用它毒死脫脫？」楊寶道：「這不可能。若果真是無依禪師下毒，脫脫必死，他又何必再冒險到回光院再割脫脫一刀？」施秀道：「也不是不可能。如果無依禪師先往脫脫茶水中下了孔雀膽，以為他必死，後來又擔心有人發現脫脫中毒，送他去藥師殿，如此便有解藥可救治，所以又趕回來割斷脫脫的喉嚨。」楊寶道：「這倒是。」施秀道：「我去獄中問過無依禪師，他並不否認是他下毒。」高浪不屑地道：「無依禪師功夫了得，一刀便可殺死脫脫，又何須下毒？」

議過一回，也無結論。進到寺中翠華樓，把守的武僧見段功到來，慌忙上來參見，稟告道：「羅先生正在五樓觀經處讀書。」段功道：「正好。」逕直上樓。羅貫中聽到人聲，猜是段功到來，忙下樓來，正好在四樓遇見段功一行，忙上前參拜。段功便請他到丹青室坐下，問道：「羅先生書讀得如何？」羅貫中道：「極好。大理久絕於兵禍，藏有許多絕版罕見的好書，這翠華樓當真是一座寶庫。」

段功聽他說「大理久絕於兵禍」，一時心有所感，沉吟不語。

羅貫中料他不是來找自己談論讀書的，問道：「信苴似是心緒不佳，是否有煩心之事？」段功道：「正有事想請教羅先生。」當即說了朝廷聖旨一事，問道，「羅先生以為段某該如何抉擇？」羅貫中道：「信苴原來是為了此事煩惱。」指著牆上一幅畫道，「信苴請看這幅畫，有花有葉，卻沒有土。」羅貫中所指正是旁人送給高蘭的那幅〈墨蘭圖〉。段功曾聽夫人提過畫者是南宋遺民，畫蘭不畫土寓為故土為蒙古人所奪，一時間不知羅貫中何所指，頗感茫然。羅貫中道：「沒有土等於沒有根，無法長活。信苴既忠於元人，元人才是信苴的土，並不是大理這一片土地。」話意大可玩味。段功恍然大悟，道：「果真如此。」他知道羅貫中是漢人，又是張士誠的幕僚，與元朝為敵，如此出聲指點實際上大違本心，當即謝道：「多謝羅先生指點。」羅貫中道：「不敢當。」

段功道：「那麼，就不再多打擾羅先生讀書。」走出幾步，又回頭問道：「羅先生可曾找到藏寶圖？」羅貫中大吃一驚，呆了半晌，才訕訕道：「原來信苴早已猜到我的來意，又為何還肯讓我進來翠華樓？」段功笑一笑，只是又問道：「羅先生進樓讀書已有幾個月，可曾找到藏寶圖？」羅貫中沉默半晌道：「找到了。」指著牆上的一柄寶劍道，「藏寶圖就在那柄黃龍劍中。」段功意外之極，又走回來問道：「羅先生是如何知道的？」已有嚴厲之意。羅貫中道：「我只是猜的。當日令先祖段思英捨棄皇位到無為寺出家，別的不帶，只帶了一柄黃龍劍，後來更成了無為寺鎮寺之寶，可見此劍極不尋常。」段功目光炯炯，緊盯著羅貫中，厲聲問道：「那麼，藏寶圖現下在哪裡？」

羅貫中見段功一向和氣的臉龐籠罩了一層重重的殺氣，饒是他沉斷有謀，並不貪生怕死，也不由得心中一凜。

1 鴻門位於今陝西臨潼東北，西元前二〇六年，項羽率大軍入關進駐鴻門，準備滅劉邦，經項羽叔父項伯調解，劉邦親赴鴻門拜見項羽，項羽設宴相待。宴會上，項羽的謀士范增命項庄舞劍，伺機刺殺劉邦，項伯見勢不妙，也拔劍起舞掩護劉邦，後劉邦則趁入廁之機逃回本營。後世遂以鴻門宴比喻不懷好意的宴請。

2 即今雲南西山懸空寺，位於昆明市西南郊十五公里處。

3 位於今山西渾源，始建於北魏晚期，號稱「天下巨觀」，是中國僅存的佛、道、儒三教合一的獨特寺廟。

4 中國兵馬：指駐紮在陝甘一帶的元軍。

5 漢陽：今湖北武漢。

6 隨州：今湖北隨州。

7 明玉珍稱帝前，曾與元軍將領哈麻禿交戰，被飛矢射中右眼而失明。

8 位於今貴州畢節西南的七星山上。

9 又稱九龍池，即今昆明翠湖，中多廢圃，其平者為稻田，下者為蓮池；九龍池沿五華山之右貫城西南，流入順城橋，匯於盤龍江，最後達滇池。

10 位於今雲南賓川，東南亞著名佛教聖地，唐朝著名僧人玄奘在《大唐西域記》中有「乃往雞足山」的記載。

11 雲南永昌出產瑪瑙，色紅者最上，紅白相間稱為纏絲，通常用來製作酒杯、鎮紙等物。

12 即白族傳統節日「火把節」，每年六月二十五日晚上，家家戶戶點起火把，女人們會用桃花染紅指甲。

13 天子私使稱中使，多指宮中派出的宦官。

14 元代皇帝為示莊重，對部分地區的詔書（或聖旨）仍以青緞刺繡白字，稱為刺繡詔書。據《輟耕錄》記載，送給西番的詔書是用粉書詔文在青繒上，以白絨刺繡，並綴以珍珠。又，元代以蒙古語為國語，故以「國語訓敕者曰聖旨，史臣代言者曰詔書」。

15 此二句為蒙古文，意為「天眷命」，類似明代的「奉天承運」套語。

卷八　新人美如玉

這大半年間，阿蓋又鬧過多次莫名流血之事，甚至段功也出現過幾次流血。梁王請來中慶城所有名醫，均苦無對策。宮中有人謠傳是忠愛宮風水不好，地底下有怪物作祟。又有人說段功貪戀美色，娶了仇人之女，是以上天降下這莫名詭異的病，懲罰他夫妻二人。

元至正二十三年，西元一三六三年十二月，段功與阿蓋奉旨成親，在中慶城舉行盛大的婚禮。北方雖已冰天雪地，中慶卻如春天般溫暖，這一天遂成為許多人難以忘懷的大日子。

在婚禮上攙扶阿蓋的喜娘也格外引人注目，她不是旁人，正是印度女子伽羅。伽羅跟隨段功來中慶是她自己的意思，也是高蘭和段僧奴的託付。高潛代替段功被毒死的陰影長久籠罩在大理諸人心頭，雖說害死他的王九已被極刑處死，家人也全部誅殺，但大家還是覺得需要一個精通醫術的人時刻跟在段功身邊，正好伽羅自告奮勇，理所當然成為最合適的人選。來到新的地方，伽羅逐漸恢復生氣，笑容又重回臉龐，她那樣的個性和容貌很快成為梁王宮中極受歡迎的人，上上下下都喜歡她，就連小侯爺馬文銘也時不時來找她，大理來的羽儀們都笑說伽羅就要成為小侯爺夫人了。她甚至與阿蓋公主也成了極要好的姊妹，要知道，阿蓋可是她另一好姊妹段僧奴恨極的人。

有人歡喜有人憂。凌雲向梁王告了病假，一直躺在床上，聽見前面吹吹打打的喜樂聲、歡笑聲，心頭無端茫然，不是滋味。也不知道過了多久，吵鬧聲似乎小了許多，忽聽到有人輕輕敲門，凌雲毫不理睬，氣鼓鼓地翻了個身，睜大眼睛，面朝向牆。又有女子輕聲叫道：「凌公子在麼？淑妃娘娘有事召你。」

淑妃娘娘便是梁王的愛妾泉銀淑。凌雲知道這高麗女子風流放浪，曾幾次向他暗送秋波，料來她找自己準沒好事，便假裝沒聽見，繼續躺著不動。門外那女子又叫了兩聲，見始終沒有人答應，只得悻悻離去。

又過了一刻，門外傳來一陣雜遝的腳步聲，有幾人奔到門前高聲叫道：「凌侍衛在麼？」凌雲只是不睬，旋即有人踢門而入，硬將他從床上拉起。凌雲見對方都是王宮侍衛，怒道：「你們要做什麼？」

侍衛忙陪笑道：「凌大哥別生氣，我們也是奉命行事，淑妃娘娘說無論如何都要將你請去。」凌雲冷笑道：「你們這是請麼？瞧你們這樣子，恨不得要將我綁去罷？」料來無法拒絕，只得甩開侍衛的手，喝道：「還不帶路？」

出來才知道天早已經黑了。來到泉銀淑的如意樓，早有侍女等在門外，只讓凌雲一人進去，等他跨進門檻又迅即將門掩上。凌雲微覺奇怪，卻聽見泉銀淑在內室叫道：「凌公子進來。」凌雲走近內室，先聞見一種奇怪的甜香，吸入鼻端，醉魂酥骨。再才見到紅燭搖影，鴛鴦綠浦，翡翠錦屏，陳設極為綺麗豪華。泉銀淑鬢雲亂灑，酥胸半掩，正半躺在一座玉榻上。

凌雲低下頭，站定在門邊，躬身道：「不知道娘娘召凌雲何事？」泉銀淑笑道：「凌公子架子好大，請了好幾次都請不來。」凌雲是梁王心腹，知道這女人惹不得，孛羅都要讓她三分，只得道：「屬下剛才睡著了，沒有聽到叫門。」泉銀淑道：「今日是公主大喜的日子，凌公子不在前面喝喜酒，反是孤枕獨眠，是不是有什麼心事？」凌雲道：「屬下身體欠安，已向大王告了病假。」泉銀淑古古怪怪一笑，招手叫道：「凌公子請過來坐。」凌雲道：「屬下不敢。」泉銀淑道：「我叫你過來坐，有什麼不敢的。」凌雲腳下不動，只垂手而立，神態甚是冷淡。泉銀淑慢慢爬起來，道：「我前幾日在迴廊中看見了你和阿蓋公主。」凌雲道：「那又如何？難道娘娘走路從來不會遇上公主麼？」泉銀淑道：「嗯，段功搶走了你的心上人，你一定很恨他罷？」凌雲道：「屬下沒有什麼心上人。」

前宮大殿忽然傳來三聲禮炮巨響，那是新人禮成的表示。凌雲臉色大變。泉銀淑笑道：「你騙得過大王可騙不過我，別忘了我也是女人。我們凌公子如此頂天立地的男子漢，何以恨一個人都不敢說出口呢？」凌雲恨恨道：「不錯，我是恨他，那又如何？這中慶城裡恨他的人可不少，絕不只我一個。」

泉銀淑走上前來，問道：「這個他，是指段功麼？」凌雲哼了一聲，並不答話。泉銀淑道：「你想報復他是不是？若是我想辦法替你出這口氣，你要如何謝我？」凌雲道：「你雖是娘娘，又有皇后撐腰，畢竟是女流之輩。我凌雲的事，不需要婦道人家幫手。」泉銀淑歡笑道：「我就是喜歡你這種傲骨錚錚的男兒氣概。我偏要幫你，你能怎樣？你敢跟我作對麼？」凌雲瞪視她半晌，垂下頭去，低聲道：「不敢。」

泉銀淑見他這樣剛硬傲氣的男子最終還是向自己俯首貼耳，十分歡喜，當即上前單手勾住他脖子，又將半裸的酥胸貼到他身上，道：「只要你從了我，乖乖做我的心肝寶貝，我自有辦法幫你對付段功。」她的手指纖如春蔥，肌膚滑如玉脂，全身香氣馥馥襲人，狐媚妖冶，凌雲登時全身一顫。泉銀淑嘻嘻一笑，不停地在他耳邊哈氣，噓氣如蘭，以手摩擦他的頸部。凌雲面紅耳赤，漸漸酸癢難耐，熱血脈賁，神迷意蕩。泉銀淑以為他已上勾，將嘴唇湊到他耳邊，低聲笑道：「我瞧上你許久了，你平日清高驕傲，如今你還不是我的人？」凌雲驀然抓住她的手臂反擰到背後。泉銀淑吃痛，卻不驚叫，反而咯咯笑道：「原來你這麼喜歡欺負女人！可是為何連阿蓋公主的指頭都不敢動一下？」凌雲大怒，揚手抽了她一耳光。泉銀淑笑道：「哎喲，真是抱歉，戳到你心痛之處了。如今琵琶別抱，傷心人空自斷腸……」

凌雲喉頭發乾，耳際嗡嗡作響，腦子裡一片混沌，只覺體內有一股熱流在湧動膨脹，又聽她肆意嘲弄自己和阿蓋，終於全然亂了方寸，再也忍不住，便「哧拉」一聲一把扯爛她的外衣，將她掀倒在臥榻之上，撲了上去。一番粗暴的雲雨後，二人滾燙的慾火降了下來。凌雲從泉銀淑的身上爬起，茫然凝視著她胸脯上晶晶發亮的汗水，忽然驚醒，「啊」一聲輕呼，欠身下床，飛快地穿好衣服，打開門離去。

泉銀淑以為他畏懼背上姦污梁王愛妾的罪名，忙叫道：「你別逃！放心，我不會告訴大王。」凌雲仿若未聞，頭也不回地去了。

從泉銀淑處出來，凌雲匆忙奔回住處，點燃燈燭，打了數桶水倒入浴桶中，脫光衣服跳進去。此時正是冬季，那水是地下井水，新打上來如同寒冰，初入其中，凍得一個激靈，哆嗦不已。他卻不管不顧，依舊繼續泡在冷水中，直凍得全身青紫。過了許久，身子適應了水溫，冰冷感覺漸去，才從桶中爬出來，水淋淋地呆坐在床邊。

忽聽得「嘰呀」一聲，伽羅推門進來，驚訝地望著他，問道：「你怎麼不穿衣服？」凌雲一時驚住，片刻後才反應過來，急忙扯過被子，遮住自己的身子，怒喝道：「你怎麼隨便亂闖進別人房間？」伽羅被他一喝，也很惱怒，道：「你生這麼大氣幹麼？是因為我看見你光著身子麼？我早就完完整整看過你身子了，你有必要這樣麼？」凌雲一呆，問道：「什麼？」伽羅道：「你被關在無為寺蘭若樓我那裡時，渾身是血，還不是我替你擦身子，換乾淨衣服。」凌雲道：「原來是你。」伽羅道：「不然你以為是誰？你是刺客時，人人都要殺你，只有我對你最好，你竟然還敢吼我！快快向我賠禮道歉！」

凌雲當真哭笑不得，好在對方只是個小女孩，又幾次救他性命，只好道：「剛才是我不對，不該衝你大吼大叫。你……找我有事麼？」伽羅道：「嗯。」凌雲道：「是什麼事？」伽羅道：「我說出來，你會答應麼？」凌雲道：「那可不一定。」伽羅道：「你還真是個冷口冷心的男子。」凌雲道：「不錯。你說還是不說？」伽羅道：「我來只想問你一句話，如果能夠讓她幸福，你能甘願做個旁觀者麼？」凌雲一愣，問道：「你說什麼？」伽羅道：「你這麼聰明，難道不明白我的話麼？」凌雲呆得一呆又問：「你是怎麼知道的？」伽羅道：「你被囚禁在蘭若樓時，公主來看你，我看你們兩個的眼神就知道了。何只是我，看到的人都該猜到了。」凌雲一呆，問道：「你是說段功也知道？」伽羅怒道：「你好大膽，怎敢直呼信苴的名字？」

凌雲往床上縮了縮，沉默不語。伽羅走到床邊坐下，伸出手來撫摸他濕漉漉的髮髻，柔聲安慰道：「我知道你不好受，可是這一切都會過去的。」凌雲一把抓住她手腕，問道：「你喜歡我，是也不是？」他的力氣奇大，伽羅叫道：「喂，你抓痛我了，快放手！」凌雲道：「你不是喜歡我麼？我娶你做妻子如何？」一面說著，一面將她扯倒在床上，俯下身往她臉龐湊去。伽羅掙扎著揚起手，一巴掌甩在他臉上。

凌雲挨了一個嘴巴子，心中的邪火瞬間倏然熄滅，鬆了手頹然靠在牆上。伽羅坐起來，幽幽道：「我自然是喜歡你的，可是我也喜歡許多別的男子，心中一樣放不下他們，這是我的天性，跟你們中原的女子不同。何況，你並非真心想娶我為妻，不過是將我當成別人的替代品。」伽羅同情地看了他一眼，歎道：「在愛的，被愛的，快樂的，傷心的，希望我們大家都能少一些為情所苦。」彷彿是在為凌雲感慨，又似在自憐。

凌雲一動不動縮在床上，也不知道伽羅是什麼時候離開的，腦海中只是反覆回味那句話——「如果能夠讓她幸福，你能甘願做個旁觀者麼？」他並不知道伽羅是高僧之女，天生慧根，通明澄澈，只覺她話中蘊有極深的禪機。伽羅自是出於一片好意。她不知道的是，幸得她這番及時的話語，才抑制住凌雲心中蠢蠢欲動的殺機。

成親之後，段功夫婦依舊住在梁王宮中，不過梁王已先在宮北園苑周圍劃出一大片空地，四周圍以高牆，單獨成院，內中加蓋亭臺樓榭，極盡奢華之能事，取名「忠愛宮」，與梁王宮有門相通，進出仍須通過王宮宮門。除供段功夫婦居住外，段功自大理帶來的羽儀等一套人馬也均居住在裡面。

段功入主行省後，恢復科舉，用賢汰冗，輕差減賦，墾荒浚河，恤孤赦罪，多有改革舉措，確實帶來了新氣象。此時中原依舊紛繁戰亂，唯有雲南、四川二地因山高水險而獨立於烽火之外，成為傳說中的世外桃源。許多中原漢人聽說雲南平章段功寬厚仁愛，果敢有為，廣施仁政，便有為避亂趕來安家的，有為求功名趕來投效的，雲南一時人口大增。段功又乘機興市井以通交易，輕抽收以廣商賈，中慶商旅如織，人聲鼎沸，列市縱橫，聲色猶勝江南大城，繁盛富庶異常，大有亂世樂土的味道。有趣的是，大多新入來雲南的人丁拖家帶口，帶有不少金銀細軟，然則到了才發現此地風情迥異於中原，只以白色貝幣為流通貨幣，不通行金銀，又是詫異又是哭笑不得，幸有漢人開設金鋪專供兌換貝幣。

段功亦意氣干雲，懂得舉賢任良，知人善用，從投奔者中選拔了不少文采出眾、才智突出的人，或引為幕僚，或安排入衙門任職。只是這些人都是漢人，令不少長期把持實權的蒙古人和回回人大為不滿。然另一行省平章政事馬哈只卻極力支持段功，梁王雖不滿，但因段功是自己女婿，又須借助其聲威、兵力防禦紅巾，亦不多說什麼。如此兩年過去，整個雲南氣象為之一新，段功聲望之隆遠勝他僅任大理總管之時，甚至連正忙於爭權的大元皇帝和奇皇后、太子，也各自爭相下手詔籠絡。

大理諸人也為梁王宮帶來了許多歡聲笑語，恬淡的微笑時常浮現阿蓋臉上。她自飲金為盟開始，已經鐵心要嫁段功，然而那時不過是為了救她父王，心裡還是有種無可奈何的悲壯心情。她以為嫁給段功後，自此與凌雲兩相淒戀，彌難為懷。然而不知從什麼時候起，她的心思竟然變了，那一日行宮壽宴中看到段功遇刺，她毫不猶豫地撲了上去，事後連她自己也說不清為什麼。成親之後，段功除了到行省署辦公，餘下的時間都留在忠愛宮陪她。阿蓋愛好詩文，段功頗嫻文墨，二人常結伴在書房中讀書唱和，意甚相得。段功曾有一次登上宮中高樓，遠眺南面滇池，又遙指東面的盤龍江，歎息道：「跟這五百里無垠滇池比起來，盤龍江只是涓涓細流。」阿蓋聽了悚然而驚，心想：「我懂了！因這一河瘦水，始懂得什麼叫做涓涓細流，有涓涓細流，才能積得海納百川，過盡千帆，終是無垠河漢。」這兩年來，丈夫用一顆寬容溫軟的心傳遞難以言語的情懷，她的一顆心也不知不覺全繫在他身上。即使偶然再遇到昔日戀人凌雲，也不再有那種淒涼的心痛感覺。如今已是暮春時節，春意闌珊，段功有事回大理兩個月，她茶不思飯不想，心煩意亂不知所從，好不容易挨近丈夫承諾歸期的日子，日日登樓眺望，盼他早日歸來。

這一日，伽羅飛奔進來，人還在樓外就高聲叫道：「公主！公主！公主！」阿蓋聽她語氣急促，忙迎出來道：「什麼事？」伽羅嚷道：「蘭花！蘭花！蘭花！」阿蓋莫名其妙，問道：「什麼蘭花？」伽羅指著階下的莎草道：「你這些誓儉草該扔了，信苴從大理給你帶了蘭花來。」阿蓋「啊」了一聲，問道：「他回來了麼？人在哪裡？」伽羅道：「剛到宮門外。」阿蓋顧不得再去補妝打扮，忙朝外趕去。

到得宮門口卻不見段功，只見施秀正帶著數名羽儀從車上搬下一盆盆不同品種的蘭草、蘭花。阿蓋問道：「信苴人呢？」施秀道：「回公主話，信苴剛被人叫去行省署了。」阿蓋道：「這些蘭花……」施秀道：「蘭花是信苴親自帶人上蒼山挖的。」

阿蓋一時呆住，心如潮湧。今年春天的時候，她與段功到五華山上賞花，偶然看到幾株蘭花，不由得憶及大理蒼山的蘭花，歎道：「還是蒼山的天然蘭花好，才有那股超凡脫俗的味道。」沒想到段功一直沒有忘記，這次回大理還特意去蒼山挖了蘭花帶來。此時正是晚春季節，雖已無花，那蘭花一盆盆枝葉飽滿，只待來年春天一到，便可打苞開花。阿蓋驚喜異常，越看越愛，上前抱起一盆清秀的墨蘭，匆忙往回走去，準備親手將這盆花移植在書房窗下。

穿過迴廊時，正遇到凌雲。她自成親以來住在忠愛宮，宿衛自有大理來的羽儀擔任，已經極少見到他。此刻見他消瘦許多，以前那雙靈活銳利的眼睛也變得有些呆滯，再無昔日器宇軒昂之姿，見到她也不行禮，只是死死地盯著她看。阿蓋從不曾見他如此失態，忙低下頭，側起身子，踮腳從廊邊小心翼翼地擦過，竟似在替凌雲讓路一般。

凌雲忽然叫道：「公主！」阿蓋道：「嗯。」凌雲回過身，見她卻只背對自己，都不肯回頭看一眼，大為氣餒，長久以來積累的怨氣終於噴發，冷笑問道：「公主是在躲我麼？」阿蓋頗為慌亂，道：「不是……我是想趕緊回去將這盆蒼山墨蘭種在窗下。」凌雲賭氣道：「原來是大理蒼山挖來的名蘭！那麼，就請公主將我送的那些蘭花扔了罷。」原來凌雲知道阿蓋性喜蘭花，前些日子在梁王宮前遇到有人拉車叫賣蘭花，便隨意買了幾缽，均是小巧玲瓏的盆載蘭花，託伽羅送進忠愛宮，卻言明不准說是他送的。後來他聽說阿蓋歡喜異常，就連那古意盎然的花盆也十分喜愛，特意擺在書房案頭、書架上，又陸續買過一些送去。

阿蓋這才知道那些蘭花是凌雲所送，一時呆住，道：「原來是你……」忽然一陣頭暈便即摔倒，手中的墨蘭也在地上摔得粉碎。凌雲大吃一驚，慌忙上前抱住她，叫道：「公主！公主！」卻見她雙眼緊閉，人已昏迷了過去。正不知該如何是好，忽見阿蓋指縫汩汩有血流出，登時嚇得魂飛天外，忙高聲叫道：「來人！快來人！」轉眼見到伽羅正抱著兩盆蘭花過來，忙嚷道：「伽羅！快，快來救救公主！」

伽羅慌忙放下花盆，奔過來拉起阿蓋的雙手，見她指縫並無傷口，卻不斷有血滲出。凌雲道：「我這裡有上好的金創藥。」伽羅道：「她沒有傷口，要金創藥有什麼用？」凌雲道：「可是她不停地在流血。」伽羅道：「你是大夫，還是我是大夫？關心公主也不能瞎添亂。你再多說一句，信不信我下毒把你毒啞？」凌雲自上次輕薄不成挨了伽羅一耳光後，對她甚是畏懼，被她一罵便不再作聲。

伽羅想了想，便先讓凌雲將阿蓋抱回忠愛宮躺下，命侍女打水洗淨阿蓋的雙手，不料舊血剛剛洗去，又有新血滲出。施秀等人已聞訊趕來，不知公主為何突然得此怪病，各自驚懼不安。

伽羅問道：「宮中可有使用多年的木便桶？」凌雲道：「這……應該是有的。」伽羅道：「你去找一只，要使用年頭最久的，將桶上面的竹箍取下，拿到這裡來。」凌雲道：「什麼？」伽羅道：「那竹箍就是能救公主的良藥。」阿蓋的侍女瓔珞道：「那是便桶上的東西，又髒又臭，怎麼能做藥？」凌雲的性命為伽羅所救，知道她的能耐，便不再多問，飛一般地去了。過了兩刻，他當真取來一圈黑漆漆的便桶竹箍，還沾有少許糞便，又腥又臭，一進來便讓大夥捂住了鼻子。伽羅已備好一個銅火盆，讓凌雲將那竹箍扔進去，再潑了些燈油，點火燒起來。

施秀也極為疑惑，問道：「這東西當真能醫好公主？」伽羅白他一眼，道：「羽儀長，你以為你經常用的金創藥是什麼做的？是童子便！」施秀道：「這我知道，童子大便有通經化瘀、清熱解毒之效，許多藥都要用它做藥引。」伽羅道：「那你還驚訝什麼？」施秀知她任性，也不計較。

凌雲道：「既是如此，何不直接用金創藥替公主塗上止血？」伽羅道：「你去塗上金創藥試試，能止血算你本事。」凌雲不敢忤逆她，也不敢動。伽羅又道：「你以為你上次喝過、救你性命的凝珍粉是什麼？」凌雲奇道：「難道也是童子便？」伽羅道：「你還真是聰明，是十一月在蒼山上採到的野菊花，和童子大便曬乾磨成的粉。」眾人聽她大談童子便，均感噁心。伽羅也不理會，等那竹箍燃盡，取出箍灰，敷撒到阿蓋的指縫，血立即止住。伽羅又讓侍女用布纏住阿蓋的雙手，好讓箍灰藥力滲入雙手。過得片刻，阿蓋緩緩睜開眼睛，見四周淨是目光，訝然道：「出了什麼事？」

梁王夫婦聞訊趕來，見愛女已然甦醒，這才鬆了口氣。泉銀淑跟在王妃嘉僖背後，也趕來湊熱鬧，見凌雲也在堂內，似笑非笑地看了他一眼。嘉僖問道：「伽羅，公主怎麼會突然暈倒流血，到底得的是什麼病？」伽羅道：「這個我也不知道。」孛羅聽說，立即命人去遍請城中名醫。大理諸人見他大有輕視伽羅之意，不免有些憤憤不平，伽羅卻毫不在意。

孛羅又連聲問道：「段平章人呢？不是說已經從大理回來了麼？公主病倒，他人去了哪裡？」施秀道：「回大王話，信苴人剛到宮門，就被馬平章派人叫走，說是行省有急事。」馬平章就是另一平章政事馬哈只。孛羅一聲冷笑道：「如今我這女婿倒真是勤於政事，一回大理幾個月，人回了中慶，又趕著去中慶署，竟連公主生病都不管不顧了。」他往常一向對段功極為客氣，今日卻敵意極盛，眾人只道他關心愛女，雖不滿他冷嘲熱諷段功，畢竟這是人家家事也不好多說什麼。阿蓋忙道：「女兒已經沒事了，父王不必擔心。」孛羅道：「還是要請名醫來看看才好。」

孛羅愛女心切，也不離開，一直等到幾名大夫到來。只是大夫診斷後也說不出個所以然，又聽說伽羅竟拿便桶竹箍替公主千金之軀治病，更是駭然。阿蓋聽說也深覺噁心，望著自己的雙手，緊緊蹙起眉頭。孛羅見狀，不免疑慮更深，問道：「伽羅，你將這麼髒的東西用在公主身上，有何居心？」伽羅道：「當然是治病救人囉。大王，你宮裡藏的醫書我都已經讀過，你隨便去找一本翻看，上面都記載人中黃、人中白是外傷良藥，這竹箍長期受二便浸漬，竹子又有收斂功效，是絕好、絕好的藥引。你可不能嫌它髒就否定它，說不定哪天大王自己也會用上呢。」她說話隨意慣了，也不管對方是誰。孛羅大怒道：「來人，快些將公主手上的……藥清洗乾淨，再請大夫們延治。」

施秀再也忍不住，道：「大王，伽羅是我藥師殿白沙醫師的高徒……」孛羅道：「那又如何？你們大理……」凌雲忽然插口道：「伽羅醫術高明，大王盡可放心。當時屬下傷重即死，是她出手救治，將我從閻王爺那裡拉了回來。」孛羅聽了半信半疑道：「當真？」凌雲道：「千真萬確。大王只須想想，伽羅若沒有非凡出眾的本事，段平章怎會特意將她帶來中慶？」這一語極為有力，孛羅心中轟然一響，暗想：「原來段功是有意將這個懂醫術的印度小女孩放在身邊，看來他猶自記恨先前於行宮險些中毒一事，對本王並不放心。哼！」

一名大夫聽了伽羅一番言論，也深覺有理，上前道：「這位姑娘說得確實有幾分道理，許多外傷藥也都是用人中黃來做藥引。」孛羅便道：「既是如此，就先看看療效再說。」命人送大夫出去。見外面天色已黑，段功人還未歸，心頭更是有氣，又不好發作，只得安慰了女兒兩句，自領人離去。

段功直到深夜才回忠愛宮，聽說阿蓋白日暈倒流血，很是擔心。阿蓋道：「已經沒事了。就是一想到我手上的這個藥是那個……做的，就覺得怪不舒服。」段功道：「伽羅醫術很好，人又熱心，她絕不會害你。」阿蓋道：「我知道。」低下頭道，「那些蘭花我很喜歡，還要多謝你。」段功道：「你我已是夫妻，何況我也愛賞蘭花，有什麼可謝的。」阿蓋道：「那也要謝謝你親自上山去挖，又千里迢迢運來中慶。阿奴[2]，我想好了，要將蕙蘭擺在臥室窗口，墨蘭則種在書房窗下，書房裡原先那些蘭花還是照舊放在那裡。」段功道：「好，都由得你。」又笑道：「中原有位大詩人名叫屈原，對蘭花極為讚美，詩曰『秋蘭兮清清，綠葉兮紫莖，滿堂兮美人』，所以中原人將畫蘭花稱作『寫離騷』。」阿蓋笑道：「那咱們夫妻二人愛蘭至此，種了這麼多蘭花，當可稱得上『種離騷』。」

他夫妻二人為蘭花計議一夜，情深綿綿，自不必提。忠愛宮中的其他人卻氣憤得難以入眠，施秀將白日孛羅的言語告知施宗、楊智等人後，大理諸人深為震驚。施秀道：「你們都不在場，那梁王的口氣簡直是伽羅在下毒害她女兒一般。」施宗道：「公主一向是他掌上明珠，他愛惜女兒倒也罷了，只是他為何突然對信苴大加嘲諷，公開表示不滿？」楊智道：「也許這只是他長久以來積累的不滿一次發作。雲南自成立行省以來，歷任梁王均與行省爭權，甚至還動過真刀真槍，到孛羅這一任時，行省已然勢衰，成為傀儡。但自信苴入主行省以來，以德服眾，極得人心，行省又有復振之勢，這正是梁王對信苴不滿的原因。」

施秀道：「要我說，信苴何必再做這個費力不討好的平章？不如回大理，豈不比在這裡為他人作嫁衣裳強得多？」施宗忙道：「可別胡說，讓信苴聽見，饒不了你。」楊智道：「梁王今天既已露出真實心意，終究會有撕破臉皮的一天，日後我們要多加小心才是。」施宗道：「楊員外，你還是得找個機會提醒一下信苴才是。」楊智歎道：「怕是信苴根本聽不進去。」眾人知他暗指段功已完全沉湎於阿蓋的美色，無力自拔，心頭各自微微歎息。

* * *

來年春天，段功從大理帶來的那些蘭花果然開得茂盛無比，引來大片蝴蝶，將忠愛宮妝點得生機盎然，成為一大奇觀。只是這大半年間，阿蓋又鬧過多次莫名流血之事，甚至段功也出現過幾次流血，與阿蓋極為相似，只是阿蓋發在指縫間，段功病在耳後髮際處。梁王請來中慶城所有名醫，均苦無對策，上好的金創藥也無法止血。伽羅還是照舊用便桶竹箍灰止血，卻始終找不出病因。宮中有人謠傳是忠愛宮風水不好，地底下有怪物作崇，梁王便請了盤龍寺[3]高僧蓮峰來做法驅邪，卻還是無效。傳聞蓮峰禪師能預知未來，段功特意問以國運，蓮峰回答：「二十年後國將亡。」梁王得知後極為不快，對蓮峰也不再似以往那般禮敬。

奇怪的是，忠愛宮的羽儀、侍女、僕從不少，唯獨段功、阿蓋二人有此怪病，因而又有人謠傳段功的父兄與梁王本是死敵，段功兄長段光又是被梁王害死，段功卻貪戀美色，娶了仇人之女，是以上天降下這個莫名詭異的病，以懲罰他夫妻二人。梁王聽到風聲大怒，下令追查散佈謠言之人，只是這等風言風語本就是捕風捉影，要找到源頭極難，他一追查，更引來諸多猜測。翁婿二人也由此生出許多嫌隙，梁王甚至一度打算將愛女接離忠愛宮，最終還是阿蓋自己非要與段功住在一起，才沒有惹出大不快。幸好這些事只在梁王宮中流傳，外人並不得知。

到了蘭花花開的時候，段功夫婦流血事件才逐漸減少。正好阿蓋的兄長阿密要新娶一房小妾，孛羅想借機沖喜，特意下令大操大辦，弄得有如世子娶正妃。那新娶的小妾名叫李芳樹，是個漢人小吏的女兒，長得極為美麗，容貌不在阿蓋之下，只是始終木著臉，一臉愁容，似並不歡喜這場婚事。她本已出嫁，卻不知何故又被丈夫休掉，這才被阿密娶為姬妾。

沒過幾日，李芳樹突然得了一種怪病，全身水腫，肌膚出疹，頭面腫大如斗，好好一個美人轉眼成了怪物，很令阿密掃興。宮中謠傳是阿密正妻忽的斤嫉妒下毒所致，阿密憤去向妻子興師問罪。忽的斤是蒙古貴族女子，性子潑辣刁鑽也不好惹，夫妻二人大吵一架，鬧到了梁王面前。孛羅已知伽羅能耐，急忙命人將她請去看看究竟。伽羅一搭李芳樹的手腕，卻是脈象平和，只是身體有些虛弱，並無其他異樣。她思索了好久，也沒找出發病原因。到得中午，阿密命人送飯菜進來，香氣撲鼻，伽羅便與李芳樹一道進食，見她面容浮腫得厲害，兩眼難以開合，食欲卻不錯，更覺奇怪，暗想：「哪有中毒生病的人還這麼想吃東西呢？」

吃完飯，有人收拾了碗筷出去，關上窗子，屋裡漆味漸濃。伽羅看到內室床、桌、椅、櫃等都是新製，這才恍然大悟，忙讓人準備另一間屋子，抬了李芳樹進去躺下。又買來一筐生螃蟹，搗碎成糊狀，遍敷李芳樹全身。上好藥，關上門出來道：「我已經給李家娘子上好藥，只要過得一、兩天，她全身水腫自會消褪痊癒。」阿密道：「這到底是什麼怪病？」伽羅道：「李家娘子對新漆過敏，世子只須將新家具換掉即可。」阿密道：「原來如此。伽羅娘子當真是神醫……」

伽羅另有急事，只匆匆道：「世子有事再來叫我。」她已從李芳樹的怪病得到提示，約略明白段功、阿蓋不住流血的原因，當即回到忠愛宮，直闖入段功書房。這間書房並不大，卻是段功夫婦的私密天地，從來不准外人進去，平日打掃等瑣事也由阿蓋自己動手，原是學段功原配高蘭親自操持之故。侍女攔不住伽羅，只好跟進來告罪道：「公主，是伽羅娘子非要進來。」

阿蓋正在窗下讀書，放下手中書卷，問道：「伽羅，你有事麼？」伽羅也不答話，環視書房，細細尋找可疑事物，最終將目光落在書架的蘭花上，便上前先將案頭的蘭花搬下來。阿蓋忙問道：「你這是要做什麼？」伽羅道：「公主，你先讓瓔珞她們出去。」阿蓋不明所以，但她素來信任伽羅，便命侍女退出。伽羅舉起蘭花，往地上砸爛，撥開碎渣碎土細細查看，那陶器花盆製作得極為特別，內壁有許多小孔不說，內壁、外壁中間竟是中空的夾層，夾層當中有一些暗紅色的枯乾敗草。她拿起一塊碎陶片，聞了一下那枯草道：「就是它了。」阿蓋道：「這是什麼？」伽羅道：「奈何草，一種慢性毒藥，靠揮發氣味散播毒性。你和信苴總是流血，就是因為中了它的毒。」

阿蓋聽了半信半疑，問道：「我流血的次數遠遠比信苴多，就是因為我總待在書房，時間遠比他長？」伽羅道：「正是如此。若不是我僥倖想到便桶竹箍的法子，每次都及時醫好你和信苴，怕是你們兩個日積月累之下，早就毒發流血不止而死了。」阿蓋道：「哎呀，那你快些放下那毒草，小心中毒。」伽羅道：「這些草在裡面已近一年，毒氣揮發殆盡，毒性已大為減弱。倒也多虧信苴特意從蒼山挖了蘭花給你，不然只怕你還要買這人的有毒蘭花。」一邊說著，一邊隨手自書架上取過一個木盒。

阿蓋道：「那盒子千萬動不得，裡面裝的都是信苴的重要之物。」伽羅道：「都什麼時候了，還有比命更重要的麼？」便將盒裡的手箚信箋一股腦倒出來，一一挑出奈何草，扔進木盒。再搬下書架的那些蘭花，一一砸爛花盆，果然每個花盆都有夾層，中間夾有奈何草。伽羅道：「我送給公主的那些蘭花都在這裡了麼？」阿蓋點點頭。伽羅將奈何草全部塞入木盒裝好，闔上蓋子道：「現在公主該知道這件事為什麼不能讓外人知道了罷？」

阿蓋臉色早已一片煞白，她當然知道這些蘭花都是凌雲送的，伽羅是在幫他掩飾，阿蓋當然也不願揭露而令他送命，只是一想到凌雲竟然會用這種手段來報復她，她還是不寒而慄，全身冷汗直冒。伽羅道：「公主，這件事你先不要管，也千萬不要對別人說。」阿蓋道：「我知道……」她當然知道這件事只要洩露一個字，凌雲必死無疑，又道，「可是……」伽羅道：「你放心，我知道該怎麼做。」便抱了那盒毒草，逕自去找凌雲。

凌雲一直陪侍梁王在外面辦事，晚上才回來，遠遠見到房間內燃著燈燭，人影映窗，腰肢纖弱，似是女子，心念一動，暗想：「莫非又是泉銀淑派侍女來找我？抑或是她本人？她膽子可真是越來越大了，竟敢公然在我房中點燈，我早晚得被這女人害死。」搶進來一看，卻是伽羅坐在燈下等他，不由得一愣，問道：「你怎麼又隨便闖進我房裡來了？」伽羅道：「我有一件很要緊的事要問你。」凌雲道：

「什麼事？」伽羅道：「你須得老老實實回答我。」凌雲解下長劍，放在枕邊，道：「我又不知道是什麼事，不能先承諾你。」

伽羅道：「那好，我找到了公主和信苴不停流血的病因，你想不想知道是什麼？」凌雲道：「是什麼？」伽羅道：「你若想知道，就必須答應我兩個條件：第一，我問你話，你得老實回答；第二，你絕不能再插手管這件事。」凌雲道：「這件事跟我又沒什麼關係，我憑什麼要答應你？」伽羅道：「那好罷，我走了。」說著便慢吞吞地站起身。凌雲終究還是按捺不住好奇，道：「好，我答應你。病因是什麼？」

伽羅道：「很簡單，他們二人都中了毒。」凌雲吃了一驚道：「中毒？」伽羅道：「是啊，毒藥就在你託我轉送公主的那些蘭花花盆裡。」凌雲道：「什麼？」伽羅拍了拍木盒道：「這是我從你那些花盆夾層中挖出的毒草，全在這裡了。」凌雲略一思索便即省悟，到床邊取了長劍拔腿便走。伽羅一把拉住他：「你答應過我，不能再管這件事。」

凌雲道：「你相信不是我下毒？」伽羅道：「當然相信，不然你還能活著站在這裡說話麼？即使信苴手下的人不殺你，梁王也要處死你。你快些坐下，我有話問你。」凌雲道：「你是想知道那些蘭花從哪兒來的麼？好，我告訴你，總有個十八、九歲的少年拉著車子在王宮門前叫賣蘭花，我就是從他那裡買的。他告訴我，他在菜海子有塊苗圃，我聽你說公主喜歡那些蘭花，又特意找去苗圃買過。」

伽羅道：「那花匠叫什麼名字？」凌雲道：「汪雨。」伽羅道：「好，我回去告訴施秀羽儀長他們，不過你絕不能再插手這件事。」頓了頓又道，「你也該知道，你的梁王與我們信苴最近很有些不愉快，你若再捲入毒蘭花這件事，不但你自己性命難保，還會引發兩方猜忌。」凌雲一時沉默，半晌才問道：「你……是想攬到自己身上麼？」伽羅道：「是啊，蘭花本來就是我送給公主的麼。」轉身欲走。凌雲道：「等一等，你……怎麼知道不是我下毒？」伽羅嫣然一笑，道：「我就是知道。」

抱著盒子離開凌雲住處後，伽羅又趕回忠愛宮找到施宗，說明段功和阿蓋是中了奈何草毒，毒藥就藏在自己買給阿蓋的蘭花花盆中。施宗聽了，急忙要領人去捕那種蘭花的汪雨。楊寶聽說汪雨不過是個跟自己年紀差不多的少年，料來施宗抓了他來無非是要嚴刑拷打，逼他認罪，再招供出背後主使，忙道：「我有個主意，說不定可以人贓並獲，令他難以抵賴。」如此說了一番。施宗道：「好，就依你所言。」伽羅本不是什麼考慮周全之人，告知眾人蘭花有毒後，才想起若那花匠招出買蘭花的是梁王侍衛，豈不立即露出馬腳？便也鬧著要跟去。施宗道：「伽羅認得路，又識得毒藥，同去也好。」

眾人連夜來到菜海子。菜海子實際上是滇池海灣，水域遼闊，湖中多水草、蓮藕，四周多菜園、稻菽，極有田園風光。正當春季，花竹翳如，雖已是晚上卻仍有不少情侶在水堤邊席坐私語，月色下別有一番景象。

伽羅堅持跟來，半路上才想到那花匠並不認識自己，一旦見面同樣會露餡，有心想找楊寶出個主意，一路卻不斷被施宗追問各種細節，竟始終沒找到機會與楊寶單獨說話，甚是焦急。她雖也來過菜海子，卻只是尋常遊覽，根本不知道那苗圃在哪裡。繞了幾圈，施宗狐疑問道：「你不是說來過好幾趟麼？怎麼轉來轉去都找不到？」伽羅後悔不迭，只好道：「來的時候是白天，現今是晚上，所以不認得路了。」還是楊寶道：「蘭花背陰生長，北邊有個大坡，林木又密，應當在坡後。」正好遇到一名路人，一問路，果然得知北岸竹林後有一花圃，當即尋來。

那花圃不大，四面圍有籬笆，東面有一間大木屋，映出微弱燭火。楊寶先推開籬笆，走到花圃中，叫道：「賣蘭花的在麼？有主顧上門。」等了一會兒，一名漢人少年秉燭而出，點燃門邊一個燈籠，連人也不瞧，隨手一指圃地，道：「都在那裡，你自己去挑罷。」楊寶往地裡看了看，均是盆養蘭花，品種稀鬆平常，實在無法與段功從大理帶來的花色相提並論，便道：「還有好些的麼？我是梁王宮裡的，我家主人很是挑剔。」那少年道：「噢？」這才走上前來仔細打量楊寶，見他一身羽儀打扮，腰間跨著刀，忙道：「原來你是梁王宮的人。屋裡還有些更好的品種，官人請進來看。」當即領著楊寶進屋。只見木屋中南面靠牆角處擺有一張床，床頭有一只箱子，除此之外再無別的家具。北面窗下擺了不少蘭花，品種果然比外面圃地裡的要好上許多，花盆也是上好的陶器，又古樸又精細，與伽羅在阿蓋書房砸爛的那些有毒夾層花盆一模一樣。

楊寶心想：「他聽說我是梁王宮的人，又見我一身羽儀打扮，特意領我進來，自然是因為屋裡這些蘭花盆事先裝有毒藥的緣故。只是他自己就住在這屋子中，為何不會中毒？伽羅明明說這種毒草藥性太慢，沒有解藥，莫非他也識得用便桶竹箍止血？果真如此，他可真不是一般人。」便假意道，「小哥叫什麼名字？蘭花養得真是不錯。」那少年道：「我叫汪雨。」楊寶道：「好，請汪哥幫我挑上兩盆。」那少年汪雨隨意拿了兩盆，交給楊寶道：「我這裡只收金銀，不收貝幣。」楊寶道，「好。」突然一個失手，那花便掉了一盆在地上，登時摔得粉碎。楊寶道：「哎喲，真是抱歉。」汪雨道：「不要緊，我再拿一盆給你。」

楊寶等他轉身去取蘭花，乘機俯身撥開碎土，果見那花盆夾層中有一些紅草，心裡已有數，當即笑道：「你這花盆夾層中裝的是什麼？」汪雨吃了一驚道：「什麼？噢，那是花肥。」楊寶道：「是不是叫奈何草？」汪雨的眼珠轉了兩轉，突然揚起手中花盆，朝楊寶一丟，轉身便往門外跑去，卻被早摸到門外的施宗伸腳一絆，摔將出去，吃了個嘴啃泥。眾羽儀上前縛住他雙手，又將他拉回屋中。楊寶砸了屋裡好幾盆蘭花，夾層中均有紅草，忙叫道：「伽羅！」伽羅人在門外，遲疑著挪將進來，看了汪雨一眼，他正被羽儀牢牢抓住，緊盯著楊寶翻找盆中的毒藥，全然沒留意到她進來。

楊寶道：「這裡面的是奈何草麼？」伽羅上前看了看道：「是，快些將它們裝進盒子裡。」楊寶問道：「那為何他自己不中毒？」伽羅指著南邊牆角道：「他在那裡種了許多豬籠草，豬籠草專門吸氣味。」汪雨望著伽羅，臉上又是驚奇又是憤怒。楊寶道：「原來如此。那好，大夥一起將毒藥收集齊了，我再去屋外看看。」

施宗上前喝問道：「你為何要在蘭花中下毒害人？」汪雨不知如此機密的機關如何能讓人識破，那奈何草又是天下獨一無二的慢性毒藥，百思不得其解，只道：「我沒有害人。」施宗道：「事實俱在，你還想抵賴麼？」汪雨昂然道：「我不是抵賴，我確實沒有害人，只想報仇。這有毒的蘭花，我也只賣給梁王宮裡的人。」施宗道：「你可知道毒害信苴、公主，罪大惡極，當誅九族。」汪雨冷笑道：「九族？我的九族早就被你們信苴段功殺得一乾二淨，只剩我一人，你們快快將我也殺了，方能湊足九族之數。」

施宗大奇，問道：「你明明是漢人，如何能跟我們信苴有仇？況且我們信苴為人寬厚，又怎會殺你九族？」汪雨料來今日無論如何都難逃一死，不如說出真名，也好讓世人知道王家有後人如此，便道：「那好，我告訴你，我本名叫王豫……」忽聽見外面腳步聲紛遝交至，有數人來到苗圃外。又聽見楊寶的聲音問道：「凌侍衛，你們怎麼來了這裡？」有人答道：「大王聽說你們找到下毒謀害平章和公主的凶犯，想親自審問。」正是凌雲的聲音。

伽羅心想：「凌雲明明答應我不再插手此事，卻為何又去告訴梁王？他難道不知道他自己也難脫干係麼？」正愕然間，凌雲已領著幾名侍衛進來，道：「施宗羽儀長，大王命我立即押凶犯回宮審問，這就請將人交給我罷。」施宗很是不快，道：「我們正向犯人詢問究竟，問清楚了再交給凌侍衛不遲。」凌雲道：「羽儀長是想違抗大王的命令麼？」施宗冷笑道：「凌侍衛……」

一旁的汪雨忽道：「你不就是那個向我買蘭花的人麼？」施宗回頭問道：「你說什麼？」汪雨緊望著凌雲道：「他……」凌雲道：「來人，將人帶走。」兩名王宮侍衛當即上前，將汪雨拉了過來。羽儀一時不知該如何應對，一起望著施宗。施宗道：「凌侍衛如此強搶犯人，是想和我們動手麼？」凌雲道：「不敢。只是大王有嚴命，要立即審問凶犯，審問完畢自會將人交回信苴處置。」揮揮手，命人將汪雨押了出去。施宗知道段功一再交代不得與梁王的人衝突，事情鬧大了，大家面上都不好看，也只好任憑凌雲將人帶走。

楊寶進來道：「我查過了，外面的花盆沒有毒，有毒的只是屋裡這些。」伽羅忙道：「屋裡的毒藥都收好了，我們走罷。」正欲搶先溜出門去，卻被施宗一把抓住手腕，喝問道：「那些蘭花當真是你送給公主的麼？」他見汪雨見到伽羅時恍若不識，剛才又聽汪雨指認凌雲向他買過蘭花，再聯想到之前伽羅帶路半天找不到苗圃，心中登時起了疑心。伽羅見施宗口氣嚴厲異常，心下有些著慌，道：「我……是我……」然而她一雙眼睛卻騙不了人。施宗道：「那些蘭花其實是凌雲託你轉送公主的，是也不是？」伽羅道：「真的不是他，是我。」施宗鬆了手，命道：「快去追上凌雲，將犯人奪回來。」又命楊寶道，「你將伽羅帶回去關起來，等候發落。」楊寶一愣。施宗又厲聲道，「你若敢私自放伽羅逃走，與她同罪。」楊寶只得躬身道：「遵令。」

一干人瞬間走得乾乾淨淨。楊寶見伽羅尚在發呆，以為她心中害怕，便安慰道：「你不用擔心，施宗羽儀長不過是嚇唬你，他其實不會拿你怎樣。」伽羅道：「他為什麼要這麼做？」楊寶道：「你公然包庇凌雲，施宗羽儀長下不來臺，當然要……」伽羅道：「哎呀，不是，我是說凌雲，他明明答應我不再管這件事，怎麼又突然跑來插手？」楊寶又驚又愕然，驀然心念一動，道：「呀，不好，凌雲要殺人滅口！」伽羅道：「你說什麼？」楊寶道：「先追上去再說。」

二人慌忙去追施宗一行，走不多遠，便見到水壩上圍了一群人，分明是羽儀與王宮侍衛，施宗正與凌雲厲聲爭吵。凌雲道：「犯人想要逃跑，我不得已才殺了他。」施宗冷笑道：「他人已被綁住，如何能從你們這麼多人手中逃掉？」楊寶、伽羅二人擠過去一看，那汪雨匍匐在水邊，後背尚在汩汩流血，已無法動彈。伽羅呆望著屍體，心中百般複雜滋味。

施宗道：「凌雲，我已知道是你買了蘭花轉送給公主，你搶走犯人，其實是想殺人滅口，免得他招出你來。」凌雲淡淡道：「我不知道羽儀長在說些什麼。他不過是個賣蘭花的少年，跟我扯得上關係麼？」施宗回頭問道：「伽羅，你之前將事情攬在自己身上，我也不想再追究。現在你當面說清楚，是不是凌雲託你轉送蘭花給公主？」伽羅望望凌雲，又望望施宗，再望著汪雨的屍體，一時不知該如何是好。施宗厲聲道：「伽羅，有人要謀害信苴，你還要包庇他麼？」伽羅低下頭去，始終不發一言。施宗大怒道：「來人，將伽羅押回去。」楊寶歎了口氣，上前牽起伽羅的手道：「走罷。」伽羅心中失望之極，走過凌雲身邊時特意停下來，低聲道：「如今，你是不是也要殺我滅口呢？」凌雲目光炯炯，凝視著她，卻不答話。

回到忠愛宮，段功與阿蓋已經歇息，施宗便命人先將伽羅監押在一間空房中，明日一早奏知段功後再做處置。眾羽儀大多喜歡伽羅，聽說她公然庇護外人，不免又是驚訝又是氣憤——驚訝的是蘭花盆中投毒，如此巧妙，伽羅竟能發現；氣憤的則是，凌雲在她心中的位置竟如此重要。

次日一早，施宗有意等阿蓋離開去向梁王夫婦請安後，才將昨夜之事稟告段功，段功便命人帶來伽羅，詢問究竟。伽羅想了一夜，也不知到底該不該指認凌雲，只是不語。施秀很是不解，問道：「伽羅，你到底為何要庇護凌雲？明明是他買蘭花送給公主，你為何要攬在自己身上呢？」伽羅始終不答話。還是楊智道：「如今事情鬧成這樣，你再庇護凌雲，大家也都知道是他下的毒……」伽羅忙道：「他沒有下毒，他也不知道蘭花中有毒……」話一出口，才知道已被楊智誘出了實話。

施秀道：「你如何知道凌雲不知蘭花中有毒？」伽羅道：「凌雲即使想害信苴，又怎會謀害公主？他早知道蘭花擺在書房中，公主難免中毒最深。況且公主第一次毒發是他最先發現，當日我想出便桶竹箍的法子治病，人人嫌髒，只有他毫不猶豫，親手從便桶上取下竹箍。你們覺得他這副樣子，會預先知道蘭花中有毒麼？」施宗道：「若不是凌雲下毒，他為何要殺汪雨滅口？」伽羅搖了搖頭道：「這我也不知道。」楊智道：「也許凌雲是怕汪雨早晚供出，他才是梁王宮中買蘭花之人。這件事若讓梁王知道，即使凌雲不知蘭花被下了毒，他也難辭其咎，多半要被梁王處死。」施宗道：「那好，我們便將這件事告知梁王，讓梁王自己處置凌雲。」段功擺手道：「算了。我也相信伽羅所言，凌雲事先不知花盆中藏有毒藥。」他早知道阿蓋最早喜歡的人是凌雲，而凌雲也對公主傾心愛慕，段功心中多少有些過意不去，又道：「伽羅多次治癒我和公主，又是她發現了花中毒藥，功過相抵，這件事就這麼算了，也別讓大王知道。」

正說著，忽有羽儀來稟道：「凌雲在門外求見。」眾人大為意外，段功便命讓他進來。凌雲一進來，見羽儀環伺，伽羅也在當場，料來段功正在審問她，忙上前參見道：「蘭花確實是我所買，再託伽羅轉送給公主，不過我事先並不知道花盆有毒，後來知道後又逼著伽羅不可說出去。請段平章不要責怪伽羅，事情因我而起，我願一力承擔，要打要殺，我絕不敢有怨言。」眾人這才知道凌雲是來為伽羅求情，他一向冷傲，今日如此低聲下氣，想來確實是顧念伽羅多次救命之恩。

段功沉吟片刻道：「凌侍衛事先並不知情，凶犯又已經伏誅，這件事就這麼算了。我還要趕去行省署，凌侍衛請自便。」當即站起身帶人走出門去，屋內只剩伽羅和凌雲二人。伽羅很是氣惱，走到凌雲面前逼視著他。凌雲道：「伽羅，我……」伽羅道：「你明明應承我不再插手此事，為何又突然跑來殺死那汪雨？若不是信苴寬宏大量，還真不知道會發生什麼事。」凌雲一時沉默，半晌才道：「若是旁人誤會了我，我原也不在意，但是伽羅你於我有恩，我便告訴你實話。我既然事先答應你不再管這件事，就一定會做到。我昨夜帶人去找汪雨，確實是奉了大王之命。」

伽羅道：「我才不信呢！昨晚我告訴你花盆中有毒後，就立即回到忠愛宮告訴施宗羽儀長，並趕去菜海子找那花匠汪雨，不過才一刻時間，大王如何能這麼快知道這件事？定是你怕汪雨供出你，所以搶先去告訴大王我們抓到一下毒凶手，再故意帶人來花圃搶走汪雨，半路將他殺死。」凌雲道：「若果真是我要殺人滅口，何必多此一舉將這件事告訴大王，我只須搶在你前頭趕到花圃，提劍殺死那汪雨，如此神不知鬼不覺豈不更好？」伽羅一時愣住，半信半疑地道：「當真不是你在背後搗鬼？」凌雲道：「你信也好，不信也好，我要說的就只有這麼多。伽羅，你幾次救我性命，我的身體內還有你的救命之血，大恩大德，我絕不敢忘。」說完便昂然走了出去。

伽羅喃喃道：「不是凌雲告訴梁王，又會是誰呢？」忽聽得背後有人笑道：「你是在自言自語麼？」伽羅不防背後有人嚇了一跳，回頭望去，正見楊寶和高浪自屏風後走了出來，當即嗔道：「怎麼是你們兩個？怎麼不跟信苴去行省署？」楊寶不便說是楊智暗中命他二人留下來監視凌雲和伽羅，只道：「我們是怕你心情不好，特意留下來陪你。」

伽羅滿腹疑惑，正想找人論個清楚，忙問道：「凌雲剛才的話你聽見了麼？」楊寶點點頭道：「凌雲說得確實有道理，他若想殺人滅口，只要悄悄去花圃將汪雨一劍殺了。他去過那裡多次，遠比你熟悉地形，肯定能搶在前頭。」伽羅道：「這麼說，真的不是凌雲將這件事告知梁王？」楊寶道：「應該不是他。不過這就是比較可怕的一點，梁王能那麼快知道，肯定是在忠愛宮佈了眼線。這件事得儘快告知施宗羽儀長。走罷，我們去行省署，邊走邊說。」

走出閣樓，正見到阿蓋和凌雲站在園中，隔著幾棵茶樹四目對望，卻誰也不說話。三人也不去驚擾，只從側道遠遠繞開。走出梁王宮，伽羅才鬆了口氣，道：「還是外頭好，宮裡憋氣得緊。」見楊寶若有所思，問道：「你是在想咱們內部的眼線是誰麼？」楊寶搖了搖頭道：「我始終想不明白的是，那汪雨並不會武功，如何能從凌雲手下逃脫？即使偶有疏忽被他溜掉，他被繩索牢牢綁住，也逃不遠，當可以立即捕回，為何非要一劍殺死他？如此不是十分可疑麼？」

高浪道：「肯定還是凌雲想殺人滅口。」伽羅道：「不會，凌雲既然答應我不再管這件事，定然不會違背諾言。」高浪道：「就算凌雲答應了你不再插手，可是後來梁王從眼線那裡得知究竟，命他帶人去捉拿汪雨，他也不得不去。半路上又怕汪雨最終會牽連出他，乾脆就勢殺人滅口，再假稱是犯人要逃跑。」楊寶道：「這麼說確實也說得通。」高浪十分得意，笑道：「可惜我昨晚不在那裡，要不然肯定不讓凌雲將犯人搶走。」

伽羅忽然一指前面道：「那不是世子的愛妾李芳樹麼？」果見那李芳樹正獨自朝北而去，邊走邊回頭，似生怕有人跟蹤。高浪道：「我聽公主的侍女說，這女子原來有個丈夫，夫妻甚為恩愛，後來梁王世子看上了她，逼迫她原來的丈夫休了她，才娶為愛妾。」伽羅道：「呀，難怪我治好了她的怪病，她還哭啼啼地說我不該治她，原來如此，看來她心中一直沒忘記前夫呢。哎，又是個苦命的女子。」

梁王宮距離行省署極近，說著說著便已到了大門口。楊寶向守門衛士出示腰牌，三人穿過儀門，進入外署，正遇到馬文銘，他如今任理問所副理問，掌管全省刑獄。馬文銘只簡單招呼一聲，便扭頭往一旁廂房胥吏的辦公處而去。

高浪奇道：「小侯爺今天好奇怪呀，見了伽羅竟也這般冷淡，要是往日，早就上前噓寒問暖了。」伽羅道：「淨胡說，人家忙正事呢。」楊寶卻大起疑心——昨夜汪雨被凌雲一劍刺殺，人既已死，也無可奈何，他們一行正要離開時，卻見到馬文銘帶了大批人馬趕來。按理來說，死屍自有昆明縣衙處理，如何能勞動堂堂行省理問所副理問大駕？即便汪雨是個要緊犯人，然而已是深夜，馬文銘又如何得知此人剛剛被殺死在菜海子水邊？楊寶當時便已懷疑是梁王暗地通知馬文銘，但事情才剛發生，凌雲等侍衛人還在現場，梁王又如何得知汪雨已死？莫非他能預知未來不成？此刻見到馬文銘，他不但絲毫不提昨夜之事，且目光閃爍，轉身即走，分明有意迴避。

眼見馬文銘疾步走進抄案房，楊寶登時得到某種提示，心中想起一事，不禁「哎喲」一聲。伽羅問道：「你怎麼了？」楊寶道：「今日聽施宗羽儀長說，那汪雨被凌雲帶走前，曾說自己本名叫做王豫，是也不是？」伽羅道：「是啊。」楊寶道：「你們在這裡等我。」匆忙趕進抄案房，卻見一名胥吏正將一卷公文交給馬文銘。楊寶道：「小侯爺，我想查閱一下王九的卷宗。」

馬文銘下意識地捏緊卷宗，將手背到背後道：「楊羽儀是奉段平章之命麼？」楊寶道：「不是。」馬文銘道：「如此，怕是多有不便之處。」又問道，「此案當時先由理問所審理，後由段平章親自複審，犯人早已伏法一年有餘，楊羽儀如何突然要查閱陳年卷宗？」楊寶道：「不過是突然想起來罷了，其實也沒什麼。」馬文銘道：「既然如此，胥吏，你便辛苦一下，找出王九一案的卷宗給楊羽儀看。」胥吏遲疑道：「這個……」馬文銘道：「就怕年日已久，那卷宗搬來搬去，一時之間難以找到。」楊寶心如明鏡，暗想：「那份卷宗不正在你手上麼？」也不點破，只笑道，「算啦，我只是隨口一問，小侯爺可別當真。」忙從抄案房退出，招手叫高浪、伽羅道：「我們趕快去見信苴，遲了可就來不及了。」高浪莫名其妙地道：「什麼來不及？」楊寶也不說透，直往蒞事廳而去。

幾人闖進廳內時，段功正與另一平章政事馬哈只議事，見狀不禁皺眉道：「你們幾個有事麼？」楊寶道：「回信苴話，有要緊大事稟告。」段功道：「什麼事？」楊寶卻是不答。馬哈只便道：「段平章請先去忙，公文我來處理。」

段功見伽羅也在，料想與汪雨下毒有關，便道：「有勞。」出來大廳，立即問道，「到底什麼事？」楊寶道：「信苴可還記得當時王九一案？」段功道：「當然記得。」楊寶道：「當日楊員外曾經仔細翻看王九的卷宗，查找疑點，我也從旁看過，犯人名單裡面有一人名叫王豫，乃王九投奔梁王後，娶妻所生之子，年紀十八歲，與那花匠汪雨年紀差不多。」施宗當即省悟，道：「昨晚那汪雨自稱他本名叫王豫，全家被信苴所殺，莫非就是同一人？」楊智道：「可是王豫分明已被處死，當日信苴親自監斬，我也在場，每個人都驗明過正身。」楊寶道：「汪雨與王九之子王豫絕對是同一人。昨夜淩雲帶人去捕汪雨，確實是奉梁王之命，而且是奉梁王之命殺人滅口。」

施秀問道：「梁王為什麼要這麼做？」楊智道：「這只能說明當時在避暑行宮下毒謀害信苴之人，並非王九，王九不過是他臨時找來的替罪羊。」楊寶道：「正是如此。大家可還記得上次馬文銘特意到大理向信苴陳述王九下毒案始末？當時馬文銘說，王九因毒死過高蓬將軍，畏懼梁王與信苴結盟，對己不利，有意挑撥二人相鬥，便事先在信苴的酒杯內壁塗抹毒藥，信苴一死，我們自然認為是梁王下的手，聯盟不攻自破。但我因留意到阿蓋公主先取的是梁王面前的酒杯，注酒後先奉給信苴，所以很是不解，當場問了馬文銘，結果他先是一愣，想想才說，有毒的酒杯是隨意擺放的，反正無論死的是信苴還是梁王，王九都能達到目的。現在仔細想來，馬文銘本沒料到我會問出那番話來，所以才會愣住，又臨時編了謊話。但因為王九與我大理仇深似海，我們當時竟沒發現破綻，相信了這套說辭。」

施秀越發糊塗，又問道：「可是這與汪雨有什麼關係？」楊寶道：「事情應該是這樣，當日行宮案發，高潛代信苴被毒死，信苴拂袖而去回了大理，梁王擔心紅巾捲土重來，想再請信苴回來坐鎮中慶。為了讓信苴對行宮下毒案釋懷，梁王不得已要找出一隻替罪羊，因王九謀害過高蓬將軍，大理恨他入骨，推他出來當替罪羊自容易取信。我猜梁王一定派人對王九及其家人嚴刑拷打，逼他認罪，又擔心信苴複審時王九會改口，所以答應以赦免王九之子王豫為條件，令王九至死也沒吐露內情。沒想到王豫不知其中究竟，以為是信苴害死他全家，矢志復仇，便化名汪雨，想出了蘭花下毒的法子。昨夜事情敗露，我們趕去菜海子之時，有人暗中通知梁王，梁王也許猜到汪雨就是王豫，擔心王九一案的真相由此暴露，便命凌雲前去殺死汪雨滅口。」

施秀尚有疑慮，問道：「可是明明是凌雲向汪雨購買有毒蘭花，他是梁王心腹，怎會不認識汪雨？」楊智道：「如此倒越發可以證實王九無辜，整件案子一直隱密進行，只有梁王和馬文銘知情。」

眾人聽了，深覺有理。施秀道：「原來行宮宴會上並不是王九下毒，下毒的會不會真是凌雲？正如他自己承認的那樣？」楊寶搖頭道：「決計不會。當日凌雲已經主動認罪，被梁王下令拿下，若真的是他，以梁王為人一定會將他推出來殺頭，向信苴謝罪，絕不會顧念他是自己心腹下屬。」高浪道：「梁王如此處心積慮，說不定下毒的正是他本人。」

在場不少人均這樣想，不過沒人敢說出來。段功一直一言不發，突然喝道：「住口，不可胡說。」楊寶忙道：「信苴請息怒。還有一事，昨晚馬文銘也趕來菜海子親自處理汪雨一案，我當時也深覺奇怪，想來他是受了梁王之命。適才看到他前去抄案房，一時欠考慮，跟進去說想查閱王九一案卷宗，結果那份卷宗正被他握在手上，可見他已知道汪雨就是王豫，擔心我們追查下去，想搶先銷毀卷宗。如今他已知道我們起了疑心，定會前去稟告梁王，信苴處境極危險，請速速返回大理。」

段功一時驚異，問道：「你是說梁王會因此對我下手？」楊寶道：「事有先兆，日將出霞明，雨將至礎潤。當日行宮下毒案分明是針對信苴，我不敢說梁王是凶手，可是這其中諸多詭異，難以一一言明。梁王心胸狹隘，眾所周知，近來又自西域招募大批番僧入宮，這些番僧個個會武藝，常常徘徊在忠愛宮周圍，行跡十分可疑。況且忠愛宮中又被梁王放了眼線，實在不是個安全所在。信苴還是趕緊回大理，方是上策。」

段功身處高位，正是揮斥方遒、大幹一番偉業之時，忽見楊寶跑來說梁王將要害他，自然難以相信。不過他也知道楊寶心思縝密，有過人之能，只道：「你未免太過杞人憂天了。我與梁王有翁婿名分，他豈會害我？楊寶，你說的事我都知道了。」環視一圈，肅色道，「你們都聽明白了，今日之事切不可再提，也絕不能向外人洩露半句，違令者斬！」轉身又進了蒞事廳。

眾人見段功不聽，又驚又懼，面面相覷，便一起望著楊智。楊智也焦慮異常，但他也知道如今段功行省權柄在握，正要大展宏圖，絕難輕易放手，想了一想便命施秀派人回大理將一切稟告夫人，請高蘭出面勸說段功回去。施秀道：「如今信苴與阿蓋公主恩愛異常，早將夫人拋在腦後，豈會再聽夫人的話？」楊智道：「你不懂，信苴是愛公主，可是他更怕夫人。你派人去辦罷，越快越好。」施秀只得道：「是。」

楊智叫過楊寶，道：「據我觀察，馬文銘父子與梁王其實不是一路人，你去看看小侯爺還在不在行省署，想辦法攔下他，頂好別讓他去告訴梁王，說信苴已知道王九一案真相。」楊寶道：「是。」他便叫上伽羅囑咐幾句，一起出來，卻見馬文銘還在外署院中徘徊，似有什麼心事。

伽羅上前笑道：「小侯爺，你忙完公事了麼？」馬文銘道：「唔，沒有……其實……」楊寶知道他年紀雖比自己還小，卻是個極精明厲害的人物，當即道：「小侯爺，請恕我適才多疑，信苴已經重重責罵我，說我興風作浪，無端挑起是非。如今信苴與公主恩愛，情比金堅，早與大王成為一家人，我確實多疑了。大王所做的一切自然都是為了女兒和女婿好，還請小侯爺恕我魯莽之罪。」

馬文銘當即會意，他無端幫梁王製造出王九一獄，雖則王九死不足惜，但畢竟也是一場大大的冤案，心中早已有愧。尤其王九於梁王有功，梁王為了挽回段功，推他當替罪羊不說，還滅他滿門，行徑著實令人齒冷。當時放王九之子王豫一條生路，以換取王九不改口供，其實也是馬文銘的主意，只是沒想到王豫立志報仇，竟以極巧妙的手段下毒謀害段功和阿蓋公主，案發後又牽扯出原來的王九一案。他知道楊寶已看透其中訣竅，對方言下之意不過欲就此罷手，就當作什麼事都沒發生過，而這也正是他自己想要的結果。便道：「楊羽儀何罪之有？你都把我說糊塗了。請楊羽儀轉告段平章，我父子二人對他好生欽佩，定會竭盡全力支持放手作為。」頓了頓又道，「伽羅，我早答應要請你飲酒，這就叫上楊羽儀一起去罷，我做東。」

楊寶知道馬文銘已不會去告訴梁王，很是感激，道：「多謝小侯爺。」馬文銘笑道：「何必謝我？我以前所做的，現今所做的，都是為了咱們大元朝。」楊寶這才恍然大悟，之前馬文銘配合梁王製造出王九冤獄，主要是為了迎段功回中慶，而今段功大有作為，雲南蒸蒸日上，正是他馬氏父子所望。汪雨也好，王九也罷，段功既都不願追究，他又何須再去挑撥段功與梁王不和呢？一時之間，只覺馬文銘胸懷大志，遠非自己所能想像。心念又是一動，暗想：「莫非信苴也是此般想法？他堅持留在中慶，其實是為了大元江山，並非為了美人？」

當日段功早早結束公事，回到忠愛宮。阿蓋已經知道那下毒的花匠被淩雲殺死，想來他事先確然不知蘭花中有毒，殺人是為了替她報仇，但因蘭花終究是淩雲所送，便有意不提此事。只拿著一張信箋去問段功道：「這是什麼？」

段功吃了一驚，阿蓋手中拿的正是高蘭的親筆信，上面只有一句詩——「草草鶯花春似夢，沉沉風雨夜如年。」阿蓋見丈夫驚訝，忙道：「我不是有意要偷看你木盒的信件，是伽羅找毒藥時心急，將盒子裡面的東西倒了出來，我才偶然看到的。」段功道：「不礙事。這是夫人……原配夫人的信。原是一個邋遢道人送她的批語。」阿蓋大感驚奇道：「當真？」段功心想：「當真是孩子氣的話。」他年紀比阿蓋大出許多，處處讓著她，只微笑道，「當真。」

阿蓋道：「怎麼會這麼巧？我年幼時也遇到過一個邋遢道人，他也批了一句詩給我，跟這句一模一樣。」段功一驚，問道：「當真？」阿蓋道：「當然了，所以父王一直捨不得我遠嫁，要將我留在身邊。」段功想過一回，這才道：「由此越發可見那道人是個騙子，任誰都寫給這句批語。」阿蓋道：

「嗯。」便將頭靠入段功懷中。段功輕輕撫摸她的秀髮，不禁想到高蘭現今正是「沉沉風雨夜如年」的命運，正應了讖語，一時情思激蕩，心中大起愧意，那些被他刻意放在記憶井底、又用重重石板壓封的往事，好似泉水湧瀉，來勢洶洶，不可阻擋。

光陰轉瞬即逝，又過了半個月。這一日，段功臨去行省署辦公前，梁王突然派人前來，告知晚上要單獨宴請世子阿密及女婿段功。大理諸人聽說未請阿蓋公主，難免心生警惕，然則自上次楊寶苦勸段功回大理失敗後，再無人敢輕易出口相勸。正苦無計策時，忽有驛使自大理送來兩封高蘭的急信，一封給段功，一封給楊智。楊智當即拆開自己的信看了，心下有了計較，拿著另一封信交給段功。段功拆開一看，原來是高蘭親作〈玉嬌枝〉詞一首，情思文采極佳——「風捲殘雲，九霄冉冉逐。龍池無偶，水雲一片綠。寂寞倚屏幃，春雨紛紛促。蜀錦半閑，鴛鴦獨自宿。珊瑚枕冷，淚滴針穿目。思難禁，將軍一去無度。身與影立，影與形獨。盼歸來，只恐樂極悲生，冤鬼哭。」

段功讀了信，一時躊躇不已。高蘭一向稱呼他「郎君」，而今卻變成「將軍」，生疏之意溢於言表。然則那信情真意切，思念悠長，纏綿悱惻，詩意若傷，令他真真感到心痛。他又想起那句讖語來——「草草鶯花春似夢，沉沉風雨夜如年」，而今草長鶯飛，春意盎然，她卻獨臥孤衾，輾轉難眠，她可是他的結髮妻子呀，當年也曾有許多山盟海誓的諾言。

楊智等了好一會兒，才上前道：「恭喜信苴，夫人有喜，即將臨盆。」段功隨口問道：「什麼？」楊智又說了一遍。段功這才會意，又驚又喜，問道：「當真？」想起去年四月回大理時，確實曾與高蘭有過床笫之歡，也正是那次去蒼山挖了蘭花運來中慶，只是料不到高蘭已年越不惑之年，竟然還能懷孕。楊智道：「夫人一直不准人告訴信苴，原是想等孩子生下來給信苴一個驚喜。然而夫人畢竟年事已高，近來身子更是諸多不適，怕是生育時禍福難料，所以想請信苴立即趕回大理，以期能見到最後一面。」段功驚道：「最後一面？夫人她……」楊智道：「遲了怕是來不及了。」

段功心中一算，如今正是春季，算來確實是高蘭十月懷胎生產之時，便道：「那好，你去安排人手、馬匹。我先回梁王宮一趟，向公主交代一聲。」楊智心想：「你一見到阿蓋公主的臉，怕是又走不動路了。」忙上前道：「屬下接到消息，夫人已危在旦夕，只不過夫人怕信苴憂慮，不敢在信中提及。還請信苴立即啟程，片刻耽誤不得，不然悔恨終生，長恨綿綿。」

段功聽了最後一句，長歎一聲，再不猶豫道：「那好，我們即刻啟程。你派人告訴公主和梁王……」楊智道：「信苴先走，屬下自會留下安排一切。」便向施宗、施秀使個眼色。施宗道：「信苴，楊員外自會處置一切。事情緊急，咱們還是先走罷。」也不待段功出聲，上前簇擁了他出去。

楊智一直將段功送出南門外，這才慢吞吞回到忠愛宮，先去告訴伽羅，讓她準備離開。伽羅聽說楊寶、高浪等均已隨段功離去，問道：「走得這麼匆忙，出大事了麼？」楊智點點頭道：「不過你先別吭聲。」

一直等到天黑，楊智料到即使梁王派出快馬也難以追上，這才前來告訴阿蓋，說高夫人臨產病危，信苴已趕回大理。阿蓋「啊」了一聲，隨即滿臉紅暈，低下頭去，半晌不語。楊智見她柔弱嬌媚，遠遠不及高蘭機巧多智，所仗恃者無非她公主身分和美貌而已，不知為何能讓段功如此癡迷，不禁搖了搖頭，也不相勸，靜靜退了出來。正遇到梁王派侍衛來催段功前去大殿赴宴，楊智便將原話說了一遍，侍衛大為駭異，慌忙奔回去稟告梁王。楊智便立即帶了伽羅及剩餘羽儀出宮，預備連夜去追段功等人。他知道梁王心胸狹窄，剛愎自用，必然為段功不辭而別勃然大怒，一旦遷怒旁人，他們這些大理來的人少不得要吃許多苦頭，暗中被加害也說不準。

到得宮門口，忽有侍衛趕來叫道：「伽羅娘子，李家娘子剛剛又服了毒要自殺，王妃娘娘請你快去看看。」伽羅雖然天真無邪，但畢竟在梁王宮中待得久了，知道宮中人心叵測，忙道：「楊智員外，你們先走，我留下來。」楊智料來伽羅一個小姑娘，又是印度高僧之女，梁王當不會為難，便道：「那好，我會再派人與你聯絡。」侍衛領著伽羅來到後宮，卻見那李芳樹躺在內室床榻上，面色發青，眼睛微閉。梁王妃嘉僖和世子妃忽的斤守在一旁，嘉僖面有關注之色，忽的斤卻大有幸災樂禍之意。伽羅進來一看，便知道李芳樹吃了砒毒，忙取了一粒催吐丸，餵她服下，又命人去煮一鍋綠豆湯。

嘉僖問道：「她可還有救？」伽羅點點頭道：「幸發現得早，毒素尚未侵入肺腑。」忽見李芳樹「啊」了一聲，捂緊胸口，忙扶她坐起，命侍女拿過銅盆來。李芳樹「哇、哇」兩下，便嘔吐了一大灘東西出來，腥臭無比。忽的斤皺緊眉頭，往門邊站了站。

伽羅忽然發現李芳樹脖頸處有兩道傷，分明是鞭子抽過的痕跡，血肉猶新，問道：「娘子這裡怎麼有傷？」那李芳樹在催吐丸的作用下吐盡腸胃之物，本已十分辛苦，突然聽到這句話，登時哭道：「你為何要救我？讓我死罷。」又再躺回床榻，臉面朝內抽泣個不停。伽羅這才留意到她的手臂也淨是傷痕，不禁駭然，問道：「李家娘子身上的這些傷……」她早聽說世子妃厲害無比，經常毆打世子阿密身邊的姬妾、侍女，便不由自主回頭去看忽的斤。

忽的斤見侍女已將那污穢之物端了出去，忙上前道：「這可不是我下的手。世子那麼愛她，我可不敢打她，這是世子親自拿鞭子打的。她偷偷跑出宮與原先的丈夫幽會，被許多人看見，世子的面子往哪裡擱？要我說，打幾鞭還是輕的……」忽聽得嘉信喝道：「閉嘴！」忽的斤見婆婆發怒，這才住口不說。

伽羅對這些人並無好印象，見李芳樹已無大礙，便道：「李家娘子已經沒事了，一會兒綠豆湯煮好，給她服下。她剛剛大吐過一場，往後幾日的飲食須得清淡些。」嘉信道：「伽羅，你可真是個好孩子。我明日去忠愛宮看阿蓋時，再好好謝你。」伽羅一笑，轉身退了出來，卻見凌雲正持劍守在門外花樹下，似正在等她出來。

伽羅上前問道：「你是奉梁王之命來看守我的麼？」凌雲道：「是。」伽羅道：「你倒是老實，謊話也懶得編上一句。」凌雲道：「嗯。」伽羅道：「那我們現在要去哪裡？是要去地牢麼？」凌雲道：「不是。大王命我送你回忠愛宮。」頓了頓又道，「你若想走，我也不會攔你。」伽羅笑道：「你傻子啊，梁王早知道我救過你性命，還特意派你來看管我，分明想試探你是不是真的忠心。我偏不走，你們又能拿我怎樣？難道還能少了吃喝不成？」凌雲也不吭聲，只一聲不響地跟在她背後。伽羅果然回到忠愛宮住處，照舊吃喝，與平常無二樣。

到了半夜，忽然又有侍女來拍門，說李芳樹上吊自縊了，請伽羅速去救治。伽羅喝了不少酒，侍女在外面鬧了半天，她才驚醒，穿好衣服出來。她的住處離阿蓋閨房不遠，阿蓋根本未睡，也被驚動出房，聽說兄長的愛妾一日內連續服毒、上吊，驚愕異常，也跟著伽羅過去看個究竟。

那李芳樹早已被人放了下來，雙眼緊閉，唇口發黑，露出牙齒，頸中一道深紫紅色的勒痕。伽羅進來一看便知人早已死透，即使孟優再世也無回天之力。只是生前一個美人，死後面目卻如此猙獰，當真是皮囊之相，淨是虛幻泡影。感慨一番，忽然留意到李芳樹的右手緊握一團物事，上前取下一看，似是一封寫在絹布上的遺書，交給一旁的世子阿密後，當即先行離去。

阿密展開一看，原來是一首〈刺血詩〉：「去去復去去，淒惻門前路。行行重行行，輾轉猶含情。含情一回首，見我窗前柳。柳北是高樓，珠簾半上鉤。昨為樓上女，簾下調鸚鵡。今為牆外人，紅淚沾羅巾。牆外與樓上，相去無十丈。云何咫尺間，如隔千重山？悲哉兩決絕，從此終天別。別鶴空徘徊，誰念鳴聲哀！徘徊日欲晚，決意投身返。手裂湘裙裾，泣寄稿砧書。可憐帛一尺，字字血痕赤。一字一酸吟，舊愛牽人心。君如收覆水，妾罪甘鞭捶。不然死君前，終勝生捐棄。死亦無別語，願葬君家土。儻化斷腸花，猶得生君家。」大略一看，即知是李芳樹追憶前夫，刺血明志。阿密極愛李芳樹，費盡心思才將她弄到手，新婚還不到一個月，新婦便香消玉殞，正深感痛惜，忽然讀到這首刺血詩，又勃然大怒道：「她前任丈夫為了錢財休了她，毫不留情，她卻臨死還念念不忘他，真是賤人一個！」恨恨將絹布扔在地上，轉身走出房去。

阿蓋與李芳樹並無任何交情，不過一想到她因對油漆過敏，這才讓伽羅揭破了蘭花有毒之謎，亦傷感不已。上前撿起絹布，細細一讀，只覺得珠瀉玉盤，古意漾然，貞魂怨魄，精貫三光，一時呆住。這才重新打量李芳樹，有另眼相看之意，卻見已有人將她的屍首抬了出去，只留房梁下一圈白綾，空蕩蕩地飄來飄去，似在展示世間癡情棄女的宿命。頓時，一股冰冷的寒意自阿蓋心中升起，她全身顫慄，晃了兩晃，忽有一雙大手自後面扶住她，她頓感溫暖，喃喃道：「阿奴，你可算是回來了。」

那人卻道：「女兒，段功不會再回來了。」阿蓋驚然回過頭去，原來是父王站在背後，不由得一陣委屈，又像小時候初到雲南團聚時那般，投入慈父懷中嚶嚶哭了起來。孛羅道：「乖女兒，別哭、別哭。父王答應你，一定殺死段功為你雪恨。」阿蓋一聽到「段功」兩個字，一情相引，萬恨齊攢，更是放聲大哭，淚如泉水。孛羅又是心痛又是恨極，一股黑氣籠罩上他的紫膛面皮，煞是嚇人，回身便叫道：「來人，速速去將伽羅殺了，為公主解恨。」

* * *

段功離開了中慶，心急如焚，往大理疾馳。他具有平章兼大理總管雙重身分，一路上官員自奉承不及。到得大理境內，忽接到消息說是高蘭已順利生產，產下一子。段功只有一子一女，長女段僧奴，次子段寶，如今人到中年，原配妻子竟還能生下幼子，當真是喜出望外，狂喜之下索要筆墨，在驛站牆壁題下一首詩：「去時野火通山赤，凱歌回奏梁王懌。自冬抵此又陽春，時變物遷今又昔。歸來草色綠無數，桃花正濃柳苞絮。杜鵑啼處日如年，聲聲只促人歸去。」隨即棄筆上馬，一路馳回陽苴咩，高蘭果真已產下一子，雖則孩子異常瘦弱纖細，萬幸母子平安，他心中的大石頭這才放下。老夫老妻中年得子，一家人重新團聚，當真是歡喜無限。

段功回到大理三日後，楊智等人才趕回陽苴咩。段功見楊智撤回了全部羽儀，這才知道他不欲自己再返回中慶，如此推斷，之前楊智說高蘭危在旦夕的話難免也有誆騙之嫌。不過，段功倒並未因此動怒，他雖然成為梁王女婿，卻早知道朝廷和梁王是要利用自己，尤其梁王與段氏交惡多年，仇怨極深，雙方即使結親仍多少有互相戒備防範之心，楊智雖擅作主張，但畢竟也是為他安全著想，何況夫人忝添一子更是喜從天降，他暫時不必再考慮回中慶一事。

但漸有些不好的消息傳來，更加堅定了眾人不欲段功再返回中慶之心。先是北勝知府高斌祥派人來報，他的部下焦玉被人連夜從家中綁走，至今下落不明。焦玉雖只是個工匠，卻懂得火銃製造之術，當時高斌祥與紅巾對壘，便靠火銃大展雄風，所向披靡。段功也意識到火器之利遠勝弓弩，曾下令高斌祥加以改良後大批製造，以全面裝備大理軍。如今焦玉失蹤，等於丟失一座犀利的火器庫，絕非小事。然四下張貼焦玉畫像懸以重賞、尋找調查，始終找不到人，疑點也漸漸集中在梁王身上。這兩年來，孛羅一直著意籠絡高斌祥，封他為資善大夫，還掛有正二品的雲南行省右丞一職，又多次派人到北勝軍中，名為犒勞，實則想探訪機密。不僅如此，鶴慶知事楊昇、騰衝知府高惠等大理地方實權派亦均收過梁王的拉攏與恩惠，雖則這些大理世家大族並不十分買梁王的帳，然孛羅趁段功人不在大理時，刻意分化大理內部，已是鐵一般的事實。

伴隨著這些令人不快的消息，段功開始覺得阿蓋確實離自己越來越遠，遠得今生今世再見一面都很難。可是在他內心深處，他無時無刻不在回憶曾幾何時的柔情蜜意。每當他在舞劍或批閱公文時，他便覺得她似乎還坐在自己身旁，輕聲與自己談詩論文；她那柔美的秀髮，她那欲說還羞的神色，她那顧盼生輝的秋波，彷彿又不斷在他面前閃現。他很想見見阿蓋的人，於是那中間隔著的千里距離和時光竟漸漸融解消失了。他覺得她好像就在身邊，自己彷彿已看到——夕陽輝映下的草原，美麗而壯觀；山上的青松在太陽的餘暉下，更加蒼翠挺拔；初秋的草原，青草茂密野花盛開，一群群牛羊膘肥體壯；而阿蓋就站在如血的殘陽中，她仍是他第一次在山谷中見到她的模樣，秀麗婀娜，娉娉婷婷，如弱柳扶風道不盡的婉轉風流。他決意寫一封信給阿蓋，訴說他的真實感受，說他真的看到了她所描繪的塞外草原。提起筆來，想念頓時隨著墨跡無限蔓延放大，他不由自主地迷茫煩亂起來。

看到丈夫這副樣子，在春天的豔陽之下，高蘭反而感到冰冷，全身都起了細密的雞皮疙瘩。她這才明白自己早已失去丈夫的心，他這次回來也許是為了新生的幼子，也許是因為楊智那句她已命懸一線的聳人聽聞話語，由此尚顧念結髮之情；但無論如何，都不是因為思念她。一想明白這一點，高蘭的臉色開始變得蒼白，佈滿陰森的寒氣，心尖也如針扎般疼痛。阿蓋的陰影開始隨日光西斜在茶樹影裡，漸漸擴大，她自己就要被完全吞沒了。

轉眼已是四月，這日又是十五，段功全家到無為寺聽經，高蘭擔心家裡襁褓中的小兒子，剛到寺中不久便先行離開。段功等講經完畢，特意單獨留下女兒，問道：「僧奴，阿爹不在的時候，阿榮沒有來看過你麼？」段僧奴道：「沒有。」神態很是冷淡，自從段功娶了阿蓋，她父女二人不但極少見面，感情也生分了。

段功道：「你還是不喜歡阿榮麼？」段僧奴道：「是。」段功道：「那麼好，你便自己選一個喜歡的男子嫁了。阿榮那裡，我回頭再派人去跟他說。」段僧奴大吃一驚道：「阿爹是說真的麼？」段功道：「真的。」歎了口氣道，「我不能逼你嫁給你不喜歡的人，那樣只會讓你一輩子活在痛苦當中。」又拍了拍女兒的肩頭，道：「去罷。我還有事要去趟翠華樓找羅先生。」段僧奴尚在驚愕中，一旁高浪、施秀等人早已聽見，上前笑道：「恭喜寶姬，這下你可心想事成了。」便有意無意拿眼睛去瞟楊寶。楊寶臉一紅道：「信苴都走得遠了，你們還愣在這裡。」

段功來到中院，聽見演武廳後的念書堂笑語陣陣，走進去一看，原來是羅貫中在為世家子弟講三國故事，正說到那蔣幹盜書自以為得計、卻不知為周瑜所用……羅貫中抬眼見到段功，忙道：「今日故事先講到這裡，大家自行溫習一下功課。」走出來問道，「信苴找我可是有事？」段功道：「嗯，只是想與先生隨意聊聊。」羅貫中道：「那好，我便陪著信苴四下走走。」

楊寶等人跟在段功後面。高浪見段功對羅貫中頗為信任，很是不解，問道：「當時，這羅先生說他找到了藏在黃龍劍中的藏寶圖，信苴為何不加追究？」楊寶道：「若羅先生真拿到了藏寶圖，他還會告訴信苴麼？」高浪道：「你是說羅先生只是在試探？可是信苴當下明明臉色大變，我還真以為藏寶圖就在黃龍劍中呢。」楊寶道：「當時是在黃龍劍中，不過現在肯定已經不在了。羅先生感激信苴大度，明知道他別有用心還肯讓他進樓讀書，所以即使猜到藏寶圖所在，也並未拿走，他那麼說本意只在提醒信苴。」

高浪問道：「那藏寶圖現在在哪裡？」楊寶神祕一笑，搖了搖頭。高浪急道：「到底在哪裡？」他聲音甚大，段功回過頭來，嚴厲瞪了他一眼。施秀忙斥道：「你還敢公然談論藏寶圖，想讓信苴聽見麼？」高浪卻還不肯作罷，嘴唇湊到楊寶耳邊，低聲問道：「藏寶圖在哪裡？」楊寶道：「我猜應該藏到雙耳金瓶中，你想去看麼？」高浪吐了吐舌頭道：「不想。」大理慣例，凡看過雙耳金瓶的人必須自殺，以永久保守金瓶的收藏地點祕密。

段功始終不發一言，羅貫中便只默默跟著他。來到紫竹院門口，正遇到段文醉醺醺地從院中出來，看到段功等人只是一愣，也不見禮，又瘋瘋癲癲地回房去了。段功突然想起高潛，當時他也是住在這紫竹院中，與段文、楊寶等人朝夕相伴，卻在那羅漢山避暑行宮代自己身死，當真是不幸。他招手叫過楊寶，問道：「高潛的房間是哪一間？」楊寶道：「最西面那間便是。」段功有心進去瞧一瞧，卻又怕睹物思人，心中難過，不免有所猶豫。

羅貫中忽道：「既然信苴提到高潛，我突然想起一件事。不過，這件事……」段功道：「羅先生不必顧慮，有話但說無妨。」羅貫中便道：「信苴寬宏大量，赦免了無依禪師的殺人之罪。」段功因無依禪師與脫脫有血海深仇，脫脫被割喉前又已身中孔雀膽劇毒，因而特赦無依殺人之罪，無依因此大徹大悟，隱居在雞足山面壁修禪。羅貫中又道，「禪師赴雞足山修禪之際，曾對我提過他當晚去殺脫脫之前，見到高潛神色慌張地從回光院中出來。」高浪道：「我們幾個那晚都去過回光院，信苴早就知道了。」羅貫中搖了搖頭，似對高浪之語不以為然。楊寶回想了一下，道：「不對，當晚我們幾個被趕出回光院後，隨即讓高潛去引開跟蹤我們的羽儀，他應該再沒回過回光院。」便又問道，「羅先生，無依禪師說是什麼時辰見到高潛的？」羅貫中道：「大約是三更時分，已是刺客事件之後的事。」

施秀啞然失笑道：「你不會是說，是高潛先下了孔雀膽謀害脫脫……」一語未畢，便即住口，驀然想到當時盜取孔雀膽的嫌疑犯名單上，不正有高潛的名字麼？只不過眾人決然沒想到會是他罷了。高浪道：「施秀羽儀長是在說，高潛偷盜孔雀膽，毒死了脫脫麼？」施秀道：「那晚我曾奉信苴之命，到紫竹院向高潛和高浪追問寶姬下落，之後我還派了武僧在這裡監視，高潛如果離開，武僧一定會知道。」高浪道：「就是啊，施秀羽儀長你走之後，我和高潛就去了楊寶的房中，一直待到第二天早上呢。」施秀道：「不過，我到的時候正見高潛從外面回來，湊巧也是三更時分。」高浪連連搖頭道：「不可能是高潛，他膽小怕事，根本沒有下毒的膽子。況且脫脫是我的大仇人，跟他沒有絲毫關係。他要下毒害人，害的也該是他的殺父仇人梁王才對。」這一語恍若一個晴天霹靂擊打在楊寶頭上，呆了半晌，楊寶才道：「原來是他。」高浪道：「你也懷疑脫脫茶杯中的孔雀膽是高潛下的？」見楊寶木著臉不答，料來高潛下毒已是定案，便道，「果真如此，我倒有幾分佩服高潛了。」

羅貫中道：「本來這件事早已過去，我也絕無心再提起。抱歉得緊，損了令侄聲譽。」段功道：「不要緊。聲名固然重要，真相卻更加重要。」羅貫中又道，「信苴通態豁達，胸襟遠過常人，只是有些人本就是狼子野心，與其共事，無異與虎謀皮。」段功知他暗指梁王，心中一痛，又想起阿蓋來。

施秀道：「可是正如高浪所言，高潛為什麼要謀害脫脫？他根本與脫脫無甚干係？」楊寶道：「我知道原因。」歎了口氣，緩緩道來，「那一日下午，我們都在演武廳中練習武藝，施秀羽儀長忽然率羽儀來到無為寺中，我們從楊勝堅那裡得知梁王使者次日要來寺中聽經，我猜當時高潛便已心動，只是我們大家的心思都在寶姬逃婚一事上，完全沒有察覺。後來，高潛找機會去藥師殿盜取了兩副孔雀膽，預備在次日分別毒殺梁王使者和行省使者。哪知道當晚我們幾個在回光院窗下偷聽信苴與脫脫談話，信苴問起脫脫何去何從，脫脫說要去中慶輔佐梁王，高潛大概覺得脫脫這人既值得信苴親來送行，肯定更有價值，於是改變主意決定先毒死脫脫。不過，因為當晚淩雲行刺明玉珍使者引來全寺戒嚴，高潛直到午夜之後才等到機會。他知道每天夜深之時會有人到回光院送茶點，但當晚因信苴要來，茶水飲食其實已事先送過，他便摸進去將孔雀膽下在脫脫的茶水中，出來時竟被無依禪師看見。但想來無依禪師自己心中當時也有鬼，無論如何不會對高潛起疑，所以等了一會兒，摸入院中，他自不知此時脫脫已中孔雀膽劇毒，所以下手又毒又快，用匕首割開了他的喉嚨。第二天，脫脫屍首被人發現，滿地是血，人人只以為他是被刀殺死，絕想不到他已先中了毒，而無依禪師也很快伏法。直到信苴領兵出征那一天，脫脫的屍首變成綠色，我才知道這是件案中案，不過一直想不出是誰下毒，直到羅先生今日說出關鍵線索，才想透其中關竅。」

段功聽完，深深歎了口氣道：「雖則真相大白，高潛犯下殺人之罪，不過他終究是代我而死，足以功過相抵。」楊寶道：「信苴！」段功見他臉色有異，眼中噙著淚水，問道：「什麼事？」楊寶道：「高潛的一片苦心，信苴現在還想不到麼？」段功道：「我知道，高潛一早就提醒我小心酒中有毒，我卻不信，還命人將他帶走……」楊寶道：「不是的、不是的……」一語未畢，淚水已簌簌而下。眾人不知楊寶怎會突然失態至此，不由大奇。段功知他機敏聰慧，如此必有情由，忙問道：「你想說什麼？」楊寶哽咽道：「他……高潛……他是自己喝了毒藥。」眾人一時呆住，不知所云。

段功半晌才問道：「你是說，當日行宮壽宴，那酒杯是高潛事先下的毒，他想毒死的人其實是梁王，只不過公主將梁王面前的酒杯先奉給我，他怕我飲下毒酒，所以才搶過去自己一口飲下？」施秀道：「這絕不可能。當日我們進閣時酒水食物已經擺好，高潛一直跟在信苴背後，他哪裡有機會在眾目睽睽之下下毒？」段功道：「不錯。楊寶，這到底是怎麼回事？」楊寶道：「高潛沒有往酒杯中下毒，他是事先將毒藥含在嘴中，搶過信苴的酒杯飲酒時，才將毒藥吐進酒水中。」段功愕然不能相信，道：「什麼？高潛為什麼要這麼做？」楊寶哭道：「梁王用孔雀膽毒死高潛的生父高蓬將軍，高潛一心要報殺父大仇，而信苴不但與他的仇人結盟，還要娶仇人之女，他武藝平常，無殺梁王之力，只好出此下策，用他自己的死來離間信苴和梁王。」

眾人這才明白楊寶話中之意，原來當時在羅漢山避暑行宮中，並無任何人事先往酒杯中下毒，既不是梁王，也不是凌雲，更不是王九，害死高潛的人不是旁人，正是他自己。初聽此言，著實令人難以相信。然則仔細回想當日情形確實疑點極多——高潛為何能事先知道酒中有毒，搶先提醒段功？段功不聽，正要飲酒之時又被他一把奪走？以高潛之懦弱性格，怎會突然有此膽色？他當眾令段功下不來臺，若酒中無毒必然面臨嚴重懲罰，多半要被送回大理，這些他不會不知道，可見他飲酒之時已經確認酒中有毒，懷了必死之心。以當時情形，除非酒杯中事先抹有毒藥，有機會下毒的只有阿蓋公主一人，然則不但段功不相信阿蓋會下毒手，就連大理諸人深入瞭解阿蓋個性後，也不相信她會起心害人。那瑪瑙酒杯本是梁王之物，事先抹有毒藥的可能性極小，而且須得有阿蓋公主配合，才能送到段功手中。即使果真是梁王父女預先密謀串通，梁王後來又為何一心要將阿蓋嫁給段功？又費盡心機找出王九當替罪羊，以去段功胸中芥蒂？要知道，梁王卸磨殺驢、殺光王九一家這一招極損壞他自己名譽，而這也是他千方百計以高官厚祿拉攏大理實力派將領，卻始終無人睬他的根本原因。推來測去，確實如楊寶所言，是高潛自己服了毒藥，這才是最合理的解釋。他臨死前，特意指認凌雲盜竊了孔雀膽，無非是要深化矛盾，挑起段功與梁王相鬥，這才有機會報殺父深仇。

楊寶所揭開的真相令人震撼，段功也過了好幾天才慢慢能接受事實。高蘭更是不能相信唯一的親侄為了報仇會如此決絕服毒自殺，捨己而去，而他離去後的結果又是如此無望、如此神傷；他指望為己報仇的信苴照舊當了行省平章，照舊娶了仇人之女，照舊幫助梁王恢復元氣。高蘭的腦子裡開始昏昏沉沉，開始陷入混混沌沌的一片混亂。

段功痛惜高潛之餘也另有一種想法，梁王所做的一切雖有歹毒一面，但對他並無惡意，而自己和部屬卻誤會了他。再想到阿蓋的溫柔多情，更是恨不得立即見到她。正當冥思苦想時，又接到阿蓋的親筆書信，拆開一看，竟如高蘭那封書信一般，內中只有一句詩──「草草鶯花春似夢，沉沉風雨夜如年。」心頭不知怎地生生疼了起來，心裡一疼，指頭一涼，那封中慶來的家書便飄飄落到地上。

高蘭輕輕走過來，撿起阿蓋的信，只略略瞟了一眼，便重新放回桌上。段功局促不安半天，終於訕訕開口道：「夫人，我想返回中慶。」高蘭似早已料到他會說出這句話，她的心思一直繫在丈夫身上，他喜她便喜，他憂她則憂。她既不吃驚，也不回答，只以一種古怪的眼光凝視著他。她的面色蒼白透明，滲出些晶瑩溫潤的光澤來。段功的眼睛也正急遽閃過人世間紛紛擾擾的風雲，種種的愛與恨，種種的期待與追尋，種種的爭鬥與謀算，種種的平淡與卓越。然而，他最終還是在高蘭的目光下低下了頭。

高蘭臉上的光澤倏忽熄滅了，她知道，一切再也無法挽回。

那一刻，仿若有一生那麼長。

1 忽必烈思創業艱難，命人移植沙漠莎草於宮中，稱為「誓儉草」，示意後代不可忘記祖宗發祥之地，王公大臣多有仿效者。

2 阿蓋對段功的暱稱。

3 位於今雲南晉寧盤龍山，由蓮峰禪師始建。

卷九　鐵錘人

眼前景象極為殘酷——一人仰躺在巷子中間，死狀淒慘，血肉模糊，兩邊牆上、地上都是嫣紅血跡。楊寶踮起腳，小心翼翼地走近屍首，只見那人滿頭黃髮，鬚髯盡張，眼睛睜得老大，像瀕死的大魚，絕望而無神，正是大理名將張希矯。他只覺一股熱血直湧頭頂，雙腳幾乎站立不穩……

自段功不辭而別後，阿蓋終日悵然若失，愁風愁水，嬌容日益憔悴，失去了往日桃花顏色。原本熱熱鬧鬧的忠愛宮，隨著大理諸人一夜撤離，變得清冷許多。她知道丈夫不會再回來了，不然他帶來的人不會只剩下伽羅。就連伽羅也不願說謊話安慰她，只勸她該去大理看看段功，而她父王是決計不會放她離開的，她確實如她兄長的小妾李芳樹般——被丈夫拋棄了。如此如同怨婦的心情，是以每日再見到那些蘭花，心中無不充滿怔忡和恐慌情緒；她已習慣有段功睡在身邊，再孤枕獨眠時，竟彷彿睡在冰窖之中，這才知道度日如年的滋味。

那一日晚上，阿蓋終於接到段功的書信，一時不知何感，倏而悲，倏而喜，倏而悟，倏而迷，猶豫許久才移近燈前要拆開信看，才剛掏出信淚珠已撲簌簌滾落。拭了幾遍眼淚，停了半晌，歎了幾聲，卻始終不敢展開信。

一旁的伽羅忍不住笑道：「公主，你為了這封信，天天望著想著。等到信來了，怎麼又這般苦惱？」阿蓋聽了，這才展開信，看到一半驚呼一聲，紅暈浮上臉龐，看到信末才將信抱在胸前，嘴角漾起了微笑。伽羅忙問道：「信苴信裡說些什麼？」阿蓋道：「阿奴就要回來了！」伽羅道：「當真？」阿蓋道：「當真。嗯，我得趕緊去告訴父王、母后。」眼見阿蓋飛一般地奔出閣樓，伽羅仍不能相信，她實在有些想不通，段功剛得一個兒子，才不過幾個月為何又要拋家棄子回來中慶？他難道不知梁王恨他入骨麼？甚至還險些殺了她。她都已將這些事告訴馬文銘，請他寫在發往大理的公文中了呀。

不僅伽羅大為意外，段功擇在梁王壽宴當日重回中慶，更著實令所有知情的人吃了一驚，當然也有許多人自有意料之外的驚喜，比如阿蓋，比如行省的馬文銘父子。孛羅雖餘怒未消，然段功親自向他拜壽謝罪，告知那日實是原配夫人高蘭命懸一線，也不便再多說什麼。段功甚至出乎孛羅意料，將去年高潛在行宮中毒一案的真相坦然相告，翁婿二人遂和好如初。段功隨即命人獻上壽禮——這是一匹淡黃色的大理馬，僅四尺高，耳朵僅人的指頭大，眼睛有如銅鈴。大理馬馳名天下，孛羅見那馬雖小，但料來段功所送絕非凡物，上馬一試，剛勒韁繩，便飛奔吐電，當即愛若至寶。

轉眼已是夏季。天下大事，風雲激蕩，時勢也在飛速地發展著。元朝內部繼續內訌，河南王王保保與關中李思齊、張良弼等元軍將領大打出手。朱元璋卻乘機崛起，不僅占領之前陳友諒的所屬地，而且接連打敗張士誠奪取了大量地盤，成為中原實力最雄厚的一支力量。割據四川的夏主明玉珍於入夏時病死，時年三十五歲，據說臨死前猶歎息「今元虜未逐，中華未復」，死得極不甘心。其幼子明昇繼位，因明昇仍是幼童，朝政遂被權臣把持，夏國內部立即爆發激烈的權力鬥爭。梁王有意趁夏國內亂之機進兵四川，一舉收復蜀中，但行省平章段功、馬哈只均不同意，兩方爭論過好幾次，難免又鬧出些不愉快。

這日一早，伽羅被叫去為梁王的愛妾泉銀淑診治病情，剛從後宮出來，正遇到楊寶和高浪四處找她，知他二人本該跟在段功身邊當值，問道：「是信苴找我有事麼？」高浪神祕一笑，道：「不是。走，帶你去個地方。」三人騎馬一道出了南門，往東而去。

中慶城有個特殊之處，城內有五華山、螺峰山、祖遍山和菜海子，號稱「三山一海」，占據了不少面積，各色衙門、官辦機構又占據了一半土地，因而最繁華的商業中心並不在城內而在城外——自南門崇政門起，往南直到銀棱河上的大德橋[1]，商鋪林立，房屋鱗次櫛比，人煙之眾遠勝城內。楊寶三人經常陪梁王、段功夫婦去城東五里地的覺照寺聽經，對這條商業大路極為熟悉。

這銀棱河及東面的金棱河均是大理國時期以人工開鑿，引盤龍江之水而來——昔日大理國皇帝段素興好拈花尋柳，即位後不理國政，長年遊山玩水，特意在盤龍江西邊挖河引水，修建金銀二堤，選取三百美女在堤上日夜遊玩取樂。又在跨銀棱河的大德橋與跨金棱河的通濟橋上種滿黃花，勞民傷財，被史家稱為敗國之君。而今堤壩再無昔日旖旎風情，只有大德、通濟二橋古風猶存。

伽羅耐不住好奇，問道：「到底要去哪裡？是去覺照寺麼？」高浪、楊寶均笑而不答，帶著她來到銀棱河旁的沙朗酒肆。這家酒肆不大，卻是白族人所開，做的餌鉠[2]十分地道，極有大理風味，他們來過多次，很是熟悉。伽羅道：「你們今日不是當值麼？還敢私自出來飲酒，被施宗羽儀長知道可不得了。」楊寶一笑，指著臨窗一桌的白衣少女道：「你看那是誰？」那少女聞聲回頭，取下頭上的次工，伽羅歡呼一聲道：「寶姬，你何時來了這裡？」

那少女正是段功之女段僧奴，她暗中來了中慶，卻不願去見另娶新歡的父親，更不願見到那個曾與她姊妹相稱、現今卻成了她庶母的阿蓋，只叫人暗中通知了楊寶和高浪。四人再次聚首，悲喜交加，敘了一大堆話後，段僧奴終於還是遲疑地問道：「我阿爹……他可還好？」楊寶道：「信苴一切都好。自從信苴入主雲南行省後，廣行德政帶來了許多變化，百姓們都稱讚他呢。」段僧奴道：「我早知道阿爹想做的事，一定能做得好。」又道，「還有呢？」

伽羅知道她其實想問段功與阿蓋是否和睦，可是如果照直說信苴與公主情投意合、相親相愛，不是要傷她的心麼？正不知該如何開口時，楊寶忽指著窗外道：「你們看那人背影，像不像張希矯大將軍？」高浪道：「你看花眼了罷？張希矯將軍不是已經被流放到你爹地盤了麼？信苴發了狠話，永遠不再起用他。他如今是囚徒身分，被羈管在軍中服苦役，怎麼可能來到中慶？」

段僧奴素來維護楊寶，忙道：「那也不一定，我適才等你們的時候，還看見施宗羽儀長過了橋呢。」卻扭頭看了一眼，見楊寶所指那人背影確實極像張希矯，可是腳下虛浮，趔趔趄趄，分明是個醉漢，笑道：「還真是楊寶花眼了。」高浪又道：「信苴也真奇怪，一點小事便大做文章，他連無依禪師都可以赦免，為什麼不能饒恕張將軍？」楊寶見段僧奴在場，怕她難堪，便不接話。

伽羅問道：「寶姬，你來中慶是要待一陣子麼？」段僧奴點點頭。伽羅道：「實在太好了。不過……你要住在哪裡？」段僧奴道：「嗯……我也還沒想好。」三人都知道她不願住進梁王宮，也不主動提起。伽羅道：「要不然住東寺罷，就是覺照寺，離這裡很近，往東過兩座橋就到。馬文銘跟住持很熟，請他去招呼一聲。信苴每月初一、十五都會去那裡聽經，寶姬若想見他也方便。」她也不待段僧奴答應，逕自站起來道，「你們在這裡等我，我這就去行省署找馬文銘來。」奔出牽了馬，逕自離去。

段僧奴問道：「馬文銘是誰？」楊寶道：「就是上次到大理的行省使者，現今任理問所副理問，因理問被紅巾殺了，一直空缺，實際上是他在掌管行省理問所。」高浪笑道：「還是個回回小侯爺呢，他先祖就是賽典赤，如今成天跟在伽羅屁股後頭。」賽典赤就是創始並建立行省制度之人，並力主將雲南行省中心從大理陽苴咩轉移到中慶，以此削弱段氏的影響力，實是個極有遠見卓識的人物。自他之手始，雲南境內行政區域之劃分，歷經元、明、清迄今無甚大改變。他所創行省制對後世更是影響深遠，即今日省級建制之原型。

段僧奴聽說後十分好奇，問道：「馬文銘長得什麼樣子？人品如何？可千萬不能讓伽羅吃了虧。」楊寶道：「行省署就在南門附近，距離這裡不過兩、三里，一會兒他本人就來了，寶姬見了就知道。」三人說笑了一回，忽聽見外面有人遙呼道：「殺人了！殺人了！」分明是伽羅的聲音。三人忙奔出酒肆，卻見伽羅正騎馬狂奔過來，一手牽著馬韁，一手在空中亂舞。段僧奴問道：「她……她手上……是不是血？」

伽羅一人一馬來得極快，瞬息到得眼前，生生將馬頓住。那馬一聲嘶鳴，高高揚起前腿，濺了三人一臉沙塵。此地名叫「沙朗」，意思是多沙的壩子，確實是滿地沙土。段僧奴顧不得許多，上前問道：「你受傷了麼？怎麼滿手是血？」伽羅面色煞白，似是受了極大驚嚇，答非所問地道：「殺人了！殺人了！」楊寶道：「死的是誰？」伽羅道：「張……張……」嘴唇哆嗦，始終說不出「張」底下的字。楊寶心念一動，問道：「張希矯大將軍？」高浪道：「你是不是昏頭了？怎麼又出來張希矯大將軍？」不料伽羅竟點了點頭。楊寶道：「快帶我們去。」當即各自騎了馬，往南門趕去。伽羅死活不願在前面帶路，只跟在三人背後，一進南門，便見到有些人正朝東面的一條小巷跑去。楊寶問道：「是那裡麼？」伽羅點點頭。

策馬到巷子口，卻見前面已圍有不少人，忙下了馬擠過眾人，眼前景象極為殘酷——一人仰躺在巷子中間，死狀淒慘，血肉模糊，兩邊牆上、地上都是嫣紅血跡，死者身子底下更是積了一大灘血泊，黏稠得發黑。楊寶踮起腳，小心翼翼地走近屍首，只見那人滿頭黃髮，鬚髯盡張，眼睛睜得老大，像瀕死的大魚，絕望而無神，正是大理名將張希矯。他只覺一股熱血直湧頭頂，雙腳幾乎站立不穩，心中只道：「原來我適才並不是眼花，我真的看到了張將軍。當時他還好好的，怎麼瞬間就被人殘忍殺死在這裡？是我害了他，我當時若叫他一聲，他或許不會遭此毒手。」

楊寶正懊悔不已，忽見背後有人喝道：「讓開！讓開！」回頭一看，是昆明縣的差役到了，當即讓到一旁。領頭的巡檢瞟了一眼地上的屍體，隨即將審視的目光投向楊寶，見他腰間佩帶大理雙刀，便客氣地問道：「你是段平章的下屬麼？」楊寶點點頭。段僧奴等人也擠了過來，伽羅道：「你看，真的是……真的是……張……張……」巡檢見她滿手是血，上前問道：「小娘子認識死者麼？」伽羅只望著屍體發愣，段僧奴便替她答道：「當然。這位是我們大理的大將軍張希矯。」巡檢聽說便不再多問，派了一名差役趕去行省署報案，死者身分非凡，他小小的昆明縣可不敢接辦這樣的案子。

等了兩刻，理問所副理問馬文銘匆匆率人來到，一見伽羅等人也在，不由一愣道：「你們也在啊。」又問道，「死者當真是大理張希矯將軍麼？」楊寶道：「是。我們剛剛還在城南外見過他，可是不知道為何突然就被殺死在這裡。」高浪道：「我本來還不相信張希矯將軍會來中慶，真是奇怪。」馬文銘命仵作先驗屍，又問道：「是誰最先發現死者的？」伽羅已然鎮定許多，道：「應該是我。」

這巷子名叫魚課司巷，南詔時，收魚稅的衙門「魚課司」原先位於這裡，後來荒廢。這巷子寬不過六尺，北面盡頭就是行省署。伽羅原想抄近路去找馬文銘，不料進巷子後發現有人俯臥血泊中，她是醫師，有救死扶傷的本能，當即下馬查看，沒想到翻過那人身子發現竟是張希矯，當即被嚇得魂飛魄散，飛快騎馬返回酒肆去叫同伴，她一路高呼，驚動了行人，這才有人留意到魚課司巷中的屍首，有聞聲趕來看熱鬧的，有去找巡視的昆明縣差役報信的。

那仵作先從屍首身上翻出一個黑色的錦繡錢袋，叫道：「大人。」馬文銘接過來一掂甚為沉重，解開一看原來是一囊金砂，沉吟道：「看來凶手並非為了搶劫財物而殺人。」高浪道：「張將軍雖年紀已大卻武藝不凡，尋常盜賊哪裡是他的對手？」楊寶也道：「能將張將軍打成這副樣子，凶手一定是個極了不起的人物。」心中卻不由自主地想起一個人，他所知武功奇高者不過寥寥數人，而最可疑的當屬凌雲。尤其適才他與高浪、伽羅出南門時，親眼看見凌雲正站在一家鐵匠鋪門前。此人一向視大理若仇敵，即使當著梁王、段功的面也不掩飾，當是記恨當初在大理行刺被擒後，多受折磨屈辱之故。

仵作驗屍完畢，上前稟道：「大人，此人是活活被打死的，渾身上下都有傷，不過主要的傷口集中在頭部、背部和腰部，凶器並不是刀，似乎是棒槌之類的重物。這裡還有塊破麻布，應該是凶手用來擦淨凶器上血跡的。」楊寶道：「可否容我上前看看？」仵作名叫邱東，年過半百，是城中有名的老仵作，見楊寶年紀輕輕，竟似懷疑自己的判斷，大為不快，有意嘲諷道：「段平章身邊的羽儀也管起辦案了。不過這裡到處是血，楊羽儀可別弄髒了手。」

馬文銘知道行省署中有不少人不服段功，經常到梁王面前挑撥離間，他不願多生事端，便道：「雖則死者是大理將軍，然而如今梁王、大理已是一家人，我一定會調集最頂尖的人手來辦這件案子。楊羽儀，不如你先去將這件事稟報段平章。」言下之意，不欲大理眾人參與此案。楊寶答應了一聲，腳下卻仿若生了釘子般硬是不動，且緊盯張希矯屍首不放。他知道這是殺人現場，最關鍵的證據都在這裡，一旦馬文銘命人搬走屍體，許多細節就再也無法找到。

段僧奴冷笑道：「你們連屍體都不敢讓人看，是不是想蒙混過關？」馬文銘不知道她是何許人，肅色道：「小娘子請慎言。今日看在你是伽羅朋友的份上，我不予追究。若小娘子再亂說話，我可就不客氣了。」伽羅忙道：「小侯爺，她是……」段僧奴大怒道：「怎麼，我說句實話，你就想治我的罪？看看這中慶城都是些什麼人，若不是張希矯將軍率部奮力拚殺，你現在還能站在這裡耀武揚威？怕是早成了紅巾刀下亡魂。張將軍慘死在你治下，你連屍首都不願旁人看，是不是有意包庇真凶？」馬文銘見巷口兩端圍觀的人越來越多，正指指點點、議論紛紛，當即叫道：「來人，將他們幾個都帶回去。」

忽聽得背後有人叫道：「且慢！」只見施宗率羽儀努力排開眾人，段功自後方匆忙而出，狠狠瞪了一眼段僧奴，才向馬文銘道：「小侯爺，這是小女段僧奴。」馬文銘大吃一驚道：「她就是令千金寶姬？」段功點點頭道：「她年輕不懂事，信口胡言，請小侯爺海涵不要計較。」段僧奴許久不見父親，一見面就被斥責，極是委屈，道：「我哪有信口胡言，不過說了句實話，他就仗著小侯爺的威風要抓我。」段功斥道：「還要胡說！來人，快些將寶姬帶走。」

施秀過來低聲勸道：「寶姬，信苴今日心情不好，咱們還是走罷。你第一次來中慶，我帶你玩去。」段僧奴賭氣道：「我才不去呢。」施秀向背後羽儀使個眼色，二人一起上前，不由分說將段僧奴拉扯了出去。

段功轉眼凝視地上的屍體，半晌無言，許久才轉過身來，指著楊寶道：「他父親是鶴慶知事楊昇，將來他跟小侯爺一樣也要承襲他父親的位子，目下在我身邊當差只是要多些歷練。之前脫脫在無為寺中被人謀害，我們本來都懷疑是某人所為，還是楊寶最先從刀口深淺發現了破綻，才讓我們沒有冤枉好人；也是他發現了高潛中毒案的真相，才令我和梁王之間不再猜疑。」

馬文銘猜段功是想要楊寶加入辦案，忙道：「我早知楊羽儀才智過人，上次避暑行宮高潛中毒一案，楊羽儀最先問及兩只酒杯擺放順序時，我便已見識過了。若平章能准許他協助理問所勘察此案，文銘感激不盡。」段功道：「好。楊寶，今日開始你不必再當值，盡可去協助小侯爺辦案。高浪、伽羅，你們兩個也跟楊寶一道，看看能不能幫上忙。」三人一起躬身道：「遵令。」段功重新看了一眼張希矯，目光中閃爍著難以名狀的複雜情感，微微歎息一聲，隨即帶人離去。

楊寶慢慢圍著張希矯的屍首轉了幾圈，這才緩緩蹲下仔細查看。馬文銘道：「楊羽儀若有發現請及時報出，典吏在一旁會做筆錄。」楊寶點點頭道：「張將軍頭部挫創，有嚴重外傷；太陽穴有瘀斑；顳骨被重物擊中，嚴重低陷；上顎破碎，掉了幾顆牙齒……不過這些都不是致命傷。」他拔開張希矯的頭髮，指著天靈蓋道：「這裡才是致命的一擊。」仵作邱東上前道：「這裡的骨頭是有裂紋，可是沒有血跡。」伽羅道：「如果鈍器直接砸中人的頭蓋骨，骨頭會四下裂開，不會有血射出來，就跟一碗水一樣，打破了碗，水四處流走，不會濺起來。」

邱東聞所未聞，又見她不過一個年輕少女，更不以為然，只連連搖頭。馬文銘卻對伽羅甚是信服，命典吏一一記下道：「這麼說，凶手是用重物不斷擊打張將軍，打得他毫無還手之力，最後才在他頭頂狠狠敲了一下。」楊寶道：「這完全說不通。你看張將軍身上傷痕累累，他挨了這麼多下，流了這麼多血，早就該倒在地上，凶手盡可以從容殺他，往心口也好，往咽喉也好，都是最容易下手的位置，他又怎會特意跑去前面，往張將軍腦袋上來一下？」邱東道：「也許凶手就是刻意如此。」楊寶道：「不對，你看這擊打的位置，鑿痕下部比上部要深要寬，是斜朝上的針尖形，可見打擊是自上而下，並非由左至右，或由右至左。」

馬文銘聽了大為佩服，問道：「那麼，照楊羽儀看來，到底是怎麼回事？」語氣已極為客氣。楊寶起身仔細查看四周血跡，沉吟片刻才道：「我猜凶手應該是先用重物打在張將軍頭頂，將他一下子打死，得手後並未就此罷手，依舊不停地打，而且非常用力，不讓張將軍的身子落下。你看他額頭、太陽穴均有傷口，再看他胸前、背上的這些傷口，雖皮開肉綻卻無紫色傷痕，說明傷口是死後被打擊所造成。」邱東咋舌道：「人死了還不解氣，下如此毒手，可見是有不解深仇。」

楊寶點點頭道：「凶手手段確實殘忍，從這些傷口深度來看，他臂力極大，所用的凶器應該類似鐵錘之類的重物。」馬文銘道：「鐵錘在這裡很容易得到，南門附近就有好幾家鐵匠鋪，我就派人一家一家去盤查。」楊寶道：「小侯爺且慢！張將軍身手不凡，凶手卻能一擊致命，手段高明，絕不是普通人。」馬文銘目光炯炯，凝視著他問道：「你可是已有懷疑的人選？」楊寶道：「是的。不過要想盤問此人，怕是有些為難之處。」馬文銘點頭道：「我知道是誰了。」

忽聽見背後有人嚷道：「線陽金鋪被人搶了！」又有人嚷道：「有人拿鐵錘砸了線陽金鋪！」大有幸災樂禍之意。許多看熱鬧的人登時往南門趕去。馬文銘也不理睬，續道：「楊羽儀懷疑是他，可有真憑實據？」楊寶道：「小侯爺聽見了麼？」馬文銘道：「什麼？是搶金鋪麼？不必理會，自有昆明縣巡檢去處理。」側了一下頭，那昆明縣巡檢還在一旁，便慌忙領人去了。楊寶道：「那人喊的是有人拿鐵錘砸了線陽金鋪。」馬文銘頓時省悟，道：「哎呀！」忙命幾個人留下守著屍體，自己帶人往南趕去。

線陽金鋪位於最繁華的商業地段，正在南門外。眾人趕到之時，卻見施秀、段僧奴也在金鋪中，正與那中原大富翁沈富交談，這才知道線陽金鋪也是沈氏產業，「線陽」正是沈富最鍾愛幼女的名字。問起經過，原來適才有個漢子手持鐵錘闖進金鋪，鋪裡兩名夥計見他用衣襟蒙著臉，來者不善，上前阻攔。那漢子揮舞著鐵錘，趁二人閃避之時，趁勢將二人掀翻在地，隨即闖入櫃檯、砸爛櫃子，拿了兩塊生金。一名夥計追趕出去，抱住那漢子的腳，被他回身一錘子打在肩頭，倒在地上，痛得大聲叫喊。沈富正與掌櫃陸玠在後院，聞聲趕出來時，那漢子早已去得遠了。湊巧段僧奴不願回梁王宮，正與施秀在集市一帶閒逛，聽到人叫喊趕過來一看，正好遇到沈富。沈富本認識施秀，聽說段僧奴是段功之女後，更是加意奉承。自先前段功揭露羅貫中入無為寺讀書、意在盜取翠華樓藏寶圖後，施秀早猜到沈富到大理多半是受張士誠之命，卻不知他為何又來了中慶。沈富稱是中原兵荒馬亂，民不聊生，唯有雲南一方淨土，他正預備將所有產業轉到中慶。

高浪得知究竟，道：「呀，這裡距離魚課司巷不遠，搶金子的漢子用的也是鐵錘，他肯定就是殺死張將軍的凶手。」馬文銘道：「應該不會是同一人。這漢子持鐵錘搶劫金鋪，無非是為了財物；而張將軍身上有一袋金砂，價值不在兩塊生金之下，凶手卻未取走。」楊寶也道：「小侯爺言之有理，如果殺死張將軍的凶手就是搶劫金鋪的鐵錘人，那麼他殺了人後，為什麼不直接取走張將軍身上的財物，而要冒險來搶金鋪？張將軍被殺死在相對僻靜的魚課司巷，綠陽金鋪卻位於鬧市，後者風險可比前者大了許多。」便又走過去問夥計道，「你看到的人是什麼樣子？」

那兩名夥計驚魂未定，一人道：「他用布蒙了臉，看不清面孔，只知道是個男子。」楊寶道：「他身形如何？」夥計道：「個子很矮，很瘦，乾瘦乾瘦的，像是吃不飽飯的樣子。」楊寶道：「他手中的鐵錘可有血跡？」夥計一愣，半晌才摸著腦袋道：「這個小的倒未留意，不過應該是沒有，若是有，小人就該留意到了。」馬文銘道：「這就是了，這樣一個小個子男子，聽情形也不懂武藝，絕無可能一舉殺死張將軍。」他知道雲南冶煉業發達，鐵匠眾多，鐵錘是常見之物，查找起來相當麻煩，想集中精力在張希矯被殺一案上，便道：「巡檢，這搶金鋪的案子就交給你們昆明縣去辦。你回去告訴你們姚縣令，中慶許久沒發生過當街搶劫事件，請他務須多費些心。」巡檢忙道：「是。」自回縣衙去稟報。

馬文銘這才向段僧奴道：「文銘實不知道寶姬身分，適才多有得罪，還請寶姬大人大量，恕罪則個。」段僧奴也不理睬。伽羅道：「俗話說，不打不相識，這是個好的開始。你們兩個別賭氣，趕緊握手言和罷。」段僧奴道：「我才不要現在跟他握手言和，等他抓到害死張將軍的凶手再說。」馬文銘道：「那好，我們一言為定，如果文銘僥倖抓到殺死張將軍的凶手，還請寶姬既往不咎。」段僧奴道：「好啊。」

施秀道：「寶姬，小侯爺他們在辦正事，咱們先回去罷，信苴多半正到處找你。」段僧奴道：「我不去，我才不要見他。」眾人一時不知道她說的是「他」還是「她」，面面相覷。施秀勸道：「寶姬既來了中慶，可不能再像以前那般任性，總與信苴作對。」段僧奴冷笑道：「作對？哼。」施秀不解其意，見她執拗不聽，只好道：「那屬下可要得罪了。」上前一步，去抓段僧奴手臂，準備用強將她帶走。段僧奴卻早有防備，跳到一旁，拔出女兒劍，指著施秀，喝道：「快些走開！」

楊寶忙勸道：「羽儀長，寶姬今日才到中慶，又遇上張將軍慘死，心情難過。你請先回去，向信苴稟明我們幾個會好好照顧她。」施秀無奈，只得道：「人就交給你們了，可別出了岔子。」

等施秀帶羽儀離開，伽羅才道：「本來正因為寶姬的事要拜託小侯爺，結果你們倒先吵起來了。」當即說了段僧奴不願見到庶母阿蓋公主，想另找個清幽的住處住些日子。馬文銘道：「若寶姬不嫌侯府簡陋，可去我那裡暫住。」段僧奴道：「不必了，我想住在那個什麼東寺。」馬文銘道：「覺照寺？也好，文銘與住持智靈極為熟識，我這就派人去招呼一聲。」段僧奴本是爽朗之人，雖然為之前的事很是不快，但見他此刻如此熱心，也頗為感激，道：「有勞。」

伽羅見沈富不斷冒汗，雖是夏季，但中慶也不算十分炎熱，又見他臉部時不時抽動，問道：「沈先生可是有什麼痼疾？」沈富道：「老毛病了，不礙事、不礙事。」

馬文銘又乘機將楊寶拉到一邊，低聲問道：「你懷疑那個人，可有實證？」楊寶道：「沒有。不過，我想了一個辦法可以試探他一下。」馬文銘道：「楊羽儀當知道他是梁王心腹，此事非同小可，稍有不妥可能再次引來兩方猜忌。」楊寶道：「我知道，小侯爺放心，我絕不會露半點口風。」馬文銘道：「那我們分頭行事，我先將張將軍屍首帶回，再派人到魚課司巷附近的店鋪打聽，看看有什麼線索。」楊寶道：「好。」

走出金鋪，伽羅問道：「你和馬文銘嘀嘀咕咕說些什麼？」楊寶道：「伽羅，有件事還得你幫忙。」伽羅道：「什麼事？」楊寶道：「你去約凌雲出來。」伽羅道：「約凌雲做什麼？我要陪寶姬，你找凌雲有事，隨時可以在梁王宮中見到他。」楊寶道：「這件事非得約凌雲出來不可，你曾於他有恩，他會聽你的話。」

段僧奴一聽到凌雲的名字很感異樣，她當初在蒼山蘭峰上第一眼見到他，便很喜歡他。但不久他即淪為階下囚被監禁，她也因逃婚一事自顧不暇，之後再未能見過面。本來她早已忘了他，甚至已經想不起他的模樣，此刻一聽到他的名字，才知道仍未完全淡忘，心底曾愛過他的念頭又重新升騰起來，重重占據了她的全身。她見伽羅堅持不肯出面，忙道：「楊寶要約凌雲，肯定是有助張將軍一案。伽羅，你去約他出來，我也想見他一見。」伽羅道：「那好罷。楊寶，你有什麼陰謀詭計我不管，可是凌雲那個人你是知道的，又冷酷又無情，萬一他翻臉跟你動手，你可打不過他。」楊寶道：「我知道。」

伽羅便獨自回到梁王宮找凌雲，哪知道凌雲也正四處找她，一見她面便道：「你去了哪裡？」伽羅道：「我又不是你下屬，這你也要管麼？」凌雲被她搶白慣了，也不介意，將她拉出宮外低聲問道：「你今日是不是替泉妃娘娘看過病？」伽羅道：「是啊，不過她沒什麼病，只是有了身孕。」凌雲神色極為緊張，四下望了一眼問道：「你跟旁人說了麼？」伽羅道：「跟旁人說什麼？」凌雲道：「泉妃有喜的事。」伽羅道：「就告訴她本人啊。你今天怎麼了，婆婆媽媽地問這些做什麼？喂，我有事找你，你跟我來。」

凌雲跟上前追問道：「你真的沒將泉妃有喜的事跟別人說？」伽羅道：「當然沒有，我剛從她那裡出來，就立即被楊寶他們拉出宮了。你那麼緊張做什麼？」凌雲道：「我不想瞞你，泉妃腹中的孩子是我的。」伽羅驚訝得張大了嘴巴，半天才嚷道：「天哪，我真不敢相信，你竟然是這樣一個人！天哪！」凌雲道：「我不敢多求你什麼，只求你不要對任何人說這件事。」伽羅極為惱怒，賭氣道：「你的事我再也不想管了，你剛才說的我都沒聽見，我再也不想見到你，快些從我面前消失。」凌雲道：「你不是才說找我有事麼？」

伽羅一想也是，便領著凌雲來到南門附近的一家酒樓，到二樓一間雅室坐下，一拍桌子，喝道：「凌雲跪下，我要審你。」凌雲卻不介懷，知道伽羅是因為喜歡自己而惱怒他與泉銀淑有私情，便問道：「到底是什麼事？」伽羅道：「你今天都去了哪裡？快些從實招來。」凌雲道：「問這些做什麼？」伽羅道：「是我在問你。」凌雲道：「我早上護送大王去過一趟行省署，又去了城北的軍營，再送大王回宮，然後我就自己去了南門附近的鐵匠鋪……」

伽羅立即緊張起來，問道：「你去鐵匠鋪做什麼？」凌雲道：「我新訂了一把劍，去看看打好了沒有。」伽羅鬆了口氣道：「後來呢？」凌雲道：「後來我遇到泉妃娘娘侍女，說是娘娘命我立即回宮，我就隨她回去了，然後就是四處找你。伽羅，你……」伽羅知道段僧奴等人躲在隔壁偷聽，生怕凌雲說出自己跟泉妃有私的話來，難免日後為人挾制，忙打斷道：「好了、好了，我知道了，你快些走罷。」凌雲滿腹狐疑，問道：「你特意帶我到這裡，就只是要問我的行蹤？」伽羅怒道：「你還敢囉嗦。」凌雲恍然有所省悟，側頭看了隔壁一眼，道：「那我走了。」

等凌雲走出酒樓，段僧奴等人從隔壁趕過來。楊寶甚為氣惱，他本安排好計策，不料伽羅惱怒之下自己直接問了凌雲行蹤。伽羅道：「你們都聽到了，凌雲沒有去殺張將軍。」楊寶道：「你就那麼信任凌雲的話？還有，你為什麼不按照計畫行事？」伽羅苦著臉，搖了搖頭。楊寶無奈，只好問道：「你們怎麼看？」段僧奴道：「我看凌雲似乎很怕伽羅，應該不會說假話。楊寶，你僅憑武功高強和出現在鐵匠鋪這兩點就懷疑是凌雲，確實有些武斷。而且，我想不出他有任何殺張將軍的理由。」高浪道：「就是。凌雲行刺當時，雖說張將軍向他射過一箭，然而終究是羽儀們擒住了他，他要報復也該去向施宗或施秀羽儀長下手，怎麼會挑上張將軍呢？」楊寶點頭道：「那好，凌雲的嫌疑就算排除了。可是除了他外，這中慶城裡能輕而易舉殺死張將軍的人，我還真想不出旁人。」

段僧奴道：「張將軍之前腳下不穩，會不會是患了重病抑或醉了酒，所以才束手待斃，被人輕易殺死？」楊寶道：「這也有可能。伽羅，不如我們再去檢查一下張將軍的屍體。」伽羅一想到在巷中見過張希矯血肉模糊的樣子，連連搖頭。高浪道：「難道你不想找出殺張將軍的凶手麼？」伽羅道：「當然想，可是……」段僧奴不由分說地拉她起來，道：「走罷。」

到了行省署門口，段僧奴生怕遇見父親，又取出次工戴上。四人來到行省理問所的停屍房。這裡處於半地下，涼氣森森，但依然有股血腥和屍臭氣。楊寶伸手揭開屍首上的白布，強忍驚悸，俯下身子去查驗張希矯口中，看他死前是否有過醉酒。伽羅則猶豫許久才上前驗屍。結果卻相當令人失望，張希矯生前既沒有患病，也沒有飲酒。楊寶又疑心是中了毒，但伽羅檢驗後，也無中毒跡象。

段僧奴道：「我當時分明看見張將軍腳下不穩，身子搖搖晃晃，所以我才以為是個普通醉漢。」高浪道：「也許張將軍當時已經受了重傷，他其實是想去城中找人醫治。」段僧奴眼睛一亮：「你是說那個什麼魚課司巷不是第一現場？」楊寶道：「確有可能。走，我們再從魚課司巷一路倒回大德橋看看。」伽羅道：「你是想找血跡麼？這是條繁華大道，怕是極難。」楊寶道：「血跡自然不容易找，但張將軍若一路流血，總該有人看見。」

幾人來到魚課司巷，從張希矯遇害的地方往回走，血跡仍只集中在張希矯倒地的那一片，稍遠一些便很難找到。段僧奴見巷口不遠處有兩名正在等生意上門的轎夫，便上前招呼道：「兩位大哥。」那兩名轎夫一個叫黃劍，另一個叫田川，年紀均與段功相仿，足以做段僧奴父親，她卻稱呼「大哥」，二人極為高興，又見對方是一個美貌少女，忙道：「小娘子是要坐轎麼？」段僧奴從懷中掏出一手貝幣[3]遞過去道：「我不坐轎，只想問點事。」便指著巷口問道，「那裡有個人剛被殺了，你們知道麼？」轎夫道：「知道、知道。」黃劍搶道：「那人被殺前我們還在南門外見過他。老田看他氣色不好，走路都走不穩，好心上前問他要不要坐轎，卻被他一把推開。」楊寶也忙上前問道：「那二位有沒有看清他身上受了傷，正在流血？」田川道：「沒有。不過……他倒確實像是患了重病，人高馬大的，推我的那一下卻毫無氣力。」

段僧奴又往懷中去掏，卻再無貝幣，只掏了一片金葉子出來，她是寶姬身分，自小不懂錢財得來不易，既不便收回去，就爽快遞了過去，謝道：「多謝兩位大哥。」黃劍見她如此慷慨大方，接過金葉子，喜道：「小娘子不必客氣。想坐轎子隨時來找我們兄弟，我們總在這一帶，對這中慶城可是再熟悉不過。」伽羅等人見段僧奴主動拿金錢賄賂轎夫，淨是目瞪口呆。伽羅道：「寶姬什麼時候學會這一套本事了？」楊寶心想：「寶姬孤身一人東來，吃的苦頭定然不少。哎，千里尋來，到了卻又不願見自己父親。」

案情毫無頭緒，幾人一時茫然無措，只在南門附近徘徊。還是伽羅道：「張將軍會不會是受了內傷？我曾聽師父說，若湊巧打在人體某些位置，表面無事也不會出血，而實際上卻受了重傷。」段僧奴道：「若真是如此，除非湊巧，不然這凶手也得精通醫術才行。」忽見施秀又匆匆趕來，叫道：「你們幾個還真在這裡。」段僧奴以為他是奉父親之命來帶自己回去，忙縮到楊寶背後，右手去按劍柄。施秀道：「寶姬放心，我不是來捉你回去的。」四下望了一下，道，「咱們找個僻靜地方說話。」楊寶見他神色甚為神祕，大起好奇之心，便道：「我們還是去沙朗酒肆。」施秀道：「好。」

五人再度回到酒肆坐下，施秀見四下無人，這才道：「你們可知道，張希矯將軍有一封極重要的信件落入了梁王王相驢兒之手。」楊寶道：「羽儀長是說驢兒私自截留張將軍寫給信苴的信？」施秀道：「張將軍確實自鶴慶寫過不少信給信苴，但落入驢兒手中的那一封卻不是寫給信苴的，而是寫給朱元璋的。」眾人面面相覷，過了好半晌，楊寶才問道：「這是什麼時候的事？」施秀道：「大約半個月之前。」段僧奴道：「張將軍為什麼要寫信給朱元璋？他是想通敵叛國麼？」施秀道：「其中情由一言難盡，我還是原原本本告訴你們罷。」

原來段功這次不聽勸阻，堅持回來中慶後，張希矯便不斷自鶴慶來信，指明梁王孛羅不足以信賴，且大元朝氣數已盡，將來必是紅巾得天下，勸段功要麼遠離梁王、回去大理，要麼殺了孛羅、奪取中慶大權，再與中原實力最強的朱元璋通好。然段功始終置若罔聞，不過也未下令追究張希矯。但半個月前，梁王突然拿來一封信給段功，稱是驢兒自雲南邊境關口所得。段功展開一看，竟是張希矯寫給朱元璋的信，稱元人殘暴，大理有心交好云云。段功自是認識張希矯筆跡，料來梁王也不致偽造這樣一封信陷害已被免職流配的張希矯，便當著梁王的面命施宗飛馬傳令鶴慶知事楊昇，命他即刻將張希矯斬首，人頭送往中慶。但不知是不是風聲走漏，信使到達之前張希矯早已搶先逃走，今日一見竟已橫屍巷中，著實令人覺得不可思議。

講完這一番經過，施秀低聲道：「這是我悄悄告訴你們的，信苴本人還沒有發話，你們可千萬不要對別人說。」楊寶道：「我們知道輕重，多謝羽儀長。」施秀道：「不必謝我。張將軍雖說有通敵之嫌，但畢竟戰功顯赫，曾為我大理立下不少汗馬功勞。今日見他慘死巷中實在令人不安，只盼你們早日找出害死張將軍的凶手。」便拍了拍楊寶肩頭，歎了口氣，先行離去。

四人一時不語，心中卻均有同樣的疑問和想法：張希矯暗通朱元璋，梁王當然惱怒，但他卻可以不必自己下手，只須將信交給段功，便可借段功之手殺張希矯。而張希矯從鶴慶逃走後，雲南再無容身之地，必然要趕去投奔朱元璋，可是他人在鶴慶時明明有一條極安全的近道可走，只須渡過金沙江便可出大理轄境，再從容自四川到中原，怎麼又來了中慶？想必一定有某種原因促使他必須先東來中慶，再北上中原。如此一來，殺死張希矯的最大嫌疑人不是旁人，正是段功和梁王，因為以張希矯的威名才幹以及對雲南的瞭解，他一旦投靠朱元璋，必是二人巨大的威脅。那殺死張希矯的鐵錘人臂力極強，下手又狠又準，很可能是訓練有素、武藝高強的勇士，這中慶城裡除了段功和梁王，誰手下還有這等能人？

高浪先道：「莫不成真是信苴派人下的手？寶姬，你不是說見到張將軍之前，還見過施宗羽儀長從橋上經過嗎？以他的功夫，絕對能殺張將軍一個措手不及。」段僧奴沉默不答，她也懷疑是父親派人下的手，即使張希矯有罪，死有餘辜，可是下手如此之重，未免太過歹毒。伽羅道：「怎麼會是信苴呢？若信苴有心殺張將軍，應該當著梁王的面直接殺掉，既不必大費周章，又可向梁王表明心跡。要我說，肯定是梁王派人下的手。」心中卻是「咯噔」一下，暗想：「哎呀，凌雲是梁王手下武藝最高的侍衛，難不成真的是他？」

高浪道：「這你就不懂了。這恰恰是信苴心計所在，若當眾殺功勞極大的張將軍，只會令部下心寒。你沒聽見適才施秀羽儀長說的，他對張將軍很是佩服呢。」伽羅問道：「楊寶，你怎麼說？」楊寶道：「嗯，信苴為人寬厚，還是梁王嫌疑更大些，但信苴的嫌疑也不能排除。」伽羅道：「那我們還要調查這件案子麼？」意思是嫌疑人均是位高權重、掌握旁人生死的要人，若任一位是凶手，他們可是沒有能力與之較量相抗。

楊寶顯然也有此顧慮，一時沉吟不語，卻見段僧奴重重一拍桌子，毅然道：「查！當然要查！」頓了頓又道，「若不是阿爹所為，便可還他清白；若真是他下的手，也好讓我徹底看清他的面目。」幾人聽她又是失望又是氣憤，也不知該如何安慰。楊寶躊躇片刻道：「既然如此，那我們便分頭行事。伽羅，你和高浪去找驢兒。寶姬，我們一道去找信苴。」段僧奴道：「不，我要跟伽羅一道。」楊寶道：「寶姬，你還是跟我一起更合適些。信苴是我上司，他說什麼我都只能聽命，但他卻是你父親……」段僧奴道：「好了，我知道你要說什麼。」楊寶道：「那我們……」段僧奴低頭想了半天，終於還是站起身，道：「就這一次。」楊寶忙道：「一定。」

四人進來城內，到梁王宮門前便即分手，段僧奴和楊寶繼續朝東往行省署趕去，伽羅和高浪則逕直進宮。驢兒正在偏殿向孛羅稟事，忽聽侍衛報說伽羅要見自己，很是驚奇道：「她能有什麼事要見我？」孛羅道：「伽羅這丫頭甚是有趣，不妨讓她進來。」驢兒便命侍衛去傳話，讓伽羅、高浪進來。

伽羅進來殿中，見凌雲也在，先是一愣，隨即便向孛羅道：「大王可知道今日南門附近出了一起命案？」孛羅道：「本王一天都忙於操持軍務，尚未得知，死的是什麼人？居然還勞動伽羅特意來告訴我。」伽羅道：「是前任大理大將軍張希矯。」孛羅道：「啊？」不由自主將詢問的目光投向一旁的驢兒。驢兒忙道：「屬下並不知情。伽羅，到底是怎麼回事，你快說。」

伽羅便大致講了張希矯如何被人凶殘地殺死在魚課司巷中。驢兒道：「你們來找我，就是為了告訴我這件事？」伽羅點點頭。高浪問道：「王相大人可知道張將軍來了中慶？」驢兒道：「當然不知道。」孛羅已知道是怎麼回事，開口道：「張將軍雖是通敵逃犯，但畢竟是前任大理大將軍，這件案子非同小可，本王會交代下去，一定要查個水落石出。伽羅、高浪，多謝你二人特意前來相告，你們先下去罷。」伽羅無奈，只得道：「是。」

等伽羅二人退出，孛羅才道：「那張希矯既從鶴慶逃走，為何不取道四川去投奔朱元璋，反而來到中慶，不是很奇怪麼？」驢兒道：「確實奇怪。」孛羅回頭命道：「你去盯緊段功那邊的人，看看他們在搞什麼鬼。」凌雲躬身道：「遵命。」

伽羅、高浪走出偏殿，見天色不早，又出宮去行省署找楊寶和段僧奴，正遇到二人悻悻出來。原來四川那邊又有軍情，段功正與官員議事，二人並未見到段功，只見到楊智。楊寶因張希矯通敵叛國的消息是施秀暗中告知，不便點破，只隨意問起段功如何看待張希矯。楊智也未多透露什麼，只說張希矯對大理功勞很大，段功一氣之下將他當眾放逐到鶴慶後，一直很後悔，有心將他召回，只是沒有合適的機會。

伽羅道：「楊智員外真這麼說？」楊寶點了點頭。段僧奴道：「我猜楊員外是有意維護張將軍的名譽。」楊寶搖了搖頭道：「這只能更加深信苴的嫌疑。因為楊員外的這番話，倒使我覺得信苴的嫌疑比梁王大多了。」段僧奴道：「為什麼這麼說？」楊寶道：「因為一旦大家知道張將軍通敵叛國，那麼殺人嫌疑必然指向信苴和梁王。剛才伽羅說了，梁王一上來就很吃驚，似乎並不知道張將軍來了中慶，後來又說『張將軍雖是通敵逃犯』，他並沒有刻意掩蓋，可見他心中比信苴坦然。」段僧奴道：「未必啊，梁王肯定以為我們早就知道張將軍的通敵書信落入了驢兒之手，要不然為何派伽羅去找驢兒呢？」

楊寶道：「若梁王想殺張將軍，只須將他來到中慶的消息告訴信苴，信苴自會派人殺他，根本不必自己動手。」段僧奴道：「如此更不會是阿爹下的手！阿爹定會先派人捕了張將軍，當著梁王的面殺他，豈不更好？」她原本也懷疑是父親派人殺了張希矯，但此刻當越來越多證據指向段功時，她又不自覺地為父親辯護起來。高浪道：「這點我早就說過了，這是信苴心計所在，張將軍功勞極大，當眾殺他會令許多人心寒。」段僧奴再無可辯，悻悻哼了一聲。

楊寶不置可否，道：「還有一點，你們有沒有想過，為什麼張將軍會死在魚課司巷中，且恰好被伽羅撞見？」伽羅道：「這還有為什麼？不過是巧合罷了。」楊寶道：「不，絕對不是巧合。魚課司巷是南門通往行省署最近的小道，張將軍跟你一樣，當時也正想去行省署。」段僧奴道：「你是說，張將軍當時想去見我阿爹？那麼更不會是阿爹派人殺他了。」楊寶道：「只怕有些話還是要去問信苴才能知道。」

天色不早，伽羅便陪了段僧奴前去覺照寺，趕在夜禁之前出城，楊寶和高浪自回忠愛宮，約好明日再議。吃完晚飯，天色早已黑透，楊寶回到住處，卻見楊智正在房中等他，一見他便焦急地問道：「張將軍一案可有什麼進展？」楊寶搖了搖頭。楊智道：「你可知道……」忽聽見外面有羽儀在院子中叫道，「楊員外在麼？梁王邀信苴去大殿議事，信苴請你同去。」

楊智如今在行省署任左右司員外郎一職，總管六曹，統率吏員處理行省文書案牘，權力很大，雖在城中也分有官邸，但為了方便，還是繼續和羽儀們同住忠愛宮中的一個大院裡。他聽見外面叫喊，不及與楊寶多說，應了一聲匆匆出來，果見段功等在忠愛宮門口，背後只帶了施宗和施秀二人。楊智重重看了施宗一眼，施宗則回以一道譏誚的目光。段功心事重重，道：「我們走罷。」又回頭問道，「淵海，梁王突然深夜召我議事，你猜會不會是為了四川一事？」楊智道：「應該是，梁王久有攻取四川之心，這次又是天賜良機，他肯定不會放過。」

到得大殿，孛羅請段功坐下，一開口果然是談四川之事。原來占據四川的明氏自明玉珍死後，一直內鬥不止，近日更因爭權奪力發生了兵變，明玉珍之弟明勝以及重要將領李芝麻也被殺死。

孛羅道：「明勝、李芝麻一死，明氏再無驍將，此乃天賜良機。段平章，本王已開始集結兵馬，請你也迅即調動大理軍，你我兵分兩路，直指蜀中。攻取四川後，你我依舊如今日般共掌大權。」段功吃了一驚道：「大王，與明氏開仗一事非同小可，還須從長計議。」孛羅道：「目下正是為我大元恢復基業的大好機會，時機稍縱即逝，段平章，你有時候未免太優柔寡斷了。」

段功沉吟不語，他知道孛羅欲攻打四川，一是為了報當時被明玉珍追殺如喪家之犬深仇，二是要乘機擴展地盤，絕不是他所稱為了大元朝的基業。段功也知道孛羅此次勢在必得，他若不答應出兵，翁婿便有決裂的危險。然而，大理在雲南經營數百年方有今日屹立不倒的局面，元人殘暴，早已失盡天下民心，四川雖然富庶，居民卻多是漢人，即使能夠奪取土地，也難以占據人心。不如安心退守雲南一省，孜孜求治，兵精糧足，外敵無機可乘，自是一方樂土。但這些話他不便明說，說了梁王也聽不進去，斟酌半晌，才道：「大王，出兵一事還是明日拿去行省議過再說。」頓了頓又道，「夜色已深，請大王早些歇息。」

孛羅道：「段平章……」卻見段功已大踏步走出殿去，登時氣得虎起了臉。驢兒道：「大王息怒，我早說段平章絕不會答應發兵。」孛羅氣呼呼地道：「虧他還總說什麼願為朝廷大業赴湯蹈火。」驢兒道：「非我族類其心必異。段平章當時明明可以在七星關殺了明玉珍，卻有意放他離開，還與他結盟，這其中可是大有玄機。」孛羅頹然道：「本王早知道我這女婿從來不跟我一條心。唉，雖說本王這幾年招兵買馬，實力大增，可是若無大理軍相助，只怕攻打明氏仍是有心無力。」驢兒道：「屬下有一計，定可助大王實現大業。」孛羅道：「噢？快說。」驢兒道：「不如我們找一批生面孔的死士，冒充明氏紅巾前去行刺段功，若真能刺傷段功，他惱怒之下定會同意發兵。」孛羅道：「計倒是好計，不過段功手下能人甚多，萬一被他們發現真相……唉，還是算了。」

驢兒道：「古人有言『蝮蛇螫手，壯士解腕』，做事要當機立斷，切不可遲疑姑息。如今四川紅巾內亂，正是成就霸業的良機，機不可失，時不再來。」孛羅道：「話是不錯，本王也為了社稷大業日夜憂心如焚，可是段功精明過人，又早與明玉珍訂有休戰盟約，豈會輕易上當？」驢兒沉吟道：「那我們不如乾脆假戲真做。」孛羅道：「如何個假戲真做法？」驢兒道：「上次明玉珍雖然兵敗退走，但明氏意圖染指雲南之心不減，在中慶仍派有不少探子。我們不如暗中派人散佈消息，稱段平章已決意與大王聯兵共圖四川，所謂翁婿不和不過是有意為之，目的在於麻痺敵人。段平章畢竟是大王女婿，又素與公主美滿和睦，明氏得知後必然深信不疑。如今四川內訌不止，無力抵擋我方大軍，要想不戰而勝，行刺我方主帥是最好的法子，我們正好可以賣個破綻，引紅巾刺客上鉤。」

孛羅連連搖頭道：「不好、不好，如此一來，豈不連本王也身處險境？」驢兒道：「大王放心，只要事先安排妥當，決計不會露出破綻，臣有十拿九穩的把握。」便上前附耳低語幾句。孛羅遲疑半晌，終於下定決心道：「那好，你速去安排，一切妥當後再回報予我。」

* * *

楊寶奔波了一天，甚是疲累傷神，等楊智走後便預備睡覺，才剛和衣躺下，便見高浪直闖進來，一把將他從床上提起，低聲道：「你知道你剛才在跟殺人凶手說話麼？」楊寶道：「你是說楊員外麼？」高浪道：「正是他！」楊寶道：「你怎麼知道是他？」高浪道：「你雖然會動腦子，卻只會坐在那裡死想，死想是想不出凶手的。我一直覺得施宗羽儀長可疑，白天的時候他本該跟在信苴身邊，卻為何從大德橋上經過？」楊寶道：「這點我早想過，他應該是奉信苴之命去覺照寺辦事。」高浪道：「世上哪有這麼巧的事？施宗羽儀長剛過橋，張希矯將軍便從橋那邊過來了？反正不管怎麼說，我覺得施宗羽儀長肯定知道點什麼，所以在你忙著吃晚飯的時候，我見信苴回到忠愛宮，就悄悄躲進了羽儀長的房間，一會兒他們兩兄弟進去換衣裳，果然聽見他們吵架，施秀羽儀長說肯定是楊智擔心張將軍投靠中原朱元璋後會盡露我大理機密，所以派人殺了張希矯。」

楊寶道：「有這樣的事？那施宗羽儀長怎麼說？」高浪道：「他呵斥施秀，警告他不要胡亂猜疑。」楊寶道：「那也只是施秀羽儀長的懷疑，怎麼就能肯定是楊智員外殺人呢？」高浪道：「肯定是他。因為我又聽見施秀羽儀長說：『阿兄，其實你也懷疑是他，是也不是？』施宗羽儀長半天不答。你想想看，兩位羽儀長都懷疑是他，那還能錯得了？」

楊寶道：「嗯，我倒想起一件事來，這次信苴重返中慶，所有人都極力反對，只有楊員外一人贊成。他現在於行省任職，大家都說他暗中得了馬平章許諾的好處，所以才極力勸說信苴回來。」高浪道：「我有個主意，他們現在都去了梁王那邊，不如你我今晚分頭行事，一個躲進羽儀長房中，一個躲進楊智房中，看他們有何異動。」

楊寶嚇了一跳道：「怎麼伽羅那些翻牆入院的壞點子你全學來了？萬萬不可。」高浪道：「翻牆入院絕對比你在這裡瞎猜亂想要強。況且，我怎麼跟伽羅學了？這可是我自己想到的法子。快點！搞不好一會兒他們就回來了。」便強拉著楊寶出來，將他推進楊智的房中，自己則照舊溜進羽儀長的房間。施宗、施秀兄弟一直同住一房，未分開居住。

楊寶心想既然已經進來，便乘機查看一下楊智的房間，卻見房中甚是齊整乾淨，正欲翻看案上手箚紙稿時，忽聽見外面有羽儀嚷道：「信苴回來了！快去換班。」他吃了一驚，知道段功一回到忠愛宮便要與阿蓋公主膩在一起，從不在宮中議事，因此楊智很快便會回房，此時已經不及出去，便乾脆如高浪所言，藏身到床下。才剛貓著身子藏好，就聽見腳步聲響，有人推門進來，喝道：「你到底想做什麼？」分明是楊智的聲音。只聽見施宗答道：「這正是我想問你的話，是你力勸信苴回來中慶，如今局勢突變，我們勸信苴先返回大理，你卻一再從中阻撓，到底有何居心？莫非除了馬平章外，阿蓋公主也給了你什麼好處？」楊智道：「羽儀長，你既早對我起了不滿之心，我說什麼也沒用。這些話不如你自己去問信苴。」施宗冷笑道：「你明知道信苴只聽你一人的話，我就算問他他也不會回答，所以你才敢如此託大。楊智，我警告你，可別得意得太早，小心落個跟張希矯一樣的下場！」說完便恨恨摔門而去。

楊智似極為氣惱，在房中反覆踱來踱去，最終下定決心推門而出。楊寶見機不可失，忙從床下鑽出來，溜出楊智房間，卻見楊智正站在自己的房門口，忙走過去問道：「楊員外是找我麼？」楊智回過頭來，訝然道：「原來你不在房內？」楊寶道：「我剛去了趟茅廁。」話一出口，便意識到這是句很容易就被識破的謊話，茅廁是在西北面，他卻從完全相反的方向走過來。楊智果然用狐疑的眼光審視他，片刻後歎了口氣，道：「沒事了，你去睡罷。」卻不回房，而朝院外走去。

楊寶愣在那裡，內心忐忑不安。他久久回味楊智和施宗的對話只覺極有深意，他從來不知道他們二人之間竟有如此深的矛盾。想了很久，決定明日一早要直接向施宗問個明白，為何昨日他會出現在南門外？他是否去見了張希矯？又為何要對楊智說出「小心落個跟張希矯一樣的下場」這類威脅的話？

回到房中，楊寶猶自惦記尚躲在羽儀長房中的高浪，一夜未能睡得踏實。高浪卻到天色將明時才摸到他房中來，原來當晚只有施秀一人在房內，施宗竟一夜未歸。楊寶猜測他是因為與楊智爭吵、氣憤之極的緣故。高浪白蹲了一夜，很是不平，問道：「你查到什麼沒有？」楊寶道：「施宗嫌疑最大，我們一會兒去找他問個明白。」高浪道：「凶手不是楊智麼？怎麼又變成了施宗？」楊寶道：「他二人都有嫌疑，但施宗嫌疑更大。」

忽聽得外面楊智叫道：「楊寶，你醒了麼？」楊寶忙去開門道：「楊員外找我有事麼？」楊智大踏步進來，回身掩好門，才道：「我有些事想告訴你，不過你得守口如瓶。」轉頭見高浪也在，頗為驚訝。高浪道：「我也會守口如瓶的。」楊智道：「其實，張希矯來到中慶已有幾日，其間還見過信苴一次。」楊寶吃了一驚，問道：「你說信苴早就知道張將軍來到中慶？」楊智點點頭。高浪道：「信苴不是傳令將他斬首麼？他怎麼還敢來見信苴？」

楊智望了高浪一眼，似驚訝他已知道張希矯暗通朱元璋一事，轉念一想：「鶴慶知事楊昇是楊寶的父親，這事原也瞞不過他們。」便道：「當時信苴確實下令楊昇將張希矯斬首，將首級送來中慶，然則張希矯搶先逃走，且幾日前潛入中慶。他打聽信苴常去覺照寺聽經，所以事先藏在那裡，託僧人帶書信給信苴，自稱有焦玉的消息，信苴才肯見他。不過這件事極為機密，只有我和信苴知道，連兩位羽儀長都不知道。」焦玉原為北勝知府高斌祥手下的能工巧匠，擅造機關器械，又發明火銃製造之術，後被人於夜間綁走，大理派人四處追尋也沒有下落。

楊寶聽說，忙問道：「已經找到焦玉了麼？」楊智搖頭道：「據張希矯說，焦玉不是被人綁走，而是他自己投奔了紅巾朱元璋，因一家妻兒老小難以一同帶走，才有意偽造被綁架的假象。」楊寶道：「什麼？」楊智道：「不過，信苴並不相信張希矯的話。」楊寶心中默然，段功當然難以相信，如今的信苴比起以前可是自負得多。

高浪早已忍不住，問道：「楊員外覺得會是誰殺了張希矯將軍？信苴既知道他來了中慶，還會放過他麼？」言下已有猜疑段功之意。楊智道：「信苴若要殺他，絕不會偷偷摸摸在人背後下手。況且張將軍並不承認自己通敵叛國，他只說有個心腹部將的妻弟在朱元璋軍中任職，朱元璋由此聽說了他被信苴免職流放一事，特意派人來拉攏他，他也確實給朱元璋回過信，但只是普通問候及謝意之語，絕無投靠朱元璋之意。」

楊寶道：「張將軍若真心要投靠朱元璋，還冒險來中慶見信苴做什麼？」楊智道：「信苴也是這麼想，所以命他先留在覺照寺外一戶農家中，等候處置。不料……」楊寶心想：「如此一來，信苴便無嫌疑，自然也不會是楊智和施宗下的手。」卻聽見楊智又道：「張希矯通敵一事，是令尊告訴你的麼？」楊寶聽到楊智與施宗爭吵，自不願抖出施秀，又不願撒謊，道：「楊員外問這個做什麼？」楊智見他避而不答，料來心有顧慮，更加肯定是楊昇所透露，道：「楊寶，你我同族，你長年跟在信苴身邊，聰明機智，多有大功，我也不想瞞你張希矯這次冒險來見信苴，特意提過令尊暗中與梁王結交。」楊寶大吃一驚，一時說不出話來。

楊智道：「不過，信苴也不會因一面之詞就輕易相信。」楊寶心想：「張將軍不顧生命危險，特意前來中慶告知信苴，信苴會只認為是一面之詞麼？真是想不到阿爹他……」登時心亂如麻。忽聽見楊智又厲聲道：「不過，你若是知道你阿爹的所作所為，須得坦白相告，你若想借在信苴身邊之機從中搗鬼，我知道了絕不輕饒。」高浪驚道：「羽儀長怎能懷疑楊寶？就算他阿爹暗通梁王，那是他爹的事，楊寶怎會知道？況且現在信苴自己不都做了梁王的女婿、成了一家人，怎麼還有暗通一說？」楊智也不睬他，只將灼灼目光盯在楊寶身上。

楊寶這才反應過來，楊智懷疑自己便是梁王佈在忠愛宮的眼線，大驚失色，抖簌著聲音道：「不，我實不知家父……我不是梁王眼線……我在信苴身邊長大，怎敢背叛……」楊智道：「那你如何知道張希矯暗通朱元璋這等機密大事？」高浪道：「原來你是為這個懷疑楊寶？欸，是施秀羽儀長告訴我們的。」楊智道：「是施秀？」楊寶道：「是。施秀羽儀長也是好心，想幫助我們早日找出害死張將軍的凶手。」

楊智這才恍然大悟，知道自己錯怪了楊寶，忙道：「對不住，好孩子，我不該懷疑你的。」楊寶搖了搖頭，正要說話，忽聽見外面有羽儀叫道：「楊寶，有人來傳話，說小侯爺在宮門口等你，請你立即出去，有要事相商。」此時天光朦朧，夏日天亮得早，其實夜更未盡。楊智料到馬文銘清晨趕來，定然是案情有重要突破，忙道：「你先去罷，回頭堂叔再好好向你賠罪。」

楊寶與高浪匆匆出來，卻見馬文銘神色緊張，背後尚跟著數名差役，不禁一愣，問道：「出了什麼事？」馬文銘低聲道：「施宗羽儀長被人殺了。」楊寶驚道：「啊，怎麼會？」高浪更是無法相信，道：「施宗羽儀長是我大理兩任擂臺勝主，功夫超群，什麼人殺得了他？」馬文銘道：「多說無益，我帶二位去現場看。」半路上又解釋道，「因為昨日發生兩起案子，我命昆明縣尉加派人手在南門附近巡視。四更時分，巡檢發現春桃酒肆後面躺著一個死人，打著燈籠一照，發現死狀跟昨日在魚課司巷見到的差不多，便飛奔到侯府叫醒我。我趕來一看，發現是施宗羽儀長，便立即去梁王宮叫你們出來。眼下旁人都還不知道此事。」

一路來到南門西側的一家酒肆後巷，已有幾名差役守在那裡。施宗渾身是傷，匍匐在地上，四周淨是淋漓鮮血，一片狼籍，可驚可怖。楊寶一看場面血腥殘酷，便「啊」了一聲，只覺眼前一團昏黑，接著天旋地轉起來，耳朵「嗡嗡」作響，開始大口嘔吐，不過他昨晚吃的食物本來就少，早就消化殆盡，吐出的也淨是黃水。過了好半晌他才扶住牆壁，慢慢恢復神志，怔怔望著屍首發呆。他本來還懷疑是施宗下手殺死張希矯，然而眼前屍體的死狀竟跟張希矯一模一樣，不由得又是驚愕又是傷痛。

馬文銘道：「你們也看到了，手法和傷口跟張將軍一案完全一樣，凶手應該是同一個人，用的凶器仍然是鐵錘，現場也有一塊用來擦拭血跡的麻布。」高浪愕然不已，嚷道：「這到底是怎麼回事？」馬文銘道：「我已命人查問過酒肆店家，施宗羽儀長昨晚獨自來到春桃酒肆飲酒，喝得酩酊大醉，一直到打烊時還不肯離開，又賴了半天，不得已才醉醺醺地走了。我猜凶手一直在暗中留意施宗羽儀長，他雖武藝高強，然昨夜醉酒後無力反抗，你看他的劍還好好地掛在腰間，連拔都未拔出來。凶手又跟在他背後暗中窺伺已久，所以能輕易一擊得手。」

高浪道：「那壞人明明已經用鐵錘錘死了他，還死命往他臉、身上砸去。」他本不是什麼心軟之人，然而親眼見到自己的上司死得如此慘酷，也忍不住惻然難過。馬文銘道：「所以我們要找的凶手，是一個跟張將軍、施宗羽儀長有刻骨仇恨的人。楊羽儀……」楊寶搖頭道：「我想不出有這樣一個人。張將軍一生征戰沙場，吃住都在軍營，施宗羽儀長則日夜維護信苴安危，他們都沒有一點自己的時間，哪裡會有私人恩怨，更不要說是共同的敵人了。除非……除非不是私人恩怨。」馬文銘自是知他所指，上前一步，低聲道：「有一件事我本不該說，不過，唉……昨夜有差役親眼見到凌雲出了梁王宮，時間大約正是在施宗之後。」楊寶點點頭道：「多謝。」

忽見那老仵作邱東睡眼惺忪，滿頭大汗飛奔而來，一見馬文銘忙不迭行禮道：「小人家住城外，來得遲了，耽誤大人正事，實在罪該萬死。」馬文銘道：「你先去驗屍。另外，我還有件特別的事交代你。」邱東道：「大人請說。」馬文銘道：「回頭你將羽儀長和張將軍的屍首放在一塊兒，根據他們身上的傷口大小、力道深淺，做一個鐵錘凶器的模子出來。」邱東一愣道：「這……」馬文銘道：「怎麼？很難做到麼？」邱東忙道：「不難、不難、不難。」

高浪道：「我們已經知道凶器是鐵錘，還要鐵錘的樣子做什麼？」馬文銘道：「這裡的鐵匠鋪不少，但每家的貨色都各自有些差別，譬如都是鐵錘，但形狀、斤兩上多少會有些區別，如果有一個可比照的樣子，要尋找凶器可就容易多了。」又轉頭向楊寶道：「段平章那邊，就勞你知會一聲。」

回梁王宮的路上，楊寶一直沉默不語，若有所思。高浪知道他在想施宗被殺一案，道：「你覺得信苴會怎麼想？」楊寶道：「什麼信苴怎麼想？」高浪道：「信苴……」忽見伽羅和段僧奴騎馬飛馳而來，伽羅更是揮手大叫道：「喂……」

等到二女下馬，高浪奇道：「你們是從覺照寺趕來的麼？」伽羅不及回答，氣喘吁吁地道：「我們一大早趕來，是要告訴你們一件奇怪的事。昨天我和寶姬住進覺照寺，聽小沙彌說，寺後山林發現了一隻死孔雀的屍體……」高浪道：「死孔雀有什麼好大驚小怪的，說不定是獵人射死後未及撿走。」段僧奴瞪他一眼，道：「你見過哪個獵人沒出息到要射殺孔雀？這可是要遭報應的。」高浪吐了一下舌頭，一時無語。原來在佛教傳說中，孔雀是由鳳凰而生，曾將佛祖吸入腹中，佛祖剖開其背，跨它飛上靈山後，封孔雀為佛母大明王菩薩。

伽羅道：「哎呀，你們不懂啦。小沙彌說那孔雀死得很淒慘，被開膛破肚。我當時就覺得奇怪，特意和寶姬點燈摸黑去林中看。果然是如此，那孔雀的膽被取走了。」高浪道：「什麼人這麼無聊，殺孔雀取膽取樂？真該遭天打雷劈。」伽羅跺腳道：「你不知道，那孔雀的膽是可以解孔雀膽劇毒的。」楊寶一直緘默，聞言忽道：「什麼？你說什麼？」伽羅便詳細解釋，原來大理毒藥孔雀膽並非如常人所想是用孔雀膽汁配製，而是以可使人麻痺的金絲條蟲為主要成分，配以九節菖蒲藥草，人中毒後毫無痛苦，只會全身慢慢麻木而死，死後絕無中毒跡象。但孔雀的膽卻能解這種奇毒，這是一大祕密，只有藥師殿的人才知道。

高浪聽了大為驚奇，道：「這毒藥叫孔雀膽，原來是暗指孔雀的膽才是解藥，好生奇怪。」伽羅道：「這有什麼奇怪的，難不成不知情的人中了孔雀膽劇毒後，還敢再去吃孔雀的膽不成？」高浪道：「那倒也是。」

段僧奴道：「楊寶，你有沒有覺得這件事很奇怪，一隻孔雀被取走了膽，肯定是因為瞭解孔雀膽毒，可是那孔雀膽是我大理祕藥，旁人如何能輕易得到？」楊寶道：「你是說，這件事跟當時藥師殿丟失孔雀膽一事有關？」段僧奴道：「正是。當日藥師殿一共丟失兩副孔雀膽，其中一副被高潛用來毒死脫脫，但還有一副一直沒找到。」高浪道：「不對，那副孔雀膽肯定還被高潛藏在無為寺中，他既要派上用場，肯定不會落入旁人之手，況且別人也不知道他有孔雀膽。」

伽羅道：「但眼下有隻孔雀被殺取膽，表明確實還有另外的孔雀膽在中慶。我聽師父說過，二十年前，梁王收買藥師殿藥童盜走了三副孔雀膽，一副被用來毒死高蓬將軍，可是還有兩副在他手中，保不齊這事跟梁王有關。」高浪道：「梁王盜取孔雀膽是二十年前的事了，他還能將孔雀膽留二十年？或許信苴派人從藥師殿索要了孔雀膽留在手邊，至於有幾副這就不好說了。」段僧奴道：「你淨會胡扯，阿爹為什麼要這麼做？」

伽羅見段僧奴很生氣，忙道：「是我多想了，孔雀之死應該只是巧合。孔雀膽名聞天下，但大家都不知道這毒藥到底是怎麼回事，也許會根據名字想當然，以為毒藥當真就是孔雀的膽做的。如果有壞人起了害人之心，殺了一隻孔雀取走膽囊，目的只是為了當作毒藥去毒害他人呢？所以，你們兩個不要再爭來爭去了。」段僧奴卻不肯甘休，道：「就算伽羅說得有理，可是高浪剛才的話可是犯了大忌諱，萬一被梁王的人聽見不知要怎麼想。」他們幾個自小到大鬥慣了，高浪才不顧及對方是寶姬身分，不甘示弱地道：「我不過是隨口猜測一句，寶姬如此生氣，莫非當真是……」

楊寶忽然發怒道：「眼下施宗羽儀長被人殺死，你們還顧得上鬥嘴吵架麼？」眾人淨是愕然。段僧奴道：「你說錯了罷？是張將軍被殺。」高浪道：「施宗羽儀長確實被殺了，屍首現在還在那邊。」伽羅失聲道：「天……」隨即用手緊緊捂住嘴唇，不讓自己驚叫出聲。

楊寶已然鎮定許多，道：「你們幾個先去沙朗酒肆等我，我將這消息稟告信苴後就去與你們會合。」段僧奴依舊驚愕不能相信，道：「我……我想去看看。」楊寶厲聲道：「不准去。」段僧奴一呆，道：「你……你敢命令我？」楊寶道：「若想為施宗羽儀長報仇，就不能去。高浪！」高浪忙道：「別去看了，樣子很嚇人，楊寶看過後都吐了滿地。」當下一手一個，拉扯著伽羅和段僧奴上馬，自己與伽羅合乘一騎，往南門外而去。

到沙朗酒肆坐下，聽完高浪轉述經過，段僧奴仍無法相信施宗被殺的事實，伽羅卻忽然「哇」的一聲，趴在桌上放聲大哭起來。段僧奴勃然大怒，重重一拍桌子道：「到底是什麼人總在背後偷偷摸摸暗箭傷人，若是被我知道，定然要一劍斬下他的頭！」忽然一個轉眼，看見一個頗為熟悉的身影正從大德橋上經過，不由得一愣，問道：「那人……那人不是……」

高浪聞聲望去也錯愕萬分，道：「呀，那是阿蓋公主。」又見阿蓋不帶侍衛，只帶了兩名侍女，更是大奇，道，「她這是要去覺照寺麼？可是今天並不是聽經的日子呀。」段僧奴道：「這女人搞不好又有什麼陰謀詭計，我跟去看看。」高浪生怕她與阿蓋衝突，忙拉住她，勸道：「寶姬，你恨公主是應該的。不過，阿蓋她想不出什麼陰謀詭計，對信苴也很好……」

段僧奴譏諷道：「噢，想不到你在中慶待了幾年，也學會幫著外人了。你是怕我一劍殺了她罷？」高浪道：「告訴你罷，我們沒幾個喜歡公主，是她成天將信苴絆在這裡，不過信苴喜歡她，我們也沒辦法。寶姬要真殺了她，信苴非殺了你不可，你何苦跟信苴作對？」段僧奴大為惱怒道：「我這就去殺了她！」提劍出門，正要上馬，卻見楊寶匆匆騎馬趕到，問道：「寶姬要去哪裡？」高浪追出來道：「她要趕去殺阿蓋公主。」楊寶不明所以。高浪道：「公主剛才往覺照寺方向去了。」

楊寶見段僧奴極為氣惱，便道：「先找出凶手要緊，不然信苴會有性命之憂。」段僧奴果然問道：「你說這個所謂的鐵錘人不斷殺人，其實是針對我阿爹？」楊寶點點頭道：「我們進去再說。」進來坐下，伽羅仍嚶嚶哭個不停。楊寶道：「好了，我知道大家都很難過，可是現在最要緊的是找出真相，才能讓死者安息。」段僧奴道：「你快些說。」楊寶道：「現在我大理連死兩人，且均是名高望重；先說張將軍之死，本來疑點極多，但信苴既已知道他來了中慶，命他靜候處置，自不會再派人暗中殺他。所以現在看來，梁王嫌疑最大。」

段僧奴道：「可是你們不是總說梁王若要殺張將軍，完全可以借阿爹之手嗎？」楊寶道：「但現在事情起了變化，我們已經知道張將軍未必是真的通敵叛國，如果是梁王偽造了那封張將軍通敵的書信，他自然擔心張將軍見到信苴後極力辯解，如此，他憑空揑造誣陷一事便會敗露。昨日張將軍死在魚課司巷，正是要趕去見信苴，卻被人搶先下手殺死，這一點便足以加深梁王的嫌疑。」

伽羅忽然止住抽泣，道：「昨日我告知梁王張將軍被殺一事後，梁王立即去望他的王相驢兒，我看他的樣子並不知情，倒像他懷疑是驢兒下的手。」楊寶道：「嗯。我們再說施宗羽儀長被殺，他人在王宮中，晚上臨時出宮飲酒，旁人並不知道，就連施秀羽儀長都不知道，凶手又如何能知道？那春桃酒肆距離梁王宮並不遠，來去只須一刻功夫，凶手根本不可能未卜先知在宮外等他。」段僧奴道：「我知道了，你是說凶手是梁王宮中的人，一直暗中監視你們，所以施宗羽儀長一出宮，他便跟了出去。」楊寶道：「正是。而且昨晚有巡夜的人親眼看見凌雲出宮，他……」

高浪恨恨道：「我就知道是他，伽羅還總為他辯護。」又道，「不如再讓伽羅去將凌雲誘出來，我們一哄而上擒住他，捆綁起來，嚴刑逼供，不怕他不招。」楊寶道：「這樣是行不通的，凌雲不但什麼都不會說，我們還會得罪梁王。」段僧奴道：「那我們現在要怎麼辦？」楊寶道：「我們去找馬文銘，請他帶頭，一起去見梁王，當面問個明白。」雖不是什麼好計，也明知道不會有任何結果，幾人別無良策只好同意，當下一起來到行省署找到馬文銘說明究竟。

馬文銘道：「楊羽儀的推斷有根有據，梁王少不得該給大家一個交代。只怕各位要多等一會兒，大王剛進了涖事廳，正與段平章他們幾個商議進兵攻打四川一事。」段僧奴道：「什麼，接連發生了人命大案，他還有心思興兵打仗？」

馬文銘也不知道她口中的「他」是指梁王還是段功，不便多問，只好道：「軍國大事非比兒戲，怕是時間不會太短，不如各位先回去。議事一旦結束，我再派人去請各位。」楊寶心想：「行省署距離梁王宮極近，來回也不費什麼事。」便道：「好，有勞小侯爺。」

走出理問所，楊寶想起一事，便讓高浪先帶伽羅、段僧奴回梁王宮。段僧奴道：「我才不去那裡，我還是留下跟你一起辦事好了。」楊寶道：「我要去的地方不適合寶姬去。眼下信苴和公主都不在宮中，寶姬難道不想去看看信苴的住處麼？」段僧奴被他說中心事，低頭不語。伽羅挽起她的手臂，道：「我領你去。」高浪便道：「我還是留下來跟楊寶一起的好。」

楊寶等段僧奴、伽羅二人走遠，這才往停屍房趕去。高浪道：「你去那裡做什麼？」楊寶道：「去找仵作，看看他凶器模子做得如何了。」下來房內，正見仵作邱東拿著一團軟泥在屍首上比劃來比劃去，忙得不亦樂乎。楊寶道：「何不找一些不同大小的鐵錘來，找到比傷口略小的尺寸，再用泥巴去倒出模子？」邱東一愣，隨即會意道：「楊羽儀果真聰明得緊，我這就去鐵匠鋪找些鐵錘來。」楊寶道：「我們幫你。」

三人一起來到距離最近的一間鐵匠鋪，借了一堆鐵錘搬回來，從大往小，一一比照傷口深淺，不過依舊難度不小——雖然可以從頭頂傷口判斷凶手的個子比兩名死者都還要矮，但確切的高矮胖瘦身形仍很難確定，幾人反覆在泥巴上錘打試驗，忙了大半天，最終還是難以判斷錘頭大小。

楊寶忽然留意到，施宗的右耳背後方傷口有一縷麻絲，心念一動，道：「現場不是有兩塊破麻布麼？」邱東道：「是啊，那是凶手用來擦淨血跡的。」楊寶搖頭道：「未必，說不定麻布是凶手用來包著鍾頭的，殺死人後再取下扔了，豈不比擦拭來得容易？」邱東「啊」了一聲，喜道：「幸好我撿回來了，就放在這裡呢。」慌忙找出那兩塊破布，發現大小形狀竟差不多，似是從同一條麻袋裁下。邱東這才嘆服道：「楊羽儀當真是孔明再世。」當即依照麻布尺寸，選取了一把近似的鍾子，往屍首傷口上一比，果然大小差不多。

高浪奇道：「咦，這把鍾子也不大麼，原來凶手用的不是大鐵鍾。」楊寶道：「凶手必然深思熟慮，大鐵鍾既不易帶在身上，又容易引人注目。不過，我覺得這個鍾子頭還得再厚上半寸。」邱東與楊寶相處半日，見他不畏屍臭，留在這裡幫手，很是感激，忙道：「那我便用泥再加上兩圈試試。」正忙著，馬文銘奔下來叫道：「原來你們在這裡，倒叫我好找。」楊寶忙往銅盆中把手洗淨，問道：「梁王和信苴議完事了麼？」馬文銘道：「出去再說。」從停屍房出來，才道，「信苴早已在一個時辰前離開行省署，臉有不悅之色，似與梁王談得不投機。梁王卻是剛剛才離開，直接回梁王宮。」楊寶道：「那我們直接去梁王宮。」

到得宮前，正遇到伽羅和段僧奴出來。伽羅臉色煞白道：「不得了、不得了。」楊寶道：「又出了什麼事？」段僧奴道：「原來殺死張將軍和施宗羽儀長的主謀，就是阿蓋。」幾人淨是驚訝之色，馬文銘道：「寶姬這樣說可有憑據？」段僧奴道：「這是我阿爹說的，可不是我說的。」

原來伽羅領著段僧奴進到忠愛宮，先去看了段功住處，又來到書房，剛進去不久便聽到阿蓋帶著侍女回來，段僧奴不願在這種情況下露面，二人忙躲在屏風後。阿蓋進來後心神極為不寧，不斷在房裡走來走去。如此過了許久，伽羅忍不住要出去時，段功又突然進來，炯炯凝視著阿蓋，阿蓋也不說話，只呆呆回望著他。良久，段功才道：「是你做的麼？」阿蓋道：「什麼？」段功道：「是你派人殺了張希矯和施宗。」阿蓋道：「不是……」才說出二個字，淚水已然嘩啦流出。段功心中登時一軟，半晌才歎道：「施宗告訴我，公主一直在暗中偷看大理送來的機密信件時，我本來還不相信，但我有一天親眼看到，就知道你正是梁王佈在忠愛宮中的眼線。公主，我一直念在夫妻之情隱忍不說，想不到還是會有今日的局面。」阿蓋哭道：「父王確實要我偷看你的信，可是我從來沒出賣過阿奴。」段功道：「張希矯來中慶一事，只有我和楊智二人知道，但你卻能在書房看到他寫給我的書信和紙條。你派人殺他，我不怪你，可是你為什麼下手如此狠毒？」阿蓋道：「我確實看到了紙條，知道張希矯來了中慶，可是我為什麼要殺他？我連父王都沒說。」段功道：「你知道他一心勸我與朱元璋通好，這不利你父王的人，你當然是要剷除的。可是你又為什麼要殺施宗，就因為他再三勸我回大理麼？」阿蓋道：「不是我，真的不是我。」段功狠了狠心腸，道：「你父王今日逼我發兵攻打四川，我不肯答應，他已當眾與我撕破臉皮。中慶我是待不下去了，過幾日我就要返回大理。公主，請好自為之。」拂袖而去，只留下阿蓋癱坐在地上痛哭流涕，甚至連伽羅、段僧奴二人從書房中溜出都未察覺。

楊寶聽了難以置信，道：「公主性情柔弱，怎麼會下手殺人？」段僧奴冷笑道：「又不用她自己動手，有什麼下不下得了手的。」伽羅有心維護阿蓋，道：「說不定是公主告訴梁王，梁王再派人下的手。」段僧奴道：「難道你看不出來麼？阿蓋還是很愛我阿爹的，但她也愛她的父王，她若將這些事告訴梁王，梁王定然又對阿爹不滿，只有她自己暗中派人下手，才是最好的解決辦法。」楊寶道：「那好，我們先去問梁王，再去問公主。不過大家不能隨意開口，要以小侯爺為主。」馬文銘甚感為難，看了段僧奴一眼，還是道：「好，文銘一定盡力而為。」

一干人來到宮門前求見梁王，等了好半天，才有侍衛匆匆出來道：「大王要在偏殿見你們。」眾人進來，不等馬文銘開口，孛羅已道：「本王知道你們懷疑是我派人殺了張希矯和施宗，實話告訴你們，本王心思全在攻打四川紅巾一事上，他們兩個人與本王大業全無干係，我殺他們何用？況且此刻本王正要借助段平章之力，我何必胡亂殺人引他起疑？」各人聽了均覺有理，馬文銘更是心想：「梁王果然還是個人物，局面對他如此不利，他幾句話就能扭轉乾坤，將自己推得一乾二淨。」

楊寶道：「大王我們自是信得過，會不會是某些下屬瞞著大王做的？」孛羅道：「本王馭下嚴厲，況且張希矯與施宗非普通人，他們豈敢擅自做主殺人？各位，本王自問問心無愧，為以示清白，我將全力支持你們破案。你們需要什麼，盡可以對本王開口。」眾人見他如此說也不好再問，只得一起躬身道：「多謝大王。」

段僧奴未再進宮，只在宮門口等待。忽見到一黑衣青年男子腰懸長劍，疾步從面前經過。她登時認出他來，叫了一聲：「喂！」那男子正是凌雲，頓住腳步，凝視著段僧奴，愣在那裡，似乎已認不出她。段僧奴上前問道：「是不是阿蓋派你殺了張希矯和施宗？」凌雲道：「不是。」段僧奴道：「若果真是你殺的人，我一定會親手殺了你。」凌雲點點頭道：「凌雲隨時恭候寶姬大駕。」段僧奴罵道：「你個臭小子，原來還認得我。」凌雲卻只是冷漠地看了她一眼，彷彿根本沒把她這個寶姬放在眼裡，即不再睬她，大踏步走進宮去。

正在此時，楊寶等人悻悻出來。段僧奴一看眾人臉色，就知道質問梁王並無任何結果，忙問道：「問過阿蓋了麼？」馬文銘道：「公主眼下不在忠愛宮，大王不讓我們見她。」段僧奴道：「早知道她會做賊心虛。」

忽見一名差役前來，向馬文銘稟道：「仵作做好了凶器模子，正四處找大人呢。」眾人聞言忙回到行省署，卻見仵作邱東拿出一個模樣頗為罕見的錘子，道：「就是這個。」又對楊寶道，「小的拿了那把凶器模子到鐵匠鋪中，鐵匠看了半天，才說那是打金箔用的錘子，東翻西找弄出來這麼一把，小的趕緊拿回來給大人們看。」馬文銘道：「這種鐵錘可不多見。」轉頭凝視楊寶道，「看來確實不是梁王或公主派人下的手。」楊寶點頭道：「若是梁王宮武士下手，為掩蓋真實身分，隨手往鐵匠鋪所取凶器，當是選用最常見、最易得到的鐵錘，這鐵錘卻十分罕見。走，我們再去一趟線陽金鋪。」

來到線陽金鋪，楊寶將錘子拿給夥計看。夥計一見便連聲道：「是、是，昨日搶劫我們金鋪的人，手中拿的正是這樣的錘子。」馬文銘吃了一驚，問道：「莫非殺死張將軍的鐵錘人跟搶劫金鋪的是同一個人？楊羽儀是怎麼想到這一點的？」楊寶道：「說來話長，這鐵錘人我們原來早就見過……」

一語未畢，忽見沈富緊捂著腹部進來。夥計忙迎上去道：「沈先生，你昨晚去了哪裡？你一夜未歸，可是急死我們了。」沈富面色蒼白，額頭虛汗直冒，連連擺手道：「沒事，就是肚子疼，在轎子中昏死過去了。」伽羅道：「我看先生是有心絞痛的毛病，還要多注意休息才好。」沈富道：「知道的、知道的，多謝娘子。」自進去後院歇息。

回去行省署的路上，楊寶便詳細說明，好讓馬文銘立即發出告示通緝凶犯。原來他認為鐵錘人就是打金箔人陳惠。此人因擅於模仿他人筆跡，曾偽造行省公文騙過安寧知府，後來段功派人找他，請他模仿一封明母寫給明玉珍的家書，陳惠又以治療贍養他母親為條件，毛遂自薦要送信去給紅巾，成為促使明玉珍自中慶退兵的關鍵。然而陳母在前往大理治病途中不幸掉下山崖身死，陳惠遷怒段功，曾經混入羅漢山避暑行宮，在梁王壽宴上行刺。後來雖被擒住，段功憐他孤苦，又放他離去。想不到他依舊恨意難泯，如今又捲土重來向大理諸人下手報復。他雖然個子矮小，身形瘦弱，卻因自小打金箔的緣故，臂力過人；昔日他欲殺鎮撫司鎮撫劉奇，當下段功曾拿住他手腕，卻還是未能將他的佩刀奪下，力氣驚人早有明證。

馬文銘道：「我還記得這個陳惠，當日他在壽宴上向段平章行刺，本來已經被羽儀抓住，卻又甩脫掌握，刺出一刀，幸得阿蓋公主挺身而出，擋上一擋，不然怕是後果難以預料。」段僧奴還是第一次聽說，道：「竟有這等事？」馬文銘點了點頭，又問道：「不過就算陳惠懷恨在心，也該遷怒段平章、施宗羽儀長兄弟，跟張將軍又有什麼關係？」高浪道：「是啊，張將軍早在陳惠出現之前就被免職流放了，陳惠根本就不認識他。」

楊寶道：「我猜陳惠一直躲在中慶城內，想伺機向信苴下手，但信苴本人功夫了得，四周又是羽儀環伺，他很難找到機會。此人也當真有耐心，一直暗中監視，信苴經常去覺照寺聽經，他肯定早知道這一點，多半由此發現了張將軍是我大理前任大將軍，他既無法行刺信苴，便想殺死信苴身邊的人加以報復。那日張將軍不知道什麼原因，走路趔趄不穩，陳惠看到後，覺得天賜良機，便一路跟蹤張將軍到魚課司巷，以鐵錘殺了他。至於陳惠後來為何冒險搶劫金鋪，我尚不能解釋。施宗羽儀長更不必說，當時送陳母前去大理治病的正是他和施秀羽儀長，他兄弟二人是陳惠頭號報復對象。想來陳惠日夜在梁王宮附近監視，施宗羽儀長昨晚出宮時就已被他盯上，但施宗武藝超群，他不是對手，只能暗中等待機會。剛好昨晚施宗心情不暢，喝得大醉，這才被陳惠有機可乘。」

馬文銘道：「有理，楊羽儀真是神人。」當即長長舒了一口氣，本來十分複雜的政治謀殺案件變成簡單的復仇案件，確實令他心中放下一塊大石頭，立即命人四處張貼告示緝拿陳惠。再派人速去告知梁王和段功，免得他們翁婿繼續互相猜疑。既然真凶陳惠浮出水面，楊寶揣度施秀必然是下一個目標；雖說陳惠不懂武藝，但畢竟一直以來刻意復仇，施秀又正傷痛兄長慘死，怕是明槍易躲，暗箭難防，便趕緊回到忠愛宮，卻四下尋施秀不著，問起羽儀，這才知道段功跟阿蓋公主爭吵後憤然出宮，身邊只帶了施秀一人，迄今未歸。楊寶擔心二人出意外，忙去找楊智，想請他調派羽儀出去尋找。來到楊智門前，叫道：「楊員外！」卻是無人應聲。他見房門只虛掩了半邊，推門進去，楊智正木然坐在床邊，淚流滿面。

楊寶知道施宗一向小心謹慎，昨晚獨自外出飲酒當是心情苦悶，與楊智爭吵一事有很大關係，楊智如此鬱鬱傷懷自是心感愧疚。他無意中瞧見這一幕，自覺不妥，正要退出，楊智已然瞧見他，舉袖抹了一把眼淚，問道：「有事麼？」楊寶忙上前稟明尋找段功、施秀一事，楊智道：「嗯，信苴還不知道凶案已破，他若不是去了滇池，便是去了覺照寺，你我分頭帶人去找。」楊寶道：「是。」

段僧奴、伽羅等人還等在梁王宮門前，楊智便讓楊寶幾人帶上數名羽儀前去覺照寺，自己則帶人往西到滇池岸邊搜索。正要上馬出發之時，昆明縣衙巡檢領了兩名差役趕來，說是有椿人命官司要請段僧奴去做證人。段僧奴問道：「你們沒有弄錯罷，真的是我麼？我可是昨日才到中慶。」

巡檢早在魚課司巷見過段僧奴，知道她是段功之女，忙道：「寶姬昨日是不是在城南給了兩名轎夫一片金葉子？」段僧奴道：「是啊，怎麼了？」巡檢道：「那就沒錯了。那兩名轎夫昨夜謀財害命殺了人，現被拘捕在縣衙。姚縣令本來懷疑那片金葉子也是他們所偷，但他二人堅持說是一個美貌小娘子所送，還說一道的還有個印度小娘子，我立時猜到他們所說原來是寶姬。這就請寶姬移步去趟縣衙，看看是不是那兩名轎夫。」段僧奴記得昨日見過的那兩名轎夫黃劍、田川極為憨厚樸實，一副老實膽小的樣子，奇道：「當真是他們二人謀財害命？」巡檢道：「是，那二人已經供認不諱、畫押招供了。」段僧奴道：「那好。但眼下我有要緊事，要先去找我阿爹，回來再去縣衙，如何？」巡檢哪裡敢得罪她，忙道：「可以、可以，寶姬先去忙正事要緊。」

段僧奴點點頭，飛身上馬，與楊寶等人朝覺照寺趕去。不過卻一無所獲，段功根本沒來過寺中，眾人又趕回城裡。梁王此刻已得知兩起命案的凶手是陳惠，欣喜若狂，下令全城仔細搜索，又懸賞黃金千兩，務求抓出真凶，好將他碎屍萬段。中慶城內外由此被弄得雞飛狗跳，梁王宮、行省署附近尤其被兵士一寸一寸地密密篩過一遍，竟是毫無蹤跡。

到得傍晚時分，楊智才陪同段功回到忠愛宮，原來他真與施秀去了滇池泛舟。眾人見他雙目紅紅，也不敢多問究竟。段功回來不見阿蓋公主，知她回去梁王那邊，一時怔然，不知該如何是好。楊智便命伽羅去請公主回來，又去請一直躲在伽羅房中不肯出來的段僧奴出面勸慰父親。段僧奴賭氣道：「我要勸慰，也該去勸施秀羽儀長才是。」說到做到，真的來到施秀房中，果見他正躺在床上默默流淚。

段僧奴走過去輕輕坐在床邊，一時不知該如何開口。施秀只以為是旁人，開口便道：「我知道那陳惠下一個要殺的人是我，既然四處搜他不到，不如由我來充當誘餌引他出來，也好親手殺了他，為阿兄報仇。」段僧奴驚道：「羽儀長萬萬不可冒險！那陳惠凶殘野蠻，又一直藏在暗處，怕是……」施秀慌忙坐起，道：「屬下不知道是寶姬，多有失禮，請寶姬恕罪。」段僧奴道：「都是自己人，還什麼禮不禮的。你快些躺下！」便強行讓施秀躺回床上。

忽聽見外面楊寶叫道：「寶姬，你在這裡麼？」段僧奴忙叮囑道：「羽儀長，你切記不可冒險輕出。」施秀哼了一聲，不置可否。段僧奴生怕他一意孤行，怒道：「你到底聽還是不聽？」施秀無奈，只得道：「是。」段僧奴走出施秀的房間，楊寶、高浪正等在院中。段僧奴道：「施秀羽儀長想以自己為餌，去誘陳惠出來，你們可得看緊他，別讓他胡來。」高浪道：「這倒是個好主意。」段僧奴白他一眼道：「好什麼好，你就會跟著瞎起哄。」高浪道：「施秀羽儀長武藝高強，當年也是擂臺勝主，只要事先有所防備，那陳惠無論如何都不是對手。」

楊寶道：「先不說這個。寶姬，梁王請我們幾個去宮中赴宴，特別邀請了你。」段僧奴吃了一驚道：「梁王知道我來了王宮？」高浪道：「早跟你說過，這忠愛宮有梁王的眼線，什麼事能瞞得過他？」段僧奴道：「那我阿爹呢？」楊寶道：「阿蓋公主已經回到忠愛宮，信苴正與她在房中說話。梁王只請了我們幾個，說要特意感謝我們出力破案。」段僧奴道：「那好，就去看看再說。」楊寶忙拉住她道：「梁王為人褊狹狷急，好起猜疑之心，寶姬切記不可……」段僧奴道：「我知道，不能亂說話是罷，那我乾脆扮啞巴好了。」

幾人走出忠愛宮，早有侍衛等在門口，帶路往後宮而去。來到一處雅致的水榭，伽羅人已在那裡，正與馬文銘說話，王相驢兒、王傅大都均候在一旁。見段僧奴到來，驢兒等人忙上來參見。段僧奴只點點頭，也不開口說話。等了半晌才見孛羅施然而來，笑容滿面，凌雲則冷著臉跟在他背後。宴席隨後開始，孛羅對段僧奴極為客氣，讓她坐在自己身邊，說了許多感謝話。段僧奴要麼只是點頭，要麼只是簡短幾字敷衍，果然信守要扮啞巴的前言。

宴席散時，孛羅又上前握住楊寶的手，道：「小侯爺多次提及楊羽儀聰明過人，是個難得的人才，不知楊羽儀是否有興趣與令叔一般，到行省任職？」楊寶先是愕然，隨即躬身道：「小子年輕識淺，還須得在信苴身邊多加歷練。大王好意，小子心領。」孛羅笑道：「楊羽儀是世家子弟，又是獨子，將來要繼承你阿爹的官職爵位，這行省署的官位原也沒放在眼裡。」他面帶笑意，言語中毫無譏諷之意，楊寶更覺他話中有話，又想起楊智曾說父親與梁王暗中勾結，額頭汗水涔涔而下，道：「不敢冒犯大王天威。」

回到忠愛宮已是亥時，城門早已關閉。段僧奴不及出城回覺照寺，只能留在宮中與伽羅同住。楊智聽說眾人回來，忙趕過來道：「寶姬，信苴要見你。」段僧奴知道無可推託，只得隨楊智來到書房。楊智道：「請寶姬自己進去罷。這書房，屬下是不能進的。」段僧奴遲疑半晌，終於還是掀簾進去。

段功正秉燭讀書，見女兒進來，放下手中書卷，招手道：「過來。」段僧奴依言走過去。段功道：「這兩日頻出意外，咱們父女竟沒有好好說過話。你是如何來了中慶？」段僧奴不答，只咬著嘴唇，埋頭望著自己腳尖。段功心下明白女兒是關心自己，想來中慶探望，歎了口氣，問道：「你母親……她可還好麼？」

段僧奴正要答話，卻見竹簾一挑，阿蓋端著個玉盤走了進來，當即冷下臉道：「阿姆當然好了，兩個弟弟也很好，阿爹不必掛念。」阿蓋見到段僧奴極為尷尬，她二人曾在攜手遊陽苴咩城時以姊妹相稱，如今再見面竟已有母女名份，一時不知該如何稱呼合適，只訕笑道：「你來了，我特意端了茶來給你。」段僧奴也不接茶，只問道：「阿爹還有事麼？女兒累了，想去歇息。」段功見此情狀，料來女兒一時心結難解，無法與阿蓋融洽相處，留在這裡也徒增難堪，只好道：「那你去罷。」

段僧奴憤憤出來，自回伽羅住處躺下。次日一早，她便鬧著要回大理去，伽羅怎麼也留不住，還是楊寶勸道：「寶姬既然一定要回去，不如再多等兩日，等到張將軍和施宗羽儀長屍骨火化後，信苴會派人送骨灰回大理，你再一道上路不遲，也好有個照應。」段僧奴這才答應要多留兩日。

張希矯和施宗命案雖破，但後續的追捕並不順利。馬文銘早已找了擅畫人像的畫師，根據眾人的描繪畫出陳惠的形貌模樣，張貼在城中各要害之處，全城人仰馬翻地搜索陳惠，地面不知被翻過幾遍，始終沒有結果。

過了兩日，該是火化張希矯和施宗的日子。梁王十分重視，早已命人在行省署外的署院中搭起高臺，將兩具遺體放在上面，又特意請來覺照寺智靈、遺緣等高僧作法超度。當日，中慶城內大小官員雲集行省署，梁王夫婦、世子阿密夫婦、段功夫婦均早早趕到現場，鄭重為死者送行。

正當僧人們念經完畢，段功親自舉火，登上高臺要去點燃屍首時，忽然一陣風吹來，揚起屍首上的布帛，他赫然望見白布下露出一點綠色，心念一動上前掀開白布，只見張希矯屍首全身現出慘澹綠色，在淡金色的陽光照射下，恍若孔雀開屏般極其醒目耀眼。

1 大德橋：後改名雲津橋，又名德勝橋。
2 餌餗：一種米製食物。
3 貝幣一枚稱為一莊，四莊稱為一手，四手為一苗，五苗為一索。

卷十　孔雀膽

流言蜚語早已傳遍城中，人們暗地裡不斷談論著傳說中的孔雀膽，又是驚奇又是畏懼。夕陽漸漸西下，最後一抹殷紅如血的亮光已不知不覺從天井上消失，各種議論與猜測仍舊在黯淡迷濛中繼續。天空越來越暗，事情的真相似乎正被一層又一層的黑布緊緊裹住。這個盛夏的夜晚，猜忌的氣氛如幽靈般彌漫籠罩，壓抑得令人窒息。

發現張希矯的屍身變綠後，這才徹底解開困惑楊寶已久的疑問，難怪當日看到張希矯步履蹣跚，走路搖搖晃晃，後來驗屍時既未發現病症，又沒中毒跡象，原來他是事先中了孔雀膽劇毒，正因如此他才會如此輕易被不懂武藝的陳惠殺死。這顯然跟脫脫被殺一樣，是起案中案，案情又再次複雜起來。

接下來的問題是，張希矯究竟被何人下毒？又是在何處中的毒？那日楊寶看到張希矯正經過大德橋，自東往西走，朝南門城中而去，這大德橋以東雖也有一些零散商家、住戶，但均是普通商人或百姓，根本就與張希矯扯不上關係，但卻有一個地方相當值得懷疑，那就是梁王、段功等人常去聽經的覺照寺。再聯想到伽羅提及，覺照寺後方山林中發現孔雀被取膽一事，多半是寺中有人邀請張希矯一道喝茶，往茶水下了孔雀膽，那人和張希矯同時中了毒，待張希矯離開後，便殺了預先捕好的孔雀挖其膽囊解毒。可是那人既有心殺張希矯，只須暗中下毒即可，又何必一道飲茶，導致自己也身中奇毒？他定然是有重大事情須得取信張希矯，如此推斷，此人身分一定非同小可。尤其孔雀膽是大理祕藥，常人難以得到，梁王手中可能還有，段功手裡也可能會有，他二人實是最大的嫌疑人。這樣一來，案情繞了一大圈，最終又回到了原點。但段功要殺張希矯大可不必用孔雀膽，他若下令張希矯自殺，張希矯也不敢不聽，更何況他是最先發現張希矯屍身變綠的人。如此，嫌疑人就只剩下梁王一人。

楊寶說了自己的想法後，當即與段僧奴、高浪等人一起前往覺照寺查證。伽羅卻推說還有事不願同去。等到眾人離開，她便到梁王宮找凌雲，遠遠望見他正從泉銀淑的如意樓出來，便站在甬道邊等他。

凌雲見到伽羅，微微一愣，走近問道：「你又是來興師問罪的麼？我可沒有毒殺張希矯。」伽羅道：「真的不是你？」凌雲道：「那天你帶我去酒樓，我早向你交代過行蹤，當日我一直在城中跟隨大王辦事，行省署和城北軍營裡的許多人都見過我，後來我去南門附近鐵匠鋪取劍，不是還被你們看到麼？別說去覺照寺，就連城門我都沒出過。你那同伴楊寶是個聰明之極的人，你自己去問問他，我有沒有一點時間去得了覺照寺下毒？你再想想，以前張希矯在無為寺見過我，他早知道我是大王心腹侍衛，他會和我一起坐下喝茶聊天麼？」伽羅道：「你怎麼知道張將軍是與人喝茶聊天時中的毒？」凌雲道：「瞎猜的。」頓了頓又道，「你怎麼凡壞事都懷疑是我做的？」伽羅道：「我也不想懷疑你，可是……」

凌雲眼中掠過一絲冷冷的光，道：「我知道你為什麼懷疑我，所以我才向你解釋清楚。不過，伽羅，這是最後一次。你再質疑我，我可是無論如何都不理了。」。伽羅見他頭也不回地揚長而去，似是自己真冤枉了他，傻站了半晌，才悶悶回到忠愛宮。正迎頭遇上施秀，問道：「你去了哪裡？」語氣極為警覺。伽羅隨口道：「去找凌雲。」施秀道：「你找他做什麼？」伽羅搖了搖頭。施秀道：「伽羅！」伽羅道：「嗯？」施秀道：「是不是你從藥師殿拿了孔雀膽給凌雲？」伽羅震驚異常，道：「羽儀長怎會這般想？」施秀冷笑道：「不是你還會有誰？高潛臨死前，說凌雲就是從藥師殿盜走孔雀膽的人。凌雲在無為寺中被擒後一直遭監禁，哪有機會拿到孔雀膽？我猜高潛其實是想說：『伽羅盜走了孔雀膽，又交給了凌雲。』」伽羅驚駭地望著他，這位平日愛開玩笑的和善羽儀長臉上，充滿了怨懟憤怒之氣。仇恨總能蒙蔽人的眼睛，使人失去理智變得多疑，就連身邊親信的人也不放過。

過了好半天，伽羅才正色道：「我是醫師，只會治病救人，絕不會下毒害人。羽儀長若懷疑是我偷了孔雀膽，大可向信苴告發，我願接受調查。至於凌雲，我喜歡他就跟喜歡施秀羽儀長你一樣，你們總分什麼大理、梁王，講什麼白族人、漢人、蒙古人、回回人，對我來說全無意義，在我眼中，只有喜歡和不喜歡的人。」施秀聽了伽羅的話，一時呆住，露出一種奇怪的表情。

回到住處，伽羅全身疲憊無力，忍不住倒在床上大哭起來，倒不是為自己受了施秀冤枉而深覺委屈，而是最近發生的這些事令大家互相猜忌，各種追問、質疑不絕於耳，著實令她的心悲涼透了。案中案的流言蜚語早已傳遍城中，人們暗地裡不斷談論著傳說中的孔雀膽，又是驚奇又是畏懼。伴隨著梁王與段功不和的諸多小道消息，夕陽漸漸西下，即使最後一抹殷紅如血的亮光已不知不覺從天井上消失，各種議論與猜測仍舊在黯淡迷濛中繼續。只是，這些議論並無法消除人們心中的疑惑，猜測則又加深他們內心的憂慮，就像那越來越暗的天空一樣，事情的真相似乎正被一層又一層的黑布緊緊裹住，越發撲朔迷離，神幻莫測。這個盛夏的夜晚，冗長而沉悶。恐懼、絕望、驚悚、戰慄、猜忌的氣氛，如同幽靈般彌漫在梁王宮上空，壓抑得令人窒息。

到了晚上，段僧奴、楊寶等人筋疲力盡地從覺照寺回來，各有沮喪之色。伽羅也不問案子查得如何，只道：「寶姬，我要與你一道回大理。」段僧奴昂然道：「我暫時不走了。現在孔雀膽一案未破，殺死張將軍的真凶還沒找到，我怎能放心離開？」楊寶察覺到伽羅眼睛紅腫，問道：「是誰欺負你了？是不是凌雲？」他早猜到伽羅天生喜聚不喜散，她不跟大家同去覺照寺看熱鬧，肯定是有事去找凌雲。伽羅道：「不是凌雲，是施秀羽儀長，他說是我偷了孔雀膽，再交給凌雲。」楊寶大奇，問道：「施秀羽儀長怎會這般認為？」伽羅便將施秀的話重複一遍，說到最後又忍不住掉下淚來。段僧奴大怒道：「好個施秀，不去找凶手，竟懷疑起自家人。伽羅，你等著，我去讓他來向你道歉。」便氣沖沖地去找施秀算帳，楊寶攔也攔不住。

高浪見伽羅哭個不停，皺起眉頭道：「好了，不過是施秀羽儀長的一點小疑心罷了，誰教你成天跟那個凌雲黏在一起。你不知道，楊寶還被楊智員外懷疑是梁王的眼線呢，他怎麼沒掉一滴眼淚？」伽羅驚奇地望了楊寶一眼，楊寶點了點頭，示意高浪所言是真。伽羅抽抽噎噎地道：「我就是為這個哭，本來好好的人，現在都變成你懷疑我、我懷疑你。」楊寶歎了口氣道：「所以世人才說，人心比毒藥更險惡更可怕。世間之事，原是……」

卻見段僧奴又風風火火闖了進來，道：「施秀羽儀長不在房內，羽儀說他天黑前就離開了忠愛宮。難不成他真的將自己當成誘餌，去引陳惠出來？」楊寶道：「哎喲，還真有可能。」也不敢去驚擾段功，忙出宮去侯府找馬文銘，請他加派人手巡查全城。但這一夜竟始終沒有找到施秀，當然也沒發現陳惠。

直到次日清晨夜更盡時打開城門，才有守門兵士領著進城的山民趕來報案，說是南門外的通濟橋上死了個人，橋上到處是血。楊寶等人一夜未回忠愛宮，一直與馬文銘一道守在行省署理問所等候消息，聞訊忙趕出城外，那死者竟然真的就是施秀，死狀與張希矯、施宗二人相仿，凶手顯然又是那鐵錘人陳惠。雖說眾人心中早有不祥之感，卻仍互相安慰施秀武藝高強，料來不會有事，如今見他橫屍橋頭，不免又是傷痛又是憤怒。

伽羅昨天才跟施秀吵架，今日便見他慘死橋上，原來人生當真如朝露，太陽升起時就沒有了，生死竟只在一夜之間。她又驚又悔，一陣噁心直湧上來，鼻子一酸，喉頭一片發苦，可是很快地，嘴裡又像吃蠟般變得什麼味道也沒有。她終於再也忍不住，一頭撲到段僧奴的懷中放聲大哭起來，哭得聲嘶力竭。段僧奴有心安慰，剛一張口，淚水便不由自主奪眶而出。高浪也極為悲慟，不斷用拳頭狠砸橋上的石柱，心中充滿恨意。

只有楊寶久久凝視著屍體發呆，良久不發一言。馬文銘知他機敏，上前問道：「楊羽儀可是留意到什麼特別之處？」楊寶道：「張希矯將軍和羽儀長兄弟都是習武之人，陳惠氣力再大，不過是一打金箔人。按理來說，他們三人與陳惠交手都會占盡上風，不過張將軍是中了孔雀膽劇毒在先，施宗則是當晚喝醉了酒或容易被陳惠偷襲得手。但施秀羽儀長既沒中毒，又沒喝醉，事先又知道自己是陳惠的下一個目標，何以能被陳惠輕易擊倒？」

馬文銘道：「這一點我也留意到了，所以我不命人搬走屍體，只等仵作到來。」又問道：「伽羅不是說孔雀膽毒無法驗出，只有三日後屍體發綠方能辨認，施秀羽儀長會不會跟張希矯將軍一樣，先中了孔雀膽？」楊寶道：「這種可能性很小，且不說孔雀膽極難取得，卻說施秀羽儀長一直有心以自己為餌誘出陳惠，他當事事謹慎小心，絕不令旁人有機可乘往他身上下毒。」

正說著，仵作邱東趕到橋頭，他這兩日連續見到被鐵錘砸得稀爛的屍體，已經習以為常，況且死者跟他沒有任何關係，所以並不像楊寶等人因心中傷痛而不敢上前仔細查看。邱東上前匆忙翻轉屍體，大略一看，便道：「這位羽儀表面上跟之前兩位死狀一樣，其實不然，他胸口中了一刀，是致命傷，傷口又窄又細，應該是一柄極薄的匕首。其餘外傷倒確實是鐵錘造成，應該類似陳惠用的打金箔錘。」楊寶聞言忙搶上前來，只看了一眼，見施秀血肉模糊的臉上一雙眼睛瞪得像銅鈴，怒氣凜凜，猶如再生，急忙扭轉了頭，不敢再看。

馬文銘道：「如此看來，凶手並不是陳惠，至少那一刀不是陳惠刺的。」邱東道：「還有一點，前面兩起凶案，陳惠均在現場留下滿是血跡的麻布，按楊羽儀所言，是凶手用來包裹錘子頭的，但這次卻沒留下麻布。只是傷口的大小深淺跟上次那把打金箔的鐵錘很相像。」

高浪道：「可是施秀羽儀長武藝不低，凶手功夫再高，也無法一刀置他於死地。他的浪劍還掛在腰間，根本就沒拔出來過。」楊寶道：「凶手肯定認識施秀羽儀長，他預先將匕首藏在袖中，再用什麼法子吸引施秀羽儀長走到他面前，然後突然刺出，羽儀長完全沒有提防，這才著了暗算。」馬文銘道：「應該是如此，凶手也一定很瞭解案情，所以才能刻意偽造成陳惠殺人的樣子。」

楊寶凝視施秀胸前傷口片刻，道：「小侯爺，請你立即派人去梁王宮，將昨晚所有不在宮中當值的侍衛召去理問所問話，再搜查這些人的住處，尤其要特別留意凌雲。」他昨日與同伴們前去覺照寺查詢張希矯中孔雀膽一事，竟一無所獲，僧人們畏畏縮縮，問任何事都推說不知，但正是這一無所知才更顯可疑，想來已有人事先警告覺照寺上下。以佛寺之尊崇地位，在中慶能令眾僧人俯首貼耳、懼不敢言的人當只有梁王。既然梁王是下孔雀膽害張希矯的最大嫌疑人，而施秀又死在通往覺照寺的路上，這其中必有重大關聯，肯定是施秀發現了什麼才慘遭毒手被人滅口。施秀胸前的一刀像一道小縫，凶手手法乾淨俐落，定然是懂武藝之人，殺人後又偽造鐵錘人殺人的假象想蒙混過關，更說明此人就在梁王宮中，為掩飾身分不得不如此。推斷起來，當是凌雲嫌疑最大。

馬文銘卻極感為難，一攤雙手，道：「若是常人，既有嫌疑原可鎖拿到公堂之上，嚴刑拷問。可是梁王侍衛不比一般人，凌雲更是梁王心腹，尤其目下梁王正與段平章為進兵四川之事大起齟齬，鬧得很不愉快，若我們沒有真憑實據就擅自捕人，這其中利害，我不說，楊羽儀你也知道。」高浪聽他說了一大堆推託的話很不高興，道：「小侯爺莫非有心庇護真凶？當日王九一案……」楊寶忙叫道：「高浪，不可再提王九一案！」

自高潛於梁王避暑行宮中毒一案真相揭露後，段功便嚴禁手下再提王九一案，原是考慮到雙方各有尷尬之處——梁王與馬文銘雖聯手偽造冤案，但高潛卻是以自殺挑撥兩方猜忌，且一度確實真有所影響。

段功前次返回中慶，才意外揭露高潛一案真相，有時楊寶午夜做夢歎惋高潛為報父仇的良苦用心，總會心生對不起高潛之感，他也常悵惘迷茫，不知當日揭露真相是該還是不該。

馬文銘似不在意，正色道：「當時王九一案，確實是文銘一手經辦，然而我志在大元，只希望力挽段平章回中慶，與梁王、行省共謀國事，匡扶社稷，文銘絕無助紂為虐之心。」段僧奴忽插口道：「你也知道他是紂，卻還不是要維護他。」這個「他」自然是指梁王。馬文銘情知說錯了話，也不辯解，免得越抹越黑，傳到梁王耳中。馬文銘只得搖頭道：「無論如何，沒有實證，我不能派人去梁王宮逮人搜查。」

仵作邱東忽道：「羽儀長手裡有東西。」眾人上前一看，果見施秀右手緊握著一小塊布片，打開一看，是一片黑衣衣襟。段僧奴道：「我昨日見到凌雲，他正是穿著黑色衣服。小侯爺，你不會又要說這可能只是巧合罷？」馬文銘道：「嗯，這個……」忽見昆明縣衙巡檢飛奔而來，遠遠叫道：「馬大人……馬大人……」馬文銘皺眉道：「什麼事？」巡檢奔到橋頭，滿頭大汗、氣喘吁吁地道：「鐵錘……鐵錘人……陳惠……」高浪上前一把抓住他手腕，問道：「是發現鐵錘人陳惠行蹤了？在哪裡？」巡檢手腕被捏得生痛，忙掰開高浪的手，道：「在縣衙裡……他人就在縣衙裡……」馬文銘道：「你們已經捉住陳惠了？這是什麼時候的事？」巡檢道：「不是……是……」馬文銘道：「咱們去昆明縣衙，邊走邊說。」

半路上，巡檢才算把話說清楚：原來數天前的晚上，兩名轎夫黃劍、田川見財起意，搶奪一顧主財物後殺了人，正用轎子將屍體抬到螺峰山丟棄時，半途遇到巡邏的差役，於是將黃劍、田川緝拿回縣衙，次日二人即招供了殺人謀財的事實。本來此案已經了結，但死者屍首一直停在縣衙裡，無人來認領。今日一早，差役回稟縣令姚東子後，欲將屍體抬出縣衙埋葬，忽然發現那屍體竟然變成綠色，模樣十分詭異。差役早聽聞孔雀膽的種種傳聞，雖未親眼見到行省署院中前大理大將軍張希矯屍體是如何變成綠色，但大致的情形總是聽過，忙趕去稟告。縣令姚東子親自帶人查看究竟，巡檢越看越覺得屍首面容臉熟，想了半天，命人取來告示畫像一看，死者不是別人，正是那被通緝且遍尋不到的鐵錘人陳惠。姚東子不敢怠慢，急忙命巡檢來請馬文銘前去縣衙。

眾人聽說無不驚詫。陳惠屍身既然變綠，當是中了孔雀膽劇毒，他雖是殺人兇手，究竟只是一個普通的打金箔人，浪費孔雀膽這等珍稀祕藥殺他，豈不可惜？陳惠是殺死張希矯和施宗的兇手，這已然確認無疑，可是他既已死了好幾天，昨夜就不可能再復活來殺施秀。到底是誰殺死了施秀？又是誰用孔雀膽毒死了陳惠？稍稍深入一想，疑問便越來越多，當真是百思不得其解。

昆明縣衙靠近小東門永清門，恰好在五華山、祖遍山、螺峰山三山之間。這三座位於中慶城內的大山各有特色——五華山逶迤玲瓏，秀麗多泉石，上有五華寺，段功初入中慶時曾在上面住過數日；祖遍山連峰疊嶂，丹崖翠壁，有鶴停鵠峙之態，東瞰盤龍江，與金馬山兩相遙望；螺峰山為三山中最高者，峭拔陡峻，山林幽密，林中多是深碧色的大石。山洞極多，尤以潮音、幽谷二洞最為深杳莫測，又傳說內中有蝙蝠妖作怪，常人不敢妄進，生怕迷失其中或被妖怪吸了血。而山洞潮濕處卻生有一種奇特的山菌，碩大如碗極其美味，也偶有人為生計所迫，進洞採菌，因難以取得之故，往往能賣個好價錢。

一行人趕至昆明縣衙，縣令姚東子已率差役在門前迎候。姚東子是名漢人，大約四十來歲，看上去肥頭大耳不像官宦，倒像個腦滿腸肥的商人。不過此人來歷也算不小，他祖輩姚天福是元初名臣，曾任監察御史、刑部尚書等職，是極少數靠才幹躋身高位的漢人，曾破獲著名的「雙釘案」[1]，有「元代包青天」之稱。

那具被認為是陳惠的發綠屍首已被抬到大堂，楊寶、高浪、馬文銘均見過陳惠本人，上前一看，果真是那擅於模仿旁人筆跡的打金箔人陳惠。姚東子命人取過轎夫供狀，上面寫著事情經過，原來是轎夫黃劍、田川幾天前的夜晚，自北門貢院附近抬了一人前去南門，見顧主露出的錢袋中有不少金銀，當即起了歹意，在經過螺峰山時，二人合力捂住顧主口鼻，將他悶死。不料因為分贓金銀爭吵而引來夜巡的差役，差役發現轎中死人，當即將二人鎖拿至縣衙。次日姚縣令上堂審問，黃劍、田川對殺人謀財一事供認不諱。

馬文銘看完供狀，沉吟道：「莫非陳惠也跟張希con將軍一樣，在被轎夫殺死前，先中了孔雀膽劇毒，所以毫無反抗之力？」楊寶道：「小侯爺言之有理。不過這其中有兩個疑點：第一，陳惠為何冒著被人記住面孔的危險坐轎子？第二，他既一心一意復仇，凶器當從不離身，他那把鐵錘何在？」

馬文銘忙問道：「姚縣令，死者和轎夫身上可搜出了什麼物事？」姚東子卻茫然答不上來，回頭望去，當日經辦的差役祖笑笑忙道：「死者身上一無所有，轎夫身上除了零碎物件，就只有一袋金銀。」另一差役姜聞補充道：「還有一些貝幣和一片精緻的金葉子。」

段僧奴道：「呀，那片金葉子是我給他們的。」這才想起巡檢曾請自己到縣衙指認轎夫一事，竟忘得一乾二淨了。又道，「那兩名轎夫我見過，怎麼看也不像會謀財害命之人。」姚東子不知她身分，聞言彿然不悅，但見她與馬文銘一道前來，料來也有些來歷，不便發作，只道：「犯人已對行凶劫財一事供認不諱，有供狀為憑。」

楊寶凝視陳惠的屍體良久，忽走上前去，展開他的右手，取下一片衣襟拿給馬文銘看。馬文銘陡然變色道：「這和在施秀羽儀長手中發現的布片一樣。」楊寶點頭道：「線的色澤、紋理、細密完全一樣，應該是從同一件衣服扯下的。」轉頭問道，「不知縣令大人可否方便將那兩名轎夫帶上來？我有些話想問他們。」姚東子面色一沉，也不答話。馬文銘便命道：「人命關天，死者陳惠身上又背負著幾條人命。姚縣令，這就請你派人將犯人押上堂來。」姚東子無奈，只得命人去死牢提取犯人。

等了好大一會兒才聽見鐵鏈聲響，差役押著黃劍、田川進來，二人鼻青臉腫，均背了重達二十五斤的死罪大枷，手上了銬，腳上也釘了重鐐，走路一瘸一拐，只能慢慢挪行。馬文銘一見犯人情形便知受過重刑，多半是在嚴刑下被逼招供，不禁蹙起眉頭，他最反感拷掠犯人、酷刑逼供，可是轉念一想他又有什麼資格指責姚東子，當日他逼王九認罪不也用了類似手段麼？

黃劍、田川一上堂便跪了下來，捧著大枷伏在地上，頭也不敢抬。段僧奴見二人緊張得渾身發抖，情狀極為可憐，大起惻隱之心，上前問道：「你們還認得我麼？」黃劍勉力抬頭瞟了她一眼，驚叫道：「原來是小娘子！」田川也抬起頭來，大叫道：「娘子可要為小人作證，那片金葉子是你送給我兄弟的。」段僧奴道：「不錯。」頓了頓又道，「我看你二人憨厚老實，怎會突起謀財害命之心？」二人互相看了一眼，隨即重新低下頭去，不敢接話。

楊寶猜他二人畏懼嚴刑，便問道：「你們二人合力殺死陳惠後，有沒有在他身上找到一把鐵錘？」田川道：「沒有。」楊寶道：「這就奇怪了，轎子中也沒有麼？」田川道：「沒有。」姚東子喝道：「是不是你二人發現鐵錘後覺得沒什麼用處，隨手扔在路邊？還不趕快說實話，不然大刑伺候！」黃劍、田川嚇得連連頓首，道：「回大人話，真的沒有鐵錘，真的沒有啊。」他二人頸項被大枷鎖住，頭部可活動範圍極為有限，一上一下答話仿若小雞啄米，煞是可笑。

姚東子道：「來人哪……」馬文銘道：「算了，他們都已經認了殺人罪，再多認一把鐵錘又有何妨？看來當真是沒有找到。」姚東子擠出笑容道：「是、是，小侯爺高見，高明之至。」姚東子年紀比馬文銘大出許多，足以做他父親，卻不顧廉恥，當眾訕笑大拍馬屁，當真令人起一身雞皮疙瘩。

楊寶又問道：「你們二人能詳細說說最初遇見陳惠的情形麼？」黃劍道：「是。當晚我兄弟二人抬了個人去貢院，本準備收工回家，突然看到一人趔趄著走過來，雙手捧著肚子，滿頭大汗，說是要坐轎子……」一邊說著，一邊偷往旁邊瞟去。這黃劍一直低著頭，被押進來後便俯首跪在地上，堂上是些什麼人都沒看清楚，只始終覺得眼角餘光處有個綠色的東西，忍不住好奇，終於側頭看了一眼，見是一具綠色屍首，不禁愣住，問道，「他……他是個人麼？」楊寶道：「他就是被你們殺死的陳惠，因為事先中了毒，所以屍首變成綠色。」黃劍道：「什麼？不，不是他！」楊寶問道：「什麼不是他？」田川也扭過頭來，驚叫道：「哎喲，真的不是，那晚死在轎子的根本不是這個人。」馬文銘吃了一驚，搶過來問道：「你們說什麼？不會是當晚天黑你們沒有看清罷？」黃劍道：「大人，小人不敢撒謊，真的不是這個人。這個人又瘦又小，那晚的主顧卻肥肥胖胖，跟……」慌忙四下看了一圈，道，「跟縣令大人身材頗像。」姚東子聽他口不擇言，勃然大怒道：「好你個刁民，來人，快些給我掌嘴。」

那差役祖笑笑應了一聲，走到黃劍面前高高揚起手，正要打下之時，卻被段僧奴搶過來攀住手臂，登時被甩到一邊。段僧奴怒道：「怎麼動不動就要打人？」姚東子怒道：「這裡是公堂之上，小娘子……」馬文銘忙道：「姚縣令，這位是段平章千金，大理寶姬，你切不可無禮冒犯。」姚東子「啊」了一聲，驚訝得半天合不攏嘴。段僧奴也不理他，上前一一扶起黃劍、田川道：「你們有什麼冤屈儘管說，小侯爺在此當會為你們做主，不必怕這個縣令。」黃劍、田川聽說她是段功之女，雙膝一軟，重新跪下，哭道：「寶姬，你可要為小人申冤，我們兄弟根本就沒有殺人……是……是縣令大人非逼著我們招供，小人吃不住打，只好畫了押……」段僧奴見他們兩個大男人「嗚嗚」哭個不停，甚是局促，忙道：「你們先別忙著哭，把經過說清楚。」黃劍道：「是。」馬文銘見二人渾身刑傷，站也站不穩，便命他二人先坐在地上，慢慢說來。

原來那夜黃劍、田川二人抬上那胖顧主後，一路往南走到螺峰山山腳時，忽聽得轎中那人「啊、啊」兩聲，忙放下轎子看個究竟，卻見那人已經沒了呼吸。二人這一驚非同小可，有心去官府報案，可是人分明死在轎子中，擔心說不清道不明就此惹上人命官司，商議來商議去，決定將人抬上螺峰山扔掉，又見那人懷中露出錢袋，打開一看裡面有不少金銀，足令二人下半生衣食無憂，心想反正人也死了，這些錢財對他也沒用處，不如乾脆兄弟二人分了。不料正分錢財之時，巡夜差役經過此處，見到二人手中金銀頓起疑心，打開轎子一看又發現死人，當即將黃劍、田川當作殺人犯鎖回縣衙。次日姚縣令升堂審案，還沒開始問話，就下令將二人各打二十個耳光當作下馬威。二人剛叫一聲「冤枉」，辯解說沒有殺人，又被上了大刑，二人硬挺不過，只好認了貪財殺人的罪名。

馬文銘聽完經過，指著陳惠的屍首問道：「你們當真肯定前晚坐進轎子的不是此人？」黃劍、田川忙道：「決計不是此人。」馬文銘便叫過當日鎖拿轎夫回縣衙的差役，問道：「這到底是怎麼回事？」那差役名叫姚皋，是姚東子的遠房親戚，道：「前晚小人領頭經過螺峰山，撞見這二人在分金銀，轎中又有個死人，當即就拿了他們回來，只留下祖笑笑、姜聞二人看守轎子，等天明仵作驗過後才連轎帶人抬回縣衙。」元代頒佈有檢驗法令，其中對驗屍一項有明文規定，須得地方長官帶同典史、司吏、仵作等人到發現屍體處，嚴格按照中書省發佈的「檢屍法式」[2]檢驗。雖然確實執行時，地方官吏未必真會到場躬親監視檢驗，但人命官司自有一套文書規範流程，絲毫含糊不得。

馬文銘道：「誰是祖笑笑、姜聞？」二名差役聽叫，忙出列到堂前跪下。馬文銘道：「說，眼前這具陳惠的屍首你們是從哪裡得來的？」祖笑笑、姜聞互相對視一眼，姜聞道：「這具屍首就是在那轎中發現的死人，大人切不可聽轎夫胡說。」馬文銘道：「姚大人，他們不肯說實話，少不得要用你經常用的法子了。」姚東子抹了抹額頭的汗，見馬文銘不似玩笑，話中也無嘲諷之意，忙道：「是。來人，將祖笑笑、姜聞夾起來。」祖笑笑、姜聞在昆明縣衙當差，自知縣令的刑訊手段，忙道：「大人不必用刑，小人願意招出實情。」

原來二差役當晚奉命看守轎子，等待天亮後仵作來驗屍，因張希嶠凶案緣故，行省署下令昆明縣晝夜巡查，他二人連續當差一天一夜，困頓已極，乾脆倚著轎子睡了一覺。哪知道天色微明醒來時，發現轎中的屍首竟然沒了，也不知道是不是炸屍。二人嚇得要死，又畏懼姚縣令性情嚴酷，怕是不免落個失職之罪。正不知該如何是好時，湊巧有個趕早上山採山菌賣錢的百姓驚慌下山，告知潮音洞中有一具死屍。二人頓感有如天助，當即威脅那百姓不可對別人說起，不然告他個殺人罪，嚇走百姓後又趕忙去潮音洞將屍首抬出，塞入轎中。天亮後，仵作來驗屍，匆匆一看，見屍首身上並無傷口，也無任何異狀，唯有臉部青筋暴露，只以為是被轎夫捂住口鼻窒息而死，便抬回縣衙停屍房。之後黃劍、田川在嚴刑下招供，屍體根本未曾抬上大堂，一直放在停屍房，再無人關注，若非今日下葬前湊巧發現屍體變綠，只怕這瞞天過海之計全然天衣無縫。中慶全城正掘地三尺追捕陳惠，梁王更懸以黃金千兩的重賞，誰料到他竟躺在昆明縣衙的停屍房中。

馬文銘叫過姚皋，問道：「你既捉拿了轎夫，當看過原先那具屍首，你看仔細些，這陳惠是原先轎子中那個死人麼？」姚皋道：「當時天黑，未能看清楚……」姚東子怒喝道：「還不快說實話！」姚皋嚇了一跳，只得囁嚅道：「因為天黑，他的頭又低垂胸前，確實沒看清死者的臉，不過體形身材是有些差別……」姚東子當眾出醜，又有馬文銘和段僧奴等人在跟前，此事難免要傳入段功和馬哈只耳中，他早想謀取外地知府的空缺，看來願望泡湯，當即遷怒祖笑笑、姜聞這兩名差役，道：「來人，將他們兩個收監關押，回頭再重重治罪。」馬文銘忙道：「姚大人且慢，不如命他二人戴罪立功，帶我們去螺峰山的山洞看個究竟。」姚東子奇道：「小侯爺還要親自去麼？」馬文銘道：「當然。」又命人開了黃劍、田川二人的死囚重枷，仍然先收入大獄監禁。段僧奴道：「他二人明明無辜，為何還要繼續關著？」馬文銘道：「原先那具被害人屍首還沒找到，案子疑點極多，他二人仍然是嫌疑人，不能釋放。」段僧奴冷笑道：「我就知道小侯爺明察秋毫……」

忽聽得楊寶道：「我知道那具屍首在哪裡。」馬文銘大奇，問道：「在哪裡？」楊寶道：「小侯爺請先去螺峰山，我去找那具屍首。」馬文銘見他不願多說，料來必有深意，道：「那好，我們分頭行事。」楊寶道：「寶姬，你和伽羅……」段僧奴道：「我們當然要跟小侯爺去，免得他從中做手腳。」馬文銘也不辯解，只道：「甚好。」當即命祖笑笑、姜聞帶路，往螺峰山而去。

螺峰山山峰蟠旋如螺髻，由此得名，山路頗為難行，走了大半個時辰才來到半山腰的潮音洞口。貓腰進洞十餘步，光線漸暗。眾人早有準備，燃起火把，火光融融中眼前豁然開朗，洞如大廳，高及十數丈米至數十丈，洞內乳石千垂，石筍林立，千姿百態，洞中水聲如潮，隱隱有江聲浪湧之聲。再往深裡去，到處都是岔道，洞疊洞、洞連洞，洞洞相通，分不清到底有多少個洞。

姜聞道：「陳惠的屍首就是在這座石峰後面發現的。」馬文銘見那石峰極大，與洞壁之間僅一人之寬，洞邊一道細細的水流生有幾個大山菌，若不是那採菌人點火進來，沿著水流聲尋找山菌，還真不容易發現屍首。便命差役多點火把，四下仔細搜查一遍。

一名差役叫道：「這裡！」卻見一座乳石後面棄有筆墨硯臺，段僧奴不禁大奇，問道：「這裡如何會有筆墨？」馬文銘道：「陳惠擅長模仿旁人筆跡，令尊當日正是用他所長偽造了一封家書，才令明玉珍思歸退兵。」段僧奴白他一眼道：「我問你了麼？」馬文銘也不與她計較，揚聲道：「這裡當是陳惠的藏身之處，大夥再好好搜搜。」過了不久，果然在左首石壁上一處小石洞中發現了衣裳、被褥等，均是又黴又臭，污穢之極，也不知道多久沒清洗過，此處正是陳惠居住之所，且日常用物中竟還有幾塊碎金。段僧奴問道：「莫非這些金子就是陳惠從線陽金鋪搶來的生金？」馬文銘道：「這塊金子下有個『人』字，當是『沈』字中的一截。」段僧奴哼了一聲，卻不再抬槓。

當下馬文銘命人將洞中搜到之物盡數帶回昆明縣衙。楊寶正帶著沈富站在門口相候，段僧奴不禁大奇，問道：「你怎麼知道，我們找到了沈先生當日被陳惠搶走的生金？」楊寶一愣道：「是麼？」指著沈富道，「沈先生就是黃劍、田川最先抬過的『屍首』，我剛才領他去過大獄，兩名轎夫均認出他來，還以為見到了鬼魂。」

原來沈富有心絞痛的毛病，前日他去城北辦事，回去時夜色已深，且人很不舒服，只覺心疼不已，正好遇到黃劍、田川兩名轎夫，便打算坐轎子回城南去。半途，他心口實在疼得厲害，終於假死過去，由此引發之後一連串的事情。天光發亮時冷風一吹，他忽然又清醒過來，一摸身上錢袋不在，再一出轎見到兩名差役在轎邊睡覺，一時間不知發生了什麼事，慌忙自己走了。到半路又靠在牆角歇了大半天，體力恢復了些，這才慢慢踱回線陽金鋪，正好遇到楊寶等人拿著仵作找到的凶器模子，向鋪裡夥計確認搶劫金鋪的與殺人的是同一人。夥計問起沈富前夜去了何處，他自己也說不明白，只說因為肚子疼在轎子中昏死過去了。

這起轎夫謀財害命案至此才算真相大白。馬文銘忙命人放出黃劍、田川，又將錢袋、生金送還沈富。沈富聽說兩名轎夫因為自己無端惹上一場官司，白受了許多皮肉之苦很是過意不去，又從身上取出幾塊金子，連同在陳惠處搜到的碎生金，一起裝入原來的錢袋遞給黃劍、田川二人，道：「勞二位受了許多苦，一點微物，聊表心意。」黃劍、田川本是樸實之人，白得了許多財物，也不知是福是禍，一時驚愕，捧著錢袋面面相覷。段僧奴道：「二位大哥還是趕緊回家去罷。」黃劍、田川這才恍然大悟，一再相謝，這才飛奔出縣衙。

解決了一樁案子，卻還有更大更多的難題。在陳惠手中發現的衣襟，竟與在施秀手中發現的一模一樣，這決計不是巧合。這兩個本是死敵的仇人，怎會有同一件衣服的衣襟？陳惠又是如何中了孔雀膽毒？又是被何人下毒害死？眾人越想越困惑，均將希冀的目光投向楊寶，楊寶卻只是在陳惠的屍體旁轉來轉去，反覆查驗，旁人也不敢驚擾他。悶悶等了好半天，楊寶突然叫道：「伽羅！」伽羅自從今日一早發現施秀慘死橋頭後，一直心情低落，提不起精神，只漫聲應道：「嗯。」楊寶道：「若是我早已中了孔雀膽劇毒，你卻不知情，來找我打架，我的毒血濺到了你身上的傷口，你會由此連帶中毒麼？」伽羅道：「當然，那孔雀膽何等厲害，進入人體血液，還能不死麼？」楊寶道：「但你中的毒素不多，毒性發作的時間要慢上許多，是也不是？」伽羅道：「是，可以多活一些日子，但早晚也要死。」

高浪道：「不是說孔雀……」正要說出孔雀膽囊可以用來解孔雀膽毒的祕密，段僧奴重重咳嗽了一聲，插口道：「我知道楊寶的意思了，你是說，沒有人下毒害陳惠，他不過是連帶中毒，他身上的孔雀膽毒是從張希矯將軍身上轉移過去的。」楊寶道：「正是。」馬文銘道：「可是縣衙的仵作驗過屍首，陳惠身上並沒有傷口，那孔雀膽又是如何進入他體內血液中？」楊寶道：「身上確實沒有傷口，但他的右手上卻有。」指著陳惠的右手虎口，道：「這裡有一道裂口，我猜是陳惠在錘殺張將軍時用力過度，張將軍的血剛好濺到他這道裂口上，他由此中了孔雀膽劇毒。大凡毒藥，應該是先入四肢，再侵入肺腑，而中了孔雀膽毒起初的感覺是麻痺，儘管陳惠中毒的量很少，但他怒氣衝天，全身氣血急流，毒素加速進入四肢，他出魚課司巷後立即有所察覺。他是個打金箔人，熟悉金子的特性，當然知道生金可以解毒祛濕，於是臨時蒙面闖進線陽金鋪，搶劫了兩塊生金，靠食用生金碎屑解毒。他中毒不深，生金又緩和了孔雀膽的毒性，於是他得以繼續進行復仇計畫，在當日深夜成功殺死喝醉的施宗。但過度用力又再度引發劇毒，生金也無力回天，於是他回到螺峰山潮音洞等死……」

馬文銘聽了覺得十分有理，對楊寶佩服得五體投地，當即道：「原來如此。楊羽儀推測合情合理，難怪陳惠不取張將軍身上的金砂，卻要冒險去搶線陽金鋪的生金。只是文銘尚有一點不明白，陳惠和施秀羽儀長的手中，如何會有一模一樣的衣襟？」楊寶道：「我猜一直有個神祕人躲在背後，那夜陳惠殺死施宗羽儀長時，神祕人暗中看見了一切，並一路跟蹤陳惠來到潮音洞。不料陳惠發現了他，雖因中毒無力反抗，但拉扯中還是撕下神祕人的一片衣襟。小侯爺在潮音洞中未能搜到鐵錘，我猜是這個神祕人已將鐵錘取走，正是為了在昨夜殺死施秀羽儀長後，嫁禍給陳惠。這個計畫本來完美，我們即使從蛛絲馬跡懷疑殺死施秀羽儀長的另有其人，也無真憑實據。況且陳惠已死，被藏屍在潮音洞的石縫中，極難被發現找到，我們卻不知道這一點，依舊漫無目的來回搜捕。幸好天理昭彰，竟然讓採菌人意外發現了屍首，又陰差陽錯被開小差的差役拿來冒充另一起案件的死者，由此才得以揭開事實真相。」

高浪道：「神祕人到底是誰？」楊寶道：「神祕人肯定一直在暗中監視我們，所以他才會知道施宗和施秀羽儀長的行蹤。」高浪道：「那不就是凌雲麼？他當晚跟著施宗出宮，巡夜的人親眼所見。」段僧奴道：「我們這就去將凌雲捉來，請那個喜歡拷打人的姚大人對他嚴刑拷打，不怕他不招供。」楊寶忙道：「萬萬不可，小侯爺的顧忌有道理，現在是非常時機，必得有真憑實據才行。」段僧奴道：「那就眼睜睜看著殺人凶手在我們眼前晃來晃去麼？你們能忍，我可不能忍。」楊寶道：「寶姬，這裡可是中慶，不是大理。這件事事關重大，我們先回去稟告信苴再說。」

回到忠愛宮，段功剛從行省署回來，他看起來明顯蒼老憔悴了許多，再無昔日勃勃英氣。段僧奴一見，大起愛憐之意，上前挽起父親的手，叫道：「阿爹，人死不能復生，你不要太傷心了。」她本意在安慰父親，一語未畢，自己也淚水潸然。段功輕輕歎了口氣，道：「好孩子。」

楊寶上前稟告了陳惠之死及自己的種種推測。楊智道：「既是如此，凌雲確實嫌疑最大。梁王近來忙於調兵，忙於四川軍事，未必知道此事，不如信苴親自去問他。」段功出神半晌，才道：「此事我自有主張。」又道，「我有事要出去一趟，楊寶，你跟我來。」當即帶了楊寶和兩名羽儀出城，一路東去。楊寶猜段功要去覺照寺，以前在大理，每每信苴心煩意亂時總是去無為寺，來了中慶後，多少有些拿覺照寺當作無為寺的替代。

路經通濟橋時，橋上血跡猶在，段功駐馬良久才繼續東行。來到覺照寺中，又與住持智靈、禪師遺緣在茶室中攀談許久，多涉及人生。遺緣聽到段功偶爾提到目下梁王正欲對四川紅巾用兵，忽然問道：「聽說張希矯大將軍當時下令燒毀古田寺之時，紅巾其實早已退出那裡，是也不是？」段功道：「是。」歎了口氣，既然張希矯已死，也不願再提這段往事，只提及三年前與明玉珍紅巾交戰時多殺俘虜，頗多追悔之意。

直到日盡西山，楊寶依舊無法忘記前幾日伽羅提及的殺孔雀膽取膽囊一事，擔心遲則有變，不顧身分再三催促，段功才敬意殷殷地道：「段某與許會有一段時間不能再到寺中向二位禪師請教，今日便當作是告辭了。」智靈勸道：「凡事盡有定數，段平章不必太傷感。」段功道：「多謝禪師指點。」

楊寶有意落在後頭，等段功出去，忽然叫道：「二位禪師請留步。」智靈、遺緣知道段功身邊的羽儀都是世家子弟，當即站住。遺緣問道：「尊羽儀有事麼？」楊寶問道：「兩位禪師可認識張希矯大將軍？」遺緣道：「昨日貧僧等人曾到行省署為張將軍超度，不知道這算不算認識？」楊寶道：「張將軍還沒被害前，沒來過寺裡麼？」智靈先是一愣，望了遺緣一眼，這才道：「沒有。」楊寶點點頭道：「多謝二位。」迅疾步出茶室，去追段功。

楊寶臨走所問的那兩句話，實是有意為之。他在茶室中侍立一旁時，留意到段功所坐北首座褥下的地毯黏有一根黃色頭髮，而張希矯的母親為金髮碧眼的西域人，他本人天生黃髮，在雲南極為罕見。若地毯那根黃髮果真是張希矯所有，那麼他很可能是在這間茶室中了孔雀膽毒。只是一根頭髮太微乎其微，不足成為指認覺照寺的實證，因而楊寶有意提到張希矯，試探二僧的反應，果見那住持智靈反應古怪，之前遺緣禪師忽然問及張希矯火燒古田寺時，他也是一愣，情形極為可疑。只是有一點，僧人均是方外之人，孔雀膽又是如何出現在覺照寺？這二僧均是梁王座上賓，會不會跟梁王有所關聯？正想將發現告知段功，卻見他神色鬱鬱極為陰沉，當即又將到了嘴邊的話溜回去。

回來的路上，段功一直挽馬緩行，楊寶等人不敢催促。段功忽叫道：「楊寶！」楊寶道：「是，信苴。」段功道：「一會兒回去忠愛宮，你立即著手準備，明日一早便與高浪帶著寶姬、伽羅回去大理。」楊寶吃了一驚，問道：「這麼快？」段功點點頭道：「越快越好。」楊寶道：「遵令。」心中暗想：「信苴如此著急送寶姬回去，莫非是要發生什麼事？」段功又道：「楊寶，你是個聰明的好孩子，我將僧奴託付給你，你可要好好照顧她。」楊寶聽他話中有將段僧奴許配給自己之意，面上一紅，垂下頭道：「是。」段功歎道：「如此，我便再無放不下的事。」楊寶聽段功話中有股深切的悲涼，似在交代後事，心頭一熱，叫道：「信苴！」段功回過頭來，見他神色有異，問道：「你是有什麼話要說麼？」楊寶道：「我破了高潛中毒的案子，雖然人人誇我聰明能幹，可是我自己並不快樂，我心裡總覺得對不起高潛。這幾日我一直在想，如果不是我揭露了高潛自己服毒的真相，信苴興許不會再回中慶，那麼張將軍、施宗羽儀長、施秀羽儀長他們幾個也就不會死。」段功愕然道：「你怎麼會這麼想？」楊寶道：「我就是這麼想的，我總覺得是我害死了他們。」

段功歎了口氣，問道：「你喜歡寶姬，是也不是？」楊寶自覺對段僧奴的愛意隱藏得極深，甚至連她本人都沒發現，不知段功是如何知曉，不敢不答，只得紅著臉道：「是。」聲音低微，幾不可聞。段功道：「如此，你當能理解喜歡一個女子的感受，恨不得要天天與她見面，終生廝守在一起。」楊寶心念一動，暗想：「莫非信苴是指阿蓋公主？」段功正色道：「你沒有什麼不對的，即使你沒有揭破高潛服毒一事，我也還是會返回中慶。如果一定要說有人害死了施宗、施秀，那麼也該是我了。」

楊寶一時呆住，不知該如何接話，半晌才道：「請信苴放心，屬下一定會找出真凶，為施秀羽儀長報仇。」段功道：「不必，你的當務之急是要儘快護送寶姬回大理。」楊寶心想：「信苴如此，莫非已經知道凶手是誰？」忍不住好奇，正待詢問，忽見楊智、段僧奴帶著數名羽儀前來迎接，兩下合作一道，這才快馬加鞭飛馳回城。

夜幕悄然降臨，一切生命從絢爛走向平淡，一切喧鬧漸漸歸於沉寂。這一夜，忠愛宮中的羽儀們處在高度緊張的戒備當中，接連失去了兩位羽儀長，無言的恐懼籠罩著每個人的心頭，大夥的心情就像這天氣，又是燥熱，又是潮濕。

當晚阿蓋公主因母親生病，去了梁王宮中探望，段功將段僧奴叫進書房，半晌不見出來。楊寶將高浪、伽羅叫到自己房中，說了明日一早要返回大理。高浪當即反對道：「我不回去。眼下殺死施秀羽儀長的真凶尚未找到，羽儀們人心惶惶，我可不能在這個時候離開，被人罵作膽小鬼。」伽羅也道：「如果要走，大家一起走，我們不能只留下信苴一個人孤孤單單在這裡。」楊寶道：「我也不想走，可是這是信苴的命令，你們是想抗命麼？」伽羅、高浪便不再言語，各自回房歇息。高浪越想越氣憤，心想：「就算明日不得不回大理，也該在離開前為信苴除去一個心腹大患才是。」主意一定，當即攜了鐵鞭，趁夜色往梁王宮摸去。

梁王近日多待在城北軍營，即使回宮過夜也往往是深夜，宮中高手侍衛大多跟在他身邊，宮中的警戒要比平日鬆弛許多，高浪又向來特別留意梁王宮侍衛的巡防，竟不費吹灰之力便摸到侍衛住處。正待尋找凌雲住處時，忽見前面遠遠走來兩個人影，忙閃身在一棵大樹後。

那二人邊走邊談，慢慢走近大樹。一個女子道：「唉，我真的很煩惱，恨自己沒有一點本事，無法幫他分擔憂勞。」分明是阿蓋公主的聲音。又聽見一個男子答道：「公主身分尊貴，何須為瑣事憂懷。段平章既是男子，又位高權重，本該承擔這些。」竟然是凌雲。高浪大吃一驚，他潛入梁王宮，本意是躲入凌雲房中，等他回來後殺了他，不想在這裡撞見阿蓋公主和凌雲私會，不覺很是奇怪，暗想：「梁王既不在宮中，凌雲為何沒有隨侍在身旁？公主不是稱王妃有病麼，怎麼還有心思在這裡與人談天？」

又聽見阿蓋道：「可是我總想為他做點什麼，總是做得不好。這本來也沒有什麼，誰叫我天生就是一個笨人，只是……只是……他懷疑是我派人殺了張希矯和施宗，我……」忍不住啜泣起來。凌雲道：「段平章怎敢懷疑到公主身上？」阿蓋道：「好在現在真相大白。可是我當時真的覺得心像花盆被砸爛了，碎了一地，撿不起，也拼不全。」凌雲聽她提到花盆，又想起先前蘭花中毒事件，多有感喟。

阿蓋道：「唉，最近出了這麼多事，父王又總不在宮中，母后一心只知道吃齋念佛懶得理人，我真不知該找誰傾訴，謝謝你肯來見我。」凌雲道：「公主何須客氣。」阿蓋問道：「你不用在父王身邊麼？」凌雲道：「屬下奉大王之命在辦一件大事，大王身邊自有其他侍衛。」阿蓋道：「原來如此。嗯，那你去忙罷，我也該回去了。」凌雲道：「公主是要回忠愛宮麼？」阿蓋眼睛望著自己腳尖，摩挲許久，輕輕歎了口氣，才道：「是。」凌雲道：「那好，我送公主到宮門口。」剛穿過園子，一名侍衛飛奔而來，叫道：「凌侍衛，大王回來了，命你速去書房見他。」凌雲道：「好，我這就去，你送公主回去。」那侍衛道：「是。」

凌雲來到梁王書房，孛羅和世子阿密、王相驢兒都在，神色甚是嚴肅，也不知道發生了什麼大事。正上前參見之時，孛羅忽喝道：「將凌雲拿下。」兩旁侍衛答應一聲，取出粗索，上前將凌雲捆翻，按在地上跪下。凌雲愕然道：「不知道凌雲犯了何罪，大王竟要命人拿我？」孛羅命侍衛盡數退出，這才道：「聽說你總是出入如意樓，可有此事？」凌雲道：「大王切不可聽信人言。」阿密道：「是忽的斤親眼所見，你還想抵賴麼？」凌雲道：「原來是世子妃。」

孛羅拔出佩刀，架在凌雲頸中，道：「虧得本王一直視你為心腹，你竟敢勾結本王愛妾，膽子可算是不小……嗯，一刀殺了你，未免也太便宜你……」凌雲道：「屬下確實去過幾次如意樓，但均是奉泉妃娘娘之命前往，其中另有隱情。」孛羅道：「我早知道那賤人不安分，她與你勾搭成姦，還有什麼隱情？本王要想個法子，好好懲治你們這對狗男女。」

凌雲見他臉上殺氣大盛，忙道：「泉妃娘娘最近與大都通信頻繁，她是奇皇后的心腹，大王難道不想知道是怎麼回事麼？」孛羅道：「難道你知道是怎麼回事？」凌雲道：「請大王先恕凌雲死罪，凌雲才敢說。」孛羅怒道：「你死到臨頭，還敢跟本王講條件。奇皇后又如何，她還能親自到雲南興師問罪不成？我這就一刀殺了你，再一刀殺了那賤人。」阿密忙勸道：「父王息怒。反正這小子已是砧板上的肉，跑也跑不了，不如聽聽他怎麼說。」

孛羅這才收起佩刀，怒道：「還不快些從實招來，若有一字不實，休怪本王刀下無情。」凌雲道：「是。泉妃幾次召屬下到如意樓，原是要問一些大王和段平章的情形，聽她說，皇后娘娘一直很關注雲南這邊。」阿密冷笑道：「奇皇后當然關注了，她想讓自己的兒子太子登基，但實力最強的河南王王保保偏偏又是保皇派，這正是她需要借助各地宗王之時。我父王王號是皇上欽封，又怎麼會去支持她呢？不過，泉妃為什麼要跟你一個侍衛談論這些？」凌雲遲疑道：「這個……」孛羅道：「說！」凌雲道：「是。是泉妃向皇后娘娘奏告了雲南情形後，奇皇后認為大王不足以成事，想扶持段平章當雲南王，進而進攻四川，再出兵河南，牽制王保保。據說皇后娘娘有密旨，命泉妃拉攏段平章除掉大王，但段平章似乎拒絕了她。她就想先斬後奏，直接除掉大王，再嫁禍段平章，逼迫他上位。不過她畢竟只是一介女流不足以成事，就想以名利美色誘惑屬下，借屬下之力向大王下手。」

孛羅氣得渾身發抖道：「那賤人要你來對付本王，你竟敢不來稟告。」凌雲道：「凌雲自知有罪，可是我若真的告訴大王，大王會相信麼？泉妃總說她是奇皇后的心腹，誰也不怕，屬下一個小小侍衛，如何敢與她作對？只能暗中保護大王，再尋機告知大王真相。」孛羅道：「好、好！你好！」忽然大聲叫道：「來人，速去如意樓……」

阿密忙道：「父王請息怒，這不過是凌雲的片面之詞，還是等弄清事情真相再處置泉妃不遲。」驢兒也道：「既然凌雲說泉妃與奇皇后一直在暗中通信，想來能在如意樓搜出書信為憑。」凌雲道：「屬下偶爾看到過一封書信，不過都是些奇奇怪怪的圖畫，沒有字，屬下也看不懂。」孛羅恍然大悟道：「奇皇后和那賤人都不識字。」中國漢字自漢代傳入朝鮮半島後，一直是高麗唯一的官方書寫文字[3]，但只有極少數貴族才懂得讀寫，奇皇后和泉銀淑出身貧寒，均以美色得寵，根本不識漢字。本來孛羅等人對凌雲的話本只是半信半疑，聽了這話立即完全相信。

孛羅在房中走來走去，忽然扶起凌雲，親手解開綁縛，道：「委屈你了。」凌雲受寵若驚道：「屬下未能及時將經過告知大王，還請大王恕罪。」孛羅道：「你說得對，你若真來告訴本王，我不但不相信，只怕還會一怒之下殺了你。」又問道，「你心中一直仰慕公主，對不對？」凌雲吃了一驚，慌忙跪下道：「屬下敬公主有若天人，不敢有絲毫邪念。」孛羅道：「本王早看出來了，當日在羅漢山避暑行宮，眾人都以為是公主下毒害死高潛，你卻甘願挺身為公主頂罪。」凌雲道：「凌雲身為大王下屬，理該為大王分憂解勞。」孛羅道：「嗯，好、好，你心中有公主，所以本王相信你不會與那賤人勾搭。本王交給你一個任務……」凌雲道：「大王請說，凌雲赴湯蹈火，在所不辭。」孛羅道：「本王要你殺了段功，段功一死，本王就將公主嫁你為妻。」凌雲一時呆住，就連阿密和驢兒也覺得不可思議。

孛羅道：「如何？」凌雲道：「屬下……不能從命。」孛羅大為意外道：「難道你不願意娶公主麼？」凌雲道：「公主是金枝玉葉，屬下從來沒有半分妄想。況且公主對段平章情深意重，屬下不忍令公主傷心。」他說得情真意切，孛羅聽了頗為感動，上前扶起他道：「你能對公主如此盡心，本王可算是徹底放心了。這件事就這麼算了。」凌雲道：「多謝大王不殺之恩。」孛羅道：「還有一件事，本王交給你的那副孔雀膽你當真已經用了？」凌雲一愣，半晌才會意過來道：「當真用了。當時屬下潛入無為寺中，依照大王之計，趁使者鄒興去茅廁之機，往他茶水中下了孔雀膽，但他突然沒進茅廁又折返回來，還叫出我的名字，我措手不及，慌亂之下拔劍出來刺中了他。」阿密道：「你那一劍卻沒將鄒興刺死。」凌雲道：「是，大王用孔雀膽來離間紅巾和大理之計本是天衣無縫，都怪凌雲未能將事情辦好，有負重託，請大王和世子懲處。」孛羅道：「這也怪不得你，畢竟人算不如天算。」

驢兒道：「大王說得對，誰能料到那日段平章會突然到無為寺中，後來凌侍衛失手被擒也吃了不少苦頭。虧得鄒興杯中有孔雀膽劇毒一事未被人發現，不然肯定會懷疑凌雲，進而疑忌到大王身上。」凌雲道：「即使被大理發現茶中有孔雀膽，屬下只要一口咬定是我從大王宮中偷的，想我與那鄒興老賊有血海深仇，也不由得他們不信。」孛羅正是事先考慮到可能事敗，才特意選派與鄒興有仇的凌雲去，聽他這麼說很是歡喜，道：「本王知道你的忠心。你也累了，先下去罷。」

等凌雲退出，孛羅這才問道：「你們覺得凌雲的話可信麼？」驢兒道：「凌雲一直對大王忠心耿耿，料來不敢違背大王之命私自留下那副孔雀膽。況且他進寺後不久即被段平章手下羽儀擒住，全身上下當被仔細搜過，也沒發現孔雀膽。」孛羅道：「這點本王也知道，凌雲並無可疑之處，只是有一點，當日行宮壽宴，那高潛臨死前為何要特意指認凌雲盜竊孔雀膽？」驢兒道：「高潛居心叵測，應該是有心挑撥離間。」阿密道：「未必。想那高潛心機深沉，不惜用自己的性命來引父王和段平章相鬥，這等佈局何等深遠，他臨死前說的那句話必有深意。父王，凌雲雖然忠心，但畢竟是個漢人，你可不能將阿蓋妹子嫁給他。」孛羅道：「嗯，本王這麼說也只是試探他一下，他自己倒也有自知之明。」阿密鬆了口氣道：「兒臣還以為父王真要殺段平章。」孛羅恨恨道：「本王確實想殺他。哼，本王不足以成事，他就能成事麼？」

阿密知道下一句潛臺詞是，可惜段功威望太高，輕易動不得，道：「奇皇后婦人之見，父王何必理會。父王預備如何處置泉妃？」孛羅道：「這賤人不安好心，興風作浪，本王當然要殺了她，方能解心頭之氣。」阿密道：「她總算是奇皇后心腹，若就此殺她怕是會得罪皇后，將來太子登基，定想方設法箝制父王。」孛羅道：「嗯，所以才要想個穩妥的法子。」

正說著，忽見一名侍衛進來報道：「這是瓔珞剛剛送來的。」阿密接過來一看，是一封信和一張紙，問道：「她人呢？」侍衛道：「她將東西交到門口就匆匆走了，說是忠愛宮今晚氣氛不同尋常，段功正讓人明天一早就護送寶姬回大理，她得趕緊回去，免得旁人起疑。」驢兒奇道：「段平章這麼快就要送他女兒回大理，莫非有什麼動作不成？」

阿密拆信一看，驚道：「呀，這是奇皇后寫給段平章的信。」孛羅忙搶過來一看，只見那信一手工整小楷，料來是奇皇后屬官所書，信末蓋著皇后的大紅璽信。大致一讀果如凌雲所言，奇皇后在信中盡心籠絡段功，許諾封他為雲南王，將來若得四川，四川也歸他所有。阿密道：「我聽阿蓋妹子說過，她曾見到段功的衣服上結出龍鱗，莫非他當真有天命不成？」孛羅氣得直吹鬍子瞪眼睛，又展開另一張紙，卻是段功的親筆回信，雖婉言謝絕奇皇后，但信中多有塗改之處，信亦未寫完，可見段功內心徘徊矛盾，尚未拿定最後主意。孛羅暴跳如雷，一張面孔完全被怨毒和忿恨扭曲，好半晌才對那侍衛命道：「你去忠愛宮將公主請來。嗯，就說王妃身體不適，請她速回來探望。」侍衛應命而去。阿密道：「父王……」孛羅道：「你先去罷，我只是找你妹子問點事。」阿密只得道：「是。」

驢兒等阿密退出，上前問道：「大王要微臣如何做？」孛羅道：「你連夜去放出消息，說鐵錘人陳惠既已伏法，本王明日正午要與段平章到覺照寺為死者祈福，然後就要聯兵攻打四川。」驢兒道：「是。」孛羅又問道：「死士預備好了麼？」驢兒道：「預備好了，一共十名，全是漢人。」孛羅道：「好。」又加重語氣，森然道，「不過這次假戲真做，一定要做成真的，你明白我的意思麼？」驢兒死死望著孛羅，臉有驚悸之色道：「大王果真要如此麼？萬一……」孛羅不耐煩地道：「萬一又如何？難道要等他當上雲南王，騎到本王頭上來不成？」驢兒不敢再說，道：「是，臣這就去辦。」

書房中剎那間安靜了下來，孛羅凝思片刻，自書案下的暗格取出一個布包，放在桌上。又等了一盞茶功夫，侍衛領著阿蓋進來。阿蓋早猜到所謂母親身體不適不過是個幌子，問道：「父王深夜召女兒前來，有事麼？」孛羅見她眼睛發紅，臉上猶有淚痕，顯然剛剛哭過，又是愛憐又是心痛，問道：「段平章又欺負你了麼？」阿蓋道：「阿奴怎會欺負我？是我自己不好，見他傷痛施宗、施秀之死，想勸慰幾句，自己卻忍不住傷心起來。」孛羅道：「原來是這樣。」

阿蓋忽然仰起頭來，道：「我剛才聽見羽儀議論，說是你派凌雲殺了施秀，當真是父王下的手麼？」孛羅愕然道：「父王近來一直忙於軍國大事，怎麼會派凌雲去殺施秀？女兒，你可別聽旁人胡言亂語。」阿蓋道：「可是大家都這麼說。」孛羅心中「咯噔」一下，暗想：「難怪段功要將他女兒送回大理，他真以為是我派人殺了施秀，預備對我下手。哼哼，想殺我，怕是沒那麼容易，幸好早做了準備。」

阿蓋見父親不答，當真以為是他所做，不免更加心灰意冷，她的一顆心早分作兩半，一半給了父王，一半給了夫君，而時不時的兩難處境更加深了這種硬生生被撕裂的痛苦。莫非當真如人們傳言的那樣，大理段氏和梁王本是世仇，段功娶仇人之女註定是一場被上天詛咒的婚姻？

孛羅見阿蓋垂淚不止，忙勸道：「女兒，你可不能再癡迷段功了。你不知道，他表面對你好，其實只是要利用你。他暗地裡早就背叛你，與父王的小妾泉妃勾搭成姦，又透過泉妃向奇皇后進言，求朝廷封他為雲南王，甚至還打算除掉父王，取而代之。」阿蓋滿面愕然道：「父王說什麼？」孛羅知道一時間難以令女兒相信，便取過桌上的布包交到她手中，道：「這是一副孔雀膽，也是父王手中最後一副，我要你將它用在段功身上。」阿蓋尚未從父親適才的話清醒過來，也未會意孛羅話中之意，只茫然打開布包，一看便驚道：「這就是孔雀膽？」孛羅神色大為緊張，問道：「莫非你在段功那裡見過？」阿蓋搖了搖頭道：「我在凌雲那裡見過。」孛羅這才舒了口氣，罵道：「凌雲這小子，怎麼會這麼不小心？」阿蓋道：「他沒有讓我看，是我自己偷偷看到的。」心頭又是困頓又是迷惑，喃喃道，「怎麼會這樣？」

孛羅以為她深怪自己當時表面派她去向大理求助，暗中卻派凌雲毒殺明玉珍的使者，便解釋道：「女兒，你不要怪父王，當時我派你前去大理，本來就沒有抱任何希望，只不過不希望你跟著父王受戰爭之苦。當然父王也不會坐以待斃，所以又派凌雲暗中下毒，本意是要用孔雀膽毒死明玉珍使者，由此挑撥他們雙方相鬥。不想那凌雲沒辦好事，反而累得女兒你不得不下嫁段功。」阿蓋道：「不，女兒嫁給阿奴覺得很滿足。」短暫的幸福感終於令她回過神來，問道，「父王給女兒孔雀膽，要做什麼用？」孛羅見愛女渾然沒聽進自己的話，顯然心思全在段功身上，一時沉吟，又猶豫起來。

阿蓋又問道：「阿奴……他當真與泉妃有……有那個麼？那一日，我看到泉妃站在水邊跟阿奴說話，還以為她只是到忠愛宮賞花……」孛羅怒氣又生，道：「原來段功當真與那賤人勾結。阿蓋，你拿這副孔雀膽去下在段功茶水中……」阿蓋這才明白父王是要自己拿孔雀膽毒殺段功，一時驚駭，哭道：「不要，我不要阿奴死。」孛羅厲聲道：「段功背著你與別的女人來往，你還要維護他麼？他久有呑金馬、咽碧雞之心，你不殺他，他明日就要對父王下手，你也任憑他來殺父王、殺母后、殺阿兄麼？」自阿蓋出生以來，還沒見過父王發這麼大脾氣。她癱坐在地呆呆望著父親，臉上青一陣，白一陣，紅一陣，昏昏沉沉中，感到腹中如翻江倒海般五味雜陳，酸甜苦辣各種滋味都有。至於後來她如何回到忠愛宮，更是惘然不知。

段功一直在房內踱步頗見焦躁，見阿蓋回來也只淡淡問了一聲：「你回來了。」阿蓋道：「嗯。」走近段功道，「僧奴明日一早要回大理，已經準備好了麼？」段功道：「嗯。」阿蓋道：「不如我們也跟僧奴一道回大理，阿奴，你說好不好？」段功訝然道：「你說什麼？」阿蓋道：「我們一起回大理，不好麼？」段功凝視她半晌，搖了搖頭道：「我目下暫時不能離開中慶……」阿蓋道：「那麼皇后許諾封你為雲南王的事是真的了？」段功目光森森，犀利如冰，緊盯著阿蓋道：「莫非公主又偷看了我的信，不然如何得知這件事？」阿蓋道：「原來是真的。」段功正色道：「奇皇后確實拉攏過我，不過……」

忽聽見段僧奴在外面叫道：「阿爹睡了麼？」段功捨了阿蓋走出房來，見楊寶等人都在，問道：「出了什麼事？」段僧奴道：「伽羅不見了，到處都找不到。」段功道：「她出宮了麼？」楊寶道：「高浪只看到她去了梁王宮，我剛去宮門口問過侍衛，她並未離開王宮，我擔心她偷偷去找凌雲了。」段功道：「噢？」楊寶道：「我們在陳惠和施秀羽儀長手中各發現了一片衣襟，寶姬曾看見凌雲穿過一件同樣顏色的衣服，伽羅提過，若能找出那件被撕破的衣裳，與兩片衣襟配上，就是凌雲殺死施秀羽儀長的鐵證……」段功道：「你是說，伽羅去凌雲房中找那件衣裳。」楊寶道：「是，伽羅一派天真，她也不想想，若真被她找到衣裳作為證據，凌雲還能讓她活麼？」

段功道：「你們速去梁王宮，說我有要事請凌雲過來一趟。」楊寶道：「遵令。」

高浪上前一步，指著房中低聲道：「信苴，你要提防著公主，她今晚稱回宮去看王妃，其實是去找凌雲，我親眼所見決計不假。」他本來要去殺凌雲，不料撞見阿蓋與凌雲談話，不久凌雲被人叫走，梁王回宮，宮中警戒驟然增強，他見無機下手，只得悻悻回來忠愛宮。段功聽了高浪的話，先是一怔，回頭看了看房中，道：「我知道了。」

楊寶和高浪帶了兩名羽儀來到梁王宮，向侍衛說明情形，侍衛便領著幾人來到凌雲住處，拍門叫道：「凌侍衛，段平章派人找你。」等了片刻，只見房中燈亮，凌雲披衣開門，問道：「有事麼？」一名羽儀道：「信苴請凌侍衛去一趟忠愛宮，有要事相商。」凌雲道：「好，等我穿好衣服。」進房穿了外衣，也不吹滅燈燭，將門一掩，便跟著羽儀離開。

楊寶和高浪一直守在一旁暗處，等凌雲離開，迅疾閃入房中，然而搜過每一寸角落既未發現伽羅，也未發現任何一件撕破的衣裳。楊寶知道以二人之力難以搜尋，慌忙奔去求見梁王。侍衛久聞他聰慧大名，敬他連破奇案，當下帶著他和高浪往如意樓而去。侍衛正要進去稟報，忽聽見裡面的孛羅大聲叫道：「愛姬，你怎麼了？來人，快來人！」

眾人不知道出了什麼事趕緊進去，卻見泉銀淑一身單薄內衣，懸吊在床梁上。孛羅道：「快，快放她下來。」侍衛一哄而上割斷綾帶，將泉銀淑放下讓她平躺在床上。孛羅連聲歎氣道：「唉，愛姬，本王知道你與別的男人偷情，還懷上了骨肉，可是你也用不著自盡。」其實他並不知道泉銀淑肚裡有別人的孩子，不過有意這麼說，好掩人耳目。楊寶一眼望見泉銀淑頸中有一深一淺兩道勒痕，分明是先為人勒死或勒暈後，再掛上綾帶偽造成自縊假象。屍體猶溫，這房中之前又只有梁王一人，肯定是他下的手，此刻見他有意露話為自己洗脫，也不點破，心想：「這泉銀淑既是皇后派來的人，梁王依然下手殺她，多半是她發現了什麼祕密。」但他心中掛念伽羅安危，無暇他顧，忙上前道：「楊寶參見大王。」

孛羅奇道：「楊羽儀，你怎麼來了本王後宮？」楊寶道：「小子多有不敬，請大王恕罪。實是伽羅失蹤，有人看見她進來梁王宮，卻再也沒出去。小子斗膽請大王調派人手搜索宮中，有什麼鬼怪作祟也說不準。」孛羅斥道：「淨會胡說，什麼鬼怪作祟。本王在這裡住了幾十年也沒出過事，怎麼你們大理人一來就有鬼怪？」楊寶道：「是，小子信口胡說。懇請大王看在伽羅多次為宮中諸人治病的份上，派人尋找伽羅，抑或准許我們自己派人到宮中搜索。」

孛羅本以為又是段功之計，但見楊寶強作鎮定之色，卻還是掩蓋不住焦急萬狀，料來其言不虛；大理諸人中，他確實最喜歡伽羅，天真無邪，又會治病，不如做個順水人情，正好可以讓那些羽儀忙活一夜，當即道：「那好罷。不過本王這裡人手不夠，你們要找伽羅得自己派些羽儀過來，只是有一點，別打擾了宮中女眷。」楊寶道：「是，多謝大王。」走出如意樓，猶聽見裡面孛羅歎道：「愛姬，你何苦如此！」

段功將凌雲召到忠愛宮，也只隨意問了一些話，凌雲自稱晚上並未見過伽羅，絲毫不露口風。段功沒有實證，只得放他離開。楊寶又調派一批羽儀往梁王宮尋找，直到次日清晨，伽羅始終沒有回來，羽儀們搜尋一夜也沒發現她的蹤影。眾人均懷疑伽羅發現了凌雲的罪證，所以被他殺人滅口，但屍體又去了哪裡？只是偌大的梁王宮，藏個人說難也難，說易也易，竟未留下任何蛛絲馬跡，著實不同尋常。

伽羅莫名失蹤，段僧奴回大理一事自然告吹，她也懷疑是凌雲下手，決意死死盯住他。凌雲一早跟隨梁王出宮到城北軍營辦事，她也一路跟隨。臨近正午時，梁王又去行省署，凌雲卻突然折返梁王宮，有意停在宮門口等段僧奴過來，嘲諷地問道：「寶姬跟蹤了我半日，可有什麼發現？」段僧奴道：「一日找不到伽羅，我就纏你一日。」凌雲冷笑一聲不再睬她。段僧奴道：「站住！伽羅多次救你，你竟能下得了手殺她？」凌雲道：「你怎麼知道伽羅死了？」段僧奴一愣，問道：「伽羅還活著麼？她在哪裡？」凌雲道：「你現在回忠愛宮，也許就能見到她了。」段僧奴見他不似玩笑，道：「當真？」凌雲哼了一聲不置可否，逕自往宮中走去。段僧奴叫道：「喂！」卻始終不見他回頭。

段僧奴與伽羅情若姊妹，即使凌雲所言是假也不願喪失一線希望，慌忙跑回忠愛宮，羽儀卻說根本沒見到伽羅過來。段僧奴大怒，恨恨道：「這小子原來是使金蟬脫殼之計，用謊話將我甩掉。」打算再去找凌雲，正見楊寶、高浪等人精疲力竭地從梁王宮找人歸來，忙問道：「可有伽羅的下落？」楊寶道：「沒有。信苴人呢？」段僧奴道：「一早去了行省署。阿爹臨走吩咐……」她的目光忽然緊緊盯著楊寶的背後，一時驚色無語。楊寶道：「什麼？」見她神色有異，回過頭去，正見伽羅跌跌撞撞地走了過來。

眾人歡呼一聲，一起圍上去，七嘴八舌地問道：「你昨晚去了哪裡？可急死我們了！我們都以為你被人殺人滅口了呢，哈哈！」伽羅急道：「快、快，快去找信苴，不然來不及了。」楊寶道：「出了什麼事？」伽羅道：「凌雲告訴我，梁王馬上要對信苴下毒手。」段僧奴道：「你說什麼？」伽羅道：「快去找信苴。」

楊寶慌忙集齊所有羽儀，趕去行省署。一路上，伽羅才慢慢說清楚事情經過，原來她昨夜當真想去凌雲住處找那件衣裳，不料剛到門口就讓人從背後打暈，隨即不省人事。醒來時發現躺在一個軟軟的處所，手腳均被繩索綁住，眼睛蒙上黑布，口也被堵住，不知道人在哪裡，也不知道發生了什麼事，喊也喊不出來。直到剛才，凌雲忽然進來解開繩索放了她，她才知道身在阿蓋公主出嫁前所住的閨房裡。

段僧奴道：「我就知道是凌雲做的，他打暈了你，將你藏起來，現在又放了你，告訴你梁王已設下埋伏，要派人假冒紅巾行刺阿爹，到底有何居心？會不會是一個圈套？」伽羅道：「打暈我的是不是凌雲我不知道，不過他剛才說，我救過他許多次，他從來沒回報過我，這次他冒著生命危險透露訊息，就當是我以前救他的回報，從此以後我們就算扯平。」楊寶道：「凌雲的事以後再說，就算是圈套，我們也要去看看。」

到了行省署一問，才知道段功早在一個多時辰前去了覺照寺，梁王則在剛剛問了段功去向後，也率大隊人馬趕去覺照寺。眾人大驚失色，這才不再懷疑凌雲所言，忙策馬出城朝東趕去。一出南門，便見有人亂跑亂叫，說是前面通濟橋上打起來了。過了大德橋，前方金刃交接之聲大作，再奔近些，便見一大群人正在橋上混戰廝殺，有羽儀、有梁王侍衛、有身分不明的黑衣蒙面人，還有不少身穿普通百姓服飾的人。

眾人原以為是梁王帶人伏擊段功，卻見梁王本人也陷在重圍當中，一時難以分清敵我。段僧奴拔出女兒劍，道：「先將自己人搶出來再說。」一躍下馬來，率先衝進人群，見父親肩頭和胸口各中了一箭，手拄著松鶴劍，坐靠在橋中石柱上大口喘氣。楊智和兩名羽儀各執兵刃，死命守護在一旁，正有數名黑衣人上前圍攻。楊智左臂中了兩箭，肩頭挨了一刀，鮮血正汩汩流出，那兩名羽儀也都受了重傷，左支右絀，漸有不支之勢。

段僧奴見狀大驚，叫道：「阿爹，女兒來了。」她手中的女兒劍是玄鐵所鑄，削鐵如泥，當即舞動成一團劍光，猶如白龍騰躍，從人群中殺開一條血路，又刺死一名阻截的黑衣人，衝到段功身邊上前扶住他，見他臉色灰白，生氣全無，忙問道：「阿爹，你要不要緊？」便伸手折斷箭桿，取出金創藥，正要去拔箭頭。段功道：「不必了，我……我已經中了孔雀膽毒。」段僧奴道：「什麼？阿爹怎麼會中孔雀膽？」段功不答，只問道：「楊寶呢？」段僧奴回頭一看，正見高浪揮舞鐵鞭在前面開路，楊寶率眾羽儀跟在後面，奮力拚殺，趕過來接應，忙大叫道：「楊寶，阿爹叫你。」

卻聽見楊智慘叫一聲，一名黑衣人揮刀砍中他頸項，鮮血濺了段僧奴滿臉。她雖懂武藝，卻只在無為寺中與同伴交手玩耍，從未殺過人，更不要說眼前這種混戰的場面，當即嚇得呆住。楊智一倒，那黑衣人又揮刀向她砍來。刀鋒及近後背之時，生生頓住，原來是高浪一鞭將那人腦袋打得稀爛。

楊寶搶過來，叫道：「楊員外、楊員外。」卻見他脖子間有一道極深極大的口子，鮮血正如溪流般噴出，已是活不成了。段功道：「楊寶……」楊寶道：「是，信苴，我在這裡。」段功道：「是遺緣……遺緣……」楊寶道：「遺緣？信苴是說，是遺緣下孔雀膽毒死了張將軍麼？」段功眨了兩下眼睛，露出欣慰神色，道：「好孩子，你已經知道了？你真是聰明。」楊寶心念一動，猛然間便如遭雷擊，手腳冰冷，全身發麻，失聲道：「信苴也中了孔雀膽毒，是也不是？」見段僧奴尚呆在一旁，忙叫道，「寶姬，快去找孔雀膽解藥，快去。」段僧奴這才會意過來道：「好。」剛要站起，卻被段功一把拉住道：「不，不必了。」臉上露出深深的厭倦，歎了口氣，彷彿在說：「我太累了，讓我死罷。」

段功扭轉了頭，卻見楊智已經死在旁邊。在他一生三十多年的歲月裡，楊智一直是他最知己的密友，他十分欣賞楊智那種有分寸又不失恭敬的忠誠。他知道楊智年輕時也曾愛慕高蘭，高蘭卻義無反顧選擇了段功，也許是因為愛自己，也許是因為自己的總管身分。而今，舊愛早已隨風而逝，新歡又在何方？要再與她們相逢，似水中撈月。世事來來去去如白雲蒼狗，功名利祿最終似一隻鴻雁了無痕跡，到了人生最後的時刻，不能忘懷的終究還是花月情根與刻骨銘心的愛戀。

他的手腳逐漸麻木，毒素已侵入四肢，全身的血液正慢慢冷凝，身邊有這麼多張熟悉的臉，四周更有人潮水一般地殺來殺去。在這洶湧的喧囂嘈雜之中，他心中卻只覺說不出的孤獨、說不出的寂寞。心到底在哪裡？不在人群中，不在陽光下，不在人所能看到的地方，甚至不在所能想像到的地方。天地漸漸安靜了下來，他感覺越來越冷了，陽光還是有的，只是冷冷的涼。

通濟橋上的廝殺還在繼續，幸得救兵最終還是到了。西面塵頭大起，鎮撫司鎮撫劉奇帶領大隊兵馬趕到，一聲號令，盾牌在前，長槍在後，層層圍了上來，只拉出梁王侍衛和羽儀，其餘人一律刺死，混戰的局面才算控制住。

伽羅越過眾多屍體，匆忙趕到橋中，段功的雙眼早已失去神采。段僧奴大哭道：「伽羅，快救救我阿爹，他中了孔雀膽。」伽羅惻然道：「信苴……他已經去了。」段僧奴卻不願意相信，道：「沒有，阿爹只是睡著了。伽羅，你快救救他。」伽羅淚水潸然而下，再也說不出半句安慰的話。

楊寶見劉奇正帶人過來，便揮手召集眾羽儀，面色凝重地囑咐道：「今日凌雲對伽羅所言，真相未明前，大夥切記不可洩露半句。」段功、施宗、施秀、楊智均已死去，倖存的羽儀群龍無首，全都敬佩楊寶聰慧過人，當即道：「是，楊寶，我們聽你號令。」楊寶道：「那好，你們先等在這裡。」上前迎上劉奇，叫道：「劉鎮撫。」

劉奇問道：「段平章可還好？」楊寶道：「信苴已經去了。」劉奇驚道：「什麼？」慌忙搶過去，果見段功半躺在段僧奴懷中，早已氣絕身亡，當即雙膝跪下道：「段平章，劉奇來得遲了，累你身死，劉奇萬死莫贖。」雙目兩行清淚流出，唏噓不已。楊寶道：「並非大人之過，信苴中埋伏前早已身中孔雀膽劇毒。」劉奇道：「孔雀膽？是誰下的毒？」孛羅在侍衛護衛下走了過來，正好聽見，十分驚奇，問道：「段平章中了孔雀膽毒麼？」心中暗想：「莫非是阿蓋下的毒？想不到我這女兒到關鍵時刻竟頂事了。」楊寶見他毫無悲慟之色，不願與他交談，只點點頭道：「我們折損了好些人手，剩下的羽儀大多受了傷，還請劉鎮撫派人協助，將信苴、楊員外和羽儀們的屍首先送回行省署，等安排妥當後，我們自會運屍回大理。」劉奇道：「願意效勞。」

楊寶又分派幾名未受傷的羽儀趕回大理報信，受傷的先跟伽羅回忠愛宮醫治，段僧奴死抱著父親屍首不放，便只得由她，自己和高浪則帶了兩名羽儀往覺照寺而去。走出數步，忽聞見背後段僧奴哀呼婉轉，如風引洞簫，讓人心碎。

到得覺照寺山門，一名小沙彌正在門邊翹首張望，一見楊寶幾人下馬，便上前問道：「各位是來找遺緣禪師麼？」楊寶道：「正是。」小沙彌道：「禪師已在茶室等候你們許久。」高浪冷笑道：「他倒是敢作敢當，也不逃走。」小沙彌見他渾身是血，殺氣騰騰，有心不讓他進寺卻又不敢開口，遲疑間，高浪早已大踏步闖入。

幾人趕來茶室，果見遺緣正盤膝而坐，閉目參禪。楊寶也不想廢話，直言不諱地道：「信苴已死，禪師今日也難逃一死。想來禪師清瑩秀澈，生死也不放在心上。不過還請禪師明言，你為何要先後下毒害死張希矯大將軍和信苴？」遺緣微笑道：「早聽聞楊羽儀聰明過人，貧僧不是早暗示過你了麼？」楊寶道：「小子愚鈍，還請禪師明示。」遺緣道：「楊羽儀忘記貧僧昨日曾提過古田寺麼？」楊寶道：「呀，你原是古田寺僧人。」遺緣道：「不錯。當時張希矯火燒古田寺，貧僧僥倖逃出，流落到覺照寺在智靈師兄處安身，原也想不到竟還有機會報復張希矯和段功。」

楊寶這才恍然大悟，當時紅巾攻打雲南，明勝率大軍駐紮古田寺，張希矯帶兵前去偷襲，雖發現紅巾已經退走，卻因看見許多羅苴子被慘酷虐殺在寺門前，一怒之下放火燒了這座千年古剎。之後段功震怒，為此貶謫流放張希矯，想不到當時寺中還逃出了一名僧人，來到中慶，安安穩穩地策畫復仇大計。張希矯來到覺照寺求見段功時，定然已被遺緣發現認出，當時他便起了殺機，設法將張希矯請入茶室，在茶水中下了孔雀膽毒，他自己雖也飲了茶水，卻已事先備好解藥。張希矯離開覺照寺後便已感到中毒，他也許認不出遺緣是誰，但想到此人能以高僧身分經常接近段功，很是可怕，當即趕往行省署，想將這一祕密告訴段功，不料陳惠經常在覺照寺附近徘徊，早留意到張希矯，一路跟蹤他到魚課司巷，用鐵錘殺了他。至於今日的情形，若凌雲所言是真，梁王當是預備邀請段功同去覺照寺，伏兵則埋伏在通濟橋下，不料遺緣昨日聽段功言語有返回大理之意，搶先一步將段功請來寺中，請他飲下摻有孔雀膽劇毒的茶。段功回行省署的路上，在通濟橋正遇到伏兵和梁王，由此開始了一場混戰。那些黑衣人武藝高強，也許真是紅巾的刺客；而當時梁王的人，便即是那些著普通百姓服飾的人，拳腳功夫則要差上許多。

這其中關竅，楊寶瞬間便已想明白，只是心中仍有疑慮，問道：「禪師從哪裡得來兩副孔雀膽？你又是如何知道孔雀膽囊能解孔雀膽毒的祕密？」遺緣嘟囔道：「貧僧見過那位羽儀，他被折磨了許久……」楊寶道：「你是說楊勝堅麼？」遺緣不答，只道：「貧僧也被仇恨折磨了許久，如今終於解脫……」頭無力下垂，再也不動。高浪問道：「他死了麼？」楊寶道：「他應該是和信苴同時中了孔雀膽毒，撐到此時，已是不易。」高浪恨恨道：「如此死法豈不便宜了他？」楊寶歎了口氣道：「走罷，回去還有許多事要做。」

幾人默然回城，先去了行省署，只見外署院中已大致搭起靈堂，劉奇正指揮人忙來忙去，滿頭大汗。楊寶也不去驚擾，正要離去，忽見馬文銘疾步過來，握了他的手，道：「段平章不幸去世，文銘與家父深感痛惜。」楊寶道：「侯爺和小侯爺有心。」馬文銘壓低聲音道：「文銘尚有一言，楊羽儀，你該儘快派人護送寶姬離開中慶。」楊寶心頭一凜，問道：「寶姬人在何處？」馬文銘道：「她在堂內守著段平章的屍首。」楊寶道：「不過，我方羽儀大多受了傷……」馬文銘道：「若是楊羽儀信得過文銘，此事就交給我來辦。段平章對劉鎮撫有救命之恩，他也願意協助。我們今日就可以安排寶姬離開，我自會派人沿途護送。」楊寶心中感激道：「多謝小侯爺。」馬文銘道：「楊羽儀何須客氣。」

楊寶還待進去告誡段僧奴幾句，馬文銘道：「裡面有梁王的人盯著，楊羽儀還是儘快離開為好，寶姬一事盡可放心。」楊寶知道對方聰明才幹不下自己，便點點頭逕自回到忠愛宮。伽羅正忙著替羽儀們治傷，見楊寶進來，問道：「找到下毒的人了麼？」楊寶點點頭道：「是遺緣禪師，他自己也中了孔雀膽毒死了。」當即說明事情經過。伽羅道：「呀，遺緣禪師如此念念不忘毀寺之仇，甚至遷怒信苴，還敢稱什麼高僧。」

楊寶又問道：「伽羅，除了藥師殿的人，當真沒有外人知道孔雀膽囊能解孔雀膽毒的事麼？」伽羅道：「為什麼這麼問？」高浪道：「遺緣之前毒死張希𡠐將軍的時候，自己也中了毒，就是靠孔雀膽囊解的毒，你在覺照寺後方山林看到那隻被開膛破肚的孔雀，就是他下的手。」楊寶道：「遺緣手中一共有兩副孔雀膽，我猜應該是同一個人交給他的，這個人也知道孔雀膽囊能解孔雀膽毒。」

伽羅露出沮喪之色，喃喃道：「原來真的是他。」楊寶道：「是誰？」伽羅道：「凌雲。當時他被囚禁在無為寺時，曾問過我孔雀膽是不是真的很厲害，我隨口就說了孔雀膽囊能解孔雀膽毒的事。」楊寶跺腳道：「你怎麼不早說？」

伽羅嘴角漾起了微微的苦澀，她終於知道凌雲一直在利用她，從她在無為寺中割血救他的那一刻開始。於她個人情感自沒什麼可抱怨的，但她洩露藥師殿的機密，多少成為害死張希矯和段功的幫凶，當即哭道：「是我不好。他當時受了重傷，氣息奄奄，我絲毫沒有防範之心……」

忽聽見有人問道：「當真是凌雲麼？」眾人回頭望去，阿蓋正站在門口，面色蒼白。那一瞬間，眾人將目光短暫望向她之後，又紛紛回過頭繼續忙自己的事，彷彿既沒聽見她的話，也當她這個人不存在。阿蓋咬緊嘴唇，淚光瑩瑩，甚是可憐。她才只有二十一歲，卻仿若已走到生命的深秋。

楊寶見無人睬她，不得已上前道：「回公主話，確實是凌雲所為，不過他手中如何會有孔雀膽，我們尚不得而知。」阿蓋道：「我知道凌雲怎麼會有孔雀膽。」楊寶大為驚奇道：「公主如何會知道？」阿蓋道：「我就是知道。我父王曾經交給凌雲一副孔雀膽，我猜他沒有用，私自截留了下來。」楊寶恍然大悟道：「原來當時凌雲潛入無為寺，本意是想用孔雀膽毒死明玉珍使者，梁王這一計可真是毒辣。」孔雀膽既是梁王交給凌雲，梁王當然就是主使。

阿蓋也不為父親辯解，道：「當時凌雲還被關在伽羅住處時，我去看他，他趁人不備塞給我一包東西，讓我藏好。我當時不明究竟，也是最近才知道那裡面就是孔雀膽。」楊寶奇道：「你是說凌雲被擒後，給過你一副孔雀膽麼？」阿蓋道：「是，後來他被放出來，我又還給了他。」伽羅道：「不對，凌雲被關在我那裡時，我替他換過衣服，他身上所有的東西早就被羽儀搜走，哪裡有孔雀膽？」阿蓋一時也想不明白，道：「想知道究竟並不難，只須將凌雲叫過來一問便知。」楊寶也想弄清楚事情經過，便道：「那就有勞公主出面，派侍女去請凌雲過來。」阿蓋一口答應道：「好。」極為鎮定，隱有堅毅之色，與她往日的婉轉柔弱大不相同，似乎段功的死並未對她造成多大痛苦。

忽有羽儀在門外叫道：「楊寶，快來楊員外房中。」楊寶聞訊趕去楊智房中，只見房中一切井然，不明所以，問道：「什麼？」羽儀道：「牆上有字。」楊寶抬頭一看，果見粉色牆壁上題了一首詩，正是楊智親筆。詩道：「半載功名百戰身，不堪今日總紅塵。死生自古皆由命，禍福於今豈怨人。蝴蝶夢殘滇海月，杜鵑啼破點蒼春。哀憐永訣雲南土，絮酒[4]還教灑淚頻。」字跡猶新，當是昨夜所題。楊寶道：「原來楊員外早有預感，只是……只是……」額頭汗水混雜著淚水，涔涔而下。天塌地陷中，也不知道發呆了多久，忽有羽儀進來道：「凌雲已經來了，公主請你去書房。」

楊寶慌忙用衣袖往臉上抹了幾把，來到書房。阿蓋公主正坐在窗下的椅子上，凝神望著窗外。凌雲叉手而立站在房中，依舊是往日冷漠驕傲的神色。高浪和幾名羽儀早已各執兵刃，擁到門口，防止凌雲逃脫。

楊寶進來看了凌雲一眼，上前叫道：「公主。」阿蓋回過頭來道：「噢，你們都來了。楊羽儀，這就請你當面直接問他罷。」楊寶走到凌雲面前，道：「我們都知道是你將孔雀膽給了覺照寺的遺緣，你也不必再抵賴，有一副當是梁王交給你去害明玉珍使者的，不過你私自留了下來，另一副……也就是你被關在無為寺時暗中交給公主的那一副，是從哪裡得來的？」

凌雲冷笑道：「你們這是在私設公堂麼？我憑什麼要告訴你？」阿蓋：「我想知道。」她雖然只是平靜地看著凌雲，眼中卻射出了寒光。凌雲回望著她，兩人的目光針鋒相對對峙著，一時之間誰也不動，誰也不語。好半晌，凌雲才昂然道：「好，既然公主想知道，我就從頭說起。我本姓林，真名叫林峰，是鄒興的外甥……」楊寶失聲道：「原來你是紅巾的人。」眾人亦大驚失色。一時間，許多疑問都迎刃而解，原來凌雲竟是明玉珍派在梁王身邊的奸細。

凌雲道：「對，我是紅巾的人。明王入主四川後已有謀取雲南之心，舅舅深謀遠慮，先派我冒充他世仇之子凌雲來到中慶。我一身武功，自然輕易進了梁王宮為侍衛，幾年下來更是成為梁王心腹。」楊寶道：「後來明玉珍攻打中慶輕易得手，想必也是你從中搗亂。」凌雲道：「不錯，是我事先繪製了中慶城防圖送去明王軍中。湊巧我又被派去大理，梁王表面派公主前去大理求救，其實不抱希望，以他歹毒的性格當然不會輕易罷手，因而給了我一副孔雀膽，命我暗中毒死使者鄒興。而孔雀膽為大理祕藥，眾人勢必會懷疑是段氏下手。只是他千算萬算，卻不知道鄒興正是我親舅。我一到大理，舅舅的人便來告知我計畫，於是我將孔雀膽藏好後潛入無為寺外，等李芝麻幾人翻入禁區後，再去南禪房與舅舅會合，偽造行刺假象，引開眾人注意力，好讓禁區中的李芝麻等人有機會尋找藏寶圖……」

楊寶道：「難怪你刺了鄒興一劍後，不循原路逃出寺外，還特意跑向藏經閣後方，原來就是為了讓人發現。」凌雲道：「不錯，可是我也沒想到當晚你們總管段功來了無為寺，寺中警戒大增。我見無法逃脫，也不想再無謂反抗，所以才被你們擒住。至於我在伽羅那裡交給公主帶出寺外的孔雀膽，原是你們自己人放在我懷中的……」

伽羅也擠到了門前，而高浪一聽凌雲說是「你們自己人」，立即狐疑問道：「真的是你？」伽羅道：「怎麼會是我？你居然也懷疑我？」揮拳朝高浪身上打去。高浪忙道：「我沒懷疑你，我就是問一句。」凌雲道：「不是伽羅，是你們當中心機最深遠的那位——高潛。」高浪冷笑道：「怎麼會是高潛？你別以為他人死了，你就可以將所有壞事推到他身上？」凌雲道：「我今日本就沒有打算再活著走出這裡，為什麼還要騙你們？」

楊寶忽道：「真是高潛。」當下說明經過，原來當時高潛自藥師殿盜竊了兩副孔雀膽，便在那晚毒死了脫脫，次日白沙醫師發現孔雀膽丟失，飛報段功，無為寺中立即開始大搜索，高潛本人也因為前一天去過藥師殿名列嫌疑名單，他當然很恐慌，正好高蘭欲帶逃婚躲在蘭若樓的段僧奴出寺，楊寶、高浪、高潛幾人都在樓下等候，高潛乘機溜進一樓書房，見凌雲依舊昏迷在竹床上，便將孔雀膽塞入了他懷中。高潛一直不說出此事，原是想等旁人自己發現，這樣凌雲便難以抵賴，哪知道後來竟始終沒有孔雀膽的消息，他猜一定是被凌雲藏了起來，所以臨死才特意提醒大家說是凌雲偷了孔雀膽。

凌雲道：「難怪人人都說楊羽儀聰明過人，果真名不虛傳。不錯，大致情形就是這樣，只是當時我人已清醒，高潛的舉止我瞧得一清二楚，不過佯作不知。你們走後，我掏出懷中東西一看，立即認出是孔雀膽。我雖不明白高潛為什麼這麼做，但料來他是想誣陷我，不過孔雀膽十分難以取得，將來定能派上大用場，正好公主來探望我，我便找機會將孔雀膽交給她，由此將毒藥帶出了無為寺。」頓了頓又道，「不過，這一切公主並不知情。」

楊寶道：「這我知道。你既是紅巾的人，後來公主與大理結盟，形勢明顯不利紅巾。高夫人因為個人原因，派羽儀徐川從中阻撓聯盟一事，分明對你有利，你為何還要殺了徐川？」凌雲很是吃驚，道：「這事你也知道？」當下也不隱瞞，原來他離開大理後，一路跟在阿蓋後頭，後來在石門關遇到羽儀徐川，聽他向驛站打聽阿蓋一行下落，他知道羽儀只負責總管府安危，絕不會輕易外出，當即猜到徐川不懷好意，便一路跟蹤，終於從隻言片語中猜到他奉高蘭命，要安排人下手殺害阿蓋。雖則公主一死，梁王大理聯盟必破，局勢對紅巾有利，凌雲卻還是不願阿蓋遭此毒手，因而殺了徐川。伽羅心想：「原來他還是一心愛戀公主。」

楊寶問道；「後來呢？」凌雲道：「後來我去了古田寺與明勝大將軍會合。」高浪問道：「你是在那個時候認識遺緣？」凌雲道：「當然。我還見過羽儀楊勝堅。」原來當初楊勝堅為紅巾游哨所捕，在古田寺中遇到的「熟人」，正是凌雲。他歎了口氣道：「我本意是想從此投效軍中，再也不用回到梁王身邊，不料明將軍見大理軍驍勇，武力難以取勝，又派我回楚雄城中。梁王正是用人之時，見我回來，喜出望外，以前的一切就此作罷。」

高浪道：「後來明玉珍退兵，信苴與公主成親，你便從中破壞，那有毒蘭花是你特意送給公主的麼？」凌雲道：「不是。」重重看了伽羅一眼，彷彿是在說，「虧得你那日提醒，我才一直忍住沒下手。」伽羅道：「你們看不出來麼？即使凌雲要殺信苴，也絕不會害公主。」阿蓋只淡淡道：「請你繼續說。」凌雲看了她一眼道：「是。近來明王去世，四川內鬥，梁王預備對四川用兵，我接到舅舅的書信，務必先設法挑撥段功與梁王相鬥，再除掉段功。」

高浪道：「為什麼不除掉梁王？」凌雲道：「梁王志大才疏成不了氣候，段功卻是精明能幹。我早知道遺緣來了覺照寺，也知道他有意為古田寺中被燒死的僧人復仇；那一場大火，他伯父和親弟弟都死在裡面，所以我將兩副孔雀膽都交給他，讓他伺機下手。為以防萬一，又將解孔雀膽毒的法子告訴他。不料，遺緣那日認出火燒古田寺的罪魁禍首張希矯，事先也沒告訴我，就下孔雀膽毒死了他。」高浪道：「張將軍雖中了孔雀膽毒，最終還是被陳惠殺死。」凌雲道：「這之後的事確實出乎人意料，我也沒想到平地裡會冒出個鐵錘人陳惠。這之後，我奉命監視忠愛宮，那晚見到施宗憤然出宮，立即跟他到了酒肆，沒想到那裡還有人在暗中留意他。我在避暑行宮見過陳惠，他雖戴了次工，有意蓋著臉，我還是立即就認出他。我知道他擅長仿冒旁人筆跡，便有了主意，從外面買了紙筆帶在身上。後來施宗醉酒，在巷子中被陳惠追上，我也不出手相助，任憑陳惠將他殺死。然後我跟蹤陳惠來到螺峰山，見他一路腳下不穩，似是受了傷……」楊寶道：「這點我們後來已經知道，陳惠其實是連帶中了孔雀膽毒。」

凌雲點點頭，續道：「我跟陳惠進入山洞後，立即被他發現，舉起了鐵錘，我推他一推，他便坐倒在地。我晃亮火摺，見他坐在那裡大口喘氣，已有垂死之相，只是一雙眼睛仍死盯著我。我說：『我知道你叫陳惠，你心願未了，還有施秀、段功未殺，只要你幫我做一件事，我就幫你了此心願。』陳惠也認出了我，說：『我認得你，你是梁王身邊的侍衛，我才不相信你。』我說：『你不知道麼？梁王處心積慮正要害死段功，我受命完成此事。如果你肯助我一臂之力，事情當會容易辦得多。』他一心復仇，根本不瞭解梁王和大理之間的恩怨，躊躇良久，只是默不作聲。我便告訴他：『你轉瞬即死，相信我一次對你也沒有什麼損失。』他終於被我打動，問道：『你要我做什麼？』我便取出一封信，要他仿冒筆跡另寫一封信。他問道：『你是要陷害段功？』我說：『是，只要你寫，我一定親手殺死施秀和段功，為你母親報仇。』他便再無疑慮，按照我的示意寫了一封信。他寫好信後，死死抓住我的衣襟道：『你可要信守承諾，不然我做鬼也不放過你。』我點點頭，他就此撒手死去，我將他藏屍在石縫中，又取了他身上的鐵錘，這才出洞下山。至於後來種種巧合機遇，讓你們發現了陳惠的屍首，實在非我所能預料。」

楊寶問道：「你讓陳惠偽造的是封什麼信？」凌雲道：「是一封模仿段功筆跡寫給奇皇后的回

信。」見眾人甚為困惑，知道他們不知這等機密大事，便解釋道：「目下韃子皇帝和太子爭位，梁王是皇帝一派，太子派的奇皇后就來拉攏段功，許諾封他為雲南王。」楊寶道：「即使皇后籠絡信苴，這何等機密之事你怎麼會知道？」凌雲道：「我能取到段功的親筆書信，當然也看過那封有皇后玉璽的信。」楊寶驀然省悟，道：「你在這裡有眼線。」不由自主將目光投向阿蓋。凌雲道：「不是公主，是公主的侍女瓔珞，她也是梁王的眼線。我正好讓她將那封偽造的書信，連同偷出的皇后書信，一起拿去交給梁王。梁王為了促使段功對四川用兵，正安排人假冒紅巾刺客行刺。他見信後勃然大怒，決意假戲真做對段功下毒手。我也通知了紅巾在中慶的眼線，他們覺得機會難得，也想乘機下手將梁王和段功一併剷除。」

楊寶道：「施秀羽儀長是你殺的麼？」凌雲道：「是。我當晚出城去覺照寺，有事與遺緣商議，不料施秀跟蹤在背後，我發覺後，擔心他猜到我與覺照寺有所關聯，便有意站在通濟橋頭，取出從陳惠身上得來的鐵錘，放在地上，假意叫嚷，引他過來。他看見鐵錘果然詫異萬分，正要俯身去撿時，我便以匕首殺了他，隨後又用鐵錘模仿成陳惠殺人。不過假的終究是假的，這一點你們很快就看穿了。」

施秀一案至此真相大白，一名羽儀悲憤異常，拔出長刀道：「今日要為施秀羽儀長報仇。」伽羅忙道：「等一等！」高浪怒道：「他一再利用你，你還要庇護他麼？」伽羅道：「我還有話問他。」扭頭問道：「昨夜打昏我的人是你麼？」凌雲道：「是我。伽羅，抱歉，我不得不這麼做。」伽羅道：「可是我還沒有進你房間，根本沒有發現任何殺人證據。」凌雲道：「我無意殺你，只想用你來報信。」伽羅道：「報信？你把我綁了一夜，第二天又放了我，就是為了讓我回來告訴大家梁王要伏擊信苴？」凌雲道：「是，我知道梁王要殺死段功，再嫁禍給紅巾，挑起大理出兵攻打四川，當然不能讓他得逞，所以我關你一夜，再放你出來，借你之口告訴大理實情。」

伽羅道：「這麼說，你還是想救信苴？」高浪道：「胡說，他想救信苴，為何不早告訴你，非要等梁王兵馬出動後再放你？」伽羅失望道：「那麼你還是想害信苴，不過是在利用我。」凌雲沉默片刻道：「我也不知道，我到底是想殺他，還是想救他。只是沒想到遺緣已搶在梁王之前下手……」

伽羅問道：「你為什麼一心要害人？難道就因為信苴奪你所愛麼？」凌雲道：「你這般說未免太小瞧我了。我是漢人，韃子殘暴酷虐，占我中原領土，我自幼立志要將蒙古人趕出我們漢人的地方。只要有志我們漢人的復興大業，別說殺一個段功，就是要殺光你們所有人，我也絕不會心軟。」伽羅悲哀地道：「原來如此。」高浪忍耐許久，早按捺不住，道：「既然真相大白，何必再多廢話。凌雲，你害死這麼多人，今日就要你血債血償。」與羽儀一道圍了上來。凌雲哼了一聲，將長劍拋在地上，似是準備從容就死。眾人見他絲毫不予反抗，大為意外。

楊寶有心阻止，畢竟凌雲是梁王侍衛，若是任由羽儀殺他，說不定被梁王借題發揮，難免後患無窮。可是若由他走出這裡，只怕他早有後著，說不定會遠走高飛，逃回四川，再也無法找到他，說不定又會回到梁王身邊，反過來對付剩下的大理諸人。正矛盾不已時，阿蓋忽道：「等一下！」楊寶便命眾人先退開，看她有何話說。

阿蓋捧著一只小小茶盞走過來，也不說話，只將茶杯端到凌雲面前。凌雲凝視她片刻，接過來一飲而盡。阿蓋道：「茶中有毒。」凌雲道：「我知道。」淒然一笑道，「公主賜死，屬下不敢不死。」伽羅驚道：「公主你當真下了毒麼？」阿蓋點點頭道：「是孔雀膽毒。」楊寶一驚，問道：「公主哪裡得來的孔雀膽？」阿蓋道：「是父王給我用來毒死阿奴的。你們放心，這是父王手裡最後一副孔雀膽，再也沒有了。」伽羅見凌雲閉目等死，頗為不忍，道：「你才剛剛中毒，如果能找到孔雀膽囊，應該還能救得回來……」凌雲倏忽睜開眼睛，道：「不必救我。」只死死盯著阿蓋，惆悵無語。

阿蓋低下頭去，神態黯然，心中又恨又悲，又痛又覺淒涼。忽聽得凌雲問道：「押不蘆花，那晚在五華樓我要你跟我走，一道去塞外，你為什麼不答應我？為什麼？」那一天，他親口對她說：「押不蘆花，我們一道走罷，離開這裡，離開雲南，離開中原，去你常常念起的雁門關外的蒙古老家。」他想為自己而活，決意放下一切，放下他的身分，放下他的任務，放下他的志向，跟她一起離開中原。又說：「你不是說過，只有在草原上才會有真正快樂的人——男子像大地一樣寬廣厚實，女子像野花一樣清香美麗，沒有權勢，沒有爭鬥，沒有戰火，難道不好麼？」他流露真情，滿心期待，她卻終以沉默拒絕了他。那以後，他又恢復了虛假的面孔，再也沒有真實地活過。

阿蓋早已淚眼婆娑，怔怔抬頭仰望著凌雲，他如白紙般的臉上寫滿了痛與怨、情與傷。四目相對，無力挽回的悲愴哀愁在書房中彌漫開去，湮沒了所有。

---

1 元朝初年，武平（今內蒙古寧城一帶）人劉義到官府控告嫂嫂勾結姦夫，害死其兄長劉成。縣令丁欽親自驗屍找不到半點傷痕，心中憂悶。妻子韓氏說：「恐怕劉成的頭頂被釘進一顆釘子，頭髮遮住了釘子。」丁欽再去檢驗，果然如此。此案呈報到遼東按察使姚天福那裡，姚天福親自召見丁欽，詢問破案經過，又問道：「你妻子和你結婚時是處女嗎？」丁欽說：「她是前夫死後改嫁給我的。」姚天福立即命人挖開韓氏前夫的墳墓驗屍，果見屍首顱骨上也有一顆鐵釘，於是審問韓氏，韓氏便招認了釘殺前夫的罪行。

2 頒發於元大德四年（西元一三〇四年），是現存最古老的通行驗屍資料。

3 直到西元一四四三年，朝鮮王朝第四代王才創建了自己的文字。

4 民間習俗，習用棉絮蘸酒以祭奠死人。

尾聲

凌雲死後不久，梁王即派兵重重圍困住忠愛宮，將楊寶等人軟禁其中，楊寶派出趕回大理報信的羽儀，也盡數被梁王派人捕獲囚禁。唯有段僧奴一人因有人暗中協助，成功逃回大理。過得十數日，大理往東面邊境集結重兵，劍拔弩張。在行省馬哈只、鶴慶知事楊昇等人的斡旋下，梁王終於同意放楊寶等人護送段功的靈柩回大理。

離開中慶的那一日，許多平民百姓自發地趕到南門，為段功送行。山雲變，寒濤捲，萬事付空煙。傷心淚，精魂顯，悲憤向誰言。段功在通濟橋上中箭落馬時，他的愛馬烏雲托月受驚逸去，莫知所往，此刻又自行出現，默默守護在段功的靈柩旁邊。同樣令人驚訝的還有阿蓋，她換上一身素服，捧著段功的烏鋼劍，堅持要跟隨去大理。

段功終於回到了故鄉，由於他是第一位死在大理之外的總管，屍體來不及處理已經潰爛，所以無法採取傳統的雙耳金瓶歸葬方式，而是土葬在崇聖寺，其墓至今尚存。大樹枝繁葉茂，鬱鬱蔥蔥，伴著巍峨的高山生生不息，綠滿人間，恰似他那不死的精魂，永不變色。大理最大的祕密——雙耳金瓶，亦隨著他的死去長埋地底，再無人知曉。

相比於悲摧肝腸、痛不欲生的高蘭，段僧奴要冷靜得多。她走近阿蓋，冷冷道：「請你交還我阿爹的烏鋼劍。」阿蓋道：「可是這是阿奴送給我的定情信物。」段僧奴不由分說，上前一把奪過劍來，冷笑道：「你配麼？」拔出劍來，微一舞動，寶劍吐出圈圈寒光，猶如點點霜花纏繞劍鋒。隨即目光炯炯凝視著阿蓋，一字一句地道：「我段僧奴在此立誓，定要用此劍斬下梁王的人頭。」那種不加掩飾的恨，仿若烈焰般盡可吞噬一切。

愛人已逝，音容笑貌恍如昨日，可是活著的人還要遭受更多痛苦。阿蓋茫然流落在陽苴咩城街頭，她知道大理人不歡迎她，認為是她害死了段功，所以她須得離開這裡，而這是臨行前的最後流連。行走在平實的石板路上，小城依舊是那麼平淡祥和，甚至連歎息都不曾有。男人英姿瀟灑，女人嫵媚靚麗，洋溢著生機勃勃的生命之氣。她身為公主，原也不過是這卑微眾生中的滄海一粟。一位老阿婆正站在街邊賣雪，若能將人生融入這清甜的雪中該有多好。阿婆年紀已大，稀疏花白的頭髮挽成一個緊致、乾癟的髮髻，緊貼在腦後，額頭的皺紋一道道深如溝壑，仿若剛剛才從歲月深處走出。當她朝阿蓋笑的時候，卻有一種慈祥的安寧，又有一種滄桑的疼痛。

回到中慶的那一天，阿蓋喝下了孔雀膽，這副孔雀膽，正是梁王交給她要她毒死段功的那副，她用在淩雲身上，也留給了自己。恍惚間，她終於回到家鄉——和煦的微風蕩過一望無垠的草原，肥美的水草如波浪般起伏，藍天白雲之下成群的牛羊若隱若現。那條玉帶般的小河一如往昔，夏肥冬瘦，於日月之間，無休無止地朝東奔流……

* * *

段功死後，其子段寶即位為第十代大理總管。段僧奴則主動下嫁建昌頭人阿榮，意圖阿榮發兵共討梁王。臨行前，段僧奴將一面「替父雪恨」絲線繡旗刺指血染紅，交給段寶，相約三年後一起發兵夾擊梁王，為父報仇。

梁王孛羅知道大理絕不會就此善罷甘休，決意趁段寶剛剛即位，搶先下手，派大軍進攻大理。兵敗後這才知道段寶雖然年幼，卻不好欺負，只得請人從中周旋，又奏升段寶為雲南左丞，雙方暫時罷兵，雲南百姓得以暫安。雖然表面相安無事，但梁段兩家之間裂痕實大大加深。不久，明昇發兵進攻中慶，孛羅遣使向大理借兵，段寶回信拒絕不說，還大肆挖苦孛羅。孛羅恨段寶入骨，派人到大理行刺段寶，結果未能成功。因為段功最終死於大理祕藥孔雀膽，段寶便下令藥師殿銷毀全部的孔雀膽及藥方。從此世間再無孔雀膽，只有段功與阿蓋的故事流傳了下來，留給世人千古不絕的歎惋。

段功死後次年四月，梁王孛羅照常在羅漢山避暑行宮舉辦壽宴，有人特意獻詩道：「賢君添算宴嘉賓，幄殿先施巨海濱。萬里晴天開錦繡，一川芳草踏麒麟。笙歌暖送金杯酒，鎧仗寬圍玉佩人。醉飽百官咸稽首，願王高壽過千春。」孛羅聽到「願王高壽過千春」一句，不禁捋鬚微笑，正志得意滿時忽然兩眼一翻，口吐白沫，歪倒在寶座上死去。其子阿密繼為新一任梁王，即歷史上最後一任梁王把匝剌瓦爾密。阿密疑心是大理下毒害死孛羅，一心攻伐大理。

又過了一年，西元一三六八年，朱元璋建立明朝，明軍攻陷大都，元朝皇帝妥懽帖睦爾逃奔漠北，元朝滅亡。在此江山易主的局面下，大理和梁王阿密不得不共抗外敵，在新任鶴慶知事楊寶的勸說下，罷兵修好。三年後，朱元璋遣湯和、廖永忠、傅友德等領兵征伐四川，明昇出城投降，明玉珍一手創建的夏國滅亡。明昇隨即被變相流配到高麗，至今韓國有許多明姓人均為明昇後人。

十三年後，朱元璋任命傅友德為征南將軍，藍玉為左副將軍，沐英為右副將軍，統率三十萬將士往征雲南。梁王阿密派人向大理乞援，此時第十代大理總管段寶與母親高蘭死去不過幾個月，傳說二人是被梁王阿密派人下毒害死，不然母子為何死在同一日，而那天又剛巧是梁王孛羅的生日兼死忌？新即位不久的第十一代總管段世名銜於仇恨，拒絕發兵。中慶許多官員早不滿梁王，見明軍勢如破竹，便暗中策畫舉城投降，梁王阿密勢蹙，終與王相驢兒帶領全家跳滇池自盡。中慶不戰而降，眾父老焚香出迎明軍。雲南平章馬哈只一家大小被明軍俘虜，馬哈只驚悸而死，馬文銘等人則充軍為奴，其幼弟馬三寶時年十歲，因為年紀小被閹割成太監，送往南京宮中為奴，後來機緣巧合下隨侍燕王朱棣，因戰功賜名鄭和，即為鼎鼎大名的三寶太監。鄭和七下西洋，顯名發達後將兄長馬文銘的長子過繼為自己的嫡子，取名為鄭文銘。

平定梁王後，明軍兵鋒直指大理，展現出新一代中原強勢王朝的決心。諷刺的是，明軍採取「神機銃居前，馬隊居後，步卒居中」新式戰陣，這大展神威的神機銃正是焦玉所發明的火銃。明軍的武力驚碎陽苴咩城的繁華，烽煙四起，人喊馬嘶，城牆在混戰中土崩瓦解，重樓火光映天，大理總管段世名也成了俘虜。段氏世土，至此而絕。然而大理的劫難還不只如此。已改投明軍大將藍玉麾下的許江武告知藏寶圖一事，藍玉志在金銀珠寶，遍尋藏寶圖不著，縱火燒了翠華樓和五華樓，大火熊熊，三天三夜後方才熄滅。大理號稱「文獻名邦」，這兩座樓藏有大量蒙段歷代經史，燦爛文明悲情毀滅，從此大理史籍多中斷湮滅。

明軍毀壞大理都城後，又在城東新建了一座新城，是為今日之大理城。古老的陽苴咩和與它有關的一切美麗傳說都化作煙塵，最終消失在冰冷的空氣中。然而，大理最終還是浴血而生。這片大地上的人們擁有堅韌、寬容、善良的稟性，他們受到血與火的洗禮，依舊蹣跚地成長。

平定雲南全境後，朱元璋設雲南都指揮使司和雲南布政使司，以管理雲南軍政事務，並留義子沐英鎮守雲南，從此沐氏子孫世守其地，直到明朝滅亡。沐英聽說了段功和阿蓋的故事後很感動，便在覺照寺附近修建阿姑廟紀念二人，後人有詞歎道——「芳草晴沙，阿姑歸廟。楊柳參差，風景不殊。山河已異，飛燕誰家？香魂杳杳天涯，訴幽恨，空聞暮鴉。憑弔淒然，半輪冷月，一樹茶花。」

而為徹底剷除段氏在雲南的勢力，避免再出現元代大理與梁王分庭抗禮的局面，朱元璋命人將段氏的所有重要人物及世家大族檯面人物，械送往京師南京，達數百人之多，其中也包括一直滯留在無為寺讀書的羅貫中。他們之中極少數人被授予官職軟禁在官邸，絕大部分則在獄中被殘酷折磨至死，如最後一任總管段世名，便被朱元璋以「名」犯「明」諱為由誅殺等等。羅貫中因先為張士誠幕僚，後又為大理效力，格外引起朱元璋注意。最終在劉伯溫的周旋下，朱元璋准許羅貫中出獄寫《三國演義》一書。中原巨富沈富則因富可敵國為朱元璋所忌，被籍沒家產後流配到北方苦寒之地為奴。兩年後，沐英突然奏稱雲南多金礦，需要一個能發現礦產和擅於理財的人，沈富正是一個合適人選，便請求將沈富改為流配雲南大理。沈萬三擅長做生意不假，不過這與看風水地形似乎是兩碼事，因而這尋礦一說即饒有深意；朱元璋竟也准奏，傳聞其實是沈富知道大理寶藏的下落。後來大將軍藍玉被殺，傳說也與藏寶圖有關。不過世人費盡心機，始終沒有找到傳說中的寶庫，南詔寶藏遂與雙耳金瓶一道成為歷史千古之謎，至今尚有人不斷挖掘尋找。

明軍平定雲南的次年，昔日大理寶姬段僧奴回到家鄉，感慨萬分。在昔日父親下屬楊安道、張繼白等人的協助下，於無為寺東側建了一座庚子蘭苑，裡面種有名貴蘭花百餘種，從此持素布衣，自號「蘭室居士」，隱居山林中。楊安道將庚子蘭苑中的名貴蘭花寫成一本書，段僧奴親自題名《南中幽芳錄》。

*　　　*　　　*

那一日，段僧奴來到崇聖寺祭拜父母，回首如煙往事，心中激蕩不已。昔日夥伴楊寶、高浪均死於戰火，伽羅因嫁了段文也被明軍捉到南京幽禁至死，如今只剩下她自己孤零零的一個人形影相弔。她沒有了國，沒有了家，沒有了父，沒有了夫，與生俱來的自信和引以為傲的豪氣早就被摧毀殆盡，以致時常懷疑自己活在世上的意義。

人有靈魂嗎？它會離開人的軀體，在神祕的天國漫遊嗎？如果真的有，她真的很想去天上找他們，父親、母親、楊寶、伽羅……那一個個熟悉而無法忘懷的名字，她想跟他們在一起。一時間，熱淚縱橫，恣意汪洋，再也不能抑止。

忽聽見背後有人走近，段僧奴驚然回過頭去，看見一個再熟悉、再痛恨不過的人，雖然形容枯槁憔悴，蒼老許多，卻分明是那個早已死在孔雀膽劇毒下的凌雲，愣得一愣，才問道：「怎麼會是你？」凌雲道：「寶姬說過，要親手殺了我報仇，現在我來受死了。」

祕境風雲一千年——大理大事紀

西元七三七年——南詔皮羅閣在唐朝的支持下兼併其他五詔，取太和、陽苴咩城。

西元七三八年——唐朝封皮羅閣為雲南王；南詔遷都太和城。

西元七四八年——皮羅閣卒，子閣羅鳳繼為雲南王。

西元七五〇年——唐朝劍南節度使鮮于仲通、雲南太守張虔陀貪婪殘暴，挑釁滋事，閣羅鳳殺張虔陀，天寶戰爭開始。

西元七五一年——閣羅鳳在江口大敗鮮于仲通軍，鮮于仲通隻身逃回。白居易詩〈蠻子朝〉寫道：

「鮮于仲通六萬卒，征蠻一陣全軍沒。至今西洱河邊岸，箭孔刀瘡滿枯骨。」

西元七五四年——南詔大敗唐軍於太和城下，唐軍主帥李宓戰死。

西元七五五年——唐朝發生安史之亂。

西元七七九年——閣羅鳳死，孫子異牟尋繼立，以漢人鄭回為清平官；南詔與吐蕃聯兵侵唐，慘敗而歸；南詔遷都陽苴咩城。

西元七九四年——南詔與唐使者崔佐時於點蒼山會盟；南詔發兵將吐蕃勢力驅逐出雲南。
西元七九九年——異牟尋送大臣子弟到大唐的成都就學。
西元八五九年——世隆即南詔王位，因名字犯唐朝皇帝諱，唐朝與之絕交，世隆自稱皇帝，國號大禮。
西元九〇二年——南詔清平官鄭買嗣（鄭回的七世孫）奪位，自立大長和國，南詔滅亡。
西元九二九年——東川節度使楊干貞奪位，自立大義寧國。
西元九三七年——白族貴族段思平殺楊干貞，立大理國；段思平好佛成性，歲歲造寺，鑄佛萬尊。
西元九六〇年——趙匡胤稱帝，建立宋朝。
西元九六五年——宋朝大將王全斌平蜀，大理遣使奉牒慶賀。傳說宋太祖趙匡胤以玉斧劃大渡河，稱「此外非吾所有」。
西元一〇五二年——廣源蠻（今越南廣淵）儂智高為擺脫交趾（今越南）的殘酷欺壓，建立了南天國，請求歸附宋朝，為宋仁宗拒絕，儂智高遂決意反宋。
西元一〇五三年——宋名將狄青大敗儂智高，一路追擊而進入大理境內。
西元一〇九五年——清平官高升泰奪大理位，改國號大中。
西元一〇九六年——高升泰卒，臨死囑咐其子高泰明還國段氏。
西元一〇九七年——高泰明立段正淳為帝，國號後理，然大理實權從此落入高氏之手。
西元一一一七年——大理皇帝段和譽積極與宋通好，被宋徽宗封為「金紫光祿大夫、檢校司空、雲南節度使、上柱國、大理國王」。

西元一一二七年——金人滅北宋，南宋建立。

西元一二五二年七月——忽必烈出征大理，戰事至次年十二月結束。

西元一二五四年——大理皇帝段興智被元軍俘虜，大理國滅亡。

西元一二五九年七月——蒙哥死於宋前線釣魚城下。

西元一二六〇年三月——忽必烈於開平即位，是為元世祖。

西元一二六一年——忽必烈敕封段實（段興智之弟）為「總管」，賜「虎符」，並詔准段實「領大理、鄯闡（今昆明）、威楚（今楚雄）、統矢（今姚安）、會川（今會理）、建昌（今西昌）和騰越（今騰衝）等城」，規定「各萬戶以下皆受其節制」。

西元一二六七年——忽必烈為箝制大理段氏，封他的第五子忽哥赤為「雲南王」，統轄大理、鄯闡、茶罕章（今麗江地區）、赤禿哥兒（今貴州西部）、金齒（今保山、德宏、版納、臨滄等）等地。於王府之外並置「大理等處行六部」，在雲南王的監督下統攝五城之地，管理雲南行政事務；另設「大理等處宣慰司都元帥府」，管理雲南軍事。

西元一二七〇年——忽必烈置「大理路軍民總管府」，治所在陽苴咩城。

西元一二七一年二月——忽哥赤被都元帥寶合丁毒死在陽苴咩城；十一月，忽必烈改國號大元。

西元一二七四年——賽典赤到雲南著手建立行省，並任雲南行省平章政事。

西元一二七六年——賽典赤建省治於中慶（昆明），雲南權力中心由陽苴咩城移往中慶；段實被任命為大理總管，被罷去節制整個雲南地區萬戶以下諸土官之權，勢力被限制在大理地區範圍內。

西元一三二九年——元朝內部發生內訌，新即位不久的元明宗和世㻋（元武宗的長子）被毒殺，元文宗圖帖睦爾（元武宗的次子，元明宗的親弟）在丞相燕鐵木兒的武力支持下即位，史稱天曆之變。

西元一三三〇年——元明宗為藩王時手握重兵，曾出鎮雲南，後長年駐守西北，雲南諸王禿堅原為他的部將，得知他暴斃後十分不滿，舉兵趕走雲南行省左丞相也先吉尼，自立為雲南王，抗拒元文宗，史稱「天曆鎮兵之變」。

西元一三三一年——元朝廷派鎮西武靖王等人率數十萬大軍前來鎮壓雲南兵變。十月，元兵圍禿堅餘黨於孤山，「立雲梯仰攻破其柵，殺五百餘人。禿堅之弟必剌都古彖失舉家赴海死。又獲禿堅弟二人，子三人，誅之」。

西元一三三四年——大理第八代總管段光（段功的兄長）先前與雲南王孛羅因「分域構隙」（劃分地盤時結下冤仇）而交戰，孛羅使詭計打敗大理軍，大理將軍張希矯僅以身免。

西元一三三七年三月——元朝權臣伯顏被免職，病死；十月，脫脫（伯顏的侄子）為中書省右丞相。

西元一三四一年——雲南王孛羅率軍侵大理，段光親自督兵與他在昆彌山（在今大理）大戰，孛羅大敗。

西元一三四三年——雲南王孛羅重金買通廚師，毒殺了大理名將高蓬。雙方兵戎相見後，段氏最終以羅那關（牟定西）為界，派兵鎮守，與孛羅各自分地而治。

西元一三四四年——段光去世，其弟段功襲兄位為大理第九代總管。

西元一三五一年——紅巾軍起義爆發；明玉珍被當地富豪推為屯長，集鄉兵千餘屯青山，結柵自固；芝麻李占據徐州（今江蘇徐州）。

西元一三五二年——朱元璋至濠州（今安徽鳳陽）參加郭子興部紅巾軍，任九夫長；九月，元丞相脫脫親率大軍前來徐州，幾天圍攻不克，脫脫令以巨石為炮，日夜轟擊，終於破城。

西元一三五三年——明玉珍投歸徐壽輝的天完紅巾軍，被授予統軍元帥之職。

西元一三五四年十一月——脫脫統領大軍至高郵（今江蘇高郵），大敗張士誠部紅巾軍；十二月，張士誠正預備舉城投降之時，脫脫被彈劾奪職。

西元一三五五年——中原的紅巾軍建立政權，劉福通等人立韓林兒為帝，號小明王，建都亳州（今安徽亳州），國號宋，年號龍鳳；郭子興死，朱元璋繼任都元帥；元丞相脫脫被流放雲南，後被元惠宗妥懽帖睦爾派人毒死；孛羅因功由雲南王進封梁王。

西元一三五七年——明玉珍奉徐壽輝之命由巫峽引兵入蜀，占領重慶；後來殺了完者都，占領成都。陳友諒殺了徐壽輝，建漢國，稱帝，且命明玉珍出川助攻集慶（今江蘇南京），明玉珍不理，斷絕與陳友諒的關係。

西元一三六一年——小明王封朱元璋為吳國公；明玉珍稱隴蜀王。

西元一三六二年——脫脫昭雪；明玉珍正式稱帝，國號大夏，年號天統，建都重慶。

西元一三六三年——明玉珍與弟弟明勝率紅巾攻打雲南，占領中慶，梁王孛羅逃奔楚雄，段功發兵打敗紅巾。而陳友諒在與朱元璋交戰時，中流矢身亡。段功任雲南行省平章政事，娶孛羅之女阿蓋公主。

西元一三六四年——元惠宗與皇太子（元惠宗與奇皇后所生）爭權，各結外援；朱元璋陸續攻克兩湖、江西原陳友諒所屬地。

西元一三六五年——元內戰激化，皇太子欲逼元惠宗禪位，不成。

西元一三六六年——夏主明玉珍死，子明昇繼位，次年改元開熙；段功死，兒子段寶繼任為大理第十代總管；朱元璋軍連敗張士誠部，徹底攻克徐州以南張氏轄境，北接擴廓勢力範圍；朱元璋命廖永忠等到滁州（今安徽滁州）迎小明王韓林兒，至瓜洲覆洲，韓林兒溺死江中，龍鳳政權結束。

西元一三六七年——朱元璋破蘇州，殺張士誠；朱元璋以徐達為大將軍、常遇春為副將軍，北上滅元；梁王攻大理，被段寶打敗，奏升段寶為雲南左丞；梁王孛羅死，兒子把匝剌瓦爾密即位。

西元一三六八年——明朝建立；明軍占大都，元朝末代皇帝元惠宗妥懽帖睦爾逃奔上都，元朝滅亡。

西元一三七〇年——元朝皇帝妥懽帖睦爾病逝於應昌府，太子愛猷識理達臘即位；明軍取應昌，愛猷識理達臘走哈剌和林。

西元一三七一年——朱元璋遣湯和、廖永忠、傅友德等人領兵征蜀。六月，明兵抵重慶，明昇出降，大夏國亡。

西元一三八一年四月——段寶死，宗室段世名（部分史籍記為段名或段世）繼為大理第十一代總管；九月，朱元璋任命傅友德為征南將軍、藍玉為左副將軍、沐英為右副將軍，統率將士往征雲南。一路從湖廣而進，從四川南下，漸次進軍，逐地攻占。十二月，傅友德、藍玉、沐英分別攻取曲靖和昆明，元梁王把匝剌瓦爾密跳水自盡。

西元一三八二年閏二月——明軍攻克大理，雲南全境平定，元梁王及大理段氏在雲南的統治徹底結束。

人物詩作

古時候的天地現在還有，
古時候的日月現在還明，
古時候的山河現在還在，
古時候的人現在不見了。

——摘自白族〈打歌〉

本小說中主要歷史人物的事蹟和命運完全忠於史實，本文不再另行作傳，只輯錄歷代活躍於大理的重要人物所作詩文，供讀者賞析玩味，小說中已引用過的詩文則不再收錄。

段正淳　大理國第十五代皇帝

本小說中所提大理皇室及世家子弟入無為寺習教，均為歷史真事。其中，大理第十五代皇帝段正淳，自小拜無為寺妙湛禪師為師，勤學精武，十七歲時參加寺中大考，文章擢第一，武試第三。可見這些皇室子弟不僅要在寺中習文學武，學成後還要參加考試。

段正淳成年後娶高升泰（曾奪位自立為皇帝）的妹妹高升潔為正妻。高升潔從學於本慧國師，精奇門，有文才，與丈夫爭辯總能占上風。段正淳二十二歲時，曾作詩一首：「國有巾幗，家有嬌妻。夫不如妻，亦大好事。妻叫東走莫朝西，朝東甜言蜜語，朝西比武賽詩。丈夫天生不才，難與紅妝嬌妻比高低。」當時高氏把持了一切朝政，還大理國給段氏的高泰明，其堂弟高祥明曾贈給段正淳農奴三萬兩千戶，堂堂皇帝竟要接受臣子的「賞賜」，也難怪段正淳會寫出「妻叫東走莫朝西」這樣的詩句。

段和譽　大理國第十六代皇帝

段和譽，又名段正嚴，即金庸先生名著《天龍八部》男主角段譽的原型。他七歲入無為寺，拜正靜為師。少年時喜歡遊玩，曾作〈遊園詩〉：「虎嘯天生關，水瀉銀華翻。梅開彩虹橋，龍吟碧水潭。」段和譽年輕時愛民用賢，思攬政權，然勵精圖治四十年，也無法改變高氏專國的事實。到他年老時，王室動盪，諸子爭權，他無力阻止，心力交瘁下禪位為僧。

段和譽一生頗多趣事。他為皇帝時到無為寺進香，曾遭兩名刺客行刺。刺客被捉住後本該處死，但段和譽聽說二人是為主人復仇，很是讚賞，不但赦免了二人，還特意立義士塚。段和譽出家後入無為寺，特意在觀音大士前塑金童玉女法相，即他本人和玲瓏夫人年幼時的面容，又在壁間題詩：「茫茫塵緣事，迷迷執不悟。一朝脫苦海，皈依三寶佛。」

段福　大理國末代皇帝段興智之叔

段福，字表仁，他是大理國末代皇帝段興智的叔叔。大理國滅亡後，他曾跟隨蒙古軍東征西討，後來回鄉，在路上寫下〈春日白崖道中〉一詩：「煙雨濛濛野外昏，蒼茫四合動陰雲。青歸岸柳添春色，碧入山荒破燒痕。百里人煙誠杳杳，十年戎馬尚紛紛。詩成更怕東風起，添得吾曹老一分。」生動描寫戰爭後遍地瘡痍的淒涼，然而春天來到新草添綠，又帶給人無限的希望。

阿蓋　段功之妻、梁王孛羅之女

段功死後，妻子阿蓋作〈悲憤詩〉：「吾家住在雁門深，一片閒雲到滇海。心懸明月照青天，青天不語今三載。欲隨明月到蒼山，誤我一生踏裡彩。吐嚕吐嚕段阿奴，施宗施秀同奴歹。雲片波鱗不見人，押不蘆花顏色改。肉屏獨坐細思量，西山鐵立霜瀟灑。」

「雁門」即為雁門關，意指阿蓋的塞外蒙古老家；「踏裡彩」為錦被名；「吐嚕」為可惜的意思；「肉屏」為駱駝背；「鐵立」意為松林。全詩雖然意境不高，卻表達了阿蓋一直以來夾在父親和丈夫之間的兩難矛盾心情。

董法真　段功的幕僚

董法真為南詔董天官十八世孫，世襲趙州湯天大寺和仙支總管事，十八歲即入主九鼎寺凌霄閣，在大理地位很高，經常出入總管府。

段功死後，董法真在五華樓前連續做了十二天法事，並在五華樓鐵門上題詩道：「吾主段功冠群英，文韜武略泣鬼神。三軍陣中勇如虎，征南戰北建奇勛。平生不愛江山美，一片癡心兒女情。那防梁王施巧計，孔雀膽毒殞將星。」雖極力稱頌段功的才幹，但對他為阿蓋美色所迷也深感不以為然，這基本上代表當時絕大多數大理人的看法。

段寶　段功的兒子、大理第十代總管

段功死後，梁王與大理交惡。紅巾軍復攻昆明，梁王派叔叔鐵木的罕向大理借兵，段寶斷然拒絕，作書回答：「殺虎母，還餵虎子：分狙栗，自詐狙公。假途滅虢，獻璧吞虞。金印玉書，設釣魚之香餌；繡閣豔女，備掩雉之羅網。況平章已死，只遺一奴一獒。奴可配阿蓋妃，獒可配華黎氏，二事許諾，當借大兵。不然，金馬山換作點蒼山，昆明海改作西洱海，兵來矣。」書後還附詩一首：「烽火狼煙信不符，驪山一舉任枝梧。平章枉喪紅羅帳，員外虛題粉壁圖。鳳別岐山祥兆隱，麟遊郊藪瑞光無。自從界限鴻溝後，成敗興衰不屬吾。」梁王讀後，恨段寶入骨。

特別值得注意的是，段寶聽說朱元璋在南京登基為帝後，曾派叔叔段真前去上表，這是大理唯一一次表示要與明朝通好。朱元璋看表後曾表示，如果大理願意出兵夾攻梁王，可考慮沿襲漢唐故例繼續封段氏為雲南王。但段寶出於某種考慮最終沒有同意，大理也始終奉元為正朔，沿用元代年號。

史籍記載，朱元璋先後派出七批使者到雲南勸梁王把匝剌瓦爾密投降，梁王不從，還殺死明朝使者。朱元璋有意招降是因雲南山高路遠，他統一中原未久，不願輕易用兵。以朱元璋的眼光，肯定能看出大理有實力與梁王相抗，既然招納梁王不成，應也花了不少功夫勸降大理，但大理始終不同意出兵攻滅梁王，由此惹怒朱元璋，以致後來對雲南用兵毫不留情。段氏雖奮力抵抗至最後一刻，最終還是敗在明軍的鐵蹄下。這場戰爭實際上是國力的較量，大理軍雖能與梁王相抗數十年，但若與中原王朝較量，無異以卵擊石。

段寶死於明洪武十四年（西元一三八一年），正好是朱元璋派大軍攻打雲南之前，當時他年僅三十歲，死因不詳。明軍滅大理後，慘酷鎮壓段氏和白姓大族、焚毀五華樓及典籍，均為歷史真事。

段僧奴　段功之女、段寶親姊

段寶繼大理總管位為十五歲，因而可推測本故事一開始，段寶是十二歲，段僧奴是十三歲，小說中略做了誇大處理，特此說明。

段僧奴自幼聰慧，七歲能文，九歲琴棋書畫展露，極得父親段功喜愛。她八歲時，段功命她以蘭花為題吟詩一首，當即得詩道：「綠蔭叢下吐幽芳，雖非國色得天香。瑤臺邊上仙家草，移栽人間將相家。」清新可喜，對一個才八歲的小女孩來說，十分難得了。

段功死後，阿蓋公主護柩歸葬大理。高蘭率兒女到龍關迎接靈柩，哭聲載道。段僧奴親作祭文道：「十萬雄師哭聲哀，愁雲慘霧籠戰街。最是人間傷心事，從此難覓父笑顏。」她一直有志為父報仇，時常舞動段功生前的佩劍「烏鋼劍」，說：「吾原以此劍雪父恨刃梁王而未遂，引以為憾。但以此劍配身，父容依然，言猶在耳。」

出嫁建昌時，段僧奴與弟弟段寶依依惜別，在龍關橋贈離別詩一首：「珊瑚鉤起出深閨，滿目潸然淚濕衣。冰鑒銀臺前長大，金枝玉葉不芳菲。烏飛兔走頻來往，桂秀梅香不暫移。惆悵同胞未忍別，應知恨重點蒼低。」走到翠柳堤時，感受與親人離別的痛苦，賦詩道：「何彼濃兮花正紅，香車獨去洱河東。鴻飛雪岫難經目，風刺霜林易割胸。雲白天高連水遠，月新春疊與秋重。淚珠如瀉通宵雨，千里關山幾處逢。」

到達建昌後，她與阿榮約法三章：操兵演武伺機伐梁王；戒酒色立德政；興農田而罷狩獵。阿榮滿口答應，但他只是垂涎段僧奴美色，娶到手後並不如何珍惜，整日沉於酒色，又連納六名姬妾。段僧奴一氣之下，帶著女兒另居別處。丈夫無法指望，弟弟段寶也迫於形勢與梁王修好，段僧奴徹底失望，從此便持素沙門。她後來回到大理隱居，經常與無極、達果、安道、桂樓、張繼白、玄素幾人一起結社吟詩，號稱「南中七隱」，又稱「葉榆七子」。段僧奴一直活到九十四歲，她的女兒瓊芝嫁給大理總兵徐進的次子，孫女則嫁給張繼白的孫子。

本慧　段功的好友

僧人本慧精詩文，與段功結為至交，他擅於相人，曾力勸段功遠離梁王，但段功不聽。段功死後，本慧寫詩悼念：「玉驄紫衣遊拓東，吾念彌陀聲如鐘。引得將軍下戰馬，夜談法華諸色空。知空而實實本幻，悟色戀色入迷途。蛛絲羅網局中布，願效飛蛾自投入。孔雀屏麗膽毒儲，難防心計墜殼中。將軍不曾沙場死，美人關上獨喪生。吾歎將軍全才能，馬打前失情結絲。人間生死有定數，一詩悼念舊知己。」吟詩完畢，大哭三聲，又大笑三聲，聲如巨雷，隨即大喝道：「蒼天無眼、梁王小人，殺我段功，必遭報應。」

元人吟詠大理天然美景詩作

高昌雅，字文中，元代人，作有〈點蒼山〉一詩：「水繞青山山繞城，由來人傑地應靈。水光萬頃開天鏡，山色四時環翠屏。」

李京，字景山，河間（今河北獻縣）人，大德五年（西元一三〇一年）任雲南烏蒙道宣慰副使，著有《雲南志略》一書。有詩〈蒼洱臨眺〉：「水繞青山山繞城，萬家煙樹一川明。鳥從雲母屏中過，魚在鮫人鏡裡行。翡翠罘罳籠海氣，旃檀樓閣殷秋聲。虎頭妙墨龍眠手，百幀生綃畫不成。」罘罳，讀作「福斯」，是古代一種設在門外的網狀或格狀圖案屏風；旃檀，一種香樹；虎頭，指晉代畫家顧愷之；龍眠，指宋代畫家李公麟。

喬堅，字鼎實，元朝時任雲南順慶路判官。作〈題龍尾關驛壁〉詩二首：「蒼峰千丈玉搓牙，錦樹模糊噪映鴉。濁水難將明月浴，好山多被亂雲遮。江村日落人爭渡，旅店年豐酒易賒。可是炎方風景別，嚴冬開遍野桃花。」「池上蒼山翠作堆，池邊花竹映樓臺。夜喧燈火庵人語，地覆松花使客來。戰馬不嘶關柝靜，哀猿天嘯瘴雲開。征衣盡拂紅塵去，且向郵亭進酒杯。」柝，是古代打更用的梆子。

羅觀，元代廬陵人，元惠宗時代曾在雲南任職。作有〈五華樓〉一詩：「世祖平南九十春，蒼山花木幾枯榮。曉寒海氣連雲濕，夜靜鐘聲帶月明。滿目微茫疏雨寺，幾家籬落夕陽城。不堪樓上吊今古，斷雁西風兩袖清。」

導讀推薦

一部歷史感深厚、劍光凜凜的武俠故事

廖彥博
美國維吉尼亞大學歷史系博士班
著有《三國和你想的不一樣》
《蔣氏家族生活祕史》等書

先用一句話告訴你：這是一本超級好看的歷史小說。

元末天下大亂，群雄並起，連地處天南的大理也不能倖免，捲入了四川明玉珍、元宗室梁王孛羅、大理行省等各路勢力競逐的漩渦裡。各路人馬莫不希望引大理段家為己助，正是三方角逐，全城風雲；無為寺中，徹夜激鬥，身分不明的劍俠被捕，他是漢人還是蒙古武士？隱居在此、以禪師身分作為掩護的前大元丞相脫脫突然遇刺，是哪一方下的毒手？雲南奇毒、殺人於無形的「孔雀膽」又被盜走，從而引發連綿殺機，一場鋪天蓋地的風暴隱然成形！就在這個時候，一群青春少男少女隨著儒雅內斂的大理總管段功，和他那任性逃婚的愛女段僧奴，闖入了這段詭譎變幻的風雲……

然後再告訴你：這也是一本精彩的武俠小說。提到武俠小說，如果按照創作時空背景可以大致分為兩種類型：一種是時間地點，完全虛構；天馬行空，任意揮灑。另一種則沿著歷史脈絡前進，重大的歷史事件會影響、甚至決定故事主人翁的命運，而「故事人物」最終也必須讓位給那些真有其人的「歷史人物」。古龍和金庸這兩位武俠小說宗師，就分別代表這兩種不同路線的武俠敘事。

古龍筆下，楚留香縱情江湖，推理破案；小李飛刀快意恩仇，例無虛發，他們活躍在一個架空的時空裡，江湖就是世界。

金庸走的路截然不同，主人翁們和歷史關係密切：袁承志是袁崇煥的兒子，陳家洛和乾隆皇關係匪淺；韋小寶力挺康熙帝，張無忌還當上明教教主！除了《笑傲江湖》以外（不過作者處處暗示小說的背景是明朝中葉），每一部金庸的作品都有明確時空背景，故事人物也受到歷史人物的牽絆和限制，所以張無忌、楊逍武功再高、見識再廣，也註定要把明教拱手讓給朱壇主元璋兄；郭靖、黃蓉武功卓絕，一腔忠義，該被蒙古大軍拿下的襄陽城也必須要失手。在「歷史」這座大山前面，金庸群俠們都只能留下遺憾。

而除了「歷史規則」這項鐵律外，此類型的武俠小說通常也有明確的地域指涉。就拿我們稍後馬上就要提到的雲南來說，大家一定會馬上聯想到《天龍八部》裡的大理段家和少主段譽。不過，且不說歷史上沒有段譽這個人（但是你可以在《孔雀膽》小說裡找到他的原型），而且《天龍八部》裡頭段公子東奔西跑，大部分故事的場景其實都不發生在大理。此外，《天龍八部》的時空背景設定是北宋中後葉，而歷來我們進入這段歷史的方式，多半是跟隨中原群俠在江湖上闖蕩，比如章回小說《大明英烈傳》（基本上是朱元璋先生的奮鬥史），又比如金庸名著《倚天屠龍記》裡那些義薄雲天的明教群英。可是在《孔雀膽》這部小說裡，我們要掉轉鏡頭，看向元朝末年的大理，今天的雲南。

《孔雀膽》別出心裁安排了時空背景，讓故事從正而八經的歷史敘述裡，像一泓清泉那樣湧出來。

元末，雲南的政治版圖被三個勢力平分：代表元朝勢力的，是宗室梁王，以及受命協調諸方的中書行省（省政府）；另外一邊，是世代總管大理、儼然成獨立王國的段家。與此同時，朱元璋（未來的明太祖）已經擁有長江下游、加上雄踞長江中游的陳友諒、偏霸蜀中（四川）的明玉珍，他們也都對雲南虎視眈眈。在這種勢均力敵、一觸即發的情況下，不管大理段家加入哪一方都會讓局面立刻改觀。這也是為什麼主人翁段功和他代表的大理百姓們，雖然只想保境安民，卻還是被捲進三方爭霸的爭鬥裡。

這樣一來，一切的陰謀、謀殺，圍繞著寶物或情愛的爭論，都變得無比活潑、合理了。更何況，故事的主人翁就是曾經真實活躍的歷史人物；讀者的眼睛即將跟著作者重回雲南，回到群雄逐鹿的元末亂世。為什麼說《孔雀膽》精彩？因為我在歷史大架構的縫隙裡，看到一朵朵用想像力澆灌、綻放出來的奇麗花朵。

所以，《孔雀膽》既像作者吳蔚說的，是建構在真實時空、人物背景上的歷史小說，但它同時也是劍光凜凜的武俠敘事。又或者我們可以這樣看，這是一部從厚重歷史考據提煉出的武俠敘事，你既可欣賞那從堂奧之中飛騰而出的輕盈靈動，也可凝目讚嘆全書謹嚴的歷史背景和架構。小說裡的出場人物，即使是大理總管府的侍衛（羽儀），也大多信而有徵，於籍可據，更別提具有「全國知名度」的前大元丞相脫脫、後來被迫捐錢幫明太祖修築南京城的巨富沈萬三、寫出《三國演義》的羅貫中，以及抗元義軍將領芝麻李。這些人物的登場和故事主旋律有千絲萬縷的牽繞，卻毫無突兀之感，這種鋪陳之順暢，可見吳蔚用功、用心之深。

像這樣一本用心也用功寫出來的小說，閱讀起來真是讀者的莫大享受。這裡先說作者的「用功」。你絕對不需要擔心書中人物可能會突然蹦出一句不屬於那個時代的「穿越」臺詞。故事發生在元朝末年的大理，人物說話、做事就像那時代應有的樣子，套一句大陸最近的流行語，有「範兒」。把場景搭得萬分神似，萬分的有說服力，讓人讀了覺得這就是那個時代的故事，這就是吳蔚的本事。

為了不影響大家閱讀的興趣，這裡只舉一個和故事情節關聯比較小的例子。小說一開始便介紹了「宋揮玉斧」的典故——話說宋太祖趙匡胤「陳橋兵變」，黃袍加身建立大宋，積極尋求統一中國。乾德三年（西元九六五年），宋將王全斌攻入四川，滅掉後蜀，意欲繼續南進，攻打大理。但是趙匡胤考慮到北部邊患（契丹）更為嚴重，決定停止繼續用兵。他用隨身的玉斧指著地圖上的大渡河說：「此外非吾所有也。」意思是「到此為止，大理不屬於我所有」。這樣一個小典故，不但於史有據，也意外澄清了我們對北宋最大疑案——「斧聲燭影」的誤解。「斧聲燭影」說的是，在某個風雪之夜，太祖急召晉王（太祖的弟弟）趙光義進見，兄弟倆摒除旁人，單獨密談。就在燭影搖晃不定的光影裡，守在門口的宮人似乎聽到斧頭落下的聲音，皇上大聲說：「好為之（你好好去做吧）！」當天夜裡，原本身體強壯的趙匡胤就突然駕崩了。一直以來，因文生義，很多人都把「斧聲」的「斧」理解成劈柴砍樹的斧頭，照這樣想下去，拿斧頭殺害趙匡胤的不就是後來的宋太宗、皇帝的親弟弟趙光義嗎？但如果我們參照「宋揮玉斧」的解釋，就知道當夜傳來的「斧聲」，不是傳說中華盛頓拿來砍櫻桃樹的斧頭，而是一柄寶玉雕琢的玉斧。據高陽先生在《柏臺故事》裡的考據，這玉斧的作用大概像是「議會主席所用木槌」，如何能拿來殺人？

最後要說的，是作者的文字功力。吳蔚的文字甚好，寫景寫情都能傳神；故事慢慢開展，情節徐徐推進，絲毫不見急躁，裡面自有一種沉緩穩重的節奏，如果用古典樂來比喻就像是稍快的行板（andante）。描寫人物的內心感受，在淡雅平靜之中又常伏有驚豔之筆，滲透到讀者心中，讓人感受小說人物的悲喜，而久久不能自已。比方說在故事後段，一位重要角色不幸被毒害，就在彌留之際：「他的手腳逐漸痲木，毒素已侵入四肢，全身的血液正慢慢冷凝，身邊有這麼多張熟悉的臉，四周更有人潮水一般地殺來殺去。在這洶湧的喧囂嘈雜之中，他心中卻只覺說不出的孤獨、說不出的寂寞。心到底在哪裡？不在人群中，不在陽光下，不在人所能看到的地方，甚至不在所能想像到的地方。天地漸漸安靜了下來，他感覺越來越冷了，陽光還是有的，只是冷冷的涼。」文字很淡，即使敘述的是生死交關，也並不濫情，可是卻能傳達出很生動的情緒、很真實的氛圍，讀著讀著彷彿就要和這人一起痛楚起來。至於這人是誰？為什麼被毒害？這裡先賣個關子，讀者看下去自然就會知道。

一連串牽動萬方的命案、一名逃婚的公主、一件帶血的僧衣、一位謎樣的少女，共同串起這部高潮迭起的《孔雀膽》。這，究竟是政治權力的轇轕、祕寶爭奪的牽扯、天南（大理）地北（蒙古）的風波，還是兒女私情的糾纏？而這樣的離奇事件又會帶領讀者進到怎樣的世界呢？

讓我們繼續看下去。

導讀推薦

擁有細膩筆法的時空怪客

華人知名專欄作家　閻驊

我一直對歷史書很有興趣，尤其對那種非主流的邊陲歷史故事更是愛不釋手，而中國最邊陲、最迷人的歷史首推位於雲南的大理國。拜金庸《天龍八部》之賜，國祚長達六百年、首腦人物均為武林高手的段氏大理國一直是我亟欲深度探究的神祕國度，而吳蔚小姐寫的這本《孔雀膽》幾乎正是大理國風情的最佳深度導覽。她那女性獨有細膩文筆與不知從何而來的深厚內力輕鬆刻畫出了大理國歷史，如此造詣真不容小覷！《孔雀膽》的歷史背景是元朝末年群雄並起的年代，我總認為那個時代的動盪程度毫不遜於第二次世界大戰，因為各色人種、各國人士都捲入這場面臨家國興亡的動盪，如此深沉蒼涼的精神壓力讓人們悲歡離合的心情更是溢於言表！吳蔚的筆法則有如穿梭歷史自如的時空怪客，她彷彿就是五、六百年前生活於大理國的人，將當時身邊人物一點一滴真實呈現出來，並把讀者朋友也一起拖入那個時代，讓人跟著這本書回到了大理國。

就寫歷史的作家而言，吳蔚算是極特別的一位，除了與年齡不相稱的歷史造詣外，她也是以現代人的角度來撰稿，但絕不會有「張飛打岳飛」的突兀之感，況且人類的歷史多半就是鬥爭史，很多歷史名家一不留神就把歷史故事寫成戰史或武俠小說，但擁有細膩筆法的吳蔚卻並非如此，而且隱約透露出人類對「平安就是福」的嚮往，這便是她最特別之處。我是閻驊，我推薦吳蔚最新作品《孔雀膽》這本書，希望您也能喜歡！

山河在，草木深；花濺淚，鳥驚心

吳蔚

我自幼鍾愛古典詩詞，小學時曾得到一本小書式的檯曆，每一頁的上方印有日曆等訊息，下方則是一首詩。整整三百六十五頁，每一頁我都細細翻過，留給我印象最深的不是那些大家名作，而是一副對聯：「五百里滇池奔來眼底，披襟岸幘，喜茫茫空闊無邊。看東驤神駿，西翥靈儀，北走蜿蜒，南翔縞素，高人韻士，何妨選勝登臨。趁蟹嶼螺洲，梳裹就風鬟霧鬢；更苹天葦地，點綴些翠羽丹霞。莫辜負，四圍香稻，萬頃晴沙，九夏芙蓉，三春楊柳（上聯）。數千年往事注到心頭，把酒凌虛，歎滾滾英雄誰在？想漢習樓船，唐標鐵柱，宋揮玉斧，元跨革囊，偉烈豐功，費盡移山心力。盡珠簾畫棟，卷不及暮雨朝雲；便斷碣殘碑，都付與蒼煙落照。只贏得，幾杵疏鐘，半江漁火，兩行秋雁，一枕清霜（下聯）。」

這副長聯一百八十字，上聯寫盡滇池風物，下聯囊括雲南歷史，意境深遠，氣勢磅礴，令人震撼。我心中從此有了一個夢想——希望能看五百里滇池、讀數千年往事。值《孔雀膽》一書出版之際，要再次向這副「天下第一聯」致敬，正是它引發了我對歷史的興趣。

之前寫的兩部小說《魚玄機》和《韓熙載夜宴》，從故事發生到結束，時間很短，這次想寫一個有時間跨度的故事，因而選取了孔雀膽的題材。由於小說所發生的背景獨特，不可能會有專業司法人員以詳細取證來破案，所以本小說的結構又跟以往兩部不同，不再完全靠懸疑和破案去推動情節，而是以人物的命運為主線。

《孔雀膽》是一本歷史小說，而不是武俠小說，主體故事、人物關係全部取自正史。小說中之所以涉及許多武功，實是因為史實如此——首腦人物如梁王孛羅、大理總管段功均是武藝高強之輩，就連段功之女段僧奴亦是「三歲隨母舞劍雞鳴」「十歲隨父狩獵於石門，獨射惡熊得之」。段氏以王室之尊，不論男女，不分長幼，個個精於騎射、舞劍如風，可見當時是如何尚武成風。

閱讀這部小說，需要具備一些基本歷史常識。小說所發生的時間，正是元末群雄並起、爭霸天下的大亂時期，而雲南除了地處西南要衝外，物產也相當富饒，銅礦、銀礦產量占中國一半以上，又盛產鹽井，這樣一塊深藏巨大利益的地域必然引來多方勢力角逐，因而故事帶有極複雜的歷史背景。除了展現風雲動盪的時代原貌外，小說還涉及了大量歷史掌故、典章制度、異域風情、民族習俗等，但為保持故事的流暢，也為了更妥善還原歷史環境，均不在正文中插入講述，而是另外單獨注釋。

元末社會大動盪中，各色人等均被捲入歷史洪流，無力左右自身漂流的方向。無論是權威顯赫的段功，還是身分高貴的阿蓋都正面臨亡國的命運，不因重做興亡夢，兒女濃情何處消，因而即使有「執子之手，與子偕老」的夢想，放在江山換代、人世沉淪之時，亦必然要承擔最深沉的負重，衍生最複雜的境況。生命與愛情，個人與家國，遂成理想主義的遙遠絕響。本小說與郭沫若先生的同名劇本不同，我並未將故事脈絡側重在歌頌大理皇帝與蒙古公主堅貞不渝的愛情上，而是用盡筆墨記錄一個時代下一群人的命運，借悲歡離合之情，寫家國興亡之感。正所謂「山河在，草木深。花濺淚，鳥驚心」——國家破碎，山河依舊；城空人稀，草木深密；離亂傷痛，花也濺淚；親人恨別，鳥亦驚心。這裡面既有個人的心緒，也有與時代相通的氣息。

唐代大詩人杜甫於安史之亂中作〈春望〉：「國破山河在，城春草木深。感時花濺淚，恨別鳥驚心。烽火連三月，家書抵萬金。白頭搔更短，渾欲不勝簪。」其中「家書抵萬金」尤其成了千古傳誦的名句，可見戰爭動亂中盼望親人平安是千百年來人們心中共同的願望。本小說中亦有許多關鍵情節與家書有關，無論是稱霸一方的明玉珍，抑或是威震西南的段功，他們「身敗」的最直接起因便是一封家書。我如此刻意突顯，想要寓意的是——人非草木，即使是揮斥方遒的豪傑人物，在金戈鐵馬中征戰之時，他們心底最深處的那絲眷念，無非是想望著親人。戰爭、動亂、分裂從來就是雙刃劍，是比孔雀膽要厲害千百倍的毒藥，傷害的不僅是敵人，還有自己和家人。讀史以明智，學古以鑒今，請讓我們珍惜眼前的和平。願世界清怡，願民族和睦，願人們友愛，願愛人相守。願你，和你的家人，健康平安。

最後要特別說明的是，小說中有不少細節取自《葉榆稗史》《三迤隨筆》《淮城夜話》三部地方誌古籍。《葉榆稗史》的作者張繼白與段功的女兒段僧奴，是往來多年的至交好友；《三迤隨筆》的作者李浩與張繼白是姻親，且入明朝後接管所有大理藏書；《淮城夜話》的作者李以恆則是李浩的五世孫。這三位所寫的筆記可說是記錄大理歷史文化的第一手資料，彌足珍貴；在此特別向捐獻出這三部古籍手抄稿的李莼先生（李浩的後人）表示深深的敬意，若非他的慷慨義舉，這三部書至今尚不為世人所知——斯人雖逝，俠名永留。

國家圖書館出版品預行編目資料

孔雀膽／吳蔚著；──初版. ──臺中市：好讀, 2011.08

面：　公分，──（吳蔚作品集；03）（真小說；03）

ISBN 978-986-178-202-7（平裝）

857.7　　　　100012882

好讀出版

真小說 03

吳蔚作品集──孔雀膽

作　者／吳　蔚
總 編 輯／鄧茵茵
文字編輯／簡伊婕
美術編輯／張裕民
行銷企畫／陳昶文
發 行 所／好讀出版有限公司
台中市 407 西屯區何厝里 19 鄰大有街 13 號
TEL:04-23157795　FAX:04-23144188
http://howdo.morningstar.com.tw
（如對本書編輯或內容有意見，請來電或上網告訴我們）
法律顧問／甘龍強律師
承製／知己圖書股份有限公司　TEL:04-23581803

總經銷／知己圖書股份有限公司
http://www.morningstar.com.tw
e-mail:service@morningstar.com.tw
郵政劃撥：15060393 知己圖書股份有限公司
台北公司：台北市 106 羅斯福路二段 95 號 4 樓之 3
TEL:02-23672044　FAX:02-23635741
台中公司：台中市 407 工業區 30 路 1 號
TEL:04-23595820　FAX:04-23597123

初版／西元 2011 年 8 月 15 日
定價／350 元
如有破損或裝訂錯誤，請寄回知己圖書台中公司更換

Published by How-Do Publishing Co., Ltd.
2011 Printed in Taiwan

ISBN 978-986-178-202-7

讀者回函

只要寄回本回函，就能不定時收到晨星出版集團最新電子報及相關優惠活動訊息，並有機會參加抽獎，獲得贈書。因此有電子信箱的讀者，千萬別吝於寫上你的信箱地址

書名：孔雀膽

姓名：______________ 性別：□男□女 生日：____年____月____日

教育程度：________________________

職業：□學生 □教師 □一般職員 □企業主管

□家庭主婦 □自由業 □醫護 □軍警 □其他______________________

電子郵件信箱（e-mail）：______________________ 電話：________________

聯絡地址：□□□ ____

你怎麼發現這本書的？

□書店 □網路書店（哪一個？）__________________ □朋友推薦 □學校選書

□報章雜誌報導 □其他____

買這本書的原因是：____

□內容題材深得我心 □價格便宜 □封面與內頁設計很優 □其他____________

你對這本書還有其他意見麼？請通通告訴我們：

____

你買過幾本好讀的書？（不包括現在這一本）

□沒買過 □ 1 ～ 5 本 □ 6 ～ 10 本 □ 11 ～ 20 本 □太多了

你希望能如何得到更多好讀的出版訊息？

□常寄電子報 □網站常常更新 □常在報章雜誌上看到好讀新書消息

□我有更棒的想法____

最後請推薦五個閱讀同好的姓名與 E-mail，讓他們也能收到好讀的近期書訊：

1.____

2.____

3.____

4.____

5.____

我們確實接收到你對好讀的心意了，再次感謝你抽空填寫這份回函

請有空時上網或來信與我們交換意見，好讀出版有限公司編輯部同仁感謝你！

好讀的部落格：http://howdo.morningstar.com.tw/

請填妥後對折黏貼，直接投郵即可，無須貼郵票。

廣告回函
台灣中區郵政管理局
登記證第 3877 號
免貼郵票

好讀出版有限公司　編輯部收

407 台中市西屯區何厝里大有街 13 號

電話：04-23157795-6　傳真：04-23144188

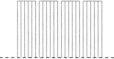

沿虛線對折

購買好讀出版書籍的方法：

一、先請你上晨星網路書店http://www.morningstar.com.tw檢索書目或直接在網上購買

二、以郵政劃撥購書：帳號15060393 戶名：知己圖書股份有限公司並在通信欄中註明你想買的書名與數量

三、大量訂購者可直接以客服專線洽詢，有專人爲您服務：客服專線：04-23595819轉230 傳真：04-23597123

四、客服信箱：service@morningstar.com.tw